強納森·史傳傑和諾瑞爾先生

Jonathan Strange & Mr Norrell
英倫魔法師

|下卷|

Susanna Clarke
蘇珊娜·克拉克　施清真、彭倩文——譯

下卷／目錄

第三部 **約翰・厄司葛雷**

37 五龍法庭

一八一四年十一月

七年前，拉塞爾先生位於布魯頓街的家，被公認為倫敦數一數二的頂尖豪宅。只有一名既有錢又有閒，願意耗費無數時間來蒐集繪畫與雕塑，並投注無限心力來選擇家具與壁紙的富貴閒人，才能將住宅打造得如此精緻完美。他的品味無懈可擊，又善於用新穎大膽的方式搭配色彩。他特別鍾愛藍色、灰色，和一種帶有金屬光澤的暗褐色。但他對於他的收藏並沒有任何特別的情感。他勤於蒐購，但同樣也不吝於出售，因此他家並不像有些收藏家的住宅一樣，淪為雜亂無章的畫廊。拉塞爾家的每個房間都只有少量的繪畫與藝術品，但在這些少量收藏中，卻有著全倫敦最美最出色的罕見珍品。

然而，在過去七年中，拉塞爾先生的住宅已不再像過去那般完美。他家的色彩仍然如往昔一般精緻典雅，但已經整整七年未曾改變了。他家的裝潢擺設依舊奢華昂貴，但呈現出的卻是七年前最時尚的風格。在過去七年中，拉塞爾並未再添購任何一幅畫作。在過去七年中，許多卓越的古董雕塑從義大利、埃及和希臘運到了倫敦，但卻落入了其他紳士手中。

此外，屋中還有其他跡象顯示出，這裡的主人一直在從事某種有用的活動，換句話說，也就是他一直在工作。每一張桌子和椅子上都堆滿了各類報導、手稿、信件和政府公報，而在每一個房間中，都可以看到《英國魔法之友》和其他各種跟魔法有關的書籍。

事實上，拉塞爾雖然仍佯裝出一副瞧不起工作的模樣，但自從諾瑞爾先生來到倫敦後，這七年來是他這輩子最忙碌的一段時光。雖然是他自己推薦請波提斯黑勛爵擔任《英國魔法之友》的編輯，但這位勛爵的工作態度，卻讓拉塞爾氣得七竅生煙。波提斯黑勛爵對諾瑞爾先生唯命是從——只要諾瑞爾先生一聲令下，他就立刻進行毫無必要的修改工作——這種情形導致的結果就是，《英國魔法之友》一期比一期更加沉悶無聊，更加廢話連篇。在一八一〇年秋季，拉塞爾順利讓自己加入編輯的行列。《英國魔法之友》是全國最暢銷的期刊之一；這並不是一份徒具虛名的閒差。此外，拉塞爾還替其他報章雜誌撰寫現代魔法的文章；他為政府的魔法政策提供建議；他幾乎每天都到諾瑞爾先生家報到，並利用閒暇時間鑽研魔法歷史與理論。

在史傳傑造訪卜沃司太太的三天之後，拉塞爾待在他的圖書館中，專心進行下一期《英國魔法之友》的編輯工作。雖然此時已過中午，但他忙得沒空去刮鬍子和換衣服，仍然穿著晨袍坐在一堆雜亂不堪的書籍、紙張、早餐碗盤和咖啡杯之中。他有封信找不到，於是起身尋找。他一踏進客廳，就驚訝地發現有某個人坐在那兒。

「喔！」他說，「是你啊。」

那個看起來可憐兮兮，垂頭喪氣地坐在椅子上的人抬起頭來。他說：「你的僕人才剛去找你，要向你通報我到這兒來了。」

「啊！」拉塞爾應了一聲，但接著就閉上嘴，顯然一時間不曉得該說些什麼。他坐到對面的椅子上，用手支著頭，若有所思地望著卓萊。

卓萊的臉色慘白，眼窩深陷。他的外套布滿灰塵，靴子沒擦乾淨，甚至連他的亞麻襯衫看起來都皺巴巴的。

「我覺得你實在是非常惡劣，」拉塞爾最後終於開口說，「竟然收別人的錢，要來害我身敗名裂，讓我變成殘廢和瘋子。而且居然還是受馬麗亞・卜沃司的委託！我真想不通她有什麼好氣的！她自己也有責任，不能全怪我一個人。我又沒逼她嫁給卜沃司。我只不過是在她一看到他就覺得有氣的時候，提供她一個脫逃的機會罷了。她真的要史傳傑施法讓我染上瘋瘋病嗎？」

「喔，大概是吧，」卓萊嘆了一口氣，「我真的沒想到會變成這樣。你根本就不用擔心，你絕對不會遭遇到任何危險。你安安穩穩地坐在這兒，就跟以往一樣富裕、健康、事事順心，而我卻變成全倫敦最不幸的倒楣鬼。我已經整整三天沒睡了。今天早上我的手抖得太厲害，差點兒連領結都打不好。所有人一看到我，就像見到鬼似的避之唯恐不及，沒人能想像這對我來說是多大的屈辱。沒有任何人肯見我，那又有什麼關係呢？倫敦沒有一戶人家肯對我敞開大門。就只有你肯接待我。」他停了一會兒，「我真不該對你說這些。」

拉塞爾聳聳肩。「我實在不明白，」他說，「你怎麼會以為，這種荒唐至極的計畫會行得通呢？」

「這一點兒也不荒唐！正好相反，我非常嚴謹地挑選……挑選顧客。馬麗亞・卜沃司完全脫離社會與世隔絕。賈康比和唐東尼是釀酒商！而且還住在約克郡！誰想得到，他們居然會跟史傳傑碰面？」

「那葛雷小姐呢？亞蕊貝拉・史傳傑可是在貝德福廣場的威斯比夫人家遇到她的。」

卓萊嘆了一口氣。「葛雷小姐才十八歲，跟她的監護人一起住在惠特比。依照她父親的遺囑，在她滿三十六歲之前，她不論做任何事，都必須先徵詢她監護人的意見。他們非常厭惡倫敦，打定主意一輩子都不會離開惠特比。不幸的是，他們兩人在兩個月前突然感冒病逝，這個可惡的女孩就立刻來到首都。」卓萊緊張地舔了舔嘴唇，「諾瑞爾是不是很生氣？」

「我從來沒看到他這麼生氣過，」拉塞爾輕聲說。

卓萊又往椅子裡縮了一點。「他們打算怎麼做？」

「我不知道。既然你的小冒險現在已經東窗事發，我想我這陣子最好還是暫時不要到漢諾瓦廣場。我聽桑莫海耶海軍上將說史傳傑想邀你決鬥……」（卓萊嚇得尖叫了一聲）「……但亞蕊貝拉·史傳傑不贊成決鬥，所以這件事就不了了之。」

「諾瑞爾根本沒資格生我的氣！」卓萊突然宣告，「他能有今天還不是全靠我幫忙！魔法師的技術是一回事，但要不是我到處替他做宣傳，讓大家知道有他這號人物，根本就沒人會注意到他這個無名小卒。他那時候少不了我，而他現在同樣也少不了我。」

「你認為是這樣嗎？」

卓萊黑眼睛瞪得比之前更大，把手指放進嘴裡，似乎是想要啃指甲來尋求慰藉，但接著他就發現他仍然戴著手套，於是又趕緊把手放下來。「我今天晚上再過來，」他說，「你會在家嗎？」

「喔，大概吧！我跟布列辛頓夫人提過要去她的沙龍，但我看我可能去不了。我們《英國魔法之友》的工作進度嚴重落後。諾瑞爾老是變來變去地下些互相矛盾的指示，把我們給累慘了。」

「這麼多工作！我可憐的拉塞爾！那一點兒也不適合你！那個老傢伙簡直把你們當成奴隸！」

等卓萊離開後，拉塞爾就拉鈴召來他的僕人。「我在一個鐘頭內就要出門，愛默森。叫華利斯替我把衣服準備好……喔，對了，愛默森！卓萊先生說他今天晚上還會到這兒來。如果他來了，你無論如何都不要放他進門。」

在上面這段談話進行的同一時間，諾瑞爾先生、史傳傑先生和查德邁三人正待在漢諾瓦廣場的圖書館中，討論該如何處理卓萊奸詐不忠的惡行。諾瑞爾先生沉默地坐在一旁凝視著爐火，而查德邁告訴史傳傑，他又找到了另一個被卓萊欺騙的冤大頭，是一位住在特威肯漢名叫帕格雷的老紳士，他付給卓萊兩百基尼，好讓自己再多活八十年，並且恢復青春。

「我不確定，」查德邁繼續說下去，「我們能不能查出，究竟有多少受害者付錢給卓萊，還自以為是在委派你們去行使黑魔法。卓萊甚至還答應唐東尼先生和賈康比先生，讓他們在未來某個魔法師的階級組織中擔任要職呢。根據卓萊的說法，我們很快就會成立這類的組織，但我完全不曉得他指的是什麼。」

史傳傑嘆了一口氣。「我真不知道，我們到底要怎樣才能讓大家相信，我們並不是共犯。我們應該採取某些行動，但我必須承認，我實在想不出該怎麼做。」

諾瑞爾先生突然開口說：「我這兩天一直在仔細考慮這件事——事實上我幾乎沒想到其他任何事情——而我的結論就是，我們必須重新恢復『五龍法庭』！」[1]

在一陣短暫的沉默過後，史傳傑說：「對不起，先生。你是說『五龍法庭』嗎？」

諾瑞爾先生點點頭。「我認為這是天經地義的事，這名惡棍應該接受『五龍法庭』的審判。他犯了『偽法罪』和『惡念罪』。古老的中世紀法律至今尚未廢除，真是值得慶幸。」

「古老的中世紀法律，」查德邁發出一陣短促的笑聲，然後說，「必須要十二名魔法師坐在『五龍法庭』的法庭上進行審判。英國哪來的十二名魔法師。你明明曉得根本沒這麼多。總共就只有兩個。」

「真要找還是可以找得到的，」諾瑞爾先生說。

史傳傑和查德邁驚訝地望著他。

諾瑞爾先生多少還有點兒羞恥心，自知這句話跟他七年來堅持的主張互相矛盾，因而顯得有些困窘不安，但儘管如此，他還是繼續說下去：「有波提斯黑勛爵，和約克郡那個又黑又瘦、不願簽署合約的小個子男人。這樣就有兩個了，而我相信，」說到這裡他轉頭望著查德邁，「只要你肯用心去找，就一定可以再找到更多的魔法師。」

查德邁張開嘴巴，似乎是打算出言反駁，說他過去為諾瑞爾先生找到的所有魔法師，全都因為諾瑞爾先生掠奪他們的書籍，將他們逐出魔法師的行業，強逼他們簽下惡意的協約，或是被他用其他手段惡意打壓，現在已經沒一個可稱得上是魔法師了。

「很抱歉，諾瑞爾先生，」史傳傑插嘴道，「但我剛才說我們必須採取行動，指的只是在報章雜誌上刊登啟事這一類的事罷了。我很懷疑，利物浦勛爵和內閣大臣會允許我們單單只為了懲罰一個人，就大費周章地重新恢復一個已經被裁撤兩百多年的英國法律部門。就算他們好心願意幫忙，我想這十二位魔法師，指的也應該是實務魔法師吧。波提斯黑勛爵和約翰．賽剛督兩人都是理論魔法師。再說，卓萊應該很快就會因詐欺罪、偽造罪、竊盜罪，和其他一些我不清楚的罪行而被起訴。他的案子由普通法庭審理就行了，我看不出為什麼非要恢復『五龍法庭』不可。」

「但你根本不曉得普通法庭會做出什麼樣的判決！法官對魔法一無所知。他不會明白這個男人所犯下的罪行有多麼嚴重。我指的是他違抗英國魔法的罪行，他違抗**我**的罪行。『五龍法庭』向來以嚴刑峻法而聞名。在我看來，要讓我們獲得最大的安全保障，最好是把他給吊死。」

「吊死！」

「喔，是的。我已經下定決心要看到他上絞刑架！這不就是我們討論的目的嗎？」諾瑞爾先生的小眼睛迅速眨個不停。

「諾瑞爾先生，」史傳傑說，「我跟你一樣對這個男人的惡行憤怒至極。他厚顏無恥。他奸詐虛偽。他樣樣都讓我瞧不起。但我並不希望有人因我而死。我在西班牙打過仗，先生。我已經看過太多死亡了。」

「但你自己前兩天還不是想要找他決鬥！」

史傳傑憤怒地瞪了他一眼。「那是兩回事！」

「更何況，」諾瑞爾先生繼續說下去，「你的所作所為，甚至比卓萊還要可惡！」

「我？」史傳傑錯愕地喊道，「為什麼？我做了什麼？」

「喔，你心裡很清楚我指的是什麼！你為什麼突然鬼迷心竅跑去『王路』？而且還是單獨行動，也沒有事先進行任何準備！我可萬萬不贊同這種瘋狂的冒險！你的行為就跟那個男人的惡行一樣，會大大辱及魔法的聲譽。事實上，這說不定比卓萊的惡行還要嚴重！大家對克里斯多福・卓萊向來都評價不高。他露出惡棍的真面目，沒人會感到太過驚訝。但所有人都曉得你是我的徒弟！你可是全國第二位魔法師啊！人們會以為你的所作所為全都經過我的同意。人們會以為那是我復興英國魔法的計畫之一！」

史傳傑凝視他的老師。「諾瑞爾先生，我萬萬不想讓你感到被我拖累。我可以向你保證，這絕對非我所願。但這要補救並不難。只要你跟我就此分道揚鑣，先生，我們兩人就可以各自獨立行動。世人就會分別評價我們的行為，跟對方毫不相干。」

諾瑞爾先生露出驚慌至極的神情。他瞄了史傳傑一眼，再瞄向其他地方，用低沉的聲音囁嚅地說，他不是那個意思。他希望史傳傑先生明白他不是那個意思。他清了清喉嚨。「我希望史傳傑先生能體諒我情緒欠佳。我希望史傳傑先生能基於對英國魔法的關懷而容忍我的暴躁脾氣。他該知道，為了英國魔法著想，最重要的就是，他和我兩人能夠意見一致並聯手行動。英國魔法畢竟還不夠茁壯，無法承受不同風向的吹襲。如果史傳傑先生和我開始對英國魔法的重要決策，抱持完全相反的意見，那麼我相信英國魔法絕對無法再繼續生存下去。」

一陣沉默。

史傳傑站起身來，用公式化的生硬姿態，朝諾瑞爾先生鞠了一個躬。

接下來氣氛顯得相當尷尬。諾瑞爾先生似乎很想開口打破僵局，但卻完全想不到該說些什麼。

恰好波提斯黑勛爵的新書《英國魔法傑出復興運動隨筆》剛由印刷商那裡送過來，此時就擱在旁邊的小桌上。諾瑞爾先生抓起書來。「這真是一本出色的小品！而波提斯黑勛爵非常忠於我們的理念！在經歷過這次的危機後，你難免會覺得無法再相信任何人——但我認為波提斯黑勛爵永遠都值得我們信賴！」

他把書遞給史傳傑。

史傳傑若有所思地翻動書頁。「他果然完全聽從我們的要求。光是攻擊烏鴉王的部分就寫了整整兩大章，而且幾乎完全沒提到精靈。我記得，他原本的手稿花了相當大的篇幅來描述烏鴉王的魔法。」

「沒錯，的確是這樣，」諾瑞爾先生說，「但在經過你修改前，他的手稿根本毫無價值。甚至比毫無價值更糟——可說是危險至極！但你花了這麼多時間協助他，引導他走向正確的觀念，現在已全都結出甜美的果實！我對這本書滿意極了。」

這時路卡斯端著茶具走進來，兩位魔法師似乎又重新恢復正常（但史傳傑或許比平常沉默了一些）。兩人似乎已和好如初。

史傳傑在離開時，詢問諾瑞爾先生是否可以把波提斯黑的書借給他。

「當然可以！」諾瑞爾先生喊道，「這本書你就留著吧！我還有好幾本呢。」

儘管史傳傑和查德邁都表示反對，但諾瑞爾先生仍然無法放棄恢復「五龍法庭」的計畫。他越想就越是覺得，若不在英國建立一個像樣的魔法法庭，他似乎就永遠也無法感到安心。在他看來，其他任何法庭判處卓萊的刑罰，都絕對不可能令他感到滿意。因此在當天稍晚的時候，他派遣查德邁前往利物浦勛爵家，請求爵爺抽出幾分鐘的時間跟他討論事情。利物浦勛爵表示他可以在第二天接見諾瑞爾先生。

諾瑞爾先生依照約定的時間前去拜見首相，並詳細解說他的計畫。等他說完之後，利物浦勛爵皺起眉頭。

「但魔法法律在英國早就廢置不用了，」爵爺說，「英國現在根本就沒有任何受過專業訓練，有資格在這類法庭上執業的律師。由誰來接下這種案件？又由誰來負責審理？」

「啊！」諾瑞爾先生驚呼，取出一大捆厚厚的紙張，「我真高興爵爺提出這個切重要害的問題。我草擬了一份描述『五龍法庭』運作方式的文件。很遺憾我們這方面的知識有許多不足之處，但我提出了幾種解決方案，或許可以讓我們重新恢復那些早已失傳的一切。我是以教會法庭作為範本。而爵爺將會看到，我們接下來有非常多的工作要做呢。」

利物浦勛爵瞄了一下那捆厚紙。「太多工作了，諾瑞爾先生，」他斷然表示。

「喔，但我向你保證，這些工作絕對必要！甚至是不可或缺！否則我們該如何管理魔法？我們該如何防止邪惡的魔法師和他們的僕人作亂？」

「哪來什麼邪惡的魔法師？總共就只有史傳傑和你兩個人。」

「嗯，是這樣沒錯，可是……」

「難道你目前有什麼特別邪惡的念頭嗎，諾瑞爾先生？英國政府有任何迫切的理由來建立一個獨立的法律組織，好控制住你邪惡的性格嗎？」

「沒有，我……」

「還是史傳傑先生顯露出一種會犯下謀殺、傷害，和偷竊罪行的強烈傾向？」

「沒有，但是……」

「那麼就只剩下這個卓萊先生——據我所知，他根本就不算是一名魔法師。」

「但他犯下的是特殊的魔法罪行啊。依照英國法律，他應該交由『五龍法庭』審判——這才是適合他的法庭。這些是他罪行的名稱。」諾瑞爾先生又把另一份清單放在首相面前。「你看！『偽法罪』、『邪念罪』和『惡師罪』。一般法庭根本沒有能力來審理這些案件。」

「確實如此。但就像我剛才所說的，根本沒有任何人能夠審理這個案件。」

「請爵爺看一下我筆記的第四十二頁，我建議聘用『民法博士協會』[i]的法官、辯護律師與代訴人。我可以對他們解釋魔法法律的原則——大概不到一個禮拜就可以講完。同時在審判進行期間，我可以把我的僕人，約翰．查德邁借給他們。他的知識非常豐富，可以隨時糾正他們的錯誤。」

「什麼！讓原告和他的僕人來指導法官和律師如何審理案件！絕對不行！這樣正義將會蕩然無存！」

諾瑞爾先生連連眨眼。「但除此之外，我要怎樣才能保障我自己的權益，以免讓別的魔法師竄出頭來，挑戰我的權威和反駁我的意見？」

「諾瑞爾先生，法院——任何法院都一樣——並沒有義務將某個人的意見奉為圭臬！不論是在魔法方面，或是在人生其他任何層面都行不通。如果其他魔法師跟你有不同的意見，那你就必須去跟他們奮戰到底。你必須像我在政治圈的做法一樣，去證明你的意見比其他任何人都要優越。你必須去辯論，去寫文章出版，去施展你的魔法，同時你必須學習去適應跟我一樣的生活——去面對持續不斷的批評、反對與責難。先生，這才是英國的作風。」

「但是……」

「我很抱歉，諾瑞爾先生，但我不想再聽了。這件事到此為止。大不列顛政府對你十分感激。你對國家有極大的貢獻。所有人都知道我們有多尊重你，但你提出的要求，我們恕難從命。」

卓萊的詐欺行為很快就人盡皆知，果然不出史傳傑所料，有不少人把責任怪罪在兩位魔法師頭上。不論如何，卓萊畢竟是其中一名魔法師的心腹。這為諷刺漫畫家提供了絕佳的素材，而報章雜誌上也刊登出幾幅相當辛辣聳動的作品。約翰．克魯克香克[ii]的一幅作品，描繪出諾瑞爾先生正在對一群他的崇拜者發表冗長的演說，闡述英國魔法的高貴特質，而此時史傳傑卻在後面的房間中口述一份價目表，好讓僕人抄在黑板上；「用魔法殺死一個不太熟的人——二十基尼。殺死一個好友——四十基尼。殺死一個親戚——一百基尼。殺死配偶——四百基尼。」在另一幅由羅蘭森[iii]繪製的漫畫中，一名時髦的女士牽著一隻毛茸茸的小狗在街上散步。她遇到一個認識的人，那人稱讚她的小狗：「哎呀呀！佛克斯太太，好可愛的小哈巴狗啊！」「是啊，」佛克斯太太答道，「這是佛克斯先生。我付給史傳傑先生和諾瑞爾先生五十基尼，好讓我的丈夫對我唯命是從，結果就是這樣囉。」

這些漫畫和報章雜誌上的惡意評論，無疑對英國魔法造成相當大的傷害。現在人們或許會開始用一種完全不同的目光來看待魔法——不再是國家的最佳防禦措施，反而變成了怨恨與嫉妒的工具。

那些被卓萊傷害的人呢？他們又是如何看待這些事情？帕格雷先生——那位衰老病弱卻希望能夠長生不老的壞脾氣紳士——顯然曾經打算要控告卓萊詐欺，但結果他並未採取行動，因為他在第二天突然暴斃。他的孩子和繼承人（他們都非常痛恨他）發現他最後的日子是在挫敗、痛苦與失望中度過，全都感到相當高興。卓萊也完全不用去擔心葛雷小姐或是卜沃司太太。葛雷小姐的親朋好友都不願讓她捲入這種粗俗的訴訟案件；而卜沃司太太指示卓萊辦的事情實在太過邪惡，若是傳出去她自己也會受到譴責，她無法對他展開報復。最後就剩下賈康比和唐東尼這兩位諾丁罕郡的釀酒商。身為一名講究實際的生意人，賈康比先生最關心的就是怎樣把錢要回來，他甚至派了一名代理人到倫敦取款。不幸的是，卓萊連這一點小事都無法讓賈康比先生稱心如意，因為他早就把錢全都花光了。

這正是讓卓萊一蹶不振的原因，他才剛逃脫絞刑架沒多久，他真正的復仇女神就出現在他早已烏雲密布的人生，拍著黑翅從天空撲下來將他一舉摧毀。他向來就不是很富裕，事實上正好相反。他主要是靠賒帳和向朋友們借貸過活。他偶爾會在賭場贏一點小錢，但他通常都是在慫恿那些年輕傻小子下場賭博，等到他們把錢輸光的時候（這是他們必然會落到的下場），他就會挽住他們的手臂，鼓起如簧之舌，說要帶他們去找這個或那個他認識的地下錢莊老闆。「坦白說，我還真不敢推薦你去找其他任何地下錢莊老闆，」他將會用關懷的語氣對他們說，「他們收的利息實在高得嚇人——但布沙德先生可完全不一樣。他真是位慈祥的老紳士。看到別人無法享受樂趣，而他明明就可以幫得上忙，他實在是無法坐視不理。在我看來，他是把借筆小錢供人急用這回事當作是一種慈善事業，而不只是投機生意！」卓萊在這引誘年輕人陷入負債、墮落，毀滅命運的過程中，擔任一個關鍵性的小角色，而地下錢莊老闆會付給他一筆費用——通常的收費標準是，一般平民老百姓的兒子，抽取第一年利息總額的百分之四，子爵和男爵的兒子抽百分之六，而伯爵和公爵的兒子則是百分之十。

他的無恥惡行迅速傳遍每一個角落。那些讓他賒帳的裁縫、帽商和手套商開始著急，吵著要他立刻付清帳目。他原本自信還可以再拖上個四、五年的債務，現在全都十萬火急地逼上門來。面貌凶惡的男人拿著棍棒趕來敲他家的大門。有些人建議他趕緊出國避風頭，但他實在無法相信，他的朋友們會完全棄他於不顧。他以為諾瑞爾先生必然會心軟；他以為拉塞爾，他最親愛的好朋友拉塞爾將會對他伸出援手。他寄給他們兩人措詞恭敬的信函，請求他們立刻借給他四千基尼。但諾瑞爾先生毫無反應，而拉塞爾只回信表示，他向來不借錢給任何人。卓萊在星期二早晨因欠債被補，到了下個星期五，他就變成了英國高等法院監獄的囚犯。

在十一月底的一天晚上，也就是在上述事件發生後的一個禮拜左右，史傳傑和亞蕊貝拉坐在蘇活廣場的客廳中。亞蕊貝拉在寫信，而史傳傑心不在焉地抓著頭髮，目光直愣愣地望著前方。他突然站起來走出房間。

一個鐘頭過後，他拿著十來張寫得密密麻麻的手稿回到客廳。

亞蕊貝拉抬起頭來。「我還以為《英國魔法之友》的文章早就寫好了呢，」她說。

「這不是《英國魔法之友》的文章，這是波提斯黑新書的書評。」

亞蕊貝拉皺起眉頭。「但這本書是在你的協助之下完成的，你怎麼能替它寫書評呢。」

「我想在特定的情況下，我是可以這麼做的。」

「真的！那是在什麼樣的情況下？」

「如果我說這本書非常糟糕，根本是在惡意欺瞞英國社會大眾。」

亞蕊貝拉盯著他看了好一會兒。「強納森！」她最後終於喊道。

「這本書真的是非常糟糕嘛。」

他把稿子遞給她，她開始閱讀。壁爐架上的鐘敲響了九下，傑瑞米端著茶具走進來。她看完後，嘆了一口氣說。「你打算怎麼做？」

「不知道。我想應該是把文章登在雜誌上吧。」

「但可憐的波提斯黑勛爵呢？如果他真在書中寫了一些錯誤的觀念，那自然應該有人出言糾正。但你明明曉得，他完全是聽從你們的指示才會這麼寫。他會覺得自己很委屈的。」

「喔，大概吧！這整件事從頭到尾都讓人覺得糟糕透頂，」史傳傑漠不關心地說，「但那並不是重點。難道要我為了尊重波提斯黑而不說真話嗎？我可不這麼想。妳覺得呢？」

「但為什麼非要你來做這件事？」亞蕊貝拉露出難過的神情，「可憐的人，如果是你出手，他受的傷害會更大。」

史傳傑皺起眉頭。「當然是由我來做。要不然還有誰？不過，好了啦。我答應妳，等事情一開始，我就會馬上好好向他道歉就是了。」

亞蕊貝拉只得作罷。

這時史傳傑開始考慮該把書評寄到什麼地方。他最後選擇了《愛丁堡評論》的傑佛瑞先生。

大家可能還記得，《愛丁堡評論》是一份激進的刊物，偏好政治改革、天主教徒解放運動、猶太人，以及其他所有讓諾瑞爾先生不敢苟同的事物。正因如此，傑佛瑞先生近年來看到許多關於復興英國魔法的評論與文章，接二連三地出現在其他的敵對刊物上，而他這個可憐的傢伙，卻連一篇文章也拿不到。因此當他收到史傳傑的書評時，他自然是欣喜至極。他一點兒也不在乎這篇文章革命性的聳動內容，因為這正投他所好。他立刻回信給史傳傑，保證他一定會儘快把文章登出來，兩天後，他寄了一份羊肚包碎臟（一種蘇格蘭布丁）給史傳傑作為謝禮。

❶「五龍法庭」。一般認為，這個法庭的名稱是用來形容它殘酷的嚴刑峻法，但事實上它是源自於烏鴉王約翰·厄司葛雷新堡住宅中一個房間，當初審判即是在此進行。據說這個房間是十二邊形，裝飾著鬼斧神工的美麗雕刻，有些是人類的作品，有些則是精靈的創作。其中最令人嘆為觀止的傑作是五隻栩栩如生的龍。

「五龍法庭」負責審理的罪行包括：「邪念罪」——用魔法為亂作惡；「偽法罪」——假裝行使或是答應行使個人無法做到或是無意行使的魔法；將魔戒、魔帽、魔鞋、魔外套、魔皮帶、魔鏟、魔豆、魔法樂器等物品販售給無法控制這些魔法工具的人；佯裝魔法師或是佯裝魔法師的代理人；將魔法傳授給不適當的人，比方說醉鬼、瘋子、孩童，以及有邪惡習性或是傾向的人；以及其他許多由合格魔法師與基督徒所犯下的各式各樣魔法罪行。違抗約翰·厄司葛雷本人的罪行，同樣也是由「五龍法庭」負責審理。「五龍法庭」唯一無權過問的魔法罪案是精靈所犯的罪行。這些案件是由另一個獨立的「真誠之花法庭」負責處理。

在十二、十三與十四世紀，英國的魔法十分蓬勃興盛，有許多魔法師與精靈不斷在施行魔法。魔法因缺乏規範與管理而惡名昭彰，可想而知，並不是所有的魔法全都出於善意。約翰・厄司葛雷似乎耗費了無數的時間與心力，企圖創造出一個法律部門來管理魔法與魔法師。當魔法開始在英國境內日漸普及，南英格蘭國王十分樂於借用他們北方鄰居的智慧。那個時代最奇怪的特色就是，雖然英國分裂成兩個各自擁有獨立司法制度的國家，但兩國負責管理魔法的法律部門卻完全相同。南英格蘭王國類似於「五龍法庭」的機構叫做「倫敦小龍法庭」，位於黑衣修士橋附近。

i　Doctors Common，過去英國教會法與民法開業律師的自治教育機構。

ii　Georg Cruikshank，英國畫家、漫畫家，與插畫家，以畫政治諷刺連環漫畫開始他的繪畫生涯，後為時事週刊與兒童讀物繪製插畫。

iii　Thomas Rowlandson，1757-1827，英國畫家與漫畫家，以描繪十八世紀的英國生活，創造出社會典型人物的滑稽形象。

38
選自《愛丁堡評論》

一八一五年一月

藝文。十三。《英國魔法傑出復興運動隨筆》，**波提斯黑勛爵約翰．華特貝里著**，並收錄一篇關於半島戰役中所使用魔法的紀錄報告：**作者：強納森．史傳傑**，**威靈頓**公爵的常任魔法師。一八一四年，倫敦。約翰．莫瑞出版。

身為**諾瑞爾先生**的心腹助手，以及**史傳傑先生**的朋友，**波提斯黑勛爵**自然是記錄近年魔法歷史的最佳人選，他總是處於事件的核心，因此能給予我們第一手的報導。**諾瑞爾先生**和**史傳傑先生**所達到的每一項成就，報章雜誌皆已大幅報導並廣泛討論，但**波提斯黑勛爵**的讀者們，卻可以更進一步地經由他所敘述的詳細經過，得以了解事件的全貌。

諾瑞爾先生的狂熱信徒們意圖讓我們相信，當他於一八〇七年春季抵達倫敦時，他就擁有完美純熟的技藝，足以擔當全英國最偉大魔法師與當代最傑出人物的稱號，但**波提斯黑**的報告卻清楚顯示出，他和**史傳傑**兩人在創業初期都不算特別順利，而是在經過一段時間的歷練後，他們才逐漸建立自信並琢磨出精湛的技藝。**波提斯黑**極力推崇他們兩人的成就，但他同樣也不忘提及他們所遭遇的挫敗。在本書第五章，記錄了他們兩人與**騎兵護衛隊**之間一項略帶喜劇色彩的長期爭議。在一八一〇年，有位將領提出了一項極具原創性的建議，想要把騎兵隊的馬全都換成獨角獸。這樣就可以讓士兵在戰場上威力大增，用獸角刺穿法軍的心臟。不幸的是，這項卓越的計畫無法付諸實行，因為**諾瑞爾先生**和**史傳傑先生**無法找到足夠的獨角獸來供騎兵隊使用，事實上他們甚至連一隻都找不到。

然而，爵爺這本著作後半部的價值就較令人存疑，他不再敘述故事，而是制定規範，用來介定何謂正派的英國魔法——換句話說，就是區分出白魔法與黑魔法之間的差異。這部分的觀點可說是了無新意。讀者們只要稍稍瀏覽近年來關於魔法的評論作品，必然會感覺到一種怪異的一致性。這些文章全都列舉同樣的歷史事蹟，並全都引用同樣的議題來證明他們的理論。

或許已到了我們該對此種現象提出質疑的時候了。在其他的知識領域中，我們都可以透過理性的反對與辯論來增長見聞。法律、神學、歷史與科學，全都有著各式各樣的不同派別。但為何獨獨在魔法領域，我們就只能聽到同樣的陳腔濫調？這會讓你感到，既然大家全都相信同樣的事實，那我們又何必再白費力氣去進行任何討論。這種單調乏味的一言堂現象無所不在，而其中最嚴重的就是近年來關於英國魔法史的論述，每一次重新改寫，都讓魔法史變得比先前更加荒誕不經。

本書作者在八年前所出版《為孩童寫的烏鴉王歷史》，可說是此類作品中最完美圓熟的傑作之一。他以生花妙筆讓讀者身臨其境地領略到**約翰・厄司葛雷**魔法的奇詭與壯麗。但他現在為何要佯裝相信英國魔法真正的開創者是十六世紀的**馬汀・帕爾**？在《英國魔法傑出復興運動隨筆》第六章中，他宣稱帕爾致力於清除**英國魔法**的黑暗質素。但他並未提出任何證據來證明這個驚人的主張——這也無妨，因為根本就沒有任何證據存在。

根據**波提斯黑**目前的觀點，由**帕爾**創立的魔法傳統，在**希克曼**、**蘭徹斯特**、**古柏特**、**貝拉西**

斯等人（我們稱之為銀色魔法師）的苦心經營下日臻完美，而現在更在**諾瑞爾先生**和**史傳傑先生**的努下達到輝煌的巔峰。從某些角度看來，**史傳傑先生**和**諾瑞爾先生**確實難辭其咎，他們等於是在設法欺瞞大眾。但這樣是行不通的。**馬汀．帕爾**和**銀色魔法師**，從來沒有要為英國魔法奠立根基的雄心壯志。他們所記錄下的每一項魔法，他們所撰寫出的每一個字句，都是在設法重建出他們前輩們（我們稱之為黃金時代魔法師或是金色魔法師）燦爛輝煌的魔法成就：**湯瑪斯．郭帛裂**、**羅夫．斯托克塞**、**溫徹斯特的凱薩琳**，以及最重要的**約翰．厄司葛雷**。**馬汀．帕爾**是這些魔法師的忠實信徒。他總是怨嘆自己生不逢時，未能誕生在兩百年前繁花怒放的魔法盛世。

復興英國魔法運動最顯著的特徵，就是對**約翰．厄司葛雷**所抱持的觀點。現在每當有人提起他的名字，總是不忘先極力詆毀辱罵一番。這種情形就像是，**戴維先生**[i]、**法拉第先生**，和我們其他偉大的科學家，在演講前都必須先表態說他們十分輕視並憎惡牛頓。或是像我們傑出的醫生在發表每一項醫學新發現時，都必須加上一篇描述**威廉．哈維**有多麼罪孽深重的序言。

波提斯黑勛爵在書中用一整個章節的篇幅，企圖推翻**約翰．厄司葛雷**是英國魔法創立者的傳統觀點，而他所抱持的論點是，在厄司葛雷來到英國前，英倫島嶼上就已經有魔法師存在。這點我並不否認。但我要堅決反對的是，在**約翰．厄司葛雷**之前，英國有任何**魔法傳統**存在。

讓我們一一審視**波提斯黑**如此重視的幾位早期魔法家。他們是何許人也？一位是**亞利馬太的約瑟**，一名來自聖地的魔法師，在這裡種下一株魔法樹，來保護英國免於受到災害——但據我所知，他待在英國的時間並不長，也並未將他的法術傳授給這裡的任何居民。另一位是**梅林**，但他的母親是**威爾斯人**，父親則是來自**冥府**，因此他並不符合波提斯黑、**諾瑞爾和史傳傑**所致力追求的正派英國魔法典範。而**梅林**的學生和門徒呢？我們甚至連一個都舉不出來。不，事實證明，我們應該採信眾所周知的一般看法：在**約翰．厄司葛雷**從精靈王國來到此地，建立他的北英格蘭王國之前，魔法在英倫群島早已絕跡。

波提斯黑似乎也對他自己提出的看法有些質疑，而為了讓讀者相信他的論點，他只好設法證明**約翰．厄司葛雷**的魔法有著邪惡的本質。但他所引用的例證都不夠清晰明確。讓我們檢視其中一個例證。大家都知道，在**約翰．厄司葛雷**位於新堡的首都四周，環繞著四座魔法森林。它們的名字分別是大湯姆、亞斯莫迪的堡壘、小埃及，以及聖所洛的祝福。它們不停地移動位置，有時甚至會吞噬那些意圖踏入城市傷害居民的敵人。當然，吃人的森林必定會令我們感到怪誕恐怖，但根據現有的資料，跟**約翰．厄司葛雷**同時代的人顯然並不這麼認為。那是一個殘酷的時代；**約翰．厄司葛雷**是一位中世紀君王，而他只是用中世紀君王的方式，來保護他的城市與人民。

我們往往很難去評斷**厄司葛雷**的行為是否合乎道德，因為他的動機總是如此隱晦不清。他是所有**金色**魔法師中最神祕的人物。沒人知道他為何在一一三八年，突然讓月亮離開天空，遊遍全英國所有的河川與湖泊。沒人知道他為何在一二〇二年跟冬天起爭執，並將它逐出英國，讓北英格蘭享有整整四年的長夏。我們也無法探知，為何在一三四五年五月至六月的連續十三個夜晚，北英格蘭王國中所有的男人、女人和孩童，全都夢到他們聚集在淡金色天空下的一片暗紅色曠野中，建造一座高聳的黑塔。他們每天夜晚辛苦工作，第二天早上在自己床上醒來時，全都感到筋疲力竭。他們直到第十三個夜晚，黑塔與所有的防禦工程全都建造完成之後，才不再為夢魘所苦。這所有的故事——特別是最後一個故事——都讓我們隱約感覺到，似乎有某些重大的事件發生，但卻不明白那到底是什麼。有些學者推測，那座黑塔是位於傳說中**厄司葛雷**向**魯西法**租用的地獄領土，而**厄司葛雷**建造這座堡壘，是為了要跟**地獄**的敵人作戰。然而，**馬汀．帕爾**卻有不同的看法。他認為這座黑塔與三年後英國爆發的黑死病瘟疫之間有著某種關連。相較之下，**約翰．厄司葛雷**的北英格蘭王國，災情就不像他們南方鄰居那般慘重，而**帕爾**相信這是因為，**厄司葛雷**早已建造了某種防禦設施來對抗瘟疫。

但依照《英國魔法傑出復興運動隨筆》所提出的觀點，我們甚至沒有必要對這類事情心生好奇。依照**諾瑞爾先生與波提斯黑勛爵**的看法，現代魔法師不該涉入任何我們只是一知半解的事物。但在我看來，正因為我們只是一知半解，我們才更應該去努力鑽研。

我們魔法師就像是英國魔法這棟古怪住宅中的居民。它是建造在**約翰．厄司葛雷**所創立的基礎上，而刻意漠視這些基礎，將會使我們陷入極大的風險。我們應該仔細研究這一切，了解它們的特質，這樣我們才能分辨出哪些對我們有所幫助，哪些對我們毫無用處。如若不然，這棟住宅將會出現裂縫，透進不知來自何方的刺骨寒風。屋中的走廊將會引領我們通往我們無意前往的所在。

總而言之，**波提斯黑**的著作——雖然包含了許多精采的內容——正好代表**現今英國魔法**最核心的瘋狂矛盾：我們最重要的魔法師們不斷宣稱，他們意圖抹去**約翰．厄司葛雷**在英國魔法所遺留下的所有痕跡，但這怎麼可能呢？我們所行使的正就是**約翰．厄司葛雷**的魔法。

---

i　Humphry Davy，1778-1829，英國物理學家與化學家。

39 兩位魔法師

一八一五年二月

在《愛丁堡評論》刊登過的所有爭議性文章中，這是到目前為止爭議性最大的一篇。到了一月底，全國上下所有受過教育的民眾，似乎全都讀過這篇文章並有所看法。雖然這篇文章並未署名，但大家都知道作者是誰——除了史傳傑不會有別人。喔，當然在一開始，還有些人持保留的態度，並指出史傳傑受到跟諾瑞爾一樣的批判——也許還更嚴厲一些。但這些人被他們的朋友們視為天字第一號大笨蛋。強納森．史傳傑不正就是這種反覆無常、性格矛盾，本來就可能會寫文章批判自己的人嗎？況且作者不是自稱是一名魔法師嗎？那除了史傳傑之外還會有誰？誰能寫出這麼專業水準的文章？

在諾瑞爾先生剛來到倫敦的時候，他的觀點顯得相當新穎，甚至還有些古怪。但現在大家已在潛移默化中逐漸接受這些論調，因此當他表示魔法就像海洋一樣，也應該由英國人來統治管理時，英國民眾已然將他的說法視為社會的心聲。英國魔法應該加以刪節規範，讓所有現代紳士淑女們都能夠輕易理解——約翰．厄司葛雷長達三百年的統治王朝，人類與精靈交往令人不安的奇特歷史——大可全數刪除。但史傳傑現在卻忽地矛頭一轉，開始駁斥諾瑞爾式的魔法觀點。大家突然發現，他們在童年時所熟知的那種瘋狂野蠻的英國魔法，似乎仍是不容顛覆的事實，而甚至在此時此刻，在某些遺忘已久的道路上，在天空後方，在雨的另一邊，約翰．厄司葛雷仍然駕著駿馬，帶著他的人類與精靈屬下往前奔馳。

大部分人都認為，兩位魔法師的合作關係必然已宣告破裂。在倫敦謠傳史傳傑曾到漢諾瓦廣場登門拜訪，結果卻被僕人擋在門外。另外還有一個完全相反的傳聞：史傳傑不再到漢諾瓦廣場報到，但諾瑞爾先生卻日日夜夜坐在他的圖書館裡，癡癡等待他的徒弟，每隔五分鐘就逼他的僕人到窗口去看看史傳傑到底來了沒有。

在二月初的一個週日夜晚，史傳傑終於前去探望諾瑞爾先生。這倒可以確定是事實，因為有兩名紳士前往漢諾瓦廣場的聖喬治教堂做禮拜，在路途中看到史傳傑站在諾瑞爾家門前的樓梯上；他們看到房門敞開；看到史傳傑跟僕人說話；再看到他立刻被請了進去，似乎主人早就在等待他的到來。這兩名紳士繼續往前走到教堂，迫不及待地把他們剛才看到的事告訴坐在隔壁長椅上的朋友。五分鐘之後，一名看起來十分聖潔的瘦弱年輕人走進教堂。他佯裝出祈禱的模樣，其實卻是在輕聲訴說，他剛才跟諾瑞爾先生的隔壁鄰居說過話，這名鄰居從一樓窗口探出頭來，聽到史傳傑先生在對他的老師大吼大叫。兩分鐘後，兩位魔法師互相威脅要將對方逐出魔法界的新聞，就迅速傳遍了整座教堂。禮拜儀式開始，有好幾群教徒卻用渴望的目光凝視著上方的窗戶，似乎是在怨怪教會建築的窗口為何總是設置在那麼高的地方。教徒們在管風琴的伴奏下吟唱一首聖詩，但後來卻有好幾個人表示，他們在歌聲中聽到轟隆隆的打雷聲——這可是魔法出現騷動的明顯跡象。但其他人卻認為這全都是他們的想像。

兩位魔法師若是聽到這些流言，必然會感到震驚至極，此刻他們正默默站在諾瑞爾先生的圖書館中，用警戒的目光互相望著對方。史傳傑已經有好多天沒看到老師了，而諾瑞爾的模樣讓他嚇了一跳。他的面容枯槁憔悴，身材乾癟瘦弱——他看起來整整老了十歲。

「我們坐下來好嗎，先生？」史傳傑說。他朝椅子走過去，而他突如其來的動作讓諾瑞爾嚇得畏縮了一下。他似乎以為史傳傑是要走過來揍他。但他立刻恢復鎮定，坐了下來。

史傳傑同樣也感到很不自在。在過去幾天，他一直在反覆詢問自己，發表這篇書評究竟是對是錯，而每次都得到相同的結論：他做了正確的抉擇。他事先已打定主意，在面對諾瑞爾時，應該擺出一副道德至上的高姿態，最多再加上一絲禮貌性的歉意。但現在當他再次坐在諾瑞爾先生的圖書館中時，他卻發現自己無法坦然正視老師的雙眼。他的目光輪流停駐在一些不相干的物品上——一個馬汀．帕爾的小瓷像；門把；他自己的大拇指指甲；諾瑞爾先生左腳的鞋子。

諾瑞爾先生正好相反，一直緊盯著史傳傑的面孔。

在一段時間的沉默之後，兩人突然同時開口說話。

「不論如何，你對我的情誼……」史傳傑說。

「你以為我在生氣，」諾瑞爾說。

兩人都停下來，然後史傳傑示意諾瑞爾先生繼續說下去。

「你以為我在生氣，」諾瑞爾先生說，「但我並不生氣。你以為我不明白你為何要這麼做，但我完全明白。你以為你耗費全部心血完成這篇文章，而現在全英國的民眾都了解你的看法。但他們真的了解嗎？並沒有。你連一個字都不用寫，我就可以完全了解你的心聲。」他停了一會兒，而他的面孔激烈地抽搐，彷彿正掙扎著想要吐露出某件埋藏在他內心深處的祕密，「你寫的一切，都是為我而寫的。只為我一個人。」

史傳傑張開嘴，想要反駁這令人驚詫的結論。但他想了一下，卻發現諾瑞爾的說法相當接近事實。於是他繼續保持沉默。

諾瑞爾先生繼續說下去。「難道你真以為我從來沒感覺到……跟你同樣的渴望嗎？**我們所行使的正就是約翰．厄司葛雷的魔法**。這還用說。難道還有其他的魔法？我可以告訴你，在我年輕的時候，我曾經用盡各種辦法，忍受千辛萬苦，只求能夠找到他，並跪倒在他的腳下。我企圖用魔法召喚他——哈！那是只有愚蠢至極的年輕人才會做的傻事——竟然把一位國王當成僕人，任憑我招之即來揮之則去。幸好魔法並沒有生效，我想這可算是我這輩子最幸運的事情之一！接下來，我企圖用古老的選擇咒語來尋找他！但我甚至無法讓魔法發揮作用。我年輕時所行使的所有魔法，全都是為了要尋找他。為了達到這個目標，我耗費了整整十年的光陰。」

「你過去從來沒跟我說過這些事，先生。」

諾瑞爾先生嘆了一口氣。「我希望能避免讓你犯下跟我同樣的錯誤。」他舉起雙手，做了一個無助的手勢。

「但照你的說法，諾瑞爾先生，這已經是很久以前的事情了，那時候你還年輕，缺乏足夠的經驗。但你現在已經是一位跟過去完全不同的傑出魔法師，我說句大話，我也不是平庸的助手。也許我們可以再試一次？」

「像他這樣法力高強的魔法師，除非他自己願意，否則你是永遠也無法找到他的，」諾瑞爾先生斷然表示，「這樣的嘗試絕對徒勞無功。你以為他會把英國的現況放在心上嗎？我告訴你，他根本一點兒也不在乎。他早在許久以前就遺棄我們了。」

「遺棄？」史傳傑蹙起眉頭說，「那是一個相當嚴苛的字眼。我想多年的失望自然會讓人產生這類的看法。但有許多報告指出，有些人在大家認為約翰．厄司葛雷早已離開英國多年後，曾經親眼見過他。例如新堡手套商的小孩，[1]約克郡的農夫，[2]巴士克水手……」[3]

諾瑞爾先生發出一聲憤怒的低呼。「全都是些道聽途說和荒唐迷信！就算這些故事是真的——這我可大大不以為然——我也完全想不通，他們這些人怎麼能確定，他們看到的人就是約翰．厄司葛雷。他並沒有畫像流傳於世。你剛才舉的兩個例子——手套商的小孩和巴士克水手——他們事實上根本沒認出那是厄司葛雷。他們看到一個黑衣男子，後來才聽其他人告訴他們那就是約翰．厄司葛雷。但說真的，不論他是否曾經在這個或那個時候回到英國，或曾經被這個或那個人看到，其實都沒多大差別。事情仍然一樣，當他放棄王位，離開英國遠走高飛時，他同時也帶走了英國魔法最珍貴的精髓。從那一天起，英國魔法就開始日漸沒落。光只是這一點，就足以讓我們把他看作是敵人了吧？你不是看過瓦特希的《凋零中的精靈森林》嗎？」[4]

「不，我沒看過這本書，」史傳傑說。他瞪了諾瑞爾先生一眼，似乎是在說，他沒看過的原因就跟以前一樣，因為他根本沒書可讀。「但我真希望，先生，你能早點告訴我這些事情。」

「也許我錯了，我不該什麼事都瞞著你，」諾瑞爾先生雙手交握，「我現在幾乎可以確定，我是真的做錯了。但我早在多年前就下定決心，為了大不列顛著想，最好的做法就是對這一切絕口不提，而人總是很難去改變他的老習慣。但你想必應該看出，我們所應當負起的任務了吧，史傳傑先生？你和我共同的任務？魔法可不是用來取悅一個早已不把英國放在心上的國王。我們必須打破英國魔法師對烏鴉王的依賴。我們必須讓他們完全遺忘約翰．厄司葛雷，就像他完全遺忘我們一樣。」

史傳傑搖搖頭，並皺起眉頭。「不。儘管你說了這麼多，但在我看來，約翰．厄司葛雷依然代表英國魔法最核心的價值，而我們若是刻意忽視他，將會使我們面臨極大的風險。也許最後我會發現我的看法並不正確。這很有可能。但在面對這種關鍵性的英國魔法重要議題，我必須設法去了解，否則就是對不起自己。請不要覺得我忘恩負義，先生，但我認為，我們兩人的合作應該就此宣告結束。在我看來，我們兩人實在太不相同……」

「喔！」諾瑞爾先生喊道，「我知道我們個性是很不一樣……」他做了一個制止的手勢，「但這有什麼關係呢？我們是魔法師啊。我是徹頭徹尾的魔法師，而你也是徹頭徹尾的魔法師。這不就夠了。你今天若是離開這棟房子，前去追尋你自己的道路，那有誰可以跟你說話呢？——像我們現在這樣互相分享心得？——一個也沒有。你會變得十分孤單。」他用一種幾乎是懇求的語氣輕聲說，「不要這麼做！」

史傳傑不知所措地望著他的老師。眼前的情況完全出乎他的預料。諾瑞爾先生不僅沒有被史傳傑的書評氣得大發雷霆，反倒是態度謙卑地坦然吐露出肺腑之言。在那一刻，史傳傑不禁感到，此刻他最合理也最期待的做法，就是回來繼續接受諾瑞爾先生的指導。但他由於驕傲，同時也意識到再過一、兩個鐘頭，他的想法必然會大為改觀，因此他仍然立刻表示：「我很抱歉，諾瑞爾先生，但從我自西班牙返回英國之後，我就無法坦然自稱是你的學生。我總覺得，我似乎是在扮演一個角色。把我的文章交給你檢查，任你自由刪改——我再也無法做這樣的事了。這是在逼迫我表達出我不再相信的觀點。」

「我們在公開場合要做的是，」諾瑞爾先生嘆了一口氣。他俯身向前，用較為有力的語氣說，「聽從我的指示。答應我在你真正確定你對這些事情的看法前，你絕對不再刊登任何文章，發表任何意見，展開任何行動。相信我，十年、二十年，甚至五十年的等待與沉默，絕對是值得的，這樣你才會真正了解該如何表達你的見解——知道什麼該說，什麼不該說。沉默與懶散並不適合你——

這我知道。但我向你保證，我一定會盡可能設法補償。這並不會造成你的損失。你過去若是曾經覺得我不知感恩，你會發現我以後絕對不會再讓你有這樣的感覺。我會告訴每一個人我有多麼重視你。我們將不再是師生關係。就讓我們成為地位平等的合作夥伴吧！我從你那裡學習到的東西，不是跟我教導你的知識一樣多嗎？以後報酬最豐富的工作全都交給你去做！那些書……」他微微吞了一口口水，「那些我應該借給你，那些我不讓你看的書，以後你全都可以閱讀！我們以後會去約克郡，你和我一起去——你要是想的話，今晚就可以動身！——而我會把圖書館的鑰匙交給你，這樣就可以任你看個過癮。我……」諾瑞爾先生用手按住額頭，似乎是被自己說的話嚇了一跳。「我甚至不會要求你撤回這篇書評。由它去吧。由它去吧。有朝一日，你和我兩人必然可以一起為你在文章中所提出的質疑找到答案。」

接下來是一段長久的沉默。諾瑞爾先生急切地盯著另一位魔法師的面龐。他答應要讓史傳傑使用賀菲尤莊園的圖書館的誘餌，確實發揮了一些作用。有好一會兒，史傳傑要離開老師的決心顯然有些動搖，但他最後還是開口說：「我感到非常榮幸，先生。我知道你平常並不是一個輕易妥協的人。但我認為，我現在必須走我自己的路了。我認為我們必須就此分道揚鑣。」

諾瑞爾先生閉上眼睛。

房門就在那一刻敞開。路卡斯和另一名僕人端著茶盤走進來。

「來吧，先生，」史傳傑說。

他碰了一下諾瑞爾先生的手臂，讓他老師稍稍打起精神，而英國僅有的兩名魔法師，開始最後一次共同享用茶點。

史傳傑在八點半離開漢諾瓦廣場。幾名逗留在樓下窗口邊的人目送他離去。其他那些不屑自己去察看的人，就派遣僕人站在廣場上站崗。我們無從得知，拉塞爾是否也派了僕人去打探風聲，但在史傳傑轉入牛津街的十分鐘後，拉塞爾就舉手敲響諾瑞爾先生家的大門。

諾瑞爾先生依然待在圖書館裡，依然坐在史傳傑離開時他坐的椅子上。他雙眼定定地望著地毯。

「他走了？」

諾瑞爾先生沒有答話。

拉塞爾坐下來。「我們的條件呢？他願意接受嗎？」

仍然沒有回答。

「諾瑞爾先生？你把我們商量好的決定告訴他了嗎？你有告訴他，他若不肯公開聲明要撤回那篇書評，我們就只好揭發他在西班牙使用黑魔法的事情？你有告訴他，不論在任何情況下，你都不可能再讓他做你的學生了嗎？」

「沒有，」諾瑞爾先生說，「這些我全都沒說。」

「但是……」

諾瑞爾先生深深嘆了一口氣。「我對他說了什麼並不重要。他已經走了。」

拉塞爾沉默了一會兒，有些不悅地盯著這名魔法師。諾瑞爾先生依然深深沉浸在自己的思緒中，完全沒注意到拉塞爾的神情。

最後拉塞爾聳了聳肩。「看來你當初的說法果真沒錯，先生，」他說，「英國就只能有一位魔法師。」

「你這話是什麼意思？」

「我的意思是，不論在任何領域，**兩個人**都是最令人不安的數字。**一個人**可以隨心所欲。**六個人**或許可以和平共處。但**兩個人**卻總是必須互相競爭，去努力爭取主導地位。**兩個人**就必須隨時去提防對方。而全世界的目光，全都會緊盯著這**兩個人**，不確定他們該將哪一位奉為大師。你在嘆氣，諾瑞爾先生。你知道我說的沒錯。從今以後，我們不論進行任何計畫，都必須先考慮到史傳傑——他會怎麼說，他會怎麼做，而我們又該如何對抗他。我們最好是立刻開始提防他。我指的是實際的行動。他擁有驚人的魔法天才，但他能得到的資源卻少得可憐，照這樣下去，他會開始認為魔法師有權力為所欲為——就算是私闖民宅、偷竊，或是詐欺也無所謂。」拉塞爾俯身向前，「我並不是說，他目前會卑鄙到去偷你的東西，但是當未來有一天，他在極端迫切的情況下，他那向來缺乏紀律的散漫性格，就會讓他自以為有權力去做出背信忘義，侵犯私人財產的行為。」他停了一會兒，「賀菲尤莊園有任何防盜措施嗎？你施了隱藏咒語嗎？」

「隱藏咒語根本就防不了史傳傑！」諾瑞爾先生氣沖沖地說，「那反而會引起他的注意力！指引他立刻找到我最珍貴的書籍！不，不，你說的沒錯。」他嘆了一口氣，「是有必要做些預防措施。讓我想想。」

在史傳傑走出大門的兩個鐘頭後，諾瑞爾先生和拉塞爾就乘著諾瑞爾先生的馬車離開漢諾瓦廣場。三名僕人伴隨他們一同出發，顯然是準備要踏上長途旅程。

第二天，向來就反覆無常且性格矛盾的史傳傑，開始對他跟諾瑞爾先生決裂的事感到有些後悔。諾瑞爾先生預言他再也找不到任何人分享魔法心得的話語，一直在他心頭縈繞不去。他反覆回想他們兩人的對話。他幾乎可以確定，諾瑞爾所有關於約翰．厄司葛雷的見解全都犯了錯誤。諾瑞爾先生所說的話，讓他想到了許多嶄新的觀點，但現在他卻沒人可以討論，令他感到痛苦至極。

由於缺乏適當的聽眾，他只好前往哈雷街去找華特．波爾爵士發發牢騷。

「光只是昨天晚上，我就想到了至少五十件該告訴他的事情。我想現在我就只能把這些寫成一篇文章或是評論——最快也要等到四月才能登在報刊雜誌上——然後他會指示拉塞爾或是波提斯黑寫文章反駁我的觀點——而這至少要等到六、七月才會發表。所以說我得花五、六個月的時間，才能知道他要對我說些什麼！用這種方式辯論實在是太麻煩了，特別是當你想到，才不過在昨天，我只要直接走到漢諾瓦廣場去詢問他的意見就行了！而更糟的是，我確定我現在是休想再看到或是聞到他那些魔法書了！一名魔法師少了書本要如何生存？你倒是找人解釋給我聽聽。這簡直就像是要一名政客不靠賄賂或是贊助就登上高位嘛。」

華特爵士並未出言反駁這種無禮至極的說法，他十分寬容地體諒史傳傑情緒欠佳。他在哈羅公學讀書的時候，曾經被迫學過魔法史（令他厭惡至極），而他現在搜索枯腸，努力想要記起某些或許派得上用場的知識。他發現他記得的並不多——若打個比方，他自嘲地想道，大概就只能裝滿半個迷你酒杯吧。

他想了相當長的時間，最後才好不容易擠出一段話：「據我所知，烏鴉王是在完全沒有任何書本的情況下，學會了英國的所有魔法——因為那時候英國根本連一本魔法書也沒有——所以也許你也可以這麼做？」

史傳傑冷冷地瞪了他一眼。「而據我所知，烏鴉王是精靈王奧伯龍[i]最鍾愛的養子，對他是百般呵護，有求必應，讓他接受最優秀的魔法教育，還送給他一個龐大的王國。所以說，我最好是常到偏僻的雜樹林和苔蘚密布的林中空地去閒晃，看有沒有精靈皇族要收養我，但他們或許會嫌我長得太高了點兒。」

華特爵士呵呵大笑。「你現在不用去伺候諾瑞爾先生了，那你打算做些什麼？要不要我叫外交部的羅伯森替你安排些魔法工作？上個禮拜他才跟我抱怨，說諾瑞爾先生要先把海軍總部和財政部的工作全都完成之後，才能排出時間替他辦事。」

「我一定會為他效勞。但請他再等我兩、三個月的時間。我們正準備回斯洛普郡家鄉待一陣子。亞蕊貝拉和我都非常渴望能回到我們的小鄉村，而我們現在已經不用再去考慮諾瑞爾先生是否方便，隨時都可以出發上路。」

「喔！」華特爵士說，「但你們該不會馬上就出發吧？」

「再兩天就走。」

「這麼快？」

「拜託別露出那副苦瓜臉！說真的，波爾，我還不曉得你這麼喜歡跟我作伴哩！」

「才不是呢。我是想到了波爾夫人。這種改變對她不太好。她會想念她的朋友的。」

「喔！喔，沒錯！」史傳傑感到有些困窘，「那是一定的！」

不久之後，亞蕊貝拉也在當天早晨前來向波爾夫人道別。夫人依然青春美貌，五年的歲月幾乎不曾在她身上留下任何痕跡，而她悲慘的處境也依舊一如往昔。她就跟過去一樣沉默，對所有痛苦或歡樂全都漠不關心。不論待她親切或是冷漠，她都同樣無動於衷。她鎮日呆坐在哈雷街住宅那間威尼斯式客廳的窗口邊，靜靜度過漫漫長日。她從來不曾對任何消遣活動流露過一絲興趣，而亞蕊貝拉是她唯一的訪客。

「我希望妳不要走，」夫人在聽到亞蕊貝拉向她辭行後表示，「斯洛普郡是個什麼樣的地方？」

「喔！我的看法恐怕不夠客觀。但我相信大部分人都會認為那是一個風景優美的地方，有著青翠碧綠的山丘與森林，和甜美宜人的鄉村小徑。當然，我們要等到春天，才能完全欣賞到她的美麗風光。但就算是在冬季，那裡的景色也是十分動人。那是一個非常浪漫的小郡，過去曾有過輝煌的歷史。山丘上矗立著不知道哪個民族所建造的廢棄城堡與石頭建築——由於它十分接近戰爭不斷的威爾斯——幾乎每個山谷都有古戰場的遺跡。」

「戰場！」波爾夫人說，「我非常清楚戰場是什麼模樣。只要往窗外瞥上一眼，觸目所及全都是殘破的骨骸和腐鏽的盔甲！那真是非常淒涼憂傷的景象。我希望那不會讓妳感到情緒低落。」

「殘破的骸骨和盔甲？」亞蕊貝拉喃喃複述，「不，不是這樣的。夫人誤解我的意思了。戰爭是發生在多年以前。現在已經什麼都看不到了——自然不會讓我感到情緒低落。」

「不過，妳該曉得，」波爾夫人自顧自地繼續說下去，根本沒注意到亞蕊貝拉說了什麼，「幾乎所有地方都曾經在過去某個時候發生過戰爭。我記得在學校念書的時候，讀到倫敦也曾經出現過慘絕人寰的戰爭景象。人們被各種殘酷恐怖的方式處死，整個城市被大火夷為平地。我們人生的所有歲月，總是被暴力與悲慘的陰影所重重包圍，而是否能看到具體的跡象，對我來說其實沒什麼差別。」

房中出現了某種變化，彷彿有冰冷的灰色羽翼飛過她們的頭頂，或是有某個鏡中人的身影掠過房間。亞蕊貝拉在跟波爾夫人共處時，經常會看到這種光影所造成的錯覺。她不知道這是什麼原因，但她猜想，這一定是因為房中的鏡子實在太多了。

波爾夫人打了一個哆嗦，裹緊身上的披肩。亞蕊貝拉俯身向前，握住她的手。「好了！專心想些快樂的事情。」

波爾夫人茫然地望著她。對她來說，快樂就像飛翔一樣陌生。

於是亞蕊貝拉開始說話，希望能暫時引夫人分心，別再繼續去想那些恐怖的念頭。她談起新開的商店和最新的流行。她描述她在佛萊德街櫥窗中看到了一匹非常漂亮的象牙色薄絹，又在其他地方看到一種綠松石色的管珠，用來搭配象牙色薄絹一定美極了。她開始轉述她的裁縫對於管珠的看法，然後又說到在裁縫家窗外的鐵鑄小陽臺上，有一株非常奇特的盆栽，它在短短一年內就長得又高又茂盛，把樓上那位燭臺商家的窗口全都擋住了。接下來她又東拉西扯地談到了其他那些長得奇高的植物——傑克與豆莖——住在豆莖上面的巨人——巨人和擊退巨人的英雄——拿破崙大帝和威靈頓公爵——公爵不論在人生各方面都稱得上完美無缺，可惜就只有一項缺憾——公爵夫人非常不快樂。

「幸好妳和我都不用忍受這種痛苦，」她最後做出結論，而這時她已經說得有些喘不過氣來，「老是看到自己丈夫向別的女人獻慇懃，心裡自然無法獲得平靜。」

「大概吧，」波爾夫人用有些懷疑的語氣說。

這句話惹惱了亞蕊貝拉。她總是盡可能去體諒波爾夫人的所有怪癖，但她最看不慣的就是，夫人總是對她的丈夫非常冷漠。亞蕊貝拉若不是被華特爵士對夫人的深情所感動，她是絕對不會這麼頻繁地到哈雷街去探望夫人。他只要一想到有任何事可能會讓夫人感到快樂，或是稍稍減輕她的痛苦，他一定二話不說立刻著手去做，而亞蕊貝拉看到他的辛苦付出幾乎得不到任何回報，總是替他感到十分心酸。事實上，波爾夫人從未對他流露出一絲厭惡；但她有時似乎完全沒感覺到他的存在。

「喔！但妳難道不覺得那有多麼幸福，」亞蕊貝拉說，「那是人生最大的幸福之一。」

「那是什麼？」

「妳丈夫對妳的愛。」

波爾夫人露出驚訝的神情。「是的，他是很愛我，」她最後終於開口說，「至少他是這麼告訴我的。但這對我有什麼用處呢？那從來無法在我寒冷時給我溫暖——而妳也知道，我總是感到寒冷。那從來無法讓冗長乏味的舞會縮短一分鐘，或是讓那經過漫長、黑暗，陰森走廊的遊行停下來。那從來無法拯救我脫離任何悲慘的處境。你丈夫對妳的愛，曾經拯救妳脫離任何厄運嗎？」

「史傳傑先生？」亞蕊貝拉露出微笑，「不，從來沒有。他還常需要我來拯救呢！」她看出波爾夫人顯然不太明白她的意思，於是她趕緊補充說明，「他經常會遇到一些希望他能為他們施魔法的人。或是他們有某個姪孫想要跟他學習魔法。——或是他們相信自己發現了一隻魔法鞋或魔法叉，或是其他這一類的無稽之談。他們並沒有惡意。事實上他們通常都是些非常高尚體面的人。但史傳傑先生向來對人沒什麼耐心，所以我只好趕緊過去替他解圍，以免他說出什麼不該說的話。」

這時亞蕊貝拉已打算告辭，於是她開始說她的臨別贈言。她們接下來也許有好幾個月不能碰面，所以她特別急著想要說些愉快的事情。「而我希望，我親愛的波爾夫人，」她說，「當我們下次碰面時，妳的情況會大幅改善，也許那時候妳就可以重新返回社交圈。我誠心希望未來有一天，我們能在戲院或是舞廳碰面……」

「舞廳！」波爾夫人驚恐地低呼，「妳為什麼要說這種話？我絕對不希望我們兩人在舞廳碰面！」

「噓！安靜一點兒！我不是故意要讓妳難過。我忘了妳有多痛恨跳舞。好了，不要哭！要是這讓妳覺得不愉快，就不要再想這件事了。」

她用盡各種方法來安撫她的朋友。她擁抱她，親吻她的面頰和頭髮，撫摸她的手，倒薰衣草花水給她喝。但全都沒有任何用處。波爾夫人就這樣無法控制地一連哭了好幾分鐘。亞蕊貝拉不太明白這到底是為了什麼。但話說回來，就算她明白又有什麼用呢？大家本來就常常抱怨，夫人總是為了微不足道的小事而驚駭莫名，並經常莫名其妙地就開始不高興。亞蕊貝拉拉鈴召喚女僕。

一直等到女僕出現時，夫人才終於努力讓自己鎮定下來。「妳根本不明白妳自己說了什麼！」她喊道，「我絕對不希望妳會發現到我所知道的一切。我會試著警告妳——我知道這一點希望也沒有——但我會盡量試著去做！聽我說，我親愛的史傳傑太太。仔細聽我說，就好像我接下來要說的話，關係到妳是否能獲得永恆的拯救！」

於是亞蕊貝拉盡量擺出一副全神貫注的神情。

但這並沒有任何用處。夫人每次宣稱要告訴亞蕊貝拉某些非常重要的事情，都會出現同樣的結果。她臉色發白，做了幾次深呼吸——然後開始述說一個德比郡鉛礦業主愛上擠牛奶女工的奇怪故事。擠牛奶女工是鉛礦業主心目中的理想化身，只是她的形影總是要晚個幾分鐘才會出現在鏡子裡，她的眼睛在日落時會變色，而且常有人看到在她靜止不動時，她的影子卻在不斷狂舞。

等波爾夫人上樓後，亞蕊貝拉獨自坐在房中。「我實在是太笨了！」她心想，「我明明知道她只要一聽到跳舞，就難過得不得了！我怎麼會這麼不小心？我真想知道她到底想要告訴我什麼事情？我懷疑甚至連她自己都不太清楚？可憐的人！失去健康和理性，就算擁有財富和美貌又有什麼用呢！」

她正在用這種口吻對自己說教時，突然聽到背後傳來一陣細微的聲響，於是她回過頭。她連忙站起身來，快步走到門邊，伸出一隻手。

「是你啊！我真高興能見到你！快進來！跟我握握手。我們有很長一段時間不能見面了。」

那天晚上她對史傳傑說：「至少有一個人，為你開始專心研究約翰．厄司葛雷和精靈而感到高興。」

「喔？那這個人是誰？」

「有一頭薊冠毛銀髮的紳士。」

「誰？」

「就是那個跟華特爵士和波爾夫人住在一起的紳士啊。我告訴過你的。」

「喔，沒錯！我想起來了。」史傳傑開始思索這件事，而兩人沉默了一段時間。「亞蕊貝拉！」他突然驚呼道，「難道妳是說，妳直到現在還是不曉得他的名字嗎？」他開始放聲大笑。

亞蕊貝拉顯然不太高興。「那又不是我的錯，」她說，「他從來沒提到他的名字，我也從來沒想到要去問他。但我很高興你這次並沒有反應過度。我記得上次你還在吃醋哩。」

「我可不記得有這回事。」

「真奇怪！我倒是記得一清二楚。」

「對不起，亞蕊貝拉，但我實在很難去跟一個跟妳認識這麼多年，而妳卻連他的名字都不曉得的男人吃醋。所以說，他很贊成我的研究方向，是不是？」

「是的，他常跟我說，除非你開始研究精靈，否則你永遠也不會得到任何成果。他說只有研究精靈和精靈的魔法，才能算是真正的魔法工作。」

「是嗎？他對這方面的看法還真是武斷！那麼我倒想請問，他怎麼會知道這一切？他是一名魔法師嗎？」

「我覺得不是。他曾經宣稱，他這輩子從來沒讀過任何跟魔法有關的書籍。」

「喔！原來他也是那種人，對不對？」史傳傑不屑地說，「他從來沒研究過這個主題，但他卻有辦法說出一大堆頭頭是道的理論。這種人我見多了。好吧，既然他不是魔法師，那他到底是什麼人？妳至少可以告訴我這一點吧？」

「我想我可以，」亞蕊貝拉露出一副猜中祕密的得意神情。

史傳傑坐著等待。

「不，」亞蕊貝拉說，「我才不要告訴你哩。你只會再嘲笑我。」

「說不定。」

「好吧，」亞蕊貝拉過了一會兒忍不住開口說，「我覺得他是一位王子。或是一位國王。反正他一定有皇室的血統。」

「妳為什麼會這麼想？」

「因為他常跟我提到他的王國、他的城堡和他的宅邸——但我必須承認，這些地方的名字都很奇怪，而且我連一個也沒聽說過。我想他一定是某位被拿破崙罷黜的德國或是瑞士王子吧。」

「是嗎？」史傳傑有些不悅地說，「很好，現在拿破崙已經戰敗了，他也該回家去了吧。」

這些對於銀髮紳士含混不清的解釋與猜測，自然無法令史傳傑感到滿意，因此他仍然對亞蕊貝拉的朋友感到十分好奇。第二天（這是史傳傑待在倫敦的最後一天）他特地走到華特爵士位於白廳街的辦公室，去打聽那個人的真實身分。

但是當史傳傑踏進辦公室時，卻發現只有華特爵士的私人祕書在裡面忙碌工作。

「喔！莫考克！早安！華特爵士走了嗎？」

「他到橫笛屋去了，❺史傳傑先生。有什麼可以讓我為你效勞嗎？」

「不用了，我不……好吧，也許你幫得上忙。我一直想向華特爵士打聽一件事，但卻總是忘了問。我想你該不會認識那位住在他們家的紳士吧？」

「誰家，先生？」

「華特爵士家。」

莫考克先生皺起眉頭。「住在華特爵士家的紳士？我想不出你指的是什麼人。他叫什麼名字？」

「這就是我想知道的事。我從來沒見過這個人，但史傳傑夫人似乎每次一踏出家門就會遇到他。她跟他認識很多年了，但她卻從來不曉得他叫什麼名字。他想必是個非常古怪的傢伙，才會這麼神祕兮兮的。史傳傑太太總是叫他什麼有著銀白鼻子的紳士，或是有著雪白皮膚的紳士。或是其他這一類的怪名。」

但這些話顯然只是讓莫考克先生變得更加迷惑。「我很抱歉，先生。我從來沒見過這個人。」

❶在十七世紀末期，在精靈王的首都新堡，有一名手套商有一個非常勇敢大膽的小女兒。有一天，大家原本以為這個孩子在她父親家的某個角落玩耍，但後來卻發現她失蹤了。她的父母親和兄弟們四處尋找她。鄰居們也幫忙搜尋，但卻完全看不到她的蹤影。到了當天下午，他們抬起頭來，卻看到她沿著圓石遍布的泥濘山坡走下來。有些人隱約看到，在那黑暗的冬天道路上，有某個人陪她走了一陣子，但最後她是獨自走下山坡。她並未受到任何傷害，而大家根據她的說法，拼湊出下面這個故事：

她走出她父親的房子，到城裡四處遊蕩，沒多久她就踏上一條她從未見過的道路。這條路非常寬廣，鋪著平坦的石板，她沿著道路一路爬至她從未到達的高處，踏入一座巨大石頭房屋的大門與庭院。她走進屋中，參觀了許多房間，但全都寂靜無聲且空無一人，布滿灰塵和蜘蛛網。房屋旁側有一間套房，裡面的牆壁和地板上，不斷出現斑駁搖晃的樹影，彷彿窗外有著枝葉繁茂的夏樹（但那時分明是冬季）。另外一個房間裡，除了一面大鏡子之外什麼也沒有。房間和鏡子有時候似乎在互相唱反調，因為房間裡空無一物，但鏡中卻擠滿了鳥兒。不過，手套商的小孩可以聽到鳥兒在她周圍啁啾鳴唱。那裡有一道黑暗而漫長的走廊，迴盪著潺潺的流水聲，彷彿在走廊盡頭有著黑暗的海洋或是河流。從某些窗口望出去，可以看到新堡的市景，但其他窗口外卻是完全不同的城市，甚至還有些窗口，只能看到淒涼的荒野與一片清冷的藍色天空。

她在屋子裡看到許多螺旋梯，這些階梯一開始非常寬闊，但當她爬到高處，樓梯就立刻變得越來越狹窄，越來越彎曲，到了最上面，階梯的石磚上到處都是裂縫和缺口，孩子就算可以注意到，也很可能會不小心踩空摔下去。最後她看到，階梯頂端出現了一扇簡陋的小木門。

她毫不畏懼地推開門，但她一看到房中的景象，立刻嚇得大叫。裡面似乎塞滿成千上萬的鳥兒，完全看不到任何一絲光亮或是黑暗，只有一大片密密麻麻、雜亂無章的黑色翅膀。一陣彷彿來自遠方的風朝她吹過來，讓她感到這裡的空間十分遼闊，彷彿她已爬到了天空，卻發現那裡擠滿了烏鴉。手套商的小孩感到非常害怕，但接著她聽到有某個人在呼喚她的名字。鳥兒立刻消失，而她發現自己置身在一個牆壁和地板都毫無裝飾的小房間裡面。這裡沒有任何家具，但有個男人坐在房中央的地板上，他向她招手，再次呼喚她的名字，叫她不要害怕。他有著一頭雜亂糾結的漆黑長髮，穿著一身樣式怪異的破爛黑衣。他看起來一點兒也不像是國王，而唯一能暗示出他魔法師身分的跡象，就是他身邊擺了一個裝滿清水的大銀盤。手套商的女兒在男人身邊待了好幾個鐘頭，直到黃昏他才帶領她穿越房屋走向城市，送她返回家中。

❷ 參見第三十三章[3]。

❸ 在所有關於約翰．厄司葛雷返回英國的傳說中，最怪誕詭異的或許就是巴士克水手的故事，他是西班牙國王大艦隊的生還者。當他的船隻在遙遠的北方英格蘭海岸被暴風雨摧毀之後，這名水手和其他兩位夥伴一同逃向內陸。他們不敢靠近村莊，但那時是冬季，地上結滿了厚厚的冰霜；他們擔心自己會被凍死。到了晚上，他們在一座高聳的山坡上，找到了一棟矗立在荒涼雪地中的無人石屋。房中幾乎漆黑一片，但從牆上的高窗透進來些許幽微的星光。他們躺在地上呼呼大睡。

巴士克水手夢到有位國王在盯著他看。

他醒過來。在他上方，一束束朦朧的灰光穿透冬日的漆黑。他依稀看到在房間遠處的盡頭，有一座高起的石臺。等光線逐漸增強，他看到石臺上有某個東西：一張椅子或是一個王位。一個男人坐在王位上；一個有著漆黑長髮裹著黑色長袍的蒼白男人。水手嚇得魂飛魄散，趕緊叫醒他的同伴，要他們看男人坐在王位上的詭異景象。他似乎在望著他們，但他甚至連手指頭都沒動上一下；但他們非常確定他是一個活生生的男人。他們連滾帶爬地跑出大門，越過冰凍的大地往前狂奔。

沒過多久，巴士克水手就失去了他的同伴：其中一人還不到一個星期，就因感冒與心臟病發作而暴斃；另一人決定要設法走回比斯開灣，於是他開始往南方出發，從此下落不明。但巴士克水手在坎布里亞郡待了下來，而一些農民收留了他。他開始在這個農莊當僕人，並娶了隔壁農莊的一個年輕女孩。他終其一生都在述說那個發生在高丘上石頭穀倉中的故事，而在他的新朋友和鄰居們的解說之下，他開始相信，那個坐在黑色王位上的男人就是烏鴉王。巴士克水手再也不曾找到那個石頭穀倉，而他的朋友或是他的子女也無法探查到它的蹤跡。

而終其一生，每當他踏入黑暗地方的時候，他都會先說：「小的問候您，陛下，並獻給您最誠摯的歡迎。」——以免那個有著漆黑長髮的蒼白國王，就坐在黑暗中等待著他。在幅員遼闊的北英格蘭王國，有著成千上萬個黑暗的所在，也就是成千上萬個烏鴉王可能會現身的地方。「小的問候您，陛下，並獻給您最誠摯的歡迎。」

❹《凋零中的精靈森林》，瓦特西著。這是一本非常詳盡扎實的作品，由一名當時的魔法師描繪出約翰・厄司葛雷離開英國後，英國魔法如何開始沒落的情形。在一四三四年（厄司葛雷就是在這年離開英國），瓦特西是一名二十五歲的年輕人，才剛在諾威奇開始學習魔法。在《凋零中的精靈森林》中，他精確嚴謹地記錄下那些當厄司葛雷和他的精靈臣民仍然待在英國時十分有效，但在他們離開後卻再也無法發揮作用的所有魔法，事實上，我們對於金色魔法師絕大部分的了解，都是來自於瓦特西的著作。《凋零中的精靈森林》似乎是一本憤怒的作品，但瓦特西稍後的兩本著作卻有過之而無不及：《捍衛我被新堡敵人惡意禁止的筆耕成績》（一四五九至六〇年）與《偽王之罪》（著於一四六一至?年，於一六九七年在朋占斯出版）。

❺利物浦勛爵在倫敦的住宅，位於泰晤士河邊，是一棟漫無章法但卻饒富趣味的老式宅邸。

i　King Auberon，德國傳說中的精靈與陰影之王，亦即莎士比亞劇作《仲夏夜之夢》中的仙王。

40「我敢說；絕對沒有這個地方。」

一八一五年六月

拿破崙大帝被放逐到厄爾巴島。然而，這位皇帝陛下不太相信自己能適應寧靜的島嶼生活——他畢竟已習慣統治大半個世界。因此他在離開法國前對某些人表示，他將在紫蘿蘭再度於春季盛開時返回故國。他信守這項承諾。

他一踏上法國的土壤，就立刻召集了一支軍隊往北方出發，到巴黎去實踐他的命運，也就是向全世界所有人宣戰。他自然急著想要重新登上皇帝的寶座，但目前大家還看不出，他會選擇做哪裡的皇帝。他向來一心想要效法亞歷山大大帝，因此有人推測他可能會轉向東方進軍。他過去曾侵略過埃及，並獲得不錯的成果。他也可能會轉向西方：謠傳已有一整支海軍艦隊在賽堡待命，準備載他前往美國去征服一個嶄新的世界。

但不論他選擇何方，大家都一致認為，他必然都會先侵入比利時，因此威靈頓公爵立刻前往布魯塞爾，準備迎戰這個全歐洲最大的敵人。

英國的報紙充斥著各式各樣的謠言：拿破崙已召集軍隊；他正以驚人的速度攻向比利時；他已抵達目的地；他大獲全勝！但到了第二天，有人卻發現他仍然待在巴黎的皇宮中，根本就尚未展開任何行動。

在五月底，強納森．史傳傑隨著威靈頓公爵與軍隊前往布魯塞爾。他過去三個月都待在斯洛普郡，過著寧靜的鄉居生活，並潛心鑽研魔法。可想而知，他在剛抵達布魯塞爾時，必然會感到這個異國城市處處令人困惑。然而，當他在城裡逛了一、兩個鐘頭後，他卻得到一個不同的結論：問題並不在於他，而是在於布魯塞爾這個城市本身。他非常清楚戰時的城市是什麼情況，但這裡卻完全不是那麼一回事。戰時的城市街道上應該有著三五成群的士兵隊伍，裝滿軍需用品的運貨馬車，以及許多焦慮不安的面龐。但奇怪的是，這裡卻處處可見時髦的精品商店，以及駕著漂亮馬車在街上遊蕩的盛裝淑女。沒錯，這裡的確到處都可以看到軍官，但他們顯然都完全無意從事任何跟軍事有關的任務（有位軍官正全神貫注地替一個小女孩修理一把玩具洋傘）。城裡處處洋溢著歡笑與喜樂的氣氛，怎麼看都不像是一個即將面臨拿破崙大軍入侵的城市。

他聽到有人在呼喚他的名字。他轉過頭來，看到了跟他熟識的曼寧罕上校。上校邀請史傳傑跟他一起去夏綠蒂．葛蕊薇夫人家作客。（她是一位住在布魯塞爾的英國貴婦。）史傳傑不願前往，說他又沒有收到邀請函，而且他現在要去找威靈頓公爵。但曼寧罕卻說，沒有邀情函根本無所謂——反正他一定會受到主人歡迎——再說，公爵目前最可能會出現的地方，正是夏綠蒂．葛蕊薇夫人家的客廳。

十分鐘後，史傳傑踏入一間賓客盈門的奢華寓所，他在這裡看到許多熟面孔。這裡有軍官、美麗的仕女、時髦的紳士、英國政治家，以及英國貴族各個階層的代表人物。他們全都在滔滔不絕地談論戰爭，不時拿這個話題來消遣打趣。這對史傳傑來說相當新鮮：把戰爭當作是一種時髦的消遣活動。在西班牙和葡萄牙，軍人向來將自己視為飽受苦難非議、被世人遺忘的殉道烈士。而英國報章雜誌上的報導，又總是將軍人的處境描繪得更加悲壯淒慘。但現在在布魯塞爾，情勢在突然間大為逆轉，威靈頓公爵的軍官成為世上最高尚的地位——而第二光榮的自然就是公爵的魔法師。

「難道威靈頓真希望讓這些人全都聚集在這兒嗎？」史傳傑驚詫地輕聲詢問曼寧罕，「要是法軍攻過來怎麼辦？我真希望我沒到這兒來。待會兒一定會有人跑過來打聽我跟諾瑞爾決裂的經過，我真的很不想談論這件事。」

「胡說！」曼寧罕悄聲答道，「這裡根本沒人會在乎這件事！而且公爵已經來了！」

在一小陣騷動之後，公爵終於現身。「啊，梅林！」他一看到史傳傑就揚聲喊道，「我真高興見到你！你應該認識里奇蒙公爵吧。不認識？讓我替你引見！」

室內的氣氛原本已經夠熱鬧了，在公爵駕到之後，大家更是精神為之一振！所有人全都緊盯著他的一舉一動，看他在跟誰說話，以及（大家對這點更感興趣）他在跟誰打情罵俏。看他此刻的模樣，任何人都會以為，他到布魯塞爾來純粹是為了個人享樂。但每當史傳傑想要離開時，公爵就會用眼神阻止他，彷彿是在說：「不行，你必須留下來。我需要你！」最後，公爵終於一面跟賓客們微笑致意，一面湊過頭來附在史傳傑耳邊說：「聽著，我想到一個好主意。過來！房間另一邊有一個溫室。我們可以避開人群到那兒說話。」

他們在棕櫚樹和其他異國植物之中安坐下來。

「我先警告你，」公爵說，「這裡可不是西班牙。在西班牙，法軍是全國男女老幼痛恨的敵人。但在這裡情況卻大不相同。拿破崙在每條街道上，在絕大部分的軍團中，都有許多同情他的朋友。這個城市到處都是間諜。因此我們的工作——你和我兩人共同的工作——就是盡量露出一副胸有成竹的模樣，就好像我們可以輕而易舉地把拿破崙打得一敗塗地！露出微笑，梅林！喝點兒茶。那可以讓你保持鎮定。」

史傳傑企圖露出滿不在乎的微笑，但很快又憂心忡忡地皺起眉頭，為了避免讓公爵注意到他不自在的神情，他趕緊找個話題好讓公爵分心，詢問公爵對目前的軍隊陣容是否感到滿意。

「喔！這支軍隊實在是糟糕透頂。我從來沒遇過這樣胡拼亂湊的雜牌軍。英國、比利時、荷蘭和德國軍全都混在一起。這簡直就像是用五、六種不同的建材來建造一堵牆似的。每樣建材單獨看都品質絕佳，但硬將它們湊到一塊，你難免會懷疑這堵牆不夠牢固。不過，普魯士軍隊答應要跟我們並肩作戰。而布呂歇爾[i]是個很了不起的老傢伙。他熱愛打仗。」（布呂歇爾是普魯士軍隊將領。）「不幸的是，他也是個瘋子。他認為自己懷孕了。」

「啊！」

「懷了一隻小象。」

「啊！」

「你必須立刻展開工作！你有把書帶來吧？還有你的銀盤？有沒有適合工作的地方？我有一種強烈的預感，拿破崙將會在西邊現身，從里爾的方向攻過來。這是我自己絕對會選擇的路線，而且我在里爾的朋友們向我保證，那兒的人正在熱烈期待他的到來。所以你的任務就是：監視西方邊界是否出現拿破崙進攻的跡象，只要一發現法軍的蹤影，就立刻向我報告。」

接下來兩個禮拜，史傳傑讓銀盆顯示出各個地方的幻象，監視所有公爵認為法軍可能會出現的地點。公爵提供了他兩樣協助工具：一份大地圖和一名叫做威廉・哈得力－布萊的年輕軍官。

哈得力－布萊是幸運女神特別偏愛的好命人。他的人生一帆風順。他是一名富裕寡婦鍾愛的獨生子。他想要從事軍職；他的朋友就設法讓他進入最時髦的軍團服役。他想要刺激與冒險；威靈頓公爵就選中他擔任副官。當他發現他對英國魔法的興趣甚至比軍旅生涯還要濃厚，公爵就委派他去支援才智超群又神祕莫測的強納森．史傳傑。但只有心胸最狹窄的人，才會對哈得力－布萊春風得意的處境感到眼紅；他那樂觀又好脾氣的個性贏得了所有人的喜愛。

史傳傑和哈得力－布萊日復一日地檢查比利時西邊的古老設防城市；他們緊盯著單調沉悶的鄉村街道；他們監視廣袤空曠的田野風光，和上方那片更加遼闊無垠、有如水彩畫般的動人雲彩。但法軍依然遲遲不曾現身。

在六月中一個又濕又熱的日子，他們兩人再度坐在銀盆邊進行那沒完沒了的任務。那時大約是下午三點。懶惰的侍者沒來收走桌上的髒咖啡杯，一隻蒼蠅在他們周圍嗡嗡飛舞。從敞開的窗口飄送進來一股混雜了馬汗、桃子和酸牛奶的氣味。哈得力－布萊坐在一張餐椅上，正在完美示範出軍人最重要的技藝之一——在任何時間任何地點陷入沉睡。

史傳傑朝地圖瞄了一眼，隨意選了一個地點。在他銀盆的水面上，出現了一個安靜的交叉路口；附近有一座農莊和兩三棟住宅。他靜靜看了好一會兒。沒有任何事情發生。他漸漸闔上雙眼，就在他快要開始打瞌睡的時候，他突然看到有幾名士兵把一具大砲拖到幾株榆樹下安置妥當。他們看起來相當有效率。他把哈得力－布萊踢醒。「這些人是誰？」他問道。

哈得力－布萊對著銀盆眨眨眼。

這些站在交叉路口邊的士兵穿著鑲了紅邊的綠色外套。他們的人數似乎突然增加了許多。

「拿騷部隊，」哈得力－布萊說了某個威靈頓德國軍團的名稱，「奧蘭治親王的手下。沒什麼好擔心的。你在看哪裡？」

「離布魯塞爾南邊二十里遠的一個交叉路口。一個叫做卡特勒博拉的地方。」

「喔！根本沒必要為這浪費時間！」哈得力－布萊打了一個呵欠說，「那是在通往夏勒華的路途上。普魯士軍隊就鎮守在道路另一端——至少我是這麼聽說的。這些人跑到那兒去做什麼？」他開始翻閱一疊關於聯軍部署位置的文件，「沒有啊，我真想不通……」

「那又是什麼？」史傳傑打斷他的話，指著一名突然出現在對面高坡上，身穿藍色外套、手持著毛瑟槍、擺出射擊姿勢的士兵問道。

接下來只沉默了片刻。「一個法國兵，」哈得力－布萊說。

「他怎麼會出現在那兒？」史傳傑問道。

另一名法國兵走到他同伴身邊。接著又出現了另外五十名法國兵。五十人迅速增加為兩百人——三百人——一千人！那道山坡活像是一塊長了蛆的乳酪，不斷長出許許多多的法國兵。在下一刻，他們就全都開始持著毛瑟槍，對交叉路口發動猛烈的攻擊。這段交戰並未持續太久。拿騷部隊隨即用大砲還擊。法軍顯然並沒有大砲，立刻撤退到山丘後方。

「哈！」史傳傑高興地喊道，「他們被打敗了！他們被打得落荒而逃！」

「沒錯，但他們到底是從哪兒冒出來，」哈得力－布萊喃喃地說，「你看一下山丘後面好嗎？」

史傳傑輕彈水面，再搓了搓手指。交叉路口立刻消失，而原先的位置，清晰呈現出一整支聲勢浩大的法軍隊伍——似乎所有的法軍全都聚集在此，看起來陣容十分驚人。

哈得力－布萊就像個洩了氣的皮球似的，頹然癱坐在椅子上。史傳傑用西班牙語忿忿咒罵（他只要遇到戰爭，就會自然而然地使用這種語言）聯軍部署的位置完全錯誤。威靈頓的軍隊全都在西邊，準備誓死捍衛許多拿破崙根本無意進攻的地方。布呂歇爾元帥與普魯士軍隊駐守在遙遠的東方。現在法軍卻突然從南邊冒出來。就目前的情況看來，這些拿騷部隊（人數大約只有三、四千人）就是布魯塞爾和法軍之間僅有的聯軍防禦隊伍。

「史傳傑先生！快想點辦法啊，求求你！」哈得力—布萊喊道。

史傳傑作了一次深呼吸，敞開手臂，彷彿是在竭盡所能地使出他全部的法力。

「快點，史傳傑先生！快啊！」

「我可以移動城市！」史傳傑說，「我可以把布魯塞爾移開！我可以把它放在某個法軍找不到的地方。」

「放在哪兒？」哈得力—布萊喊道，一把抓住史傳傑的雙手用力往下拉，強迫他把手重新放下來，「我們周圍全都是軍隊。我們自己的軍隊！你要是移動布魯塞爾，你很可能會害我們的軍團被建築和鋪路石壓得稀巴爛。這樣公爵會不高興的。他非常需要人手。」

史傳傑思索了一會兒。「我想到了！」他喊道。

一陣微風吹過。感覺十分舒適——微風飄送過來一股海洋的清香。哈得力—布萊望向窗外。在房屋、教堂、宮殿和公園後方，出現了一道之前並不存在的山脈。山脈看起還黑鴉鴉的，似乎長滿了松樹。空氣變得異常清新——彷彿是來到了人煙絕跡的世外桃源。

「我們現在在哪兒？」哈得力—布萊問道。

「美國，」史傳傑說。接著他又補上一句，「在地圖上看來這兒非常空曠。」

「我的天哪！但這可沒比先前好多少！你難道忘了我們才剛跟美國簽訂和平協約？美國人要是發現自己的土地上突然冒出了一個歐洲城市，他們會高興才怪！」

「喔，也許吧！但我向你保證，你完全不用擔心。我們離華盛頓或是紐奧良或是其他任何打過仗的地方，全都非常非常遙遠。照我原先的計畫，少說也該相隔好幾百哩。至少……說實話，我也不確定我們現在是在什麼地方。這應該無所謂吧？」❶

哈得力－布萊趕緊衝出去找公爵，告訴他目前的情況跟他意料中完全相反，法軍現在是在比利時，而公爵自己呢，卻是在其他地方。

公爵（他正在跟幾位英國政治家和比利時伯爵夫人喝茶）聽到這個消息，依然保持他一慣處變不驚的態度。但半個鐘頭後，他就和軍需官狄蘭西上校一起來到史傳傑的旅館。他面色凝重地注視銀盆中的幻象。「我被拿破崙給耍了！」他驚呼，「狄蘭西，你得儘快下達命令。我們必須立刻將軍隊聚集到卡特勒博拉。」

可憐的狄蘭西上校露出驚慌失措的神情。「但我們和那些將領中間隔了一整片大西洋，我要怎樣把命令傳送給他們？」他問道。

「喔，」公爵說，「這交給史傳傑先生處理就行了。」窗外的景象吸引住他的目光。四名騎士正策馬經過窗邊。他們有著國王的儀態和帝皇的神情。他們的皮膚是像桃花心木般的紅褐色；他們的長髮有如烏鴉翅膀一般漆黑閃亮。他們穿著裝飾著豪豬尖刺的獸皮。他們每個人都全副武裝，佩戴著套上皮袋的來福槍，一根看來十分嚇人的長矛（就像他們的頭飾一樣綴滿了羽毛），和一把弓。「喔，狄蘭西！派人去問這些騎士願不願意明天上戰場去打仗？他們看起來非常驍勇善戰。」

大約一個鐘頭後，在距離布魯塞爾二十哩外（或者該說是，距離布魯塞爾原來地點二十哩外）的亞斯鎮，一名糕點師傅從烤箱中取出一批小蛋糕。等蛋糕變涼之後，他用粉紅色糖霜在每個小蛋糕上畫了一個字母——他以前從來沒這麼做過。他的妻子（她對英語一竅不通）把蛋糕放在一個木盤上，將盤子交給糕餅店學徒。糕餅店學徒把盤子端到鎮上的聯軍總部，亨利．克林頓爵士正在那兒對他的軍官們發號施令。糕餅店學徒把蛋糕端到亨利爵士面前。亨利爵士隨手拿了一個小蛋糕，準備塞進嘴裡，這時第九十五步槍隊的諾考特少校突然驚呼了一聲。他們面前那些用粉紅色糖霜寫在小蛋糕上的字母，清晰地排列出威靈頓公爵的軍令，指示亨利爵士即刻率領步兵第二師前往卡特勒博拉。亨利爵士驚訝地抬起頭來。糕餅店學徒笑吟吟地望著他。

大約就在同一時間，率領第三師的統帥——一位叫做查爾斯·阿坦的漢諾威兵團將領——正在布魯塞爾西南方二十五哩外的一個城堡中勤奮工作。他在無意間望向窗外，看到庭院中下了一陣非常怪異的迷你暴雨。雨水全都落向庭院正中央，而周遭的牆壁卻滴雨不沾。這引起了查爾斯爵士的好奇心，於是他走到外面去仔細察看。他看到雨水在庭院正中央的泥土上寫下了這段公文：

布魯塞爾，一八一五年六月十五日
第三分隊即刻前往卡特勒博拉。

威靈頓

這時威靈頓軍隊中有些荷蘭和比利時將領，已自行探知法軍目前是位於卡特勒博拉，此刻正率領尼德蘭第二師奔赴當地。因此當一大群鳴禽棲息在他們周圍的樹梢上，開始對他們鳴唱示警時，這兩位將領（他們的名字叫做黑貝克和裴朋謝爾）並未因獲得情報而心存感激，反倒覺得鳥兒的歌聲煩得要命：

公爵的旨意由我們傾訴
法軍是在卡特勒博拉停駐
所有軍隊都得趕往該處

集合在那裡的交叉路

「好了，好了！我們知道了！」裴朋謝爾將軍揮手想把鳥趕走，「快滾，該死的臭——鳥！」

但這些鳥卻飛得更近，有些甚至還停在他的肩膀和他的馬身上。牠們繼續用一種非常多管閒事的態度唱道：

你們可以靠這名揚天下
公爵的命令是：不要害怕！
軍隊的行動全已精密籌畫
趕緊率領軍隊快快出發！

這群鳥一整天都緊纏著軍隊不放，片刻不停地吱吱喳喳唱著同一支討人厭的歌曲。黑貝克將軍——他的英文非常好——抓住了一隻鳥，試著教牠唱一首新歌，希望牠能飛回去找強納森·史傳傑，把這首歌唱給他聽：

公爵的魔法師活該被踢
從布魯塞爾滾回馬斯垂克那裡
誰叫他對老實人耍這種把戲
再把他從馬斯垂克踢回原地[2]

在傍晚六點，史傳傑把布魯塞爾搬回歐洲的土地。那些駐紮在城市裡面的軍團立刻整軍出發，走出那慕爾門踏上前往卡特勒博拉的道路。等這一切告一段落，史傳傑總算可以開始進行他自己的戰爭準備工作。他收拾好他的銀盤、六本魔法書、兩支手槍、一件上面有幾個非常深的大口袋的夏季薄外套、十二個煮熟的雞蛋、三個裝滿白蘭地的細頸酒瓶、幾個用紙包裹的豬肉餡餅和一把非常巨大的絲傘。

第二天早上，史傳傑把這些必須品分別裝在自己和馬身上安置妥當，就騎馬隨著公爵與他的幕僚前往卡特勒博拉的交叉路口。那裡已聚集了數千名聯軍戰士，但法軍依然不曾現身。遠處偶爾會傳來一陣陣毛瑟槍的聲響，但次數並不頻繁，就跟英國森林中紳士們狩獵的聲音相差無幾。

就在史傳傑打量周遭的環境時，一隻歌鶇飛過來停到他的肩膀上，開始吱喳鳴唱：

公爵的旨意由我們傾訴
法軍是在卡特勒博拉停駐

「什麼？」史傳傑低聲說，「你怎麼會在這兒？你早在幾個鐘頭前就該離開了！」他做出歐姆斯格解除魔咒的動作，鳥隨即飛走。事實上，他有些驚慌地發現，有一整群鳥在同時振翅飛起。他緊張地環顧四周，看有沒有人注意到他的魔法出了差錯；但大家似乎全都在忙著處理軍務，他暗自慶幸還好沒被人看到。

他找到了一個滿意的位置——卡特勒博拉農莊正前方的一道壕溝裡面。他右邊緊鄰著交叉路口，而左邊則是蘇格蘭高地師第九十二步兵團。他從口袋中掏出煮熟的雞蛋，遞給這些蘇格蘭高地師的士兵，他想他們應該會喜歡這種食物（在和平時期，人們通常是經由介紹來結識新朋友；但在戰爭期間，一點吃的就能發揮同樣的作用）。蘇格蘭高地師的士兵給了他一些甜奶茶作為回禮，而他和這些士兵很快就打成一片了。

那天非常炎熱。道路兩旁是大片的麥田，在耀眼的陽光下散發出一種幾近超現實的燦爛光芒。三哩外的普魯士軍隊已開始跟法軍交戰，隱約傳來一陣陣微弱的槍砲聲與吶喊聲，彷彿是在預示出即將來臨的一切。在快到正午的時候，遠處傳來咚咚戰鼓聲與激昂的歌聲。大地在成千上萬名戰士的踏步下隆隆震動，而幾排又粗又黑的法國步兵隊伍，正穿越麥田朝他們攻過來。

公爵並未對史傳傑下達任何特別的命令，因此當兩軍開始交戰，他就著手施展出他在西班牙戰場上所使用過的所有魔法。他讓法軍頭頂上出現恐嚇他們的憤怒天使與朝他們噴火的巨龍。這些幻象遠比他在西班牙變出的景象更加巨大醒目。有好幾次他甚至忍不住爬出壕溝，欣賞他製造的驚人效果——儘管蘇格蘭高地師的士兵再三警告他，他這樣隨時都可能會被槍炮擊中，但他卻依然置之不理。

他勤奮不懈地一連施展了三、四個鐘頭的魔法，而戰局在剎那間急轉直下。法國獵散兵連突然在戰場上發動猛烈的攻勢，眼看就快要包圍住威靈頓公爵和他的幕僚。他們只好趕緊掉過頭來，慌亂地策馬奔回聯軍的戰線。而距離他們最近的軍團，正好就是第九十二步兵團。

「九十二步兵團！」公爵喊道，「臥倒！」

蘇格蘭高地師立刻臥倒。史傳傑在壕溝裡抬起頭來，看到公爵騎著哥本哈根[3]飛掠過他們的頭頂。公爵毫髮無傷，事實上，這場冒險似乎並未驚嚇到他，反而令他的精神變得更加振奮。他還顧四周檢視士兵們的行動。他的目光落到了史傳傑身上。

「史傳傑先生！你到底在幹啥？我可沒請你表演沃克斯霍爾花園式的魔法！[4]這類把戲法軍在西班牙的時候早就見多了——這根本嚇不了他們。但我的軍隊中有比利時兵、荷蘭兵和德國兵，他們可從來沒看過這種景象。我剛才還在那座森林裡，看到你的一隻龍正在張牙舞爪地恐嚇一支布崙斯威克軍隊。有四個人還嚇得從馬上摔了下來。這可行不通，史傳傑先生！這絕對行不通！」說完他就繼續往前奔馳。

史傳傑目送他離去。他恨不得立刻向他的蘇格蘭高地師朋友們抱怨公爵不知感恩；但他們此刻正忙著應付那些迎面轟來的砲彈和狂劈亂砍的軍刀，根本沒空理他。於是他抓起地圖，爬出壕溝，設法在槍林彈雨中走到交叉路口，而公爵的戰務祕書飛茲洛．桑莫思勛爵站在那兒，帶著擔憂的神情打量四周。

「爵爺？」史傳傑說，「我有事想請教你。目前戰況如何？」

桑莫思嘆了一口氣。「最後一切全都會好轉。這是一定的。但我們有一半的軍隊尚未抵達。我們目前甚至連一支騎兵隊也沒有。我知道你很快就把命令傳送到各個分隊，但有些部隊實在是距離太遠了。要是法軍的援兵比我們先一步抵達，那麼……」他聳聳肩。

「法軍的援兵會從哪個方向攻過來？應該是南方吧？」

「南方和東南方。」

史傳傑並未返回戰場。他走到英軍戰線後方的卡特勒博拉農莊。農莊顯得十分荒涼。房門大大敞開；窗簾飄到窗外；一把大鐮刀和一把鋤頭躺在塵埃中，顯然是主人離去時所匆匆丟棄。他在瀰漫著牛奶氣味的陰暗牛奶棚中，發現到一隻母貓和幾隻剛出生的小貓。每當槍砲聲響起（次數十分頻繁）母貓就嚇得渾身顫抖。他拿了些清水給牠喝，溫柔地跟牠說話。然後他就坐在冰涼的石板地上，把地圖攤在面前。

他開始把道路、小徑，和鄉村移到戰場的南方和東方。他一開始先改變兩個村莊的位置。然後再將所有從東往西的道路，全都變成從北向南。他等了十分鐘，再把它們全都重新變回原位。他將附近的所有森林全都掉過頭來面對其他道路。接下來再改變溪流的方向。他一連花了好幾個鐘頭的時間改變地理景觀。這是一種非常複雜沉悶的工作——幾乎就像跟諾瑞爾共同工作一樣無聊乏味。到了六點半，他聽到聯軍吹響前進的號角。到了八點，他站起來舒展發麻的四肢。「嗯，」他對貓說，「我完全不曉得，我做的事到底有沒有發揮作用。」[5]

田野籠罩著一股濃厚的黑煙。戰場上無所不在的陰鬱侍從烏鴉，此時已成千上百地前來報到。史傳傑找到了他的蘇格蘭高地師朋友們，而他們的情況十分淒慘。他們成功攻占了道路邊的一棟房屋，但也因此損失了一半的人手，軍隊原先的三十六名軍官，已有二十五名喪身沙場，包括他們的將領——在許多人心目中他就像是他們的父親一樣。好幾個頭髮灰白的老兵，雙手抱頭地坐在地上飲泣。

法軍顯然已撤回夫拉涅——他們當天早晨的出發地點。史傳傑四處打聽這是否代表聯軍已經獲勝，但似乎無人能為他提供這方面的精確情報。

他當晚在三里外的日內普過夜，這是一個位於通往布魯塞爾道路邊的小村莊。他在吃早餐的時候，哈得力—布萊前來為他通報消息：公爵的盟友普魯士軍隊在昨天的戰役中不幸慘敗。

「他們完全被擊垮了嗎？」史傳傑問道。

「沒有，但他們已經撤退了，公爵說我們也應該撤退。公爵已經另外選了某個交戰地點，普魯士軍隊會到那兒跟我們會合。一個叫做滑鐵盧的地方。」

「滑鐵盧?真是個荒唐怪異的地名!」

「很奇怪是不是?我在地圖上根本找不到。」

「喔!」史傳傑說,「我在西班牙常碰到這種情形!告訴你這個地名的人一定是說錯了。我敢說,絕對沒有一個叫滑鐵盧的地方!」

中午過後,他們騎上馬背,正準備隨著軍隊離開鄉村時,威靈頓派人送來訊息:一支法國長槍騎兵隊正迅速攻來,史傳傑先生是否可以想點辦法來阻擋他們?史傳傑深怕又被公爵指控他要的是沃克斯霍爾花園式的魔法花招,因此他先詢問哈得力—布萊的看法。「騎兵隊最痛恨的是什麼?」

哈得力—布萊想了一會兒。「泥濘,」他說。

「泥濘?真的嗎?嗯,我想你說的沒錯。很好,最輕易也最能展現技術的魔法,就是變換天氣!」

天空暗了下來,出現一大片墨黑的雷雲;這片巨大的烏雲籠罩整個布魯塞爾,雲層異常厚實濃密,它那參差的裙襬彷彿緊貼著樹冠。一道閃電劃破天空,整個世界在剎那間變成明亮的骨白色。一陣震耳欲聾的雷聲轟隆隆地響起,下一刻傾盆大雨,地上冒出一陣陣嘶嘶作響的灼熱蒸氣。

短短幾分鐘,周遭的田野就變成了一片泥沼。法國長槍騎兵隊無法盡情施展他們最鍾愛的馬術絕技;威靈頓的後衛順利安全脫身。

一個鐘頭後,史傳傑和哈得力—布萊驚訝地發現,世上居然真的有一個叫做滑鐵盧的地方,而他們已順利抵達。公爵騎馬站在大雨中,心情絕佳地凝視著那些髒兮兮的士兵、馬匹,以及運貨馬車。「這些泥濘棒透了，梅林！」他愉快地揚聲喊道，「又黏又滑。法軍可有得受了。請你再設法多下一點雨！聽著，你看到下坡處那棵樹嗎？」

「那棵榆樹嗎，爵爺？」

「就是那兒。等明天開戰後，請你一直待在那棵樹下，我會非常感激你的。我有時間就過去找你，但我恐怕不會有空。我會派人傳達命令。」

當天晚上，聯軍的各個部隊，在滑鐵盧南邊一道低矮的山脊邊部署好戰略位置。雷聲在他們上方怒聲咆哮，大雨傾盆而下。每隔不久，淋成落湯雞的士兵就會推派幾名髒兮兮的代表，走到榆樹下懇求史傳傑停止下雨，但他只是搖搖頭說：「等公爵下令，我就立刻照辦。」

但參與過半島戰役的老兵們卻十分讚許地表示，在戰爭期間，雨水向來都是對英軍大大有利。他們告訴他們的同袍：「雨水總是讓我們感到安慰或是親切——但對別的國家來說卻是一種災難。在福恩特斯、薩拉曼加和維多利亞的前一天晚上全都下過雨。」（這是威靈頓公爵在半島戰役幾場大勝仗的名稱。）

史傳傑躲在傘下思索即將來臨的戰爭。在半島戰役結束後，他就一直在研究金色年代魔法師在戰爭中所使用過的魔法。這方面的資料非常稀少；謠傳——並未獲得證實——約翰．厄司葛雷在他開戰前會施展一種魔法。這種魔法可以讓他預知當下事件未來的結局。就在夜幕落下前，史傳傑腦中突然靈光一閃。「就算找不到厄司葛雷的魔法，但至少還有帕爾《預兆推想錄》。那就像是同一種魔法的稀釋版本。我可以用帕爾的魔法。」

在魔咒開始發揮作用前的那段時間，他異常清晰的察覺到他周圍的一切聲響：雨水劈里啪啦打在金屬和皮革上，沿著帆布淌流而下的聲音；馬兒的雜沓蹄聲和咻咻鼻息；英國兵的歌聲和蘇格蘭兵的風笛聲；兩名威爾斯兵討論某段聖經章節意義的爭執聲；蘇格蘭上尉約翰．金凱德為美國蠻子提供娛樂，教導他們該如何喝茶的說話聲（他似乎是以為，一個人只要懂得喝茶，就必定會自然而然地學會英格蘭人所應具備的一切習性與特質）。

然後是一片寂靜。軍隊和馬匹開始陸續消失，最初只是一點一點地變不見，但接下來速度就大大加快——幾百名、幾千名人馬，就這樣活生生地在眼前失去蹤影。在原本排得密密麻麻的軍隊中，出現了一排排巨大的空格。在東邊不遠處，一整個軍團完全消失，留下一個跟漢諾瓦廣場一樣大的大洞。在片刻前，那裡還是一幅生氣勃勃、人聲鼎沸的熱鬧畫面，但此刻卻只殘留下一幅冷雨、殘陽與波動麥浪的淒涼景象。史傳傑感到胃裡作嘔，伸手擦了擦嘴巴。「哈！」他心想，「這讓我明白，操弄魔法是君王的特權！諾瑞爾說的沒錯。某些魔法確實不適合一般魔法師。約翰．厄司葛雷在了解到這種恐怖的事實後，他必定知道該怎麼做。但我不行。我該把這告訴某個人嗎？告訴公爵？他可不會因此而感謝我。」

某個人低頭望著他；某個人正在對他說話——那是一名騎兵砲隊上尉。史傳傑看到這個男人的嘴巴在動，但他完全聽不到任何聲音。他啪搭一聲搓響手指解除魔咒。上尉正在邀他過去共享白蘭地和雪茄。史傳傑打了一個哆嗦，婉謝他的邀請。

在接下來整個晚上，他一直獨自坐在榆樹下。在這之前，他似乎從未感到，他的魔法師身分會讓他變得與眾不同。但現在他已瞥見了某些事物的陰暗面。他有一種極端怪誕的感覺——彷彿他周遭的世界正在迅速衰老，而生命最美好的部分——歡笑、愛與天真——正在不可避免地流逝而去。

第二天早上十一點半左右，法軍開始發動攻勢。聯軍砲兵隊隨即還以顏色。兩軍之間原本清新潔淨的夏日空氣，在瞬間瀰漫著一陣陣濃嗆的黑色煙幕。

法軍的砲火主要是針對烏格蒙莊，這是聯軍在山谷中部署的前哨站，由第三禁尉步兵團、冷泉尉兵團、拿騷部隊與漢諾威兵團負責守護這裡的森林與建築。史傳傑不停在銀盆中變出各地的幻象，這樣他才能即時察看莊園周圍森林中的血腥交戰情景。他考慮要移動樹林，好讓聯軍便於向進攻的法軍開槍射擊，但這種短兵相接的肉搏戰，魔法向來很難派得上用場。他告誡自己，在打仗時軍人的守則就是一動不如一靜，千萬不可一時衝動魯莽行事，否則後果不堪設想。他靜靜等待時機。

敵軍的砲火變得越來越猛烈。英國老兵對他們的朋友表示，他們從來沒見過如此頻繁密集的槍林彈雨。人們眼睜睜地看著自己的同袍被砲彈轟成兩半、炸得粉身碎骨或是身首異處。砲火轟隆隆的回音使得空氣都為之震動。「好猛烈的攻勢，」威靈頓公爵冷靜地說，並命令主力部隊退到山脊後方臥倒。等砲火攻勢結束之後，聯軍抬起頭來，看到法國步兵團正穿越硝煙瀰漫的山谷朝他們攻過來：十萬六千名士兵肩並著肩排成聲勢浩大的隊伍，踏著整齊的步伐齊聲吶喊。

有些士兵不禁懷疑，法軍是否終於找到了一位自己的魔法師。法國的步兵看起來遠比一般人高大威武，而等他們靠近時，可以清楚看到他們眼中散出一種幾近超現實的憤怒光芒。但這其實只是拿破崙所施的魔法，他比世上任何人都了解該如何將他的士兵們裝扮得令敵人們見而生畏，如何將軍隊部署得讓所有人都認為他們所向無敵。

現在史傳傑已經想出該怎麼做了。黏稠難行的泥濘，剛才已有效阻擋住敵軍前進的步伐。現在他再更進一步地對麥桿施展魔法。他讓麥桿纏繞住法軍的雙腳。麥桿就像鐵絲一樣般堅韌；法軍紛紛踉蹌跌倒。若是情況順利的話，泥濘將會讓他們無法立刻站起，他們的同袍們——或是緊跟在他們後方的法國騎兵隊——就會從他們身上踏過。但這是一項非常辛苦的工作，儘管史傳傑使盡全力，但他這項魔法對法軍所造成的傷害，大概並沒有比一名槍法精準的英國毛瑟槍兵或是來福槍兵嚴重多少。

一名副官以驚人的速度飛奔過來，將一片羊皮紙塞入史傳傑手中，喊道：「公爵的指示！」接著他又立刻疾馳而去。

法軍砲彈讓烏格蒙莊失火。快滅火。

威靈頓

史傳傑再變出烏格蒙的幻象。莊園已不復舊觀，那裡的軍隊顯然死傷慘重。每個房間裡都躺滿了雙方的傷兵。大乾草堆、附屬建築，和莊園全都在燃燒。四處瀰漫著令人窒息的黑煙。馬兒淒厲嘶鳴，傷兵企圖爬著逃離——但根本無處可逃。他們四周全是血腥慘烈的戰場。史傳傑看到小禮拜堂的牆壁上有六位聖徒的畫像。它們大約七、八呎高，身材比例十分怪異——似乎是出自於一名熱心的業餘畫家之手。畫中的聖徒有著褐色的長髮與憂傷的大眼睛。

「這倒是可以派上用場！」他喃喃自語。在他的命令之下，聖徒一一從牆上走下來。它們的動作斷斷續續，就像懸絲傀儡般不夠流暢，但依然相當輕盈優雅。它們昂首闊步地穿越一排排傷兵，走向庭院中的一口水井。它們用木桶裝滿水，再走回去撲滅火焰。事情似乎進行得相當順利，但過了一會兒，其中兩個聖徒（可能是聖彼得和聖傑羅姆）就被大火焚毀——它們只是一些被魔法驅動的顏料，所以一下子就燒得精光。史傳傑正在思索該如何進行補救，法軍的砲彈碎片突然飛過來，擊中他的銀盆邊緣，而銀盆滴溜溜旋轉著滑到右邊五十碼外的地方。等他取回銀盤，把邊緣凹痕敲平，重新整頓好之後，所有的聖徒畫像全都被大火吞噬。受傷的士兵和戰馬渾身著火。牆上並沒有其他任何畫像。史傳傑沮喪得差點哭出來，忿忿咒罵那個無名畫家實在太過懶惰。

還有什麼可以派上用場？他還知道什麼其他魔法？他努力搜索枯腸。許久以前，約翰·厄司葛雷會用烏鴉變出一名鬥士——烏兒聚集在一起，形成一個鋼毛聳立、不斷變化身形的黑色巨人，而它可以輕而易舉地執行一切任務。有時厄司葛雷也會用泥土變出僕人。

史傳傑讓銀盆中呈現出烏格蒙莊的井口。他讓井水如噴泉般噴湧而出，但泉水並未潑到地上，而是在空中形成了一個粗糙拙劣的人形。接下來他命令這名水人跑過去撲向火焰。他用這種方法成功濺濕了馬廄中的一個小隔間，拯救了三個人的性命。史傳傑盡可能迅速變出更多的水人，但要讓水維持固定的形狀並不容易；他這樣辛苦工作了大約一個鐘頭，就開始感到頭暈腦脹，雙手不由自主地抖個不停。

在四、五點的時候，某件完全出乎預料的事情發生了。史傳傑抬起頭來，看到一整支鮮豔奪目、聲勢浩大的法國騎兵隊伍，正朝他們快步攻過來。整整十二排寬達五百人的橫列隊伍——但在周遭震耳欲聾的槍炮聲中，完全聽不到他們所發出的任何聲響；他們似乎是在靜悄悄地迅速逼近。「來得好，」史傳傑心想，「讓他們嘗嘗威靈頓步兵團的厲害。把他們全都踩成碎片。」他背後的步兵團正在排成一個個方形陣式；有些人呼喚史傳傑，要他躲到他們的方陣裡面藏身。這個建議似乎很不錯，於是他欣然前往。

史傳傑躲在較為安全的步兵方陣內，望著節節進逼的法國騎兵隊伍；胸甲騎兵戴著閃閃發亮的護胸甲與綴著高聳冠毛頂飾的頭盔；槍騎兵的武器裝飾著迎風飄揚的紅白色細長三角旗。他們彷

彿並不屬於這個黯淡的年代。他們所呈現出的是一種古代的輝煌壯麗——而史傳傑決定要用同樣輝煌壯麗的古代魔法來與之抗衡。他心中清晰浮現出約翰·厄司葛雷僕人們的形影——烏鴉變成的僕人，泥土變成的僕人。法軍戰馬腳下的污泥開始咕咕嘟嘟冒泡，迅速往上鼓起。污泥形成一隻隻巨大的手掌；巨掌抓住上方的法軍與戰馬，把他們拖倒在地。倒在地上的人馬被他們自己的同袍踐踏。其餘法軍遭受到聯軍步兵團猛烈的槍火攻擊。史傳傑不帶感情地默默觀看這一切。法軍被擊退之後，他繼續低頭凝視銀盆中的幻象。

「你是魔法師嗎？」某個人問道。

他急急回過身來，驚訝地發現一名相貌和善、穿著平民服裝的矮胖男人正笑吟吟地望著他。

「你是什麼人？」他詢問道。

「我叫平克，」男人解釋，「我是伯明罕『衛貝克高級鈕扣』的旅行推銷員。公爵派我來傳話。」

史傳傑渾身沾滿了污泥，他這輩子從來沒像現在這麼疲累過，因此他愣了半晌才會過意來。

「公爵的副官都到哪兒去了？」

「他說他們死掉了。」

「什麼？哈得力—布萊死了？那甘寧上校呢？」

「哎呀，」平克先生微笑著說，「我可沒辦法告訴你精確的訊息。我是昨天從安特衛普到這兒來看打仗，我一瞥見公爵，就趕緊抓住機會跑過去自我介紹，順便告訴他『衛貝克高級鈕扣』的品質有多好。承蒙公爵厚愛，派我到這兒來告訴你，普魯士軍隊正趕過來跟我們會師，現在已經到達巴黎森林，只不過，爵爺說，混蛋得很……」（平克先生聽到自己嘴裡冒出這類的軍人行話，忍不住微笑著連連眨眼。）「……混蛋得很，那些小徑和泥濘讓他們寸步難行，請你變出一條從森林直達戰場的道路好嗎？」

「沒問題，」史傳傑說，伸手擦掉臉上的污泥。

「我會把這告訴爵爺。」他停了一會兒，然後滿懷希望地問道，「你想爵爺會願意買些鈕扣嗎？」

「應該會吧。他也跟大家一樣喜歡鈕扣。」

「太好了，這樣我們就可以在我們所有的宣傳廣告上，全都加上『威靈頓公爵閣下的鈕扣供應商』了，」平克先生露出開心的笑容，「那我走了！」

「好，好，你走吧。」史傳傑開始為普魯士軍隊造路，但他後來總覺得這位『衛貝克高級鈕扣』的平克先生，事實上只是一場夢。[6]

眼前的事件似乎不斷地重複發生。法軍騎兵隊一次又一次地進攻，而史傳傑也一次又一次地躲進英軍步兵團的方陣中避難。方陣外又再次環繞著一大片有如波濤般陣陣湧來的可怕騎兵。史傳傑又再次用污泥變出怪手把他們拉倒在地。每當騎兵隊暫時退去，法軍砲彈就會開始連續轟炸；史傳傑又開始凝視他的銀盤，忙著變出水人去撲滅火焰，與拯救那些躺在烏格蒙殘破廢墟中奄奄一息的傷兵。所有事情全都周而復始地一再重複發生；戰爭似乎永遠也不會結束。他開始感到，他彷彿一輩子都在這裡重複同樣的事情。

「我們的毛瑟槍子彈和大砲炸彈遲早會用光，」他心想，「那時候我們該怎麼辦？拿軍刀和刺刀互相胡劈亂砍嗎？要是我們全都喪身沙場，沒有任何人生還，那世人會認為是哪一方獲勝呢？」

滾滾黑煙往後退去，宛如時間凝止般顯露出一幅宛如陰森劇院中的舞臺場景；在一個叫做聖拉海的農莊，法軍正爬上一座由他們陣亡戰士堆成的屍山越過圍牆，殺死那些鎮守農莊的德國兵。

史傳傑有一次在方陣外的時候，突然遇上了法軍。突然間，一名渾身甲胄的高大法國騎兵，騎著一匹同樣高大的戰馬逼到他的面前。他腦中閃過的第一個念頭是，不曉得這傢伙知不知道他是什麼人（有人告訴他，所有法軍全都用一種非常拉丁民族式的強烈情感，深深痛恨那個可惡的英國魔法師）。他接著才想到，他的手槍留在方陣裡面沒帶出來。

法國騎兵舉起軍刀。史傳傑連想都沒想，就低聲念誦史托凱西的**勾魂咒**。某個像蜜蜂似的東西從法國騎兵的胸膛中飛出來，落到史傳傑的手掌上。但那並不是蜜蜂；那是一個散發著珍珠般藍色光芒的珠子。另一道藍光從騎兵的戰馬身上飛出來。馬兒淒厲嘶鳴著人立起來。法國騎兵茫然地瞪視前方。

史傳傑舉起另一隻手，準備施法讓騎兵和戰馬當場斃命。他突然停了下來。

「魔法師可以用魔法殺人嗎？」威靈頓勛爵詢問史傳傑。

當時他是這麼回答的：「我想魔法師也許可以辦到，」他坦承，「但紳士絕不會這麼做。」

就在他遲疑不決的時候，一名英國騎兵隊軍官——一名蘇格蘭重騎兵衛隊軍官——神不知鬼不覺地躥了過來。他一刀劈向法國騎兵的頭顱，從下巴往上劈裂了法軍的牙齒。法軍像樹一樣倒落下來，蘇格蘭重騎兵隨即揚長而去。

史傳傑不太記得在這之後發生了什麼事。他只知道自己失魂落魄地四處遊蕩。他不曉得這種情形持續了多久。

一陣歡呼聲讓他重新回過神來。他抬起頭，看到了騎著哥本哈根的威靈頓公爵。公爵正在揮舞軍帽——這是示意聯軍向法軍進攻的信號。但公爵周圍環繞著濃厚的黑煙，只有他身邊的戰士才能跟他共享這勝利的一刻。

於是史傳傑悄聲念了一個字，滾滾濃煙中立刻出現了一條狹小的裂隙。一道黃昏的夕陽撒落到威靈頓公爵身上。山脊邊的每一名士兵全都轉過頭來望著他。歡呼聲變得越來越響亮。

「很好，」史傳傑心想，「這才是英國魔法該發揮的作用。」

他隨著軍隊和撤退的法軍穿越戰場。在遍地的屍首與垂死傷兵之間，零星散布著他剛才所變出的巨大泥手。它們凝止在空中的姿態似乎充滿了憤怒與恐懼，彷彿連大地都在絕望地吶喊。當他走到那些讓聯軍死傷慘重的大砲附近時，他施展了最後一個魔法。他讓大地伸出更多巨掌。這些泥手抓住大砲，帶著它們深深沉入地底。

他在戰場遠方盡頭處的「美好聯盟旅館」找到了公爵與普魯士陸軍元帥布呂歇爾親王。公爵對他點點頭說：「過來跟我一起用晚餐。」

布呂歇爾親王熱情地跟他握手，嘰哩咕嚕地說了一大串德語（史傳傑連一個字都聽不懂）。然後這位老紳士指著他肚子裡那個想像中的大象寶寶，做了一個鬼臉，彷彿是在說：「你能怎麼辦呢？」

史傳傑走到外面，差點兒就跟哈得力─布萊上校撞個正著。「我聽說你已經死了！」他喊道。

「我也以為你死定了呢，」哈得力─布萊答道。

他們相對無語。兩人都感到有些尷尬。戰場上屍橫遍野，觸目所極全是望不見盡頭的屍體與傷兵。在那一刻，他們心中湧現出一種難以言喻的情感，彷彿是覺得自己仍然活在世上，好像有些不夠紳士。

「還有誰還活著？你知道嗎？」哈得力─布萊問道。

史傳傑搖搖頭。「不知道。」

他們默默分手。

當晚在威靈頓設於滑鐵盧的總部中，準備了四、五十人份的晚餐。但是到了晚餐時間，總共只有三個人進來用餐：公爵、阿拉瓦將軍（公爵的西班牙武官）和史傳傑。每當有人推開房門，公爵就會回過頭去，看是否有某位他的朋友安然無恙地出現在他面前；但一個也沒有。

餐桌邊的許多座位是保留給那些已死或垂死的紳士們：甘寧上校、郭登中校、皮克頓少將，狄蘭西上校。隨著夜晚逐漸加深，這份名單將會變得越來越長。

公爵、阿拉瓦將軍和史傳傑先生默默坐下。

---

❶布魯塞爾市民和駐守在城中的所有軍隊，在知道他們此刻是位於一個遠方的國家時，全都興起了相當大的好奇心。不幸的是，他們當時正忙著為即將來臨的戰爭進行準備工作（也有部分較為富裕且較為虛榮輕浮的市民，忙著準備參加里奇蒙公爵夫人當晚舉辦的宴會），幾乎沒有任何空閒出去看看這個國家是什麼模樣，又住著什麼樣的居民。因此有很長的一段時間，大家都無法確知，史傳傑在那個六月午後，究竟把布魯塞爾搬到什麼地方。

在一八三〇年，一名叫做皮爾森．丹比的商人與捕獸者經過美國的大平原區。他在這裡遇到了一名他認識的拉科塔族酋長「怕水人」。「怕水人」問丹比能不能替他弄到一些黑色閃電球。「怕水人」解釋說，他打算跟敵人打仗，所以非常需要這種閃電球。他說他本來擁有大約五十個黑球，一直都很省著用，但現在全都用光了。丹比不知道他說的是什麼東西。他問「怕水人」那是不是彈藥。不是，「怕水人」說。是很像彈藥沒錯，但要大得多了。他帶丹比回到他的營帳，讓丹比看一個由蘇格蘭佛克爾克的卡隆公司製造的五吋半大黃銅榴彈砲。丹比非常驚訝，問「怕水人」這些砲彈是從哪兒找來的。「怕水人」解釋說，在附近的山丘住了一個叫做「半成人」的種族。他們是在一個夏季突然被製造出來的，但他們的創造者卻只賦予他們一項人類求生技巧：那就是打仗。除此之外他們什麼也不會；他們不曉得該怎樣捕獵水牛或羚羊，怎樣馴服馬匹，或是怎樣替自己建造房屋。他們甚至聽不懂彼此說的話，因為他們那個瘋狂的創造者，竟然賦予他們四、五種不同的語言。但他們擁有這種砲彈，而他們把砲彈拿來跟「怕水人」換食物吃。

丹比被勾起了興趣，於是他前去尋找這個「半成人」種族。乍見之下，他們跟其他種族沒什麼差別，但接著丹比就注意到，年紀較大的人有著古怪的歐洲人輪廓，而且有些人甚至還會講英語。他們有些風俗跟拉科塔族完全相同，但其他似乎是沿襲歐洲的軍隊習慣。他們的語言跟拉科塔語十分相像，但包含了大量的英語、荷蘭語與德語字眼。

一個叫做羅伯．希斯（他另外還有個名字叫做「多話小男人」）的人告訴丹比，他們全都是在一八一五年六月十五日下午，從各個不同軍隊與兵團逃走的軍人，因為他們在第二天得打一場大仗，而他們全都有一種非常強烈的預感，覺得他們要是留下來就死定了。丹比知道現在法國國王究竟是威靈頓公爵還是拿破崙大帝？丹比並不知道。「嗯，先生，」希斯用一種豁達的態度說，「反正不管是誰當國王，對我們這種人來說也沒什麼差別。」

❷ 將軍同時也做了一首荷蘭版的打油詩，讓他的士兵們在前往卡特勒博拉的路途上邊走邊唱。他們還把這首打油詩教給他們的英國同袍，日後它的英語和荷蘭語版本都成為當地的一首跳繩童謠。

❸ 哥本哈根，威靈頓公爵著名的栗色愛馬，一八〇八至三六年。

❹ 在一八一〇年，沃克斯霍爾花園的老闆喬治．巴哈特先生和強納森．巴哈特先生，開出極高的價碼邀請史傳傑和諾瑞爾每晚在花園表演魔法。兩位巴哈特先生當初就是建議他們演出這一類的魔法——變出魔法生物，以及聖經和歷史中的著名人物等等。可想而知，諾瑞爾先生立刻斷然拒絕。

❺ 通常若是要在道路、鄉野、房間，或是其他物質性空間中製造混亂狀態，一般採用的魔法就是變出一座迷宮。但史傳傑直到一八一七年二月才學會這項魔法。

儘管如此，史傳傑當時所做的一切，絕對是決定這場戰役成敗的重要行動。史傳傑並不知道，法國的狄亞朗元帥當時正率領兩萬大兵趕往戰場。但就在這關鍵性的時刻，他的軍隊卻行經一個每隔幾分鐘就變換一次景象的怪異地點。他和他的人馬若是能及時抵達卡特勒博拉，法軍很可能已獲得勝利，而滑鐵盧之戰也絕對不會發生。史傳傑之前被公爵唐突的話語傷了自尊心，因此他並未對任何人提到他所做的事情。他後來才把事情的經過告訴約翰．賽剛督和湯姆．李維。因此研究卡特勒博拉的歷史學家們，一直到約翰．賽剛督於一八二〇年出版《強納森．史傳傑的一生》，他們才終於明白狄亞朗元帥功敗垂成的真正原因。

❻ 事實上，平克先生並不是當天被威靈頓公爵強迫擔任非正式副官的唯一老百姓。跟他有同樣遭遇的還有一名年輕的瑞士紳士和另一個來自倫敦的旅行推銷員。

i Gebhard Leberecht Von Blucher，1742-1819，普魯士陸軍元帥，拿破崙戰爭中的指揮官，滑鐵盧大捷的重要功臣。

41 史黛夸司莊園

一八一五年十一月底至十二月

命運女神似乎吝於對賽剛督先生展露笑顏。他當初移居約克郡的目的，是希望能加入當地蓬勃興盛的魔法師社團，跟同行們多多切磋琢磨。但他才到那兒沒多久，其他所有魔法師就全都被諾瑞爾先生逐出這一行，只剩下他孤零零一個人。他為數不多的積蓄大幅縮減，到了一八一五年秋季，他為生活所迫只好開始找工作。

「在我看來，」他嘆了一口氣，對哈尼富先生說，「我大概也賺不了多少錢。我能做什麼工作呢？」

哈尼富先生可聽不得這種喪氣話。「寫信給史傳傑先生啊！」他建議，「他說不定會需要一名祕書。」

若是能為強納森．史傳傑工作，賽剛督先生自然是求之不得，但他謙虛謹慎的個性卻不容他主動提出要求。他覺得這種毛遂自薦的方式並不妥當。史傳傑先生或許會感到尷尬為難，不知道該如何回應。甚至還可能令人心生誤解，覺得他約翰．賽剛督太過自大，自以為可以跟史傳傑先生平起平坐！

哈尼富夫婦倆對他再三保證，史傳傑先生要是不喜歡這個建議，他必然會立刻坦率拒絕——

所以去問問也無所謂。但賽剛督先生態度非常堅持，說什麼也不肯去做這種事。

但他們的下一個建議，倒是挺合他的心意。「要不然你就去打聽一下，看城裡有沒有小男孩想要學習魔法？」哈尼富說。他的孫子——兩個分別是五歲和七歲的肥壯小男孩——現在正好到了要開始受教育的年齡，因此他特別關注這方面的問題。

於是賽剛督先生就這樣成為一名魔法家庭教師。除了小男孩之外，他同樣也收了一些年輕女學生，這些淑女們以往所接受的教育，大多是侷限於法語、德語和音樂等課程，但她們現在全都十分渴望能學習理論性魔法。沒過多久，這些年輕淑女們的兄長，也紛紛表示要拜他為師，而他們有許多人甚至開始以魔法師自居。對那些求知欲旺盛，卻又不想鑽研教義與法律的年輕男子而言，魔法的確具有非常大的吸引力，而史傳傑在歐洲戰場上的輝煌戰績，更令他們不禁心生嚮往。畢竟，神職人員已有數個世紀不曾在戰爭中立下功勳，而律師更是從來不曾揚名沙場。

在一八一五年秋季，賽剛督先生在他一名學生的父親委託之下出門辦事。這位叫做帕耳摩的紳士，聽說約克郡北邊有一棟房子要出售。帕耳摩先生無意購買這棟房屋，但他有位朋友告訴他，那裡有一個相當不錯的圖書館。帕耳摩先生那時剛好沒空親自去察看。他的僕人們雖然在許多方面都十分值得信賴，但他們畢竟無法勝任這一類的學術性工作。因此他請賽剛督先生代他跑一趟，去察看藏書的數量與狀況，是否值得他花錢購買。

史黛夸司莊園是一個荒涼小村的主要建築，除了這座宅邸，村裡就只有幾棟寥寥可數的石頭小屋和農莊。史黛夸司莊園的地點十分偏僻，與世隔絕地獨自矗立在一片空曠的褐色荒野。高聳的樹木為它阻擋住風雨的侵襲——但同時也使它顯得黑暗陰森。村子裡到處都是傾頹的石牆與塌毀的石頭穀倉。這裡靜謐異常，彷彿是位於世界的盡頭。

那裡有一座非常古老且腐朽不堪、橫越過水流湍急深河的馱馬橋。豔黃色的落葉急急飄過陰暗得幾近漆黑的水面，變換出許多不同的圖案。在賽剛督先生眼中看來，這些圖案有些像是魔法符咒。「不過，」他心想，「很多事物看起來都有點像符咒。」

這座宅邸是一棟低矮狹長且雜亂無章的建築，用一種跟村子裡其他建築一樣的黑石砌成。荒廢的花園、內院與庭園全都堆滿厚厚的秋日落葉。實在很難想像有誰會想要購買這樣的房子，拿來當農莊嫌太大，但若要用來作為紳士的宅邸，卻又顯得太過陰暗偏僻。這裡其實挺適合當作牧師公館，只可惜附近並沒有教堂。或許可以將它改建成一座旅館，但原先那條橫越村莊的古老運貨道路卻早已廢棄不用，如今只殘留下那座腐朽的古橋。

賽剛督敲響大門，但卻遲遲無人回應。他看到大門並未闔上。逕自走進去似乎很不禮貌，但他一連敲了四、五分鐘的門，卻依然毫無反應，於是他只好直接走了進去。

房屋就跟人一樣，若是任其自生自滅，必然會變得怪里怪氣；若是用人來作比方，這棟房子就活像是一位穿著破爛晨袍和綻裂拖鞋，鎮日晨昏顛倒，並總是嘮嘮叨叨跟一位只有他才看得見的朋友說話的老紳士。賽剛督先生在四處尋找這棟宅邸的管理人時，看到其中有個房間裡裝滿了瓷質乾酪壓模機，整整齊齊疊放在一起，除此之外什麼都沒有。另外一個房間中有好幾堆古怪的紅衣，他過去從來沒看過這種樣式的衣服——有些像工人的罩袍，也有些像牧師的長袍。廚房裡沒多少常見的必備用品，但卻有一個裝在玻璃匣中的鱷魚頭骨；鱷魚骷髏大大咧開嘴，似乎露出一副沾沾自喜的神情，但賽剛督先生實在看不出它有什麼好得意的。有一個房間裡擺滿了畫作，但必須先爬上一段亂七八糟、稀奇古怪的階梯才能抵達，而且收藏者似乎是個瘋狂的打鬥迷；這裡有著描繪男人角力、男孩打架、鬥雞、鬥牛、鬥狗、人馬決戰的畫作，甚至還有一幅兩隻蜜蜂纏鬥不休的驚人作品。另一個房間裡什麼也沒有，只在房間正中央的桌子上擺了一個娃娃屋；娃娃屋的格局就跟這棟房屋完全相同——唯一不同的是，這裡有一些服飾鮮麗的娃娃，在娃娃屋裡過著一種平靜而理性的生活：製作玩具大小的蛋糕和麵包，為朋友彈奏小巧的大鍵琴，用細小的紙牌賭錢作樂，教育體型迷你的幼兒，享用跟賽剛督先生大拇指指甲一般大的烤火雞。正好跟現實中那回音裊裊的淒涼房間形成強烈的對比。

他幾乎走遍所有房間，但他還是沒找到圖書館，也完全沒看到半個人影。然後他發現樓梯後方藏了一扇小門。門後是一個狹小的房間——甚至沒比衣櫃大多少。一個穿著髒兮兮白外套的男人，正把他那穿著靴子的腳蹺在餐桌上，一邊喝白蘭地，一邊凝視著天花板發愣。賽剛督花了一點兒工夫，才好不容易說服這個男人帶他去圖書館。

賽剛督先生最初檢查的十本書毫無價值可言——全都是些上世紀的布道紀錄和道德訓話，要不然就是某些現在已無人關心的人物的傳記。接下來五十本書也大同小異。他開始認為他很快就可以完成任務。但接著他就在偶然間發現到一些關於地理、哲學和醫學等方面非常有趣的罕見著作。他開始變得樂觀了許多。

他就這樣持續工作了兩三個鐘頭。他彷彿聽到一輛馬車駛到房屋前方，但他並沒有多加留意。最後他突然意識到自己餓得要命。他並不曉得這裡是否有為他準備晚餐，而距離此地最近的一家旅館，也得走一段漫長的路途才能到達。賽剛督先生擱下工作，去小房間找那個怠忽職守的男人，問他該如何解決晚餐問題。但在這眾多房間和走廊組成的複雜迷宮中，他很快就失去了方向。他四處遊蕩，打開每一扇房門，肚子越來越餓，也越來越生那個失職僕人的氣。

他踏入了一間老式起居室，這裡有著黑色的橡木鑲板，和一座活像是小型凱旋門似的巨大壁爐架。在他正前方，有一名嬌美動人的年輕女子窩在窗邊的座椅中，凝視著窗外的樹叢和後方那片光禿禿的高聳山丘。他才剛注意到她的左手缺了一根小指，她就突然不見了——或更精確地說，她完全變了一個人。在她原先的位置，坐著一個年紀較大身材也較為肥碩的女人。一個年紀跟賽剛督先生差不多的中年女子，穿著一身紫蘿蘭色的絲綢禮服，肩上裹著印度披肩，腿上坐了一隻小狗。這位女士的姿態就跟先前的年輕女子一模一樣，帶著若有所欲的神情凝視窗外的景象。

賽剛督先生愣了一會兒，才明白他剛才看到了什麼，那兩位女士在他腦海中所留下的印象是如此鮮明逼真——甚至帶有一絲靈異色彩——彷彿就像是在精神錯亂狀態下所出現的清楚幻覺。一陣怪異的戰慄竄遍他的全身，他的意識變得模糊，他昏了過去。

他醒過來，發現自己躺在地板上，而兩位淑女正彎腰俯向他，並發出擔憂與關懷的驚呼。他在混亂中依然立刻辨識出，眼前這兩位女士，都不是他最先看到的那位缺了根小指的美貌少女。一位是他剛才第二個看到的抱著小狗的女士，另一個是一位同樣也有些年紀的纖瘦金髮女士，面貌和身材都十分平庸。她顯然一直都待在房間裡，但她剛才是坐在房門後方，因此他並沒有注意到她。

兩位女士不准他站起來，甚至連手腳都不讓他動上一下。她們也不准他多說話；她們嚴厲警告他，他要是不聽話，很可能又會再次昏倒。她們拿了幾個墊子塞在他頭下，為他蓋上棉被保暖（他抗議說他一點兒也不冷，但她們根本不理他）。她們為他調配薰衣草花水和精油鹽。她們拿東西塞住房門下的裂隙，免得冷風吹進來害他著涼。賽剛督先生忍不住開始猜想，她們大概是整個早上沒事做正悶得發慌，而一名陌生紳士突然走進來昏倒在地，正好讓她們樂得有事可忙。

他就這樣躺了整整一刻鐘，才終於獲准坐到椅子上，自己拿杯子啜飲淡茶。

「這全都是我的錯，」抱著小狗的女士說，「費羅告訴過我，有位紳士會從約克郡到這兒來看書。我應該先主動過來接待你。像這樣突然撞見我們，也難怪你會嚇一大跳！」

這位女士叫做雷諾克斯太太。另一位是她的陪伴人布萊克太太。她們平常是住在巴斯，而她們這次到史黛夸司莊園來，是因為雷諾克斯太太想在房子賣掉前再看它最後一眼。

「很傻氣，是不是？」雷諾克斯太太對賽剛督先生說，「這棟房子空了好多年。我早就該把它賣掉，但我小時候在這兒度過好幾個快樂的暑假。」

「你的臉色還是很蒼白，」布萊克太太說，「你今天有吃過東西嗎？」

賽剛督先生坦承他肚子餓得要命。

「難道費羅沒替你準備晚餐？」雷諾克斯太太驚訝地問道。

費羅大概就是那個待在小房間裡的懶惰僕人。賽剛督先生並不想告訴她們，費羅甚至連話都懶得跟他說。

幸運的是，雷諾克斯太太和布萊克太太帶來了豐盛的晚餐，而費羅此刻正準備替她們上菜。半個鐘頭後，兩位女士和賽剛督先生就坐在一個有著橡木鑲板、可以欣賞窗外秋季樹林蕭瑟景象的房間裡享用晚餐。唯一令賽剛督先生感到美中不足的是，兩位女士都認為他身體還相當虛弱，希望他盡量吃些清淡且容易消化的食物，但他肚子餓得要命，非常想吃烤牛排和熱布丁。

兩位女士很高興有人跟她們作伴，問了一大堆問題，想要多多了解賽剛督先生這個人。聽到他是一位魔法師，她們更是被勾起了濃厚的興趣；她們這輩子還從來沒見過魔法師哩。

「你在我的圖書館裡有找到任何魔法書籍嗎？」雷諾克斯太太問道。

「完全沒有，夫人，」賽剛督先生說，「不過，珍貴的魔法書本來就非常稀少。要是能在這兒找到的話，我一定會感到萬分驚訝。」

「這一說我倒想起來，」雷諾克斯太太思索道，「我記得以前是有一些魔法書。但我多年前就把它們賣給一位住在約克郡附近的紳士。我們私底下都覺得他有點蠢，竟然花那麼多錢買些根本沒人要看的書。但或許他才是最聰明的人。」

賽剛督先生知道那位「住在約克郡附近的紳士」付給雷諾克斯太太的錢，大概還不到這些書應有價格的四分之一，但這些話還是不說為妙，因此他只是露出禮貌的微笑，並未透露他心中真正的想法。

他對她們提到他的那些男女學生，稱讚他們全都十分聰明好學。

「你的讚美對他們必然是極大的鼓勵，」布萊克太太體貼地表示，「他們有你這位好老師，當然會比跟隨其他老師學習更加進步神速。」

「喔！這我可不敢說，」賽剛督先生說。

「我以前都不曉得，」雷諾克斯太太若有所思地說，「原來研究魔法現在變得那麼熱門。我還以為就只有倫敦那兩個人呢。他們叫什麼名字來著？我要冒昧問個問題，賽剛督先生，你接下來應該是打算成立一所魔法師學校吧？這想必是你未來想要達到的目標？」

「一所學校！」賽剛督先生說，「喔！但那得花上——嗯，我也不確定要多少錢——但絕對需要一大筆資金和一棟房子。」

「也許會招不到學生？」雷諾克斯太太說。

「不，絕對不會！我現在就可以立刻想到四個男學生。」

「而且你要是再做些宣傳廣告……」

「喔！我絕對不會做這種事！」賽剛督先生震驚地表示，「魔法是全世界最高貴的行業——

嗯，也許該排在神職人員後面，但至少可算是第二高貴的行業。萬萬不能讓它受到商業行為的污染。不，我只願意透過私人推薦來招收學生。」

「那麼現在唯一的問題，就是得找到某個人來為你提供一小筆資金和一棟房子。這真是再簡單也不過了。但我相信，那位深受你敬重的朋友哈尼富先生，會十分樂意借錢給你。我相信他會非常希望能享有這份榮耀。」

「喔，不！哈尼富先生有三個女兒——世上最可愛的女孩。一人已經出嫁，另一人也已經訂下婚約，只有老三還沒有定下心來。不，哈尼富先生必須考慮到他的家人。他可不能隨便花錢。」

「那這樣我就不會感到良心不安了，讓我告訴你我打算怎麼做吧！何不讓我借錢給你？」

賽剛督先生實在太過驚訝，他愣了半晌，完全不知道該如何答話。「妳實在太仁慈了，夫人！」他最後終於結結巴巴地說。

雷諾克斯太太微微一笑。「不，先生。不能這麼說。要是魔法真像你說的那麼熱門——當然，這方面我會再去徵詢別人的意見——那我相信利潤必然會相當可觀。」

「但我實在沒什麼做生意的經驗，」賽剛督先生說，「我擔心會犯下錯誤害妳賠錢。不行，妳的慷慨仁慈令我萬分感激，但我必須婉拒妳的好意。」

「好吧，要是你不喜歡向別人借錢——我知道這並不適合每一個人——那事情很容易解決。學校就歸在我名下——我個人的名下。由我來承擔開銷與風險。你負責擔任校長，而創辦學校的計畫書由我們兩人一起署名。畢竟，這棟房子除了拿來作魔法學校之外，還會有什麼更適合的用途？這裡當作住宅缺點多多，但若是用來當學校，反倒有相當大的優勢。這裡的環境完全與世隔絕。自然不會有任何打靶之類的喧鬧活動。這樣年輕人就沒什麼機會去賭博或是狩獵。沒有太多消遣活動令他們分心，他們就可以好好專心讀書。」

「我絕對不收會賭博的學生！」賽剛督先生震驚地說。

她再度露出微笑。「我相信你從來不會讓朋友們操心——只是會擔心你這個老實人被壞人占便宜哩。」

晚餐後，賽剛督先生盡責地回到圖書館繼續工作，而天黑沒多久，他就向兩位女士告辭。他們在非常親切友好的氣氛下道別，而雷諾克斯太太保證她很快就會邀請賽剛督先生到巴斯作客。

他在回程中嚴厲告誡自己，千萬不要對這些美妙的計畫期待過高，深信自己未來就可以過著充實而幸福的生活。但他依然情不自禁地沉浸在一些理想中的美好畫面，想像他對年輕人傾囊相授，而他們的學業也突飛猛進；想像強納森．史傳傑來學校作客；想像他的學生們欣喜萬分地發現，他們的校長竟然是當今最著名魔法師的親密好友；想像史傳傑對他說：「太棒了，賽剛督。我滿意極了。幹得好！」

他直到午夜過後才回到家，他必須運用全部的意志力，才能按捺住立刻跑到哈尼富先生家去報告消息的念頭。他在第二天一大早就趕到他們家，他們知道後幾乎都快要樂昏頭了。他們流露出他不容許自己去感覺的興奮狂喜。哈尼富太太仍然保有許多女學生的習性，她抓起她丈夫的雙手，逼他一起繞著桌子跳舞，似乎只有這樣才能完全傳達出她心中的快樂。然後她又握住賽剛督先生的雙手，跟他一起繞著桌子跳舞，但過了一會兒，兩名魔法師都拒絕再繼續跟她跳舞，於是她乾脆自己一個人跳。賽剛督先生唯一感到遺憾（僅有一絲最輕微的遺憾）的是，哈尼富夫婦並沒有像他原先想像中那麼驚訝；他們向來對他評價極高，並不覺得地位崇高的貴婦想要專門為他辦所學校，有什麼特別驚人的地方。

「她應該慶幸自己能夠找到你才對！」哈尼富先生宣稱，「還有誰比你更適合當魔法學校的校長？一個也沒有！」

「再說，」哈尼富太太更進一步地推斷，「要不然她的錢要用在哪兒?沒有小孩的可憐女士！」

哈尼富先生深信賽剛督先生現在要開始走運了。他樂觀的天性不容他對此有任何懷疑。但他畢竟是個老於世故的男人，難免有些務實的辦事習性，他告訴賽剛督先生，他們應該先去打聽一下雷諾克斯太太的身家背景，了解她的身分地位，以及她是否像她外表看起來那般富有。

他們寫信給哈尼富先生一位住在巴斯的朋友。幸運的是，甚至在巴斯這個深受豪門望族喜愛的城市，雷諾克斯太太都可算是一位名聞遐邇的貴婦。她出身富豪之家，又嫁給一名財力比她娘家還要雄厚的丈夫。她的丈夫很年輕就去世，並未令她感到太過悲傷，她因此得以盡情舒展她那活躍的個性與聰明的頭腦。她善於投資，並謹慎管理她的土地與房產，使得她的財富日漸增長。她那大膽果斷的個性，樂善好施的義舉，親切溫暖的友情使她享有盛名。她在全國各地都有房產，但她通常是和布萊克太太一起住在巴斯。

在同一段時間，雷諾克斯太太也在四處探聽賽剛督先生的背景資料，結果必然令她感到相當滿意，因為沒過多久，她就邀請他到巴斯作客，他們兩人很快就討論出創校計畫的所有細節。

接下來他們花了幾個月的時間，重新整修裝潢史黛夸司莊園。屋頂漏水，兩個煙囪堵塞，廚房有些地方塌毀。這些花費昂貴得令賽剛督先生連連咂舌。他仔細估算，他若是只清理一個煙囪，不要購買新家具，將就使用原來的舊鄉村高背長椅和木頭椅子，並把僕人的數目縮減到三名，他就可以省下六十英鎊。他寫信把他的想法告訴雷諾克斯太太，她很快就捎來回音；她表示他花得錢還不夠多。他未來收的學生家境必然都十分富裕；他們會希望享有溫暖的爐火與舒適的環境。她建議他雇用九名僕人，另外再加上一名僕役長和一名法國廚師。他必須將房子全部重新整修，再買一整個酒窖的上等法國酒。刀叉全都用銀器，餐具要用全套的威基伍德瓷器。

在十二月初，賽剛督先生收到了強納森．史傳傑的祝賀信，並答應在明年春季到學校作客。儘管所有人都給予祝福，大夥也全都盡心盡力地努力進行工作，賽剛督先生卻仍然隱隱感到一絲不安，總覺得創辦學校的美夢，到頭來會是空歡喜一場。這絲隱憂一直在他內心深處縈繞不去，而他只能盡量不去想它。

在十二月中旬的一天早上，當他抵達史黛夸司莊園時，看到一個男人神態優閒地坐在門前的階梯上。他雖然從來沒看過這個人，但他一眼就認出了這個男人的真實身分：他是厄運的化身；他是前來奪走賽剛督先生一切希望與美夢的毀滅者。這名男子穿著一件老式黑色外套，就跟賽剛督先生的衣服一樣破舊，而他的靴子也沾滿了污泥。他那頭雜亂糾結的黑色長髮，讓他看起來活像是蹩腳戲劇中的死亡預兆。

「賽剛督先生，你不能這麼做！」他說話帶有約克郡的口音。

「對不起？」賽剛督先生說。

「這間學校，先生。你必須打消創辦學校的念頭！」

「什麼？」賽剛督先生喊道，他鼓起勇氣，假裝他並不知道這個男人所說的是不可避免的事實。

「聽著，先生，」黑衣男子繼續說下去，「你知道我是誰，你心裡很清楚我說的話不容違抗——不論你和我私底下感到多麼遺憾，都無法改變這個事實。」

「但你大概弄錯了，」賽剛督先生說，「我並不認識你。至少我不記得我們以前曾經見過面。」

「我是約翰．查德邁，諾瑞爾先生的僕人。我們九年前曾在約克郡的大教堂外面說過話。你以前只是收幾名學生，賽剛督先生，我還可以睜一隻眼閉一隻眼。我什麼都沒說，諾瑞爾先生對你的行為一無所知。但創辦一所招收成年魔法師的正式學校，情況可就完全不同了。你的野心實在太大了，先生。他知道了，賽剛督先生。他已經知道了，他希望你立刻停止這件事。」

「但諾瑞爾先生或是諾瑞爾先生希望怎麼樣，那跟我有什麼相干？我可沒簽下那份協約。你該知道，這件事並不是只有我一個人負責。我有朋友跟我一起合夥辦事。」

「沒錯，」查德邁說，他似乎覺得相當有趣，「雷諾克斯太太是家財萬貫的貴婦，也是一個非常優秀的生意人。但她並不像諾瑞爾先生，跟每一位內閣大臣都關係良好吧？她擁有跟他一樣大的影響力嗎？你可別忘了約克學會的下場，賽剛督先生！別忘了他是如何一手將他們完全摧毀！」

查德邁等了一會兒，但這段對話顯然已宣告結束，於是他大步朝馬廄的方向走去。

五分鐘之後，他騎著一匹高大的褐馬回到門前。賽剛督先生依然雙手抱胸地站在原處，怒目瞪視地上的鋪路石。

查德邁低頭望著他。「我很遺憾事情就這樣結束，先生。但話說回來，其實也沒有造成任何損失對不對？這棟要用來做魔法學校的房子，其實也很適合成立其他類型的學校。你別看我這副模樣，我其實心地非常善良，而且我還認識許多達官貴族。你可以選擇另一種學校，我以後要是聽說有哪位貴族或是貴婦，想要替他們的小少爺找這類的學校，我就會要他們來找你。」

「我並不想設立其他類型的學校！」賽剛督先生沒好氣地說。

查德邁斜睨著眼咧嘴一笑，就逕自駕馬離去。

賽剛督先生前往巴斯，向他的贊助人報告他們目前的悲慘處境。她聽到竟然有一名她甚至連見都沒見過的紳士，大剌剌地指示她什麼該做什麼不該做，令她感到憤慨至極。她寫了一封火藥味十足的信寄給諾瑞爾先生。她沒收到任何回音，但她的銀行業主、律師，和其他各種投機事業的合夥人，突然全都收到他們熟識的重要人士寄來的奇怪信函，內容全都是用一種拐彎抹腳的方式抱怨賽剛督先生的學校。其中一名銀行家——一位生性執拗又好辯的老紳士——十分不智地在公開場合（在英國下議院的大廳裡）提出質疑，說他想不通約克郡的一間魔法學校跟他有什麼相干。這件事所導致的結果是，有好幾位貴婦與紳士——都是諾瑞爾先生的朋友——撤回了放在他銀行中的所有存款。

幾天之後的一個夜晚，賽剛督先生坐在約克郡哈尼富太太的客廳中，雙手抱頭地怨嘆命運不公。「就好像有某種邪惡的命運故意要折磨我，把豐厚的獎賞擺在我面前，卻又出其不意地把它們全都奪走。」

哈尼富太太同情地連連咂舌，拍拍他的肩膀，搬出她九年來安慰賽剛督先生和哈尼富先生的同一套說詞來極力譴責諾瑞爾先生：就精神狀態看來，那位諾瑞爾先生似乎是一位非常奇怪的紳士，充滿了各種稀奇古怪的幻想，她可永遠也無法了解這種怪人的想法。

「你為什麼不寫信給史傳傑先生？」哈尼富先生突然開口說，「他一定會有辦法的！」

賽剛督先生抬起頭來。「我知道史傳傑先生已經跟諾瑞爾先生決裂，但我還是不希望因為我的緣故讓他們再起爭執。」

「胡說！」哈尼富先生喊道，「難道你沒看這一期的《英國魔法之友》嗎？史傳傑等的就是這個！某個可以讓他公開批評的諾瑞爾式魔法原則，好讓他一舉推翻這整個體系。相信我，他會感激你給他這個機會。沒錯，賽剛督，我越想越覺得這真是個好主意！」

賽剛督也認為他說的很有道理。「我得先詢問雷諾克斯太太的意見，只要她同意，我就一定會照你的話去做！」

雷諾克斯太太對於目前的魔法現況實在太過無知。她對強納森・史傳傑所知不多，只聽過這個人的名字，知道他好像跟威靈頓公爵有些關連。但她很快就對賽剛督先生保證，只要史傳傑先生不喜歡諾瑞爾先生，那她就絕對會全力支持他。因此在十二月二十日，賽剛督先生寫了一封信給史傳傑，告訴他吉伯特・諾瑞爾對於史黛夸司莊園魔法學校的打壓行動。

不幸的是，史傳傑不僅沒有立刻跳出來衛護賽剛督先生，他甚至連信都沒回。

42 史傳傑決定寫一本書

一八一五年六月至十二月

可想而知，當諾瑞爾先生聽到史傳傑先生在回到英國後，就直接返回斯洛普郡時，他心裡必定是感到欣喜若狂。

「最棒的是，」諾瑞爾先生告訴拉塞爾先生，「他待在鄉下地方，就不太可能再發表那種關於烏鴉王魔法的討厭文章了。」

「是不可能，先生，」拉塞爾說，「我想他不會有時間寫這類文章。」

諾瑞爾愣了一會兒，不太明白他這話是什麼意思。

「喔！難道你沒聽說嗎，先生？」拉塞爾先生說，「史傳傑正在寫一本書。他寫給朋友的信全都是在說這件事。他說，他是在兩個禮拜前突然開始動筆，目前進展得十分順利，我們大家都知道，史傳傑向來就是下筆有如神助。他發誓要把所有英國魔法全都寫進他的著作。他告訴華特爵士，他不太可能在兩冊書中塞進所有內容，他估計至少得寫三大冊才夠完整。他這本書是叫做《英國魔法的歷史與實踐》，而莫瑞已經答應，等他寫完就立刻替他出版。」

這個消息對諾瑞爾先生來說有如晴天霹靂。他自己一直都很想寫一本書。他打算把這本書題名為《魔法師教育守則》。他在收史傳傑當學生時就開始動筆寫作，現在他的草稿已塞滿了二樓小房間的兩座書架。但他每次提到這本書，似乎都是在談論一個遙遠的未來。他對於寫作有一種非理性的恐懼，而他八年來在倫敦所受到的一切阿諛奉承，也無法讓他克服這層心理障礙。他從來不肯讓任何人看他的私人筆記、記事本和日記（只有在非常少數的情況下，他才勉強讓史傳傑和查德邁瞄上兩眼）。諾瑞爾先生永遠無法相信他已為出書立說作好萬全的準備：他永遠無法確定他的看法是否就是絕對的真理；他總覺得他對事情的思索仍然不夠周詳完善；他甚至不曉得魔法這個主題是否適合公諸於世。

拉塞爾先生前腳才剛踏出房門，諾瑞爾先生就立刻吩咐僕人把裝滿清水的銀盆送到二樓的房間。

在遠方的斯洛普郡，史傳傑正在埋首寫作。他並未抬起頭來，但他臉上突然泛出一絲譏嘲的微笑，並豎起手指朝空中搖了幾下，彷彿是在對某個隱形人說不行。房中的所有鏡子全都立刻轉過來面對牆壁，而諾瑞爾先生雖然花了好幾個鐘頭的時間俯身凝視銀盆，但直到深夜他依然一無所獲。

在十二月初的一個夜晚，史提芬・布萊克待在他位於廚房走廊盡頭處的小房間裡擦拭銀器。他低下頭來，發現他工作圍裙的帶子正在自動解開。那並不是蝴蝶結沒打緊而自然鬆脫（史提芬這輩子打蝴蝶結向來絕不偷懶）。圍裙帶彷彿擁有自主的意志，以一種非常清晰而果斷的動作急急抽動。在下一刻。他的工作袖套和手套就從他的手臂和雙手上滑落下來，並自動整整齊齊地疊好擱在桌上。接下來他掛在椅背上的外套也突然躥到空中。外套撲到史提芬身上，自動幫他穿好。最後，僕役長專屬的小房間也完全消失。

他突然來到一個鑲著黑色木頭嵌板的小公寓。一張巨大的餐桌占據了房中大部分空間。桌上鋪著一張裝飾著色彩濃郁華麗金銀滾邊的猩紅亞麻桌布，並且擺滿了金色和銀色的餐盤，盤中有著堆積如山的豐盛菜餚。鑲著珠寶的大口水罐中裝滿了美酒。金色燭臺上的蠟燭散發出明亮的光暈，而兩個金色香爐中燃燒著清芬的薰香。除了餐桌之外，室內就只擺了兩張精緻的木雕座椅，上面鋪著金色的布料，再加上繡花椅墊，顯得十分華麗。那位有著一頭薊冠毛銀髮的紳士就坐在其中一張座椅上。

「晚安，史提芬！」

「晚安，先生。」

「你今晚看起來有點兒蒼白，史提芬。你該不會是身體不舒服吧。」

「我有些喘不過氣來，先生。像這樣突然移動到千里外的其他大陸和國家，難免會令人感到困惑。」

「喔！但我們現在還是在倫敦啊，史提芬。這裡是考伯巷的耶路撒冷咖啡屋。你不知道這個地方嗎？」

「喔，我當然知道，先生。華特爵士婚前常跟他的有錢朋友們到這兒來用晚餐。但在我印象中它並沒這麼富麗堂皇。而桌上這些菜餚，我幾乎全都沒見過哩。」

「喔！因為我點的是四、百年前我在這裡享用過的餐點！這是烤飛龍臀和蜜糖蜂鳥派。這是用石榴調味的烤蠑螈；這是雞頭蛇妖雞冠做的美味燉肉丁，用番紅花和彩虹粉增添風味，另外再加上金色星星作為裝飾。現在快坐下來跟我一起吃吧！吃飽了你就不會再感到頭暈目眩。你想來點兒什麼？」

「全都非常吸引人，先生，但我只想吃點兒最普通的烤豬排，這看起來十分美味。」

「啊，史提芬！你又再次證明你的高貴品味，不假思索地選中了最精緻的一道珍饈。豬排本身的確是相當普通，但煎豬排的油脂，卻是用附在威爾斯黑豬身上的鬼魂煉製而成，這些黑豬常年在威爾斯的山區四處遊蕩，讓那個可憐國家中的居民感到苦不堪言！這些豬的靈異與殘暴特質，為豬排增添了一種異常獨特的美妙滋味！而佐餐的醬汁材料，用的是人馬果園出產的櫻桃！」

紳士執起一個鑲滿寶石的鍍金大口水瓶，為史提芬倒了一杯顏色有如紅寶石般的美酒。「這種酒是用地獄出產的一種葡萄釀製而成——千萬別因為我這麼說而嚇得不敢喝！我相信你應該聽過坦塔羅斯[i]吧？那個把自己小兒子烤成派吞下肚的邪惡國王？他被罰站在池水滿到下巴的池塘裡，但卻永遠也喝不到水，站在結實纍纍的葡萄樹下，卻永遠吃不到葡萄。這也就是說，栽種這些葡萄樹的唯一目的，就是為了要折磨坦塔羅斯，所以這些葡萄的滋味和香氣必然都非常出色——這酒也是一樣。還有這些石榴，同樣也是來自於冥后的果園。」

史提芬嘗了一點葡萄酒和豬排。「真的是十分美味，先生。請問你過去為何會到這兒來用餐？」

「喔！那時我和我的朋友們在這裡舉行宴會，慶祝我們即將出兵征討十字軍的英勇壯舉，威廉・蘭徹斯特、[1]湯姆・鄧代兒，[2]和其他許多基督徒和精靈的貴族武士們，全都跟我們齊聚一堂。當時這裡自然不是咖啡屋。這是一間旅館。從我們坐的位置望出去，可以俯瞰下方一座環繞著鍍金雕刻梁柱的寬闊庭院。我們的僕人、男侍和隨從在庭院中往來走動，為我們進行周全的準備工作，好讓我們前去報仇雪恨，把我們的邪惡敵人打得潰不成軍！庭院另一邊有座馬廄，裡面除了全英國最美的馬兒之外，還有三隻獨角獸，另一個精靈——我的一個表兄弟——準備把牠們帶到聖地去刺穿敵人的身軀。幾位才華洋溢的魔法師也跟我們一起坐在這裡用餐。他們跟現在那些冒充魔法師的討厭鬼可說是天差地遠。他們不僅法力高強，人也同樣長得俊逸非凡！空中的飛鳥甘願聽從他們的命令。雨水和河流對他們俯首稱臣。北風、南風，以及各地的風，全都任由他們招之即來揮之則去。他們隨便比個手勢，城市就轟然塌毀——或是重新恢復舊觀！他們跟那個成天坐在布滿灰塵的房間裡，喃喃自語地翻動古書的可怕老男人，完全是強烈的對比！」紳士若有所思地吃了一點兒燉雞頭蛇妖肉丁。「另一個正在寫一本書，」他說。

「我聽說了，先生。你最近有去看他嗎？」

紳士皺起眉頭。「我？我剛才不是告訴過你，我覺得這些魔法師是全英國最愚蠢、最惡劣的傢伙嗎？沒有，在他離開倫敦之後，我最多一個星期只會去看他三、四次。他寫作的時候是用一把舊小刀削筆，筆尖總是削得不夠細。用這麼破這麼醜的舊刀，要是我早就羞死啦，但所有讓你我心裡作嘔的低級骯髒事情，這些魔法師居然全都甘之如飴！有時候他寫得太專心，忘了削筆尖，墨水就會噴出來弄髒他的紙，濺到他的咖啡裡去，而他居然完全沒注意到。」

史提芬心中暗想，這位紳士實在是非常奇怪，他自己住在一棟殘破不堪的屋子裡，周遭環繞著昔日戰場所遺留下來的可怕骨骸，但他卻對別人家的髒亂環境這般介意。「他這本書的主題是什麼，先生？」他問道，「你有何評價？」

「那真的是非常特殊！他描述我們精靈種族在這個國家所有最重要的事蹟。他詳細記錄我們當年是如何為了增進不列顛與其人民的福祉與榮耀，而介入不列顛的國政事務。他在書中再三強調，這個時代魔法師的當務之急，就是立刻召喚我們，並請求我們協助。你知道這是怎麼一回事嗎，史提芬？我可想不通。在我希望帶英國國王到我家，好殷勤款待他的時候，就是這名魔法師阻止我。

他當時的所作所為，似乎就是故意要侮辱我！」

「但在我看來，先生，」史提芬溫和地表示，「也許他那時並不了解你的真實身分。」

「喔！誰曉得這些英國人到底了解什麼？他們的頭腦這麼奇怪！你根本猜不透他們究竟在想些什麼？等你自己當上他們的國王，史提芬，你就知道了！」

「說真的，我並不想當任何地方的國王，先生。」

「等你當上國王，你就不會這麼想了。你現在只不過是有些沮喪，擔心你再也不能去無望廳和朋友們同樂罷了。這你大可放心！要是你在榮登王位之後，就必須跟我們道別，我也會感到非常難過的。但我實在看不出，你有什麼必要得永遠住在英國，你只不過是當他們的君王罷了。在這種無聊透頂的國家，你最多只能待上一個禮拜。一個禮拜就夠你悶得發慌了！」

「但我總有工作要做吧，先生？據我所知，國王必須日理萬機，儘管我並不是很想當國王，但我也不希望……」

「我親愛的史提芬！」紳士用一種半是親暱半是好笑的愉快語氣喊道，「那交給宮廷總管負責就行啦！他們可以代你處理所有無聊的統治工作，你大可像平常一樣，跟我待在無望廳盡情享樂。你只要偶爾回到這裡，收些稅金和其他國家繳納的貢金，把它們全都存進銀行就行了。喔，為了慎重起見，你還可以選段時間在英國待久一點，找人替你繪製一幅畫像，這樣老百姓會更加崇拜你的。有時候你也可以展現一下親民形象，恩准全國最美麗的淑女排隊來親吻你的手，讓她們愛上你。這樣你就完全盡到你身為國王的所有責任，可以心安理得地回到我和波爾夫人身邊了！」紳士沉默下來，陷入罕見的沉思。「但我得坦白招認，」他最後終於開口說，「我對美麗的波爾夫人的喜愛，已經不像過去那麼強烈了。我現在又喜歡上另一位女士。她長得不算特別漂亮，但她活潑的個性和親切的言語，卻大大彌補了她美貌的不足。而且這位女士還有一個勝過波爾夫人的大優點。我們都知道，史提芬，儘管波爾夫人常到我家作客，但由於我跟魔法師簽訂的合約，她最後總是必須離開。但若是這位女士，我就不用去遵守這類愚蠢的合約。只要我能得到她，她就可以永遠待在我的身邊！」

史提芬嘆了一口氣。想到又有某位可憐的女士，將會成為無望廳永久的囚犯，實在令人感到萬分悲哀！但他心裡很清楚，他完全無力去阻止這一切，但他至少可以利用這個機會來解救波爾夫人。「這樣的話，先生，」他用必恭必敬的語氣說，「也許你可以考慮解除夫人的魔法？她若是能重新回到她的丈夫和朋友們身邊，他們一定會很高興的。」

「喔！但我還是會把夫人當作是最美麗的陪襯，她可以讓我們所有的娛樂活動大為生色。所有人都喜歡跟美女作伴，而夫人在英國絕對是艷冠群芳。就算在精靈族中，能比得上她的美女也不多。不行，我絕對不可能聽從你的建議。我們剛才的話題還沒說完。我們必須擬定一個計畫，好把另一位女士從家裡拐出來，把她帶去無望廳。要是我告訴你，史提芬，帶這位女士離開英國，絕對是不可或缺的重要行動，可以讓我們達到使你登上王位的崇高目標，這樣你應該會更願意幫我的忙吧。這會讓我們的敵人受到嚴重的打擊！這會令他們陷入絕望！這會讓他們產生紛爭與衝突。喔，沒錯！這對他們百般不利，卻對我們大有好處！我們若是不積極進行的話，可就沒辦法完成我們那崇高的任務了！」

史提芬不太明白他的意思。紳士指的是溫莎城堡的某位公主嗎？眾所周知，國王因為他最寵愛的小女兒離開人世而悲痛發狂。也許薊冠毛銀髮紳士是認為，再失去另一位公主，或許就會令國王心碎而死，或是讓皇室其他成員精神失常。

「好了，我親愛的史提芬，」紳士說，「我們現在所面臨的問題就是：我們要如何在完全不引起任何人——特別是那兩個魔法師——注意的情況下，把這位女士帶走！」他思索了一會兒，「我想到了！去拿一根苔橡木給我！」

「先生？」

「大小必須跟你的腰圍一樣粗，跟我的鎖骨一樣高。」

「我十分樂意立刻把它拿給你，先生。但我並不知道什麼是苔橡木。」

「就是在泥炭沼裡浸了無數個世紀的古木！」

「這樣的話，先生，我恐怕不太可能在倫敦找到苔橡木。這裡並沒有泥炭沼。」

「沒錯，沒錯。」紳士猛然往後靠著椅背，凝視著天花板，考慮該如何解決這棘手的難題。

「可以用其他木頭代替嗎，先生？」史提芬問道，「天恩寺街有一個木材商，我相信……」

「不行，不行，」紳士說，「這必須完全按照規定……」

就在那一瞬間，史提芬突然有一種極端詭異的感覺：一股力量將他從椅子上拉起，讓他站在地上。在同一時間，咖啡屋也完全消失，周遭變成一片漆黑冰寒的虛空。史提芬雖然什麼都看不見，但他可以感覺到這是一個空曠寬闊的地方。狂風在他耳邊呼嘯，暴雨彷彿同時自四面八方撒落到他的身上。

「……進行，」紳士若無其事用同一種語氣繼續說下去，「這裡有一根非常出色的苔橡木。我記得是這樣……」他的聲音原本是在史提芬的右耳附近，但此時卻開始逐漸遠去。「史提芬！」他喊道，「你有帶一把挖泥鋤、一柄除泥鏟和一支長牙鍬嗎？」

「什麼，先生？哪一樣，先生？沒有，先生。我什麼都沒帶。坦白說，我剛才並不知道我們要到其他地方。」史提芬發現他的雙腳和腳踝全都泡在冰水裡。他想要踏到旁邊。在下一刻，他就一腳踏空，小腿肚以下全都陷入水中。他尖叫一聲。

「嗯？」紳士詢問。

「我……我實在不願打擾到你，先生。但這片土地顯然正在吞噬我。」

「這是泥沼啊，」紳士熱心地提供資訊。

「這想必是世上最嚇人的地方。」史提芬試圖模仿紳士漠不關心的平靜語氣。他心裡很清楚，紳士不論在任何情況下，都特別注重要維持體面與尊嚴，他擔心他若是讓紳士聽出他心裡有多麼害怕，紳士很可能就會對他心生反感，毫不猶豫地逕自離去，任由他被泥沼淹沒。他試著移動身軀，卻完全踏不到堅實的地面。他奮力揮動手臂，卻差點兒摔倒在地，讓他泡在稀泥中的雙腳雙腿陷得更深了一些。他再次失聲尖叫。泥沼發出一連串最令人厭惡的吸吮聲。

「啊，天哪！請容我冒昧向你指出，先生，我正在漸漸下沉。啊！」他開始站立不穩，「你總是非常仁慈地表達出對我的厚愛，說我是你最好的同伴。如果不會對你造成任何不便的話，是否可以請你救我脫離這片恐怖的泥沼？」

紳士並未回答。史提芬感到一股魔法的力量將他拉出泥沼，讓他站到地面上。他嚇得雙腿發軟，恨不得能立刻躺下來，卻不敢移動。這裡的地面似乎相當堅實，但還是濕答答的令人畏懼，而且他根本不曉得泥沼到底在哪裡。

「我十分樂於幫忙你，先生，」他朝黑暗中喊道，「但我擔心會再次陷入泥沼，根本不敢走動！」

「喔，沒關係！」紳士說，「坦白說，我們現在只能等待。苔橡木要到黎明的時候才容易找到。」

「但現在到黎明還有整整九個鐘頭！」史提芬驚恐地喊道。

「是啊，沒錯！我們坐下來等吧。」

「在這裡，先生？但這是個可怕的地方。又黑又冷又恐怖！」

「喔，的確！這裡真的是糟糕透頂！」紳士用一種氣人的平靜語氣附和道。說完他就陷入沉默，而史提芬只得認命，乖乖陪著他一起等待黎明。

寒風在史提芬身邊呼嘯；濕氣浸透了他全身的每一個部位；沉重的黑暗襲裹住他的身軀；而漫漫長夜緩慢得有如凌遲。他並不奢望能夠入睡，但在夜裡他偶爾也能暫時脫離他那悲慘的處境。更精確的說，他並不是陷入睡眠，而是陷入夢中。

他夢到他前往食物儲藏室，去替某人取一塊美味可口的豬肉派。但他一切開派皮，卻發現裡面根本沒什麼豬肉。伯明罕市占據了內餡大部分空間。他可以看到派皮裡面的熔爐和鍛冶場在冒著黑煙，引擎轟隆隆地運轉。一名看起來很斯文的市民，剛好從史提芬切開的切口走出來，他的目光落到了史提芬上，他說……

就在此時，一陣高亢悽愴的聲響劃破了史提芬的夢境——一首用不知名語言吟唱的哀傷慢歌，而史提芬甚至還沒真正清醒過來，就立刻聽出這是薊冠毛銀髮紳士在歌唱。

一般來說，當有人歌唱時，除了他的人類夥伴之外，其他生物並不會注意到他的歌聲。就算他的歌聲再美妙動聽，情況也不會有所改變。他悠揚的歌聲或許會令人感到心醉神迷，但卻完全無法引起其他大部分生物的共鳴。貓或狗也許會轉頭看他一眼；他的馬兒若是特別聰明的話，也許會暫時停止吃草，但最多也僅只是這樣而已。然而當精靈開始歌唱，整個世界全都會凝神傾聽。史提芬感覺到流動的雲彩暫時停駐；他感覺到沉睡的山巒微微震動並沙沙作響；他感到冰寒的霧氣在跳躍舞動。他這輩子第一次了解到，這世界並非既聾又啞，它只不過是在等待一種它能夠理解的語言。在精靈的歌聲中，世界認出了它們呼喚自己的名字。

史提芬再度陷入夢境。這次他在夢中看到山巒四處行走，天空默默哭泣。樹木走過來對他傾訴祕密，讓他明瞭它們對人類的善意或是怨恨。圓石和枯葉中隱藏著重要的命運。他夢到世上的每一樣事物——石頭和河流，樹葉和火焰——全都有一個它全心全意去努力實踐的目標，但他同樣也了解到，這些事物有時也可能經由誘導，轉而去追求跟原先截然不同的目標。

他在黎明時醒過來。但他所看到的並不是光明燦爛的黎明景象。光線幽暗淒迷，呈現出一股無與倫比的憂傷。他們四周聳立著巨大陰鬱的灰色山丘，山丘中間有一汪廣袤無邊的黑色泥沼。史提芬從來沒見過這般淒涼的風景，彷彿是故意要讓所有看到它的人，在瞬間墜入絕望的深淵。

「這裡應該是你的王國吧，先生？」他說。

「我的王國？」紳士訝異的驚呼，「喔，才不是呢！這裡是蘇格蘭！」

紳士突然消失——過了一會兒，又抱著一堆工具重新出現。有一把斧頭、一根鐵叉，和其他三個史提芬從來沒見過的工具。一個有點兒像鋤頭，一個有點兒像鏟子，最後一個工具非常特別，看起來像是鏟子和鐮刀的綜合體。他把這些全都一股腦地塞到史提芬懷裡，史提芬一臉迷惑地檢視這些工具。「這些都是全新的工具吧，先生？它們閃亮得出奇。」

「那還用說，要執行這類魔法任務，你可不能使用一般的金屬工具。它們是用水銀和星光打造而成，好了，史提芬，我們現在得先找到一片完全沒有露珠的土地，苔橡木就埋在那兒！」

放眼望去，峽谷中所有的青草與細小的彩色泥沼植物全都沾滿了露珠。史提芬的衣服、雙手，頭髮和皮膚上，全都結了一層有如天鵝絨般柔軟的灰霜，而紳士的頭髮——總是那麼醒目——在原本的燦爛銀光之外，又增添了成千上萬顆小水珠的閃爍光輝。他看起來就像是頭上環繞著一圈鑲滿寶石的光暈。

紳士雙眼緊盯著地面，開始緩步穿越峽谷，史提芬跟在他身後。

「啊！」紳士喊道，「就在這兒！」

史提芬實在看不出，紳士到底是怎麼找到的。

他們此刻站在一片寬闊泥沼地的正中央，看起來跟峽谷其他地方毫無差別。附近並沒有任何明顯的樹木或是石頭作為地標。但紳士卻露出一副胸有成竹的神情，大步走向一個低淺的窪地。在窪地中央，有一片又長又寬、未曾沾染上露珠的狹長土地。

「從這往下挖，史提芬！」

令人驚訝的是，紳士竟然對挖煤頗有研究。但他自己完全不動手，只是鉅細靡遺地指示史提芬，該用一種工具先挖掉最上面一層的青草與苔蘚，再用另一種工具劈開煤炭，最後再用第三種工具把挖下的泥渣草屑鏟出來。

史提芬不習慣做這類粗重的苦工，才一會兒就累得氣喘吁吁，全身痠痛。幸運的是，沒過多久，他就挖到了某種比煤炭更加堅硬的東西。

「啊！」紳士非常高興地喊道，「那就是苔橡木。太棒了！史提芬，挖掉它周圍的泥炭！」

這說起來容易，但做起來卻十分困難。史提芬費盡九牛二虎之力，才好不容易挖開大片泥炭，露出埋在下面的苔橡木，但他卻無法一眼看出哪裡是橡木，哪裡是泥炭——它們同樣都是又黑又濕，並在不停地滲水。他繼續挖掘泥炭，但這時他忍不住開始懷疑，紳士雖然說它是一段木頭，但它事實上是一棵完整的大樹。

「你不能用魔法把它取出來嗎，先生？」他問道。

「喔，不行！絕對不行！我要請這根木頭幫我一個大忙，所以我們有責任在它從泥沼進入廣大的世界時，盡量讓它的道路變得暢行無阻！可以了，史提芬，用這把斧頭切下一段跟我鎖骨一樣高的木頭。然後我們再用鐵叉和長牙鍬把它撬出來！」

他們又多花了三個鐘頭才順利完成任務。史提芬按照紳士要求的尺寸，切下了一段木頭，但要把它從泥沼中取出來，卻不是一個人能獨立完成的工作，因此紳士只好親自動手，踏入這污濁發臭的泥坑，跟史提芬同心協力地又拖又拉，才好不容易把木頭抬了出來。

他們終於完成任務，史提芬筋疲力盡地倒在地上，而紳士站在一旁，欣喜地盯著那根木頭。

「很好，」他說，「這比我想像中容易多了。」

史提芬突然發現自己又返回耶路撒冷咖啡屋樓上的房間。他看看自己，再看看紳士。他們體面的衣服變得破爛不堪，從頭到腳全都沾滿了污泥。

他直到這時才看清苔橡木的模樣。它宛如罪惡一般漆黑，紋理極端細膩，並不斷滲出黑水。

「我們得先把它擦乾才行，」他說。

「喔，不用了！」紳士露出燦爛的笑容，「就是要這樣，才能達到我要的效果！」

❶ 威廉·蘭徹斯特是約翰·厄司葛雷的宮廷總管與最鍾愛的僕人，因此他也是英國最重要的人物之一。

❷ 湯瑪斯·鄧代兒，約翰·厄司葛雷的第一名人類僕人。參閱第四十五章注❷。

i Tantalus，希臘神話中的人物，天神宙斯之子。

43 海德先生的奇遇

一八一五年十二月

在十二月第一個禮拜的某天早上，傑瑞米敲響史傳傑在艾司費爾莊園的圖書館房門，向主人通報海德先生來訪。無端受到干擾，讓史傳傑感到有些厭煩。他在回到鄉下後，幾乎變得跟諾瑞爾一樣喜愛寧靜與孤獨。「喔，真是的！」他低聲抱怨。

他耽擱了一段時間，又多寫了一段文章，翻閱華倫泰．葛雷瑞克的傳記，查了三、四項資料，用吸墨紙吸乾紙上的墨跡，更正一些錯字，再吸乾紙上的墨跡，然後他才急急趕到客廳。

一位紳士獨自坐在爐火邊，望著火焰沉思。他是一名精力充沛的健壯男子，大約五十歲左右，穿著農莊紳士的粗布衣服和堅固皮靴。在他旁邊的桌子上，放著一小杯酒和一小碟餅乾。傑瑞米顯然知道這位訪客得獨自等上一段很長的時間，有必要為他準備一些點心。

海德先生和強納森．史傳傑兩人是從小就認識的鄰居，但他們的命運與愛好都大不相同，因此他們一直都只是點頭之交。事實上，這是他們兩人在史傳傑成為魔法師以後第一次碰面。

他們兩人握手。

「我敢說，先生，」海德先生說，「你一定想不通，我為何要在這種天氣登門拜訪。」

「天氣？」

「是啊，先生。天氣非常糟。」

史傳傑望向窗外。艾司費爾莊園周圍的高山覆蓋著皚皚白雪。每一根枝椏和細枝上都堆滿了積雪。似乎連空氣都因冰霜與霧氣而變得白茫茫的。

「糟透了。我居然完全沒注意到。我在上個星期天後就沒出過門。」

「你的僕人說你正忙著做研究。請原諒我打斷你的工作，但我有急事要告訴你。」

「喔！不用這麼客氣。請問你的……」史傳傑停下來，努力回想海德先生到底結婚了沒有，他是否有小孩、兄弟姊妹，或是朋友等可讓他問候的對象。他發現他居然對這些事情一無所知。「農莊可好，」他最後說，「我記得那是在阿斯頓。」

「是在庫倫貝里附近。」

「庫倫貝里。沒錯。」

「我一切都好，史傳傑先生，只不過，我在三天前遇到了一件相當……令人不安的事情。在那之後我就一直在考慮，到底該不該過來跟你說。我詢問過我妻子和朋友們的意見，而他們一致認為，我必須把我看到的一切全都告訴你。三天前，我到威爾斯地區的邊境附近，去找達維．伊凡斯辦些事情——我想你該認識他吧，先生？」

「我認得他的模樣。但我從來沒跟他說過話。我相信福特一定認識他。」（福特是專門為史傳傑處理所有地產事務的經紀人。）

「聽我說，先生。達維．伊凡斯和我在兩點左右把事情辦完，而我急著想要趕回家。當時到處都堆滿厚厚的積雪，從此地到藍菲爾．瓦特丁的路況非常糟糕。我想你並不知道，先生，達維．伊凡斯家在一座山丘上，在那裡可以看到西邊遠處的景象。我和他一踏出大門，就看到一大片灰色的雪雲正朝我們飄過來。達維的母親伊凡斯太太，硬要我待在他們家過夜，等第二天再回家，但我和伊凡斯討論了一下，我們兩人都認為，只要我馬上出發，盡可能走最快的捷徑回家，應該不會有任何問題。換句話說，我得趕在暴風雨到達前，騎馬登上奧法堤，❶從那兒越過邊境回到英國。」

「奧法堤？」史傳傑蹙起眉頭說，「那條路地勢非常陡峭——就算在夏天也很不好走——而且那裡十分偏僻，你要是遇上意外，也找不到任何人幫忙。我自己是絕不會走這條路的。但我想，你對山裡的情況要比我熟悉得多。」

「你比我聰明多了，先生。在我騎馬爬上奧法堤的時候，突然颳起一陣猛烈的狂風，將地上的積雪捲到空中。我的馬兒和我的大衣全都沾滿了雪花，我低頭一看，我們竟然變得跟山丘一樣雪白，跟空氣一樣雪白。跟周遭的一切一樣雪白。在空中飛舞的雪花形成許多詭異的形狀，彷彿有許多鬼魂，許多阿拉伯故事中的惡靈邪神在我四周兜圈子打轉。我可憐的馬兒——牠平常並不容易受驚——被周圍的景象嚇得魂飛魄散。你可以想像，我那時有多後悔沒接受伊凡斯太太的邀請，然後我聽到了一陣鐘聲。」

「一陣鐘聲？」史傳傑說。

「是的，先生。」

「但那附近哪來的鐘？」

「當然沒有，在那種偏僻的地方根本不可能有鐘。事實上，那時四周全都是呼嘯的風聲和馬兒的鼻息聲，我很訝異我居然還能聽得到其他任何聲響。」

聽到了這裡，史傳傑以為海德先生必然是來向他請教關於鐘聲的問題，於是他開始長篇大論地闡述鐘聲所代表的魔法意義：鐘聲可以用來作為抵擋精靈與其他惡靈的防護措施，比方說，教堂的鐘聲就會把壞精靈嚇跑。但在另一方面，精靈卻又十分熱愛鐘聲；精靈魔法往往以鐘聲作為伴奏；而精靈出現時，人們也常常會聽到鐘聲。「我無法解釋這種奇特的矛盾現象，」他說，「這是理論魔法師數世紀以來都無法解開的謎團。」

海德先生帶著禮貌而專注的神情靜靜傾聽。等史傳傑說完，海德先生才開口說：「但鐘聲只是個開端，怪事兒還在後面哩，先生。」

「喔！」史傳傑有些不悅地說，「很好。請繼續說下去。」

「我爬上山坡，看到了山頂的奧法堤。那裡有幾棵東倒西歪的樹，幾堵磚石脫落的破牆。我往南邊望過去，看到一位女士正沿著奧法堤飛快地朝我走過來……」

「一位女士！」

「我可以清楚看到她的模樣。她披著長髮，風把她的頭髮全都吹得豎起來，在她頭周圍激烈飛舞。」海德先生比了個手勢，來模擬那位女士頭髮在雪花中飛舞的模樣。「我對她大聲呼喊。我知道她有回過頭來看我，但她並沒有停下來或是放慢腳步。她再次轉過頭去，繼續在狂烈的暴風雨中沿著奧法堤往前走。她身上只穿著一件單薄的黑洋裝，沒有披肩，沒有外套。而那讓我非常替她擔心。我想她是遇到了非常可怕的事情。於是我趕緊策馬趕過去，逼迫我那可憐的馬兒用最快的速度爬上山。在這整段過程中，我一直努力盯住她的身影，但狂風總是把雪花吹進我的眼睛。等我到達奧法堤的時候，她已經不見了。於是我騎馬沿著奧法堤來回找了幾趟。我四處呼喚搜尋，把嗓子都喊啞了——我猜想她大概是倒在一堆石頭或是積雪後面，要不然就是被某個兔子洞絆倒。或是被那個傷害她的惡棍給帶走了。」

「傷害？」

「是的，我猜想她是被某個想要傷害她的惡棍帶到了奧法堤。這年頭常聽到這一類的可怕事件。」

「你認識那位女士嗎？」

「是的，先生。」

「她是誰？」

「史傳傑太太。」

接下來沉默了一會兒。

「這怎麼可能，」史傳傑困惑地說，「海德先生，史傳傑太太若是遇到任何危險，我不可能會一無所知。我雖然在閉關苦讀，但還不至於到這麼不問世事的程度。我很抱歉，海德先生，但你弄錯了。不論那個可憐的女人是誰，那絕對不是史傳傑太太。」

海德先生搖搖頭。「我若是在舒茲伯利或是拉德洛遇到你，我或許無法一眼就認出你是誰。但史傳傑太太的父親在我們教區擔任了整整四十七年的助理牧師。史傳傑太太——她那時候是伍慂卜小姐——小時候在克倫貝里教堂庭院中學走路的時候，我就已經認識她了。就算她沒回頭看我，我也絕不會認錯。只要看她的身材，她走路的模樣，她一切的特徵，我就可以認出她是什麼人。」

「在那個女人消失之後，你接下來做了什麼？」

「我直接騎馬趕到這兒來——但你的僕人不讓我進門。」

「傑瑞米？是剛才跟你說過話的那個人嗎？」

「是的。他告訴我，史傳傑太太安安穩穩地待在家裡。我必須承認，我當時並不相信他的話，因此我在你家周圍繞了一圈，從每個窗口望進去，最後我看到她坐在這個房間的沙發上。」海德先生指著他當時看到的沙發，「她穿著一件淺藍色洋裝——並不是我看到的黑衣。」

「嗯，這一點兒也不奇怪。史傳傑太太從來不穿黑色。我不喜歡看年輕女子穿這種烏鴉鴉的顏色。」

海德先生蹙著眉搖搖頭。「我真希望能讓你相信我看到的事情，先生。但我知道我辦不到。」

「我很希望能對你提出合理的解釋。但我也辦不到。」

他們握手道別。海德先生神情嚴肅地望著史傳傑說：「我絕對不願她受到任何傷害，史傳傑先生。只要她安然無恙，我們就可以放心了。」

史傳傑微微鞠了一個躬。「我們會盡力維護她的安全。」

海德先生走出去，房門再度關上。

史傳傑等了一會兒，然後走去找傑瑞米。「你怎麼沒告訴我他上次來過？」

傑瑞米發出一聲嘲笑的輕嗤。「我可不想讓這種胡說八道來讓你煩心！在暴風雪中散步的黑衣女子！」

「我希望你沒對他說什麼不禮貌的話。」

「我，先生？沒有，絕對沒有！」

「他大概是喝醉了。沒錯，我想就是這麼回事。他和達維·伊凡斯在順利辦完事情後，兩人就開開心心地一起喝酒慶祝。」

傑瑞米皺起眉頭。「我覺得不太可能，先生。達維·伊凡斯是美以美教派的傳道人。」

「喔！嗯，好吧。我想你說的沒錯。這的確不太像是喝醉酒引起的幻覺。反倒比較像是讀完一本芮德克里福夫人的小說，再服用鴉片後可能會出現的荒唐想像。」

海德先生的話語令史傳傑感到心神不寧。一想到亞蕊貝拉——即使是一個虛構與想像出的亞蕊貝拉——迷失在暴風雪中，在山頂四處流浪，就讓他感到十分不安。他忍不住想到他自己的母親，她為了逃避不幸婚姻所帶來的悲慘生活，常常獨自到奧法堤附近的山區散步，最後在那兒遇到一場暴風雨，染上風寒而不幸病逝。

當天晚上，他在用晚餐的時候告訴亞蕊貝拉：「我今天見到了約翰・海德。他說他上禮拜二在奧法堤看到妳在暴風雪中散步。」

「不！」

「是的。」

「可憐的人！他一定嚇壞了。」

「應該是吧。」

「等亨利來了以後，我一定要去拜訪海德夫婦。」

「等亨利來了以後，妳好像打算跟他一起去拜訪全斯洛普郡的所有居民，」史傳傑說，「我只希望妳不會感到失望。」

「失望！你這話是什麼意思？」

「別多心，我只是覺得天氣糟透了。」

「我們會請哈瑞斯駕馬車時盡量放慢腳步，小心一點兒。但就算我們不說，他也一定會特別小心的。再說，史達令是一匹非常穩健可靠的馬兒。一點兒風雪對史達令來說不算什麼。牠可沒那麼容易被嚇到。況且你也知道，有些人亨利是一定得去登門拜訪——要是他沒這麼做的話，他們可是會不高興的。珍妮和亞文——我父親的兩位老僕人。他們成天都在叨叨記掛著亨利要來的事。他們已經有整整五年沒見到他了，而他們恐怕沒辦法再多等五年了，可憐的人。」

「好了！好了！我只是說天氣會很糟糕。就只是這樣而已。」

但事情並不只是這樣。史傳傑心裡明白，亞蕊貝拉對這次的兄妹聚會抱著極高的期望。她在婚後就很少有機會能見到她哥哥。亨利造訪蘇活廣場的次數，並不如她預期頻繁，就算他前來小住，他停留的時間也遠不如她希望中那麼長久。幸好這次的聖誕聚會，必然可以讓他們恢復過去的親暱情感。他們將攜手踏遍所有童年的舊遊之地，亨利已經答應她要在這兒待上將近一個月。

亨利如約來訪，在一開始看來，亞蕊貝拉似乎可以順利實現她所有最期盼的願望。當晚他們在晚餐時談得十分盡興。亨利目前是在南安普敦郡一個叫做大西瑟登的村莊擔任教區牧師，他對他們說了許多當地的風土人情。[2]

大西瑟登是一個繁華的大村莊。那裡有好幾個體面的紳士家庭。亨利在當地社交圈甚受敬重，而他對此感到十分滿意。他花了許多時間描述他的朋友，以及他們的晚宴與舞會，最後他表示：「但我可不想讓你們認為，我們只顧享樂而忽視了慈善工作。我們是一個行善不落人後的活躍教區。那裡有許多不幸的可憐人，而我們有非常多事情要做。在大前天，我去拜訪一個貧病交迫的家庭，結果我一到那兒，就看到華特金小姐正在那棟小屋裡致贈救濟金，並為他們提供各種建議。華特金小姐真的是一位非常有同情心的小姐。」說到這裡他暫時停下來，似乎是在等他們開口說話。

史傳傑一臉茫然；然後，他似乎突然靈光一閃。「哎呀，亨利，真對不起。你一定覺得我們實在太疏忽了。你在短短十分鐘之內，就有五次提到這位華特金小姐的芳名，而我和亞蕊貝拉居然到現在都還沒向你打聽她的事情。我們兩個今晚都有些遲鈍——都是威爾斯的天氣害的——冷得讓腦袋都結冰了——但現在我已經恍然大悟，完全明白你的用意啦，而我非常樂意如你所願，來好好仔細盤問關於她的一切訊息。她是金髮還是黑髮？皮膚偏黑還是白皙？她比較喜歡鋼琴還是豎琴？她喜歡看哪一類的書？」

亨利覺得自己受到嘲笑，皺起眉頭，似乎不願再提到那位小姐。

亞蕊貝拉冷冷地瞪了她的丈夫一眼，用比較溫和的方式繼續詢問，很快就從亨利口中探聽到下面這些訊息：華特金小姐最近才搬到大西瑟登地區居住——她的教名是蘇芙羅妮亞——她跟她的監護人史溫佛斯特夫婦（他們是她的遠房親戚）住在一起——她非常喜歡看書（但他不曉得她偏愛哪一類作品）——她最愛的顏色是黃色——還有她非常討厭鳳梨。

「那她長得怎麼樣？漂不漂亮？」史傳傑問道。

這個問題似乎讓亨利感到有些尷尬。

「照一般的審美標準看來，華特金小姐稱不上是絕色美女，她不算漂亮。但只要跟她進一步相處——你的看法就會大為改觀。不論是男人或是女人，有些人你乍見之下，會覺得他相貌十分平庸，但相處久了就會覺得越看越順眼，這就是所謂的情人眼裡出西施吧。善良的心靈、良好的教養和溫柔的個性——這些可比短暫的美貌更能讓丈夫感到幸福。」

這段話讓史傳傑和亞蕊貝拉感到有些驚訝。他們沉默了一會兒，然後史傳傑開口問道：「那財富呢？」

亨利露出一副得意洋洋的神情。「一萬英鎊，」他說。

「我親愛的亨利！」史傳傑喊道。

稍後當他們夫妻倆獨處時，史傳傑對亞蕊貝拉說：「我們真該好好恭喜亨利，他實在太聰明啦。他趕在其他人發現這位小姐之前捷足先登。我猜想向她求婚的人並不多——她的臉孔或身材大概有某種缺陷，所以才沒什麼人追求她。」

「但他不可能只是為了錢，」亞蕊貝拉顯然是想要為她哥哥辯護，「我相信他對她一定也有點兒好感。亨利不是這種人。」

「喔，那當然，」史傳傑說，「亨利是個大好人嘛。再說，妳該知道，我是從來不會干涉這種事情的。」

「你在笑，」亞蕊貝拉說，「你根本沒有資格這樣笑別人。我以前也跟亨利一樣聰明啊。我那時候還覺得，你鼻子這麼長，脾氣又不好，根本不可能會有人想要嫁給你，結果我自己卻昏了頭了。」

「這倒是沒錯，」史傳傑若有所思說，「我都忘了。這顯然是一種家傳的弱點。」

第二天，史傳傑待在圖書館裡做研究，亞蕊貝拉和亨利一同乘著馬車前去探望珍妮和亞文。但這種歡樂的日子並未持續太久。亞蕊貝拉很快就發現，他和她的哥哥已不像過去那般親暱知心。亨利過去七年來一直待在小鄉村，而她則是在倫敦看盡繁華，並親眼見證某些當代最重要的歷史事件。她和一些內閣大臣結為朋友。她認識首相，並曾經數度跟威靈頓公爵共舞。她覲見過列位王子殿下，對公主們屈膝行禮，而每當她前往卡爾頓宮時，攝政王總是會對她微笑致意。至於她跟英國魔法復興運動重要成員們的關係，那更是不用提了。

她哥哥所述說的見聞讓她聽得津津有味，但他卻對她的生活興趣缺缺。她描述她在倫敦的生活，但他卻只是禮貌性地應付道：「啊，真的嗎？」有一次，在她敘述威靈頓公爵對她說的話，而她又是如何回答時，亨利轉過頭來，抬起一邊眉毛，露出淡淡的笑容盯著她瞧——他的神情和笑容分明就是在說：「我才不信呢。」他這種態度讓她感到非常難過。她並不認為她是在自我吹噓——跟大人物交往，本來就是她在倫敦日常生活中一部分。她這時才明白，雖然他的信總是讓她感到十分愉快，但他必然覺得她的回信既乏味又做作，這讓她心裡感到一絲酸楚。

但在另一方面，可憐的亨利也有許多不滿之處。他小時候對艾司費爾莊園非常嚮往。它的規模、它的環境，以及它的主人在庫倫地區享有的崇高地位，全都讓他感到十分理想。他一直萬分期待能在強納森．史傳傑繼承這棟住宅以後，以主人朋友的重要身分到艾司費爾莊園作客。但現在當願望實現之後，他卻發現這裡並不如想像中那般美好。他這些年來見過不少好房子，相較之下艾司費爾莊園就顯得遜色許多。這裡的山形牆幾乎就跟窗戶一樣多。這裡的房間天花板全都太過低矮，格局也十分怪異。這裡一代又一代的居民隨心所欲地在牆壁各處建造窗戶——完全不考慮到房子的整體風格——而且牆上的玫瑰和長春藤遮住了窗戶的光線，每一扇窗口看起來都暗沉沉的。這是一棟老舊的住宅——如同史傳傑所說的，這裡就像是小說中女主角會在裡面受到迫害的陰森舊屋。

大西瑟登地區近年來有幾棟住宅大幅改建，此外也為紳士淑女們新建了幾棟饒富鄉村風味的雅緻小屋，因此——部分是因為亨利的房子家具都是教區的財產，無法保有自己的家當——部分是因為他打算儘快結婚，因此心裡總是惦記著該如何改善家居環境——他忍不住對史傳傑提出許多關於這方面的建議。他最受不了的就是馬廄的位置，他告訴史傳傑：「你非得穿越馬廄，才能走到南邊的遊樂場和果園。你乾脆把它拆掉，在其他地方重建一個就行了。」

史傳傑並未直接回答，反而突然轉頭對他的妻子說：「親愛的，妳喜歡這棟房子嗎？我以前好像從來沒問過妳。要是妳不喜歡的話，我們就立刻搬家！」

亞蕊貝拉咯咯大笑。說她對這棟房子相當滿意。「我很抱歉，亨利，但我覺得馬廄挺好的呀。」

亨利並不死心。「好吧，但只要把房子旁邊那些亂七八糟，遮住所有光線的樹叢全都砍掉，這裡的環境就會大大改善，這我可沒說錯吧？它們沒經過任何規畫，只是隨處亂長——橡實和種子落到哪兒，它們就長到哪兒。」

「什麼？」史傳傑問道，話才說到一半，他的目光又重新落向他的書本。

「樹啊，」亨利說。

「什麼樹？」

「那些樹，」亨利指著窗外那一大片雄偉壯麗的古老橡樹、榜樹與山毛櫸。

「這些樹全都是無可挑剔的好鄰居。它們不會多管閒事，也從來不會來煩我。我甚至還想向它們致敬呢。」

「但它們擋住了光線啊。」

「你也一樣，亨利，但我可沒拿把斧頭來對付你。」

事實上，亨利雖然對艾司費爾莊園的庭院和環境諸多批評，但他真正想要抱怨的並不是這些。他介意的是屋中無處不在的濃厚魔法氣氛。在史傳傑剛開始從事魔法工作時，亨利完全沒想到會是今日這般景況。當時諾瑞爾先生卓越的成就尚未傳遍整個王國。魔法似乎只不過是歷史某個奧祕的旁支，只是有錢有閒紳士們的消遣活動；而亨利直到現在，仍然對魔法抱持著這類的看法。史傳傑的財富、他的地產、他的名門血統，全都讓亨利引以為傲，但並不包括他的魔法。每當有人因為他跟當代第二偉大魔法師的姻親關係，而對他恭維有加時，他總是會感到有些驚訝。

史傳傑跟亨利理想中的有錢英國紳士實在天差地遠。他並不像英國鄉村地區的紳士，在空閒時從事各式各樣的消遣活動。他對農耕和狩獵毫無興趣。他的鄰居們常去附近打獵——亨利聽到他們的槍聲在白茫茫的樹林和雪地中悠悠迴盪，還有他們獵犬的吠叫聲——但史傳傑卻連槍都沒碰過一下。亞蕊貝拉必須百般勸說，他才肯勉強踏到戶外，去散半個鐘頭的步。圖書館中原本擺滿了史傳傑父親和祖父所遺留下來的藏書——一些每位紳士書架上都會有的英文、希臘文和拉丁文著作——全都被取下來堆在地板上，好空出地方來放置史傳傑自己的書籍和筆記。❸《英國魔法之友》和《現代魔法師》這類的魔法期刊散置在屋中的每一個角落。圖書館的桌子上放著一個大銀盤，有時銀盤裡會裝滿清水。史傳傑常常在銀盤前坐上大半個鐘頭，緊盯著盆裡的清水，不時還輕點一下水面，比出一些奇奇怪怪的手勢，再把他看到的一切記在筆記本裡。在一張堆滿書本的雜亂書桌上，擱了一張英國地圖，史傳傑在上面標示出一些從英國通往不知名地方的古老精靈道路。

另外還有一些亨利不太了解的怪事，而這令他感到更加煩心。比方說，他知道艾司費爾莊園的房間看起來都有些怪里怪氣，但他並不曉得，這是因為史傳傑家中的鏡子往往呈現出半個鐘頭前，甚或是一百年前的情景。他在早上清醒過來和在晚上陷入夢鄉之前，都會聽到一陣遙遠的鐘聲——鐘聲聽起來十分憂傷，彷彿是來自於某個沉沒在滄茫大海中的城市。他平常並不會想到那陣鐘聲，事實上，他根本不記得任何跟鐘聲有關的事情，但那股陰鬱的氣氛卻讓他鎮日都感到悶悶不樂。

為了紓解這一切的失望與不滿，他總是不停拿大西瑟登來和斯洛普郡作比較（而斯洛普郡顯然處處都落於下風），還常常大聲批評史傳傑花太多時間做研究——「就好像他沒有屬於自己的家產，還得拼老命賺錢似的。」這些話大多都是說給亞蕊貝拉聽的，但史傳傑通常就坐在附近，因此沒過多久，亞蕊貝拉就發現自己得吃力不討好的為這兩個男人充當和事佬。

「我要是想聽亨利的意見，」史傳傑說，「我自然會開口問他。我倒想知道，我要把我家馬廄蓋在哪兒關他什麼事啊？我要怎麼打發時間又跟他有什麼相干？」

「這真的是很氣人，親愛的，」亞蕊貝拉表示，「也難怪你會發脾氣，但只要想到……」

「我發脾氣！明明是他老是要找我吵架！」

「噓！小聲點兒！這樣他會聽到的。你是真的受了很多氣，大家都知道你像個好脾氣的天使，一直在默默包容忍耐。但我想他也是一番好意。他只是不擅於表達罷了，而且，不管他有再多不是，等他走了以後，我們一定會非常想念他的。」

看到史傳傑似乎對最後一句話不以為然，於是她又說：「對亨利好一點行不行？就算是為了我好嗎？」

「當然好！當然好！我就是耐心的化身。這妳總該知道吧！有一句古老的諺語——現在沒什麼人用了——大意是說，在同一塊田裡，牧師種出的小麥，而魔法師種出的卻是黑麥。❹這句話的意思是，牧師和魔法師的想法總是南轅北轍。我直到現在才發現，這句話還真有些道理。我跟倫敦神職人員的關係向來都十分良好。西敏寺的首席牧師和攝政王的御用牧師都非常好相處。但我實在受不了亨利。」

在聖誕節下了一場大雪。亞蕊貝拉也許是因為這陣子太過傷神，她早上醒來時覺得身體很不舒服，感到頭痛欲裂，根本無法下床。史傳傑和亨利只好共處一整天。亨利談了許多關於大西瑟登的事情，到了晚上，兩人一起玩埃卡泰牌戲[i]打發時間。這是兩人都很喜歡的一種消遣活動。這本來可以讓他們真正享受到一些樂趣，但在他們玩到第二盤的時候，史傳傑恰巧翻到一張黑桃九，他腦中立刻出現許多靈感，想到了一些關於這張紙牌的嶄新魔法意義。他連忙拋下這場牌戲，拋下亨利，拿著那張牌到圖書館去仔細研究。於是亨利只好自己想辦法打發時間。

史傳傑在第二天凌晨某個時刻醒過來——或者該說是半夢半醒。房中閃爍著一種淡淡的銀色光輝，彷彿是屋外積雪映照的瑩瑩月光。他好像看到了亞蕊貝拉，她全身穿戴整齊，背對著他坐在床腳邊。她正在梳頭髮。他似乎對她說了某些話——但他並不十分確定。

然後他又陷入沉睡。

他在早上七點時醒過來，他急著想趕在亨利出現之前，先到圖書館去工作一、兩個鐘頭。他連忙跳下床，走到梳妝室裡，拉鈴叫傑瑞米來替他刮鬍子。

到了八點，亞蕊貝拉的女僕珍妮・休斯敲響臥室的房門。房中無人回應，珍妮猜想女主人也許頭痛還沒好，於是她默默離開。

到了十點，史傳傑和亨利一起用早餐。亨利決定要出門去打獵，他費盡唇舌想要拉史傳傑跟他一起去。

「不行，不行。我有工作得做，但你還是可以自己去打獵。這裡的田野和森林你都熟得很。我可以借你一把槍，再設法替你找到幾隻獵犬。」

傑瑞米・瓊斯踏入房中，通報說那位海德先生再次來訪。他現在就在客廳裡，說有急事要立刻告訴史傳傑。

「喔，這傢伙這次又有什麼事？」史傳傑喃喃自語。

海德先生快步走進來，他臉色灰敗，看起來十分焦慮。

亨利突然驚呼：「那傢伙到底以為他在幹啥？他幹嘛呆站在門邊，既不進來又不出去？」艾司費爾莊園最讓亨利看不順眼的毛病之一，就是這裡的僕人很少會表現出這類名門望族應有的禮儀舉止。傑瑞米．瓊斯準備走出房間，但他只走到門邊就停下來，站在門後跟另一個僕人神情緊張地輕聲交談。

史傳傑朝門邊瞥了一眼，嘆了一口氣說：「亨利，沒關係。海德先生，我……」

這時心急如焚的海德先生早就等得不耐煩，忍不住衝口而出：「一個鐘頭前，我又在威爾斯山上看到了史傳傑太太。」

亨利大吃一驚，轉頭望著史傳傑。

史傳傑用異常冰冷的目光瞪了海德先生一眼，然後說：「沒事的，亨利。真的沒事。」

史傳傑的反應，讓海德先生感到有些遲疑，但他天性執拗，不會因此就隱忍不語。「這次是在伊德里斯堡，就跟上次一樣，我看到史傳傑太太離去的背影，但我並沒有看到她的臉。我跟過去想要趕上她，但就像上次一樣，她轉眼間就失去蹤影。我知道上次的情形聽起來很像是一種妄想——一種我在暴風雪中所產生的幻覺——但今天我的頭腦非常清楚冷靜，我十分確定我看到了史傳傑太太——就像我現在我看到你一樣確定，先生。」

「上次？」亨利迷惑地說。

史傳傑這時已失去耐心，開始感謝海德先生好心為他們帶來這個……（他實在想不出該如何措詞）「但據我所知，史傳傑太太此刻正安安穩穩地待在家裡，我想你會感到相當驚訝，但我可以……」

傑瑞米急匆匆地再次踏進房中。他快步走到史傳傑面前，俯身附在主人耳邊說話。

「夠了，大聲說啊！告訴我們到底出了什麼事！」亨利說。

傑瑞米有些遲疑地望著史傳傑，但史傳傑什麼也沒說。他摀住嘴巴，目光猶豫不定，似乎是突然想到了某個令人不快的念頭。

傑瑞米說：「史傳傑太太並不在家裡，先生。我們不曉得她到哪兒去了。」

這時亨利正在向海德先生打聽他在山上所看到的景象，但他根本還來不及答話，亨利就又連珠砲似的開口問下一個問題。傑瑞米．瓊斯皺眉望著他們兩人。史傳傑默默坐在一旁，望著前方發愣。他突然站起來，快步走出房間。

「史傳傑先生！」海德先生喊道，「你要去哪兒？」

「史傳傑！」亨利大聲喊道。

少了史傳傑，他們根本無法展開行動，甚至不能做任何決定，因此他們別無選擇，只好跟著他走出房間。史傳傑爬上樓梯踏入一樓的圖書館，快步走向放置在書桌上的大銀盤。

「去拿水過來，」他對傑瑞米．瓊斯說。

傑瑞米．瓊斯提了一罐水回來，把水倒入盤中。

史傳傑說了一個字，房中似乎立刻變得陰暗朦朧。在同一瞬間，盆中的清水也顏色轉暗，變得不太透明。

亨利察覺光線大為減弱，這讓他感到驚慌失措。

「史傳傑！」他喊道，「我們還待在這兒做什麼？天色越來越暗了！我妹妹正在外面挨寒受凍。我們不能再繼續待在家裡什麼也不做了！」他轉頭望著傑瑞米．瓊斯，現在這個僕人是現場唯一有可能說服史傳傑的人。「快叫他停下來！我們必須立刻開始搜尋！」

「安靜點兒，亨利，」史傳傑說。

他用手指在水面上輕點了兩下。水面上出現兩條閃爍的光線，把水劃分為四個部分。他在其中一個區域上比了一個手勢。水面上出現點點繁星，與更多有如蛛網般的細細光線。他盯著這個區域看了好一會兒。接下來他又在下一個區域上方比出同樣手勢。水面上出現另一個不同的光線圖案。他繼續在另外兩個區域上進行同樣的過程。水面上的圖案一直在變化。它們不停地改變形狀，並發出閃爍的光芒，有時像是筆跡，有時像是地圖，有時像是天上的星座。

「這到底是在做什麼？」海德先生用詫異的語氣問道。

「在尋找她，」史傳傑說，「這是尋人的魔法。」

他輕敲其中一個區域。另外三個區域立刻消失。剩下的圖案越變越大，占據了整片水面。史傳傑再把它一分為四，研究了一會兒，然後他輕敲其中一個區域。他重複進行了幾次相同的過程。圖案比先前繁複許多，開始變得更像是一張地圖。但史傳傑進行得越久，他的表情就越來越疑惑，而他對銀盤顯示的跡象似乎也越來越沒有把握。

就這樣過了幾分鐘之後，亨利終於忍不住了。「看在老天的分上，現在可不是玩魔法的時候！亞蕊貝拉失蹤了！史傳傑，我求求你！拜託你別再做這種無聊事，我們趕快出去找她吧！」

史傳傑並未回答，他露出憤怒的神情，用力拍了一下水面。光線和繁星立刻消失。他做了一次深呼吸，又重新開始進行工作。這次他顯得較有自信，很快就找到了一個他似乎認為有用的圖案。但他顯然並未從中探知到任何寶貴的訊息，反而用一種既驚慌又困惑的目光凝視著它。

「怎麼啦？」海德先生驚恐地問道，「史傳傑先生，你看到你妻子了嗎？」

「我想不通魔法顯示的跡象到底是什麼意思！它表示她不在英國。不在威爾斯。不在蘇格蘭。不在法國。我無法讓魔法發揮作用。你說的沒錯，亨利。我是在浪費時間。傑瑞米，去把我的靴子和外套拿過來。」

水面上突然出現一幅清晰的幻象。許多英俊的男人和美麗的女人在一個古老陰暗的大廳裡跳舞。但史傳傑認為這跟亞蕊貝拉並沒有任何關連，於是他又用力拍了一下水面。幻象立刻消失。

屋外的一切全都覆蓋上一層厚厚的白雪。四周是一片寂靜無聲的冰凍世界。他們第一步先檢查艾司費爾莊園的庭院。但這裡甚至連一隻鷦鷯或是知更鳥都找不到，於是史傳傑、亨利，和海德先生開始出發前去搜尋道路。

三名女僕返回家中，爬上閣樓，在史傳傑長大後，這裡幾乎從來無人踏入過。她們拿了一把斧頭和一把鐵鎚，劈開那些已緊鎖了五十年的箱子。他們檢查小櫥櫃和抽屜，有些地方甚至狹小得連幼兒都無法容身，更別說是一名成年女子了。

有些僕人跑去庫倫的其他人家。其他僕人騎馬分頭前往庫倫頓、普斯洛、庫倫貝里和惠特卡特各個地區。沒過多久，住在附近的所有人家就全都知道史傳傑太太失蹤的消息，而每戶人家都至少派出一名人手加入搜救的行列。家中的婦女也沒閒著，她們把爐火燒旺，進行萬全的準備工作，好在史傳傑太太被帶到她們家時，立刻為她提供溫暖舒適的環境和營養的補品，讓她受到無微不至的悉心呵護。

第十二輕騎兵團的約翰・艾爾頓上尉在第一時間伸出援手，他曾經跟威靈頓公爵和史傳傑一起打過半島戰爭和滑鐵盧戰役。他家的土地跟史傳傑家緊密相連。兩人年紀相同，從小到大一直比鄰而居，但艾爾頓上尉是一位非常害羞內向的紳士，他和史傳傑一年說的話通常不超過二十個字。但在這危急關頭，他立刻帶著地圖趕到，用一種冷靜而鄭重的態度向史傳傑和亨利保證，他會竭盡所能為他們提供一切援助。

他們很快就發現，海德先生並不是唯一看到亞蕊貝拉的人。兩名叫做馬丁・奧克里和歐文・

布波里吉的農莊工人同樣也看到她。傑瑞米．瓊斯從這兩個男人的朋友口中探聽到這個消息，於是他連忙跳上靠他最近的一匹馬，奔到庫倫河岸邊那片白雪覆蓋的大地，奧克里和布波里吉正在那兒跟大家一起搜尋。傑瑞米半催半趕地護送他們返回庫倫，把他們帶到艾爾頓上尉、海德先生、亨利．伍惑卜和史傳傑等人面前。

他們發現奧克里和布波里吉的說法跟海德先生有著古怪的矛盾之處。海德先生看到亞蕊貝拉的地點，是在伊德里斯堡那片白雪覆蓋的空曠山坡。當時她正往北方走去。他看到她的時間是九點整，就像上次一樣，他這次同樣聽到了鐘聲。

但奧克里和布波里吉兩人卻聲稱，他們是在伊德里斯堡東邊五哩外的地方，看到她匆匆穿越黑暗的冬日樹林，但他們看到她的時間同樣也是九點整。

艾爾頓上尉皺起眉頭，問奧克里和布波里吉怎麼會知道當時是九點整，因為他們並不像海德先生一樣擁有自己的懷錶。奧克里答說他們非常確定當時是九點整，因為他們聽到了鐘聲。奧克里認為鐘聲應該是來自於庫倫的聖喬治教堂。但布波里吉卻堅決表示，那絕對不是聖喬治教堂的鐘聲——聖喬治教堂就只有一面鐘，但他聽到的卻是許多鐘同時鳴響。他說他聽到的鐘聲十分憂傷——他還以為那是葬禮的鐘聲——但問他為何會有這種感覺，他卻又完全說不上來。

除此之外，這兩種說法的所有細節都完全吻合。這次並沒有人胡亂指稱她穿著黑洋裝。三人都說她穿的是白洋裝，並一致表示她走得非常快。他們都沒有看到她的面龐。

艾爾頓上尉將男丁分成四、五個人一組，讓他們前去搜尋黑暗的冬日樹林。他吩咐婦女準備燈籠和保暖的衣物，並派遣騎士隊伍去檢查伊德里斯堡周圍那片高聳空曠的山區。他請海德先生負責帶隊——海德先生欣然從命。在聽到奧克里和布波里吉通報的訊息之後，在短短十分鐘之內所有人就全都出發上路。他們得趁天還亮的時候極力搜尋，但眼看就快要天黑了。再過五天就是冬至——到了下午三點天色就會漸漸轉暗，四點天就全黑了。

搜索隊陸續返回史傳傑家中，艾爾頓上尉打算先聽大家報告目前的進展，再決定下一步的行動。有幾位住在附近的女士也來到現場。她們原本待在自己家裡等待史傳傑太太的消息，卻發現這令她們感到既孤單又焦急。她們來到艾司費爾莊園，有部分原因是認為自己也許幫得上忙，但主要還是希望有人作伴，才不至於等得過於心焦。

史傳傑和傑瑞米．瓊斯直到最後一刻才返回家中。他們直接從馬廄踏入室內，腳上穿著皮靴，渾身沾滿了污泥。史傳傑面如死灰，眼窩深陷。他就像在夢遊似的神情恍惚，動作遲緩。要不是傑瑞米．瓊斯把他推到椅子上，他說不定還愣在原地沒動。

艾爾頓上尉在桌上攤開地圖，開始一一詢問每一位搜救隊員，他們剛才找過哪些地方，而他們又有何成果——但所有人全都一無所獲。

在場的每一個人全都在心中暗想，地圖上那些整齊美觀的線條和文字，其實全都代表著冰雪覆蓋的水坑與河流、寂靜的樹林、冰凍的溝渠和空曠的山丘，同時他們所有人也全都想到，有多少牛羊和野獸因耐不住酷寒的冬季而死去。

「我昨晚好像醒來過一次……」一個沙啞的嗓音突然開口說。他們轉過頭來。

史傳傑仍然待在傑瑞米帶他去坐的那張椅子上。他的雙手垂在兩側，低頭凝視著地板。「我昨晚好像醒來過一次。我不曉得那時是幾點。亞蕊貝拉坐在我的床腳邊。她穿得很整齊。」

「你怎麼不早點兒說，」海德先生說。

「我現在才想起來。我本來以為我是在作夢。」

「我不明白，」艾爾頓上尉說，「難道你是說，史傳傑太太也許是在夜裡離開家的？」

這極端簡單合理的疑問，卻讓史傳傑想了老半天，最後他宣告放棄。

「不過，」海德先生說，「你總該知道，她早上有沒有待在房間裡吧？」

「她在啊。她當然是待在房間裡。這實在太荒唐了……至少……」史傳傑遲疑了一會兒，「我的意思是，我起床時一心想趕快去寫書，那時候房間又暗得要命。」

有些人忍不住心想，或許史傳傑並不是個對妻子漠不關心的丈夫，但他這次實在是疏忽得不近情理。有人用懷疑的目光打量他，心中迅速掠過許許多多的念頭，猜想一名看似深情忠貞的妻子，為何會突然在大雪中跑出家門。殘酷的言辭？可怕的壞脾氣？魔法師工作時伴隨的駭人景象——鬼魂、惡魔，還是恐怖的畫面？或是突然發現他在某處藏了一名情婦和半打私生子？

在突然間，從玄關傳來了一聲喊叫。但沒人知道那到底是誰發出的叫聲。幾名站在房門附近的史傳傑鄰居，走出去察看發生了什麼事。他們隨即失聲驚呼，把所有人全都引出房門。玄關一片漆黑，但很快就亮起燭火，他們看到有人站在樓梯底部。

是亞蕊貝拉。

亨利衝過去擁抱她；海德先生和艾爾頓太太看到她安然無恙，急切地對她訴說他們心中有多麼歡喜；其他人連連驚嘆，直說他們完全沒想到她能平安返回家中。好幾位女士和女僕簇擁在她身邊，七嘴八舌地詢問她各種問題。她有沒有受傷？她跑到哪兒去了？她迷路了嗎？有什麼事情讓她傷心嗎？

在一陣喧鬧過後，有好幾個人同時察覺到事情有些蹊蹺：史傳傑一言不發，也並未快步朝她走去——而她同樣也沉默不語，未曾迅速奔到丈夫身邊。

魔法師站在原處，默默凝視他的妻子。他突然開口驚呼：「我的天哪，亞蕊貝拉！妳穿的是什麼？」

在閃爍不定的燭光下，依然可以清楚看出她穿了一件黑色的洋裝。

---

❶ 奧法堤（The Dyke）是一列土石砌成的高牆，用來作為威爾斯與英國的邊界，在今日已成為廢墟——這是十八世紀時麥西亞（譯注：Mercia，七、八世紀間位於不列顛島中部的盎格魯撒克遜王國）國王奧法所建造的高牆，他從過往的經驗得知，他的威爾斯鄰居完全不可信賴。

❷ 在史傳傑和亞蕊貝拉結婚時，亨利是在格羅斯特郡的格瑞斯安卓擔任教區牧師。他打算跟當地一位叫做帕爾布林格小姐的鄉村女子結婚。但史傳傑對這位小姐和她的朋友都沒什麼好感。當時大西瑟登正好有個有薪牧師的職位，於是史傳傑向華特．波爾爵士力薦讓亨利接下這份工作。亨利對此十分滿意。大西瑟登教區比格瑞斯安卓大多了，他很快就忘了那位不適合他的小姐。

❸ 史傳傑擁有的自然都只是關於魔法的書籍，而不是魔法之書。魔法之書全都在諾瑞爾先生手中。參閱第一章❺。

❹ 這句話的意義不僅於此。在十二世紀時，一般認為教士和魔法師在某方面來說可算是互相競爭的對手。兩者都相信宇宙中存在著許多不同的超自然生物和超自然力量。兩者都相信他們可以藉由咒語或是祈禱對這些超自然生物提出請求，說服他們幫助人類，或是阻撓人類的行動。這兩種宇宙觀在許多方面都驚人地相似，但教士與魔法師基於相同的理解而做出截然不同的結論。

魔法師主要是關注這些超自然生物的功用；他們希望知道在何種情況下，藉由何種方式，才能讓天使、魔鬼，與精靈協助他們施行魔法。他們只求達到實用性的目的，至於天使的善良、魔鬼的邪惡，以及精靈的敗德，他們幾乎完全不列入考慮。教士卻正好相反，他們除了天使、魔鬼，與精靈個別的特性之外，對其他任何事物絲毫不感興趣。

在中世紀的英國，人們設法讓這兩種宇宙觀和解共存，但結果卻宣告失敗。魔法師只要稍有不慎，就會立刻被教會以提倡異端邪說的名義判定有罪。當時已有人提出「梅勞異端論」的說法。

惠特比的亞歷山大（1230?-1302年）認為宇宙就像是一幅繁複的織錦畫，而我們一次只能看到其中的某些部分。我們唯有在死後才能看清全貌，而那時我們就能了解到這些不同部分之間的關連。亞歷山大被迫公開撤回他的理論，而在這之後，教士們就開始嚴密防範「惠特比異端論」。為了避免被教會指控提倡異端邪說，甚至連最基層的鄉村牧師都不得不成為八面玲瓏的狡猾政客。

但這並不是說，所有魔法師全都能避免將宗教與魔法混為一談。許多流傳至今的「咒語」都是在勸戒一些聖人和神職人員幫助魔法師。令人驚訝的是，將宗教和魔法混合為一的始祖，竟然是魔法師的精靈僕人。大多數精靈一踏入英國就會被迫受洗，而他們很快就開始將聖人和耶穌使徒的理論納入他們的魔法。

i ecarte，一種兩人紙牌遊戲，常用於賭博，十九世紀時盛行於英、法兩地。

44 亞蕊貝拉

一八一五年十二月

「妳一定凍壞了！」艾爾頓太太說，握住亞蕊貝拉的一隻手，「妳的手冷得像冰塊！」

另一位女士趕緊跑回客廳去替亞蕊貝拉拿件披肩。她拿來一條有著精緻金色和粉紅色流蘇的藍色印度喀什米爾披肩，但艾爾頓太太一把它裹在亞蕊貝拉身上，她那身黑洋裝似乎立刻讓美麗的披肩大為減色。

亞蕊貝拉雙手抱胸，用一種平靜而漠然的神情望著他們。她對他們親切的詢問毫無反應。看到家裡擠滿了人，她似乎並不驚訝，也絲毫不覺得尷尬。

「妳到底跑到哪去了？」史傳傑質問道。

「去散步，」她說。她的聲音一如往昔。

「散步！亞蕊貝拉，妳瘋了嗎？在三呎高的積雪中散步？在哪？」

「在黑暗的樹林裡，」她說，「在我靜靜沉睡的兄弟姊妹們之中。在我死去兄弟姊妹們芬芳的魂魄中走過高聳的荒野。在灰色的天空下穿越我尚未誕生的兄弟姊妹們的夢境與呢喃。」

史傳傑凝視著她。「什麼？」

這在這句貌似鼓勵她說下去的溫和問話之後，她就閉口不語，這早在大家的意料之中，有幾位女士甚至一心認定，她必然是因為丈夫的態度太過嚴厲，才會如此沉默，用些奇奇怪怪的話來回答問題。

艾爾頓太太摟住亞蕊貝拉，輕輕地推著她轉過來面對樓梯。「史傳傑太太累了，」她堅定地表示，「好了，親愛的，我們先上樓去……」

「喔，不行！」史傳傑說，「等一下！妳先告訴我這件洋裝是從哪來的。對不起，艾爾頓太太，但我非得……」

他朝她們走過去，但他突然停下腳步，滿臉迷惑地低頭望著地板。然後他小心翼翼地踏到一旁，似乎是避免踩到某些東西。「傑瑞米！地上哪來這麼多水？就在史傳傑太太剛才站的地方。」

傑瑞米．瓊斯持著一個枝狀大燭臺走到樓梯底部。那裡有一大灘水。他和史傳傑兩人開始檢查附近的天花板和牆壁。其他男僕和紳士們也紛紛走過來觀察情況。

趁著男人們分心處理積水問題的時候，艾爾頓太太和女士們帶著亞蕊貝拉默默離開。

艾司費爾莊園的玄關跟屋子其他部分一樣是老式風格。牆上鑲著漆成奶油色的榆木板。地上鋪著纖塵不染的石板。一名男僕認為水必然是從石板下滲出來的，於是他拿了一根鐵棍，朝積水周圍的地面上又戳又敲，想找出某塊鬆脫的石板。但石板全都十分牢固。他們完全找不出水是從哪兒滲進來的。有某個人想到，這說不定是艾爾頓上尉的兩隻狗抖落的水。他們仔細檢查那兩隻狗。牠們身上連一滴水珠都沒有。

最後他們開始檢查那灘積水。

「水是黑色的，裡面還有一些碎屑，」史傳傑指出。

「看起來像是苔蘚，」傑瑞米．瓊斯說。

他們又這樣繼續驚嘆與猜測了一段時間，卻依然一無所獲，最後他們只好宣告放棄。不久之後，紳士們帶著妻子紛紛告辭。

珍妮・休斯在五點踏入女主人的臥室，發現她躺在床上。她甚至沒脫下身上的黑洋裝。珍妮問亞蕊貝拉是不是身體不舒服，她答說她的雙手發疼。於是珍妮替女主人脫下洋裝，下樓去向史傳傑通報。

第二天，亞蕊貝拉抱怨說她從頭到腳（她說的其實是：「我從頂梢到根端」，但他們猜想她大概是這個意思）都痛得要命。這下才讓史傳傑感到情況不妙，立刻派人去請史崔頓的醫生牛頓先生過來看病。牛頓先生在當天下午騎馬抵達庫倫，而他認為她除了身體發疼之外，並沒有其他任何病症，於是他愉快地向史傳傑道別，說他過一、兩天再來看看。

她在第三天香消玉殞。

第三部

約翰・厄司葛雷

漢諾瓦廣場的諾瑞爾先生主張，現代魔法必須全數撢除關於約翰・厄司葛雷的一切，正如人們撢去舊外套上的蛀蟲和灰塵。但他認為這樣一來還剩下些什麼？你若將約翰・厄司葛雷一筆勾消，僅存的不過是輕飄飄的空氣。

——強納森・史傳傑，《英國魔法之歷史與應用》序，
約翰・莫瑞出版，倫敦，一八一六年

45 《英國魔法之歷史與應用》序

強納森．史傳傑著

一一一〇年底的幾個月，英國北方出現一支奇怪的軍隊，軍隊首先在新堡西北方大約二、三十哩的潘洛現身，沒有人知道他們打哪來，大夥以為這是來自蘇格蘭或丹麥的勁旅，說不定甚至是法軍。

到了十二月初，軍隊已經攻下新堡和杜倫，而且繼續向西前進。有一天，軍隊行進到諾桑比亞山區的小城亞蘭達，當晚就駐紮在城外的荒野。亞蘭達的居民是牧羊人，而不是士兵，城內沒有防禦的圍牆，最近的一支軍隊則駐守在三十五哩之外防衛卡萊斯爾城堡，因此，居民們覺得最好馬上跟這支奇怪的軍隊示好，幾位年輕貌美的女子身負使命勇敢地上路，下定決心全力幫自己和鄰居們解圍，但到達軍隊駐紮之地時，她們卻害怕得裹足不前。

營區氣氛陰鬱，一片死寂；大雪紛飛，奇怪的士兵們裹著黑斗篷，躺在雪地上，年輕女子們起先以為士兵們死了，成群的烏鴉和其他黑鳥盤旋在營區上方，還有些停歇在躺臥的士兵身上，女子們看了更覺得士兵已經陣亡。但士兵們沒死，時而站起來舒展筋骨、照料馬匹，或是撥開想啄他們臉頰的黑鳥。

女子們一步步走近，有個士兵忽然站起來，一名女子鼓起勇氣上前，對著他的嘴獻上一吻。

他的皮膚非常白皙，閃爍著月光般的色澤，而且沒有一絲斑點，頭髮又直又黑，宛若傾洩而下的黑褐色流水，顴骨細緻而強壯，英挺得幾乎不自然。他表情非常嚴肅，一雙藍眼睛細長而上斜，眉毛烏黑細緻，末端有如工筆畫一般微微勾起。女子看了一點都不害怕，因為她曉得丹麥、蘇格蘭和法國男子生來英挺中帶點邪氣。

他欣然接受一吻，還讓她再吻一次，然後親切地拍拍她的背。另一名士兵從地上站起來，嘴巴一張，發出憂傷的哀鳴。跟女孩親吻的士兵拉著她起舞，他修長、蒼白的手指推著她左右奔跑，直到她配得上他的舞步為止。

兩人跳了好一陣子，女子跳得後來全身發熱，暫停一下脫去身上的斗篷，其他女子這才看到她的手臂、臉頰和大腿上滴下鮮紅的血珠，血水如汗珠般一顆顆滴落在雪地上，女子們看了莫不驚慌失色，拔腿就跑。

這支奇怪的軍隊終究沒有進犯亞蘭達，而是連夜趕往卡萊斯爾。隔天早上，居民們好奇地到營地看看，大夥發現那名與士兵共舞的女子全身慘白地倒臥在雪地上，體內已無一滴鮮血，身旁的白雪卻被染成一灘鮮紅。

從這些跡象研判，居民們知道精靈領主（Daoine Sidhe）已經降臨。

戰事迭起，英國卻屢戰屢敗，到了聖誕節，精靈領主已經來到約克，新堡、杜倫、卡萊斯爾和蘭卡斯特都已失守，除了讓那名亞蘭達的女子失血而亡之外，向來殘酷的精靈們表現得卻相當人道，在所有被攻占的鄉鎮和城堡中，只有蘭卡斯特被焚為平地。精靈們行進到約克北方時，有隻小豬忽然衝到一匹馬的腳旁，馬兒受到驚嚇往後一翻，摔斷了馬背，精靈們大怒之下追捕小豬，捉到後把牠的雙眼挖出來，但此事實屬例外。一般而言，精靈所到之處都廣受動物歡迎，不管是野生或是家畜，動物似乎將精靈視為盟友，雙方連手對抗共同的仇敵：人類。

聖誕節當日，英王亨利召來諸位爵爺、主教、修道院院長等重要人物，大夥到西敏斯特的宮殿共商大計。在那個時代，精靈在英國並非罕見，英國各地早就存有精靈領主，有些藉由魔法隱身，要不就是避免和鄰近的英國人打交道。英人也不喜歡和精靈來往，英王亨利的大臣們咸認精靈生性邪惡、淫蕩、虛偽、行事不正，不但誘騙年輕男女、迷惑旅人，而且竊取孩童、牛群和穀物。精靈極為懶散，雖然幾千年前就學會木刻和石雕，但卻懶得自己蓋房子，情願住在自稱是城堡，其實卻是布魯之處（古老而破舊的土屋），他們成天喝酒跳舞，任憑農作物在田裡腐爛，豢養的家畜也凍死在寒冷的山腳下。英王大臣們一致認為，若非具有超凡的法力，而且幾乎長生不老，精靈族群早就飢寒交迫，消失殆盡。但現在這群善變、狡詐的精靈卻入侵基督教王國，而且每戰皆捷，攻下一座座城堡，戰略地位也日益鞏固，這表示背後必定有人指使，精靈本身絕對表現不出這種果斷。

但沒人能夠做出任何解釋。

精靈領主一月離開約克，朝南方前進，大軍行進到特倫特就止步，英王亨利在特倫特河畔親自率軍與精靈領主正式交戰。

開戰之前，一陣神祕的微風吹過英王亨利的陣營，遠處傳來悠揚的風笛聲，許多駿馬一聽就掙脫韁繩，跑去加入精靈陣營，很不幸地，許多騎在馬上的英軍也跟著入了敵營。接下來，士兵們都聽到心愛的母親、父親、小孩或是情人高聲召喚他們回家，慌亂之際，一群大烏鴉從天而降，猛啄英軍的臉頰，烏鴉們猛力拍打墨黑的翅膀，弄得英軍看不清東西南北。英軍不但必須抵禦強悍的精靈領主，還得克服心中對魔法的恐懼，不消說，英王很快就潰不成軍。當一切歸於沉寂、英王亨利顯然已被擊潰之時，綿延數哩的黑鳥齊聲吶喊，彷彿為了勝利歡唱。

英王和大臣們等著敵軍的指揮官或是國王現身，精靈領主的陣營中隨即走出一人。

此人還不到十五歲，他和精靈一樣穿著粗糙破爛的黑色衣衫，一頭黑髮也像精靈一樣又直又長。他講的不是當時通行的英語或法語，而是精靈的方言。❶他蒼白、英俊、神情肅然，但每個人都看得出他是人類，而不是精靈。

在首度看到他的英國伯爵與騎士們眼中，他幾乎是個野蠻人，他從未見過湯匙、椅子、鐵茶壺，也沒見過銀幣和油脂蠟燭，當時所有的精靈王國都欠缺這些好東西。英王和男孩協商劃分英國國土之時，亨利坐在木頭長椅上，啜飲銀高腳杯中的美酒，男孩則坐在地上、啜飲石杯中的羊奶。三十多年之後，記錄這場會議的諾曼地史學家歐德利克．凡特里（Orderic Vitalis）描述，協商進行到重要關鍵時，一位精靈戰士忽然彎下腰從男孩骯髒的頭髮裡挑出蝨子，英王亨利的大臣們看了莫不大驚失色。

精靈領主中有位年輕諾曼騎士，名為丹戴爾的湯瑪斯，❷他雖被精靈擄獲多年，但依然記得一些自己的母語（法文），於是由他協助英王和男孩溝通。

英王亨利問男孩叫什麼。

男孩說他沒有名字。❸

英王亨利問他為何向英國宣戰。

男孩說他是某個諾曼貴族僅存的後代，英王亨利的父親威廉大帝將北方的土地賜給他的家族，但有個名叫赫伯的宿敵竊取了家族的產業，奪走了家人的性命。男孩說多年以前，他的父親曾請威廉二世（英王亨利的兄長）主持公道，但卻沒有得到回應，不久之後，他的父親遭到謀殺。男孩說他是個小嬰兒時，赫伯的手下把他丟棄在樹林裡，但精靈領主們發現他，把他抱去與他們同住，現在是他返回英國的時刻了。

男孩跟天下所有年輕人一樣，堅信自己的行為絕對合理，其他人全都不對。當年諾曼王室疏於保護他的家族，如今在報復心的驅使下，他認定特德威和特倫特之間的土地應該歸他所有，英王亨利只能統馭南方的國土。

男孩說他已經統馭了一個精靈領地，他說出被推翻的精靈國王姓名，但沒人聽得懂。❹

從那天開始，男孩在位了三百多年。

男孩十四歲時便締造了我們今日使用的魔法，但這些魔法大多早已失傳，我們僅能盡力而為。他融合了精靈的法術和人類的組織能力，利用兩者達到自己駭人的目標。我們不知道一個被遺棄的英國孩童，為什麼忽然成為有史以來最偉大的魔法師，在他之前與之後，其他孩童也曾被精靈撫養成人，但卻沒有一人跟他一樣從中得利，相較於他的成就，我們所有努力都顯得瑣碎而微不足道。

漢諾瓦廣場的諾瑞爾先生主張，現代魔法必須全數摒除關於約翰．厄司葛雷的一切，正如人們摒去舊外套上的蛀蟲和灰塵。但他認為這樣一來還剩下些什麼？你若將約翰．厄司葛雷一筆勾消，僅存的不過是輕飄飄的空氣。

——強納森．史傳傑，《英國魔法之歷史與應用》序，約翰．莫瑞出版，倫敦，一八一六年

❶ 當今英國已經沒有人知曉這種語言，大家只知道幾個用來描述魔法的冷門字眼，馬汀·帕爾在*De Tractatu Magicarum Linguarum*一書中指出，這種語言是一種古代的高盧語。

❷ 又稱丹戴的湯瑪斯，或是唐威爾的湯瑪斯。幾位英王的大臣依稀記得他是一位諾曼大財主十四年前失蹤的小兒子，現在他卻以精靈之姿回返人間，眾人想必相當不悅。

❸ 男孩年輕時，精靈們給他取了個名字，在人類的語言中，這個名字代表「白頭翁」。返回英國時，他捨棄此名，改用他父親的姓名：約翰·厄司葛雷。但在他統馭的初期，民眾都跟著他的朋友或敵人稱他為「國王」、「烏鴉王」、「黑王」，或是「北方之王」。

❹ 這位精靈國王的名字特別冗長，很難發音，大家一般僅稱他為歐伯朗。

46「天空對我說話……」

一八一六年一月

天色陰沉，雪花在寒風中飄舞，輕打在諾瑞爾先生圖書室的窗緣，查德邁坐在圖書室裡撰寫商務書信，雖然只是早上十點，蠟燭卻已點起，室內只聽見煤炭在火爐中啪啪響，以及查德邁筆尖劃過紙張的聲音。

漢諾瓦廣場
一八一六年一月八日
致內務大臣西德蒙勛爵

親愛的勛爵
諾瑞爾先生請我知會您，防止薩福克郡河川氾濫的咒語已部署完成，今天將把帳單寄給財政部的韋恩先生……

遠方依稀傳來鈴聲，聲聲悲悽，鈴聲相當遙遠，查德邁幾乎沒有注意到，但在鈴聲的影響下，他所在的房間似乎越來越暗，更形寂寥。

……魔法將使河水順著原有的河道而流，但里夫先生提出一些疑問，里夫先生是薩福克郡治安官所雇用的年輕工程師，專門負責評估現有橋梁及河道兩旁建築物的結構……

查德邁眼前出現一幅荒涼的景致，景色栩栩如生，感覺上彷彿熟知此地，或是一幅看了好多年的畫；枯黃的田野遼闊而空蕩，幾棟廢屋矗立在陰暗、灰濛濛的天空下……

……大雨之後河水必然更加湍急，里夫先生不確定斯陶爾河和歐威爾河是否承受得了暴漲的水流，他建議立即徹底評估薩福克郡的橋梁、磨坊和堡壘，而且先由斯陶爾和歐威爾兩河的流域開始。我聽說他已經寫信向您呈報此事……

查德邁不再只想著風景，而感覺置身其中；他站在一條古老的小徑上，路面車痕累累，沿著漆黑的山丘蜿蜒而上，似乎直通漫天黑鳥的天際……

……諾瑞爾先生不願對魔法設加時限，他認為魔法將與河川共存，但他請我向您建議，每隔二十年最好重新評估咒語。下星期二，諾瑞爾先生將在諾福克郡部署同樣咒語……

鳥群彷彿在灰色的空中排出黑色的字母，查德邁一度覺得看得懂字母寫些什麼；古老小徑上的石頭是種象徵，揭示出旅人的前途。

查德邁心中一驚，手裡的筆猛然滑落，墨水濺灑在信紙各處。他困惑地四下張望，確定自己沒有在作夢，成架的書籍、鏡子、墨水盒、火鉗、馬汀・帕爾的瓷像等熟悉的物品都擺在原地，但他對自己的感覺卻失去了信心，也不相信書籍、鏡子和瓷像真的在那裡。他所看到的好像只是一層表皮，只要伸手用指甲輕輕一扯，背後就是那幅荒涼淒冷的景致。

枯黃的田野中部分氾濫，聚積成一處處冰冷陰暗的水池，處處蘊含著深意；雨水在田野中書寫，水池是雨水所施展的魔法，正如天空施咒讓黑鳥翱翔，大風施咒讓野草飄揚，萬物皆蘊含著意義。

查德邁從桌旁跳開，拚命搖頭想讓自己清醒過來，他神色匆匆地左顧右盼，趕緊搖鈴召喚僕人，但即使在等待的時刻，魔法的威力依然毫不停歇，等到路卡斯出現在面前時，他已經無法確定自己是在諾瑞爾先生的圖書室裡、還是站在古老小徑上……

他狠狠地搖頭，眼睛眨了好幾下，「主人在哪裡？」他說，「事情不太對勁。」路卡斯關切地看著他說：「查德邁先生，你身體不舒服嗎？」

「別管我舒不舒服，諾瑞爾先生在哪裡？」

「他在海軍總部，我以為你早知道了，有輛馬車一小時前過來接他，我想他應該很快就會回

來。」

「不，」查德邁說，「這不可能，他不可能不在家，你確定他沒有在樓上書房施展魔法嗎？」

「先生，我非常確定，我親眼看到主人坐著馬車離開。我請馬修請大夫過來一趟吧，查德邁先生，你看來好像生了重病。」

查德邁正想開口抗議，但就在此時……

……天空望著他，他覺得大地也聳了聳肩，因為他感覺到背後一陣抽動。

天空跟他說話。

他從沒聽過這種語言，甚至不確定這些是不是話語。說不定天空用黑鳥排成的字句跟他說話，他覺得自己好渺小，毫無屏障，無處可逃；天空與大地好像兩隻大手，合掌將他圈住，它們若有意傷害他，絕對可以把他壓扁。

天空又跟他說話。

「我聽不懂。」他說。

他眨眨眼睛，發現路卡斯彎下腰來看著自己，他急速地喘氣，雙手胡亂揮舞，似乎想甩掉身旁的東西，他轉頭看看，卻困惑地發現那不過是一支椅腳，他有氣無力地躺在地上，「那是……？」他問。

「先生，你在圖書室裡，」路卡斯說，「我想你剛才昏了過去。」

「扶我起來，我必須跟諾瑞爾先生談談。」

「先生，我已經跟你說……」

「不，」查德邁說，「你錯了，他一定在這裡、絕對沒錯。扶我上樓。」

路卡斯扶他起來，攙著他走出圖書室，但兩人一走到樓梯口，他幾乎又不支倒地，因此，路卡斯趕緊叫另一位僕人馬修過來幫忙，兩人半扶半抬把查德邁送到樓上的小書房，諾瑞爾先生通常在這裡施展最祕密的法術。

路卡斯推開門，書房裡的壁爐中冒著火光，鋼筆、磨筆的刀片、筆架和鉛筆整齊地擺在一個小托盤上，墨盒中裝滿了墨水，也蓋上了銀蓋，書籍和筆記本不是整齊地疊成一落，就是端正地擺在一旁，所有東西都一塵不染，閃閃發光，井然有序。很顯然地，諾瑞爾先生今天早上還未進到書房。

查德邁把兩位僕人推開，他勉強站直，困惑地瞪著書房。

「先生，你看見了吧？」路卡斯說，「正如我先前所言，主人在海軍總部。」

「沒錯。」查德邁說。

但他還是想不通，如果諾瑞爾先生沒有施法，那麼這些怪異的景象打哪兒來？「史傳傑來過家裡嗎？」他問。

「才沒有呢！」路卡斯不悅地說，「我很清楚自己的職責，絕對不會讓史傳傑先生踏進家裡。先生，你看起來還是不對勁，讓我派人去請大夫吧。」

「不、不，我好多了，我真的好多了，來，扶我到椅子旁邊。」查德邁嘆了一口氣，頹然地坐下，「你們兩個幹嘛盯著我？」他揮手叫他們走開，「馬修，你閒著沒事做嗎？路卡斯，幫我拿杯水過來！」

他依然覺得頭昏腦脹，雙眼迷茫，但心中的疑懼已逐漸減弱。那幅荒涼的景致清楚地呈現在眼前，深深地印在腦中，田野一片荒蕪，不似凡間，他感覺得到那股淒涼陰森的氛圍，但卻不再害怕，他可以好好思考了。

路卡斯端來酒杯和一大壺水，他趕緊倒了一杯水，查德邁一飲而盡。

查德邁知道一個可以偵測出魔法的咒語，雖然無法得知誰施展了法術、或是碰到了哪種魔法，但咒語可以探測出周遭是否瀰漫著魔法，最起碼查德邁這麼想，他只試過一次，結果卻毫無動靜，因此，他不知道咒語到底靈不靈光。

「再倒杯水。」他跟路卡斯說。

路卡斯照辦。

這回查德邁沒喝水，反而對著杯子低聲念了幾句，然後把杯子舉高，對著燭光朝著杯裡看，他慢慢轉動杯子，直到從杯中看到屋內每個角落為止。

什麼動靜都沒有。

「唉，我甚至不知道該看些什麼。」他喃喃自語，然後轉身對路卡斯說，「來，我需要你幫個忙。」

他們回到圖書室，查德邁再把杯子舉高、低聲念咒、朝著杯子裡看。

還是什麼都沒有。

他走向窗邊，片刻之間，他覺得杯底似乎出現一道珍珠般的白光。

「原來在廣場。」他說。

「什麼在廣場？」路卡斯問。

查德邁沒有回答，只是靜靜地看著窗外。白雪掩蓋了漢諾瓦廣場上泥濘的鵝卵石，廣場中央有個圍欄，圍欄四周的黑鐵柱和白雪形成強烈對比。天空依然飄雪，風勢強勁，儘管如此，還是有幾個人站在廣場上。大家都知道諾瑞爾先生住在這裡，有些人專程到此一遊，希望能一睹諾瑞爾先生的風采，此刻就有一位紳士和兩位年輕小姐站在家門口，三人顯然都是魔法迷，也都興奮地朝屋裡看。再過去一點，有個年輕人懶懶地倚在圍欄上，他旁邊有個賣墨水的小販，小販穿著一件破爛的外套，背著一小籃墨水罐。廣場右邊站了另一個女士，她背對諾瑞爾先生的家，朝向漢諾瓦街漫步，但查德邁隱約覺得她先前也跟著其他人窺探，她穿著一件時髦、昂貴、鑲著貂皮的暗綠色長外套，手上拿著一個大大的貂皮暖手套。

查德邁經常跟那個小販買墨水，跟他很熟，但其他幾位都是陌生人，「你認識那些人嗎？」他問。

「那個黑頭髮的傢伙，」路卡斯指著靠在圍欄上的年輕人，「叫做弗德瑞克．馬斯頓，他到過家裡好幾次，請諾瑞爾先生收他為徒，但諾瑞爾先生每次都拒絕見他。」

「沒錯，我記得你跟我提過此事。」查德邁仔細檢視廣場上的幾個人，過了一會又說，「雖然看來不太可能，但他們其中一人一定正在施展某種魔法，我得下去瞧瞧，跟我來，你非得幫我不可。」

廣場中的魔法比先前更強，查德邁的耳畔響起陣陣悲傷的鈴聲，兩個世界在皚皚的白雪忽隱忽現，交叉重疊，一下子是漢諾瓦廣場，一下子是荒涼的田野和寫著黑字的天空。

查德邁舉起杯子準備念咒，但隨即發現根本沒必要，杯中散發出柔和的白光，在黑暗的冬日中，杯子比周遭所有東西都明亮，白光清澈、純淨，勝過路旁任何一盞油燈，也在查德邁和路卡斯臉上投下奇怪的光影。

天空再度跟他說話。他知道天空正問他問題，而且他的回答將導致重大後果，他若聽得懂天空問些什麼，找得出適當的方式回答，天空將透露某件事，這事將使英國魔法永遠改觀，甚至連強納森和諾瑞爾都不知道。

他掙扎了好久，極力嘗試了解，天空的語言或咒語吊人胃口，感覺異常熟悉，片刻之間，他似乎掌握得住，畢竟終其一生，周遭的世界每天都跟他說著同樣的話，只不過他以前從未注意聆聽……

路卡斯說了幾句話，查德邁必定是又昏了過去，因為他這會兒發現路卡斯兩手托住他，試圖讓他站直，杯子在鵝卵石上摔成碎片，白光揮灑在白雪上。

「……實在太奇怪了，」路卡斯說，「沒錯，查德邁先生，來，站好，我從來沒看過你這樣，你確定不要進去屋內嗎？啊，諾瑞爾先生回來了，讓他來處理吧。」

查德邁朝右邊一看，諾瑞爾先生的馬車正從喬治街轉進廣場。

賣墨水的小販也看見馬車，他馬上走向紳士和兩位年輕小姐，先對三人禮貌地鞠躬，然後跟紳士說話，三人隨即轉頭看著馬車，紳士從皮夾裡掏出一個銅板給小販，小販再度鞠躬，然後轉身離去。

黑髮的馬斯頓先生本來就曉得這是諾瑞爾的馬車，用不著任何人告訴他，他一看到馬車，馬上挺直身子，離開圍欄向前走。

那個衣著時髦的女士也掉頭往回走，顯然也想看看這位英國最出名的魔法師。

馬車停在家門口，僕人從車座上跳下來開門，諾瑞爾先生走出馬車，他身上裹了多層衣服，瘦弱的軀體看起來幾乎肥胖，馬斯頓先生開口大聲打招呼，諾瑞爾先生不耐煩地搖搖頭，揮手叫他走開。

衣著時髦的女士經過查德邁和路卡斯身旁，她一臉肅然，整個人非常蒼白，查德邁心想，有人若偏好這副長相，她說不定稱得上是個美女。他再看她兩眼，忽然覺得自己見過她，「路卡斯，」他喃喃問道，「那位女士是誰？」

「先生，對不起，我想我從來沒有見過她。」

馬斯頓先生站在馬車旁，絲毫不肯放棄，諾瑞爾先生越來越生氣，他四下觀望，看到路卡斯和查德邁站在附近，隨即招手叫他們過來。

就在此時，衣著時髦的女士趨前走向諾瑞爾先生，看來似乎也想跟他說話，但她卻意不在此；她從暖手套中掏出手槍，神色自若地瞄準諾瑞爾先生的心臟。

諾瑞爾和馬斯頓先生都瞪著她。

接下來同時發生了好幾件事：路卡斯鬆手放開查德邁，跑過去解救主人，查德邁像石頭一樣硬生生摔倒在地，馬斯頓先生攔腰捉住女士，諾瑞爾先生的車夫戴維趕緊跳下來捉住女士握著槍的手臂。

查德邁躺在白雪和玻璃碎片中，他看到女士似乎毫不費力地掙脫馬斯頓先生的掌控，她一把推開馬斯頓先生，力道之猛，讓這位黑髮年輕人再也站不起來；她將戴著手套的小手輕放在戴維胸前，戴維馬上退後了好幾步。幫諾瑞爾先生開門的僕人出拳打她，但卻產生不了任何作用，她伸手碰觸他的臉頰，看來輕緩柔和，但他卻猛然臥倒在地，路卡斯則被手槍敲了一記。

查德邁幾乎想不通是怎麼回事，他掙扎著站起來，勉強走了幾步，根本搞不清自己究竟走在漢諾瓦廣場的鵝卵石地，還是精靈王國的古老小徑。

諾瑞爾先生非常驚慌地瞪著女士，嚇得叫不出聲，也跑不動。查德邁對她舉起雙手，求饒似地說：「夫人……」

她連看都不看他一眼。

不斷飄落的雪花令他困惑，不管多麼努力，他還是看不清漢諾瓦廣場，荒涼的田野占住了他的視線，諾瑞爾先生即將遭到槍殺，而他卻一點也幫不上忙。

隨後忽然發生了一件怪事。

奇怪的是：漢諾瓦廣場消失了，諾瑞爾先生、路卡斯和其他人都不見了。

但那位女士還在。

她面朝向他，站在古老的小徑上，空中成群黑鳥喧囂亂舞；她舉起手槍，瞄準精靈王國之外的英國，對準諾瑞爾先生的額頭。

「夫人。」查德邁再度開口。

她冷酷地看著他，神情充滿激憤，他說什麼也阻止不了她，事實上，這個世界上什麼都阻止不了她。因此，他伸手奪槍，這是他目前唯一想到的法子。

槍聲響起，聲音大得令人無法忍受。

查德邁認為，噪音的力量把他逼回英國。

他忽然半坐、半躺地置身漢諾瓦廣場，他發現自己靠在馬車車門旁，他不知道諾瑞爾在哪裡，或者是否還活著，他想他應該站起來看看，但他發現自己其實不在乎，於是他待在原地不動。直到醫生來了，他才曉得女士確實對人開了槍，但中槍的人卻是他。

中槍的當天和隔天，查德邁大半時間在困惑與懵懂中度過。他有時以為自己依然身處古老小徑，頭頂上是語帶玄機的天空，但路卡斯卻在身邊講些女僕、煤桶之類的瑣事。天上懸掛著一條繩索，好多人在繩索上行走，史傳傑和諾瑞爾也在其中，兩人手上各拿了一大疊書，出版商約翰．莫瑞、溫古魯和其他人也在場。他肩上的疼痛有時候逃出體外，在房間裡跑來跑去，躲了起來，他以為疼痛變成了一隻小動物，但其他人卻不曉得，他想他或許應該跟大家說，好讓大家把牠追出來，他還見過牠：牠全身火紅，毛色比狐狸更具光澤……

隔天晚上，他躺在床上，神志清醒多了，他曉得自己是誰、身在何處，以及發生了什麼事。七點左右，路卡斯端了一張餐椅走進房裡，他把餐椅放在床邊，過了一會，諾瑞爾先生也走進屋裡，在椅子上坐下來。

諾瑞爾先生好一陣子都不說話，只是神情焦慮地盯著床單，最後終於喃喃地問了個問題。

查德邁沒聽見諾瑞爾先生說什麼，但他自然地以為主人關心他的狀況，所以他說他自己一、兩天就能復元。

諾瑞爾先生沒等他說完，憤憤地又問一次：「你為什麼施展貝拉西斯的『斯古普咒語』？」

「什麼？」查德邁問。

「路卡斯說你施展咒語，」諾瑞爾先生說，「我叫他仔細描述，我當然曉得那是貝拉西斯的『斯古普咒語』。」❶他的表情越來越嚴酷、多疑，「你在哪裡施展？我更想知道的是，你究竟在哪裡學到了咒語？我不斷遭到背叛，怎能好好工作？我身旁盡是一些背著我偷學咒語的僕人和打定主意背棄我的弟子，難怪做什麼都事倍功半。」

查德邁有點不高興地看著他說：「你自己教我的。」

「我？」諾瑞爾先生大叫，聲音比往常更尖銳。

「我們搬到倫敦之前，你成天待在賀菲尤莊園的圖書館看書，我跑遍各地幫你收購珍貴的書籍，你教我這個咒語，以免有人亂說自己會使用魔法，你生怕世界上還有另一位魔法師……」

「沒錯、沒錯，」諾瑞爾先生不耐煩地說，「我記起來了，但這還是不能解釋你昨天早上為什麼在廣場施咒。」

「因為到處都有魔法。」

「路卡斯沒有注意到任何異狀。」

「路卡斯不需要偵測魔法，這不是他的職責，但我卻必須留意。我從來沒見過這種怪事，我一直覺得自己身處一個完全不同的地方，有一陣子甚至感到非常危險，我不太知道自己在哪裡，但那個地方有些奇怪的特徵，容我待會再跟你說明，但我確定那絕對不是英國，或許是精靈國度吧。哪種魔法能製造出這種效果？魔法又從何而來？難不成那名女子是魔法師？」

「哪個女子？」

「拿槍射我的女子。」

諾瑞爾先生暴躁地輕哼一聲，「那顆子彈對你的傷害比我想像的更嚴重，」他輕蔑地說，「如果她真是個偉大的魔法師，你以為這麼輕易就能阻止她嗎？廣場中沒有魔法，那個女人也絕對不是魔法師。」

「為什麼？她又是誰？」

諾瑞爾先生沉默了一會之後說，「她是華特爵士的夫人，也就是我使用魔法讓她復生的那個女人。」

查德邁也沉默了一會，「嗯，這倒是令我驚訝！」他終於開口，「我想得出幾個想射殺你的仇家，但我實在不了解她為什麼是其中之一。」

「他們說她瘋了，」諾瑞爾先生說，「她擺脫了負責看守她的僕人，跑到這裡來射殺我，我想你也同意，這種行徑足可證明她瘋了。」諾瑞爾先生一雙小小的灰眼睛望向別處，「畢竟大家都知道我是她的恩人。」

查德邁幾乎沒聽他說話，「但她從哪裡取得手槍？華特爵士很聰明，很難想像他會把武器放在她拿得到的地方。」

「那是決鬥用的手槍，華特爵士有一對，他把槍藏在書桌抽屜的盒子裡，抽屜和盒子都上了鎖，他發誓直到昨天為止，他根本想不到她曉得他有槍，但她居然想得出辦法騙取鑰匙，而且兩把鑰匙都得手，大家都百思莫解。」

「這沒什麼好奇怪的，女士們，特別是發了瘋的夫人，絕對有辦法從先生那裡得到她想要的東西。」

「但最奇怪的是，兩把鑰匙都不在華特爵士手上，這對手槍是家裡唯一的武器，華特爵士經常不在家，自然掛念夫人和財物的安危，因此，他把鑰匙交由他那個高大的黑人管家保管。華特爵士說他不曉得管家為什麼犯下這種錯誤，他說他的管家稱得上是全世界最可靠、最值得信賴的人，但你當然不曉得僕人們心裡真正的想法。」諾瑞爾先生語氣尖酸刻薄，似乎忘了查德邁也是個僕人。「儘管如此，我想這名管家不可能跟我有仇，我這輩子跟他說不到三句話。我當然可以控告波爾夫人企圖行凶，昨天我氣得決定提出告訴，但幾個朋友勸我替華特爵士想想，利物浦勛爵和拉塞爾先生請我三思，我想他們說得沒錯，華特爵士向來大力支持英國魔法，我不該讓他後悔交上了我這個朋友，更何況華特爵士跟我保證，波爾夫人將被送到鄉間，她不會接見任何訪客，誰都見不到她。」

言及至此，諾瑞爾先生根本懶得詢問查德邁的意見，雖然挨槍的是查德邁，躺在床上痛得要命、傷口流著鮮血的也是查德邁，諾瑞爾先生只不過有點頭痛、手指上有道小小的刮痕，但諾瑞爾先生顯然認為自己才是受害者。

「那是哪一種魔法？」查德邁問。

「當然是我的魔法。」諾瑞爾先生生氣地大喊，「還會是誰的法術？我用了魔法讓她復生，你感受到的，以及貝拉西斯的『斯古普咒語』所偵測到的都是我當初用的法術。那時我才剛開始使用魔法，想必不是十分精確，說不定出了些小差錯……」

「小差錯？」查德邁粗嘎地大喊，然後不停地咳嗽，咳嗽稍息。呼吸恢復正常之後，他憤憤地說：「我覺得隨時會被送到不知名的地方，那裡四處充斥著魔法，天空跟我說話！萬物跟我說話！這怎麼可能？」

諾瑞爾先生揚起眉毛，「我不知道，說不定你喝醉了。」

「你認識我這麼久，哪次看過我工作的時候喝醉酒？」查德邁冷冷地問。

諾瑞爾先生不在乎地聳聳肩，「我哪知道你做了什麼，從踏進我家大門那一刻起，你似乎總是想做什麼，就做什麼。」

「但從古魔法的觀點而言，我說的不算奇怪吧？」查德邁繼續追問，「你不是曾經告訴我，黃金時代的魔法師們認為樹木、山丘、河流等都具有思考和記憶，也都各有所求嗎？那個時代的魔法師甚至認為世間萬物都經常施展某種魔法。」

「沒錯，部分魔法師確實認為如此，精靈僕人告訴他們這種謬論，你也知道精靈將法力部分歸功於樹木、河流等等，精靈們宣稱能跟樹木溝通，也成了它們的盟友，因此才具有強大的法力。但我們無法證實他們說的對不對，我當然也不採信這種信口開河的主張。」

「天空真的跟我說話，」查德邁說，「如果我看到的全都屬實，那麼……」他忽然住口。

「那麼會怎樣？」諾瑞爾先生問。

查德邁身體太虛弱，想都沒想就幾乎脫口說出心裡的話。他想說的是，如果他看到的全都屬實，那麼史傳傑和諾瑞爾的成就不過是兒戲，真正的魔法其實更詭異、更可怕，遠超出他們的想像。史傳傑和諾瑞爾只不過是在小客廳裡丟紙飛鏢，真正的魔法師卻揮舞著翅膀，英姿換發地翱翔於遼闊的天際，遠高於他們之上。

但他曉得諾瑞爾先生聽了八成不高興，所以他什麼也沒說。

很奇怪地，諾瑞爾先生似乎猜出他想說什麼。

「哎呀！」他忽然高聲一呼，「這下可好！你跟他們同夥，不是嗎？這樣吧，我勸你不妨馬上加入史傳傑、莫瑞和其他叛徒的行列！我相信他們的主張比較符合你目前的想法，我確定他們肯定歡迎你加入，你也可以跟他們分享所有我的祕密，他們想必給你重賞，我的聲譽將毀於一旦，而且……」

「諾瑞爾先生，請冷靜一點，我不打算另外找工作，你永遠都是我的主人，我不會再服侍任何人。」

查德邁稍作停頓，兩人沉默了一會之後，諾瑞爾先生似乎想到查德邁昨天才救他一命，現在爭吵顯得不盡人情，於是他緩和下來，和顏悅色地說：「我想還沒有人告訴你吧，史傳傑的太太過世了。」

「什麼？」

「華特爵士告訴我，史傳傑夫人過世了，她冒著大雪散步，實在非常不智，兩天之後就過世了。」

查德邁感到一陣寒意，荒涼的田野忽然近在眼前，緊貼著他的肌膚，他幾乎感覺自己又站在古老的小徑上……

……亞蕊貝拉．史傳傑走在他前面，她背對著他，一個人在念誦著咒語的天空下，孤獨地走向淒冷、孤寂的大地……

「他們跟我說，」諾瑞爾先生繼續說，絲毫不管查德邁的呼吸頓時變得很急促，「波爾夫人得知史傳傑太太過世之後，心情極不愉快，大家不知道她為什麼如此沮喪，但她們似乎交情不錯，我到現在才知道此事，我若早有所聞，說不定……」他說到一半就住嘴，神情高深莫測，似乎隱藏著某個祕密。「但現在都無所謂了，她們其中一人瘋了，另一人死了，根據華特爵士所言，波爾夫人似乎認定我該為史傳傑太太之死負責。」他再度停嘴，為了平息大家對他的懷疑，他很快強調：「這種說法當然是荒謬至極。」

就在此時，兩位諾瑞爾先生請來照顧查德邁的名醫走進房裡，看到諾瑞爾先生也在房內，兩人顯得又驚訝、又高興，大夫們面帶微笑、鞠躬致意、微微點頭，再三稱許諾瑞爾先生對下人的關切。大夫們跟諾瑞爾先生說，他們很少看到主人這麼關心下人的福祉，也很少看到僕人對主人如此盡忠，僕人的忠心非但是基於職責，更是出自對主人的景仰與愛戴。

諾瑞爾先生跟大部分人一樣愛聽好話，聽著聽著，他也覺得自己說不定真的具有超凡的美德，他伸出手，本來打算友善、安慰地拍拍查德邁，但一看到查德邁冷冷的眼光，他馬上改變心意，輕咳兩聲，然後走出房間。

查德邁看著他離開。

魔法師都會說謊，而這一個比其他人更糟，溫古魯曾說。

❶ 這個用來偵測魔法的咒語出自傑克·貝拉西斯的《指令》。

47「黑人老兄和一個藍皮膚的傢伙——肯定是個兆頭。」

一八一六年一月末

華特・波爾爵士的馬車在約克郡的一條荒涼小徑上緩緩前進，史提芬・布萊克騎著白馬跟在馬車旁。

路旁貧瘠的荒地延展到陰暗的天際，風雪儼然將至；四處皆是奇形怪狀的灰石，看來更形陰沉古怪。低垂的陽光偶然破雲而現，霎時灑下縷縷銀白、縹緲的光束，地上積滿了水的坑洞忽然閃閃發光，仿若一個個掉在地上的小銀幣。

一行人來到交叉路口，車夫拉住馬匹，失望地盯著空蕩蕩的路旁，他以為這裡應該有路標。

「這裡沒有路標，」史提芬說，「也不曉得這幾條路通往哪裡。」

「大夥或許以為這幾條路終究通往某處，」車夫說，「我可不太確定。」他從口袋中掏出鼻煙壺，用力嗅一下。

坐在車夫旁邊的隨從比其他兩人更冷、更不高興，他狠狠地詛咒約克郡、約克郡民和所有約克郡的道路。

「我想我們應該朝北或東北前進，」史提芬說，「但這片荒地讓我搞不清方向，誰知道哪邊是北方？」

史提芬衝著車夫提出問題，車夫說在他看來，每個方向都像是北方。

隨從勉強地一笑。

既然同伴們幫不上忙，史提芬只好一如往常，自己想辦法解決問題，他指示車夫朝一條路繼續前進，他自己則走另一條路，「我若弄清楚方向就趕過來找你，或是想辦法派人通知你，你若找到路就鳴槍，不必管我。」

史提芬騎馬上路，每條路看起來都非常陌生，騎著騎著，他碰到另一個單獨旅行的騎士，他馬上向對方問路，但對方跟他一樣不熟悉此地，也從沒聽過史提芬提到的地方，

他終於騎到一條狹窄的小徑，小徑兩旁有道石牆，石牆跟當地的建築物一樣，只由石頭堆砌，牆面沒有塗上砂漿。他沿著小徑前進，光禿禿的樹叢沿著石牆延展，天上飄起白雪之際，他騎過一座狹窄的木橋來到一個村莊，村內寂靜無聲，只有幾棟陳舊單調的石屋，石屋的磚牆也搖搖欲墜。他很快就看到他想找的那一棟，這棟建築物狹長低矮，屋前有個庭園，他瞄了瞄式樣老舊的窗扉和蓋滿青苔的石頭，感到極度不悅，「嗨！」他大喊，「有人在嗎？」

雪越下越大，石屋某處跑出來兩名男僕，兩人衣著雖然乾淨整齊，但卻緊張兮兮，笨手笨腳，史提芬看了不禁暗自感嘆未能親手調教。

但男僕們忽然看到一個黑人騎著雪白的白馬出現在庭園中，難免目瞪口呆。其中比較勇敢的一人勉強鞠躬致意。

「這是史黛夸司莊園嗎？」史提芬問。

「先生，是的。」勇敢的男僕說。

「華特．波爾爵士派我來此，快去請你們的主人出來。」

男僕急忙跑開，不一會大門開啟，出現了一名瘦削、黝黑的男子。

「你是療養院院長嗎？」史提芬問，「約翰．賽剛督？」

「沒錯！在下正是！」賽剛督先生大喊，「歡迎！歡迎！」

史提芬下馬，順手把繩丟給男僕，「這個地方真難找！我們在地獄似的荒原繞了一小時，你能派人引領夫人的馬車嗎？馬車在兩哩外的交叉路口，你朝左邊的那條路前進，應該不會太遠。」

「當然，我馬上派人過去。」賽剛督先生向他保證。「真抱歉對你造成困擾，如你所見，這座房子非常隱祕，但這正是華特爵士選擇此處的原因之一，不是嗎？夫人還好吧？」

「夫人長途跋涉，相當疲憊。」

「一切都已準備妥當，最起碼……」賽剛督先生帶頭走進屋內，「我知道這裡跟她習慣的一切肯定非常不同……」

兩人走過一個短短的走廊，走廊盡頭有個房間，房裡溫暖舒適，跟荒涼陰沉的外界形成強烈對比，感覺非常親切。牆上掛著油畫，地上鋪著柔軟的地毯，家具式樣高雅，油燈閃爍著令人愉悅的光芒，房裡擺著幾個腳墊，夫人累了可以把腳靠在上面，還有幾扇屏風，夫人若覺得冷，可以用來擋風，夫人若想看書，房裡也有書本供她消遣。

「這裡還可以嗎？」賽剛督焦急地詢問，「你看來似乎不太滿意。」

史提芬想告訴賽剛督先生，他所看到的是完全不同的景象，他知道夫人一走進房裡會看到什麼：油畫、家具、油燈全變得陰森縹緲，遠方的無望古堡卻歷歷在目，古堡中陰沉灰暗的大廳和階梯比什麼都真實。

但他卻無法解釋，他知道話一出口，馬上變成無意義的胡言亂語，比方說在盛怒下釀造啤酒、某人渴望報復、女孩們在月圓時留下珍珠般的淚水、月缺時卻踏出充滿血跡的腳印等等，對方根本聽不懂他說些什麼，因此，他只能淡淡地說：「不、不，你安排得好極了，夫人別無所求。」

這話聽來或許有點冷淡，特別是賽剛督先生大費周章，花了一番工夫安排，聽了說不定更覺得寒心，但賽剛督先生卻沒有表示異議。「夫人受到諾瑞爾先生之助而復生？」

「沒錯。」史提芬說。

「單憑此舉就重振了英國魔法！」

「沒錯。」史提芬說。

「但她卻企圖殺害他！這實在非常奇怪！」

史提芬不置一詞，他覺得療養院長講這種話，似乎不太合宜，但他若說出真相，似乎也非常不恰當。

為了讓賽剛督先生不再專注於波爾夫人，以及她所謂的「罪行」，史提芬趕緊轉移話題：「華特爵士親自挑選了此地，我不知道他聽從誰的建議，你負責院務很久了嗎？」

賽剛督先生笑笑，「不、不，事實上，我到這裡才兩星期，波爾夫人將是第一位受我照料的病患。」

「真的嗎？」

「我雖然缺乏經驗，但我相信華特爵士認為這樣反而好！這一行的專業人士通常相當專制，嚴格限制病人的行動，華特爵士非常反對用這種方式照料夫人。但是我沒有這些包袱，夫人在這裡將備受禮遇，除了一些對大家都好的必要措施之外，比方說把刀放在夫人拿不到的地方，她將受到貴客般的款待，我們會盡力讓她快樂。」

史提芬點頭表示稱許，「你怎麼有此淵源？」他問。

「你是說跟這棟房子的淵源？」賽剛督問。

「不是，我是說你怎麼變成療養院的院長？」

「噢，純粹是巧合！去年九月，我有幸結識雷諾克斯太太，她後來成了我的贊助者，這棟房子是她的。多年以來，她一直想善加利用，但卻找不到合適的租戶，她很欣賞我，也希望幫我一點忙，所以她決定在這裡設立一所學校，由我出任校長，我們原本打算開辦魔法師學院，但是……」

「魔法師！」史提芬驚訝地大叫，「但你怎會牽扯上魔法師？」

「在下正是魔法師，向來都是。」

「真的嗎？」

史提芬彷彿受到奇恥大辱，賽剛督先生幾乎想開口道歉，但他實在不知道身為魔法師有什麼好抱歉的，於是他繼續說：「但是諾瑞爾先生不贊同這個計畫，還派了查德邁前來警告，先生，你認識約翰．查德邁嗎？」

「見過面而已，」史提芬說，「我從沒跟他說過話。」

「雷諾克斯太太和我原本打算全力抗爭，抗爭的對象當然是諾瑞爾先生，而非查德邁。我致函史傳傑先生，但我的信在他夫人失蹤的那天早晨送達，你想必已經知道了吧，可憐的夫人幾天之後就過世了。」

史提芬彷彿有話要說，但過了一會，他只是搖搖頭，於是賽剛督先生繼續說：「少了史傳傑先生之助，我們絕對辦不成學校，這點我相當清楚。我到巴斯當面跟雷諾克斯太太說明，她人真好，不但勸我耐心等候，還說我很快就會想出另一個更好的點子，但老實說，那天離開她家時，我心情非常沮喪。走著走著，我忽然看到一個奇怪的景象：路當中站著一個人，這人身穿破爛的黑衣，雙眼通紅而空洞，彷彿失去了理智和希望，他胡亂揮舞雙手，力圖推開想像中的鬼魂，嘴裡還不停大聲哀求鬼魂們饒了他，可憐的人！他一進入夢鄉，肉體說不定暫時得到舒緩，但我一看就知道那些瘋狂的思緒連在夢中也饒不過他。我放了幾個銅板到他手裡，然後繼續向前走。回家途中我沒有特別想著這件事，但經過這棟房子時，我忽然看到一件怪事，甚至可說是『異象』，我看到那個衣著襤褸的瘋子站在屋內，跟我先前在巴斯碰到他的時候一樣瘋癲。我忽然有個想法：這棟房子非常幽靜偏遠，精神受到困擾的人說不定最需要這種地方，於是我致函雷諾克斯太太，她也贊同這個點子。你說你不曉得華特爵士聽了誰的建議，我想八成是查德邁，他曾說我若需要幫助，他會盡力協助。」

史提芬說：「先生，我勸你最好不要提到你是魔法師或是任何關於魔法師之事，最起碼剛開始的時候不要講。夫人非常不喜歡魔法師，她若發現自己又受制於另一位魔法師，我敢保證她會更痛苦。」

「受制？」賽剛督先生驚訝地大喊，「這個字眼用得真奇怪！我從未打算讓任何人受制於我！更別說波爾夫人！」

史提芬仔細端詳了他一陣子說，「我相信你是一位跟諾瑞爾先生非常不一樣的魔法師。」

「我也希望如此。」賽剛督先生嚴肅地說。

一小時之後，庭園中傳來一陣騷動，史提芬和塞剛督出去迎接夫人，馬車和馬匹們沒辦法穿過狹窄的木橋，波爾夫人不得不走完這趟旅程的最後五十多碼。她走進庭園，微微顫抖地看著周圍白雪紛飛的淒涼景象，她是那麼年輕、那麼美麗、卻又那麼悲傷，史提芬心想，只有心腸最冷酷的人才狠得下心來拒絕保護她，思及至此，他不禁暗自詛咒諾瑞爾先生。

她的某些神態似乎讓賽剛督先生嚇了一跳，他低下頭看看她的左手，但夫人的左手帶著手套，他很快恢復鎮定，將夫人迎進史黛夸司莊園。

在小客廳裡，史提芬幫兩人送上茶。

「我聽說史傳傑太太的辭世讓您非常難過，」賽剛督先生說，「請容我致上最深的哀悼。」

波爾夫人轉頭隱藏眼中的淚水，「值得哀悼的是她，而不是我。」她說。「華特爵士打算寫封信給史傳傑先生，跟他商借一張史傳傑太太的肖像，然後找人照著畫張素描，藉此安慰我，但這樣做有什麼意思？畢竟我跟她每晚參加同一些舞會，我想我們這輩子都得如此，我怎麼可能忘了她的長相？史提芬也曉得，他會了解的。」

「啊，沒錯，」賽剛督先生說，「我知道夫人不喜歡跳舞和音樂，我跟您保證，這裡絕不容許舞會，我們會盡全力讓您開心。」他接著提到如果夫人願意，他們可以一起閱讀，春天的時候還可以到外面散步。

史提芬在旁忙著奉茶，這些對話聽來似乎稀鬆平常，但他注意到賽剛督先生有一、兩次偷偷地瞄他，眼神尖刻、銳利，令他相當不舒服，也深感困惑。

馬車、車夫、女僕和隨從跟著夫人留在史黛夸司莊園，但史提芬必須趕回哈雷街，隔天早上，他趁夫人吃早餐時向她告辭。

他對她微微一鞠躬，她則帶點憂鬱、稍帶諷刺地說：「這樣道別實在很可笑，你我都知道再過幾小時，我們將再度相逢。史提芬，別擔心，我在這裡比較自在，我會的。」

史提芬走到馬廄，馬已備妥，他剛戴上手套，後面就傳來一個聲音：「先生，請留步！」

賽剛督先生站在那裡，看來跟往常一樣猶豫、緊張，「我可以請教你一件事嗎？你和夫人受制於哪種魔法？」他伸出一隻手，好像打算用指尖輕撫史提芬的臉頰，「你嘴裡叼著一朵紅白相間的玫瑰花，她嘴裡也是，這表示什麼？」

史提芬伸手摸摸嘴，卻什麼也沒摸到。他有股衝動想對賽剛督先生全盤托出：一頭薊冠毛銀髮的紳士、施加在他身上及兩位女士的咒語等等，史提芬想像賽剛督先生聽得懂他說的話，賽剛督先生法力高超，更勝於史傳傑或是諾瑞爾，也能想出方法破解一頭薊冠毛銀髮紳士的咒語，但這種想法稍縱即逝，史提芬對英國人，尤其是英國魔法師的猜忌，很快又重新盤據在心頭。

「我不懂你說些什麼。」他很快回答，隨即上馬離去，沒再多說一句話。

當天路況極差，馬車輾過的泥漿凍結成一道道車痕，路面不但凹凸不平，而且硬若鋼鐵，田野和小路積了一層厚厚的白霜，地面上冉冉升起一股冰冷的煙霧，四下更形寂寥。

史提芬的坐騎是銀髮紳士的眾多贈禮之一，毛色雪白，全身上下沒有一縷黑毛，馬兒不但敏捷矯健，而且對史提芬非常忠誠，比一般馬匹更熱愛主人。史提芬把馬兒命名為「翡冷翠」，他想說不定攝政王或是威靈頓公爵的坐騎都比不上「翡冷翠」，但受到咒語牽制的他，不管行走在哪個國度，眾人看到一位黑僕人擁有全國最俊美的名駒，似乎一點都不覺得奇怪，他的日子就是如此怪異。

騎了二十哩之後，他來到史黛夸司莊園南方的一個小村莊，小路的右邊有座漂亮的大房子和花園，左邊則是一排破爛的馬廄，史提芬緩緩騎過房子的大門口，前方忽然衝出一輛馬車，幾乎與他迎面撞上，車夫左右觀望，看看對方到底是何方神聖，看了半天卻只看到一個黑人，車夫生氣地揮舞馬鞭大罵史提芬，馬鞭沒打中史提芬，卻擊中翡冷翠的右眼上方，翡冷翠又痛又怕，猛然抬起前腿，一股腦地摔在冰滑的路面上。

片刻之間，周遭似乎上下顛倒，清醒過來之後，史提芬發現自己躺在地上，翡冷翠跌倒在一旁，他神志還算清楚，但左腳還拴在馬蹬上，大腿歪斜，看來相當不妙，他想他的腿一定摔斷了。他鬆開馬蹬，坐了一會，心中依然驚魂未定，他感到臉上有股熱流，雙手也被刮得傷痕累累，他掙扎起身，發現自己站得起來，心裡頓時鬆了一口氣，他的大腿似乎青腫，但沒有骨折。

翡冷翠躺著噴氣，雙眼狂亂地眨動，他不曉得牠為什麼沒有試圖保持平衡或是使勁往前衝。翡冷翠的驅體反而不自主地抽動，其他部位卻沒反應，牠四肢僵硬，姿態非常怪異，這下他才發現，翡冷翠摔斷了背，不能動了。

他看著眼前的大房子，希望有人出來幫忙，一名女子在窗口站了一會，史提芬只記得她衣著高雅，但一臉冷漠傲慢。一發現家人或產物沒有受損，她馬上放心地走開，史提芬再也沒看到她。

他跪在翡冷翠旁邊，輕拍牠的頭和肩膀，過了一會，他從鞍囊中取出手槍、火藥、推彈桿和彈藥夾，他為槍上膛，然後起身扣緊扳機。

但他發現自己下不了手，翡冷翠一直是個好朋友，他實在扣不下扳機。就在萬念俱灰、正想放棄之時，他聽到背後傳來隆隆聲，街角駛來一輛二輪馬車，拉車的馬匹步履蹣跚、姿態溫和，車夫披著一件老舊的外套，身材圓滾，一張圓臉，相當富泰，他一看到史提芬就拉住馬匹，「喂，老兄，怎麼回事？」

史提芬舉起手槍朝著翡冷翠揮一揮。

車夫爬下馬車，走到史提芬身旁，「好一匹駿馬。」車夫和善地說。他拍拍史提芬的肩膀，同情地露齒一笑，一股燉白菜的氣味衝鼻而來。「但是老兄啊，這種時候說什麼都沒用囉。」

他的目光從史提芬的臉上轉移到手槍，他伸手按住手槍，慢慢地對準翡冷翠抽動的頭部，但史提芬依然下不了手，於是他說：「老兄，讓我來吧？」

史提芬點點頭。

車夫取過手槍，史提芬把頭轉開，槍聲一響，聲音大得令人害怕，鄰近的鳥群振翅而飛，天際傳來陣陣聒噪的鳥叫聲。史提芬回頭一看，翡冷翠猛烈抽動了一下，然後靜止不動。

「謝謝。」他對車夫說。

史提芬聽到車夫的腳步聲，以為車夫已經走了，但過了一會，車夫又回來，車夫用手肘輕推史提芬，遞給他一個黑色的酒瓶。

史提芬喝了一口，這是他喝過最烈的琴酒，他咳了起來。

儘管史提芬的衣物和靴子比車夫的馬車和馬匹貴上兩倍，但車夫依然跟一般白人一樣，碰到黑人就感到某種優越感，他衡量了一下情勢，然後跟史提芬說他們必須先處理馬屍，「不管死活，這匹馬都很值錢，你的主人若發現其他傢伙靠牠賺了一筆，八成會不高興。」

「這不是我主人的馬，」史提芬說，「牠是我的。」

「啊！」車夫說，「你看看！」

一隻大烏鴉已停歇在翡冷翠雪白的軀體上。

「不！」史提芬一邊大叫、一邊揮手趕走烏鴉。

但車夫伸手制止，「別這樣，老兄，別這樣，這是個好兆頭，我還沒看過比這更好的預兆！」

「好兆頭！」史提芬說，「你說些什麼啊？」

「這不是某位古代君王的象徵嗎？一隻黑色大烏鴉站在某個白色東西上面，不正是老約翰的旗幟嗎？」❶

車夫告訴史提芬，他知道附近有個地方，只要花點錢，他們就會幫忙處理翡冷翠的屍體，史提芬爬上馬車，跟車夫一起來到一個農場。

農夫從來沒看過黑人，一看到這麼一個詭異的人物出現在自己院子裡，農夫嚇得發呆，儘管史提芬講話字正腔圓，農夫依然不敢相信史提芬說的是英文。車夫對農人的困惑大表同情，於是站到史提芬身旁，和顏悅色地把每句話重複一次，好讓農夫聽得懂。但這些都徒勞無功，農夫根本不聽他們說話，反而拉著史提芬，對著另一個同樣困惑的夥伴說話，農夫問說被黑人碰到的東西會不會變成黑色，他還提出其他更沒禮貌更沒常識的猜測，史提芬仔細吩咐如何處理翡冷翠的屍體，但農夫一個字也沒聽進去，直到農夫的太太從鄰近的市場回來，事情才有所進展。她的想法較為實際，就她看來，一個衣著昂貴、擁有一匹好馬（就算死了也無妨）的男士，不管他是哪種膚色，都稱得上是個紳士。她告訴史提芬，有個賣馬肉給人當貓食的小販經常到農場收購馬屍，小販支解馬屍，留下馬肉，然後把馬骨和馬蹄賣給人製膠。她對史提芬說，小販願意出價收購翡冷翠，也同意處理所有細節，但她要抽取三分之一的佣金，史提芬點頭答應。

史提芬和車夫隨即離開農場，駛回小路。

「謝謝你，如果沒有你幫忙，事情肯定棘手多了。我當然會酬賞你的辛勞，但我恐怕還得再麻煩你，我沒有馬，也沒辦法回家，如果你能把我載到最近的一家旅店，我將感激不盡。」

「老兄！」車夫說，「把錢收起來！我會載你到唐卡斯特，你一毛也不必付。」

其實史提芬很想儘快下車，但車夫似乎很高興有人作伴，陪著他多走一程似乎更能回報他的善意。

馬車朝唐卡斯特緩緩前進，沿途經過許多鄉間小路，馬車巡迴於各個不同的旅店和村落，送了一張床架到這裡，送了一個水果蛋糕到那裡，還不時停下來收取各種奇形怪狀的包裹。有次他們停在一間很小的木屋前面，木屋孤零零地坐落在一片光禿禿的樹林間，有個年紀很大的女僕親手交給他們一個陳舊的黑鳥籠，籠裡站著一隻非常袖珍的知更鳥，車夫告訴史提芬，知更鳥的主人是個老太太，老太太剛過世，他們得把知更鳥送到她住在薛爾比南方的曾姪女手上。

車夫小心地把知更鳥放到車後，過了一會，放鳥籠的地方忽然傳出一陣陣如雷的酣聲，史提芬聽了大吃一驚，知更鳥這麼小，似乎不可能發出如此巨大的噪音，因此，史提芬斷定車內還有一個人，只是之前未見到此人。

車夫從籃子裡拿出一大塊豬肉派和起司，他用一把大刀切下一塊肉派，看起來好像想請史提芬嘗嘗，但又有點猶豫，「黑人跟我們吃同樣食物嗎？」他問，彷彿認為黑人都吃些草根、豆芽之類的東西。

「是的。」史提芬說。

車夫遞給史提芬一塊肉派和一些起司。

「謝謝，車裡另一位先生也要吃點東西嗎？」

「或許吧，等他醒過來再說。我在雷本讓他搭便車，他身上沒錢，但我想找個人說說話，他剛開始滿健談，但到了布洛橋他就睡著了，到現在都沒醒。」

「他八成很累。」

「這不關我的事，再說現在有你陪我聊天了。」

「他一定很累，」史提芬若有所思地說，「我們開槍射馬、跟那個愚蠢的農夫爭執，搬床架上上下下，還有那隻知更鳥，一下子發生了這麼多事情，他卻依然睡得這麼沉，他打算去哪裡？」

「打算去哪裡？哪兒都不去！他四處遊蕩，有個在倫敦很出名的傢伙到處找他，他不能在同一個地方停留太久，否則會被那個傢伙的僕人逮個正著。」

「是嗎？」

「他全身發藍。」車夫說。

「發藍？」史提芬大惑不解。

車夫點點頭。

「什麼意思？凍得發藍？還是被打得烏青？」

「都不是，老兄，你皮膚是黑的，他是藍的，哎呀，黑人老兄和一個藍皮膚的傢伙在我車裡！這可是前所未聞。大家都說看到黑貓是個好預兆，看到黑人老兄肯定也是好兆頭，我車裡居然同時有個黑人老兄和藍皮膚的傢伙，肯定是個兆頭，不是嗎？」

「說不定真的是個兆頭，」史提芬說，「但不管是好是壞，不一定落在你頭上，說不定出事的是他，甚至是我。」

「不，這麼說不對，」車夫不同意，「你們都在我車上。」

史提芬檢視這位無名男子奇怪的膚色，「他患病了嗎？」他問。

「或許吧。」車夫不願正面回答。

吃完東西之後，車夫打起瞌睡，不久就握著繩進入夢鄉，馬匹領著馬車緩緩而行，任由這匹訓練精良、判斷力極佳的馬帶路。

史提芬深感疲憊，波爾夫人行前的一番話，以及翡冷翠的猝逝讓他意志消沉，他很高興車夫睡著了，讓他享有片刻安寧。

車後忽然有人喃喃自語，表示那位藍皮膚的傢伙醒了，史提芬剛開始聽不清他說些什麼，後來才清楚地聽到「無名的奴隸將是怪異國度之王」。

史提芬聽了不禁打了一個寒顫，這話讓他想到銀髮紳士承諾將他推上英國王座。

天色越來越暗，史提芬拉住馬、跳下馬車，點燃掛在車前的三盞舊油燈，他正要回到車廂內，忽然有個衣衫襤褸、儀容不整的傢伙從車後跳到冰滑的地上，站到史提芬面前。

儀容不整的男子藉著油燈的燈光打量史提芬，「我們到了嗎？」他嘶啞地問。

「到哪裡？」史提芬問。

男子想了一會，決定換個方式再問一次，「我們在哪裡？」他問。

「這裡前不著村後不著店，大概在烏列凱夫和威洛比之間吧。」

男子雖然提出問題，但聽了史提芬的答覆，卻顯得不太起勁，他身上那件骯髒的襯衫敞開到腰際，史提芬這才發現車夫形容得不對，他雖然全身泛藍，但卻不像史提芬一樣生來皮膚就是黑色，他身形瘦削、看來相當不體面，但膚色和其他每位英國男子一樣蒼白，不同的是，他全身布滿藍色的直線、花體字、標點和圓圈。

「你認識約翰．查德邁嗎？他主人是個魔法師，」他問。

史提芬嚇了一跳，這是今天第二次有個陌生人問他這個問題，「我只見過他，從沒跟他說過話。」

男人奸笑地眨眨眼，「他已經找了我八年，但一直徒勞無功。我一直想去他主人在約克郡的莊園看看，那個莊園很大，我說不定進去偷幾樣東西，我去過他們在倫敦的家，但只吃幾塊派。」

這人對史提芬坦承自己是個小偷，史提芬聽了有點不自在，但這人表明有意到諾瑞爾先生家行竊，史提芬不禁覺得心有戚戚焉，畢竟若非諾瑞爾先生，他和波爾夫人不會受制於咒語，淪落到今天這種下場。他從口袋掏出兩個銅板，「拿去！」他說。

「你為什麼給我錢？」男子一臉猜疑地問。（但還是把錢收下來。）

「我很同情你。」

「為什麼？」

「因為如果別人說的屬實，你無家可歸。」

男人再度奸笑，搔搔骯髒的臉頰，「如果別人說的屬實，你沒有名字！」

「什麼？」

「我有名字，我叫溫古魯，」他一把捉住史提芬的手，「你為什麼想推開我？」

「我沒有。」史提芬說。

「有、你有，你這會兒就想推開我。」

史提芬猶豫了一會，「你的皮膚上畫滿記號，顏色也很奇怪，搞不好感染了某種疾病。」

「不，我的膚色不表示我生了重病。」溫古魯說。

「表示？」史提芬說，「這個字眼倒很奇怪。但你說的沒錯，膚色確實表示某些意義，我的膚色所表示的意義是：任何人都可以在公眾場合打我，而不必擔心受到懲罰；我的朋友們不太願意跟我一起在大庭廣眾前露面，不管我念了多少書、會說多少種語言。在眾人眼中，我不過是個罕見的怪物，好像會說話的豬或是會算數的馬。」

溫古魯露齒一笑，「在我看來，你的膚色代表著完全不同的意義，它表示你將扶搖直上，成為一位無名的君王；它表示你的王國正期待你的出現，你的敵人也將全數遭到殲滅；它表示這個時刻即將來臨。**無名的奴隸將頭戴銀皇冠；無名的奴隸將是怪異國度之王……**」

溫古魯緊捉著史提芬的手，緩緩念完整個預言，「好了，」他念完之後說，「我已經告訴你了，也將預言傳達給兩位魔法師，我的任務至此大功告成。」

「但我不是魔法師。」史提芬說。

「我從來沒說你是魔法師。」溫古魯回答，說完突然放開史提芬，拉緊身上破舊的外套，掉頭走入黑暗之中，不一會，他的身影就消失在油燈的光影之外。

幾天之後，一頭薊冠毛銀髮的紳士忽然想觀賞獵狼，他顯然連著好幾世紀都參與這項消遣。瑞典南部剛好舉辦獵狼，所以他揮指一彈，帶著史提芬來到瑞典南部。史提芬發現自己站在一個老橡樹樹頭，周圍盡是白雪皚皚的森林，從這裡他可以清楚地看到林間有一小塊空地，一根高聳的木棍豎立在地面上，木棍頂端有個老舊的車輪，輪上緊緊地綁著一隻低聲哀鳴的小羊。

一群野狼悄悄地從森林裡走出來，每隻身上都覆滿冰霜，雙眼飢餓地瞪著小羊，狼群一出現，林中四處馬上傳來狗叫聲，獵人們飛速地蜂擁而至，一群獵犬衝進空地，頭兩隻獵犬跳到一隻野狼的背上，三隻野獸纏鬥在一起，撕咬對方的身體、四肢和牙齒，獵人們隨後出現，舉槍射殺了野狼，其他野狼奔逃回黑暗的森林中，獵犬和獵人緊追其後。

此處狩獵結束之後，銀髮紳士馬上施法把自己和史提芬帶到下一個獵場，他們從這個枝頭跳到下個枝頭，從山頂跳到露出岩石的地面，有次還跳到一個教堂的屋頂，教堂所在的村莊四處都是小木屋，家家戶戶的門窗造型靈巧古怪，狀似精靈之屋，屋頂上覆蓋著薄薄的白雪，在陽光下閃爍著點點光芒。

他們在林間一處安靜的角落等著獵人出現，忽然有隻野狼來到他們站立的樹下，牠漆黑的雙眼炯炯有神，毛皮黑得發亮，其他野狼皆相形失色，牠仰頭對紳士說話，聽起來像是流水沖刷過岩石，或是微風在光禿禿的枝頭嘆息，也像乾枯樹葉在火中燃燒的劈啪聲。

紳士以同樣語調回答，然後不在乎地笑笑，揮手叫牠離開。

野狼惡狠狠地瞪紳士一眼，轉身跑開。

「牠求我出手相救。」紳士解釋。

「先生，您不能救牠嗎？我真不希望看到這些尊貴的動物遭到射殺！」

「心地善良的史提芬啊！」紳士稱許地說，但他還是沒有出手相助。

史提芬一點都不喜歡觀賞獵狼，沒錯，獵人們確實勇猛，獵犬們也忠心耿耿、蓄勢待發，但他的愛駒翡冷翠才剛死，他不忍心看到其他動物遭到射殺，特別是如此驍勇、英挺的野狼。思及翡冷翠，他才想到還沒告訴紳士自己碰到一個藍皮膚的傢伙以及那個預言，於是他全盤道出。

「果真如此？嗯，我還真想不到呢！」紳士說。

「先生，您聽過這個預言嗎？」

「我確實聽過！甚至知之甚詳，每個精靈都很清楚，當初說出這個預言的是……」紳士說了一個史提芬聽不懂的字眼，❷「我跟你說他的英文姓名吧，他叫約翰．厄司葛雷，或是烏鴉王，這下你就曉得他是誰。但我不知道這個預言怎麼流傳到英國，我以為英國人對這些事情已經失去興趣。」

「無名的奴隸！先生，這不就是我嗎？這個預言似乎說我會成為君王。」

「你當然會成為君王！我早就跟你說了，對於這類事情，我從來不會出錯。但親愛的史提芬啊，雖然我非常欣賞你，但這個預言的重點不是你，而是重振英國魔法。你以為預言中的『無名的奴隸』是你，其實講的是烏鴉王自己，他小時候有個非常邪惡的精靈把他從英國綁架到這裡，他以無名奴隸的身分藏匿在精靈王國，長大之後卻成了統馭人類、精靈以及地獄三地的君王。」

史提芬頓時覺得有點失望，但卻說不出為什麼，畢竟他並不想當上任何王國的君主。他不是英國人，也不是非洲人，他不屬於任何地方，溫古魯的話給了他一種歸屬感，他的存在也有了某種意義，但這種感覺稍縱即逝，一切不過是幻覺。

---

❶ 約翰·厄司葛雷以天上的烏鴉群為軍，人稱「大烏鴉飛軍」，旗幟上是一隻停歇在白色田野上的烏鴉。

❷ 銀髮紳士說的是大概是烏鴉王的精靈原名，史傳傑認為這個名字代表「白頭翁」。

48 雕版畫

一八一六年二月底至三月

「你變了，看了讓我嚇了一大跳。」

「是嗎？聽你這麼說才令人驚訝呢！我或許瘦了一點，但感覺不出什麼其他改變。」

「不，你的臉、你的神情、你的……某些方面的感覺就是不同。」

史傳傑笑笑，或說臉部微微抽動，華特爵士心想這大概算是微笑吧，他已經記不得史傳傑笑起來是什麼模樣。

「或許是這身黑衣，」史傳傑說，「喪禮之後，我像行屍走肉在街上晃蕩，難怪大家看了嚇得想到自己的死亡。」

他們坐在科芬園的貝德福咖啡屋，以前他倆經常在此暢談，因此，華特爵士特別選擇此地，希望能讓史傳傑振作起來。但在今天這種夜晚中，連貝德福都缺乏生氣，門外強勁的冬風把人吹得東倒西歪，陣陣雨絲猛然掃過人們的雙眼，咖啡屋裡坐滿了全身濕淋淋、心情鬱悶的男士，空氣中瀰漫著濃濃的菸霧，侍者們一面忙著在壁爐裡加入煤塊驅散霧氣，一面幫男士們端來一壺壺熱騰騰的香料酒。

華特爵士走進咖啡屋時，發現史傳傑正在一本小簿子上振筆疾書，他朝著簿子點點頭說：「你該不會放棄魔法吧？」

史傳傑笑笑。

華特爵士將之視為「不」，心中頗感欣慰，他向來極力主張男人應該有個正當職業，更相信一份穩定有用的工作比什麼都能療傷，但他不太喜歡史傳傑的笑聲，史傳傑笑得生硬，帶點尖刻，他以前從沒聽史傳傑發出這種笑聲，「我以為你說……」

「噢，我說過很多事情！我腦子裡充滿各種奇怪的念頭，人一傷心，情緒跟著激動，難免一時失去理智，老實說，我這一陣子有點神魂顛倒，行為有點瘋狂，但你瞧，這些都已經過去了。」

但是老實說，華特爵士並不這麼認為。

史傳傑不只是變了，從某些方面而言，他和以前沒什麼不同，他依然面帶微笑（但笑容卻和以前大不相同），講話也像以前一樣帶點嘲諷敷衍（但卻給人一種根本不在乎自己說些什麼的感覺），他的神情和話語依然是朋友們記憶中的史傳傑，不同的是，這些似乎只是表象，其實他的心思根本不在此。他戴著嘲諷的面具微笑地面對眾人，但沒有人猜得透他想些什麼。他比以前更像個魔法師，朋友們滿腹疑問，卻沒有人知道從何問起，就某個層面而言，他越來越像諾瑞爾。

他左手無名指上戴著一個紀念死者的戒指，戒指中纏繞著一簇褐色髮絲，華特爵士注意到他說話時不停地撫弄、轉動戒指。

他們點了豐盛的晚餐，菜色包括甲魚、牛排、幼鵝肥油所調製的醬汁、幾隻鰻魚、肥美的生蠔和一小盤甜菜根沙拉。

「我很高興回到倫敦，」史傳傑說，「也打算大唱反調，我已讓諾瑞爾一意孤行太久了。」

「只要有人提到你的書，他就大感懊惱，他一直逼問大家知不知道你寫了些什麼。」

「噢，這本書才是開頭呢！我還需要好幾個月才能完稿。除了書之外，我們正計畫發行一份新的刊物，莫瑞希望儘快推出，刊物的內容當然非常精采，我們打算稱之為《魔法師隨從》，❶用它來推廣我對魔法的看法。」

「你的看法當然和諾瑞爾不一樣，對不對？」

「當然不一樣！我主張應該客觀、理性地檢視議題，而不該固守諾瑞爾所施加的限制和成見，我堅信重新檢視議題之後，一定會發現更多值得探究的領域。你想想，所謂的『重振英國魔法』有什麼大不了的？諾瑞爾和我究竟達成哪些成就？不過是些編織雲朵、雨水、煙霧之類的幻象，這些都簡單得不得了！至於讓死者復生或是說話，這種魔法的難度確實較高，但讓敵軍碰到大雨和壞天氣？這種呼風喚雨的魔法實在太容易了。嗯，我們還做了些什麼？噢，召喚影像，我倆若技藝純熟，說不定看得出一些端倪，但我跟他都做不到這一點。相較於黃金時代的魔法師，我們的作為不過是雕蟲小技，可笑至極！前輩們能夠說服橡樹和楓樹共同禦敵，採用花朵創造出妻子和僕人，把自己變成老鼠、狐狸、樹木、河流等等，還用蜘蛛網造船、玫瑰花叢造屋……」

「是、是！」華特爵士插嘴，「我了解你急著嘗試不同的魔法，雖然我不願承認，但我覺得諾瑞爾說的或許沒錯，這些魔法不見得全都適用於今日，比方說，變形術之類的魔法在過去相當吃得開，民間傳說將之形容得活靈活現，但是史傳傑，你該不會想嘗試變形術吧？變形絕非紳士的行徑，紳士自尊自重，哪會想變成其他人或其他東西？你就絕對不會想變成蛋糕師父或是一盞路燈……」

史傳傑大笑。

「你想想，」華特爵士說，「你若變成一隻狗或是一隻豬，豈不是更糟？」❷

「你故意挑一些特別糟糕的例子。」

「是嗎?那麼變成一隻獅子吧!你想當獅子嗎?」

「或許有此打算，或許毫無此意，但這都不是重點!我同意變形術之類的魔法必須審慎而行，但這並不表示這類魔法完全沒用，你若請問威靈頓公爵願不願意將探兵們變成狐狸或是老鼠，讓他們偷偷潛入法軍軍營，我跟你保證他一定欣然答應。」

「我不認為你能說服格雷上校變成一隻狐狸。」[3]

「啊!只要他還能穿著軍服，格雷才不在乎變成狐狸呢!我們必須把焦點轉回魔法的黃金年代，也該全力研讀約翰．厄司葛雷的生平和魔法，當我們……」

「這事絕對不可，你最好連想都不要想。」

「你說些什麼啊?」

「史傳傑，我是認真的，我不反對黃金年代的魔法，整體而言，我贊同你的說法，英國人應以古代的魔法史為榮，也該尊崇岡德布列斯、斯托克塞、帕爾等魔法師，他們若得知諾瑞爾蔑視他們的成就，必然感到不悅。但你可能落入另一個極端，你若過分推崇魔法君王，一定會讓內閣大為緊張，特別是現在我們隨時可能受到『約翰使徒』(Johannites)進犯。」

「『約翰使徒』?誰是『約翰使徒』?」

「什麼?老天爺啊，史傳傑!你最近都沒看報嗎?」

史傳傑看起來有點生氣，「我花了很多時間做研究，事實上，研究占據了我全副心神，更何況，你也知道過去這個月發生了什麼事，你不能怪我分心。」

「但我講的不是過去一個月，這群暴民在北方已經鬧了四年。」

「好、好，但他們到底是誰？」

「他們是一群半夜偷偷潛入磨坊搗毀工廠的工匠，他們焚毀廠主的房屋、掠奪商場，而且鼓動平民滋事。」❹

「啊，**那群破壞機器的傢伙啊**！沒錯、沒錯，我聽懂了，你剛才用那個古怪的名稱，把我弄糊塗了。但這群傢伙跟烏鴉王有何關聯？」

「這些人很多都是烏鴉王的臣民，最起碼自稱如此。他們每搗毀一座工廠，就在牆上漆上大烏鴉飛軍的號識，率眾滋事的頭目們據稱直接受命於約翰．厄司葛雷，他們還說厄司葛雷很快即將現身，在新堡重建他的王朝。」

「大臣們相信他們所言？」史傳傑驚訝地問。

「當然不信！我們才沒那麼荒謬呢！我們擔心的是實際面，總之，我們擔心會鬧革命。約翰．厄司葛雷的旗幟在北方四處飄揚，從諾丁罕到新堡到處都看得見，我們派了間諜和探子，隨時回報這些傢伙的舉動和想法。他們並非盡信約翰．厄司葛雷即將現身，事實上，他們大部分都跟你我一樣理智，但他們很清楚這個名號對平民的影響力。漢普郡的地方官羅利．費雪．卓克提議禁止豎立大烏鴉飛軍的旗幟，但我們不能禁止人民豎旗，特別是這個旗幟代表他們的君王。」❺華特爵士嘆了口氣，拿起叉子翻揀盤中的牛排，「其他國家也都傳說古代君王必要之時將再現身，」他說，「但只有英國將之納入憲法。」

史傳傑朝著華特爵士不耐煩地揮揮叉子，「這些都是政治把戲，跟我毫無關係。我無意鼓吹重建約翰．厄司葛雷王朝，我只想理智而客觀地研習他在魔法上的成就，如果連應該重振些什麼都不曉得，怎能談得上振興？」

「你不妨研究魔法的黃金年代吧，別碰約翰．厄司葛雷，你何不跟諾瑞爾一樣忘了他呢？」史傳傑搖搖頭，「諾瑞爾讓你對約翰．厄司葛雷產生成見，諾瑞爾已經蠱惑了每個人。」

他們沉默地進食，過了一會，史傳傑說，「我有沒有跟你提過，溫莎城堡中有一幅他的肖像？」

「誰的肖像？」

「厄司葛雷。城堡中一個大廳的牆上掛了一幅畫，好像出自某位義大利畫家之手，畫中愛德華三世和約翰．厄司葛雷並肩而坐，一位是英勇的仁君，一位是善戰的魔法君主，約翰．厄司葛雷離開英國距今已經將近四百年，英國人卻始終拿不定主意該恨他還是尊敬他。」

「唉！」華特爵士說，「他在北方民眾心目中的地位倒是無庸置疑，倘若可能，北方民眾一定二話不說就捨棄英王，投效於他的旗下。」❻

一個多禮拜之後，《魔法師隨從》正式上市，其中一篇文章相當聳動，所有雜誌在兩天之內全部售罄，出版商莫瑞非常開心，他即將發行史傳傑巨著《英國魔法之歷史與應用》的首卷，想必也會大為轟動。這篇令讀者大感興趣的文章描述如何讓死者復生，然後從死者口中套出有用的訊息，民眾讀了驚嚇萬分，卻又極感興趣，幾位年輕小姐甚至一聽到家裡有本《魔法師隨從》就嚇得昏了過去。❼大家無法想像諾瑞爾先生居然容許這種刊物出版，因此，討厭諾瑞爾先生的人更是格外高興地花錢購買。

在漢諾瓦廣場，拉塞爾先生為諾瑞爾先生大聲朗讀：「……魔法師的技藝與智識若有不足，那麼我奉勸諸位先生女士召喚前世曾是魔法師或是具有這方面才藝的精靈。換言之，我們若不確知該怎麼走，最好請教略有所知的前輩，由他們出面指點。當今所有魔法師都該這麼做，因為可悲的是，相較於前輩，時下這位所謂的『魔法天才』實在相去甚遠，無法提供指點。」

「他會毀了一切！」諾瑞爾氣得大叫，「他下定決心毀了我！」

「這話聽了確實讓人生氣，」拉塞爾相當冷靜，「他太太過世之後，他還在華特爵士面前發誓放棄魔法呢！」

「哼！就算我們全都壽終就寢，或是倫敦的居民死了一半，史傳傑依然不會放棄魔法，他控制不了自己的！他已迷上魔法，絕對停不了手，但他想施展的法術非常邪惡，我不知道如何阻止他！」

「諾瑞爾先生，請鎮定一點，」拉塞爾說，「我確信你很快就想得出辦法。」

「他的書什麼時候出版？」

「根據莫瑞刊登的廣告，第一卷將在八月上市。」

「第一卷！」

「沒錯，你不知道嗎？全書將分三卷，第一卷詳述英國魔法歷史，第二卷分析解說魔法，第三卷為未來的發展植基。」

諾瑞爾先生沉重地嘆一口氣，頹然地低下頭，把臉埋在手掌裡。

「我確信全書一定錯誤百出，」拉塞爾安慰說，「但更令我擔心的是那些雕版畫……」

「雕版畫？」諾瑞爾先生氣惱地大叫，「書裡有什麼雕版畫？」

「噢，」拉塞爾說，「史傳傑找到一個曾在義大利、法國和西班牙追隨名師習藝的外國人，他付了一大筆錢，請這人製作雕版畫。」

「但雕版畫的主題為何？畫些什麼？」

「天曉得是什麼？」拉塞爾打了個呵欠，「我完全不清楚。」說完就拿起《魔法師隨從》，繼續輕聲閱讀。

諾瑞爾坐了好一陣子，一面咬指甲一面深思，過了一會，他搖鈴召喚查德邁。

倫敦東郊有個叫做史比塔菲的小城，這裡出產的絲綢遠近馳名，放眼英國各地，沒有任何地方的絲綢比得上史比塔菲。絲商、織工大師以及染匠在城裡蓋了多棟豪宅，這些年來，史比塔菲所產製的絲綢雖然和過去一樣精美，但市容卻比以前差多了，城裡的房子髒亂而破舊，有錢的商人們已經遷居到伊斯林敦、克爾肯威爾，更富有的則搬到西邊的瑪莉彭，現今史比塔菲只剩下地位低下的窮人，四處都是擾亂治安的小男童、竊賊等人物。

在一個格外陰沉的早晨，淒冷的雨絲落在骯髒的街道上，在泥濘的地面上留下一灘灘積水。有部馬車來到史比塔菲，停在一棟狹長的高房子前面，車夫和隨從都戴喪，隨從跳下馬車，撐起一把大黑傘，然後一手舉著傘一手開門請強納森·史傳傑下車。

史傳傑在街上站了一會，一面拉拉手上的黑手套，一面打量眼前的街道，除了兩隻猛烈爭食剩菜的雜種狗之外，街上沒半個人影，但他依然不斷觀察，最後眼光停駐在對街一戶人家的門口。門口很普通，好像是一般通往庫房的入口，三階老舊的石階梯直通黑色的大門，大門氣勢雄偉，最上方突出一道裝飾用的三角形山牆。門面上貼滿了破舊的紙張和通告，通告中說某某先生已宣告破產，名下所有地產將於某日在某酒館拍賣。

「喬治，」史傳傑對撐傘的隨從說，「你會畫畫嗎？」

「對不起，先生，您說什麼？」

「有沒有人教過你畫畫？你知道繪畫的原理嗎？諸如前景、側景、透視等等？」

「畫畫？我？先生，不，我不會。」

「真可惜啊，繪畫是我研習的課目之一，我可以幫你畫一幅完美的風景畫或是人像素描送你，保證維妙維肖，但也極端無趣，任何受過良好教育的業餘人士都畫得出來。你們女主人生前也畫畫，雖然她沒有學習，但我認為她的天賦比我高，她以人物和孩子為主角的水彩畫，連時下的大師看了都大感震懾，大師或許認為線條太僵硬，色彩太強烈，但史傳傑太太非常善於捕捉人物的神韻，她能從最平凡的人物中找出迷人的風韻與神采，她的畫傳達了美感和活力，真是……」史傳傑忽然停下來，沉默了一會之後又說，「唉，我說些什麼啊？對了，繪畫能培養仔細觀察的習慣，令人受益無窮，比方說，你看看那個大門口……」

隨從跟著看看大門口。

「……今天又冷又暗，還下著雨，光線不足，所以沒有影子。一般而言，你若從門口走進去，裡面一定相當陰暗，也看不到影子，我的意思是說，影子由左向右延展，大門口的左邊肯定一片漆黑，即使今天陽光普照，我敢說影子一定落在相反的方向，不，那裡不可能出現影子，太奇怪、太不自然了。」

隨從求助地看看車夫，但車夫有意迴避，目不轉睛地瞪著遠方，「先生，沒錯。」隨從說。

史傳傑饒富興味地繼續打量大門口，過了一會，他忽然大喊：「查德邁！是你嗎？」

大門口沒有動靜，不久之後，有個黑影從史傳傑專心觀察的方向走出來，黑影像一張潮濕的床單被人從床上扯下來似地，緩緩自門口抽離，黑影漸漸縮小變形，最後變成一個人影，正是約翰．查德邁。

查德邁露出慣有的冷笑，「先生，我本來就覺得躲不了多久。」

史傳傑輕蔑地哼一聲，「我以為你上個禮拜就會出現，你上哪兒去了？」

「我主人昨天才派我來。」

「你主人還好嗎？」

「不好，先生，非常不好。他全身發冷，頭痛欲裂，而且四肢發抖，只要有人惹他生氣，他就變成這樣，這回惹他生氣的是您。」

「我聽了真開心。」

「對了，我一直想跟您說，有筆款子在漢諾瓦廣場等您來領取，財政部和海軍總部發下了一八一四年最後一季的費用。」

史傳傑驚訝地張大眼睛，「諾瑞爾真的打算讓我拿走我的那一份？我以為這筆錢要不回來了。」

查德邁笑笑，「諾瑞爾先生根本不知道這回事。我今晚把錢送過來，可以嗎？」

「當然可以，但我可能不在家，請把錢交給傑瑞米。查德邁，我倒想知道，諾瑞爾知道你隱身奔走四方，還把自己變成黑影嗎？」

「噢，這些年我東學一點、西學一點，我跟在諾瑞爾先生身邊二十六年了，除非愚笨到了極點，否則不可能什麼都沒學會。」

「沒錯，但我剛才問的不是這個。諾瑞爾知道嗎？」

「不，先生，他不知道。他有點懷疑，但寧願視而不見。一個一輩子埋首在書堆裡的魔法師，非得有人在外面幫他跑腿不可，他從銀盆水面中能看到的事情畢竟有限，這點您也很清楚。」

「嗯，好吧，你跟我來，我讓你瞧瞧你被派來觀察的東西。」

這棟房子乏人看管，幾乎像是遭到棄置，窗戶和牆壁非常骯髒，百葉窗全都拉起，史傳傑和查德邁站在路旁，隨從上前敲門，史傳傑撐著傘，查德邁則完全無視落在身上的雨滴。

屋內毫無動靜，過了一會，隨從探頭朝屋內張望，試圖跟裡面的人說話，史傳傑和查德邁看不見那人是誰，但不管對方是何許人，隨從顯然不太瞧得起他。隨從皺著眉頭，雙手擺在臀部，講話指指點點，一再顯示極度不耐煩。

不久之後，有個非常瘦小、骯髒、驚慌的小女僕出來開門，史傳傑、查德邁和隨從走進屋內，大夥邊走邊打量小女僕，在幾位高大、看起來像是大人物的男子注視下，這個可憐的小女孩嚇得魂不守舍。

史傳傑懶得報上姓名，反正小女僕也不曉得如何幫大家通報。他示意查德邁跟他走，一行人登上二樓，直接走進其中一個房間，房內煙霧裊裊，雖然點了多枝蠟燭，依然昏暗不明，雕版畫匠密蕊瓦先生和助手弗卡吉耶先生就在房裡。

密蕊瓦先生長得不高，身材中等，一頭烏黑的長髮閃亮而柔順，宛如一疋上等絲緞。他幾乎無時無刻地低頭檢視自己的作品，頭一低，長髮就掃過肩頭，蓋住半張臉。他的雙眼也非常特別：圓大、柔和、帶點褐色，彷彿帶點南法的血統。弗卡吉耶不如他的師傅英挺，臉頰瘦削，雙眼深陷，頭髮剃得很短，根根豎立在頭上，儘管瘦得幾乎皮包骨，但神態卻非常謙恭。

他們是來自法國的難民，但對史比塔菲的居民而言，不管是不是難民，只要是法國人就是敵人，密蕊瓦和弗卡吉耶先生到哪裡都被視為法國間諜，兩人也因而承受了各種不公平的待遇，比方說，史比塔菲的野孩子們，每逢假日最喜歡躲在暗處襲擊這兩個法國人，密蕊瓦和弗卡吉耶常被打得頭破血流，全身上下沾滿塵土。除此之外，鄰近的商家經常拒賣日常用品給他們，而且振振有詞，一點都不覺得愧疚。史傳傑曾幫兩人跟房東協商，也跟房東保證密惹瓦先生不是壞人；他還派傑瑞米到附近的小酒館跟當地人喝酒閒聊，閒聊中亦不忘告訴當地人，這兩位法國人是當今英國首席魔法師的朋友，「記住，」史傳傑指點傑瑞米，「他們若說諾瑞爾才是首席魔法師，你不必多加爭辯，但不妨跟他們說，我的脾氣壞，而且很照顧朋友，誰惹了我或我的朋友，肯定倒楣。」密惹瓦和弗卡吉耶很感激史傳傑的協助，但在這種充滿敵意的環境中，兩人最好的慰藉卻是白蘭地，而且從早到晚喝個不停。

他們成天窩在家裡，不管白天或黑夜，百葉窗總是緊閉，以免受到史比塔菲居民的惡意干擾。他們靠著燭光工作、生活，早已失去時間概念，他們以為現在是午夜，一看到史傳傑和查德邁竟然覺得有點奇怪。他們只有一個僕人，也就是那位瘦小、眼睛大大的小孤女，小女僕聽不懂他們講的話，也很怕他們，但這兩個凡事都不在乎、有點傲慢的法國人對她不錯，他們給她一個小房間，小房間裡還有她自己的羽毛床和床單，光是這一點，這棟陰沉的房子在她眼中簡直成了天堂。她的主要工作是購買食物、白蘭地和鴉片，兩位法國人留下白蘭地和鴉片，把大部分的食物給小女僕。法國人其實很愛漂亮，所以小女僕還幫他們挑水、燒熱水，讓他們洗澡刮臉。但他們卻不管家裡又髒又亂，其實這樣也好，因為小女僕處理家務的能力，就像她對古希伯來語的了解一樣，兩者皆不及格。

地毯上沾滿了墨水，到處都是厚厚的紙張，幾個褐色的盤子上擺著臭氣沖天的起司，水桶內裝著畫筆、一些煤塊和一截芹菜，芹菜擺了太久，跟煤塊又靠得太近，幾乎變得難以辨識。骯髒漆黑的牆上貼滿了素描和鐫刻，其中一張史傳傑的素描格外神采奕奕。

屋後有個骯髒的小院子，院中有棵蘋果樹，蘋果樹以前生長在鄉間，但倫敦市區不斷擴充，周圍清翠的田野早已消失殆盡，不知道什麼時候，有人勤快地摘下所有蘋果，把它們排在窗沿，大概擺了好幾年吧，蘋果先是發黃，然後腫脹腐爛，最後只剩下無法辨識的遺跡。屋子裡瀰漫著一股特殊的氣味，墨水、紙張、煤塊、白蘭地、鴉片、爛蘋果、蠟燭、咖啡的味道混雜在一起，還加上兩名男子散發出的特別氣味，他們兩人不但成天在狹窄的房裡工作，而且從來不開窗。

事實上，密惹瓦和弗卡吉耶經常忘了世上還有史比塔菲、法國等地的存在，他們只知道工作，只為史傳傑書中的插畫而活，而這幾幅雕版畫也確實相當特殊。

畫中出現數道陰影重重、狹窄深長的長廊，牆上的黑洞顯示還有其他走道，給人一種置身迷宮的感覺；有些畫中出現寬闊的石階，階梯直通黑暗的地下運河，地面上的小徑寂靜而荒涼，四周是一片陰暗的荒原。看畫的人似乎從高處遠眺，小徑盡頭有個黑影，影子非常小，僅是蒼白大地的一個小黑點，而且離得太遠，看不出是個男子、女子或是小孩，說不定根本不是凡人，但在人煙罕至的荒原出現這麼一個身影，更令人感到不安。

另外一幅畫中有座孤橋，橋身沿著一片遼闊的雲霧伸展，似乎懸吊在空中；橋身和長廊、運河一樣是巨石所砌，但橋的兩邊有些狹小的階梯，緊攀著結實的橋身。階梯本身看起來很脆弱，砌製的手藝遠不及石橋，但梯道為數眾多，個個飄浮在雲間，誰也不知道它們通往何處。

史傳傑彎下腰仔細端詳，專注的程度不下於密惹瓦，還不時提出問題和批評，史傳傑和兩位畫匠以法文溝通，他很驚訝地發現查德邁完全聽得懂，甚至能用法文請教密惹瓦一、兩個問題。可惜的是，查德邁的法文帶著濃重的約克郡口音，密惹瓦聽不懂，而且偷偷詢問史傳傑，查德邁是不是荷蘭人。

「沒錯，」史傳傑對查德邁說，「他們的畫風極具羅馬風格，看起來太像帕拉底歐（Andrea

Palladio）或是皮拉奈奇（Battista Piranesi）的作品，但這就是他們所受的訓練，想改也沒辦法。你知道的，一個人永遠擺脫不了過去所受的訓練，身為一個魔法師，我永遠成不了單純的史傳傑，最起碼不像我希望的那麼純粹，我已經受到太多諾瑞爾的影響。」

「這就是你在烏鴉王之路所看到的景象？」查德邁問。

「是的。」

「那座橋通往哪裡呢？」

史傳傑嘲諷地看著查德邁，「我不知道，大魔法師，你說呢？」

查德邁聳聳肩，「我想是通往精靈王國吧。」

「或許吧。但我近來認為所謂的『精靈王國』可能包含很多個國家，其中一個說不定叫做『他方』，看起來也是名副其實。」

「這些地方有多遠？」

「不遠，我從科芬園出發，一個半小時之內就走完全境。」

「這種魔法很難嗎？」

「不、不太難。」

「你能告訴我怎麼做嗎？」

「樂意之至。首先，你需要『揭露咒語』，我用的是唐卡斯特的版本，你還得施展『分解咒語』讓鏡面溶解，我讀過的書裡提到千百種『分解咒語』，但我認為它們全都沒用，只好自己寫一個，如果你要的話，我可以寫給你。除了這兩個咒語之外，你還需要一個找路的咒語，這點非常重要，不然你可能回不來。」史傳傑停下來看看查德邁，「你了解嗎？」

「完全了解，先生。」

「好。」史傳傑停頓了一會。「查德邁，你何不即刻離開諾瑞爾，加入我的陣營呢？我不管誰是主僕，你就當我的學生暨助手吧。」

查德邁笑笑，「先生，多謝您的好意，但諾瑞爾先生和我尚待了結，還不到離開的時候。更何況我覺得自己絕對是個壞學生，甚至比您更糟。」

史傳傑微笑地想了一會，「說得好。」他終於開口，「但我不相信你真心支持諾瑞爾。英國只能有一位魔法師！只容許一種魔法觀點！你當然不同意吧？你和我一樣剛愎、執拗，為什麼不加入我的陣營，跟我一起唱反調呢？」

「但我若投效您，先生，豈不是非得同意您的看法不可？我不知道你和諾瑞爾最後孰勝孰負，我用塔羅牌算了好多次，結果總是搖擺不定。未來太過複雜，連塔羅牌都算不清，我也不知道該問哪些問題。先生，我們就這麼說吧，我跟您保證，如果您輸，諾瑞爾勝了，我一定離開諾瑞爾，繼續宣揚您的主張，我會全力唱反調，提出各種讓他生氣的論調，這樣一來，英國依然存有兩位魔法師和兩種魔法觀點；但如果他輸您勝了，我也會採取同樣行徑，跟您大唱反調，這樣可以嗎？」

史傳傑笑笑，「可以，我聽了就放心了。請代我向諾瑞爾致意吧，我希望我的答案令他滿意，如果他還想知道什麼，我明天下午四點左右會在家，你可以過來找我。」

「先生，謝謝，您一直相當坦白率直。」

「我何必隱瞞？喜歡藏私保密的是諾瑞爾，而不是我。先前跟你說的那番話，我已經寫進書裡，再過一個月左右，全國男女老幼都讀得到，大家也可以自由發表觀感，說真的，我認為諾瑞爾絕對無法阻止。」

❶ 原文「Famulus」是拉丁文，意思是「隨從」或是「助手」，特指魔法師的助手。

❷ 華特爵士提出了大家關切的一點，變形術通常引人猜疑，黃金年代的魔法師經常藉用這種魔法優游於精靈王國或英國之外的其他國度，但他們也深知變形術容易遭到濫用，比方說，一二三二年，倫敦有位名叫西西莉的貴婦人看到一隻小貓輕刮她的臥室房門，小貓毛色褐黃，非常漂亮，於是她收容了小貓，將之取名為「勞弗戴爵士」。西西莉親手餵食小貓，小貓甚至睡在她床上，更罕見的是，小貓成天跟著西西莉，連她上教堂時，小貓也蜷臥在她裙邊打盹。後來有位叫做華特·齊皮的魔法師在街上看到西西莉和小貓，心中馬上起疑，他上前跟西西莉說：「夫人，那隻跟在你身邊的小東西，在我看來，只怕根本不是貓。」西西莉立刻派人請來另外兩位魔法師，連同華特一同對著小貓念咒，結果「勞弗戴爵士」馬上變回原形：原來這人是個名叫喬瑟令·司密頓的蹩腳魔法師，不久之後，喬瑟令被送上倫敦的五龍法庭，受到砍斷右手的懲治。

❸ 先前曾提過，格雷上校非常喜歡軍服，甚至因此洩漏身分，一八一二年間遭到法軍逮捕。

❹ 英國北方的平民自認這些年來吃了很多苦，事實也是如此，英法戰爭造成民生疾苦，失業率使生活更加困難，等到戰爭好不容易告一段落，新機器突然登場，機器降低製造成本，奪走工作機會，嚴重威脅民眾的福祉，難怪有些平民動手毀壞機器，藉此保護生計。

❺ 由此足見倫敦和北英國之間的微妙關係，倫敦政府代表英王，但英王只統馭英國南部，從法律的觀點而言，英王只是暫時統治北英國，直到約翰·厄司葛雷決定回返為止。

❻ 在這種情況下，民間當然出現過數位冒牌的約翰·厄司葛雷，企圖奪回北英國，其中最出名的叫做傑克·菲拉歐。一四八七年，菲拉歐在杜倫大教堂加冕為王，支持者包括一群北方貴族以及一些留守在新堡的精靈。菲拉歐長相英挺，心地善良，他只懂得一點魔法，但他一露面，支持他的精靈就施展法術，然後將成果歸功於他。菲拉歐的父母是街頭賣藝的魔法師，他年幼時，有一天海克漢伯爵在市集中看到他，伯爵覺得他長得很像大家所描述的約翰·厄司葛雷，所以付了七先令買下他，菲拉歐自此再也沒見過雙親。海克漢把他藏在英國北方，把他訓練成君王，一四八六年，海克漢將菲拉歐呈現在大家面前，菲拉歐隨即登上王座，但統馭的時間卻不長，主要在於

太多人知道他是冒牌貨。菲拉歐和海克漢很快就起衝突，一四九〇年，菲拉歐派人謀殺海克漢，海克漢的四個兒子隨即與南英王亨利七世連手攻擊菲拉歐，在一四九三年的沃克薩戰役中，菲拉歐戰敗，被關進倫敦塔，一四九九年遭到處決。

另外兩位冒牌貨皮爾·布萊克摩和戴維·薩紹遜的成就也不過爾爾，後者的真正身分始終成謎，大家只稱他為「夏王」，一五三六年五月，亨利八世下令解散修道院，不久之後，「夏王」在桑德蘭附近現身，有些人認為他可能是「泉水」、「里沃」，或是「賀菲尤」等北方三大修道院的修士。夏王有別於菲拉歐及布萊克摩，他沒有得到北方貴族的支持，也無意爭取貴族們的認可，他的支持來自民間，從某些方面而言，他的崛起不靠魔法，而是帶點神祕色彩。他幫人治病，同時教導民眾尊重大自然和野生動物，這種哲學似乎比較符合十二世紀魔法師湯瑪斯·岡德布列斯的訓示，約翰·厄司葛雷則從未提過這套主張。夏王的追隨者不打算攻占新堡，事實上，他們無意攻占任何地方，一五三六年夏天，他們在北方四處遊蕩，所到之處都得到群眾支持，九月間，亨利八世派兵鎮壓，他們不是打仗的料，大部分的人逃回自己家鄉，但有些人留下來為夏王而戰，結果在潘德法慘遭屠殺，夏王可能是死者之一，也可能僅是消失無蹤。

❼ 我們覺得求教於已經辭世的魔法師相當聳動，事實上，在魔法史中，這卻是個行之有年的慣例。馬汀·帕爾宣稱受教於威徹斯特的凱薩琳，凱薩琳師承約翰·厄司葛雷，早在帕爾出生前兩百年就過世了。厄司葛雷據說曾與大巫師梅林、安鐸女巫、摩西與亞倫、亞利馬太的約瑟等知名的古代魔法師對話。

49 野性與瘋狂

一八一六年三月

探訪雕版畫匠幾天之後，史傳傑邀請華特爵士和波提斯黑勛爵共進晚餐，這兩位紳士多次與史傳傑在不同場合吃飯，但今晚是史傳傑太太去世之後，他們頭一次踏進史傳傑在蘇活廣場的宅邸，家裡大不如前，看了令人難過。史傳傑似乎恢復以前單身時的習慣，桌椅幾乎被埋在一疊疊紙張之下，寫了一半的草稿散置在各個角落，他甚至信手在小客廳的壁紙上記筆記。

華特爵士動手把一疊書從椅子上搬開。

「不、不！」史傳傑大叫，「別動那些書！它們有特別的順序。」

「但你叫我坐哪裡呢？」華特爵士困惑地問。

史傳傑輕輕嘆了一口氣，似乎覺得這個請求非常沒有道理，但他還是把書移開，中途一度停下來翻閱手上的書，讀了兩遍、把重點寫在壁紙上，過了一會才將注意力再度轉回客人們身上。

「勛爵，真高興見到你，」他跟波提斯黑說，「我最近一直跟每個人打聽諾瑞爾，我想他也一樣急著跟大家打聽我，我希望你能告訴我一些消息。」

「我以為我已經跟你說了。」華特爵士無可奈何地說。

「沒錯、沒錯，你跟我說諾瑞爾去了哪些地方、跟哪些人說話，以及大臣們對他的觀感，但我想知道的魔法，而你對魔法的了解……」

「……幾乎填不滿一小塊壁紙？」華特爵士接口。

「沒錯。來，勛爵，請告訴我，諾瑞爾先生最近忙些什麼？」

「嗯，」波提斯黑勛爵說，「利物浦勛爵請他施法防止拿破崙再度逃脫，噢，他最近正在研讀《光明與黑暗帝國論叢》，而且已研究出一些心得。」

「什麼心得？」史傳傑謹慎地詢問，「他有些新發現嗎？」❶

「他閱讀克拉姆版本的第七十二頁之後，發現了『召喚死者咒語』的新用途，我不太清楚怎麼回事，❷諾瑞爾先生似乎認為可以運用相同原則為人類和動物治病，也就是說，把疾病視作魔鬼，將它從人體內召喚出來。」

「噢，你說的是這個啊！」史傳傑鬆了一口氣，「是、是，我知道你的意思，我去年六月就想到這一點，諾瑞爾現在才看出來，是嗎？太好了！」

「你離開之後，他沒有再招收學生，很多人覺得很奇怪，」波提斯黑勛爵繼續說，「據我所知，他收到多封申請函，但他一封都沒看，事實上，我相信他沒跟任何一位表達意願的年輕人說過話，也沒有回他們的信，他的標準非常嚴謹，沒有人比得上你。」

史傳傑笑笑，「這完全在我料想之中，他已經受不了另一位魔法師的存在，如果再出現第三位，他怎麼活得下去？再過不久，我必能凌駕於他之上，兩方勢力很快就會分出上下，諾瑞爾學派將只有他一人，史傳傑學派旗下將有幾十個魔法師，最起碼，我會盡力培育。諾瑞爾命令查德邁阻止眾人研習魔法，我則打算指派給傑瑞米相反的任務，他將各處探訪，找出那些在諾瑞爾和查德邁脅迫之下放棄研習魔法的人，力勸他們重拾魔法。我已經跟幾個年輕人談過了，其中兩、三位相當有潛力，查地力勛爵的二公子亨利．蒲爾法念了很多四流的魔法相關書籍和五流的魔法師傳記，他的談話不免有點瑣碎，但可憐的傢伙，你實在不能怪他。除此之外，威靈頓公爵的侍從官威廉．哈得力—布萊，以及一個叫做湯姆．李維的也頗有潛力，李維這個人有點奇怪，目前在諾里奇教跳舞。」

「教跳舞？」華特爵士皺眉頭說，「我們應該鼓勵這種人研習魔法嗎？難道魔法不是專屬於紳士的範疇嗎？」

「我覺得未嘗不可，更何況我最欣賞李維。這些年來，我碰到不少想學習魔法的人，他是第一個將魔法視為樂趣的人，這三個人之中，也只有他學會了使用魔法，他讓那邊的窗架長出樹枝和葉子，你們看了八成覺得很奇怪吧？」

「說真的，」華特爵士說，「這個房間裡有太多奇怪的東西，我根本沒注意到窗架。」

「李維當然不想把窗架弄成這副德行，」史傳傑說，「但他施展了魔法之後，卻變不回原狀，我也沒辦法，我想我得叫傑瑞米找個木匠來修理。」

「我很高興你找到多位志同道合的年輕人，」華特爵士說。「這對英國魔法大有幫助。」

「我手邊還有好幾封幾位年輕女士的申請函。」史傳傑說。

「年輕女士！」波提斯黑勛爵驚呼。

「沒錯！誰規定女子不能研習魔法？這不過是諾瑞爾的謬論之一。」

「嗯，這些可是來勢洶洶。」華特爵士說。

「哪些來勢洶洶？」

「諾瑞爾的謬論。」

「這話是什麼意思？」

「沒什麼、沒什麼，你別生氣，但我注意到你也尚未招收女弟子。」

史傳傑嘆了一口氣，「這純粹是基於現實考量，魔法師必須花很多時間和弟子們研讀討論，如果亞蕊貝拉還在世，我相信我八成會招收女弟子，但現在我卻必須考慮這些年輕女孩們有沒有伴護等瑣碎的問題，我目前沒有耐性管這些瑣事，我的研究最重要。」

「史傳傑先生，你打算為我們展示哪一種新法術？」波提斯黑勛爵急切地問道。

「啊！我真高興你問及此事！我最近不停思考，我們若想承續振興英國魔法的大業，或是脫離吉伯特．諾瑞爾所掌控的單一途徑，非得必須學習新法術不可，但這點相當不容易，或許我應該踏上烏鴉王之路，拜訪一些經常使用魔法的國家，對他們而言，魔法是家常便飯，一點都不稀奇。」

「老天爺啊！」華特爵士大喊，「你又來了！你瘋了嗎？我們不是已經達成共識：烏鴉王之路太危險，不值得……」

「沒錯、沒錯，我很清楚你的看法，你老早就跟我講過了，但你讓我把話說完！我只是說『或許』，我不會探訪烏鴉王之路，我已經答應我的……我已對亞蕊貝拉許下承諾。」❸

接下來眾人一片沉默，史傳傑嘆了一口氣，神情更形黯淡，顯然想到某人或是其他某件事。

華特爵士輕聲說，「我向來非常尊重史傳傑太太的判斷，你遵循她的指示肯定沒錯，史傳傑，我了解你想嘗試新的魔法，任何學者都有這種衝動，但從書本中學習不是比較安全嗎？」

「但我沒有任何書本！」史傳傑大嘆，「老天爺啊！我對天發誓，如果大臣們立法規定諾瑞爾非得開放他的圖書館不可，我一定像個老小姐一樣成天乖乖待在家裡，但大臣們不會讓我如願，我只能盡量自己想辦法。」

「你有何打算？」波提斯黑勛爵問。

「召喚精靈，」史傳傑興奮地說，「我已經試了好幾次。」

「諾瑞爾先生不是說召喚精靈非常危險嗎？」華特爵士說。

「諾瑞爾先生覺得所有事情都充滿危險。」史傳傑有點不高興地說。

「這倒沒錯。」華特爵士說。況且召喚精靈向來是英國魔法的慣例，黃金年代的魔法師都做過，其後的魔法師們也希望辦得到。

「先生，你認為可行嗎？」波提斯黑勛爵問，「大部分的學者都同意精靈已經很少涉足英國。」

「沒錯，一般確實認為如此。」史傳傑說，「但一八一四年十一月，也就是諾瑞爾和我分道揚鑣一、兩個月之前，我非常確定自己碰見了一個精靈。」

「真的嗎？」波提斯黑勛爵非常訝異。

「你從未跟我提過此事。」華特爵士說。

「我那時說不出口，」史傳傑說，「身為諾瑞爾的弟子，我連提都不能提，他聽不得任何人提到精靈，即使半點風聲也讓他氣得發狂。」

「史傳傑先生，他長得什麼模樣？」波提斯黑勛爵問。

「你是說精靈嗎？我不曉得，我沒有親眼看到他，而只是聽到聲音，他彈奏某種樂器，我覺得在場還有另一個人，這人看得到、也聽得到精靈。你們想想，這號人物能帶來多少好處！不管古今，沒有一位魔法師比得上精靈，精靈是魔法師學習的來源，他們天生就會魔法，從他們身上，我們什麼都學得到！至於壞處嘛，目前為止我只知道一個，卻也解決不了。我已經試了幾十個咒語，用盡各種我聽過或讀過的法術，卻始終沒辦法召喚到精靈，我實在想不通諾瑞爾為什麼花大把精神阻止一件沒人辦得到的事。勛爵大人，我想你不曉得任何召喚精靈的咒語吧？」

「我曉得好多個，」波提斯黑勛爵說，「但我確定你都試過了，史傳傑先生，我們都期望你幫大家找出這些失傳的片段。」

「唉！」史傳傑嘆氣說，「有時候我覺得什麼都沒有失傳，我們該知道的片段都在賀菲尤莊園的圖書館裡。」

「你說還有一個人看得到也聽得到那個精靈？」華特爵士說。

「是的。」

「這人不是諾瑞爾吧？」

「當然不是。」

「好，這人說了什麼？」

「嗯……他有點困惑，他覺得自己看到了天使，但就他的精神狀況而言，他這麼想其實不足為奇，對不起，這事我必須保密，不能再多說。」

「好、好，但你這位同伴為什麼看到了精靈？」

「我知道為什麼，他有一點非常特殊之處，所以看得到精靈。」

「你能不能善加仿效呢？」

史傳傑思考了一會，「嗯，我不知道如何仿效，畢竟這種機會相當渺茫，就跟一個人一隻眼睛是藍色，另一隻眼睛是褐色一樣。」他沉思了一會，「但話說回來，或許不是全無可能。你說得沒錯，說不定我可以想辦法仿效。你想想那些黃金年代的魔法師，他們其中有些人幾乎跟精靈一樣瘋狂不羈！羅夫．斯托克塞和他的精靈僕人酷藍湯姆不就是如此嗎？斯托克塞年輕時，行為舉止跟酷藍湯姆簡直一模一樣。說不定我太過保守、太過循規蹈矩！但一個人怎麼讓自己發狂？我每天在街上看到瘋子，卻從來沒想過他們為什麼喪失心智，說不定我該到荒涼的原野和寂寥的海岸邊走走，至少在小說和戲劇裡，這類場所最會讓人發狂，說不定英國這些荒蕪之地也會令我發狂。」

史傳傑起身走向窗邊，彷彿希望從這裡看看英國有哪些荒蕪之地，但窗外的蘇活廣場籠罩在綿密的雨絲之中，跟平常時候沒什麼兩樣。「波爾，你給了我一些靈感。」

「我？」華特爵士驚呼，他一想到自己這番話可能導致的後果，心中頓時感到不安，「我話中絕無此意！」

「史傳傑先生，」行事溫和的波提斯黑勛爵試圖勸說，「你不可能這麼想吧！像你這麼一位飽學之士，怎麼可能變成一個……一個四處晃蕩的瘋漢？先生，這個想法太嚇人了！」

史傳傑扠起雙臂，又看了窗外的蘇活廣場一眼，「嗯，最起碼今天不打算出去。」說完就自嘲地一笑，看起來幾乎又像是往昔的他，「我會等等，」他說，「等到雨停了再說。」❹

---

❶魔法學者對帕爾博士的見解特別感興趣，在英國魔法史中，帕爾博士占有相當特殊的地位，直到史傳傑和諾瑞爾出現之前，他是唯一值得一提的實用魔法師，也只有他把法術記錄下來供其他人研讀，因此，他的著作廣受重視。

❷數世紀以來，大家都對這段敘述感到好奇，波爾認為死神跟人一樣，可以被魔法叫出來審問，現代人卻不相信這

種說法，因此，眾人向來認為這段敘述缺乏實際用途。

❸ 我們經常枉顧朋友和家人的規勸，但若不幸失去心愛的人，那就另當別論了！在這種情況下，愛人的規勸就成了一種不可毀抗的誓約。

❹ 即使是統馭三個王國、引領全英國魔法師的約翰·厄司葛雷，有時也不免踏上神祕的旅程，甚至失蹤好一陣子。一二四一年，他離開他在新堡的宅邸，原因為何，只有魔法師能夠理解。他對隨從說，大家過了一天就會看到他躺在火爐前的長椅上。

隔天早上，隨從和家裡每個人到火爐前尋找大王，但厄司葛雷卻不在那裡，大家日夜尋覓，厄司葛雷卻始終沒有出現。

威廉·蘭徹斯特伯爵暫代王職，但很多事情都得等到大王「回來之後」才能決定。日子一天天過去，很多人開始懷疑厄司葛雷根本不會回來，但大王離開了一年又一天之後，大家果然發現他躺在火爐前的長椅上睡覺。

厄司葛雷似乎不覺得有什麼奇怪，也沒有告訴任何人他去了哪裡。大家不敢問他是否發生了什麼可怕的事，或是他是否本來就打算離開一陣子。蘭徹斯特伯爵把隨從叫來，請他重複一次厄司葛雷說的話，大王當初或許說「過了一年又一天」吧？

或許吧，隨從說。大王講話通常很小聲，很可能是他聽錯了。

50 英國魔法之歷史與應用

一八一六年四月至九月末

史傳傑跟朋友們保證，他不打算放棄舒適的宅邸、豐厚的收入和眾多僕人，冒著風雨跑到荒郊野外當個吉普賽人，大夥聽了雖然相當高興，但他近來所嘗試的魔法，依然讓其中幾位非常不安。朋友們擔心沒有人管得住他，他打算實驗各式各樣的法術，基於對亞蕊貝拉的承諾，他目前不會踏上烏鴉王之路，但不管華特爵士怎麼勸說，他依然不停提到約翰·厄司葛雷和精靈僕人。

到了四月底，史傳傑的三個新弟子亨利·蒲爾法、威廉·哈得力—布萊和舞蹈名師湯姆·李維搬到了蘇活廣場附近，而且每天到史傳傑家裡上課。指導學生之餘，史傳傑忙著寫書，同時施展魔法為英軍和東印度公司服務，利物浦商團和布里斯托商會也來信請他幫忙。

政府依然求助於史傳傑，或者說，居然還有機關單位請史傳傑協助，諾瑞爾先生知道之後非常生氣，特地跑去跟首相利物浦勛爵抱怨。

利物浦勛爵卻無動於衷，「諾瑞爾先生，將軍們想做什麼，就做什麼，你也知道政府向來不干涉軍方的決定。❶ 況且軍方和史傳傑先生已經合作多年，不可能僅因你和他失和，所以不再聘用他。至於東印度公司，我聽說他們先找你幫忙，你卻加以婉拒。」

諾瑞爾先生急速地眨動一雙小眼睛，「我花很多時間幫政府及勛爵閣下工作，實在沒空顧及私人企業。」

「諾瑞爾先生，請相信我，我們非常感激你的協助，但容我提醒你，東印度公司為國家聚積了許多財富，而且亟須魔法師之助，他們的船艦飽受天候和暴風雨之擾，除此之外，東印度公司管轄的幅員廣大，不斷受到印度叛軍和歹徒襲擊，史傳傑先生已經掌控了開普敦和印度洋的天候，同時研擬出如何運用魔法控制叛亂叢生的區域。東印度公司的主管們非常看重史傳傑先生在西班牙半島的經驗，這也顯示英國需要更多魔法師。諾瑞爾先生，雖然你工作得非常努力，但你的確分身乏術，我們也不希望你過於勞累，我聽說史傳傑先生招收了幾名弟子，你若也有意招收門徒，我絕對樂見其成。」

儘管得到利物浦勛爵的稱許，亨利、威廉和湯姆三位弟子卻和六年前史傳傑一樣進展緩慢，唯一不同的是，史傳傑當年必須應付諾瑞爾的藏私，這三個年輕人現在則經常受挫於史傳傑的沮喪和焦躁。

到了一月初，《英國魔法之歷史與應用》的首卷已大功告成，史傳傑把手稿交給莫瑞，隔天，他告訴三位弟子，他決定出國旅遊，課程將暫緩一陣子，眾人聽了一點都不訝異。

「我認為這個主意好極了！」史傳傑一告訴華特爵士，華特爵士立刻表示贊同，「你正需要換個環境，到其他地方散散心，太好了，趕快動身吧！」

「你不覺得太快了嗎？」史傳傑擔心地說，「我一走，整個倫敦就成了諾瑞爾的天下。」

「你覺得大家會如此健忘嗎？好吧，我保證讓大家不會忘了你，更何況你的書即將上市，大家讀了更會想到你。」

「沒錯，我的書確實即將出版，諾瑞爾得花好幾個月駁斥全書四十六章，他還沒講完我就回來了。」

「你打算去哪裡？」

「義大利吧，我一直很喜歡南歐的幾個國家，我在西班牙的時候，覺得當地的鄉間景致相當吸引人，只不過當時四處都是士兵和炮火，若非戰時，當地的風景一定更優美。」

「請你偶爾捎封信，描述一下所見所聞，好嗎？」

「噢，我一定會寫信給你，出外旅遊的人怎麼可能不寫信跟朋友發發牢騷？你等著我跟你仔細描述每件事情吧。」

說著說著，史傳傑又跟最近一樣忽然消沉了下來，他一改輕鬆、自嘲的口吻，皺眉盯著煤桶，「你可不可以……」他終於開口，「嗯，我想請你……」他輕輕地嘆了一口氣，彷彿對自己的猶豫感到不耐，「你能幫我跟波爾夫人致意嗎？亞蕊貝拉生前非常欣賞夫人，我若沒跟波爾夫人告辭就離開英國，亞蕊貝拉一定會不高興。」

「當然，你要我跟她說什麼？」

「啊，就說我衷心希望她早日康復，你打算怎麼講，我都沒意見，但請務必告訴她，亞蕊貝拉的先生跟她致意。我希望讓夫人知道，她好友的先生沒有忘了她。」

「謝謝你的好意，」華特爵士說，「謝謝。」

史傳傑原本希望華特爵士會邀他當面跟波爾夫人問好，但華特爵士卻沒有任何表示，大家甚至不確定夫人是否仍住在哈雷街的寓所，倫敦社交界盛傳華特爵士已經把她送到鄉間。

想出國的不只史傳傑，英國忽然掀起一股出國熱。英國過去長久與拿破崙交戰，民眾只能在英倫三島旅遊，大夥被迫到蘇格蘭高地、國內幾個湖泊，或是英格蘭中部的德比郡尋幽探勝，早就悶得發慌。現在戰爭已經結束，民眾可以到歐陸旅遊，享受截然不同的山海景觀，還可以親眼觀賞那些只在書裡看過的名畫。有些人想到歐陸看看生活費用是否比較便宜，有些人因為債務或醜聞而逃到歐陸，有些人則跟史傳傑一樣，希望在歐陸找到在英國感受不到的安寧。

布魯塞爾
一八一六年六月十二日
強納森．史傳傑致函約翰．賽剛督

據我所知，我大概比拜倫勛爵晚到了一個月。❷我所停留的每個小鎮裡，旅館老闆、車夫、地方官員、市民、酒館的小弟，以及形形色色的女士們雖然和勛爵大人僅有一面之緣，但大家都被他迷得神魂顛倒。同行的朋友們有時隨口透露我就是那位厲害的英國魔法師，但大家顯然不在乎我是誰，眼裡只有詩聖拜倫。我們所到之處，大家都認為我是一位安靜、循規蹈矩、從不給人惹麻煩的英國紳士，我跟你保證，我從未享有這種聲譽……

那年的夏天相當奇怪，或者說，那年根本沒有夏天，最起碼到了八月，天氣依然非常冷，天空很少放晴，幾乎每天烏雲密布，強烈寒流掃過各個鄉鎮，農作物隨之枯萎，歐洲各地下起暴雨和冰雹，還不時雷電交加。從許多方面而言，這種天氣比冬天更糟，最起碼冬天的夜晚較長，漫漫長夜中，大家可以暫時忘卻這些惱人的狀況。

倫敦幾成空城，議會休會，大臣們到鄉間的寓所度假，至少鄉間的雨天比較不會令人沮喪。出版商莫瑞留在倫敦，平時詩人、書評人、評論家，以及形形色色的文壇人士經常在他家聚會，家中總是高朋滿座，但現在這些文壇人物全都到鄉間度假。雨絲敲打著窗緣，壁爐中傳來風聲，莫瑞先生加了幾塊煤，坐在桌前閱讀今天的信件，他把每封信拿起來放到左眼前細讀，他的右眼已經瞎了，看不到字。

今天剛好有兩封來自瑞士日內瓦的信，第一封是拜倫勳爵寫信抱怨強納森・史傳傑，第二封則是史傳傑來函抱怨拜倫，這兩位男士在莫瑞先生家裡碰過幾次面，但最近才比較熟絡，史傳傑兩星期前到日內瓦拜訪拜倫，兩人顯然不歡而散。

亞蕊貝拉過世之後，史傳傑更加尊崇一夫一妻的婚姻盟約，對拜倫的生活方式頗不以為然：「我造訪勳爵在湖邊的優美別墅，別墅裡有位叫做雪萊的詩人、雪萊夫人和一位女士，這位女士自稱是克萊蒙太太，其實像個年輕女孩，我不清楚她和這兩名男士的關係，你若曉得，請別告訴我。除了這些人之外，我還碰見一個成天廢話連篇的年輕人波利多里先生。」

拜倫勳爵則挑剔史傳傑的穿著，「他一身喪服，史傳傑夫人去年聖誕節才過世，對不對？但他說不定認為穿上黑衣服看起來較具神祕感、比較像個魔法師。」

兩人一見面就對彼此觀感不佳，談起政治更是不對味，史傳傑寫道：「不知道為什麼，我們忽然聊到滑鐵盧之役，我是威靈頓公爵的魔法師，勳爵等人卻憎惡威靈頓，推崇拿破崙，雙方當然越聊越不開心。克萊蒙太太雖然才十八歲，卻非常傲慢，她甚至說這麼一個偉人戰敗殞落，我難辭其咎，難道不會感到羞愧？我回答說不。」

拜倫寫道：「他和威靈頓公爵同夥，親愛的莫瑞先生，我希望他的書比他本人有趣，不然你肯定虧本。」

史傳傑在信尾說：「他們把魔法師看成怪人，居然請我說些吸血鬼的故事。」

莫瑞先生看到旗下的兩位作者針鋒相對，覺得有點遺憾，但他轉念一想，這兩位男士本來以好辯聞名：史傳傑的對手是諾瑞爾，拜倫則跟什麼人都吵得起來。❸

讀完信件之後，莫瑞先生起身到樓下的書店視察，他印了很多本史傳傑的著作，急著想知道賣得好不好。書店店主叫做薛克頓，一看就知道是個書商，薛克頓先生絕對沒辦法經營其他商店，尤其不可能當個必須比顧客精明的成衣商或女帽商，但他卻是經營書店的最佳人選。你看不出他多大年紀，人長得瘦瘦的，全身上下都是灰塵和墨漬，看來相當飽學，有點心不在焉，鼻梁上架著眼鏡，耳際夾了一枝鵝毛筆，假髮歪斜到一旁。

「薛克頓，我們今天賣了幾本史傳傑的書？」莫瑞先生詢問。

「我想應該有六、七十本。」

「太好了！」莫瑞先生說。

薛克頓皺皺眉頭、推推鼻梁上的眼鏡，「唉，你八成覺得這是個好消息，不是嗎？」

「這話是什麼意思？」

薛克頓從耳際取下鵝毛筆，「很多人光顧了店裡兩次，而且每次都買一本。」

「這樣更好！照這樣下去，我們就能突破拜倫勛爵《海賊》所創下的紀錄！甚至下個周末之前就得再版！」一看到薛克頓依然皺著眉頭，莫頓先生又加了一句，「這樣有什麼不好？我敢說他們一定是多買一本送給朋友。」

薛克頓搖搖頭，假髮下稀疏的頭髮也隨之晃動，「這事非常奇怪，我從沒看過這種情況。」

這時有個年輕人推門而入，他身材中等，五官普通，老實說，如果舉止正常一點，說不定勉強稱得上英俊，但很不幸地，他是那種腦筋動得非常快、心裡藏不住話的人，他經常拉著陌生人說話，要不然就是自言自語，臉上的表情無時無刻地改變，剎那之間從驚訝、憤怒、固執變成忍氣吞聲，好像腦子裡有位理想的聽眾，他則隨著聽眾的反應不斷變換表情。

商店，特別是倫敦的商店最怕碰到瘋客，莫瑞先生和薛克頓馬上提高警戒，年輕人睜大澄藍的雙眼，惡狠狠地瞪著薛克頓，更讓兩位店主感到焦慮。年輕人對著薛克頓大喊：「這就是你們所謂的『以客為尊』！簡直是假惺惺！」接著轉身對莫瑞先生說，「先生！請聽我說，別在這裡買書，他們都是騙子和小偷。」

「騙子和小偷？」莫瑞先生說，「不，先生，你搞錯了，我相信我們能證明這是一場誤會。」

「哈！」年輕人輕蔑地哼一聲，然後冷冷地瞪了莫瑞先生一眼，他先前以為莫瑞先生也是顧客，這下才曉得想錯了。

「我是出版社老闆，」莫瑞先生趕緊解釋，「我們書店不會欺騙顧客，請告訴我怎麼回事，我會盡量幫你解決問題，我相信這絕對是個誤會。」

莫瑞先生說得很客氣，但卻安撫不了年輕人，他大喊：「你承不承認一位名叫史傳傑的惡棍魔法師是你們出版社的作者？」

莫瑞先生正想回答說是，但年輕人等不及莫瑞先生開口，馬上又接著說：「先生，你承不承認史傳傑先生對書下咒，讓它消失無蹤，迫使大家非得一買再買！」他一臉狡詐地指著薛克頓，「你大概會說你不記得我吧？」

「不，先生，我絕無此意，我記得非常清楚，你是首批購買《英國魔法之歷史與應用》的顧客之一，一個禮拜之後，你又過來買了一本。」

年輕人雙眼大睜，「我不得不再買一本！」他生氣地大喊，「第一本不見了！」

「不見了？」莫瑞先生困惑地問道，「這位先生，我很抱歉你把書弄丟了，但我不了解你為什麼責怪書店。」

「先生，我叫格林，我沒有把書弄丟，它自己好端端地不見了，而且還不止一次。」格林先生沉重地嘆氣，一臉無可奈何，似乎覺得別人都是腦筋不清楚的笨蛋，「我把《英國魔法之歷史與應用》帶回家，」他解釋，「放在桌子的一個盒子上，盒子裡放了刮鬍刀等刮臉用具，」格林先生比畫把書放在盒子上的模樣，「然後把報紙、黃銅燭臺和一顆雞蛋放在書本上。」

「一顆雞蛋？」莫瑞先生說。

「一顆煮熟的白煮蛋！但等到我轉身一看，報紙好端端地疊在盒子上，白煮蛋和燭臺也都還在原處，書卻不見了，整個過程還不到十分鐘！一星期之後，正如你們書店的人所言，我過來再買一本，我把書拿回家，把它跟古柏的《實用手術字典》一起擺在壁爐架上，然後在書上放了一把茶壺，後來泡茶的時候不注意碰翻了書，兩本書都掉到洗衣籃裡，星期一，我的僕人傑克把髒衣物放到籃子裡，星期二，洗衣婦到家裡拿髒衣物，她一翻開床單就看到《實用手術字典》在籃底，但《英國魔法之歷史與應用》卻消失了！」

這番話顯示格林先生的家居生活跟一般人有點不同，似乎可以解釋書為什麼不見了。

「你會不會擺錯了地方？」薛克頓說。

「說不定洗衣婦把書跟床單一起收走了？」莫瑞先生說。

「不！不！」格林先生相當堅持。

「是不是被人借走了？或是有人把它放在其他地方？」薛克頓又說。

格林先生聽了相當訝異，「哪個人？」他發出質問。

「我……我不知道，格林太太？或是你的僕人？」

「哪有什麼格林太太！我一個人住！家裡除了我之外只有傑克，但他不識字！」

「說不定是哪個朋友？」

格林先生似乎打算說他沒有朋友。

莫瑞先生嘆了一口氣，「薛克頓，請再拿一本書給格林先生，也請把先前的書錢退還給他。」說完轉身對格林先生說，「我很高興你這麼喜歡這本書，甚至花錢買了第二本。」

「什麼喜不喜歡！」格林先生大叫，看起來比先前更加驚訝，「我哪知道喜不喜歡，我連翻都還沒翻呢！」

格林先生走了之後，莫瑞先生在店裡待了一會。拿洗衣藍、煮熟的雞蛋等事開玩笑？薛克頓通常也愛說笑，但此時卻不搭腔，他看起來心事重重，神情焦慮，而且數度堅稱事情不對勁。

半小時之後，莫瑞先生回到樓上的房間，盯著書櫃發呆，過了一會，他抬頭一看，赫然發現薛克頓站在面前。

「他又來了。」薛克頓說。

「什麼？」

「格林，他的書又不見了，他把書放在右手邊的口袋裡，但還沒走到大普特尼街，書就不見了，我跟他說倫敦有很多扒手，但你必須承認……」

「好、好，別再說了！」莫瑞先生插嘴，「我自己的那一本也不見了！你瞧，我把它放在這裡，在奧斯汀小姐的《艾瑪》和艾薩克．迪斯雷利的《騙局》中間，你可以看到中間有個空位，剛才書就擺在這裡，薛克頓，這究竟怎麼回事？」

「魔法，」薛克頓肯定地說，「我想了好久，我覺得格林說得沒錯，確實有人對書下了咒語。」

「咒語？」莫瑞先生驚訝地睜大雙眼，「八成是如此。我從來沒有碰過魔法，對此也毫無興趣，但此事實在太奇怪、太詭異了，絕對非比尋常，現在該怎麼辦？」

「嗯，」薛克頓說，「換作是我，我會先問問其他書店，看看他們店裡的《英國魔法之歷史與應用》是不是也不見了，這樣一來，最起碼我們就曉得到底只有店裡出了問題，還是大家都有同樣困擾。」

這個建議似乎不錯，因此，莫瑞先生和薛克頓把書店交由職員看管，戴上帽子，走向風雨交加的街上。最近的一家書店在皮卡迪利圓環附近，他們走到書店門口，有個身穿藍色制服的僕役抱著一大疊書走出來，他們不得不退到一旁。

莫瑞先生覺得僕役和藍制服似乎很眼熟，但還來不及多想，僕役就走遠了。

兩人走進書店，發現店主艾德蒙先生正和查德邁說話，艾德蒙先生看到莫瑞和薛克頓，似乎有點愧疚，查德邁倒是神色自若。「啊，莫瑞先生！」他說，「你來得正好，省得我冒雨多跑一趟。」

「這到底是怎麼回事？」莫瑞先生質問，「你在這裡幹嘛？」

「沒幹嘛，諾瑞爾先生想買幾本書，如此而已。」

「哈！如果你的主人想全盤搜購史傳傑的書，藉此打壓史傳傑，那麼只怕他會大失所望。諾瑞爾先生雖然有錢，但他的錢總有花光的一天，他買多少，我就印多少，我印書的速度可比他花錢的速度快！」

「不，」查德邁說，「你比不過他。」

莫瑞先生轉身面對艾德蒙先生，「羅勃！你為什麼任憑他們威脅你？」

可憐的艾德蒙先生看起來非常不快樂，「對不起，莫瑞先生，但書全都不見了，我已經退錢給三十幾個人，再這樣下去，我會賠大錢，諾瑞爾先生願意收購店裡所有的《英國魔法之歷史與應用》，而且價錢很合理，所以我……」

「合理？」薛克頓實在聽不下去，大聲高喊，「合理？究竟哪裡合理？你想是誰讓書消失的？」

「沒錯！」莫瑞先生附和，他轉身向查德邁說，「你該不會否認這出自諾瑞爾先生之手吧？」

「不、不，諾瑞爾先生不但不否認，反而急著宣稱他是幕後主使，他理由充足，更樂於與大家分享。」

「哼，他能有哪些理由？」莫瑞先生冷冷地問道。

「我猜還不是那些老套，」查德邁說，神情首度顯得有點猶豫，「他已經寫了一封信跟你說明。」

「你想這樣就能讓我滿意？寫封信來道歉就能打發我？」

「道歉？我想他不太可能跟你道歉。」

「我會找律師談談，」莫瑞先生說，「今天下午就去。」

「你當然會找律師，這點我們早就想到了。但諾瑞爾先生絕對不想讓你賠錢，等你算出花了多少錢印行史傳傑的著作，我就開張支票給你，諾瑞爾先生願意支付所有費用。」

這話倒是出人意料，莫瑞先生真想大罵查德邁，但又覺得諾瑞爾確實讓他損失慘重，出錢賠償也不為過，兩個念頭在心裡掙扎，一時之間說不出話來。

薛克頓暗自拍拍莫頓先生的手臂，警告他不要衝動。

「我的利潤呢？」莫瑞先生問，試圖多爭取一點時間。

「啊，你當然會考慮到利潤，不是嗎？這是個合理的要求，請讓我徵詢諾瑞爾先生的意見，」查德邁說完就鞠躬離開。

莫瑞先生和薛克頓沒理由逗留，於是兩人很快也跟著離開，莫瑞先生轉身跟薛克頓說，「你到泰晤士街……」（莫瑞先生的倉庫在泰晤士街），「……看看那裡還有沒有史傳傑先生的書，別讓傑克森兩、三句話就把你打發，你叫他把書拿給你看，你就說我請他清點書的數目，一小時之內務必跟我回報。」

莫瑞先生一回到書店就看到三個年輕人在裡面徘徊，他們一看見莫瑞先生馬上闔起書本，走到他面前七嘴八舌地同時說話，莫瑞先生以為他們跟格林先生一樣到店裡興師問罪，其中兩人個子很高，講話全都很大聲，聲音中充滿憤慨，莫瑞先生見狀大為緊張，偷偷示意職員跑出去討救兵，但職員卻站在原地不動，饒富趣味地袖手旁觀。

年輕人們不時高喊「走投無路的壞蛋」和「可惡的騙徒」，莫瑞先生聽了依然不安，過了幾分鐘後，他總算聽出他們罵的不是他，而是諾瑞爾。

「先生們，對不起，」他說，「如果不麻煩的話，可不可以讓我知道你們是誰呢？」

三位年輕人有點訝異，他們以為大家都曉得他們是誰，三人隨即自我介紹，原來他們是史傳傑的門徒亨利．蒲爾法、威廉．哈得力─布萊、湯姆．李維。

亨利和威廉高大英挺，湯姆個子比較小，一頭黑髮，雙眼也黑得發亮。誠如先前所言，亨利和威廉是出身良好的公子哥，湯姆以前則是個教跳舞的老師，具有猶太人血統，幸好亨利和威廉不在乎階級與家世，他們深知湯姆最具天賦，所以在魔法方面都聽從他的意見。他們直呼湯姆的名字，湯姆則尊稱兩人為蒲爾法先生和哈得力－布萊先生，兩位公子哥有時也等著湯姆幫他們收拾書本，但一般而言，三人之間並無階級之分。

「我們不能坐視這個壞蛋毀了史傳傑先生的巨著！」亨利・蒲爾法說，「莫瑞先生，請讓我們幫點忙！我們願意出力。」

「你若指示我們拿把銳利的軍刀去砍殺諾瑞爾先生，我們更是樂意之至。」威廉・哈得力－布萊說。

「可否麻煩你們其中一位把史傳傑找回來？」莫瑞先生問。

「當然可以！哈得力－布萊是最佳人選，」亨利・蒲爾法大聲說，「他是威靈頓公爵在滑鐵盧的侍從官之一，馬術極佳。」

「你知道史傳傑先生在哪裡嗎？」湯姆・李維問。

「他兩星期前在日內瓦，」莫瑞先生說。「我今天早上剛接到他的信。他可能還沒離開，但也可能已經前往義大利。」

薛克頓推門而入，假髮上沾滿雨滴，好像一顆顆亮晶晶的玻璃珠。「一切都好，」他急切地跟莫瑞先生報告，「書還在倉庫裡。」

「你親眼看到了？」

「沒錯，我想就算使用魔法，也得好大工夫才能讓一萬本書消失吧。」

「我真希望跟你一樣樂觀。」湯姆．李維說。「莫瑞先生，請恕我直言，但大家都說諾瑞爾先生一旦下定決心，不達目的絕不罷手。我想我們恐怕不能等史傳傑先生回來處理此事。」

薛克頓聽到有人信心十足地談起魔法，覺得有點訝異。

莫瑞先生趕快介紹這三位是史傳傑的弟子，「你覺得我們有多少時間？」他問湯姆。

「一天，至多兩天，但絕對沒時間等人找到史傳傑先生。莫瑞先生，我想你應該把此事交由我們處理，讓我們試試一、兩個咒語來對抗諾瑞爾。」

「有這種咒語嗎？」莫瑞先生問，他看著三位魔法新手，眼神中充滿疑問。

「噢！好幾百個呢！」亨利．蒲爾法說。

「你們曉得任何一個嗎？」莫瑞先生問。

「我們聽說過，」威廉．哈得力─布萊說，「但是說不定可以同心協力，自創出一個更有功效的咒語。史傳傑先生從歐陸回來之後，若得知我們解救了他的著作，肯定大加讚許，這豈不是太棒了！」

「帕爾的『不知名隱身法』和『啥個東西』如何？」亨利．蒲爾法問。

「我知道你的打算，」威廉．哈得力─布萊說。

「這套帕爾博士的法術非常奧妙，」亨利．蒲爾法跟莫瑞先生解釋，「它可以倒施咒語，讓下咒的人承擔自己咒語的後果，換句話說，諾瑞爾先生的藏書將全數變成空白，或是消失無蹤！畢竟他罪有應得。」

「史傳傑先生若知道我們毀了英國首席魔法師的圖書館，我想八成不太高興，」湯姆說，「更何況若想施展這套法術，我們得建造一個『魁利鋒』。」

「什麼鋒？」莫瑞先生說。

「『魁利鋒』，」威廉．哈得力─布萊說，「帕爾博士的魔法需要各種特別的儀器，如果我沒記錯，『魁利鋒』看起來有點像一支小喇叭或是火鉗……」

「……頂端還有四個轉來轉去的金屬球。」亨利．蒲爾法補充說明。

「原來如此。」莫瑞先生說。

「建造『魁利鋒』太花時間，」湯姆堅決地說，「我建議試一試齊皮的『預防法術』。❹這套法術簡易迅速，如果施行得法，應該能暫時中止諾瑞爾的魔法，最起碼可以撐到傳個口信給史傳傑先生。」

這時忽然有人推開大門，一個有點邋遢、身穿雨衣的男人走進書店，發現大家盯著他看，似乎有點不好意思，他匆匆點頭鞠躬，遞給薛克頓一張紙片，然後馬上掉頭離去。

「薛克頓，怎麼回事？」莫瑞先生問。

「泰晤士街的倉庫捎來口信，他們翻開《英國魔法之歷史與應用》，發現紙張一片空白，整本書一個字也沒有，莫瑞先生，很抱歉，這下《英國魔法之歷史與應用》真的泡湯了。」

威廉．哈得力─布萊把手插進口袋裡，低聲嘆了一口氣。

時間分分秒秒地過去，市面上再也找不到史傳傑的著作。威廉．哈得力─布萊和亨利．蒲爾法提議找諾瑞爾先生決鬥，但莫瑞先生說，諾瑞爾上了年紀，平日很少運動，更沒有碰過刀槍，威廉和亨利年輕力壯，其中一人又是職業軍人，在這種情況下，由他們出面跟諾瑞爾先生決鬥，不但不公平，甚至不光榮。威廉和亨利想想也有道理，但亨利依然忍不住看看身旁有沒有跟諾瑞爾先生年紀相仿的中年人，甚至打起薛克頓的主意。

史傳傑的朋友們紛紛上門安慰莫瑞先生，大家聚在一起怒斥諾瑞爾先生。波提斯黑勛爵說，他已寫信與諾瑞爾先生絕交，同時通知拉塞爾他將辭去《英國魔法之友》的編輯一職，也不再續訂雜誌。

「這樣一來，諸位先生，」他跟史傳傑的弟子們說，「我將正式加入你們的陣營。」

史傳傑的弟子們跟勛爵保證，這個決定非常正確，他將來絕對不會後悔。

晚上七點，查德邁來到書店，他走進人群之中，神情和上教堂一樣沉著。「莫瑞先生，你賠了多少錢？」他邊問邊打開帳簿，從莫瑞先生的桌上拿枝羽毛筆，沾了沾墨水。

「查德邁，把簿子收起來，」莫瑞先生說，「我不要你的錢。」

「真的嗎？先生，請當心，不要隨意聽信這些紳士們的話，他們有些年紀輕、沒有家累……」查德邁冷冷地瞪著史傳傑的三名門徒和屋裡幾位穿著制服的軍官，「其他人則家財萬貫，損失幾百英鎊也沒關係，」查德邁邊說邊瞄了波提斯黑勛爵一眼，「但是莫瑞先生，你是個生意人，應該以生意為重。」

「哈！」莫瑞先生雙臂交叉，用僅存的一隻好眼睛驕傲地瞪著查德邁，「你以為我急需用錢，這下你就錯了！整個晚上，史傳傑先生的朋友們不斷主動提供金援，我若有意再創辦一家出版社，絕對不成問題！但請幫我跟諾瑞爾先生捎個口信，他終究還是得出錢，只不過必須依照我們的意思，而不是簽張支票就算數。我們打算叫他支付《英國魔法之歷史與應用》新版的全部費用，他還得支付廣告費用，我想他一定會氣瘋了！」

「沒錯，但這是不可能的。」查德邁冷冷地說，說完就轉身走向門口，走到一半忽然停步，低頭望著地毯，似乎面臨某種掙扎，「我跟你們直說，」他說，「雖然《英國魔法之歷史與應用》似乎已經全數遭到銷毀，但其實不是如此，我用塔羅牌算過了，塔羅牌說世間還剩下兩本：史傳傑持有一本，另一本在諾瑞爾手中。」

＊

接下來的一個月，倫敦市民忙著討論諾瑞爾先生的驚人之舉，對其他事情幾乎毫無興趣。有人認為史傳傑的著作是邪端異說，有人則認為諾瑞爾先生的行為卑鄙無恥，雙方各執一詞，爭辯不休。買了書的讀者很生氣書不見了，諾瑞爾先生派人送一枚金幣到他們府上（這本書定價一枚金幣），還附了一封信解釋為什麼決定讓書消失，結果惹得大家更不高興，很多人覺得生平從未受過這種侮辱，還有人馬上找律師控告諾瑞爾先生。❺

九月分，大臣們從鄉間回到倫敦，諾瑞爾先生不尋常的行徑當然成了主要話題。

「當初聘用諾瑞爾先生時，」一名大臣說，「我們可沒有准許他任意對民眾下咒，擅自更動大家的產物，就目前的情況而言，倫敦少了他一直鼓吹的魔法法庭，還真是可惜呢，它叫什麼來著？」

「五龍法庭。」華特爵士說。

「我想他一定違反了某種魔法規章吧？」

「當然！但我不曉得他犯了什麼法，約翰．查德邁說不定知道，但我想他八成不會跟我們說。」

「沒關係，我們大可用竊盜的罪名，把他送進一般法庭。」

「竊盜！」另一名大臣驚訝地說，「這人為國立下大功，居然因為這種小罪被送上法庭，未免太令人吃驚。」

「為什麼令人吃驚？」最先開口的大臣說，「這是他自找的。」

「問題是，」華特爵士說，「我們若請他為自己辯解，他一定會提到英國魔法，但這個話題，除了史傳傑之外，沒有人辯得過他。我想我們應該耐著性子，等史傳傑回來之後再說。」

「這讓我想起另一個問題，」另一位大臣說，「英國只有兩位魔法師，我們怎能判別出高下？誰能斷定孰是孰非？」

大臣們困惑地互視。

只有首相利物浦勛爵保持鎮定，「我們不妨用評量一般人的標準來判定，」他說，「好樹就結好果子，壞樹就結壞果子，❻我們由他們的行為來判定吧。」

大臣們頓時沉默不語，心中默想諾瑞爾先生近來表現得相當傲慢、惡毒、鬼祟，這些行為看來不妙。

討論到後來，大夥同意先由內務大臣私下找拉塞爾先生聊聊，請拉塞爾代為傳達內閣大臣們對諾瑞爾先生的不滿。

討論到此似乎告一段落，但轉換話題之前，大臣們還是忍不住交換了一些閒話。大家聽說波提斯黑勛爵已和諾瑞爾先生斷交，華特爵士接著告訴大家，向來與諾瑞爾先生如影隨行的查德邁，居然把主人的利益擺在一旁，自行跟滿屋子史傳傑的朋友保證，《英國魔法之歷史與應用》沒有全數遭到摧毀。華特爵士深深嘆口氣說，「我覺得這點最令人擔心，諾瑞爾向來識人不深，現在益友們全都棄他而去，史傳傑、約翰．莫瑞都走了，波提斯黑又跟他絕交，如果查德邁跟他起了爭執，那他身邊只剩下拉塞爾了。」

事發當晚，史傳傑的朋友們紛紛寫信給他，人人義憤填膺。信件最起碼得花兩星期才寄達義大利，但史傳傑四處遊歷，居無定所，大概得再等兩星期才接得到信。剛開始大家以為史傳傑一接到信就會氣沖沖地返回英國，準備在法庭和媒體與諾瑞爾開戰，但時至九月，大家接獲一些消息，聽了之後，大家心想史傳傑只怕短期之內不會回來囉。

史傳傑前往義大利途中，心情似乎不錯，信中充滿輕鬆愉快的閒談，但一抵達義大利，情緒突然起了變化。亞蕊貝拉過世之後，他一直藉由工作麻醉自己，但現在他卻成天無所事事，時常想到亡妻，看什麼都不順眼。連著好幾個星期，他似乎只有靠著不斷變換環境才能一解心中鬱悶。❼九月初，史傳傑抵達熱諾亞，他覺得這裡比先前造訪過的義大利城鎮有趣多了，所以待了將近一星期。雖然史傳傑曾跟華特爵士說，他在旅途中不想跟英國人為伍，但他在熱諾亞結識了一家英國人，他幾乎馬上就在信裡大力讚揚葛瑞司迪一家聰慧、有教養，而且非常和善。在熱諾亞待了將近一星期之後，他轉往波隆那，但卻感到乏味，所以很快又返回熱諾亞，他和葛瑞司迪一家在熱諾亞待到九月底，然後計畫前往威尼斯。

朋友們得知他碰到合意的同伴，自然感到非常高興，但大夥最感興趣的是，史傳傑在信裡數度提到這家人有個年輕未婚的女兒，而且似乎跟她特別聊得來。幾個朋友不約而同地猜想他會不會很快再婚？再也沒有比一位年輕、漂亮的新婦更能掃去他心中的陰霾，更何況再婚之後，他就不會一心只想嘗試那種陰氣沉沉、令人不安的魔法。

除了史傳傑之外，諾瑞爾先生還有其他眼中釘。有個叫奈特的年輕人在科芬園附近的賀瑞亞塔街開辦了一所魔法師學院，奈特先生不是實務派魔法師，也坦承從未用過法術，他在廣告中宣稱，學院將教導年輕紳士們「一套完整的魔法理論，英國首席魔法師諾瑞爾先生，便是據此教導出優秀的門徒強納森．史傳傑」。拉塞爾先生寫了一封措辭強硬的信給奈特先生，信中說奈特先生無從得知諾瑞爾先生的教學原則，因為這些原則只有諾瑞爾師徒二人才知曉。拉塞爾先生還說，如果奈特先生不馬上解散學校，他將公開拆穿奈特先生的騙局。

奈特先生客氣地回信辯解說，拉塞爾先生的認知有誤，諾瑞爾先生的教育原則根本不是祕密，他請拉塞爾先生仔細閱讀《英國魔法之友》一八一〇年秋季號的第四十七頁，波提斯黑勛爵在文中指出，諾瑞爾先生認為只有採用法蘭西斯．沙特果弗的理論才能培育出更多魔法師。奈特自稱衷心仰慕諾瑞爾先生，也買了一本沙特果弗的著作詳加研讀，他還乘此機會邀請諾瑞爾先生出任該校的客座教授，到學校講習、授課等等。奈特先生說他本來只打算招收四個年輕人，但申請入學的人實在太多，他不得不多租一棟校舍、多聘幾位老師滿足大眾的要求。巴斯、新堡和切斯特也出現類似的學校。

生意人幾乎比辦學校的人更糟，倫敦地區出現好幾家販售魔法藥粉、鏡子和銀盆的商店，店家宣稱用這些東西就可以看到幻象。諾瑞爾先生竭盡所能地阻止販售這些商品，他在《英國魔法之友》中怒罵不肖的商人，還請旗下的編輯們著文跟民眾解釋，所謂的「魔法鏡」純粹是騙人的把戲，魔法師很少使用這種玩意，就算真的使用鏡子，魔法師僅需一面普通鏡子。儘管如此，民眾依然搶購魔法商品，店家幾乎來不及補貨，有些商人甚至考慮放棄其他貨物，把整間店改成魔法商品專賣店。

❶ 其實這種說法毫不正確，半島戰爭期間，政府不斷出面干涉，令威靈頓公爵極為不悅。

❷ 一八一六年四月，拜倫勛爵債務纏身，受控對妻子施暴，坊間又盛傳他誘惑自己的親妹妹，因此他離開英國，轉赴歐陸。

❸ 雖然彼此看不順眼，但史傳傑想必令拜倫印象深刻。該年九月或十月，拜倫完成詩劇《曼弗雷德》（Manfred），劇中主角正是一名巫師。曼弗雷德不是強納森·史傳傑的翻版（最起碼不像讓拜倫看不順眼的史傳傑），但他自戀、自嘲、厭惡眾人、心中懷有一股神祕的渴求，這些倒像是拜倫的縮影。儘管如此，曼弗雷德確實是位巫師，經常召喚空氣、大地，以及水火精靈對話，看來拜倫碰到了一個令他失望的魔法師之後，另行創造出一位比較合他意的魔法人物。

❹ 華特·齊皮是十三世紀初的倫敦魔法師，他的「預防法術」保護人們、城市，或物品，使其免受咒語的蠱惑。這套法術據說源自精靈魔法，而且效力強大。事實上，「預防法術」唯一的問題是效力太強，受到保護的物品或人類不但對咒語免疫，甚至連碰都碰不得。因此，如果史傳傑的學生成功地施展了這套法術，大家很有可能接近不了史傳傑的書，或是沒辦法翻頁。

一二八〇年，布里斯托的居民命令城裡的魔法師們施展「預防法術」，防止布里斯托受到敵方的魔法詛咒。很不幸地，法術的效果太強，結果城裡的居民、動物和港口裡的船隻全都變成了活生生的雕像，居民和牲口動彈不得，河水停止流動，甚至連壁爐中爐火也呈靜止，這種情況持續了一個月，直到約翰·厄司葛雷專程從新堡出面解決，一切才恢復正常。

❺ 信中有兩點特別傷人：第一，諾瑞爾暗示買書的人不夠聰明，看不懂史傳傑的書；第二，讀者們缺乏足夠的判斷力，無法自行判定史傳傑所描述的魔法是好是壞。

諾瑞爾的支持者早料到，摧毀史傳傑的著作勢必引發爭議，也準備面對批評，但他們卻沒料到這封信所造成的反效果。諾瑞爾先生把信寄出去之前，本來應該先讓拉塞爾先生過目，拉塞爾若讀了信，肯定大幅修改措辭和表達方式，大家讀了說不定不會覺得受到侮辱。

很不幸地，當時卻發生了一個小誤會。諾瑞爾先生問說拉塞爾修改了沒有。查德邁以為主人問的是《英國魔法之友》的一篇文章，他回答說改過了，於是信件未經修改就寄出。事後拉塞爾勃然大怒，指責查德邁故意搞鬼，查德邁則矢口否認。

拉塞爾和查德邁本來就看對方不順眼，自此之後，兩人的關係更加惡化，不久之後，拉塞爾就跟諾瑞爾先生暗示說，查德邁跟史傳傑同夥，而且暗地背叛了主人。

❻利物浦勛爵引用《馬太福音》七章十六節的一句話：「Wherefore by their fruits ye shall know them」。

❼「……至於皮亞琴察，我實在無可奉告，」史傳傑致函亞蕊貝拉的哥哥亨利，「我待得不夠久，觀察不出什麼。我晚上才抵達皮亞琴察，吃完晚飯之後，我決定出去散散步，但走到市中心的廣場就看到一個高聳的神龕，神龕矗立在石臺上，黑影投射在石臺前的石板地，神龕的頸口伸出兩、三簇長春藤之類的爬藤植物，但都已經枯死，我說不出為什麼，但看了非常難過，這幅景象似乎暗諭著死亡、悲傷和失落，令我幾乎無法承受。我走回旅館，立刻上床休息，隔天早上就前往都靈。」

51 葛瑞司迪一家

一八一六年十月至十一月

威尼斯索伯尼哥廣場
一八一六年十月十六日
強納森．史傳傑致函華特．波爾爵士

我們在梅斯特雷離岸，雇了兩艘貢多拉平底船，原本計畫一艘給葛瑞司迪小姐和她的姑媽，另一艘給葛瑞司迪醫生和我，但不知道是否因為我的義大利文欠佳，船夫沒聽清楚，或是船夫看到葛瑞司迪小姐的行李，逕自做決定，反正計畫出差錯，葛瑞司迪一家搭上一艘貢多拉揚帆而去，我卻被留在岸邊。葛瑞司迪醫生真是大好人，他探出頭來大喊對不起，他妹妹站在旁邊，我想她八成有點害怕搭船，不一會便緊張地把葛瑞司迪醫生拉回去。雖然狀況一點都不嚴重，我卻相當不安，他們離開之後，我不斷胡思亂想，越想越害怕，我緊盯著面前的這艘貢多拉，很多人都說這種平底船的外型介乎棺材和船隻之間，看起來很悲悽，我卻忽然想到另一點，在我眼中，貢多拉真像小時候看過的魔術箱，江湖術士把鄉下人的手帕、銅板或是小盒子放進這種蓋著黑布漆成黑色的箱子裡，有時東西就這麼不見了。江湖術士總是帶著歉意說：「先生，真是對不起，但精靈們的心思著實難以掌握。」小時候家裡的奶媽和女僕都曾聽說，某個女人、某個表親的小孩進入魔術箱之後就消失無蹤，怎麼找也找不到，這時我站在岸邊，忽然想到葛瑞司迪一家抵達威尼斯之後，一掀開我所乘坐的這艘貢多拉，說不定發現船裡空無一人，我想了就害怕，驚慌得腦中一片空白，眼中甚至充滿淚水，我想我八成太緊張了，一個大男人居然擔心自己會消失無蹤，真是可笑。當時天色已晚，我們這兩艘貢多拉如同夜晚一樣漆黑，感覺也同樣淒冷，天際透著冷冽蕭瑟的白光，無風無浪，海面宛如天空的倒影；我們的頭頂是一片遼闊的天空，船底下是一片沉靜的汪洋，海天一色，但海天的白光卻無法照亮遠方的城市，一座座塔樓與尖塔陰影朦朧，水面上呈現出點點燈光。貢多拉一駛進威尼斯，水面上頓時充滿木板碎片、乾草、橘皮、白菜枝葉等垃圾和廢棄物，我往下一看，忽然發現水底下有一隻手，雖然只是眨眼之間，但我真的覺得骯髒的水面下有個女人正奮力游向光明，這當然只是我的想像，其實水面下只是一隻白手套，但我當時真的非常害怕。請不必擔心，我現在可忙得很，平日忙著撰寫《英國魔法之歷史與應用》的第二卷，不寫書的時候則和葛瑞司迪一家同遊，這家人知識淵博，個性獨立和善，你一定也會喜歡他們。目前為止還沒有人告訴我大家對第一卷的反應，老實說，我有點焦急，我對這本書有信心，我也知道某人讀了之後，一定會嫉妒得倒在地上、口吐白沫，但我依然希望你們會來信告知。

威尼斯索伯尼哥廣場
一八一六年十月二十七日
強納森．史傳傑致函約翰．莫瑞

……已經有八個朋友同時告訴我諾瑞爾的作為，噢，我理應震怒或是擲筆一嘆，但這又有什麼用？我不願再受到這個傲慢的老傢伙左右，我會按照原定計畫，明年初春返回倫敦，屆時我們再推出新的版本，同時尋求法律途徑。他有一群朋友，我也有一群支持者，他有膽的話，就讓他在法庭上告訴大家，他憑什麼認為英國人都像群小孩，不配知道先人們熟知的一切？如果他膽敢再施展法術阻撓我，我一定以其人之道，還治其人之身，到時候我們就知道誰是當代最偉大的魔法師。莫瑞先生，我想你得加印好多本《英國魔法的歷史與應用》，逼迫諾瑞爾施展出更惡毒的魔法，我相信大家一定更好奇。印行新版本時，我們得做些更正，原來的版本有幾處錯誤，第六章和第四十二章特別糟糕……

倫敦哈雷街
一八一六年十月一日
華特．波爾爵士致函強納森．史傳傑

……有個叫做提圖．瓦金斯的書商發行了一本胡說八道的書，還說這是大家都沒機會讀到的《英國魔法之歷史與應用》，波提斯黑勛爵說書中抄了幾段艾柏沙龍的話，❶其他部分完全是胡言亂語，波提斯黑說不曉得哪部分最讓你氣惱，他真是個紳士，一有機會就替你澄清，但很多人顯然已經上當，瓦金斯肯定大賺一筆。我很高興你如此欣賞葛瑞司迪小姐……

威尼斯索伯尼哥廣場
一八一六年十一月十六日
強納森．史傳傑致函約翰．莫瑞

親愛的莫瑞，

有件事你聽了八成相當高興，《英國魔法之歷史與應用》雖然遭到銷毀，我和拜倫勛爵卻因此修好。勛爵閣下對當今英國魔法的爭議毫無所悉，老實說，也毫不關切，但他非常尊重原作精神書本，他跟我說他向來很注意你是否修改了他的詩作，把幾個令人訝異的字眼改得較讓大家接受，他一聽說我的對手居然把整本書都變不見了，氣得簡直難以形容，他寫了一封長信給我，用各種字眼大罵諾瑞爾，在眾友人寫給我的信當中，這封讀了最過癮，當代的英國紳士沒有一位比勛爵閣下更會罵人。他一個禮拜前抵達威尼斯，我們約在弗羅里安咖啡館碰面，[2]老實說，我有點擔心他會帶著那個傲慢的克萊蒙太太一起來，幸好沒有，很顯然地，他已經甩了她；我們聊得很開心，而且發現我們都喜歡撞球，我碰到魔法疑點就跑去打撞球，他斟酌詩句之時也喜歡打兩桿……

天色澄淨透明，宛如敲打上好酒杯般地清脆，在這樣的光線中，福爾摩沙廣場的教堂牆面跟貝殼或白骨一樣潔白，投射在石板地上的影子則如大海般澄藍。

教堂大門大開，一小群人走出教堂，朝著廣場前進，這群造訪威尼斯的先生小姐參觀了教堂內部、祭壇和各種有趣的物件之後，興致高昂地高聲討論，空曠寂靜的廣場中充滿了愉快的談笑聲。大夥尤其欣賞福爾摩沙廣場，廣場每棟建築物都非常雄偉，令眾人讚不絕口，但教堂、建築物及橋梁皆已破落，大夥看了似乎更有感觸。他們畢竟是英國人，在英國人眼中，世上其他國家都難逃衰敗的命運，英國人對自己的眼光充滿信心，對別人的意見則嗤之以鼻，自視之高為其他民族所罕見。歐陸人士諷刺道，若非因為英國人的讚揚，威尼斯的市民根本不知道自己的城市有多美，英國人聽了八成不以為侮，反而洋洋自得。

一位女士發表了高見之後，轉身跟另一名女子談論天氣。

「你知道嗎？有件事真的很奇怪，先前在教堂裡，你和史傳傑先生欣賞畫作時，我稍微探頭看看外面，我以為外面下雨，還擔心你會被淋濕呢。」

「姑媽，你瞧，石板地上一點水漬都沒有，根本沒下雨。」

「好吧，但我希望你不要被風吹壞了身子，風打在耳朵上有點痛，如果你不想待在外面，我們可以請你爸爸和史傳傑先生走快一點。」

「姑媽，謝謝你的好意，但我好得很，我喜歡海風和大海的氣味，它們讓我想得更清楚，感覺更敏銳，姑姑，說不定你感覺不太舒服？」

「不、不，我向來不在乎這些事情，我身體好得很，我只是擔心你。」

「姑媽，謝謝你的關心。」年輕小姐說。陽光下的威尼斯是如此秀麗，每條運河都藍得耀眼，每塊大理石都泛出神祕的光澤，年輕的葛瑞司迪小姐或許知道陽光下的她也一樣漂亮。她快速地遊走於陽光與黑影之間，讓人更注意到她晶瑩透徹的肌膚，雪白的衣裙在微風中輕輕搖擺，感覺更是飄逸。

「啊，芙羅拉，」葛瑞司迪姑媽說，「你爸爸和史傳傑先生正在觀賞先前沒看到的東西，你要不要也過去看看？」

「我看夠了，姑媽，你自己過去吧，」

葛瑞司迪姑媽聞言便急忙跑到廣場另一端，葛瑞司迪小姐在教堂旁邊的白色小橋上漫步，她拿起白色的小洋傘，一邊不耐煩地敲打白色的圓石，一面喃喃自語：「我看夠了，唉，我真的看夠了！」她不斷重複，卻開心不起來，事實上，她越說越感傷，也更常嘆氣。

「你今天好安靜。」史傳傑忽然說，她嚇了一跳，她不知道他站得這麼近。

「是嗎？我沒注意到。」但她隨即將注意力移往他處，再度沉默了幾分鐘。史傳傑倚著橋身，雙臂交臥、目不轉睛地看著她。

「安靜，」他重複，「而且有點憂傷，正因如此，所以我得跟你聊聊。」

這話令她忍俊不住，「你真的這麼想？」她說，雖然笑了笑，也跟他說了話，但她似乎因而更加憂傷，隨即輕輕嘆了一口氣，又把視線移開。

「沒錯。每次我心情不好，你總是跟我聊些高興的事，逗我開心，因此，現在我也得跟你說說話，好朋友不就是如此嗎？」

「坦率與誠實，史傳傑先生，我覺得兩者都是友誼的基礎。」

「噢，難不成你覺得我有所隱瞞？我看得出你確實認為如此。你或許沒錯，但我……我的意思是……唉，你想得沒錯，但魔法這一行並不鼓勵……」

葛瑞司迪小姐打斷他的話，「我說的不是魔法，不，我絕無此意。每個行業都有不同的行規，我非常了解**這點**。」

「這麼說來，你的意思是………」

「沒關係，就當我沒說，我們過去與姑媽、父親會合吧。」

「不、等等，葛瑞司迪小姐，請把話說清楚。我若做錯了事，除了你之外，誰會坦白指正呢？請告訴我，你覺得我隱瞞了什麼？」

葛瑞司迪小姐沉默了一會，然後吞吞吐吐地說：「昨天晚上你那個朋友……」

「哪個朋友？你這話是什麼意思？」

葛瑞司迪小姐看來相當不高興，「昨天晚上有個年輕小姐急著跟你說話，你們聊了整整半小時，她幾乎不讓任何人插嘴。」

「啊，」史傳傑笑著搖搖頭，「你誤會了，她不是我的朋友，她是拜倫勛爵的舊識。」

「喔，」葛瑞司迪小姐有點不好意思，「這位年輕小姐似乎相當激動。」

「拜倫勛爵的一些舉動令她不悅，」史傳傑聳聳肩，「但誰看得慣拜倫勛爵？她想知道勛爵閣下會不會聽我勸告，我費了一番唇舌跟她解釋，當今、甚至日後，全英國沒有一種魔法影響得了拜倫勛爵。」

「對不起，我惹你生氣了。」

「絕對沒這回事，這下你相信我倆的友誼了吧？你願意跟我握握手嗎？」

「樂意之至。」她說。

「芙蘿拉？史傳傑先生？」葛瑞司迪醫生一邊向他們走來，一邊大喊，「怎麼回事？」

葛瑞司迪小姐有點不知所措，她希望維持史傳傑先生在她父親和姑媽心中的好印象，因此，她不想讓他們知道自己先前對史傳傑的質疑，於是她假裝沒聽到父親的問題，反而興高采烈地說起幾幅威尼斯美術學院的畫作，「我想看看那幾幅畫，美術學院離這裡不遠，我們這就過去，你跟我們一道去吧？」她對史傳傑說。

史傳傑苦笑地看她，「我得回去工作。」

「寫書？」葛瑞司迪醫生問。

「不，今天不寫書。我正想辦法召喚一位精靈來當我的僕人，我不知道已經試了多少次，換了多少種咒語，卻依然行不通。但這正是當代魔法師所面臨的窘境！以前那些連江湖術士都會用的咒語，現在只剩下殘篇斷語，我們再怎麼試都沒有用。馬汀・帕爾有二十八位精靈僕人，我只要有一個就算幸運。」

「精靈！」葛瑞司迪姑媽驚呼，「大家都說精靈好邪惡！史傳傑先生，你真的想給自己添麻煩，跟這種東西為伍嗎？」

「親愛的姑媽啊！」葛瑞司迪小姐說，「史傳傑先生自有打算。」

但葛瑞司迪姑媽依然相當關切，而且舉例表達。她和葛瑞司迪醫生是德比郡人，她從小就聽說以前有條河川流經德比郡的一個村莊，河水原本相當充沛，但不知道為什麼，精靈對河川下咒，結果河川變成了一條小溪。這雖是幾世紀以前的事，但村民依然記憶猶新，而且深感憤怒，大家至今仍憤憤不平地說，如果水勢夠強，說不定能帶動更多產業，當地也將更為繁榮。[3]

史傳傑耐心傾聽，等她說完之後才開口說，「你說的完全正確！精靈天性怪異，極難駕馭，我若召喚到精靈，一定會特別小心。」他邊說邊瞄了葛瑞司迪小姐一眼，「但是精靈懂得很多，也具有強大的法力，任何一位魔法師都必須倚重他們的協助，唯有吉伯特·諾瑞爾才不了解這一點。每個精靈的鼻息之間都充滿魔法，全英國圖書館內的藏書加起來都沒有他們懂得多。」❹

「真的嗎？」葛瑞司迪姑媽說，「這倒是不尋常。」

葛瑞司迪醫生和姑媽祝史傳傑工作順利，葛瑞司迪小姐則提醒史傳傑，他答應陪她一同拜訪聖安琪拉廣場的一位古董商，聽說這位古董商有架古鋼琴出租。說畢之後，葛瑞司迪一家繼續觀光，史傳傑則回到他在索伯尼哥廣場的住所。

到義大利旅遊的英國紳士們經常寫詩，或是撰文描寫他們的旅程，有些人還畫畫，租屋給這些英國紳士的義大利人通常做些安排，方便紳士們繪畫寫作。比方說，史傳傑的房東特別租出閣樓上的一個小房間，房裡有個古董桌，四個桌腳都雕著獅鷲獸；除了桌子之外，還有一把椅子、一個常在教堂看到的木櫃，以及一個兩、三呎高的木頭人像，人像站在木柱上，形似一個微笑的男人，男人手中握著一個紅色的圓形物，可能是蘋果、石榴或僅是個紅球。你很難想像這尊人像打哪裡來，它看來太愉快，不像是教堂裡的聖徒，但又不夠喜感，不能拿來當作咖啡館的店招。

史傳傑覺得木櫃太舊，而且長霉，所以捨棄木櫃，把書本和紙張疊在地上，但他和木頭人像卻成了朋友，經常一邊工作，一邊跟人像說話：「你有何意見？」、「唐卡斯特還是貝拉西斯？❺你覺得哪個比較適當？」、「嗯，你看到他了嗎？我可沒有。」有時甚至非常不耐煩地說：「唉！你可不可以安靜一點？」

他拾起一張紙片，紙片上草草寫著一個咒語，他移動嘴唇低聲念咒，念畢之後，他環顧四周，暗自希望屋裡出現其他人影，但不管他想看到什麼，屋裡依然空蕩蕩，他嘆了一口氣，把咒語揉成一團，朝著木頭人像丟過去。他拾起另一張紙片，一邊看書、一邊在紙片上做筆記，過了一會，他從地上拾起先前的那張紙片，將之撫平，仔細研讀了半小時，最後苦惱地抓抓頭髮，又把紙片揉成一團丟到窗外。

窗外傳來陣陣鐘聲，鐘聲淒涼寂寥，聽了令人想起遠方的荒原、黑暗的天空和無盡的空虛。史傳傑八成想到什麼，因為他忽然擺下手邊的事情，凝視著窗外，他神情非常專注，似乎試圖說服自己，威尼斯不可能在片刻之間變成荒涼的廢墟。窗外景致一如往常，日光在澄藍的海面上跳躍，廣場上擠滿了人，威尼斯的仕女們攜手漫步，奧地利的士兵們好奇地檢視商品，店主們忙著招攬生意，孩童們奔跑爭執，貓咪們靜靜地各行其事。

史傳傑又回去工作，他脫下外套，捲起衣袖，走出房間，不久之後，他拿著一把刀和一個小白盆走進來，他用刀在手臂上劃了一道，鮮血流到小白盆中，他把盆子放在桌上，看看盆中的鮮血夠不夠多，雖然不自覺，但他顯然失血過多，不一會就頭暈目眩，不但撞翻桌子，白盆也掉到地上，他用義大利文大聲咒罵（義大利文罵起來比較過癮），抬頭看看有什麼東西可以擦乾血跡。

桌上剛好有一團白布，那是他們新婚之初，亞蕊貝拉幫他縫製的襯衣，史傳傑沒想這麼多，直接伸手去拿，快要到手之際，史提芬．布萊克從暗處走出來，遞給他一塊破布，史提芬像個訓練有素的僕人一樣，遞交破布之時還微微一鞠躬，史傳傑接過破布，手忙腳亂地擦拭血跡（擦得不怎麼乾淨），但卻全然不知道史提芬的存在。史提芬拾起襯衣，把它抖平，仔細折好，然後將它工整地擺到角落的一個架子上。

史傳傑頹然坐下，把受傷的手臂擱在桌子上，再度高聲詛咒，然後將臉埋在雙手之間。

「他究竟有何打算？」史提芬．布萊克低聲問道。

「噢，他打算召喚我！」一頭薊冠毛銀髮的紳士說，「他想請教我關於魔法的各種問題，親愛的史提芬，你不必壓低嗓門說話，他看不到你，也聽不見你說話。這些英國的魔法師真是可笑！什麼事情都得大費周章，史提芬，我跟你說，觀看這人施展魔法，就好像看著一個人反穿外套、蒙上雙眼、頭上頂著水桶、坐在餐桌前吃飯！你何時看過我如此笨拙、如此徒勞無功？在手臂上劃一刀？在紙片上胡亂塗鴉？我若想施展法術，只要跟天空、石頭、陽光、大海，或是諸如此類的神靈說說話，客氣地請求協助，我早在數千年前就跟神靈們結為盟友，盟友們對我通常有求必應。」

「原來如此。」史提芬說，「但是話說回來，英國的魔法師雖然愚笨無知，但還是有點本事，不是嗎？不然您為什麼出現在這裡呢？」

「你說的沒錯，」銀髮紳士有點不悅地說，「但他所施展的法術依然笨拙，一點都不優雅，這點絕對無庸置疑！除此之外，就算召喚到我，對他有什麼好處？哼！他哪有資格見我？我不願現身，他也不知道用哪種法術逼我現身。史提芬！趕緊翻翻那本書！屋裡沒有風，他看了一定大惑不解，哈！你瞧瞧他乾瞪眼的模樣！他猜我們或許在房裡，但他卻看不見，哈！哈！你看他氣成這副德行！捏捏他的脖子吧，他會以為自己被蚊子叮了一口呢！」

---

❶ 波提斯黑勛爵指的是格羅格瑞．艾柏沙龍的《學習之樹》。

❷ 弗羅里安是聖馬可廣場附近的一家知名咖啡館。

❸葛瑞司迪姑媽說的可能是德溫特河。許久之前，烏鴉王厄司葛雷還是個被拘禁在精靈國度的孩童時，有位精靈國王預言，厄司葛雷若長大成人，整個精靈國度將落入他之手，於是這位國王派人到英國取回一把鐵刃，打算用它刺殺厄司葛雷。一位住在德溫特河畔的工匠鑄造了刀刃，德溫特河的河水則用來冷卻滾燙的熔鐵，但刺殺計畫卻宣告失敗，國王和他的同夥也死在年輕的厄司葛雷手中。厄司葛雷入主英國之後，他旗下的精靈忠僕找到了那位工匠，精靈殺死工匠和他的家人，摧毀他的房屋，而且對德溫特河下咒，藉此懲罰這條河川在鑄造鐵刃時也參了一腳。

❹史傳傑未免過於樂觀，英國魔法文獻中不乏法力微弱、愚笨或是無知的精靈。

❺據說傑克．貝拉西斯曾創造一個咒語，用來召喚精靈非常有效，很不幸地，貝拉西斯的經典之作《指令》僅剩下一本，此書收藏在賀菲尤莊園的圖書館中，史傳傑從來沒看過，他只讀過後世支離破碎的描述，可想而知，他一定試圖拼湊出這個咒語，但卻毫無把握，

相反地，唐卡斯特領主的咒語廣為人知，坊間也有許多相關著作。沒有人知道唐卡斯特領主究竟是誰，大家只聽說黃金年代的魔法師們曾向「唐卡斯特」習藝，後世也不確定所謂的「唐卡斯特魔法」是否只出於一人之手，部分魔法史學家甚至推測另有一位魔法師，而且這個「匿名領主」比真正的唐卡斯特更神祕。如果真如一般所言，唐卡斯特即是烏鴉王本尊，那麼召喚精靈的咒語應該出自「匿名領主」之手，因為厄司葛雷的宮廷中四處可見精靈，根本不需要念咒召喚。

52 坎納吉爾的老太太

一八一六年十一月底

離開英國之前，葛瑞司迪醫生接到一位友人的來信，這個住在蘇格蘭的朋友在信中央求，倘若葛瑞司迪醫生遠行威尼斯，可否代為拜訪一位住在當地的老太太。友人說老太太以前相當富有，現在卻身無分文，葛瑞司迪醫生若能登門造訪，也算是做好事。葛瑞司迪醫生記得友人曾提過，老太太的出身很獨特，好像具有英格蘭和西班牙、或是愛爾蘭和猶太人的混血血統。

葛瑞司迪醫生一直把這件事擱在心裡，但旅途中舟車勞頓，又不停更換住所，抵達威尼斯之後，他發現自己居然找不到那封信，也記不得信的內容，他不知道老太太的姓名，手邊只剩下一張小紙片，標示出老太太可能住在哪裡。

葛瑞司迪姑媽認為，基於禮貌，他們最好先寫信知會老太太，讓她知道葛瑞司迪一家即將造訪。葛瑞司迪姑媽還說，老太太若發現他們居然不知道她的姓名，八成覺得非常奇怪，說不定認為這家人毫無誠意。葛瑞司迪醫生有點猶豫，左思右想了半天，卻想不出更好的點子，所以只好很快地寫了一封短函，請房東太太把信寄給老太太。

接下來發生了一連串的怪事，首先，房東太太看看信上的地址，仔細研究半天之後把信交給她的小叔，葛瑞司迪醫生有點想不通為什麼。

幾天之後，房東太太的小叔登門造訪，這位先生矮小精悍，是個執業的律師，他跟葛瑞司迪醫生說，他已經遵照指示把信寄出，但有件事他必須提醒葛瑞司迪醫生，老太太住在坎納吉爾，也就是猶太人齊聚的貧民區，信件已經寄交到一位年高德劭的猶太紳士手中，但還未得到回覆，葛瑞司迪醫生接下來打算如何？這位名叫托賽提的矮小的律師願意全力相助。

當天傍晚，葛瑞司迪一家在托賽提先生的陪同下登上貢多拉，貢多拉緩緩駛過聖馬可，岸上的紳士淑女們正準備出遊，揭開夜生活的序幕。貢多拉行經索伯尼哥廣場，葛瑞司迪小姐轉頭看著一個泛出燭光的小窗，心想史傳傑說不定就在窗內。下一站是李奧托，葛瑞司迪姑媽一看到光著腳丫子的孩童，馬上大嘆她真希望孩子們有錢買鞋。

他們在猶太人區下船，威尼斯的房子都很古老，外型也很特別，但猶太人區的房舍看來更是奇特，這個擅長經商的民族似乎偏好古老古怪的房子，每棟房屋都非常陳舊怪異。威尼斯的街道瀰漫著感傷，猶太人區的街道感覺更是淒涼，猶太人沉重的歷史和哀傷，交織出一股難以言喻的凝重。街上的房屋極為樸素，托賽提先生敲敲其中一扇大門，門面漆黑簡樸，看來幾乎像是新英格蘭地區貴格會教徒的聚會所。

一位男僕前來應門，把大家請進屋內的一個小房間，房間裡光線黯淡，四面牆上鑲嵌著陳舊的木板，夾帶著一股海洋的氣味。

房裡有扇小門，小門半開，葛瑞司迪醫生偷偷朝裡面瞄一眼，他看到許多古老、陳舊、薄皮面的書，還有比一般英國燭臺更多分枝的銀燭臺和狀似神祕的木盒，葛瑞司迪醫生心想，這些大概都是猶太老先生的宗教器皿。牆上懸掛著一個布偶或是娃娃，它跟男人一樣高大，大手大腳，但穿著打扮像個女人，頭低到胸前，讓人看不清它的長相。

男僕穿過小門向主人稟告，葛瑞司迪醫生低聲對他妹妹說，這個男僕看起來人模人樣，葛瑞司迪姑媽表示同意，但她注意到男僕沒穿外套，她常看到僕人只穿著長袖襯衫，一般而言，如果主人是個單身漢，就沒有人指正這個壞習慣，葛瑞司迪姑媽想不通為什麼，她猜這位猶太老先生八成是個鰥夫。

「啊！」葛瑞司迪醫生瞄了瞄半開的小門說，「我們打擾了他進餐。」

年高德劭的猶太老先生穿著一件灰撲撲的長外套，一臉捲曲的灰鬍子，滿頭銀髮，頭上戴著黑色的小圓帽。他坐在一張長桌子的旁邊，桌上鋪著潔白無瑕的亞麻桌巾，他把桌巾的一角塞在頸下當作餐巾。

葛瑞司迪姑媽看到她哥哥朝門裡偷看，深感震驚，她用雨傘輕戳葛瑞司迪醫生，示意他馬上停止這種不禮貌的舉動，但葛瑞司迪醫生大老遠跑到義大利來觀光，猶太老先生在家裡吃飯也是奇景，他沒有理由不繼續觀看。

猶太老先生似乎無意放下晚餐，接待這群素未謀面的英國人，他好像正在交代男僕如何打發這家人。

男僕回來跟托賽提先生說了幾句話，兩人說畢之後，托賽提先生跟葛瑞司迪姑媽微微一鞠躬，然後跟大家解釋說，他們要找的老太太叫做迪葛朵，住在這棟房子的最頂樓。猶太老先生的僕人們似乎無意帶路，也沒有人願意為他們通報，托賽提先生有點不高興，但他說反正此行就是探險，不妨上樓一探究竟。

葛瑞司迪醫生和托提賽先生各拿了一枝蠟燭，樓梯間一片漆黑，他們經過好多扇門，門面雖然寬廣，但卻奇形怪狀，看了讓人害怕。為了容納眾多住戶，猶太人區的房子都蓋得很高，但房子裡隔了很多樓層，每個樓層都很低，行進之間，他們聽到門後傳出各種聲響，甚至有名男子口操不明的語言，高唱一首憂傷的歌曲。走著走著，人煙逐漸稀少，敞開的大門內只見一片黑暗，從中飄出一陣冷冷的霉味。最後一扇門卻是緊閉，他們上前敲門，但無人應答，他們高聲詢問迪葛朵太太在不在家，但依然毫無反應。葛瑞司迪姑媽說他們大老遠跑一趟，若空手而返，豈不太可惜？於是眾人推門逕行入內。

房間比閣樓大不了多少，處處流露出暮年的破落與赤貧，房裡每樣東西不是缺角，就是故障，原本的色澤也已褪色變黑。晚風從小窗戶飄進來，窗外也看得到明月，但皎潔的月亮才不願駐足這個骯髒的小房間。

但這些都不足以令葛瑞司迪醫生害怕，另一個景象才讓他拉緊領巾，臉色陣紅陣白，緊張地大口喘氣，葛瑞司迪醫生最討厭貓，而這個小房間裡到處都是貓。

貓群當中有個非常瘦小的人坐在一把布滿灰塵的木椅上，幸好誠如托賽提先生所言，這幾個人很有冒險精神，迪葛朵太太的模樣確實嚇人，膽小的人絕對難以承受。她坐得非常筆挺，看起來好像正等待某人造訪，但老態龍鍾的她，全身上下都是歲月的刻痕，看來幾乎不像一般人，反倒像是某種不知名的生物。她兩隻手臂擱在膝上，手臂布滿褐色的斑點，宛若兩條灰褐色的死魚；她的膚色極為蒼白，皺紋如蜘蛛網般密布，幾乎透明的肌膚下，看得到一條條暴出的藍色血管。

她沒有起身歡迎大家，甚至好像根本沒注意到他們，說不定她沒聽見。房裡雖然一片沉寂，但五十隻貓卻造成一種奇怪的效果，好像五十個人靜悄悄地疊在一起，沉靜中帶著一絲詭異。

兩位男士找個位子坐下，葛瑞司迪姑媽親切地笑笑，暗自打算盡量讓大家感到賓至如歸，於是她率先打開話匣子。

「親愛的迪葛朵太太啊，請原諒我們不請自來，但能到您府上訪問，我的姪女和我真的感到非常榮幸。」葛瑞司迪姑媽稍作暫停，等著讓老太太說兩句，但老太太卻一語不發，「您這裡真是太舒服了！我有個好朋友懷史密斯小姐，她住在巴斯皇后廣場一棟房子的頂樓，她的房間跟您差不多，迪葛朵太太啊，我朋友說夏天的時候，她房裡飄來陣陣微風，清涼無比，城裡的有錢人家裡雖然豪華，但飽受暑氣之苦，還不及她的小房間舒服呢！她的房間整理得井然有序，所有東西都伸手可及，唯一讓她不滿的是，隔壁的女孩總是把熱水壺放在樓梯口，迪葛朵太太，您也知道，不注意踢到熱水壺還真痛呢！您上下樓梯還方便嗎？」

對方沒有回答，一時之間，房裡只有五十隻貓的呼吸聲。

葛瑞司迪醫生用手帕擦擦額頭的汗珠，身子不自在地扭動，「夫人，」他開口，「我們應亞伯丁郡的麥金先生之請，特別登門拜訪，他希望您還記得他，也祝您身體健康。」

葛瑞司迪先生覺得老太太說不定耳背，所以提高了音量，但老太太沒反應，反而吵到了貓群，好些貓開始在房裡踱步，貓咪彼此擦肩而過，激起一股股靜電，一隻黑貓突然冒出來跳到葛瑞司迪醫生的椅背上，好像走鋼索一樣來回徘徊。

葛瑞司迪醫生強自鎮定，繼續說道：「夫人，我們會跟麥金先生報告您的近況。」

但老太太依然不置一詞。

接下來輪到葛瑞司迪小姐，「夫人，」她說，「我很高興您有這麼一群朋友相伴，這些貓咪一定是您的心肝寶貝，您瞧那隻蹲在您腳邊的小黃貓，真的好漂亮！您看看牠洗臉的俏模樣！您管牠叫什麼呢？」

但老太太還是沒回答。

在葛瑞司迪醫生示意下，托賽提先生把大家的話複述一次，只是這次用義大利文。老太太依然沒有反應，唯一不同的是，她現在根本懶得看他們，反而目不轉睛地瞪著一隻大灰貓，大灰貓瞪著另一隻白貓，白貓則盯著窗外的明月。

「請告訴她我有一些錢要交給她，」葛瑞司迪醫生跟托賽提說，「請跟她說這是麥金先生致贈的禮金，她不必跟我道謝……」葛瑞司迪醫生邊說邊猛搖雙手，好像道謝的話語將跟蚊子一樣蜂擁而至，他得猛力推拒。

「托賽提先生，」葛瑞司迪姑媽說，「你看來不太舒服，你是不是病了？要不要喝杯水？請迪葛朵太太幫你端杯水吧。」

「不，葛瑞司迪夫人，我沒事，我只是……」托賽提先生環顧四周，試圖找出適當的形容詞，「有點害怕。」他終於低聲說。

「害怕？」葛瑞司迪醫生悄悄說，「為什麼？你害怕什麼？」

「噢、醫師先生，這個地方太可怕了！」托賽提再度耳語，眼光中充滿驚恐，他先看看一隻舔著爪子、正準備洗臉的小貓，然後再把目光移回老太太身上，好像等著她展開某些動作。

葛瑞司迪小姐低聲說，雖然他們好意來訪，但一下子來太多人，而且太突然，他們顯然是多年來的第一批訪客，難怪老太太一時反應不過來，難以消受！

「唉，芙蘿拉，」葛瑞司迪姑媽低聲說，「你想想！這麼多年都孤零零一個人，多可憐喔！」

大夥在小房間裡耳語，老太太卻離大家不到三步，葛瑞司迪醫生覺得非常荒謬，但卻不知道該如何是好，他越來越不耐煩，臉色也越來越凝重，他妹妹和女兒一看就知道最好趕緊告辭。

葛瑞司迪姑媽再三跟老太太告辭，她囉囉唆唆地講了一大堆，內容不外等她身子好一點，大夥一定再過來探望、期待很快再見面等等。

大夥離開之前再回頭一看，此時窗沿上出現一隻先前沒看過的小貓，小貓嘴裡叨著一個僵硬、尖銳的東西，看起來很像一隻死鳥，老太太忽然發出愉悅的叫聲，以過人的精力從椅子上跳起來。老太太的叫聲非常奇怪，聽起來完全不似人聲，托賽提先生嚇得大叫，一把將門拉上，老太太接下來的舉動也被掩在門後[1]。

[1] 托賽提先生後來跟葛瑞司迪一家坦承，其實他曉得那位坎納吉爾的老太太是誰。他在威尼斯各地經常聽人提起這個故事，但直到親眼目睹之前，他始終認為這只是個嚇唬小孩和笨蛋的鄉野傳奇。

老太太的父親據說是個猶太人，母親則具有歐洲不同民族的血統。老太太從小學習好幾種語言，而且講得非常好，她極具語言天賦，學什麼都一點就通，純粹為了好玩而學習，到了十六歲，她不但精通一般淑女所擅長的法文、義大利文和德文，而且通曉其他文明及不文明國家的語言。她會說蘇格蘭高地話，聽起來像在唱歌；她還會說巴斯克語，這種語言很難記，除了巴斯克人之外，其他人聽得再久，依然記不得任何一個音節，她甚至學會了某個奇怪國家的語言，托賽提先生聽說有些人相信這個國家依然存在，但沒有人知道它在哪裡（這個國家叫做威爾斯）。

她周遊列國，會晤各國的國王和皇后、爵爺和爵爺夫人、王子和主教、王公與貴族，她以要人們的母語與他們交談，每個人都稱揚她是個天才。

最後她來到威尼斯。

但她向來不懂得節制，對凡事都抱持如同學習語言般的狂熱，很不巧地，她嫁了一個跟她一樣的男人，夫妻兩人在冬季嘉年華時抵達威尼斯，從此之後就再也沒有離開。他們在賭場輸光了家產，日夜笙歌更搞壞了身子，有天早晨，威尼斯的運河在晨曦中泛出玫瑰般的光澤，老太太的先生卻陳屍在運河河畔的莫里街，他僵硬的屍體倒臥在濕冷的石板地上，卻沒人出手相助，老太太說不定也幫不上忙，因為她已經身無分文，也已無家可歸。後來猶太人看她可憐，這說不定是因為老太太會說猶太話（雖然她自己從來沒提過），說不定是因為猶太人自己在威尼斯也飽受歧視，不管原因為何，老太太搬進了猶太人區。之後究竟發生了什麼事，各方說法不一，但大家都知道她雖然住在猶太人區，但卻無法和居民打成一片，我不知道這究竟是她的錯，還是居民們不對，總而言之，她孤零零地住在小房間裡，久久沒有和人交談，時間一久，再加上精神狀況越來越差，她居然忘了所有語言，義大利文、英文、拉丁文、巴斯克文、威爾斯文，全都被她忘得精光，最後只記得貓語，而且據說講得非常好。

53 一隻小小的死灰鼠

一八一六年十一月底

隔天晚上，葛瑞司迪一家和史傳傑共進晚餐，餐室宏偉中帶著一絲威尼斯特有的淒美，感覺相當羅曼蒂克，地板的大理石陳舊龜裂，與冬日的威尼斯同一色調，葛瑞司迪姑媽戴著小白帽坐在一旁，身後依稀可見一扇龐大的鐵門，朦朧之中，鐵門上的雕刻看來宛若喪禮行進的人影。灰泥牆上一幅幅鬼影幢幢的壁畫象徵歷代屋主的光榮歷史，但這個家族的最後一位傳人早已溺斃，現今的屋主阮囊羞澀，窮到多年來沒有整修房屋，屋外雨絲綿綿，屋內居然也下起小雨，餐室的一隅漏水，雨水滴落在地板和家具上，聽了令人不悅。但葛瑞司迪一家依然愉快地享用可口的晚餐，絲毫不受這些小小的不便所影響。他們點上蠟燭，用明亮的燭光驅走黑暗中的鬼影；他們高聲談笑，用笑聲蓋住滴落的雨聲，霎時之間，餐室中充滿愉悅的英式風情。

「但我還是不明白，」史傳傑說，「誰照顧這位老太太呢？」

葛瑞司迪醫生說：「那位猶太老先生看來似乎很好心，他給了老太太一個棲身之所，還請僕人把食物放在樓梯口。」

「但誰幫她把食物端上來呢？」葛瑞司迪小姐大聲問道，「這點倒沒人知道。托賽提先生認為貓咪幫她把食物送上去。」

「哪有這回事！」葛瑞司迪醫生說，「誰聽過貓這麼有用！」

「貓只會擺出不可一世的模樣瞪人，」史傳傑說，「眼神中帶著警世意味，雖然看了不太舒服，卻可讓人乘機反省。」

葛瑞司迪一家的奇遇顯然成了晚餐的主要話題，「親愛的芙蘿拉，」葛瑞司迪姑媽說，「史傳傑先生以為我們滿腦子只有這件事呢。」

「噢，請別這麼說，」史傳傑說，「這事非常古怪，而你知道的，我們魔法師最喜歡古怪的事情。」

「史傳傑先生，你能用魔法把她治好嗎？」葛瑞司迪小姐說。

「幫瘋子治病？我沒辦法，但我確實試過。曾經有人請我拜訪一位發瘋的老先生，看看我能不能治好他，我下了比平常更強的咒語，但他依然瘋瘋癲癲。」

「魔法中一定有治療瘋狂的良方，對不對？」葛瑞司迪小姐急切地問，「說不定**黃金年代**的魔法師有法子。」葛瑞司迪小姐最近對魔法史大感興趣，開口閉口都是「魔法的**黃金年代**」或「魔法的**銀色年代**」。

「或許吧，」史傳傑說，「但就算有，也已失傳了好幾百年。」

「但就算失傳了一千年，我相信對你也不成問題。你已經跟我們提過幾十個大家認為已經失傳，卻被你重新發掘的咒語。」

「沒錯，這些咒語我略知一二，卻從沒聽過哪位黃金年代的魔法師曾經醫治瘋子。他們對瘋狂的看法似乎和我們不一樣，他們認為瘋子是先知，甚至仔細傾聽瘋子的胡言亂語。」

「好奇怪喔！為什麼呢？」

「諾瑞爾先生認為這是源自精靈對瘋子的憐憫，除此之外，只有瘋子看得到精靈，其他人都看不見。」史傳傑停了一會之後說，「你說這個老太太心智非常渙散？」

「沒錯！我想是的。」

晚餐之後，葛瑞司迪醫生在小客廳的椅子上打盹，葛瑞司迪姑媽也拼命打瞌睡，她不時醒過來連聲道歉，但不一會又點頭如搗蒜，因此，葛瑞司迪小姐得以單獨和史傳傑談心。她有很多話想跟他說，在他的推薦下，她最近正在閱讀波提斯黑勛爵的《為孩童寫的烏鴉王歷史》，也想請教他許多問題，但他似乎心不在焉，好幾次甚至沒聽她講話，讓她有點不高興。

隔天葛瑞司迪一家造訪阿森納爾造船塢，船塢雄偉壯觀，令人讚嘆不已，大夥在禮品店閒逛了一、兩小時，商店的老闆似乎和店裡的物品一樣老舊怪異。逛完禮品店之後，大夥在聖斯特凡諾教堂附近享用可口的義大利冰淇淋。葛瑞司迪一家邀請史傳傑同行，當天一大早，葛瑞司迪姑媽接到史傳傑的短函，信中謝謝他們的盛情邀約，但他剛好想到一個點子，一時走不開，「……夫人，誠如你所知，學者們向來自私，只顧研究，所有事情都被擱在腦後，你的兄長亦是如此……」第二天大夥拜訪聖塔瑪麗亞教堂，史傳傑再度缺席；第三天眾人乘船到拓爾契諾島一遊，拓爾契諾島孤立於灰霧之間，島上蘆葦叢生，威尼斯人最先在此築城，此地曾盛極一時，但早已遭到廢棄，繁華也化為雲煙，眾人優遊其間，史傳傑卻依然沒有同行。

史傳傑雖然關在索伯尼哥廣場的小房間裡苦思魔法，但葛瑞司迪醫生卻一天到晚聽到他的名字，根本不愁少了史傳傑相伴。大夥經過里奧托橋，葛瑞司迪醫生一看到橋就大談《威尼斯商人》、莎士比亞和當代的劇場，葛瑞司迪小姐馬上代表史傳傑發表意見，她對史傳傑的想法瞭若指掌，兩人想法幾乎一致。大夥走進一家小禮品店，店裡掛了一幅畫，畫中是隻奇形怪狀翩然起舞的灰熊，葛瑞司迪小姐馬上跟父親說，史傳傑先生有個朋友把一隻褐熊製成標本、擺在玻璃櫃裡。大夥享用羊肉時，葛瑞司迪小姐馬上提到，史傳傑先生在萊姆里吉斯也曾吃過羊肉。

第三天晚上，葛瑞司迪醫生致函史傳傑，請他過來喝杯咖啡和義大利白酒。當晚六點多，兩人在弗羅里安咖啡館碰面。

「真高興看到你，」葛瑞司迪醫生說，「但你臉色好蒼白，你這幾天記得吃飯、休息，或是出去走走嗎？」

「我想我今天吃了一點東西，」史傳傑說，「但我不記得吃了什麼。」

他們繼續閒聊，但史傳傑顯得心不在焉，數次隨口敷衍葛瑞司迪醫生的問題。不一會，他一口飲盡杯中的白酒、掏出懷錶說，「對不起，我另外有事，必須馬上離開，希望你不會介意，我這就告辭。」

葛瑞司迪醫生聽了有點驚訝，不禁猜想史傳傑究竟有什麼要事。一個人在任何地方都可能行為反常，但葛瑞司迪醫生認為威尼斯似乎更容易讓人失常，全世界沒有任何一個城市像威尼斯一樣處處引誘人越軌，史傳傑目前的狀況更令葛瑞司迪醫生擔心，於是他盡量輕描淡寫地問道，史傳傑是否趕著去見拜倫勛爵？

「不，」史傳傑瞇起眼睛，狀似神祕，「老實說，我想我已經找到可以助我一臂之力的人。」

「你是指精靈僕人？」

「不，我是說另一個人。我寄予厚望，但不確定對方是否願意幫我，在這種狀況下，你應該理解我為什麼急著趕過去。」

「沒錯！」葛瑞司迪醫生說，「快去！快去！」

史傳傑轉身離去，不久就成為廣場上另一個模糊的黑影。眾人行色匆匆，面無表情地穿梭於月色下的威尼斯之間。月亮高掛在宏偉的建築物間，空中似乎出現另一座閃爍在月光中的城市，空中之城和威尼斯一樣雄偉，但高聳的宮殿和街道都已成為廢墟和瓦礫，好像哪位神仙一時興起，以這幅幻象來嘲諷凋零中的威尼斯。

在此同時，葛瑞司迪姑媽和小姐趁葛瑞司迪醫生不在時，再度到猶太人區拜訪老太太。她們偷偷來到這個恐怖的頂樓小房，明知葛瑞司迪醫生、甚至連史傳傑先生都會反對，說不定堅持陪伴同行，但她們依然不想讓男士們作陪，兩個人偷偷前來。

「他們光說不練，」葛瑞司迪姑媽說，「只想猜出她為什麼淪落到這個地步，但光講有什麼用？怎麼幫得了她？」

葛瑞司迪小姐帶了一些蠟燭和燭臺，她點燃蠟燭，好讓兩人看得見房裡的動靜，接著，兩人從籃子裡端出香噴噴的白酒鮮奶油燴小牛肉，陰沉的小房間裡頓時充滿美妙的香味，兩人還拿出一些新鮮的麵包、蘋果和一件軟綿綿的披肩。葛瑞司迪姑媽端了一盤小牛肉到老太太面前，但隨即發現老太太的手指糾結成一團，僵硬得握不住刀叉。

「親愛的芙蘿拉，」葛瑞司迪姑媽說，「她很想吃小牛肉，我相信吃點東西對她絕對有幫助，但我想我們還是讓她自己進食吧。」

她們下樓走到街上，一走到外面，葛瑞司迪姑媽馬上驚嘆，「噢，芙蘿拉，她已經幫自己準備了晚餐，妳沒看到房裡有個小瓷盤嗎？盤子很漂亮，很像我那套畫了玫瑰花苞和勿忘我的茶組，她在盤子上擺了一隻老鼠，一隻小小的死灰鼠耶！」

葛瑞司迪小姐慎思了一會說，「我覺得那是菊苣，這裡的人把菊苣燙熟淋上醬汁，看起來有點像老鼠。」

「噢，親愛的！」葛瑞司迪姑媽說，「你明知不是如此……」

她們穿過猶太人區，朝著運河前進，走著走著，葛瑞司迪小姐忽然轉進暗處，一下子就不見人影。

「芙蘿拉！怎麼回事？」葛瑞司迪姑媽大叫，「你瞧見什麼？別逗留太久，屋子之間的巷道太暗了，芙蘿拉！芙蘿拉！」

葛瑞司迪小姐很快又走回亮處，腳步跟先前一樣迅速。「姑姑，沒什麼，」她說，「請別擔心，剛才好像有人在叫我，所以我過去看看，我以為是位我認識的熟人，但卻沒看到半個人。」

貢多拉平底船在運河邊等候，船夫攙扶她們上船，緩緩駛離岸邊，葛瑞司迪姑媽裹上毛毯縮在船中央，雨滴敲打著天蓬，「說不定回家之後，我們會看到史傳傑先生和你父親在一起聊天。」她說。

「或許吧。」葛瑞司迪小姐說。

「說不定他又去跟拜倫勳爵打撞球了，」葛瑞司迪姑媽說，「這兩位男士的個性似乎完全不一樣，居然成了朋友，實在很奇怪。」

「沒錯！但是史傳傑先生跟我說，他在瑞士結識拜倫勳爵之初，覺得這人不怎麼樣，當時勳爵大人身邊圍繞著一群詩壇朋友，這些人占據了他所有時間，他也顯然喜歡與他們為伍，史傳傑先生說他幾乎傲慢無禮。」

「嗯，這確實不太好，但卻一點也不奇怪，你看到他難道不害怕嗎？我是說拜倫勳爵，我自己就有點怕怕的。」

「不，我不怕。」

「親愛的，那是因為你比其他人理智穩重，說真的，我不曉得世間有誰讓你害怕呢。」

「喔，我不認為自己特別勇敢，也不知道是否比其他人穩重，我只是從沒想過要做壞事，拜倫勛爵對我產生不了影響，也無法左右我的行動或想法，他傷害不了我的。但這並不表示世間沒有讓我害怕的人，說不定他只是還未出現；這人說不定看起來非常悲傷、失落，或是體貼，最令人害怕的是，他或許埋藏著沉痛的心事和憤怒，根本不在乎我眼裡有沒有他。」

在猶太人區頂樓的小閣樓裡，迪葛朵老太太房裡的蠟燭已經燃盡，月光斜射在有如夢魘的小房間裡，老太太狼吞虎嚥地吃起先前兩位女士送來的小牛肉。

她正吞下最後一口牛肉之際，房裡忽然響起一名英國男子的聲音：「很抱歉，我的朋友們沒有留下來為我們引介，逼得我們非得自我介紹不可，這不是有點尷尬嗎？夫人，我叫史傳傑，至於你嘛，你或許忘了，但你姓迪葛朵，很高興認識你。」

史傳傑交叉著手臂靠在窗邊，目不轉睛地看著老太太。

老太太則一如忽略葛瑞司迪姑媽或葛瑞司迪小姐一般，對史傳傑視而不見，她像隻小貓，幾乎對誰都不搭理。

「請容我向你保證，」史傳傑說，「我跟那些不請自來、沒事過來閒聊的訪客不一樣，迪葛朵太太，請你仔細聽聽我的提議，我有幸在這個時候碰到你，我能讓你的願望成真，也希望你助我一臂之力。」

迪葛朵太太看來似乎沒聽進半句話，她的注意力已轉移到那隻小瓷盤，乾癟的嘴唇已經準備一口咬下去。

「夫人！」史傳傑大喊，「請你暫時擱下晚餐，注意聽我說。」他傾身拿走瓷盤，迪葛朵太太似乎總算注意到他的存在，她生氣地低哼一聲，憤憤地瞪著他。

「我要你教我怎麼發瘋。這個點子實在太單純了，我以前怎麼沒有想到？」

迪葛朵太太非常小聲地咆哮。

「哦，你覺得這樣有點荒謬？或許沒錯，讓自己發瘋確實不智，我的老師、妻子和朋友們若知道我有此打算，肯定非常生氣。」他停頓下來，譏諷的表情逐漸消失無蹤，口氣也轉而嚴肅，「但我已和老師斷絕關係，妻子已經過世，朋友們不是距此二十哩，就是隔著一片汪洋。從投身這個古怪的行業以來，我首次不必徵詢任何人的意見。好了，我們打哪裡開始呢？你得給我某樣象徵你已經瘋了的東西。」他看了看房裡，「很不幸地，除了你身上這件袍子之外，似乎沒什麼東西……」他忽然低下頭看看手上的盤子，「噢，這隻老鼠，我想我就用這隻老鼠吧。」

史傳傑開始念咒，房裡忽然出現一道介乎白色光焰和火樹銀花之間的銀白光束，光束在迪葛朵太太和史傳傑之間盤旋了一會，史傳傑擺出手勢，似乎想把光束逼向老太太，光束隨即落在老太太身上，霎時之間，她整個人被籠罩在銀白的光圈之中，不一會，迪葛朵太太忽然不見了，光圈之中是個滿臉嚴肅、披著一件陳舊睡袍的小女孩；再過一會，小女孩也不見了，取而代之的是個一臉頑固的年輕女子；不一會，年輕女子又變成一個神情傲慢的婦人，婦人眼中已依稀流露出瘋狂。不同年紀的迪葛朵太太在椅子上依次現形，然後全都消失無蹤。

座椅上只剩下一團皺巴巴的綢緞，一隻小灰貓從中邁步而出，小貓縱身跳上窗沿，隨即消失在黑暗中。

「嗯，咒語發揮功效了。」史傳傑說，他捏起小灰鼠的尾巴，幾隻貓咪馬上圍在他腳邊磨蹭，企圖引起他的注意。

他自嘲地笑笑，「難不成為了發揚英國魔法，約翰．厄司葛雷也得承受這種折磨？」

他無法預期接下來有何感受。咒語一出，他會發現自己瘋了嗎？他是不是應該想些瘋狂的事情？說不定根本不必想，瘋狂的念頭自然湧現。他環顧四周，然後張開嘴巴，慢慢地把老鼠放進嘴裡……

他感覺自己好像突然躍入瀑布之中，耳邊傳來兩千隻小喇叭的巨響。所有的回憶、往事、以及熟知的一切全都離他而去，他滿心困惑，卻又感到一陣狂喜；周遭一片火焰般的豔紅，令人難以直視，新增的恐懼、欲望、憎惡湧上心頭，令人難以承受。他被眾多幽靈包圍，有些目露凶光，血盆大口，露出尖銳的利齒，還有一隻好像大蜘蛛的怪獸緊追在他身後，四處瀰漫著邪惡的氣息。他嘴裡有個東西，味道可怕得難以形容，他無法思考，無法辨識，憑藉著一股不知道打哪裡來的勇氣，他把嘴裡的東西吐出來，忽然有個人高聲尖叫……

他發現自己躺在地上，迷迷糊糊地瞪著漆黑的天花板和窗外的明月。朦朧中出現一個人影，這人不屑地瞪著他，鼻息溫暖、濕潤，帶著一股惡臭。他不記得自己躺了多久，事實上，他根本什麼都不記得；他不知道身處倫敦、還是回到家鄉斯洛普郡，全身上下感覺非常奇怪，好像一群貓同時踏在他身上，一會之後，他抬頭一看，赫然發現身上果然有好幾隻貓。

他坐直身子，貓群縱身離去，一輪圓月高掛天際，月光透過殘破的窗戶流洩至屋內，他慢慢回想，終於拼湊出今晚的遭遇。他記起自己對老太太施咒，也記起想讓自己發瘋，藉此與精靈會面。這些事情感覺非常遙遠，似乎是一個月前的事，但他拾起懷錶，卻發現才過了不到幾分鐘。

幸好他留下了小老鼠，先前倒下的時候，他的手臂剛好壓住它，所以才沒被貓叼走。他把小老鼠放到口袋裡，匆匆離開房間；他一刻都不願多逗留，這個房間原本已如夢魘，現在更充滿難以言表的驚恐。

他在樓梯上碰到幾個住戶，但他們連看都沒看他。他先前已對整棟房屋的住戶下咒，住戶們以為他常來造訪，大家每天跟他碰面，見到他也不覺得奇怪，但若有人問起他是誰，住戶們卻也說不上來。

他走回索伯尼哥廣場的住所，他似乎依然感染到老太太的瘋狂，街上的行人看起來不太一樣，大夥顯得面目猙獰，神情呆滯，行動緩慢而笨拙，「嗯，有件事倒是沒錯，」他心想，「那個老女人的確瘋瘋癲癲，我在那種情況下不可能召喚得到精靈。」

隔天早晨，他起個大早，吃過早餐之後，他遵照幾個大家熟知的魔法準則，動手將老鼠的血肉變成粉末。他保留住骨架，然後用粉末製造滴劑，這樣做有兩個好處，第一（而且是最重要的一點），吞嚥滴藥劑比把整隻死老鼠放進嘴裡容易，也比較不噁心；第二，把粉末變成滴劑之後，他可以控制服用的劑量，說不定也可藉此控制瘋狂的程度。

到了下午五點，他已經製造出黃褐色、聞起來像威士忌的滴劑，他把滴劑裝進瓶內，然後小心翼翼地倒了十四滴到威士忌中，一飲而盡。

幾分鐘之後，他凝視窗外的索伯尼哥廣場。行人來來往往，每個人的後腦勺都有個大洞，行人顏面模糊，不過是一紙薄薄的面具，後腦勺的洞裡有隻燃燒的蠟燭，他看得一清二楚，心想以前怎麼沒注意到？如果他跑到街上、吹熄蠟燭，會有什麼後果？想著想著，他不禁仰頭大笑，笑得幾乎無法遏制，笑聲在屋內迴盪，激起陣陣回音，僅存的幾絲理智發出警告，最好不要驚動房東一家，於是他跳上床，把頭埋在枕頭下，一面高聲狂笑，一面拳打腳踢，深覺自己的想法好笑極了。

隔天早晨，他在床上醒了過來，全身衣著整齊，腳上還穿著靴子，顯然沒有更衣就上床睡覺，醒來之後雖然感到僵硬不舒服，但除此之外，他感覺一切如常。他梳洗、刮臉，換上一套衣服，然後出門吃點東西。科塔西亞街和聖安吉諾廣場的角落有家他常去的小咖啡館，他像往常一樣走進店裡，直到侍者端了一杯咖啡放在他桌上，他才感到不對勁，他抬頭一看，赫然發現侍者的眼睛裡閃爍著燭光，他再也搞不清楚人們的腦袋裡有沒有蠟燭，正常的人當然覺得沒有，瘋子則覺得有，但他卻不曉得自己怎麼想。

他感到有點害怕。

「使用滴劑只有一個麻煩，」他心想，「我很難判定魔藥何時失效，嗯，我先前倒沒考慮到這一點，我最好等一、兩天再試試看。」

但到了中午，他又失去耐性。他感覺好多了，也確信人們的腦袋裡沒有蠟燭，「更何況，」他心想，「大家腦袋裡有沒有蠟燭干我何事？這個問題跟我想達成的目標完全無關。」於是他倒了九滴滴劑在甜酒中，一飲而盡。

他馬上看到屋裡所有櫃子裡都擺滿了鳳梨，鳳梨滾到床下和桌子下，他大為驚慌，全身忽冷忽熱，不得不坐在地上。不但如此，整個城市的廣場和房子裡都是鳳梨，街上的行人也把鳳梨藏在衣服裡走來走去，所到之處都聞得到鳳梨濃郁的香味。

過了一會，有人敲敲他的房門，他回過神來，赫然發現天色已晚，房裡也一片漆黑。敲門聲再起，原來是房東，房東張嘴說話，但史傳傑卻聽不懂，這是因為房東嘴裡塞了一個鳳梨，史傳傑想不通嘴裡怎麼可能塞得進鳳梨。房東的嘴巴一張一合，尖銳青綠的鳳梨葉片也跟著忽隱忽現，史傳傑心想，說不定他應該拿把刀子或鉤子，試著把鳳梨拉出來，以免房東噎著了，但仔細一想，他又覺得事不關己，「畢竟，」他不耐煩地想道，「是他自己把鳳梨放進嘴裡，怪不得別人。」

隔天早上，他常光顧的小咖啡館裡有個侍者拿刀切鳳梨，史傳傑趕緊低下頭喝咖啡，心裡感到毛骨悚然。

他發現讓自己發瘋其實不難，比大家想像得容易多了。但這項實驗跟所有魔法一樣，試行的過程中問題多多，令人深感挫折。就算他真的成功地召喚到精靈（目前看來可能性極低），他也沒辦法好好跟對方說話。他讀過的文獻再三提醒魔法師，跟精靈打交道必須非常謹慎，但在這個最需要展現聰慧的時刻，他腦筋卻一片模糊。

「我滿口鳳梨、蠟燭等廢話，我怎能讓他相信我的法力遠高於他？」史傳傑心想。

他整天在房裡踱步，不時停下來在紙片上塗鴉，到了傍晚，他已寫出一個召喚精靈的咒語，他把咒語擺在桌上，倒了四滴滴劑在清水裡，仰頭一飲而盡。

這次藥劑產生非常不同的效果，他不但沒有感到恐懼，心情甚至突然好轉，他比往常平靜、安詳、沉穩，長久以來都沒有這種感受。他發現自己不再執著於魔法，心中敞開多扇門窗，他一一造訪，回到許久不曾駐足的過去。接下來的二十多分鐘，他變成二十或二十二歲時的自己，年少歲月一一呈現在面前；甚至他轉變成一個完全不同的人，他一直想成為這樣的人，卻始終沒有機會嘗試，總算如願以償。

吞下滴劑之後，他忽然很想去酒館，他十月初就抵達威尼斯，但到現在還沒有造訪過任何一家酒館，想想真是荒謬。但他低頭看看懷錶，發現現在才八點，「太早了吧，」他對著空蕩蕩的屋子說。他忽然想找人說話，屋裡卻沒有其他人，於是他只好對著小小的木頭人像說：「大概得再等三、四個小時，上酒館才有意思吧。」

他想過去找葛瑞司迪小姐聊聊，藉此打發時間。「但她姑媽和爸爸一定也在。」他賭氣地哼了一聲，「無聊！無聊！無聊極了！為什麼漂亮的小姐身旁總有一大群親戚呢？」他看看鏡中的自己，「天啊！這個領結看起來像是農夫打的。」

他花了半小時重新打領結，最後總算滿意地點點頭。接下來他發現自己的指甲太長，而且不太乾淨，於是他四處找剪刀修指甲。

桌上有把剪刀，剪刀旁邊有樣東西，「這是什麼？」他問，「喔，原來是紙片，上面還寫了魔法咒語！」他似乎覺得非常有趣，「你知道嗎？聽來或許奇怪，」他告訴那座木頭人像，「但我認識那個寫下咒語的傢伙！他叫強納森．史傳傑，嗯，待我想想，我想這些書也是他的。」他研讀一下咒語，「哈！你絕對猜不到他正在進行哪件蠢事！念咒召喚精靈！哈！哈！他以為召喚到精靈之後，他就可以振興英國魔法，其實他只想嚇嚇吉伯特．諾瑞爾！他大老遠來到這個全世界最輝煌的城市，滿腦子卻只顧及某個倫敦的老書呆子怎麼想！真是可笑！」

他嫌惡地扔下紙片，拿起剪刀，一轉身就幾乎碰到頭頂上的某樣東西，「這究竟是……？」他低聲嘟囔。

天花板上垂掛著一條黑色的緞帶，緞帶盡頭綁著幾塊小骨頭、一瓶裝了液體的小罐子和一張寫了字的小紙片，暗褐色的液體說不定是血滴。緞帶的長度剛好與人齊高，走來走去遲早會碰到，史傳傑不可置信地搖搖頭，心想怎麼有人笨到把緞帶繫在天花板上，他靠著桌子，開始剪指甲。

幾分鐘之後，「你知道嗎？他有個太太，」他一邊跟小木頭人像說、一邊對著燭光檢視指甲，

「亞蕊貝拉．伍惑卜，她是全世界最迷人的女子，但她死了！死了！死了！死了！」他從桌上拿起一把修指甲刀，慢慢地修磨指甲，「事實上，待我想想，我自己不也愛上了她？啊！一定是的，她總是微笑著叫我的名字，每次看到她那嬌美的模樣，我心裡就七上八下。」他輕笑兩聲，「你知道嗎？說來可笑，但我真的不記得自己叫什麼，勞倫斯？亞瑟？法蘭克？我真希望亞蕊貝拉在這裡，她一定曉得我叫什麼，也一定會告訴我！她不是那種喜歡嘲弄人、看人出醜的女子，老天爺啊！我好希望她在這裡！我這裡好痛，」他敲敲胸口，「這裡也有股熱氣，」他點點額頭，「但只要跟亞蕊貝拉聊上半小時，我確信這些病痛都將消失。或許我該照著這個傢伙的咒語召喚精靈，請他把亞蕊貝拉帶回人間，精靈能召喚死者，不是嗎？」他從桌上拿起紙片，再度低聲研讀，「嗯，一點都不難，照著念就成了。」

他照本宣科，把咒語從頭到尾念了一遍，然後繼續修剪指甲，對他而言，修剪指甲似乎非常重要。

木櫃旁邊依稀出現一個人影，此人一頭有若薊冠毛的蓬鬆銀髮，身穿亮綠大衣，臉上帶著傲慢、嘲弄的微笑。

史傳傑依然專心修剪指甲。

一頭薊冠毛銀髮的紳士快步走到史傳傑旁邊，他正想伸手拉史傳傑的頭髮，史傳傑就目不轉睛地瞪著他說：「我想你身邊不會剛好有些鼻煙粉吧？」

一頭薊冠毛銀髮的紳士呆住了。

「我翻遍了這件該死的外套，」史傳傑繼續說，全然無視銀髮紳士的訝異，「但還是找不到鼻煙壺。我真不知道自己怎能不帶鼻煙壺就出門，我習慣用肯特牌的鼻煙粉，你該不會剛好有一些吧？」

他邊說邊在口袋裡搜尋，卻忘了懸掛在半空中的骨頭和小罐子，他一轉頭就撞個正著，小罐子左右搖擺，不一會又晃回來，正好打到他的額頭中央。

54 帶著心碎色彩的小盒

一八一六年十二月一日和二日

空中傳來某種彈指聲，隨後飄來微風和一股清香，霎時之間，陳腐的霉味彷彿被驅散到屋外。史傳傑眨了兩、三下眼睛。

恢復神智之後，他頭一個想法是這個精心策畫的計謀總算生效，他面前站了一位紳士，此人毫無疑問是個精靈；欣喜之餘，他卻不清楚自己怎麼辦得到，他掏出懷錶看看時間，從他喝下滴劑到現在，幾乎已經過了一小時。

「對不起，」他說，「我知道這個問題很奇怪，但我跟你提出要求了嗎？」

「你跟我要鼻煙粉。」一頭薊冠毛銀髮的紳士說。

「鼻煙粉？」

「你說你要一撮鼻煙粉。」

「什麼時候說的？」

「你說什麼？」

「我什麼時候跟你要鼻煙粉？」

「剛才。」

「啊！好、好，請不必麻煩，我現在不需要鼻煙粉了。」

一頭薊冠毛銀髮的紳士鞠躬致意。

史傳傑知道自己一臉困惑，他想到所有讀過的文獻都嚴重警告，絕對不可讓詭計多端的精靈自覺占了上風，所以他趕緊擺出嘲弄高傲的神情，但他又想到大家都說精靈不喜歡看到對方露出高人一等的姿態，精靈生起氣來更是不得了，於是他趕緊換上笑臉，折騰了半天之後，他終究還是露出困惑的神情。

他一點都沒注意到這位紳士跟他一樣不自在。

「我一直想請向你們族人請益，助我研習魔法，」他說，「所以冒昧召喚你。」他先前練習了好幾次，因此這話聽來自信滿滿，頗有尊嚴，他自覺相當滿意。但很不幸地，他緊接著焦急地問道：「我剛才提過這一點嗎？」先前的自信因而蕩然無存。

對方什麼都沒說。

「我叫強納森．史傳傑，或許你聽說過我是誰？我是當今英國碩果僅存的魔法師之一，研習魔法至今，我已走到了關鍵點，我相信接下來幾個月的進展將左右英國魔法的前途，這話絕對不誇張，你若出手相助，你在魔法歷史上將與『酷藍湯姆』和『威徹利領主』齊名。」❶

「哼！」紳士不屑地說，「這些無名小卒！」

「是嗎？」史傳傑說，「我不知道他們惹惱了你，」他繼續說，「上回……你……」

他停下來試圖找到適當的措辭，「你好意協助英國，所以引起我的注意。你的法力高強，而且充滿巧思！當今的英國魔法沉悶至極，完全缺乏活力與創意！老實說，我老施展一些無聊的魔法，解決一些無聊的問題，簡直乏味到了極點！一看到你施展的魔法，我就知道境界完全不同，你讓我深感訝異，而我最渴望驚喜！」

紳士揚起眉毛，似乎不反對露兩手嚇嚇史傳傑。

史傳傑繼續興奮地說，「啊！我不妨直接告訴你吧，倫敦有個叫做諾瑞爾的老學究，這人也算是個魔法師，他若知道你答應與我連手，肯定會勃然大怒，他會盡其所能地阻撓我們，但我相信你我連手絕對勝過他。」

紳士似乎懶得再聽史傳傑說話，反而忙著打量房間，眼光從這件物品移到那件物品。

「房裡哪樣東西讓你看不順眼嗎？」史傳傑問，「你若覺得哪樣東西礙眼，請務必跟我說。我相信你的法力肯定比我高強，以我的情況而言，有些東西妨礙了我施展魔法，我相信所有魔法師都有這個問題，但我特別討厭鹽罐子、山梨樹，或是聖衣之類的東西，我不是說這些東西一出現，我就無法施展魔法，但它們影響了我的法力。你若覺得房裡哪樣東西礙眼，只要說一聲，我馬上把它移開。」

紳士瞪了史傳傑一會，彷彿聽不懂他說些什麼，忽然間，他高聲大喊：「啊！法力，沒錯！你真聰明！正如你所言，我的法力確實高強！我也知道你最近得到一件法力極高的東西，你手邊有只能夠破解咒語的戒指、一個能讓人現形的骨甕，還是諸如此類的東西？恭喜你啊！你讓我看看這件寶物，我好跟你解釋它的歷史和用途。」

「其實沒有，」史傳傑驚訝地說，「我沒有這種東西。」

紳士皺皺眉頭，他首先仔細端詳藏在桌子下面的夜壺，然後看看一只刻有天使的象牙戒指，最後檢視一個用來裝乾果的陶罐，「說不定你意外獲得此物？」他問，「即使魔法師不曉得自己擁有寶物，它的法力依然非常強大。」

「我想我真的沒有所謂的寶物，」史傳傑說，「比方說吧，我在熱諾亞的一家蜜餞店買到那個陶罐，店裡有幾十個一模一樣的罐子，怎麼可能剛好就是這個具有法力？」

「嗯，你說的有道理，」紳士表示同意，「這裡的東西看來確實很平常，我的意思是，」他很快地加了一句，「件件都像你這麼一位天才魔法師會使用的東西。」

接下來一陣沉默。

「你還沒有答覆我的請求，」史傳傑說，「嗯，你八成想多了解我一點，然後再做出決定，這倒是合情合理，我過一、兩天再請你來聊聊，屆時再仔細商談。」

「此次會面有趣極了。」紳士說。

「希望將來有更多機會深談。」史傳傑客氣地說，然後鞠躬致意。

紳士也微微一鞠躬。

史傳傑隨即輕聲念咒，紳士馬上消失無蹤。

史傳傑高興得不可遏制，他想他應該坐下來、冷靜地記錄整個過程，但他實在太興奮，不停地手舞足蹈、高聲歡笑，甚至跳了幾步鄉村舞，如果木頭人像沒有被固定木架上，他一定會拉著人像翩然起舞。

胡亂跳了一陣子之後，他忽然很想寫信給諾瑞爾，甚至坐下來開始動筆，信中得意洋洋，充滿譏諷，（「你聽了肯定欣喜萬分……」），但後來轉念一想，「他讀了信只會更不高興，說不定氣得把我的房子變不見，哈！我回到英國之後，他肯定勃然大怒，回去之後，我得馬上發布這個消息，我可等不到下一期《助手》發刊，這樣拖太久，莫瑞肯定不高興，但我不得不如此。《泰晤士報》最合適，好，我就投稿給《泰晤士報》吧！嗯，先前精靈講了一堆戒指、夜壺等等的廢話，不知道是什麼意思？他大概想知道我為什麼成功地召喚到他吧。」

整體而言，史傳傑就像召喚到約翰．厄司葛雷，跟烏鴉王本尊好好聊上半小時一樣開心，唯一令他不安的是召喚到精靈之前的瘋狂，他慢慢地記起一些片段，「啊，我的舉止居然近似拉塞爾和卓萊！真可怕啊！」他不禁自嘲。

隔天早上，史提芬．布萊克出去幫華特爵士辦事，他先拜會一位銀行家，然後跟肖像畫師談事情，最後再到裁縫師的店裡指示她如何縫製波爾夫人的外衣。他還得拜訪一位律師，天上飄下柔軟、厚重的白雪，四周充滿倫敦市區慣有的雜音：馬匹噴氣踱步、馬車嘎嘎作響、街頭小販高聲叫賣、店門開開關關、行人沉重地在雪地上踏步。

他站在艦隊街和米垂方場的角落，剛伸手掏出懷錶（懷錶是一頭薊冠毛銀髮紳士所致贈的禮物），周遭忽然一片沉寂，好像有人剪去了所有聲音。他以為自己突然失去聽覺，但還來不及擔心，馬上又發現另一件更奇怪的事：整條街忽然變得空空蕩蕩，行人、貓狗、馬匹，甚至小鳥，全都消失無蹤。

還有雪花！這才是最奇怪的呢！柔軟、銀白的雪花懸掛在半空中，每個都像銀幣一樣大。

「又是魔法！」他鄙夷地暗想。

他朝著米垂方場走幾步，隨意瀏覽商店的櫥窗，店內依然燈火輝煌，絲綢、菸草、樂譜等商品不是疊成一落就是散放在櫃檯上，火爐中依然火光熊熊，但火焰皆呈靜止。他回頭一看，發現自己在靜止的雪花中走出了一條隧道，他這輩子看了不少怪事，但眼前的景象最為奇怪。

遠處忽然傳來一陣怒吼，「我以為他管不了我！他到底耍了什麼把戲？」一頭薊冠毛銀髮的紳士忽然出現在史提芬面前，整個人滿臉通紅，目光灼灼。

史提芬嚇了一大跳，幾乎昏厥，但他很清楚銀髮紳士最倚重他的冷靜，所以他努力壓下恐懼，深深吸了一口氣說：「先生，誰管不了您？」

「當然是那個魔法師！我想他八成得到某種寶物，逼得我不得不現身，但我在他房裡卻看不到任何東西，他也發誓沒有這類物品。我剛才花了一小時周遊全球，仔細檢查每件具有法力的戒指、聖杯和手推磨，但每樣東西都好端端地擺在原處，跟我上次看到的完全相同。」

一頭薊冠毛銀髮的紳士雖然說得不清不楚，但史提芬推論出那位魔法師一定成功召喚他，也跟他說了話。「先生，您不是曾說，」他說，「您願意協助魔法師，讓他們對你感激得五體投地嗎？正因如此，所以您才解救波爾夫人，不是嗎？說不定您從中獲得意想不到的樂趣呢。」

「或許吧，但這些魔法師真煩人。史提芬，他高興什麼時候召喚我就什麼時候召喚我，對我當然造成極大不便。但老實說，跟他談話才令人受不了，我們談了半小時，我從來沒見過這麼多嘴、自負的人！這種人只會自顧自地一直講，從來不聽別人說些什麼，真令人討厭。」

「沒錯！這種人最可惡。先生，既然您將忙著應付這位魔法師，我想您會暫緩把我推上英國王座吧？」

紳士用自己的母語怒吼兩句，八成是詛咒，「你說得沒錯，唉，想了更令我生氣！」他深思了一會，「但話說回來，情況或許沒有我們想像的嚴重。這些英國魔法師通常非常愚蠢，滿腦子想的都是同一些事情，沒錢的渴望不愁衣食，有錢的渴望更富有或是掌握全世界的權勢，年輕的則渴望得到某位公主或皇后的青睞。只要他一提出要求，我馬上讓他願望成真，接下來麻煩絕對接踵而至，他被這些雜事弄得分身乏術，你我就可以按照原定計畫，將你推上英王寶座！噢，史提芬，我真慶幸過來跟你聊聊！你說得比任何人都合理多了！」話一出口，銀髮紳士怒氣全消，精神大振，太陽隨之從雲朵後面露臉，懸掛在半空中的雪花閃閃發光，兩人的四周頓時環繞著陣陣金光，但史提芬不確定這是不是銀髮紳士的傑作。

他正想重申自己什麼都沒說，但銀髮紳士馬上消失無蹤，行人、馬匹、馬車和貓狗重新出現在街道上，史提芬一頭撞上一個穿著紫色大衣的胖女人。

史傳傑興高采烈地起床，他整整睡了八個小時，長久以來，這是他首度一覺睡到天亮，沒有半夜爬起來演練魔法。為了犒賞自己成功召喚到精靈，他決定放自己一天假。他十點多就到葛瑞司迪一家人下榻的住所，葛瑞司迪一家人正在吃早餐，他跟著坐下來喝杯咖啡、享用幾塊麵包，閒聊一會之後，他跟葛瑞司迪姑媽和小姐說，今天她們想去哪裡，他都樂意奉陪。

葛瑞司迪姑媽讓姪女獨享此項殊榮，葛瑞司迪小姐和史傳傑整個早上一起閱讀魔法相關書籍，這些書不是他借給她，就是在他的建議下購買，其中包括波提斯黑勛爵的《為孩童寫的烏鴉王歷史》、希克曼的《馬汀・帕爾之生平》，以及海瑟—葛雷的《牛頭人解剖書》。史傳傑剛開始研習魔法時讀過這幾本書，現在重新翻閱，發現內容如此簡單單純，實在有趣極了。跟葛瑞司迪小姐一起閱讀更是愉快，她不時提出問題，而且極有主見，她講得興致高昂、一針見血，有時不免過度認真。

下午一點，大夥簡單地吃了一些冷盤，葛瑞司迪姑媽說他們已經坐了一早上，提議出去散散步。「史傳傑先生，我想你需要出去透透氣，學者們通常忽略了運動。」

「夫人，我們確實是可悲的一群人。」史傳傑愉快地感嘆。

屋外天氣晴朗，他們在狹窄蜿蜒的街道間閒逛，觀賞許多令人欣喜的景觀：一個嘴裡咬著骨頭的小狗雕像、一座大家都不知道供奉著什麼聖徒的神龕，他們還看到一棟破落的豪宅，大夥原本以為窗戶上垂掛著細緻的蕾絲窗簾布，仔細一看才發現是一層厚厚的蜘蛛網，不僅如此，屋裡四處也覆滿了蜘蛛網。他們沒有導遊隨行解說，附近也找不到人詢問，因此只好自己編故事，越說越高興。

日落之前，他們走到一個小廣場，廣場中央有一座石井，整個地方空空蕩蕩，感覺非常淒涼。廣場上鋪著陳舊的石板，四周的房屋幾乎沒有窗戶，看了令人驚奇。廣場中似乎有某件東西冒犯到屋主，所以大家棄廣場於不顧，全把窗戶朝向另一面。整個廣場只有一家小商店，商店裡似乎只賣各種顏色的土耳其軟糖，雖然店門緊閉，但葛瑞司迪小姐和姑媽依然探頭探腦朝裡看，兩人還大聲說不知道商店何時開張、待會不曉得找不找得到。

史傳傑四處閒逛，沒有特別想著什麼；晚風冷冽，吹在身上很舒服，天際逐漸泛出第一道星光，他聽到後面傳來沙沙的聲音，於是轉頭看看。

有個東西站在小廣場最黑暗的角落，渾身上下黑漆漆，彷彿與周遭的黑暗融為一體。牠的頭上頂著一個老式的轎子，巴斯街上偶爾可見年老的貴婦乘坐這種轎子，轎子四面的窗戶全蓋上黑布，仔細一瞧，轎子下方是隻大黑鳥，黑鳥啣著一頂高聳的黑帽，拿著一隻細長的黑手杖。黑鳥沒有眼睛，但史傳傑感覺得到牠的凝視；黑鳥拖著手杖，一瘸一瘸地跳過石板地，姿態相當恐怖。

他應該感到害怕，說不定應該用魔法把牠趕走。疏散、驅邪、保護等的咒語掠過腦際，但他卻記不得任何一個。這個東西雖然散發著邪氣，但他強烈地感覺到牠對任何人都不具威脅，更不會傷害自己，似乎只是惡魔將至的預兆。

他正想葛瑞司迪一家人看了不知道有何反應，牠卻忽然不見了，更奇怪的是，葛瑞司迪醫生剛好站在怪物現身之處，醫生一身黑衣，一手還拿著手杖。

「你說呢？」葛瑞司迪醫生大喊。

「我……對不起，」史傳傑高聲回答，「你剛才說什麼？我……我在想些其他事情。」

「我問你今晚要不要跟我們一起吃飯？」

「怎麼回事？你不舒服嗎？」葛瑞司迪醫生問，他若有所思地盯著史傳傑，史傳傑的某種神情似乎令他不安。

「我跟你保證我沒事，」史傳傑說，「好，今晚大家一起吃飯吧，我絕對樂意之至，但我已經答應拜倫勛爵下午四點跟他打撞球。」

「我們這就叫一艘貢多拉送大家回去，」葛瑞司迪醫生說，「我想露易莎一定累了，只不過不願承認罷了。」（他說的是葛瑞司迪姑媽。）「你跟勛爵大人在哪裡碰面？我們該請船夫把你送到哪裡？」

「謝謝，」史傳傑說，「但我走過去就可以了，令妹說的沒錯，我確實需要出去透透氣。」

葛瑞司迪小姐得知史傳傑不跟他們一道回去，感覺有點失望，兩位女士和史傳傑殷殷道別，而且一再提醒他等一下要一起吃飯，三個人講了半天，直到葛瑞司迪醫生露出不耐煩的表情，大家才分道揚鑣。

葛瑞司迪一家朝運河方向前進，史傳傑遠遠落在後面，雖然他跟葛瑞司迪醫生保證自己沒事，但卻感到非常驚慌，他試圖說服自己這不過是錯覺，但心中依然不安。他不得不承認，老太太的瘋狂又起了作用。

「這實在太可怕了！我以為滴劑的藥效已經完全消退，唉，感謝老天爺，我不必再飲用滴劑，如果這個精靈不願追隨我，我最好另外再想辦法試試看，說不定能召喚另一個精靈。」

他從巷子裡走出來，朝著運河邊比較明亮的地方前進，他看到葛瑞司迪一家已經招到一艘貢多拉，有位紳士正協助葛瑞司迪小姐上船，他本來以為只是個好心的陌生人，但仔細一看，這人卻是一頭薊冠毛銀髮的紳士，於是他趕緊跑過去。

「好漂亮的年輕女孩！」紳士望著緩緩駛離岸邊的貢多拉，雙眼閃爍著興奮的神采，「我想她也很會跳舞吧？」

「跳舞？」史傳傑說。「我不曉得，我們本來打算到熱諾亞參加舞會，但她牙痛，所以我們沒去。在這裡看到你真令人訝異，我以為你得等我召喚才會現身。」

「沒錯，但我考慮了與你共同研習魔法的提議，這個主意真是好極了！」

「我很高興聽到你這麼說，」史傳傑強壓下笑容，「但請你告訴我，先前我花了好幾個禮拜試圖召喚你，你為什麼沒有現身？」

「哦，原因很簡單，」銀髮紳士高喊，然後拉拉雜雜地說他有個邪惡的表親，表親嫉妒他的才華與美德、極度厭惡英國魔法師等等，總而言之，這位表親干擾了史傳傑的咒語，所以他直到昨晚才聽到得史傳傑的召喚。這個藉口無稽之至，史傳傑半句話都不相信，但他覺得謹慎一點比較好，於是點點頭表示贊同。

「為了表達對你的敬意，」紳士最後說，「你想要什麼，我就給你什麼。」

「任何東西都可以？」史傳傑慎重地看著對方，「據我了解，這個承諾具有約束力，不是嗎？一旦我提出要求，你就不能拒絕。」

「我也不想拒絕。」

「我可以要求財富或是成為全世界最有權勢的人？諸如此類的事情？」

「完全正確！」紳士神情愉快地說，說完就舉起手準備施展法術。

「嗯，這些都非我所願，我只需要資訊，你最近跟哪位英國魔法師合作？」

對方忽然不說話。

「哎喲，你不會想知道這些的，」紳士終於開口，「這事無聊至極，你不會有興趣的。好了，你一定有其他願望吧？一個屬於你自己的王國？一位美麗的伴侶？寶琳公主是全世界最漂亮的女子，我可以馬上讓她過來。」

史傳傑剛想開口就陷入沉思，過了一會才繼續說：「你是說拿破崙的妹妹寶琳公主？我在巴黎看過她的畫像。❷但我對這些都沒興趣，請跟我說說魔法吧，我怎樣把自己變成一隻熊或是狐狸？流經阿格斯王國的三條魔法河川叫做什麼？❸羅夫．斯托克塞認為這三條河川影響了英國歷史，此話是否屬實？《鳥語》一書曾經提到，有些咒語可以操弄色彩，你能告訴我怎麼做嗎？唐卡斯特廣場的石頭代表什麼？」

紳士雙手一攤，故作驚訝地說：「你的問題還真不少！」他輕笑幾聲，原本想給人一種自在的感覺，但聽起來卻有點勉強。

「好吧，請回答我的問題，隨便挑哪一個都可以。」

紳士卻只是微微一笑。

史傳傑瞪著紳士，毫不掩飾心中的不滿，很顯然地，紳士只願意給他物品，而不願傳授知識，「如果我想犒賞自己，我大可自己出去買樣東西！」史傳傑心想，「如果我想見到寶琳公主，我找機會跟她自我介紹就成了，根本不需要借助於魔法！我究竟該如何……」這時他忽然心生一計，於是他高聲說：「請給我一樣你最近跟英國魔法師打交道時所取得的東西。」

「什麼？」紳士驚訝地說，「不、不，你不會要那個東西的！它一點價值都沒有！你再想想吧！」

史傳傑的請求顯然令對方大為慌張，但史傳傑卻不知道原因何在。「說不定，」他心想，「那位魔法師給了他某樣很有價值的東西，所以他不願放棄。沒關係，等我看到那是什麼，知道它的用途之後，我就把東西還給他，這下他總該相信我的誠意吧。」

史傳傑客氣地笑笑，「你說這個承諾具有約束力，不是嗎？不管那是什麼東西，請你今晚就送過來！」

當晚八點，他跟葛瑞司迪一家在陰暗的餐室一起吃飯。

葛瑞司迪小姐問起拜倫勛爵。

「喔，」史傳傑說，「他不想返回英國，他在哪裡都能寫詩；至於我嘛，英國左右了英國魔法，正如魔法左右了英國，兩者關係密不可分。」

「你的意思是，」葛瑞司迪小姐皺了皺眉頭，「魔法左右了英國人的想法、歷史等等，你這話是個比喻吧？」

「不，這不是比喻，舉個例子來說吧，威尼斯是普通人所興建的城市……」

「哎喲！」葛瑞司迪醫生笑著插嘴，「你們聽聽大魔法師史傳傑講的話！一提到普通人，他就露出一臉不屑的表情！」

「我沒有不敬的意思！請相信我，我百分之百尊重普通人的行事方式，我只想舉個例子說明，魔法決定了英國的邊境，甚至疆界。」

葛瑞司迪醫生輕蔑地哼一聲，「我可不太確定，請舉個例子吧。」

「沒問題。約克夏郡的海邊曾有一個典雅的小鎮，鎮民們質疑烏鴉王厄司葛雷為什麼要求他們繳稅，大夥認為既然烏鴉王具有如此強大的法力，他大可平空變出金條。這個想法固然沒錯，但這群愚笨的鎮民不僅只是猜想，他們不但拒絕繳稅，而且夥同烏鴉王的敵人打算叛變。凡人最好別跟魔法師有過節，更不要惹惱具有法力的君王，否則結果必定不堪設想。有天北方忽然吹來一陣寒風，寒風飄過鎮上，受到風吹的牛、豬、雞、鴨和羊等動物全都衰老死去，甚至連貓狗也不例外。被風掃過的房屋也遭殃，鎮民們眼睜睜地看著房屋化為廢墟，不但如此，農耕的工具和碗盤一一破損，木板龜裂，磚塊和石頭也化為塵土，教堂裡的雕像一個接著一個變形，直到每個雕像都老態龍鍾，看起來似乎張口尖叫。在寒風的鼓動下，大海激起邪惡、強勁的浪花，鎮民們見狀趕快奔逃，跑到地勢較高的山丘之後，大夥回頭一看，只見整個城鎮已被冰冷的大海吞噬。」

葛瑞司迪醫生笑笑說：「不管執政的是輝格黨、保守黨、皇親貴族，還是魔法師，只要人民不繳稅，政府都不高興。你打算把這些故事納入下一部著作吧？」

「當然，我不是那種藏私、眼裡只看到錢的作者，我覺得寫書的人應該開誠布公，願意掏錢跟莫瑞先生買書的顧客們將發現我知無不言，言無不盡，讀者們皆可自行尋章摘句。」

葛瑞司迪小姐認真想想史傳傑剛才說的例子，「厄司葛雷絕對有權生氣，」她終於開口，「但這麼做依然像個暴君。」

陰暗處傳來一陣腳步聲。

「法蘭克，怎麼了？」葛瑞司迪醫生問。

葛瑞司迪醫生的男僕法蘭克從陰暗處現身。

「先生，我們在門口發現一封信和一個小盒，兩樣東西都是給史傳傑先生。」法蘭克似乎有點害怕。

「別光站在那裡，你瞧，史傳傑先生就坐在你旁邊，趕快把信和盒子交給他。」

法蘭克一臉猶豫，顯然有事相告，他清清喉嚨，最後再試著跟主人表達他的困惑，「先生，我們在一樓樓梯口發現這封信和小盒子，但大門卻關得很緊，而且還上了鎖！」

「八成有人拿鑰匙開了門，法蘭克，別忙著故弄玄虛。」葛瑞司迪醫生說。

法蘭克把信和小盒交給史傳傑，然後轉身走回暗處，邊走邊跟兩旁的桌椅嘟囔：主人一家究竟把我看成哪種笨蛋？

葛瑞司迪姑媽靠過去、客氣地請史傳傑不必拘禮，她說大家都是好朋友，他不妨直接讀信。這話說得很客氣，卻沒必要，因為史傳傑早已拆開信閱讀。

「姑媽！」葛瑞司迪小姐拿起法蘭克擺在桌上的小盒、興奮地大聲說，「你瞧，這個盒子好漂亮！」

橢圓形的小盒顯然是白銀和陶瓷所製，盒子帶點藍色，卻又不完全是藍色，而有點像是紫丁香；仔細一瞧，卻也不完全是淡紫色，而是帶點淺灰。講得明確一點，小盒是心碎的顏色，但很幸運地，葛瑞司迪小姐和姑媽都沒有過心碎的滋味，所以辨識不出來。

「沒錯，確實漂亮。」葛瑞司迪姑媽說，「史傳傑先生，這是義大利製造的吧？」

「什麼？」史傳傑抬頭，心不在焉地說，「我不清楚。」

「盒子裡有東西嗎？」葛瑞司迪姑媽問。

「我想是的。」葛瑞司迪小姐說，說完就想打開盒子。

「芙蘿拉！」葛瑞司迪醫生對女兒猛搖頭，他覺得這個盒子大概是史傳傑給他女兒的禮物，他雖然認為有些不妥，但史傳傑這種見過世面的紳士出手向來大方，他也沒有資格擅自評論。

史傳傑讀信讀得出神，根本沒聽到也沒看見大家的舉動，他拿起小盒，逕自打開。

「史傳傑先生，裡面有東西嗎？」葛瑞司迪姑媽問。

史傳傑很快地闔上盒子，「不，夫人，裡面什麼都沒有。」他把盒子放進口袋裡，然後馬上請法蘭克端杯水給他。

晚餐之後，他匆匆跟葛瑞司迪一家告辭，直接來到柯塔西亞街角的咖啡館，剛才首次看到盒裡的東西，雖然只是匆匆一瞥，卻已令他心驚膽跳，他想等周遭圍滿了人，再打開看一次。

侍者送上白蘭地，他啜飲一口，吸了一口氣，猛然打開盒子。

起先他以為精靈給他一隻假手指，手指潔白光滑，好像是蠟或是類似質材所製，看來幾可亂真。指頭非常小，而且毫無血色，蒼白得幾乎發青，只有指甲周圍帶著一圈淡淡的粉紅。他心想，誰有時間製造如此可怕的東西。

但一碰到指頭，他馬上知道這絕對不是蠟製。指頭雖然冰冷，但皮膚的觸感跟他的手指一樣，而且摸得到、看得到皮膚下的肌肉。毫無疑問地，這絕對是隻人指，從手指的尺寸來判定，他想這說不定是小孩，或是某位女子的纖細小指。

「魔法師為什麼給他一隻指頭？」他心想。「說不定這是魔法師自己的手指？但除非這位魔法師是小孩或女人，不然怎麼可能？」他想到某人曾提過手指、魔法之類的事情，但卻想不起細節，奇怪的是，雖然想不起細節，他卻記得是誰告訴他的，那人正是卓萊，「……就是因為如此，所以我才沒有仔細聽。但卓萊為什麼提到魔法呢？他不懂，也不在乎。」

他又喝了幾口白蘭地，「我以為得到精靈之助，所有謎團都會迎刃而解，誰知道又碰上更多謎團呢？」

他饒富興味地想起一些英國魔法師和精靈僕人的故事：馬汀．帕爾、威徹利領主和法蘿索領主，湯瑪斯．岡德布列斯和迪克星期二、梅勞、柯曼．葛雷，最出名的當然是羅夫．斯托克塞和酷藍湯姆。

斯托克塞剛碰見酷藍湯姆時，酷藍湯姆狂野不拘，誰的話也不聽，根本不是襄助英國魔法師的料子。斯托克塞跟著酷藍湯姆回到精靈國界，隱身造訪他的城堡，[4] 發現了許多趣事。[5] 史傳傑知道這些鄉野傳奇和魔法史學家所描述的故事不一定正確，「但其中必定蘊含著一些道理吧，」他想，「說不定斯托克塞成功潛入酷藍湯姆的城堡之後，酷藍湯姆才對他心悅誠服。我應該師法斯托克塞，畢竟這位銀髮紳士一點都不了解我的法力，我若出奇不意地拜訪他，他肯定大感折服，我也可以藉此證明自己的能力。」

他回想起那個煙霧朦朧、飄著細雪的一天，他和英王在溫莎城堡附近受到銀髮紳士的蠱惑，差點踏入精靈國界；他想到那片漆黑的森林和林中若隱若現的燈光，林中似乎有座古屋，銀髮紳士說不定就住在屋內。他若踏上烏鴉王之路，肯定可以找到古屋，但他已經答應亞蕊貝拉避開烏鴉王之路，況且，他不想再飲用滴劑，而想嘗試一些新奇的魔法，下次再與紳士見面時，紳士絕對大感驚奇。

「精靈國界並非遠在天邊，」他想，「也有千百種方式去得成，我當然想得出辦法。」

他知道一個造路的咒語，他只要默念兩個地點、低聲念咒，兩地之間就會出現一條通道，而且通道可以跨越時間和空間。這個咒語相當古老，幾乎遠溯自精靈魔法，史傳傑從未用過這個咒語，也不知道通道是什麼模樣，但他覺得自己辦得到，於是他擺出幾個手勢，把自己和紳士當作兩個地點，然後低聲念咒。

周遭馬上起了變化，眼前若隱若現地出現一扇門，門開了又關，把他留在門的另一端；威尼斯所有的房屋似乎轉了方位，每棟都面朝不同方向，咒語似乎生效，最起碼周遭顯然起了變化，但眼前卻沒有通道，他想了想，考慮一下接下來該怎麼辦。

「說不定我只是看不見，嗯，我還是有辦法。」他停頓了一會，「雖然這樣不太好，我也答應自己不要再嘗試，但再試一次也無妨。」

他伸手從胸口的口袋裡拿出引發瘋狂的滴劑，侍者端來一杯水，他小心地倒了一小滴在水杯中，然後一飲而盡。

他環顧四周，首次注意到他腳邊出現一道道耀眼的白光，白光在地面上交叉蔓延，朝向門外射去，地面交叉的光線，像極了他常在銀盆水面上點畫出的十字，端詳了一會之後，他發現他若直視白光，白光就消失無蹤，但他若用眼角偷瞄，則看得一清二楚。

他付帳，離開咖啡館，走到街上，「嗯，」他喃喃自語，「這倒是不尋常。」

---

❶「酷藍湯姆」是羅夫．斯托克塞手下最出名的精靈僕人，「威徹利領主」則曾襄助馬汀．帕爾。

❷寶琳公主是拿破崙姊妹中最美豔、最誘惑人的一位，她情人眾多，而且畫中的她經常一絲不掛。

❸約翰．厄司葛雷的第三個王國有時稱為「阿格斯」，一般相信阿格斯在地獄的盡頭。

❹精靈語中布魯（*Brugh*），雖然譯為城堡或宅院，其實不過是土屋或是山洞。

❺斯托克塞召喚酷藍湯姆到家中，但這位精靈卻連續三次拒絕襄助魔法師，最後斯托克塞隱身跟蹤酷藍湯姆進入精靈國度，來到一處絕非英國之地，這裡有座低矮的山丘，山丘旁是一潭靜止的池水，酷藍湯姆一彈指，山腳下馬上出現洞口，斯托克塞也跟著進去。

山洞中央有個大廳，廳中男女在咒語的蠱惑下翩翩起舞，斯托克塞等其中一人靠近一點，朝她扔了一個魔法蘋果，這當然是全世界最紅潤、最可口的蘋果，女精靈吃了之後，馬上想再吃一個，她四下張望，卻遍尋不獲，「誰送給我蘋果？」她問。「東風。」斯托克塞小聲回答。隔天晚上，斯托克塞又跟蹤酷藍湯姆到山洞裡，他看著大家跳舞，又扔了一個蘋果給女精靈，她問誰送了蘋果，斯托克塞再度耳語「東風」。第三個晚上，斯托克塞把蘋果拿在手中，女精靈離開同伴四處搜尋，「東風！東風！」她低聲說，「我的蘋果呢？」「告訴我酷藍湯姆的寢室，」斯托克塞小聲說，「我就給你蘋果。」因此，她告訴他，酷藍湯姆的寢室在布魯最北方的地底深處。

接下來數晚，斯托克塞假扮成西風、北風和南風，用魔法蘋果跟山洞中的居民們套出許多關於酷藍湯姆的消息。一個牧羊人告訴他，酷藍湯姆睡覺時有一隻母豬和一隻公山羊守候，兩隻野獸都非常凶惡；酷藍湯姆的護士告訴他，酷藍湯姆睡覺時握著一顆很奇特、很重要的小石頭；廚房的僕役則告訴他、酷藍湯姆每天早上剛醒來所說的三個字。

斯托克塞因而得到足以掌控酷藍湯姆的訊息，但他還沒開口，酷藍湯姆就主動表示願意服侍他。其實事情的始末如下：酷藍湯姆得知東、南、西、北風四處詢問關於他的消息，他不知道自己哪裡冒犯到這些重要人物，心中甚感不安，在這種情況下，與一位法力強大、知識淵博的英國魔法師結盟，似乎是個明智之舉。

55 第二位將眼見他心愛的人落入敵人之手

一八一六年十二月二日或三日晚間

威尼斯似乎總是受制於天命，但此時進犯威尼斯的不是海水，而是一棵棵大樹。街道、廣場，甚至運河裡忽然長滿了高聳、漆黑、有如鬼魅般的林木，整個城市似乎淹沒在樹海之中；牆壁阻擋不了樹木，樹枝穿透磚塊和玻璃，樹根深扎在石板地之下，雕像和石柱全爬滿了長春藤，槲寄生的葉片掩蓋了街燈，茂盛的枝葉遮蔽了月光，在史傳傑眼中，威尼斯忽然變得好安靜、好陰暗。

但威尼斯的居民卻似乎察覺不出改變，史傳傑經常讀到書裡說，一般人往往樂意忽視魔法的存在，眼前正是最佳例子。史傳傑看到一個麵包店的學徒把一盤糕點頂在頭上，學徒靈巧地行走於樹木之間，不時躲開可能刺瞎他眼睛的樹枝；一對盛裝的男女戴著面具，趕著參加宴會或上館子，兩人手挽著手走在街上，湊在一起講悄悄話，走著走著，一棵大樹出現在路中間，兩人卻自然地分開，各自繞過樹的兩旁，然後手挽著手繼續前進。

史傳傑跟隨耀眼的白光穿過巷道，來到碼頭邊，樹木一直延伸到海面，白光則跟隨樹木而行。

他不想踏入海中。威尼斯和大海之間沒有綿延的沙灘，石頭堆砌的城市以碼頭為界，碼頭之外就是亞德里亞海。史傳傑不知道眼前的海水有多深，但他猜得到足以讓人滅頂。他只希望在白光的帶領下，他能穿越樹林，逃過被海水淹沒的命運。

但在此同時，他想到自己絕對比諾瑞爾更適合進行冒險，心中不禁沾沾自喜，「諾瑞爾最討厭把身子弄濕，再怎樣也不會踏入海中，嗯，誰曾說過魔法師必須具備教士的機智、士兵的勇氣和小偷的奸詐？聽起來似乎是種侮辱，但想想卻不無道理。」

他一腳跨離碼頭。

大海頓時變得更加迷濛、更像一場夢，樹木卻變得更扎實，不久之後，大海僅在陰暗的樹林間閃爍著點點銀光，海風的鹹味夾雜著林木晚間的清香。

「將近三百年來，」史傳傑心想，「我是第一個踏進精靈國界的英國魔法師。」[1]他極為自得，真希望有人一同分享這個驚喜；他明瞭他已厭倦了靜悄悄的書本世界，一心只想回到過去，跟黃金年代的魔法師一樣探訪英國人從未涉足的地方。自從滑鐵盧戰役以來，他第一次感覺到自己總算有些作為，心中甚感快慰。但他很快又想到，與其自我陶醉，他應該仔細觀察，看看能夠學到什麼，於是他專心打量四周。

這片樹林很像英國的森林，但又有點不一樣；樹木太古老，面積太遼闊，形狀也太怪異，史傳傑深深感受到每棵大樹都有自己的好惡與渴望，個性也大不相同，樹木似乎習於與人類平起平坐，也希望人們徵詢它們的意見。

「這裡和我想像的一模一樣，」他想，「但我應該小心行事，不要忘了這裡和凡間非常不同。我在這裡碰到的人一定會問我各種問題，說不定打算騙我。」他開始想像大家會問些什麼問題，也準備了多種不同的答案；他毫不畏懼，就算面前出現一隻巨龍也無所謂。這兩天他有了好多進展，他覺得只要勇於嘗試，天下沒有他辦不到的事。

走了二十多分鐘之後，耀眼的白光將他引到一棟房屋之前，他一眼就認出這是當年在溫莎城堡附近看到的古屋，古屋令他印象深刻，所以他馬上認得出來。但隱約中卻有一絲不同：以前他覺得古屋明亮、溫暖，現在看來卻荒蕪而破舊，屋子雖有多扇窗戶，但每扇都很小，大部分窗內一片漆黑；屋子比他想像中大，事實上，它比凡間所有建築物都大多了。「沙皇或許有座同樣宏偉的宮殿，」他想，「說不定羅馬教宗也有。但我沒到過那些地方，也無法確定。」

屋子四周有道高牆，耀眼的白光似乎停在牆腳，他看不到任何入口，於是他喃喃念誦歐姆斯格的「現身咒語」，隨後又念誦塔里曼的「盾牌咒語」，後者能讓人安全通過受到蠱惑之地。很幸運地，兩個咒語都生效，他面前馬上出現一個小門。他穿過小門，發現自己置身在一個遼闊的中庭，中庭裡四處都是白骨，白骨在星光下發出陰森森的光芒，有些骸骨還披著生鏽的鐵甲，刺死他們的武器依然橫置在肋骨間，或是插在空洞洞的眼珠裡。

史傳傑經歷過滑鐵盧戰役等大場面，幾具古老的殘骸根本嚇不了他，相反地，他覺得非常有趣，這下他真的覺得自己置身精靈國度。

屋子除了面積龐大之外，外觀也帶著濃重的魔法色彩，他又念了一次歐姆斯格的「現身咒語」，屋子馬上轉個方向，改變形狀，他看得出屋子只有部分是石頭所砌，狀似圍牆、梁柱和塔樓之處其實只是一堆堆泥土，事實上，整座房屋宛如一座山丘。

「**啊，這是個『布魯』！**」他興奮地心想。❷

穿過低矮的走廊之後，他馬上發現自己置身在一個大房間裡，屋裡擠滿了跳舞的人群，每位來賓的衣著極盡華美，但房間本身卻非常破舊，亟須整修，房間一頭的牆壁甚至已經倒塌，滿地都是土石。房裡僅有的幾件家具相當陳舊，點的是最便宜的蠟燭，只有一把小提琴和一支風笛吹奏音樂。

大家似乎完全無視史傳傑的存在，因此，他站在牆邊的人群中，靜靜觀賞眾人的舞姿。從許多方面而言，眼前的景象看來頗似威尼斯的「坎默薩尼亞」，❸賓客們的舉止很像英國人，跳的舞也很像新堡、或是潘贊斯等地的紳士淑女們所喜歡的鄉村舞。

他想到曾有一時，他自己喜歡跳舞，亞蕊貝拉舞技亦佳，但自從他從西班牙的戰場歸來之後，他就不再與她共舞，事實上，從那之後他再也沒有和任何人跳過舞，他所到之處雖然總是冠蓋雲集，但大家只想跟他談論魔法，連舞會等場合也不例外，他不知道是否有人邀請亞蕊貝拉跳舞，他自己邀了嗎？「就算我真的邀了，」他默默地嘆了一口氣，「顯然也是心不在焉，不然我怎麼完全沒印象？」

「老天爺啊！先生，您怎麼在這裡？」

史傳傑轉頭看看誰在說話，沒想到居然瞧見華特・波爾爵士的管家。史傳傑壓根沒料到會碰到此人，一時大為驚慌。他經常聽到波爾爵士提到這名能幹的管家，卻記不得此人的姓名，賽門？還是賽謬爾？

此人猛然搖晃史傳傑的手臂，看起來似乎非常驚慌，「老天爺啊！先生，您在這裡做什麼？您不知道他恨你嗎？」

史傳傑剛想開口說兩句俏皮話，忽然又猶豫了起來，誰恨他？諾瑞爾嗎？

此人在繁複的舞步中被舞伴拉走，史傳傑再度四處張望，終於看到他在房間的另一頭，此人憤怒地瞪著史傳傑，彷彿氣他為何不趕緊離開。

「真奇怪啊，」史傳傑心想，「但精靈們當然做得出這種事，你越料想不到，他們越會去做，此人說不定根本不是華特爵士的管家，而是個長得很像他的精靈，或是某種魔法幻象。」於是他將此事拋在腦後，四下尋找他相識的銀髮紳士。

「史提芬！史提芬！」

「先生，我在這裡！」史提芬一轉身就看到一頭薊冠毛銀髮的紳士站在身旁。

「那個魔法師在這裡！他來了！他究竟有何打算？」

「先生，我不知道。」

「喔，他一定是特地來此毀了我！肯定是如此！」

史提芬非常驚訝，他一直以為沒有人傷害得了銀髮紳士，但紳士卻顯得極度焦慮，甚至害怕。

「先生，但是他為什麼要毀了你？」史提芬盡可能平靜地問。「我想他來這裡是為了解救……嗯……這麼說吧，他想帶回他的妻子，我們何不解除史傳傑夫人的咒語，讓她跟她先生一起回家？索性一起放了波爾夫人吧！先生，請讓史傳傑夫人和波爾夫人跟這位魔法師回英國吧！這樣一來，他就不會再跟你作對，我相信我一定能夠說服他。」

「什麼？你說些什麼？史傳傑夫人？不、不，史提芬，你想錯了！你完全想錯了！他才配不上我們親愛的史傳傑夫人呢！史提芬啊，你我懂得珍惜如此嬌美的女子，他卻一點也不知道珍惜，甚至完全忘了她。他已經另結新歡囉，那位小姐也非常漂亮，我希望將來也能請她來參加我們的舞會！唉！英國人善變又狡猾，史提芬，請相信我，他一定是特地來此毀了我！從他跟我要波爾夫人的小指那一刻起，我就知道他遠比我預期的聰明。史提芬，你跟這些英國人共同生活了好多年，請告訴我該怎麼辦？我該如何保護自己？我該如何懲治這種狡猾的人？」

在咒語的蠱惑下，史提芬雖然頭重腳輕、迷迷糊糊，但仍奮力保持清醒。毫無疑問地，他面臨了一個重要的關鍵，一頭薊冠毛銀髮的紳士從來沒有直截了當地徵詢他的意見，這真是大好機會，他一定能為自己找到出路。但怎樣善用良機呢？他從以前的經驗得知，紳士說變就變，情緒非常不穩定，說錯了一個字就能讓他勃然大怒、滿懷恨意，史提芬一不小心，不但無法解救自己和其他人，反而可能讓紳士在盛怒之下殺了大家，他越想越心慌，不禁環顧四周尋求靈感。

「史提芬，我該怎麼辦？」紳士嘆氣道，「我該怎麼辦？」

史提芬忽然注意到黑色拱門下站著一個熟悉的身影：這位女精靈總是戴著黑色的面紗，長長的面紗從頭頂覆蓋到腳間，把整個人埋在黑暗之中；她從來不和任何人共舞，只是半走、半飄浮地游蕩於舞者和旁觀的人群之間，史提芬從沒看過她跟任何人說話，但每次她一經過，他總聞到一股墳場、泥土和納骨塔的味道，她總給人一種陰森森的感覺，但他卻說不出她是本性邪惡、受到詛咒，亦或兩者皆是。

「世上有些人，」史提芬說，「生活對他們已成為負擔，他們和周遭之間隔了一層黑紗，完完全全地孤單；他們就像暗夜中的陰影，歡樂、愛情等溫暖的感情全都棄他們而去，他們甚至沒辦法為彼此打氣，生活中充滿了無盡的悲傷、孤寂與黑暗。先生，你知道我的意思吧，我……我絕對無意責怪任何人……」聽到這裡，紳士忽然專注地瞪著他，史提芬繼續小心翼翼地說，「我確定我們能化解這位魔法師的怒氣，只要您肯放了……」

「啊！」紳士恍然大悟，雙目大張，他舉起雙手，示意史提芬不要再說了。

史提芬確定自己說得太過分了，「請原諒我。」他低聲抱歉。

「原諒？」紳士驚訝地說，「沒什麼好原諒的！好久以來沒有人膽敢對我坦率進言，你真令我敬佩！黑暗，沒錯！悲傷、孤寂、黑暗！好極了！」說完隨即轉身加入人群之中。

史傳傑相當盡興，舞會中奇怪的氣氛對他絲毫不造成困擾，反而正如他的預期；房間雖然非常破舊，部分卻仍是幻象，他憑藉著魔法師的素養得知，房間最起碼有一部分在地底下。

不遠之處有個女精靈目不轉睛地瞪著他，她穿了一件閃爍著冬日夕陽般色彩的禮服，手上拿了一把墜滿水晶珠子的扇子，細小的珠子很像葉片上的冰霜以及樹枝上搖搖欲墜的水滴。

此時響起舞曲，沒有人邀請女精靈共舞，史傳傑一時衝動，微笑著鞠躬說：「這裡沒有人認識我，所以沒人為我們引介，儘管如此，夫人，如果您願意跟我跳支舞，將是我最大的榮幸。」

她沒有回答，也沒有報以微笑，但她握住史傳傑的手，跟著他走到舞池，他們就位站定，兩人都沒說話。

「你說這裡沒人認識你，這話就錯了，」她忽然開口，「我知道你是誰，你是兩位注定將會振興英國魔法的法師之一，」接著她背書似地複誦了一段廣為人知的預言，顯然認為史傳傑也聽過，「**其中一位很厲害，另外一位很傲慢**……嗯，你顯然不怎麼厲害，所以我猜你一定是傲慢的那一位。」

這話有點失禮。

「我確實天生注定成為魔法師，」史傳傑同意，「我也樂於遵行！」

「噢，果真如此嗎？」她斜斜地瞪他一眼，「那你為什麼還不遵行呢？」

史傳傑笑笑說：「夫人，你怎麼知道我尚未遵行？」

「因為你還站在這裡。」

「我不明白你的意思。」

「你難道沒聽過預言嗎？」

「夫人，你說是哪個預言？」

「……的預言，」她用精靈語說了一個名字，但史傳傑聽不懂她說的是誰。❹

「對不起，你說的是哪位？」

「我說的是國王的預言。」

史傳傑記起溫古魯從冬天的樹籬中爬出來，渾身沾滿枯黃的樹葉和乾枯的種子；他也記起溫古魯口中喃喃地複誦，但他卻不知道溫古魯說些什麼，他當時根本不想走上魔法這一途，所以沒有仔細聽。「夫人，我確實聽過某個預言，」他說，「但老實說，那是好久以前的事，我已經記不得了。預言中怎麼描述我和另一個魔法師呢？」

「你們注定失敗。」

史傳傑驚訝地眨眨眼，「我……我不認為……失敗？不，夫人，我們哪談得上失敗？我們是繼馬汀·帕爾之後，最成功的兩位魔法師。」

她不置一詞。

我們哪談得上失敗？史傳傑不禁起疑。他想到漢諾瓦廣場、賀菲尤莊園中的諾瑞爾先生，也想到大臣們及攝政王對諾瑞爾先生的讚譽，天下所有人之中，這下輪到他因諾瑞爾的成就而感到欣喜，想來不是有點諷刺嗎？但就目前情況而言，這似乎是最扎實、最不容爭辯的一點，女精靈一定想錯了。

接下來的幾分鐘，兩人專心跳舞，隨著群眾移動，等到再就定位時，女精靈說：「魔法師啊，你敢來這裡，倒是非常大膽。」

「為什麼？夫人，我有什麼好怕的？」

她笑笑，「你想有多少英國人已經葬身『布魯』？星光下已經躺了幾具白骨？」

「我哪曉得？」

「四十七具。」

史傳傑這下才覺得有點不對勁。

「彼得．波金斯還不包括在內呢。但他只是個『科溫』，而不是魔法師。」❺

「是嗎？」

「別假裝你聽得懂我的話，」她直截了當地說，「地獄魔窟的小鬼都曉得你不知道我說些什麼。」

史傳傑又不知如何作答，她似乎相當不高興，但話說回來，這又有何不尋常？巴斯、倫敦和其他歐洲城市的淑女們一碰到心儀的男士，莫不擺出不悅的模樣，在他看來，女精靈也採用同樣方式吸引他的注意，於是，他決定帶點調戲地回應，試著逗她開心。他微笑地說：「夫人，你似乎對這個『布魯』很熟，」他一說到「布魯」二字就覺得很開心，這兩個字感覺上好古老、好浪漫。

她聳聳肩，「過去四百年我看了不少人來來往往。」❻

「等你有空，我得好好跟你請教。」

「倒不如看你的時間而定吧！我絕對樂於回答你的問題。」

「夫人，在下真是感激不盡。」

「別客氣，一百年後的今夜如何？」

「什麼？你……妳說什麼？」

但她似乎覺得說夠了，轉而隨口聊些舞會、舞伴等稀鬆平常的話題，他再怎麼追問都沒用。

舞曲結束了，兩人各分東西，史傳傑這輩子從沒經歷過這麼怪異、令人不安的談話，她為什麼認為魔法在英國尚未復甦？所謂的「一百年後的今夜」又是怎麼回事？他只好安慰自己，這名女子長住森林深處、講話都有回聲的大宅院中，怎麼可能知道外面廣闊的世界發生了什麼事？

他回到牆邊加入旁觀的群眾，舞曲再度響起，一位非常美麗的女士翩然來到他面前，她的容貌美若天仙，但神情卻極度憂傷，史傳傑看了不禁動容。女士舉起雙手跟舞伴共舞，史傳傑霎時注意到她缺了小指。

「真奇怪啊！」他邊想，邊摸摸外套口袋裡的銀色陶瓷小盒。「說不定……」但他卻想不通哪位魔法師、在哪種情況下，可能將這麼一位美女的小指送給一位精靈，更別說美女出現在精靈家中，想來實在毫無道理，「說不定這兩件事情毫無關聯。」他想。

但女士的玉手是如此潔白纖細，他確信口袋中的小指一定非她莫屬。他心中充滿好奇，馬上決定過去一探究竟。

舞曲告一段落，她停下來跟另一位女士說話，這名女士正好背對著他。

「對不起……」他開口。

另一位女士隨即轉身，她居然是亞蕊貝拉！

她穿著一件潔白的禮服，披著一件淺藍色、鑲鑽的小外衣，禮服發出如同冰霜雪花般的光芒，比她生前任何一件禮服都漂亮；她的頭髮上裝飾著像繁星般的小花，脖子上繫著一條黑緞帶。

她神情怪異地瞪著他，驚喜中夾雜著一絲憂慮、快樂與不可置信，「強納森！你瞧瞧，」她對身旁的美婦人說，「強納森來了！」

「亞蕊貝拉……」他急忙開口，一張嘴卻不知道該說什麼；他對她伸出雙手，她卻沒有反應，似乎也不知道該怎麼辦，反而稍稍退後，執起美婦人的手，彷彿這名不知名的女子才能給她力量。

不知名的女子依言瞪了強納森一眼，「他看來跟大部分男人差不多，」她冷冷地說，然後趕著離開，「來吧。」她邊說邊試圖把亞蕊貝拉拉走。

「不，等等！」亞蕊貝拉輕聲說，「我想他一定是特地前來幫助我們！你不認為他幫得上忙嗎？」

「或許吧，」不知名的女子怏怏地說，然後一臉懷疑地瞪著史傳傑，「不，我不認為他幫得上忙，我相信他是為了其他目的而來。」

「我知道你一直警告我不要期望過高，」亞蕊貝拉說，「我也試著聽從你的勸告，但他人就在這裡！我相信他不會這麼快就忘了我。」

「忘了你！」史傳傑大聲說，「不！亞蕊貝拉，我……」

「你究竟是不是來這裡幫我們？」不知名的女子忽然轉頭直接問史傳傑。

「什麼？」史傳傑嚇了一跳，「不，我……請你務必諒解，我到現在才曉得……但我還是不太明白……」

不知名的女子輕蔑地哼一聲，「你到底幫還是不幫？這個問題夠簡單了吧？」

「不，」史傳傑說，「亞蕊貝拉，拜託你跟我說說話，告訴我怎麼回事……」

「你看吧！」不知名的女子對亞蕊貝拉說，「我們找個角落安靜地歇一會吧，我看到門旁有把空椅子。」

但亞蕊貝拉尚未死心，也不準備離開，她繼續不可置信地瞪著史傳傑，彷彿站在面前的是史傳傑的肖像，而不是他本人。她緩緩開口：「我知道你對男人沒什麼信心，但是……」

「我對他們根本沒信心，」不知名的女子插嘴，「長久以來，我浪費時間等待這人或那人出手相助，結果卻是一場空，我太清楚這種感受。與其一再承受無謂的失望，不如不要抱持任何希望。」

史傳傑至此耐性全失，「夫人，從剛才到現在，」他對不知名的女子說，「你始終不停地打斷別人的話，現在輪到我插嘴，請讓我和我太太單獨談談！請你行行好，到旁邊找個地方……」

但她和亞蕊貝拉都沒聽他說話，兩人的視線往他的右邊移動，原來一頭薊冠毛銀髮的紳士已悄悄站到他身旁。

史提芬推開跳舞的人群往前走，先前他跟銀髮紳士的對話令他極度不安，紳士似乎下定了決心，但史提芬卻想不通紳士有何打算。「現在還不太遲，」他一邊撥開人群，一邊喃喃自語，「現在還不太遲。」他心中那位冷酷、無情、受到蠱惑的自我，暗暗思量這話是什麼意思：解救自己還不太遲？該不該先幫助波爾夫人和史傳傑夫人？但那位魔法師怎麼辦？

他從未感到賓客如此擁擠，一列列舞客似乎形成藩籬，一再阻止他前進。房間另一端閃爍著薊冠毛的銀光，「先生！」他大喊，「等等！我得再跟您談談！」

光線起了變化，樂聲、談話聲和人群全都消失無蹤，史提芬四下觀望，以為自己又被帶到他處，但他依然置身「無望古堡」的大廳裡，大廳中空空蕩蕩，舞客和樂手全都不見了，大廳中只剩下三個人：史提芬，以及站在遠處的銀髮紳士和魔法師。

魔法師一面高呼他妻子的姓名，一面匆匆跑向一扇漆黑的大門，彷彿急著離開此地去找她。

「等等！」一頭薊冠毛銀髮的紳士說，魔法師轉身，史提芬看到他一臉陰鬱，怒氣騰騰，嘴中念念有詞，咒語似乎隨時脫口而出。

一頭薊冠毛銀髮的紳士舉起雙手，大廳中四處都是一群群黑鳥，霎時之間振翅飛揚，霎時之間消失無蹤。

黑鳥揮舞著翅膀拍打史傳傑，把他打得幾乎喘不過氣來；等他鎮定下來，抬頭一看，一頭薊冠毛銀髮的紳士再度舉起雙手。

大廳中四處都是飛舞的葉片，葉片焦黃乾枯，隨著一陣不知道打哪來的大風飛揚，霎時之間隨風飄揚，霎時之間消失無蹤。

魔法師怒目相視，似乎不知道如何應付這種強大的法術，「他輸了。」史提芬心想。

一頭薊冠毛銀髮的紳士三度舉起雙手。大廳中四處下起大雨，但不是雨水，而是血水，霎時之間傾盆而下，霎時之間消失無蹤。

法術結束了。魔法師隨即消失，一頭薊冠毛銀髮的紳士頹然倒地，狀似昏厥。

「先生，魔法師到哪兒去了？」史提芬一邊大喊，一邊衝過去跪在紳士旁邊，「發生了什麼事？」

「我把他送回阿提南的大洋區，」⑦紳士沙啞地耳語，他試圖微笑，卻似乎虛弱得笑不出來。「史提芬，我辦到了！我達成了你建議之事！我耗盡了全副精力，盟友們也竭盡所能，但我已經改變了世界！啊！我給了他重重一擊！悲傷、孤寂、黑暗！他再也傷害不了我們！」他試圖耀武揚威地大笑，卻只發出一連串咳嗽聲，咳嗽稍息之後，他執起史提芬的手，「別擔心，史提芬，我只是有點累了，你實在非常有遠見，從今以後，你我不再只是朋友，而是兄弟！你幫我擊退敵人，為了報答這番好意，我將找出你的真實姓名，然後將你推上王座！」說完聲音逐漸消散。

「請告訴我您做了什麼！」史提芬低聲說。

但紳士閉上了雙眼。

史提芬跪在大廳裡，緊握著紳士的手，燭火一一熄滅，陰影逐漸將他們吞噬。

❶在此之前，最後一位主動進入精靈國界的英國魔法師是馬汀．帕爾博士，帕爾博士多次造訪精靈國界，最後一次約在一五五〇年間。

❷請參見第五十四章注❹。

❸坎默薩尼亞（conversazione），義大利式的派對。

❹她八成用精靈語說「約翰．厄司葛雷」。

❺中古時代的英國，「科溫」尤其多，現在已經沒有人用這個名詞。「科溫」指不夠格、技藝拙劣的工匠，這裡特指沒有資格被稱為魔法師的人。

❻數位專家不約而同地指出，長壽的精靈經常隨口就說「四百年」。這位女精靈的意思是她在此處待了很久，倒不一定是四百年。同樣道理，精靈們被問到歲數時，通常都回答說「四百歲」，這表示他們也曉得不知道自己的歲數，一般而言，精靈早在人類文明或是有人類之前就已存在。

❼指威尼斯；阿提南是義大利東海岸邊的小鎮，也是威尼斯的第一批居民的落腳處。

56
黑色高塔

一八一六年十二月三日／四日

葛瑞司迪醫生好夢方酣，夢中有人呼喚，似乎有事相求，不管對方是誰，他都願意出手相助，於是他東奔西跑，四處尋找，但卻看不到半個人影；儘管如此，對方依然不停呼喚，最後他終於醒了過來。

「誰在那裡？」他問。

「先生，是我，法蘭克。」

「怎麼回事？」

「史傳傑先生來了，先生，他想跟您談談。」

「出了什麼事？」

「他沒說，先生，但我想一定出了問題。」

「法蘭克，他在哪裡？」

「先生，他不肯進來，我怎麼勸都沒用，他在外面。」

葛瑞司迪醫生爬下床，深深吸了一口氣，「法蘭克，這兒好冷！」

「是啊，先生。」法蘭克幫主人套上外衣、穿上拖鞋，兩人踱步穿過無數個黑漆漆的房間和冰冷的大理石地磚，大門玄關有盞油燈，法蘭克拉開沉重的雙層鐵門，把油燈掛在門外，然後回到屋內，葛瑞司迪醫生緊隨在後。

門外階梯之下伸手不見五指，空氣中飄蕩著一股海水的鹹味，偶爾傳來海水拍打石階的聲音，黑暗中透出點點光芒，讓人感覺到運河就在不遠之處。附近幾棟房屋的門前或陽臺上點著油燈，除此之外，四下寂靜而漆黑。

「門外沒有半個人！」葛瑞司迪醫生大喊，「史傳傑先生在哪裡？」

法蘭克指指右邊，橋下一盞油燈忽然綻放光芒，葛瑞司迪醫生在燈光下看到岸邊有艘貢多拉，船夫搖著船槳駛向他們，貢多拉一靠近，葛瑞司迪醫生才看到上面有位乘客，雖然法蘭克已經事先告知，但葛瑞司迪醫生花了一、兩分鐘才認出乘客是誰。「史傳傑！」他大叫，「老天爺啊！怎麼回事？我根本認不出你！我的……我……我親愛的朋友！」葛瑞司迪醫生張口結舌，不知道該說什麼，過去幾星期中，他和史傳傑已經成了好友，但現在他對史傳傑卻束手無策，「法蘭克，趕快進去幫史傳傑先生端杯酒！」

「不必了。」史傳傑說，聲音粗嘎而陌生。他用義大利文催促船夫，史傳傑的義大利文比葛瑞司迪醫生好多了，葛瑞司迪醫生雖然聽不懂，但船夫隨即搖著船槳離開，表示他聽得懂史傳傑先前說的。

「我不能進去屋裡！」史傳傑大喊，「別問我為什麼！」

「好，但請告訴我出了什麼事？」

「我受到了詛咒！」

「詛咒？不，請別這麼說。」

「但確實如此，我從頭到尾都錯了！我剛才叫船夫把貢多拉駛遠一點，我若離你家裡太近，對你們會造成危險。葛瑞司迪醫生！你一定要把你女兒送走！」

「芙蘿拉？為什麼？」

「有人想傷害她！」

「老天爺啊！」

史傳傑的雙眼越張越大，「有人想把她困在無盡的悲傷之中，讓她淪為精靈之奴！那座牢房寒冷又古老，處處受到詛咒，太惡毒！太邪惡了！話說回來，或許稱不上邪惡，畢竟這個傢伙的本性就是如此！他怎麼克制得了自己？」

葛瑞司迪醫生和法蘭克聽得一頭霧水。

「史傳傑先生，你病了，」葛瑞司迪醫生說，「八成在發燒，趕快進來，我叫法蘭克幫你端些熱飲，你喝了就不會胡思亂想，快，趕快進來。」他稍微退後兩步讓史傳傑進來，但史傳傑卻沒有動靜。

「我以為……」史傳傑一開口馬上又默不作聲，他沉默了好一會，似乎忘了想說什麼，但終於再度開口，「我以為諾瑞爾只欺騙我一個人，但我錯了！大錯特錯！他騙了每一個人！我們全被他蒙在鼓裡！」他交代船夫兩句，貢多拉隨即駛向黑暗之中。

「等等！等等！」葛瑞司迪醫生大喊，但貢多拉已經駛離，他瞪著漆黑的水面發呆，希望史傳傑再度現身，等了半天依然毫無動靜。

「先生，我該追上去嗎？」法蘭克問。

「我們不知道他上哪去了。」

「他一定回家了，我可以跑步跟蹤他。」

「就算追上了，你能跟他說些什麼呢？他現在聽不進任何勸告，法蘭克，進屋吧，我們還得想辦法跟芙蘿拉解釋呢。」

但葛瑞司迪醫生一進屋就深感無助，完全不曉得接下來該怎麼辦，整個人一下子蒼老了許多。法蘭克輕輕攙扶著他走下黑暗的石階，兩人來到廚房。

廚房很小，在月光下顯得陳舊、破落。廚房裡只有一扇窗戶，窗戶的位置很高，甚至高出運河水面，而且架著厚重的鐵欄杆，換言之，廚房大部分都在運河之下，但跟史傳傑交談之後，兩人竟覺得廚房溫暖而舒適，法蘭克多點了幾枝蠟燭，拿支火鉗翻動爐火，然後燒壺熱水幫兩人泡茶。

葛瑞司迪醫生坐在廚房的椅子上瞪著爐火，想事情想得出神。「他說有人想傷害芙蘿拉……」他終於開口。

法蘭克點點頭，彷彿知道主人接下去要說什麼。

「……我不禁心想他說的是自己，」葛瑞司迪醫生說，「他怕自己會做出一些傷害到她的事情，所以特別前來警告。」

「先生，沒錯！」法蘭克同意。「他特別來警告我們，這表示他基本上是個好人。」

「他確實是個好人。」葛瑞司迪醫生懇切地說。「但一定出了什麼事，八成是魔法，法蘭克，肯定是魔法！這個行業相當怪異，有時我真希望他換個行業，比方說從軍、傳教，甚至當個律師都好！法蘭克，我們該怎麼跟芙蘿拉解釋？史傳傑八成知道，她不願離開他，更別說他……他病了，這下她更不願意拋下他。我該怎麼告訴她？我應該跟她一起離開，但我如果走了，誰留在威尼斯照顧他？」

「您和我可以留下來照顧魔法師先生，讓芙蘿拉小姐跟姑媽一道離開吧。」

「沒錯！法蘭克，我們就這麼辦！」

「但是，先生，我必須老實說，」法蘭克意猶未盡地說，「芙蘿拉小姐幾乎不需要人照顧，她跟一般年輕小姐不一樣。」法蘭克跟隨葛瑞司迪一家很久了，也跟家裡其他人一樣認為葛瑞司迪小姐聰明絕頂，處世能力很強。

講到這裡，兩人都覺得再說下去沒用，於是各自回房休息。

雖然半夜商量出點子，但大白天卻不見得能夠付諸實施。葛瑞司迪醫生想得沒錯，芙蘿拉堅決反對離開威尼斯和強納森．史傳傑，她不明白自己為什麼非離開不可？

因為史傳傑先生病了，葛瑞司迪醫生說。

如此說來，她更應該留下來，她堅稱他需要人照顧。

葛瑞司迪醫生試圖暗示史傳傑患了傳染病，但他是個老實人，根本不會說謊，一番話講得顛顛倒倒，芙蘿拉完全不相信。

葛瑞司迪姑媽也聽得一頭霧水，所以和芙蘿拉站在同一陣線，葛瑞司迪醫生不得不把他妹妹拉到一旁，偷偷告訴她昨晚發生了什麼事。很不幸地，他口才不佳，表達不出那種詭異而恐怖的氣氛，史傳傑的話雖然讓人感到陰森，但經過葛瑞司迪醫生複述之後，感覺卻完全不是如此，葛瑞司迪姑媽只覺得史傳傑講話顛三倒四，顯然是喝醉了。喝醉酒雖然不好，但男士們難免多喝兩杯，若因此就請她們離開威尼斯，未免是小題大作。

「大哥，」她說，「我看過你喝醉酒的醜態。記不記得那次我們跟辛密斯先生吃飯，你堅持跟所有的雞鴨說再見？你跑到人家院子裡，把雞鴨從籠子裡一隻隻捉出來，結果雞鴨全都跑了，其中一半還被狐狸吃光光，我還沒看過安朵尼特那麼生氣呢！」（安朵尼特是葛瑞司迪醫生的亡妻。）

這樁陳年往事相當丟人，葛瑞司迪醫生聽了很不好意思，「拜託喔，露易莎！我是醫生，當然看得出對方有沒有喝醉！」

於是法蘭克被叫了過來，他的記憶可清楚多了，他生動地描述史傳傑所言，葛瑞司迪姑媽一聽到姪女可能永遠遭到監禁，頓時嚇得花容失色，過不了多久，她跟兩人一樣，認為芙蘿拉應該馬上離開威尼斯，但她堅持芙蘿拉必須知道實情，葛瑞司迪醫生和法蘭克根本沒想過這一點。

芙蘿拉得知史傳傑喪失了理智，感到非常難過，她原本以為他們一定看錯了，即使在眾人的勸說下勉強接受了這個事實，卻依然不願離開威尼斯，她確定史傳傑無論如何都不會傷害她，但她看得出來父親和姑媽都不這麼想，除非她離開，否則他們絕對不會放心，因此，她只好滿心不情願地應允。

兩位女士告別之後，葛瑞司迪醫生坐在家中冰冷的大理石房間裡，獨自啜飲威士忌，他正想鼓起勇氣前去拜訪史傳傑，法蘭克忽然跑進來，高聲喊說有座黑色高塔。

「什麼？」葛瑞司迪醫生不耐煩地問道，他可沒心情聽法蘭克亂講。

「先生，請到窗邊，我指給您看。」

葛瑞司迪醫生起身走到窗邊。

威尼斯中央矗立著某種建築物，形似黑色高塔，體積非常龐大，底座似乎橫跨數英畝，塔端直入雲霄，高不可測。從遠處觀看，整座塔樓一片漆黑，表面似乎非常光滑，但有時塔樓幾近透明，有如一縷黑煙，塔樓後面的建築物、甚至連塔樓內部都隱約可見。

葛瑞司迪醫生從沒看過這麼奇怪的東西，「法蘭克，它究竟打哪裡來呢？原本的房子到哪裡去了？」

他還來不及提出更多問題，門外就傳來急促、用力的敲門聲，法蘭克過去應門，隨即帶著一小群人走進來，葛瑞司迪醫生從未見過這些人。其中兩位是教士，還有三、四位身穿軍服的年輕人，軍服的顏色非常耀眼，上面還有細緻的金色蕾絲和纓帶。最英挺的一位年輕人舉步向前，他的軍服比其他人更華麗，臉上還留著一道長長的八字鬍，他說他是奧特斐上校，職銜是奧地利駐威尼斯大使的機要祕書，隨後逐一介紹同伴們：軍官們跟他一樣是奧地利人，教士則是威尼斯人，光是這點就足以讓葛瑞司迪醫生大感驚訝，因為威尼斯人和奧地利人向來水火不容，幾乎不曾結伴同行。

「您是醫師先生吧？」奧特斐上校說。「『維靈頓大人』旗下那位Hexenmeister❶的朋友？」

葛瑞司迪醫生回答說是。

「啊！醫師先生！我們匍伏在你腳邊，懇請你幫忙！」奧特斐上校一臉憂傷，長長的八字鬍更加深戲劇效果。

葛瑞司迪醫生表示不解而訝異。

「我們今天……我們今天來求你……」奧特斐上校一面皺眉頭，一面彈指。「Vermittlung. Wir bitten um Ihre Vermittlung. Wie kann man das sagen?」他說了一串德文，接著一行人七嘴八舌地討論該如何用英文表達，最後其中一位威尼斯教士提出「求情」一詞。

「對、對，」奧特斐上校馬上同意，「我們請你代向維靈頓大人的Hexenmeister求情。醫師先生，我們非常尊敬維靈頓大人的Hexenmeister，但Hexenmeister卻做出某件事，天啊！大禍臨頭囉！威尼斯的民眾好害怕，很多人都嚇得離家出走。」

「啊！」葛瑞司迪醫生同情地點點頭，他想了一會，終於想通了，「你們認為史傳傑先生跟這座黑色高塔有關。」

「不！」奧特斐上校申明，「不是高塔，而是黑夜！唉，大難臨頭囉！」

「對不起，你說什麼？」葛瑞司迪醫生大惑不解，他轉頭求助於法蘭克，但法蘭克只是聳聳肩。

那位英文稍佳的教士解釋說，今天早上太陽像往日一樣升起，但只有史傳傑先生居住的索伯尼哥廣場一片漆黑，廣場附近顯然依然是夜晚。

「維靈頓大人的 Hexenmeister 為什麼做出這種事？」奧特斐上校問道，「我們實在想不通。醫師先生，求求你過去一趟，請他讓索伯尼哥廣場重見天日，拜託你好好跟他說，請他不要再在威尼斯施展魔法。」

「我當然會過去一趟，」葛瑞司迪醫生說。「這種情況確實令人不安，但我想史傳傑先生絕對不是故意的，八成是一時失手。我會盡全力幫忙。」

「啊！」英文說得好的教士很開心，但馬上舉起一隻手，好像試圖阻止葛瑞司迪醫生馬上前往索伯尼哥廣場。「你會帶著僕人同行吧？你不會單獨前往吧？」

大雪紛飛，威尼斯籠罩在灰黑之中，聖馬可廣場彷彿是白紙上的點狀蝕刻，偌大的廣場上沒有半個人。葛瑞司迪醫生和法蘭克在雪地中蹣跚前進，醫生手執油燈，法蘭克則幫主人撐把黑傘。

廣場遠方矗立著黑夜之柱，他們穿過拱門，走過靜默的街道，黑夜把一座小橋切成兩半，潔白的雪花斜斜地飄落到黑暗之中，好像有個東西忽然張開嘴巴、貪婪地將雪花嚥下肚，看起來非常奇怪。

他們回頭看看一片銀白的威尼斯，然後踏入黑暗之中。

大街小巷空無一人，附近居民們都躲到其他地區的親朋好友家，但威尼斯的貓和其他城市的貓一樣乖張，貓群齊聚到索伯尼哥廣場，大小貓咪在無盡的黑夜中捕獵、跳舞、玩耍，好像慶祝某個節日。葛瑞司迪醫生和法蘭克在黑暗中與貓咪擦肩而過，葛瑞司迪醫生好幾次看到貓咪們眨動亮晶晶的雙眼，躲在門邊觀察他。

史傳傑家中一片沉寂，他們用力敲門、大聲喊叫，但沒有人出來應門。他們推推門，發現門沒鎖，於是逕行入內。屋裡伸手不見五指，他們摸黑上樓，來到頂樓的房間，史傳傑通常在這裡研習魔法。

見證了這些不尋常的事情之後，他們以為會看到史傳傑在跟魔鬼說話，或是受到厲鬼纏身等等，但房裡一切如常，看了反而令人不安。房裡點著很多枝蠟燭，鐵爐中散發出溫暖的火光，史傳傑站在桌旁低頭看著銀盆，一道耀眼的白光照亮了他的臉。他看也不看來者是誰，角落傳來微弱的滴答鐘聲，書本、紙張和筆記像往常一樣成疊地堆放在各處，史傳傑抬起指尖，輕點了兩下水面，然後匆匆地在書上寫兩句。

「史傳傑。」葛瑞司迪醫生說。

史傳傑抬頭看看，他看起來不像昨晚那麼驚恐，但眼神依然彷彿著了魔。他瞪了葛瑞司迪醫生好一會，似乎認不出對方是誰，「啊，葛瑞司迪，」他終於喃喃自語，「你來做什麼？」

「我來看看你好不好，我很擔心你。」

史傳傑沒有回答，他再度轉身面向銀盆，對著水面比了好幾個手勢，但結果似乎不盡人意，他沉思了一會，拿起杯子盛點水，然後拿出一個小瓶子，從瓶內小心翼翼地倒兩滴液體到水杯裡。

葛瑞司迪醫生在旁觀看，瓶上沒有標示，琥珀色的液體不曉得是什麼東西。

史傳傑感覺到葛瑞司迪醫生的注視，「我想你打算勸我不要服用這種東西吧，嗯，請別多費唇舌！」他一口氣喝下整杯水，「你若知道我為何這麼做，你就不會阻止我！」

「不、不，」葛瑞司迪醫生盡量輕聲細語，好像安撫最難應付的病人，「我保證絕對無意阻止，我只想知道你是不是哪裡不舒服？或是病了？我昨晚確實認為如此，說不定我早該……」他忽然聞到一股奇怪的味道，霉味中帶點動物的惡臭，非常嗆鼻，奇怪的是，他居然辨識得出這股味道，忽然間，他彷彿回到那個住著老太太和一大群貓的小房間。

「我太太還活著，」史傳傑粗嘎地說，「哈！你不曉得吧！」

葛瑞司迪醫生頓時全身發冷，這下他真的相信史傳傑出了問題。

「他們告訴我她死了！」史傳傑繼續說，「他們告訴我她已入土為安！唉，真不相信我居然這麼容易受騙！她中了魔法的蠱惑！有人把她從我身邊偷走！這就是為什麼我需要這個！」他朝著醫生揮揮那個裝著琥珀色液體的小瓶。

葛瑞司迪醫生和法蘭克往後退一、兩步，法蘭克在主人耳邊悄悄說：「放心，先生，請放心，我不會讓他傷到你，別害怕，我有辦法對付他。」

「我回不去那棟房子，」史傳傑說，「他把我趕走，不讓我回去。那些大樹不讓我通行，我試了幾個消解魔法的咒語，但都沒有用，唉，沒有用……」

「你從昨晚就一直施法嗎？」葛瑞司迪醫生說。

「什麼？哦，沒錯。」

「聽你這麼說，真令人難過，你需要休息，我想你不記得昨晚……」

「哈！」史傳傑聲音尖銳、語帶嘲諷地說，「我記得才清楚呢！」

「是嗎？是嗎？」葛瑞司迪醫生再度試圖安撫，「我確實被你的模樣嚇了一跳，你跟平日不太一樣，我想你一定是工作過度，說不定我該……」

「對不起，葛瑞司迪醫生，如我剛才所說，我太太受到魔法蠱惑被監禁在地底下。對不起，我不能跟你多聊，我得處理更緊急的事情！」

「好、好，請鎮定下來，我們顯然打擾你，好，我們這就離開，明天再來看你。但臨走前，我得代為傳達一件事：今天早上總督大人派了幾位代表來找我，他希望你暫時不要施法……」

「不要施法！」史傳傑冷笑幾聲。「你叫我這就歇手？絕對辦不到！老天爺讓我成為一位魔法師，為的不就是這一刻嗎？」他又轉身面對銀盆，在水面上方的空中比畫了幾下。

「好吧，但最起碼麻煩你讓這一區脫離不尋常的黑夜。看在我倆的交情，或是芙蘿拉的分上，拜託你高抬貴手。」

史傳傑忽然停止比畫，「你說什麼？什麼不尋常的黑夜？哪裡不尋常？」

「天啊！史傳傑，現在快中午囉！」

史傳傑暫不作聲，他看看漆黑的窗外及屋內陰暗的角落，最後又看看葛瑞司迪醫生，「我完全不知道怎麼回事，」他低聲憤憤地說，「請相信我！這不是我造成的。」

「那麼是誰？」

史傳傑沒有回答，只是目光呆滯地四下觀望。

葛瑞司迪醫生怕他再度胡思亂想，所以直截了當地問他：「你能把陽光變回來嗎？」

「我……我不知道。」

葛瑞司迪醫生嘆了一口氣說他們明天再來，離開之前再度勸他好好休息。

史傳傑似乎充耳不聞，但葛瑞司迪醫生和法蘭克正要離開之際，他忽然拉住醫生的手臂悄悄說：「我可以請教一件事嗎？」

葛瑞司迪醫生點點頭。

「你擔不擔心它會熄滅？」

「什麼會熄滅？」葛瑞司迪醫生問。

「蠟燭，」史傳傑指指葛瑞司迪醫生的額頭，「你腦袋裡的蠟燭。」

外面暗得似乎更加詭異，葛瑞司迪醫生和法蘭克一語不發地穿過漆黑的街道，一踏入陽光之中，兩人都大大地鬆了一口氣。

葛瑞司迪醫生說：「我決定不向總督大人報告他的精神狀況，天知道那些奧地利人知道真相之後將做何打算，說不定派兵逮捕他！我就說他現在無法驅逐黑夜，但他無意加害威尼斯市民，這點絕對無庸置疑，我一定能勸他儘快改善狀況。」

隔天旭日東升，但索伯尼哥廣場附近依然深陷黑夜之中。法蘭克八點半出去買牛奶和鮮魚，在運河邊賣牛奶的農家女孩有對烏溜溜的大眼睛，長相甜美，對法蘭克很有好感，她總是微笑著跟他聊幾句。這天早晨，她邊把牛奶罐遞給法蘭克邊問道：「Hai sentito che lo stregone inglese ?pazzo?」（你聽說那個英國魔法師發瘋了嗎？）

大運河旁魚市場的魚販賣給法蘭克三條烏魚，但鄰近商家忙著爭吵魔法師為什麼發瘋，有人說魔法師天生瘋癲，有人說那是因為史傳傑是英國人，雙方爭執不下，魚販聽得入神，幾乎忘了收錢。回家途中，兩位洗刷教堂大理石階的修女跟法蘭克道早安，還說她們會為那位可憐、瘋狂的英國魔法師禱告。快要走到家門口時，一艘貢多拉裡忽然跳出一隻白貓，白貓在碼頭徘徊，斜斜地瞪著他，法蘭克以為白貓會開口跟他談談史傳傑，但白貓只是緊盯著他。

「怎麼會發生這種事？」葛瑞司迪醫生坐在床上哀嘆。「你想史傳傑先生是不是碰到誰、跟誰說了話？」

法蘭克不曉得，於是他再度上街打聽，史傳傑似乎一直沒離開索伯尼哥廣場的住處，但拜倫勛爵昨天傍晚五點左右曾登門造訪。威尼斯所有居民中，似乎只有拜倫認為永恆的黑夜極具娛樂效果，但史傳傑一面作法，一面不停念叨蠟燭、鳳梨、延續了幾世紀的舞會、威尼斯街道上冒出黑暗的林木等等，連拜倫勛爵聽了都嚇一跳，他回家之後告訴他的情婦、房東和車夫，這些人交遊廣闊，當晚馬上跟朋友們複述，到了隔天早晨幾乎人人皆知。

「拜倫勛爵！」葛瑞司迪醫生大嘆，「我忘了還有他！我得趕緊過去拜訪他，提醒他慎言。」

「先生，我想已經太遲了。」法蘭克說。

葛瑞司迪醫生不得不同意，但他依然想徵詢別人的意見，說不定史傳傑的朋友們能指點迷津，於是當天晚上，他刻意盛裝，坐上貢多拉去拜訪亞伯立茲伯爵夫人。這位希臘籍的伯爵夫人歲數較大，見多識廣，寫了不少關於雕刻的書，但她最大的嗜好是舉辦派對，廣邀時尚名流和知識分子碰面。史傳傑參加過一、兩次，但直至今晚之前，葛瑞司迪醫生向來避之唯恐不及。

僕人將他領至貴族宅邸裡的一個大房間，房內金碧輝煌，大理石地板光可鑑人，雕像美觀雄偉，牆壁和天花板皆為彩繪，女士們圍著伯爵夫人站在房間一端，男士們則站在另一端。從進門的那一刻起，葛瑞司迪醫生就發現大家都盯著他，許多賓客對他指指點點，顯然大家正在談論史傳傑和永恆的黑夜。

一位矮小、英挺的男士站在窗邊，他一頭鬈曲的黑髮，雙唇鮮紅飽滿而豐厚，女人若有這樣的豐唇說不定令人稱奇，換作男士卻更顯得氣宇軒昂。這位男士身材矮小、衣著得體，一頭黑髮和一雙黑眼閃閃發光，看起來有點像諾瑞爾先生以前的密友卓萊，但卓萊卻遠不及他聰明。葛瑞司迪醫生直接走向這位男士：「拜倫勛爵？」

男士轉頭看看誰在說話，一看到對方是個矮胖的中年英國紳士，馬上微微露出不悅之色，但他卻不能否認自己正是拜倫，「我是，請問你有什麼事？」

「在下姓葛瑞司迪，史傳傑先生是我的好友。」

「啊！」勛爵大人說，「你就是那個有個漂亮女兒的醫生！」

葛瑞司迪醫生聽到這位歐洲最惡名昭彰的花花公子如此形容他的女兒，不禁露出不悅之色，但他卻不能否認芙蘿拉確實漂亮。他暫時不理對方怎麼說，繼續陳述來意：「我去看過史傳傑了，我最擔心的事情果然成真：他確實已失去理智。」

「你說得沒錯！」拜倫同意，「我幾小時之前才去看他，他拼命說他太太沒死、只是中了魔法等等，除此之外不願多談。如今他深陷黑暗之中，嘗試黑暗法術，實在令人敬佩！你說是嗎？」

「敬佩？」醫生口氣尖銳地說，「倒不如說是可悲吧！你認為黑暗是他造成的嗎？他信誓旦旦地跟我否認。」

「當然是他造成的！」拜倫大聲說。「晦暗的世界配上晦暗的心靈！誰不想偶爾驅走陽光？唯一的不同是他是魔法師，只有他辦得到。」

葛瑞司迪醫生想了想，「或許吧，」他稍微讓步，「說不定他召喚了黑暗，然後就忘了這回事，他最近經常忘東忘西，有時甚至不記得我們不久前談些什麼。」

「啊，沒錯，」勛爵大人說，臉上毫不訝異，好像表示也很想趕快忘記自己與葛瑞司迪醫生的談話。「你知道他已經寫信給他大舅子？」

「不，我不知道此事。」

「他請這位先生到威尼斯跟死去的妹妹碰面。」

「你想他大舅子會來嗎？」葛瑞司迪醫生問。

「我哪知道！」拜倫勛爵彷彿斥責葛瑞司迪醫生怎敢如此冒昧，居然認為這位當代最偉大的詩人會關心這種小事。兩人沉默了一會之後，拜倫冷淡地補充說：「老實說，我認為他不會來，史傳傑把信給我看，信中胡言亂語，牛頭不對馬嘴，只有瘋子或是魔法師才看得懂！」

「太糟了！」葛瑞司迪醫生說，「實在太糟了！我們昨天一起散步，他心情好得不得了！一夜之間，他居然從一個百分之百的正常人，變成一個不折不扣的瘋子，實在令人費解。說不定他感染了什麼病？」

「哪有這回事！」拜倫斷言。「他的問題已經超越了肉體，他對於自己是誰，以及自己想變成誰存有不同想法，而且兩者之間落差極大，心靈和肉體之間產生極大衝突，所以才導致癲狂。葛瑞司迪醫生，我經歷過這種心境，深深理解其中的掙扎。」

「但是……」葛瑞司迪醫生皺皺眉頭，停下來思索該如何回答。「但是他研究進行得相當順利，似乎不像以前那麼挫折。」

「請聽我說，他一心只想著亡妻，在此之前則一天到晚提到約翰·厄司葛雷，你也注意到了吧？我對英國魔法師了解不深，他們似乎是一群無聊的老學究，唯一的例外是約翰·厄司葛雷，這人可大不相同！他馴服了『化外之人』，❷也是唯一擊敗死神的魔法師！連撒旦本尊都不得不與他平起平坐！史傳傑顯然拿自己和這位傑出的魔法師相比，結果不但相形見絀，更顯現出他不過是個平庸無奇的凡人，他在那些幾個荒蕪小島上所受到的讚譽，❸不但微不足道，甚至有如塵埃。你想想，還有什麼能造成更嚴重的打擊？**他身為凡人，卻有著超凡的野心**。」拜倫勛爵暫時歇止，好像想把最後一句話謹記在心，日後寫進詩篇裡。「九月間在瑞士山區時，我自己也面對類似的掙扎，我四處遊蕩，每五分鐘耳邊就響起如雪崩般的巨響，好像老天爺一心一意要毀了我！我心中充滿悔恨，只想一了百了，數度企圖舉槍自盡，若非免得讓我岳母稱心如意，我恐怕真的會這麼做。」

就算拜倫勛爵哪天真的自戕，葛瑞司迪醫生也不在乎，但他卻擔心史傳傑想不開。「你想他可不可能尋死？」他焦急地問。

「喔，當然可能！」

「我們該怎麼辦？」

「怎麼辦？」勛爵大人困惑地輕聲重複，「這話是什麼意思？」勛爵大人似乎覺得花了太多時間討論別人，於是將重點轉移到自己身上，「葛瑞司迪醫生，我很高興我們總算見了面，我從倫敦帶了一個醫生同行，但在日內瓦卻不得不將他解聘。最近我有顆牙齒似乎鬆動，你瞧瞧！」❹拜倫張大嘴巴，讓葛瑞司迪醫生看看他的牙齒。

葛瑞司迪醫生輕敲其中一顆大白牙，「看來一切正常，很穩固。」他說。

「喔，你認為如此嗎？但我想好景不長囉！我年歲漸長，身體也一天不如一天，我自己感覺得到。」拜倫嘆了一口氣，隨即似乎想到一件比較令人開心的事，「你知道嗎，史傳傑的危機出現得正是時候，我最近正著手進行一部以魔法師為主角的詩劇，劇中的魔法師與主宰他命運的神鬼展開搏鬥，史傳傑缺乏真正的英雄特質，我當然不能用他來塑造劇中的主角，看來我不得不從自己身上尋求靈感。」

一位漂亮的年輕義大利女子走過兩人身旁，拜倫半閉雙眼，頭部歪斜到一個非常奇怪的角度，看起來好像將因長期消化不良而斷氣，葛瑞司迪醫生只能推斷，這是拜倫特別為年輕女子而擺出的獨特神態。

---

❶ Hexenmeister，是德文字，意思是魔法師。（譯注：奧特斐上校把「Wellington」念成「Vellinton」。）

❷「化外之人」是精靈的別稱。

❸ 拜倫所謂的「荒蕪小島」是指英倫三島。

❹ 參見一八一六年十月二十八日，拜倫寫給同父異母的妹妹奧格絲塔的信函。

57 黑暗書信❶

一八一六年十二月

索伯尼哥廣場，威尼斯
一八一六年十二月三日
強納森．史傳傑致函亨利．伍惑卜牧師

親愛的亨利：

請做好心理準備，讓我跟你報告一則好消息：我見到亞蕊貝拉了！我見到她，也跟她說了話，這不是太好了嗎？這不是天大的好消息嗎？你八成不相信，也不了解，但我跟你保證那絕非一場夢，我也沒喝醉、發瘋或是吸食鴉片。去年聖誕節在庫倫時，我們多少都著了魔法的道，你只要這麼想，就會相信我說的全是真的。想想真是可笑，我自己怎麼可能察覺不到被魔法包圍？我只能說這整件事太不尋常，更別提魔法來自我想像不到之處。但令人慚愧的是，其他人的警覺性比我高，約翰．海德察覺出不對勁，也試圖警告我，我卻聽不進去，甚至連你都直截了當地跟我說，我花太多時間在書本上，忽略了家庭和妻子等等，所謂「忠言逆耳」，我聽不進你的勸告，甚至數度擺臉色給你看，我在此致上最誠摯的歉意。你大可責怪我，你對我的怒氣，絕對不及我內心的自責，但我想說的是：請務必到威尼斯一趟。亞蕊貝拉被困在一個離此地不遠之處，但她無法離開，我卻過不去，最起碼……（以下幾行被畫掉）。我在威尼斯的朋友們對我很好，但他們問太多問題，令我不勝其擾。我沒有僕人，目前又出了一點狀況，走到哪裡大家都看得到，關於這一點，我不方便多談。親愛的亨利，請別再提出異議，拜託你馬上啟程前來威尼斯，這樣一來，亞蕊貝拉就能安全地回到我們身邊，老天爺讓我成為當代最偉大的魔法師，為的不就是這一刻嗎？

你的兄弟
S

索伯尼哥廣場，威尼斯
一八一六年十二月六日
強納森．史傳傑致函亨利．伍悫卜牧師

親愛的亨利：

前幾天寫信給你之後，我感到有點良心不安，你知道我從不曾跟你說謊，但我必須坦承上回在信中沒有解釋清楚，讓你無法充分了解亞蕊貝拉目前的狀況。她沒死，但是……（以下十二行全數刪除，無法辨識）……在地底下，一個大家稱為「布魯」的山丘裡。她還活著，不全然是個活人，卻也不算死，姑且說她受到魔法蠱惑吧。自從遠古以來，精靈們習慣誘拐凡間男女，使之變成他們的僕役，或是強迫凡人參加他們無聊的派對、晚宴，以及冗長而空洞的慶祝典禮，亞蕊貝拉就遭受這種折磨。我再三自責，心中也充滿苦楚，但最令人難以釋懷的是，我背棄了亞蕊貝拉！保護她應該是我的首要職責啊！

索伯尼哥廣場，威尼斯
一八一六年十二月十五日
強納森．史傳傑致函亨利．伍惑卜牧師

親愛的亨利：

上封信提到我有點擔心，很遺憾地，我擔心的不無道理。❷我已經用盡所知的咒語，試圖攻破監禁她的黑牢，但卻徒勞無功。我所通曉的咒語中，沒有一個能夠破解這種古老的魔法，據我所知，找遍英國也沒有這種咒語。我們極少聽說魔法師從精靈手中救出囚犯，就算有，也是很久以前的事，我根本記不得這回事。馬汀．帕爾的一本書中曾描述，精靈有時看厭了擄獲來的凡間男女，於是毫無預警地把他們趕出布魯，這些可憐的囚犯總算回到人間，卻已過了好幾百年，說不定亞蕊貝拉也落得同樣下場，等她回到英國，你和我早已離開人世，思及至此，我不禁全身發寒。不瞞你說，我心情相當鬱悶，時間和我早就不對頭，時時刻刻都是午夜，我本來有個時鐘和手錶，但我把它們給拆了，我實在受不了它們的嘲弄。我不吃不睡，只喝點酒和其他東西，有時我變得瘋瘋癲癲，晃頭晃腦，邊哭邊笑，但我不知道持續多久，說不定一小時，說不定整天都這樣。別說這些了，瘋狂才是關鍵，我相信我是第一個領悟到這一點的英國魔法師，諾瑞爾說我們不需要精靈之助，這話確實沒錯。他曾說精靈和瘋子有許多相同之處，我當時不了解此話的含義，他自己也不曉得。亨利，你無法想像我多麼需要你，你為什麼還不來？你病了嗎？我還沒接到你的回信，你可能已啟程前來威尼斯了吧？說不定永遠收不到這封信呢。

「悲傷、孤寂、黑暗！」一頭薊冠毛銀髮的紳士興高采烈地說。「我把這些加諸在他身上，今後數百年間，他將承受這些痛苦！啊，你瞧他多麼沮喪！我贏了！我贏了！」他拍擊雙掌，兩眼閃閃發光。

史傳傑在索伯尼哥廣場的住處中隱約透出三枝蠟燭的燭光：一枝在桌上，一枝在小木櫃上，一枝在門邊牆上突出的燭臺上，看在眼裡似乎是世上唯一的光源。從窗外看進去，史傳傑的房間一片沉寂，滿臉鬍碴、雙眼通紅、一頭亂髮的史傳傑正忙著作法。

史提芬同情而驚恐地瞪著他。

「嗯，他不如我預期中的寂寞，」紳士有點不高興地說，「有人跟他在一起。」

房裡確實另有一人，一位矮小、黝黑、身穿昂貴衣著的男士靠在小木櫃上，饒富趣味地看著史傳傑，他還不時拿出一本小筆記本寫兩句。

「那是拜倫勳爵。」

「他是誰？」

「先生，他是一位非常邪惡的紳士，也是個詩人。他跟他太太爭吵，還引誘自己的妹妹。」

「真的嗎？或許我把他殺了吧。」

「喔，先生，請別動手！沒錯，他確實罪孽深重，幾乎可說是被逐出英國，但即使如此……」

「我才不管他對別人造成什麼傷害呢！我在乎的是他犯著了我！他不該在這裡。啊，史提芬，史提芬！請不要這麼難過，你何必在乎一個邪惡英國人的生死？好，我跟你說我吧，基於對你的尊崇，所以我暫時不殺他。嗯，就讓他再活五年吧！但五年一到，他就非死不可！」❸

「先生，謝謝您，」史提芬感激地說，「您真是寬宏大量。」

史傳傑忽然抬頭大喊，「我知道你們在那裡！即使打算想避不見面也已太遲了！我知道你們在那裡！」

「你在跟誰說話？」拜倫問他。

史傳傑皺皺眉頭，「我受到了監視！」

「真的嗎？你知道誰在監視你嗎？」

「一個精靈和一位管家。」

「嗯，管家？」勛爵大人笑笑說，「你愛講些神怪小鬼之事，我絕對洗耳恭聽，但管家……這倒是沒聽過。」

「什麼？」史傳傑說。

一頭薊冠毛銀髮的紳士焦急地四下搜尋，「史提芬！你看到我那個小盒子嗎？」

「小盒子？」

「沒錯、沒錯，你知道我的意思！那個裝了波爾夫人小指頭的盒子！」

「先生，我沒看到，但那個小盒子沒用了吧？你不是已經擊敗魔法師了嗎？」

「喔，在那裡！」紳士大喊，「看到了嗎？你剛才把手放在桌上，正好擋住了我的視線。」

史提芬把手移開，過了一會又說：「先生，您不取回盒子嗎？」

紳士沒有回答，他只是繼續咒罵面前這位魔法師，不時誇耀自己的勝利。

「盒子不屬於他了。」史提芬暗想，心中一陣狂喜。他不能取走它！它現在歸魔法師所有！說不定魔法師能用它來解救波爾夫人！史提芬靜觀魔法師接下來怎麼做，看了半小時之後，他不得不承認情況極不樂觀，史傳傑在房裡踱步，嘴裡喃喃念著咒語，看來精神已經失常，拜倫勛爵問他做什麼，史傳傑回答得支離破碎，幾乎是一派胡言（拜倫勛爵聽了倒是很滿意）。至於那個小盒子，史傳傑連看都沒看，史提芬不禁覺得他已經完全忘了這回事。

---

❶史傳傑在威尼斯後期所寫的信，特別是那些他寫給亨利．伍惑卜的私人信函，通常被後人稱為「黑暗書信」，這些信函於一八一七年在倫敦問世，無庸置疑地，律師們和魔法歷史學家將持續質疑這些信函的合法性。史傳傑從未授權發表，亨利．伍惑卜也堅稱從未授權任何人，亨利．伍惑卜還說這些信函遭到竄改增添，幕後黑手則是拉塞爾和諾瑞爾。約翰．賽剛督所著的《強納森．史傳傑的一生》收錄了同一批信函，賽剛督和伍惑卜宣稱這些才是原始版本，本章所轉載的就是原始版本。

❷這裡提到的「上封信」始終下落不明，說不定史傳傑根本沒有把信寄出去。根據拜倫勛爵一八一六年十二月三十一日寫給約翰．莫瑞的信，史傳傑經常寫了長信給朋友，寫完之後卻把信銷毀。史傳傑曾跟拜倫坦承，他很快就忘了哪封信寄了、哪封信沒寄。

❸五年之後，拜倫感染風寒，病逝於希臘。

58 亨利·伍惑卜登門造訪

一八一六年十二月

「伍惑卜先生，你來找我是對的。我已經仔細研讀史傳傑先生從威尼斯寄來的信，你說的沒錯，這些信讀了確實令人害怕，除此之外，它們還隱藏著很多一般人看不出來的訊息。我想我這麼說絕非自誇：在整個大英帝國中，目前只有我能夠解讀這些信件。」

時值黃昏，離聖誕節還有三天。漢諾瓦廣場宅邸的圖書室中尚未燃起蠟燭和油燈，一天之中，此時的感覺最奇怪，天空雖然五彩繽紛，耀眼奪目，但街道卻蒙上了黑影，一片灰濛濛。桌上擺了一盆花，但在逐漸褪色的日光中，花瓶和花朵卻帶著一抹黯淡。

諾瑞爾先生拿著史傳傑的信坐在窗邊，拉塞爾坐在火爐旁，冷冷地盯著亨利·伍惑卜。

「老實說，自從接到這些信之後，我一直非常苦惱。」亨利·伍惑卜跟諾瑞爾先生說，「我不知道該求助於誰，坦白說吧，我對魔法不感興趣，也不知道最近流行的話題，但每個人都說你是英國最偉大的魔法師，史傳傑也曾是你的弟子，先生，你若能提供一些建議，我將感激不盡。」

諾瑞爾先生點點頭，「你別怪史傳傑。」他說。「魔法這一行非常危險，沒有任何一個行業會讓人變得這麼自滿、傲慢，相形之下，法律與政治根本不算什麼。伍惑卜先生，你應該知道我極力想把他留在身邊、繼續指引他，但他天資聰穎，雖然深令我們佩服，但是『聰明反被聰明誤』，反而因此走上了邪路，這些信件顯示我想得沒錯，但程度遠比我料想的嚴重。」

「走上邪路？這麼說你不相信我妹妹還活著？」

「一點都不，先生，一點都不。那是他出自悲傷的想像。」

「唉！」亨利．伍惑卜沉默地坐了一會，似乎無法決定自己究竟感到失望，還是鬆了一口氣。「史傳傑抱怨說時間停止了，先生，這話又怎麼解釋？」

拉塞爾說，「我們在義大利的朋友已經寫信告知，這幾個禮拜以來，史傳傑身陷永恆的黑暗之中，但我們不知道他是故意這麼做，還是施法出了差錯，說不定冒犯了哪位精靈，落得這番下場。唯一確定的是，史傳傑的某些行徑已經擾亂了大自然的秩序。」

「我明白。」亨利．伍惑卜說。

拉塞爾非常嚴肅地看著他，「諾瑞爾先生畢生都極力避免發生這種狀況。」

「唉，」亨利嘆口氣，然後轉身看著諾瑞爾先生，「先生，我該怎麼辦？我該答應他的哀求，去一趟威尼斯嗎？」

諾瑞爾先生不屑地哼一聲，「我認為當下要務莫過於儘快把他帶回英國，他的朋友們都在這裡，說不定在朋友們的悉心照顧下，他會很快擺脫纏繞著他的幻覺。」

「先生，你能寫封信給他嗎？」

「喔，這樣不妥，我對他僅存的影響力，只怕幾年前就耗盡了。都怪那場在西班牙的戰役，他本來樂於待在我身邊，全心向我學習，但上了戰場之後就……」諾瑞爾先生嘆了一口氣。「伍惑卜先生，我們全都仰仗你了，你一定得勸他回來。依我之見，你若前往威尼斯，他八成會認為至少有一個人相信他的胡言亂語，更延誤了他的歸期，所以我認為你絕對不該去。」

「先生，老實說，我很高興聽到你這麼說，我一定會聽從你的建議。麻煩你把信件還給我，我這就告辭。」

「伍惑卜先生，」拉塞爾說，「請別這麼匆忙！我們還有很多事情還沒聊呢。諾瑞爾先生已經回答了你所有問題，而且知無不言，言無不盡，現在輪到你了。」

亨利．伍惑卜皺皺眉頭，看來有點不解，「諾瑞爾先生助我解除了焦慮與困惑，若有任何我能效勞之處，我當然樂意幫忙，但我不知道……」

「或許我說得不夠清楚，」拉塞爾說，「我的意思是說，諾瑞爾先生需要你的協助，他才救得了史傳傑。你能跟我們多說一點史傳傑的義大利之行嗎？比方說，陷入目前這種悲慘的狀況之前，他人怎樣？心情還好吧？」

「不好！」亨利激動地說，彷彿覺得這個問題暗藏侮辱。「我妹妹的去世對他打擊很大！最起碼剛開始是如此。他起先似乎很不快樂，但抵達熱諾亞之後就變了。」他暫且打住。「他現在不提這些了，但前一陣子他在信裡一直稱讚一位年輕女士，她好像是他的旅伴之一，我不禁猜想他是不是考慮再婚。」

「再婚！」拉塞爾驚呼，「令妹不是才剛過世嗎？老天爺啊！太令人驚訝了！你一定很不高興。」

亨利不情願地點點頭。

眾人沉默了一會，拉塞爾再度開口：「他以前沒有追求其他女士吧？我的意思是說，史傳傑夫人還沒過世之前，他還算規矩吧？不然夫人一定非常不悅。」

「喔，不，他當然沒有！」亨利大喊。

「如果我冒犯了你，真是抱歉。令妹是個非常美麗的女子，我無意侮辱她。但你也知道，這種事情並非不尋常，特別是那些具有某些特質的男士。」拉塞爾側身靠向桌子，桌上擺著史傳傑寫給亨利．伍惑卜的信，他逐一翻檢信件，最後翻到他要找的那一封。「在這封信裡，」他邊看邊說，「史傳傑先生寫道：『傑瑞米告訴我，你沒有照我要求的去做，但沒關係，傑瑞米已經照我的吩咐辦理，結果也如我所預期。』」拉塞爾把信放下，笑笑地看著伍惑卜先生，「史傳傑先生有何吩咐，而你卻沒有照辦？誰是傑瑞米？所謂的結果又是什麼？」

「史傳傑……史傳傑叫我撬開我妹妹的棺木。」亨利低下頭。「我當然沒有照辦，於是他寫信給一個叫做傑瑞米．瓊斯的僕人，這人非常傲慢！」

「瓊斯取出了屍體？」

「沒錯，他有個朋友是掘墓人，他們一起動手，我得知此事之後，簡直無法形容心中的感受。」

「沒錯。但他們發現了什麼？」

「除了我妹妹的屍體，還會發現什麼？但他們卻說什麼都沒看見，反而編了一個非常荒謬的故事。」

「他們怎麼說？」

「我不想重複下人們的無聊閒話。」

「你當然不願意，但諾瑞爾先生希望你暫且擱下這個可貴的原則，開誠布公地複述一次，他剛才不就有問必答嗎？」

亨利緊咬下唇，「他們說棺材裡只有一塊黑木。」

「沒有屍體？」拉塞爾說。

「沒有屍體。」亨利說。

拉塞爾看看諾瑞爾先生，諾瑞爾先生低頭看著擱在大腿上的雙手。

「我妹妹之死跟這些事情有何關聯？」亨利皺著眉頭問道。他轉向諾瑞爾先生，「我記得你曾說我妹妹之死沒什麼不尋常，我以為這話表示她的死跟魔法無關？」

「噢，正好相反！」拉塞爾說，「當然是魔法搞鬼，這點絕對無庸置疑！問題是誰施展了魔法？」

「你說什麼？」亨利問。

「這個問題對我而言過於高深，」拉塞爾說，「只有諾瑞爾先生才能解決。」

亨利疑惑地看看兩人。

「目前史傳傑跟誰在一起？」拉塞爾問。「我想他有僕人吧？」

「不，他沒有僕人，我想房東的僕人替他處理事情。他在威尼斯結識了一家英國人，這家人似乎相當特殊，每個人都很喜歡旅行，女士們也不例外。」

「他們貴姓？」

「葛瑞史東或是葛瑞司迪，我記不太清楚。」

「葛瑞史東或葛瑞司迪一家是哪裡人？」

「我不知道，史傳傑沒跟我提過，男主人是個船醫，我想他太太是法國人，已經過世了。」

拉塞爾點點頭，室內現已一片黯淡，亨利．伍惑卜看不清其他兩位男士的表情。

「你臉色有點蒼白，看起來有點累，」拉塞爾對伍惑卜先生說，「說不定你不太適應倫敦的氣候？」

「我睡得不太好，自從接到這些信之後，我每天晚上都做噩夢。」

拉塞爾點點頭。「有時一個人把事情擺在心裡，不肯跟任何人說，甚至對自己也不提。你很欣賞史傳傑先生，是不是？」

亨利根本聽不懂拉塞爾說些什麼，臉上不禁露出疑惑的表情，但他只說，「諾瑞爾先生，謝謝你的指點，我絕對遵照你的建議。現在請你把信還給我，好嗎？」

「啊！關於這一點嘛，」拉塞爾說，「諾瑞爾先生想再借閱一會，不知道可不可以？他認為信中還有很多值得研究之處。」亨利．伍惑卜看來打算抗議，因此拉塞爾帶著安撫的口氣說：「他純粹是為史傳傑先生著想！我們都是為史傳傑先生好！」

因此，亨利．伍惑卜把信件留給諾瑞爾先生和拉塞爾保管。

他離開之後，拉塞爾說：「我們應該派人去威尼斯。」

「沒錯！」諾瑞爾先生同意。「我想知道事情的真相！」

「啊，真相，」拉塞爾輕蔑地笑笑，「所謂的真相……」

諾瑞爾先生對著拉塞爾眨眨眼，狀似不解，但拉塞爾沒有多加解釋。「不知道該派誰去，」諾瑞爾先生繼續說，「義大利離這裡好遠，據我所知，幾乎得花兩星期才能抵達，我身邊缺不了查德邁，他離開一星期都嫌久。」

「嗯，」拉塞爾說，「我想的倒不是查德邁，老實說，我反倒覺得不要派他去比較好，我連可以舉出幾個理由，比方說，你經常懷疑他與史傳傑同夥，他們若在威尼斯碰頭，兩人恰好在國外聯手算計我們，我認為極端不妥。我倒是另有人選。」

隔天，拉塞爾的僕人們到倫敦各處搜尋，有些地方相當惡名昭彰，比方說聖加爾街、七鐘街和番紅花嶺的貧民窟，有些地方則是達官貴人出入之所，比方說黃金廣場、聖詹姆斯公園和梅菲爾酒店。他們找了裁縫、製帽商、縫製手套的工匠、補鞋匠、放高利貸、法警、債務人拘留所所長等各種奇怪的人，把這些人帶回拉塞爾在布魯頓街的宅邸。這些人群聚在廚房中（拉塞爾才不想在小客廳接見他們呢！），拉塞爾以某位先生的名義給每個人一些錢，他冷冷地告訴眾人，這位先生純粹是做好事，聖誕節快到了，此時不行善，更待何時？

三天之後，威靈頓公爵忽然出現在倫敦，公爵大人過去一年多一直住在巴黎，執掌盟軍軍務，若說法國目前由威靈頓公爵管轄，其實也不算誇張。問題是盟軍應該繼續留在法國，還是回到各自的國家（法國當然屬意後者）。威靈頓公爵和外相大臣、凱索力勳爵密商了一整天，晚上和大臣們在格洛斯維諾廣場附近用餐。

大家才剛開始吃飯，談話就出現了空檔，在場有這麼多位政客，居然沒有人發言，實屬罕見。大臣們似乎都等著對方開口，最後首相利物浦勳爵終於輕咳一聲、有點緊張地說：「我們不知道你聽說了沒有，但義大利傳來消息說史傳傑瘋了。」

公爵喝湯喝到一半，湯匙還舉在半空中，聽到這話忽然不知如何作答，他看了眾人一眼，然後低下頭繼續喝湯。

「你看起來不太擔心。」利物浦勳爵說。

公爵大人拿起餐巾擦擦嘴唇，「不，」他說，「我不擔心。」

「能告訴我們為什麼嗎？」華特波爾爵士問。

「史傳傑行事怪異，」公爵說，「其他人或許覺得他瘋了，但我敢說他們只是不習慣與魔法師相處。」

威靈頓公爵顯然覺得這話合情合理，但大臣們似乎不太相信，大家爭相舉例說明史傳傑瘋狂的行徑，比方說，他堅稱他太太沒死、人們腦袋裡點著蠟燭等等，更奇怪的是，沒有人能把鳳梨運送到威尼斯市區裡。

「運送水果的船夫說，鳳梨像砲彈一樣從船上飛出去。」矮小、乾瘦的西德蒙勛爵說。「船上當然有其他水果，比方說蘋果、水梨等等，這些水果都好端端地留在原處，但好幾個人被射出來的鳳梨打傷。史傳傑為什麼特別討厭鳳梨？實在令人想不通。」

公爵覺得沒什麼好奇怪。「這些都不算什麼，我跟各位保證，他在西班牙半島做的事比這些怪異多了。就算他真的瘋了，瘋得也一定有道理，諸位請聽從我的勸告，別再擔心了。」

大臣們試圖理出頭緒，暫不作聲。

「你是說他可能故意發瘋？」其中一位大臣帶著懷疑的口吻說。

「極有可能。」公爵說。

「但為什麼呢？」另一位大臣問。

「我完全不清楚。根據在西班牙半島的經驗，我早已不問他為什麼，大家遲早會發現，他那些奇怪、令人不解的舉動其實是魔法的一部分。交付任務，但對他的行徑見怪不怪，諸位大臣，這就是管理魔法師的要訣。」

「但事情還沒完了呢！」海軍大臣急切地說。「更糟的是，據說他被永恆的黑暗所包圍，大自然的秩序受到干擾，威尼斯有一整區已經陷入永恆的黑夜之中！」

西德蒙勛爵斷言：「公爵大人，即使你敬重史傳傑，你也必須承認陷入永恆黑暗之中不是個好預兆，不管這人對國家立下多少功勞，我們都不能假裝沒事。」

利物浦勛爵嘆了一口氣。「發生這種事情實在令人遺憾，我本來指望史傳傑能幫大家解析諾瑞爾的行徑，但現在看來，我們似乎先得找人來解讀史傳傑。」

「我們何不求助於諾瑞爾先生？」西德蒙勛爵建議。

「我想他不可能客觀。」華特．波爾爵士說。

「那我們該怎麼辦？」海軍大臣問。

「寫封信給奧地利政府吧。」威靈頓公爵以一貫果決的口吻說。「我們得提醒他們攝政王和英國政府始終關切史傳傑的福祉，別忘了史傳傑在戰場中表現優異，整個歐洲對他虧欠良多；我們也得提醒奧地利政府，如果任何人試圖加害史傳傑，英國必然大為不悅。」

「啊！」利物浦勛爵說。「公爵大人，這點我們的看法就不同了。在我看來，如果史傳傑真的受到傷害，出手的絕不是奧地利人，極有可能是他自己。」

一月中旬，一位名叫提圖．瓦金斯的書商出版了《黑暗書信》，書中宣稱收錄了史傳傑寫給亨利．伍惑卜的信，各方謠傳《黑暗書信》由諾瑞爾先生出資印行，亨利．伍惑卜堅稱曾未授權發表這些書信，他還說部分信件遭到竄改，信中所有關於諾瑞爾與波爾夫人的部分皆遭刪除，但卻加進了一些莫須有的內容，其中大部分暗示史傳傑用魔法謀殺了妻子。

在此同時，拜倫勛爵有位名叫斯科羅普的朋友當眾宣稱，諾瑞爾先生企圖使用魔法竊取拜倫勛爵的私人信函，不但如此，斯科羅普還打算控告諾瑞爾，引起社會譁然。斯科羅普找了一位律師，宣誓證明了以下口供。口供中指出，斯科羅普最近收到幾封拜倫勛爵的信，信中提到「瑪莉．索班迪哥區」受困於永恆的黑夜之中、強納森．史傳傑瘋了等等。[i] 斯科羅普把信放在聖詹姆區家中的梳妝臺上，有天晚上（他記得是一月七日），他準備更衣外出，一拿起梳子，馬上注意到梳妝臺上的信件像風中的落葉一樣飄搖，但房間裡沒風，他也不曉得信件為何飄動。大感困惑之際，他拿起信件，赫然發現信中的字跡也非常奇怪，每個字逐一分解離散，看似強風中的曬衣繩。他忽然想到一定有人針對信件施加咒語，他是個職業賭徒，也跟所有成功的賭徒一樣反應靈敏、腦筋冷靜，於是他很快把信件塞到《聖經．聖馬可福音》之中。事後他告訴朋友，雖然他完全不懂魔法，但他覺得《聖經》似乎是對抗邪惡咒語的利器，他想的沒錯，他手中的信果然沒有遭到竄改。在此之後，倫敦紳士們聚集的俱樂部流行一個笑話：此事最令人稱奇的不是諾瑞爾先生企圖奪走信件，而是惡名昭彰、酗酒成性的斯科羅普居然有本《聖經》。

---

i 原文是：「...Parish of Mary Sobendigo [sic] in Venice...」[sic] 一詞表示儘管原文有誤，作者依然逐字引用。受困於永恆黑暗的是索伯尼哥廣場，而不是瑪莉．索班迪哥區，斯科羅普的說詞顯然有誤，但作者蘇珊娜．克拉克照常引用，所以在瑪莉．索班迪哥區之後加上[sic]。

59 黑夜之狼盧卡庫塔

一八一七年一月

一月中旬的一個早晨，葛瑞司迪醫生走出大門，站在門口拉拉手套，他抬頭一看，剛好看到一名矮小的男子躲在對街的門口避風。

威尼斯家家戶戶的門口都很漂亮，有時旅客們也駐足觀看，這個傢伙相當矮小，雖然顯然很窮，但似乎依然重視穿著，身上的衣物雖然破舊不堪，但他把能擦亮的地方都擦得亮晶晶，擦不亮的地方也刷得乾乾淨淨，陳舊、泛黃的手套上抹了好多白粉，手指摸過的門面都留下粉末的痕跡。乍看之下，他似乎是位過度打扮的紳士，身上配戴著長長的懷錶，攜有精美的小印章，手邊還有一對長柄眼鏡，細看之下才發現他根本沒有懷錶，他不過把一條金色的緞帶仔細地纏繞在釦眼；所謂的精美小印章也不過是幾塊小錫心、十字架和小聖母像，在義大利街頭到處都買得到這種便宜貨。最令人稱奇的是那對長柄眼鏡，所有過度講究穿著的登徒子都喜愛長柄眼鏡，他們經常執起眼鏡、嘲弄地觀看那些不及自己時髦的人，這名奇怪的矮小男子顯然非得有副長柄眼鏡不可，所以在胸前掛了一支大湯匙。

葛瑞司迪醫生仔細端詳這種奇怪的打扮，打算過一會跟朋友們描述，以博眾人一笑，但他忽然記起他在威尼斯只有史傳傑一個朋友，而史傳傑已不在乎這些事情了。

矮小男子忽然離開門口走向葛瑞司迪醫生，他一手撫著額頭用英文說：「您是葛雷斐爾德醫生吧？」

葛瑞司迪醫生聽了大為吃驚，沒有立刻回答。

「您是葛雷斐爾德醫生，魔法師的朋友？」

「是的，」葛瑞司迪醫生有點疑惑地說，「但是先生，我姓葛瑞司迪，不是葛雷斐爾德。」

「哦，親愛的醫師先生，請容我跟您說一千次對不起！某個笨蛋口誤，害我搞錯了，實在太丟臉！先生，我跟您保證，我絕對無意冒犯，我對醫生這一行抱著無比崇高的敬意！您瞧瞧，您這會兒帶著行醫濟世的尊嚴站在那裡，心裡八成暗想：『這個奇怪的傢伙究竟是誰？居然隨便在街上拉著我說話，彷彿我是普通人。』請容在下自我介紹：我來自倫敦，史傳傑在倫敦的朋友們聽到他失去了理智，著急得不得了，所以派我來探視。」

「嗯，」葛瑞司迪醫生說。「老實說，我真巴不得他們積極一點，我十二月初就寫信給他們，先生，那是六個禮拜以前呢！」

「沒錯，真令人訝異，不是嗎？但他們是全世界最懶散的一群人，只顧著自己的方便，您卻留在威尼斯，啊！您不愧是史傳傑先生真正的好友！」他暫停了一會之後繼續說：「我這麼說沒錯吧？」他語調一變，「除了您之外，他沒有其他朋友吧？」

「嗯，還有拜倫勛爵……」葛瑞司迪醫生剛開口。

「拜倫！」矮小男子馬上高喊。「真的嗎？老天爺啊！他不但瘋了，還跟拜倫勛爵打交道！」聽來彷彿不曉得何者較糟。「噢，親愛葛瑞司迪醫生，我有好多問題想請教您！我們可以找個地方私下聊聊嗎？」

他們雖然站在葛瑞司迪醫生的家門口，但葛瑞司迪醫生越來越不喜歡這位矮小男士。雖然他急著幫助史傳傑，但他不想邀請這個傢伙到自己家裡，於是他小聲說僕人出外辦事，不方便在家裡接待客人等等，附近有個小咖啡館，到那裡坐坐好嗎？

矮小男子欣然同意。

於是兩人前往咖啡館。他們沿著運河而行，矮小男子走在葛瑞司迪醫生的右邊，比較靠近河，男子邊走邊談，醫生則東張西望，走著走著，醫生不經意地往前看，剛好看到水面上出現一道波浪，更奇怪是，波浪急速衝向他們，一打到石頭岸邊，馬上改變形狀，浪花變成一隻隻水淋淋的手指，紛紛打向矮小男子的腳邊，彷彿想把他抓下水。浪花一打到矮小男子的腳，他馬上邊罵邊跳開，但似乎沒有注意到任何不尋常，葛瑞司迪醫生也沒多說。

一月又濕又冷，溫暖、煙霧瀰漫的咖啡館恰是避寒的最佳場所。館內有點陰暗，但卻透出暖意，黃褐色的牆壁和天花板因經年的菸草煙霧而轉黑，但酒瓶閃閃發光，菸具發出微光，釉面的陶壺和鑲著金邊的鏡子一閃一閃，增添出一股愉悅的氣氛。一隻垂耳獵犬懶洋洋地躺在火爐前的地磚上，葛瑞司迪醫生的手杖不注意擦過牠的耳朵，牠隨即搖頭，打了個噴嚏。

「我得事先警告你，」侍者送上咖啡和白蘭地之後，葛瑞司迪醫生說，「威尼斯流傳著各種關於史傳傑先生的謠言，有人說他召喚了女巫，用火焰為自己製造出一位僕人，你也曉得這些話都不可當真，但最好還是有些心理準備。你會發現他跟以前不一樣了，雖然看了令人難過，但若假裝一切如昔，只是自欺欺人。儘管如此，我相信在內心深處，他還是以前那個史傳傑，天性也依然善良，這點絕對無庸置疑。」

「真的嗎？但請告訴我，他真的吃了自己的鞋子嗎？他真的把幾個人變成玻璃，然後拿石頭砸他們嗎？」

「吃自己的鞋子？」葛瑞司迪醫生高喊，「誰告訴你的？」

「噢，好幾個人都這麼說，坎太太、帕博勛爵、度納漢先生、安小姐……」矮小男子念了一大串英國、愛爾蘭和蘇格蘭人名，這些先生女士都是威尼斯和鄰近市鎮的居民。

葛瑞司迪醫生非常震驚，史傳傑的朋友為什麼跟這些人打聽消息，而不徵詢他的看法？「你沒聽到我剛才所言嗎？我正請你特別留意這種愚蠢的謠言！」

矮小男子愉快地笑笑說：「且慢！親愛的醫師先生，慢點！我腦筋不像您一樣靈敏，您鎮日思索化學和物理，成天忙著鍛鍊腦力，我卻懶洋洋地無所事事！」接著囉唆了一大堆，內容不外是他從未專心研讀正規學科、師長們對他多麼失望、學術研究非他所長等等。

但葛瑞司迪醫生懶得聽他說話，專心地逕自想事情。他想到先前矮小男子雖然客氣地說要自我介紹，但卻尚未說出姓名，葛瑞司迪醫生正想問他叫什麼，矮小男子卻搶先問了問題，葛瑞司迪醫生一聽，其他念頭全都拋在腦後。

「您有個女兒，是不是？」

「對不起，你說什麼？」

矮小男子顯然以為醫生耳背，所以稍微大聲地重複一次。

「是，我有個女兒，但是……」葛瑞司迪醫生說。

「他們說您已經把令嬡送離威尼斯？」

「他們？誰是他們？我女兒跟這些事情有何關聯？」

「噢，沒什麼，他們只說那位魔法師一發瘋，令嬡馬上離開威尼斯，您似乎擔心她會受到傷害。」

「八成是坎太太等人跟你說的，」葛瑞司迪醫生說，「這些人不過是群笨蛋。」

「喔，完全正確！但您究竟有沒有把令嬡送走呢？」

葛瑞司迪醫生什麼也沒說。

矮小男子伸手摸摸頭，然後鬼祟地一笑，看起來彷彿曉得一個天大的祕密，而且打算說出來震驚眾人，「你當然知道，」他說，「史傳傑謀殺了他太太吧？」

「什麼？」葛瑞司迪醫生沉默了一會，然後高聲大笑，「我不信！」

「噢，這是真的，你一定得相信我說的話，」矮小男子傾身向前，雙眼興奮地發亮，「大家都曉得！夫人的兄長伍惑卜先生是個受人尊敬的牧師，夫人過世時他剛好陪在身旁，親眼目睹了一切。」

「他怎麼說？」

「可疑之處非常多，夫人受到魔法蠱惑，整個人陷入恍惚，從早到晚幾乎不知道自己在做什麼，大家都不曉得為什麼，但這顯然是她先生搞的把戲。他當然試圖用魔法來逃避刑責，但諾瑞爾先生非常同情這位可憐的女士，也決定揭發他的惡行，諾瑞爾先生絕對會讓史傳傑受到司法審判。」

葛瑞司迪醫生搖搖頭。「不管你怎麼說，我都不相信這種毀謗，史傳傑是位正直的紳士！」

「噢，沒錯！但許多意志比他堅強的人都毀在魔法手中。倘若運用不當，魔法會消蝕一個人的善心，強化心中的邪念。他背叛了他的恩師，也就是最有耐心、最高尚、最睿智、最善良……」

矮小男子講了一堆形容詞，似乎忘了原先想說什麼，不一會，他發現葛瑞司迪醫生目光灼灼地看著他。

葛瑞司迪醫生輕蔑地哼一聲，「真奇怪啊，」他慢慢地說，「你說史傳傑的朋友們派你來，但你卻不說這些朋友是誰。這些人還四處宣傳史傳傑是殺人凶手，這種朋友還真是少見。」

矮小男子什麼也沒說。

「是不是華特．波爾爵士？」

「不，」矮小男子謹慎地說，「不是華特爵士。」

「那麼是史傳傑的弟子們囉？我忘了他們的姓名。」

「大家都記不得，這幾個人不值得一提。」

「是他們嗎？」

「不是。」

「諾瑞爾先生？」

矮小男子默不作聲。

「你叫什麼？」葛瑞司迪醫生問。

矮小男子輕輕晃動頭部，但想不出辦法迴避這個直接的問題，於是只好回答：「卓萊。」

「哈！哈！你豈有資格指控別人！喔，沒錯，克里斯多福．卓萊，全英國出了名的騙徒、竊賊和無賴！就憑你也敢指控一位誠實的紳士、威靈頓公爵麾下的魔法師？」

卓萊滿臉通紅，憎惡地對醫生眨眨眼。「你當然會這麼說！」他輕蔑地說，「史傳傑很有錢，你又想把女兒嫁給他！親愛的醫師先生，這有何尊嚴可言？你說！這有何尊嚴可言？」

葛瑞司迪醫生又驚訝、又生氣，他憤怒地站起來，「我這就去拜訪附近每一戶英國人家，警告大家不要見你！我馬上就去！我們沒什麼好說的，我也沒必要跟你告辭！」說完就扔了幾個銅板到桌上，轉身離去。

兩人最後的對話怒氣騰騰，講得又大聲，侍者和其他客人都好奇地看著孤坐在桌邊的卓萊，卓萊繼續坐了一會，等到確定不會碰到葛瑞司迪醫生才離開。他走在街上，運河的河水變得非常怪異，他走到哪裡，浪花就跟到哪裡，偶爾還掃過運河河岸，襲擊他的雙腳，但他卻完全沒注意到。

葛瑞司迪醫生言出必行，他拜訪了威尼斯所有英國家庭，警告他們別跟卓萊打交道。卓萊不在乎，轉而向僕人、餐廳小弟和船夫打聽消息。他從過去的經驗得知，下人們比主子知道得更多，就算他們所知有限也無妨，他可以傳述他知道的謠言，結果謠言像雪球一樣越滾越大，不久之後，很多人都知道史傳傑謀殺了妻子，他原本打算在聖馬可大教堂強迫葛瑞司迪小姐與他成親，幸好一隊奧地利士兵及時出現，他才沒有得逞；他還跟拜倫勛爵約定，未來共享兩人的妻子和情婦。卓萊任意捏造關於史傳傑的謊言，雖然自己編不出太多，但他盡力散播各種謠言和牽強附會的說法，傳言也越來越離譜。

一個船夫幫他介紹布商的太太瑪莉安娜．賽迦提，瑪莉安娜正是拜倫的情婦。卓萊透過翻譯告訴她許多倫敦社交圈的閒話，還說倫敦的名媛淑女沒有一個比她漂亮。她告訴卓萊，根據拜倫勛爵所言，史傳傑成天待在房裡，一邊喝酒一邊作法，這些沒什麼稀奇，但她聽過拜倫提過詩作中的魔法師，也把她所知的部分與卓萊分享，詩中的魔法師跟惡魔打交道，違抗眾神和人類，卓萊也刻意將這些虛構的故事納入謠言中。

在所有威尼斯的居民中，卓萊最想結識法蘭克，卓萊認定葛瑞司迪醫生侮辱了他，越想越生氣，左思右想之後，他覺得若能讓法蘭克背叛主人，便是最好的報復。於是他致函邀請法蘭克到一家小酒館聊聊，法蘭克居然答應，令他有點訝異。

法蘭克依約準時出現，卓萊點了一壺便宜的烈酒，幫兩人倒滿一杯。

「法蘭克？」他輕聲地說，「我前幾天跟你主人碰面，我想你也曉得。他似乎是個非常嚴厲的老傢伙，一點都不和善。法蘭克，你過得還可以吧？前幾天我的好友拉塞爾先生跟我說，倫敦很難找到好幫手，我若能幫他找到一位稱職的僕人，花再多錢他都無所謂。正因如此，所以我才問你過得如何？」

「哦！」法蘭克說。

「法蘭克，你想你喜歡住在倫敦嗎？」

法蘭克沾著濺到桌面上的酒畫圓圈，過了一會之後才說：「或許吧。」

「我想也是，」卓萊繼續急切地說，「如果你肯幫我一點小忙，我會盡全力為你引介，我確信拉塞爾先生一定認為你是最佳人選！」

「你要我幫什麼忙？」法蘭克問。

「喔，這事容易得不得了！我一跟你說，你一定馬上急著辦，說不定根本不在乎有沒有酬賞。法蘭克，你聽我說，我擔心你的主人和小姐即將大禍臨頭，那個魔法師想加害他們，我試圖警告你主人，但他太頑固，根本不聽我說。唉，我想得徹夜難眠，都怪我太笨，沒辦法講得更清楚，但是法蘭克，我信任你，你一定能提醒你家小姐和主人的妹妹，史傳傑確實是個邪惡之人，你不跟你主人說也沒關係，但一定得警告女士們。」卓萊隨即傳述史傳傑夫人遭到謀殺，以及史傳傑和拜倫的協議等等。

法蘭克機警地點頭。

「我們得小心提防那個魔法師。」卓萊說。「其他人都受到他的欺瞞，你主人受騙更深，因此，我們必須連手揭發他的詭計，法蘭克，請告訴我，你有沒有觀察到什麼可疑之處？那個魔法師有沒有不注意說漏了嘴，讓你覺得不對勁？」

「嗯，」法蘭克抓抓頭，「你一提起，我倒想起一件事。」

「真的嗎？」

「我沒跟任何人提過此事，連我主人都不曉得。」

「太好了！」卓萊面帶笑容說。

「但我怕解釋得不夠清楚，我帶你過去看看吧。」

「當然、當然，請帶路。」

「我們走到門外就好，你從那裡就看得到。」

法蘭克和卓萊走到門外，卓萊警戒地四下張望，眼前是威尼斯典型的街景，兩人前方有條運河，河邊有座油漆斑駁的教堂，一位僕人站在大門前趕鴿子，一團團骯髒、灰白的鴿毛在空中飛舞，四下望去皆是樓房、雕像、窗沿的花盆，和一排排曬在陽光下的衣物，永恆的黑夜矗立在遙遠的一方。

「嗯，從這裡大概看不清楚，」法蘭克坦承，「那邊的樓房擋住了視線，你再往前走幾步吧。」

卓萊向前跨了幾步，「這裡嗎？」他問，依然保持警戒。

「沒錯，就是那裡。」法蘭克說。說完就一腳把卓萊踢到河裡。

頓時水花四濺。

法蘭克在岸邊待了一會，大罵卓萊是個騙子、無恥的流氓、粗鄙的下等人、低賤的粗人、大笨豬等等。大罵一場之後，法蘭克肯定非常痛快，卓萊卻早已沉到水底，一個字也沒聽見。

河水重重地打在他身上，他全身發痛，幾乎無法呼吸。四周天旋地轉，他不會游泳，深信自己即將滅頂，但還不到幾秒，他感覺到自己被一道激流瞬間沖到水面上，他順著水流沉浮，偶爾露出水面吸口氣，但他始終處於驚恐，怎樣都無法自救。水流猛然上揚，他跟著被沖到一處明亮的岸邊，卻不知身在何處，他看到白花花的河水沖激岸邊的岩石，人們和房屋全都濕淋淋，大夥驚恐的神情也歷歷在目，他知道他還沒被沖到海上，但他不覺得這道激流有何異常，激流有時帶著他迅速流向一方，有時卻四處流竄，讓他覺得末日將至。忽然間，河水似乎對他感到厭煩，一下子把他甩到岸邊的石階上，他幾乎感覺不到冷冽的空氣，也不曉得四周還有房子。

他猛力吸了幾口氣，全身不住顫抖，呼吸回復正常之後，他吐出一大灘冰冷的鹹水，然後像歇息在愛人懷中似地，閉上雙眼在原地躺了好久。他腦中一片空白，一心只想永遠躺在這裡，但好一陣子之後，他先是想到石階說不定很髒，然後又想到自己很怕冷，想著想著，他不禁懷疑四周為什麼如此安靜？為什麼沒有人過來幫他？

他坐起來，張開雙眼。

四下一片漆黑，他在山洞裡嗎？還是地窖？難不成在地底下！這些地方都非常可怕，他不知道怎麼來到這裡，也不知道能否逃得出去。忽然間，他感到一陣冷風吹過臉頰，他抬頭一看，看到天際點點繁星，啊！原來是黑夜！

「不、不、不！」他一邊哀求，一邊縮回岸邊的石階旁，不住低聲啜泣。

四周的房屋漆黑而沉靜，只有閃耀的繁星展現一絲生氣，群星從天上俯瞰卓萊，但在卓萊眼中，群星卻像一個個高深莫測的字母，他只覺得史傳傑用星星寫成咒語加害他，心中頓時充滿恐懼。一眼望去只見無盡的黑夜、繁星與孤寂，所有房屋都一片漆黑，而且如果卓萊聽到消息屬實，屋中也空無一人，唯一的例外當然是史傳傑。

他不甘不願地站起來觀望，附近有座小橋，橋的另一端是條小巷，小巷兩旁是漆黑的高牆，不曉得通往何方。他可以試試巷道，或是沿著運河前進，星光令他打了一個寒顫，更令他感到無所遁形，於是他選擇黑暗的巷道。

他過橋，穿過小巷，不一會就來到一處廣場，廣場四周有好幾條小巷，各自通往不同方向，他該選擇哪一條呢？他想到巷道中的黑影和一棟棟沉寂的房舍，如果他永遠走不出去怎麼辦？他頓時感到驚恐，幾乎嚇得昏厥。

廣場中有座教堂，即使在朦朧的星光下也看得出規模相當龐大，教堂中石柱與雕像林立，展翅高飛的天使把小號舉到唇邊，天蓬下隱約有個人影伸出雙臂，面目模糊的人像從陰暗的高處瞪著卓萊。

「我怎知魔法師不在裡面？」卓萊心想，於是他仔細觀察每一座人像是不是強納森．史傳傑，他一開始就停不下來，生怕眼光移開，人像就開始活動，好不容易才說服自己沒什麼好怕的。正想離開教堂之際，他忽然發現門口附近不太對勁，他湊過去仔細瞧瞧，這才發現有個東西躺在石階上，啊，原來是個男人。此人臉朝下，手臂蓋住頭，好像昏倒在石階上。

卓萊靜靜站在一旁，等著看接下來有何發展，雖然才等了幾秒，感覺卻有如永恆！但卻毫無動靜。

卓萊忽然有個念頭：魔法師死了！說不定在瘋狂中自殺了！他喜不自勝，興奮地狂笑，笑聲

迴盪在寂靜的廣場中格外刺耳，但躺在門口的男人依然動也不動，他再靠近一點，一直走到男人身邊，他聽不到呼吸聲，真希望手邊有根棍子撥弄一下。

石階上的男子忽然毫無預警地翻身。

卓萊驚訝地輕呼一聲。

接下來一片沉默，「我認識你！」史傳傑輕聲說。

卓萊試圖一笑，他向來用笑聲來安撫受騙的犧牲者，笑聲是最佳調劑，不是嗎？朋友們不都一同歡笑嗎？但他卻只發出咯咯聲。

史傳傑站起來、朝著卓萊走幾步，卓萊步步退後，在星光下，史傳傑的樣子清晰了一些，但跟卓萊以前認識的他幾乎完全不同。眼前的史傳傑光著雙腳，外套和襯衫都沒扣，而且顯然已經好久沒刮鬍子。

「我認識你，」史傳傑再度輕聲說。「你是……你是……」他雙手在空中胡亂飛舞，好像搜尋某種神祕的魔法符碼。「你是盧卡庫塔。」

「盧什麼……？」卓萊低聲重複。

「你是專門擄掠男女的黑夜之狼！你父親是隻豺狼，母親是隻獅子！你有獅子的軀體，四蹄分趾；你不能轉頭向後看，嘴中有一顆長牙，沒有牙齦，但你可以任意變為人形，也可以學人說話誘捕獵物！」

「不、不！」卓萊低聲哀求，他想為自己辯護，想說自己不是這種東西、史傳傑錯了等等，但他嚇得口乾舌燥，聲音微弱，再也說不出話。

「好，」史傳傑冷靜地說，「我讓你變回原形！」他舉起雙手，「天靈靈，地靈靈！」他大喊。

卓萊應聲倒地，不斷高聲尖叫；史傳傑發出瘋狂怪異的笑聲，一面狂笑一面在廣場上踱步。最後兩人的恐懼和瘋狂總算稍微平息：卓萊發現他沒有變成一隻奇怪的野獸，史傳傑也平靜了許多，神情幾近嚴肅。

「盧卡庫塔，」他輕聲說，「站起來。」

卓萊一面哀求、一面搖搖晃晃地站起來。

「盧卡庫塔，你來這裡做什麼？不，等等，我知道你為何而來。」史傳傑手指一彈，「你受到我的召喚，盧卡庫塔，告訴我：你為什麼監視我？我行事可曾偷偷摸摸？你為什麼不直截了當地問我？你想知道什麼，我絕對一一奉告！」

「他們叫我來的，這都是拉塞爾和諾瑞爾的錯！拉塞爾幫我償還債務，所以王座法庭監獄把放我出來。❶我始終是你的朋友。」卓萊最後一句講得有點結巴，似乎自覺連瘋子聽了都不會相信。

史傳傑抬起頭，彷彿打算駁斥卓萊，但在永恆的黑暗中，卓來看不清對方臉上的表情。「我瘋了，盧卡庫塔！」史傳傑輕聲說。「他們沒告訴你嗎？沒錯，我確實瘋了，未來也打算一直這樣下去。但自從你來到威尼斯之後，我就……我就控制自己不要嘗試某些咒語，這樣一來，等到我們見面時，我的神志才會清醒。我的意思是說，我才得以恢復以前的神志，也才認得你，知道該跟你說些什麼。盧卡庫塔，我在黑暗中學了很多，其中之一點便是：光靠我一個是行不通的，所以我召喚你助我一臂之力。」

「是嗎？只要你開口，我做什麼都願意！謝謝你，謝謝你！」話一出口，卓萊才想到史傳傑不知道打算把他留在這裡多久。思及至此，心情頓時沉到谷底。

「她……她……她叫什麼……」史傳傑似乎不曉得想說什麼，雙手在空中揮舞。「華特爵士的太太叫什麼？」

「你是說波爾夫人？」

「是，但我的意思是……她本來叫做什麼？」

「艾瑪・溫特堂？」

「沒錯、沒錯，艾瑪・溫特堂。她現在人在哪裡？」

「他們把她送到約克郡的一個瘋人院，這應該是個祕密，但還是被我發現了，我在監獄裡認識一個人，他兒子的女朋友是做外套的裁縫，約克郡非常冷，他們雇她幫波爾夫人縫製外套，所以她知道得一清二楚。他們把她送到一個叫做史黛或是史黛司之類的地方，我是說波爾夫人，而不是那個女裁縫。嗯，史黛什麼的，等等！我想起來了！約克郡的史黛夸司莊園！」

「史黛夸司，我知道那個名字。」

「是、是，你確實知道！你有個朋友住在那裡，他以前是新堡或是約克等北方某個城市的魔法師，唉，我若知道他叫什麼就好囉！諾瑞爾先生以前好像讓他吃了一、兩次苦頭，波爾夫人瘋了之後，查德邁把他推薦給華特爵士，他在北方管理一處療養院，查德邁大概想藉此做點補償。」

史傳傑默不作聲，卓萊不禁懷疑史傳傑聽懂了沒有。過了一會，史傳傑說：「艾瑪・溫特堂沒瘋，她只是看起來好像瘋了，但這都是諾瑞爾的錯。他召喚了一位精靈讓她復生，但卻用她作為交換條件，讓精靈掌控了她。這個精靈也危害到英王，而且蠱惑了最起碼兩位英王的臣民，其中一位是我的妻子！」他停頓了一會，「盧卡庫塔，你第一樁任務是把我剛才所言照實稟報約翰・查德邁，同時把這件東西交給他。」

史傳傑從口袋裡掏出一個小盒子遞給卓萊，小盒形似鼻煙盒般的小盒子，但比一般鼻煙盒窄長，卓萊接過來放進自己口袋。

史傳傑長嘆一聲，跟正常人一般說話似乎耗盡了他的體力。「你的第二樁差事……第二樁差事是把訊息傳達給英國境內每一位魔法師，你了解嗎？」

「了解！但是……」

「什麼但是？」

「但是英國境內只有一位魔法師。」

「什麼？」

「先生，您現在人在義大利，英國境內只剩下一位魔法師。」

史傳傑思索了一會，「我的弟子們，」他說，「我的弟子們是魔法師，所有想跟諾瑞爾習藝的男女也是魔法師，查德邁和賽剛督都是其中之一，哈尼富、魔法期刊的訂戶、魔法學會的舊成員也是，英國境內四處都是魔法師！說不定上百、甚至上千！諾瑞爾排擠他們，諾瑞爾壓制他們，諾瑞爾強迫他們保持緘默，但他們依然是魔法師！請告訴他們，」他一手抹過額頭，呼吸忽然變得沉重，「樹木跟岩石說話，岩石跟雨水說話，這不像我們想像中困難；告訴他們讀讀寫在空中的字樣，告訴他們向雨水求教！約翰．厄司葛雷的老盟友依然留在原處，我正派人提醒岩石、天空和雨水曾經許下的承諾，我要告訴他們……」史傳傑似乎又找不出適當的字眼，再度伸手在空中揮舞。

「我無法解釋，」他說，「盧卡庫塔，你了解嗎？」

「是的，噢，我了解！」卓萊雖然這麼說，其實一點都不知道史傳傑講些什麼。

「很好，你把我交付給你的任務重複一次給我聽。」

卓萊照念了一次。他多年來複誦朋友們的閒話，養成了熟記人名和細節的好本事，剛開始說得有板有眼，但後來講得支離破碎，滿口魔法師站在雨中、尋找岩石等等。

「我讓你瞧瞧吧，」史傳傑說，「你看了之後就會了解。盧卡庫塔，你若完成我交付的使命，我就不會對你施加報復，也不會傷害你；傳達了這三個訊息之後，你就可以回歸黑暗之中，繼續掠食男女。」

「謝謝！謝謝！」卓萊鬆了一口氣，不停地道謝，但隨即又想到一點，再度大感驚慌，「三個訊息！但是，先生，你只跟我說了兩個。」

「三個，盧卡庫塔，」史傳傑厭倦地說，「你必須傳達三個訊息。」

「好、好，但是你還沒告訴我第三個訊息是什麼。」

史傳傑什麼都沒說，逕自轉頭喃喃自語。

雖然深感驚恐，但卓萊實在很想一把捉住史傳傑，猛力地搖晃他幾下，如果這樣真的有用，卓萊說不定真會動手，但他只能自憐地啜泣，這下史傳傑一定會因為他沒有完成第三個使命而殺了他，但這卻不是他的錯。

「盧卡庫塔，」史傳傑忽然轉身說，「幫我倒杯水！」

卓萊四下看看，廣場中央有座水井，他過去看看，發現水井旁邊栓著一個陳舊醜陋的鐵杯，栓住杯子的鐵鍊已經鏽跡斑斑。他推開井蓋，打了一些水，拿鐵杯舀水。他非常不願碰觸鐵杯，很奇怪地，今天發生了這麼多怪事，但最令他厭惡的卻是這個杯子，他一輩子錦衣玉食，身旁不乏華美事物，但如今周遭的每樣東西都醜陋不堪，這都是魔法師們的錯，他好恨他們！

「先生？魔法師大人？」他大喊，「你得過來這邊喝水。」他舉起鐵杯表明意思。

史傳傑走過來，但他沒有接過破爛的鐵杯，反而從懷中掏出一個小玻璃瓶遞給卓萊，「倒六滴滴劑到水裡。」他說。

卓萊接下小玻璃瓶，雙手顫抖得非常厲害，幾乎把瓶子摔到地上，但史傳傑似乎視而不見。卓萊倒了幾滴滴劑到水裡。

史傳傑接過鐵杯，一口飲盡杯中的水，鐵杯頓時從他手中滑落。不知道為什麼，卓萊察覺到史傳傑變了，在明亮的星光下，他漆黑的身影頹然倒地，頭也低了下來，卓萊心想他是不是喝醉了，但幾滴液體怎麼可能讓人醉成這樣？更何況他沒聞到酒精味，他只聞得出對方已經好幾星期沒有梳洗更衣，隱約之中還有一股先前沒有的氣味，聞起來像是老人加上近百隻貓。

卓萊有種奇怪的感覺，這種感覺並不陌生，過去每次見證到魔法之前，他也有同樣感覺。四周似乎環繞著隱形門，每道都門戶大張；遠方飄來一陣風，空氣中充滿森林、濕泥和沼澤的氣味；他腦中忽然出現各種影像，周圍的房屋也不再空蕩蕩，他看得一清二楚，彷彿有人移去了房屋的高牆；每個房間裡都有個黑影，不像是人，而是古老的神靈，火焰、岩石、雨絲、黑鳥、山坡都出現在房裡，甚至還有不知名的凶惡小獸等等。

「這些究竟是什麼？」他低聲驚嘆，感到全身毛骨悚然，好像觸了電；不一會，一股新奇的感覺貫穿全身，雖然他仍站在原地，但整個人卻彷彿緩緩往下落，思緒也隨之飄逝。

他覺得自己站在一處英國的山坡上，天上飄著小雨，灰濛濛的雨絲彷彿鬼魅；雨絲打在他身上，他也變得跟雨絲一樣細弱。雨水將思緒洗刷殆盡，也沖走了甜美與悲傷的回憶，他再也不曉得自己叫什麼，所有念頭都像岩石上的泥土，隨著雨水流去，腦中充滿了屬於雨水的思緒與回憶。銀色的雨絲順著山坡而下，狀若精緻的蕾絲或是手腕上的青筋，他忘了自己是凡人，只覺已化身變為雨絲，隨著雨水流入土中。

他感到自己躺在泥土下，置身英國之下。時間過了好久，冰冷的雨水穿透他，岩石在他體內僵硬，在沉默與黑暗中，他的身形日益龐大，他變成了泥土地，變成了英國。一顆星星俯瞰著他，跟他說話；一塊岩石問他問題，他用岩石的語言回答；一條河流蜷伏在他身旁，山丘在他的指間萌芽，他張開嘴，春天便在鼻息之間降臨……

他覺得自己被推進一片黑暗的冬林，林木自古便矗立於此，直至永恆；冬陽在林中留下一道道白色的微弱光影，他低頭一看，小樹已經穿過他的身體、雙腳和雙手，樹木越長越高，他的眼睫毛附近也長滿了枝葉，眼瞼再也無法閉合；小蟲在他耳裡爬進爬出，蜘蛛在他嘴裡築巢織網，他曉得他已被林木纏繞了好多年，他熟悉林木，林木也認得他，林木與他已經成為一體，分不出誰是誰。

四下一片寂靜，雪花飄落，他放聲尖叫……

一片漆黑。

卓萊彷彿從深海中脫困似地回到現實，他不知道誰釋放了自己，史傳傑？森林？還是英國國土？但他逐漸恢復清醒，也感到對方高強的法力。古老的神靈漸漸隱身消退，他又恢復人類的感覺和理智，但一想到剛才所感到的一切，他依然頭昏腦脹，天旋地轉。他檢查一下雙手，摸摸先前被樹木穿透的地方，嗯，全身似乎完好，但天啊！好痛！他低聲咒罵了一句，抬頭看看史傳傑在哪裡。

史傳傑縮在附近的牆邊，自顧自地念咒，他敲一下牆壁，石塊隨之鼓起，變成一隻黑色的大烏鴉，烏鴉展開雙翅，聒聒地飛向漆黑的夜空；他再敲一下牆壁，牆面隨即又浮現出一隻烏鴉，展翅飛往天際；他敲了一下又一下，成群烏鴉陸續展翅高飛，直到黑壓壓的翅膀蓋過繁星。

史傳傑伸出手準備再敲……

「魔法師大人！」卓萊喘著氣說，「你還沒告訴我第三個訊息是什麼。」

史傳傑左顧右盼，然後抓住卓萊的外套，猛然把卓萊扯向自己。卓萊聞到史傳傑惡臭的鼻息，也第一次看清他的臉，星光下的他一臉凶殘、目露凶光，人性與理智已不復見。

「告訴諾瑞爾我將到來！」史傳傑噓了一聲，「好，你走吧！」

卓萊不需要再聽一次，他在黑暗中狂奔，成群烏鴉似乎緊追其後，他看不到牠們，但聽得到翅膀的撲打聲，也感覺得到翅膀激起的氣流。他氣急敗壞地衝上橋，一跑過橋中央就置身光明之中，周遭頓時人聲沸騰，男女老少邊走邊聊，大夥像平常一樣過日子，這裡沒有魔法，只有尋常的生活，平靜中顯得格外美好。

卓萊的衣物依然滴著鹹水，天氣冷得嚇人，他不知道這裡是威尼斯的哪一區，也沒有人出手相助。他漫無目標地走了好久，全身筋疲力盡，最後終於走到他熟悉的一個廣場，找到了他暫住的小旅店。回到房間之時，他已疲憊不堪，不停打冷顫，他脫下衣服，盡量抹去身上的鹽粒，然後一頭倒在小床上。

他發了兩天高燒，高燒中噩夢連連，夢中盡是黑夜、魔法，以及冷酷的遠古地球等古怪之事。睡夢之中，他始終充滿驚恐，深怕醒來以後發現自己困在地底，或是被釘死在冬天的林木上。

到了第三天中午，他總算勉強起身到港邊走走，他在港邊看到一艘即將開往普茲茅斯的英國船，他把拉塞爾交給他的信函和文件拿給船長過目，文件中保證將重賞護送卓萊返回英國的船隻，兩名歐洲最著名的銀行家亦簽名背書。

到了第五天，他登上船，航向英國。

一層寒冷的薄霧籠罩著倫敦上空，似乎反映出史提芬淒涼迷濛的心境。近來魔法加諸在他身上的負擔比以往更為沉重，他再也感受不到歡娛、喜悅和安寧，只有憤怒、憎惡、沮喪等情緒能夠穿透咒語的魔障，心中因而充滿了悲憤。他發現自己和英國友伴之間的鴻溝日深，銀髮紳士或許是個惡人，但史提芬不得不承認，英國人確實如同紳士所言地傲慢、自大、自以為是。「無望古堡」雖然陰沉，但與其和高傲、惡毒的英國人相處，史提芬寧願躲在古堡中，最起碼在古堡中不必因為自己的身分而致歉，眾人也將他視為上賓。

在這個特別的冬日中，史提芬來到華特爵士在哈雷街的馬廄，華特爵士剛買了兩隻非常驍健的獵犬，家中的男僕們相當高興，大夥每天過來欣賞獵犬、討論獵犬們在田野中的表現，每個人似乎都是行家，也浪費了不少時間。史提芬明知此風不可長，但他發現自己根本不在乎，也懶得糾正。今天車夫羅勃邀他一起過來看看獵犬，他不但不加以斥責，反而戴上帽子、穿上外套同行，此時他看著羅勃和其他馬夫熱切地討論獵犬，他卻只感到索然無味。

忽然間，所有馬夫伸伸懶腰，魚貫地離開馬廄，史提芬打了一個寒顫，他從經驗中得知，這種不尋常的舉動表示一頭蓟冠毛銀髮的紳士即將出現。

紳士果然現身，一頭閃亮的銀髮、一雙閃爍的藍眼、一襲鮮綠的外衣照亮了擁擠黑暗的馬廄；他像往常一樣高聲談笑，認定史提芬非常高興見到他，正如他也很高興見到史提芬。他跟家中男僕們一樣喜歡這兩隻獵犬，揮手示意史提芬跟他一起過來欣賞。他用狗語跟獵犬交談，獵犬高興地又吠又跳，似乎從沒碰過這麼令人傾心的主人。

紳士說，「我記得一四一三年的一天，我到南方拜訪剛即位的南英王，驍勇莊重的南英王為我引介他的大臣們，也在大家面前稱讚我傑出的成就、遼闊的領土、高貴的情操等等。但宮廷中有個貴族沒有專心聆聽，反而和他的屬下站在旁邊談笑，你可以想像我看了有多麼生氣，於是我決定給他們一些教訓！隔天這些不懂禮貌的傢伙到附近的森林獵野兔，我悄悄來到林中，趁大家不注意時把人變成野兔，野兔變成人，不知情的獵犬們把主人撕裂成碎片，變為人形的野兔則赫然發現，這下可以好好懲治獵犬，一報過去遭到追趕獵殺之仇。」紳士暫時打住，等著史提芬讚美他的機智，但史提芬還沒開口，紳士就高喊：「啊！你感覺到了嗎？」

「先生，感覺到什麼？」史提芬問。

「所有的門都發出震動！」

史提芬看看馬廄四周的門。

「不、不是那些門！」紳士說。「我是說英國和其他國度之間的門！有人試圖打開這些大門，有人跟天空說話，而那卻不是我！有人對岩石和河流下達指令，而那卻不是我！究竟是誰？誰在搞鬼？跟我來！」

紳士捉住史提芬的手臂，兩人頓時騰雲駕霧，一下子就站到高山或高塔上。哈雷街的馬廄消失無蹤，史提芬的眼前出現一個又一個奇景：港口中擠滿了船隻，高高的桅桿如同密布的林木，忽然間，船隻似乎從他們腳下飛走，隨即出現一片灰色的汪洋和順風前進的帆船，不一會又出現一座城市，城中四處可見高塔和精美的石橋。更奇怪的是，他覺得自己似乎動也不動，整個世界從腳下飛過，而他和紳士卻始終站在原地。霎時之間，他們來到一座白雪覆頂的高山，一群小人正奮力往上爬；接著是一處澄淨的湖泊，漆黑的山峰環繞在湖面四周；接著是一處平原，小小的城鎮和河流散布其間，看起來像是孩童的玩具。

前方出現某個東西，乍看之下好像是一條將天空畫分為二的黑線，慢慢接近之後，史提芬才發現那是一根黑柱，黑柱從地面直入雲霄，不知伸展到何處。

史提芬和紳士站在威尼斯的高處歇息（至於他們究竟站在哪裡，史提芬決定不要多想），夕陽緩緩西下，他們腳下的房舍和街道都已變暗，但海面和天空依然光澤四射，粉紅、乳藍、寶藍、珍珠等色彩完美地融合成一體，威尼斯似乎飄浮在明亮的虛無之中。

黑柱看來像黑曜石般光滑，但一超過與屋頂齊高之處，柱子便散放出如同汪洋般的黑影，緩緩在空中蔓延，史提芬實在無法想像那究竟是什麼。

「先生，那是黑煙嗎？高塔著火了嗎？」史提芬問。

紳士沒有回答，但兩人一靠近，史提芬才發現那不是黑煙，高塔中飛出一層層黑影，原來是大烏鴉！成千上萬隻烏鴉正離開威尼斯，朝著史提芬和紳士的方向飛來。

一群烏鴉直逼而來，空中忽然傳來上千對翅膀拍擊的巨響，以及震耳欲聾的聒聒聲，層層灰塵和鳥毛飄進史提芬的眼睛、鼻子和喉嚨，他趕緊彎下腰，用手掩住鼻子抵擋惡臭。

烏鴉飛離之後，史提芬好奇地問：「先生，那些是什麼？」

「牠們是那個魔法師創造出來的。」紳士說。「他叫牠們飛回英國，把指令傳達給天空、大地、河流和山岳。他在召喚所有烏鴉王的老盟友，再過不久，這些盟友將投效於英國魔法師，而不聽命於我！」他憤怒地大吼一聲，「我已對他施加重罰，其他敵人從未承受這種折磨！但他依然違抗我！他為什麼不乖乖認命？他為什麼還不放棄？」

「先生，我從未聽過他膽怯或退縮。」史提芬說。「大家都說他在西班牙半島驍勇善戰，立下許多戰功。」

「驍勇？你這話什麼意思？那不叫驍勇，而是惡意！他就是這麼一個邪惡的人！史提芬，我們太大意了！我們讓英國的魔法師們占了便宜，我們得想辦法擊敗他們！我們得加倍努力，趕快把你推上王座！」

❶一八一四年十一月，卓萊因為債務而入獄。

60 騷亂與謊言

一八一七年二月

葛瑞司迪姑媽在帕多瓦租了一棟房子，從家裡就看得到蔬果市場，而且到哪裡都很方便，租金一季只要八十義大利金幣（大約三十八英國金幣），葛瑞司迪姑媽對這個價錢相當滿意，但當機立斷作了決定之後，通常難免有點後悔，只不過這個時候說什麼都已太遲，葛瑞司迪姑媽的情況就是如此。搬進去不到一星期，她就發現這棟房子缺點多多，甚至懊惱當初根本不該租下來。房子雖然古舊典雅，但哥德式的窗戶太小，其中幾扇還有石砌的窗臺，換言之，房子的採光不佳，換作其他時候倒是無所謂，但芙蘿拉目前心情鬱悶，古典的窗戶雖然看起來漂亮，但過於陰沉，葛瑞司迪姑媽認為對芙蘿拉毫無助益。除此之外，中庭裡有幾座仕女雕像，長年下來，雕像上覆蓋著密密的長春藤，讓人覺得雕像似乎很快就會消失，葛瑞司迪姑媽每次看到雕像就不禁想到史傳傑可憐的妻子，她這麼年輕就過世，死因又如此神祕，史傳傑似乎被她不幸的遭遇逼瘋了。唉，但願芙蘿拉不要想到這些不快樂的事。

但價錢談成了，房子也租了，於是葛瑞司迪姑媽決定盡量把房子打點得明亮宜人。她從來不亂點蠟燭或油燈，但為了提振芙蘿拉的心情，她決定不計代價。樓梯間有個特別陰暗的角落，此處有一階樓梯角度非常奇怪，一踏上去可能摔得頭破血流，葛瑞司迪姑媽堅持在這階樓梯上加裝一盞油燈，而且不管白天或黑夜，油燈都得保持明亮。家中的老女僕邦妮不斷抱怨過於浪費，這位義大利老太太比葛瑞司迪姑媽更節儉。

邦妮是個絕佳的僕人，但她喜歡抱怨，而且經常辯稱主人的指示不對、或是為什麼辦不到，一講就講半天。邦妮有個名叫米尼基羅的助手，這個年輕人動作很慢，老被使喚來使換去，每次叫他做事，他都低聲用某種方言抱怨，沒有人聽得懂他嘀咕什麼。米尼基羅似乎習慣了邦妮的責罵，葛瑞司迪姑媽猜想他們大概是親戚，但目前她還不曉得兩人確切的關係。

家裡諸事繁忙，邦妮成天跟她爭執，再加上忙著探索新環境，葛瑞司迪姑媽每天都忙得非常起勁，但她當前的要務是想辦法逗芙蘿拉開心。芙蘿拉越來越沉默，雖然有問必答，而且相談甚歡，但她很少主動開口。在威尼斯的時候，芙蘿拉總是提議大家上哪兒觀光，現在姑媽提議去哪裡，她就跟著去哪裡。她喜歡單獨行動：獨自散步、獨自閱讀、獨自坐在小客廳裡，或是下午一點日光斜斜地照在中庭時，獨自坐在微弱的日光下發呆。她把事情埋在心裡，不若以前坦率，她好像對某人感到失望（倒不一定是強納森．史傳傑），決定自此變得獨立一點。

二月的第一個禮拜，暴風雨襲擊帕多瓦。風雨在正午時分忽然來襲，強風豪雨不斷從東方飄過來（也就是威尼斯和大海的方向），城裡經常光顧咖啡館的老人們都說事先毫無預兆，但其他人都覺得沒什麼好奇怪，畢竟現在是冬天，而冬天就會有暴風雨。

先是強風席捲全城，沒有任何一扇門窗抵擋得了風勢，強風似乎找到了沒人知道的縫隙，屋裡屋外的風勢幾乎一樣強勁。葛瑞司迪姑媽和芙蘿拉坐在一樓的小客廳裡，窗子的玻璃嘎嘎作響，天花板上的水晶吊燈也左右晃動，葛瑞司迪姑媽信寫到一半，信紙忽然從她手中滑落，在屋裡四處飛舞。窗外天色越來越暗，變得跟夜晚一樣漆黑，天空開始下起簾幕般的大雨。

邦妮和米尼基羅走進小客廳，表面上是詢問葛瑞司迪姑媽有何交代，其實是邦妮想和葛瑞司迪姑媽一同觀賞暴風雨，兩人雖然各操不同語言，但交相讚嘆風雨的威力，主僕一唱一合，倒也搭配得天衣無縫。米尼基羅八成是因為邦妮想來，所以才跟著同行，他悶悶不樂地盯著窗外的風雨，似乎懷疑有人故意安排了暴風雨，好讓他不得清閒。

葛瑞司迪姑媽、邦妮和米尼基羅站在窗邊，天空閃過第一道閃電，外面熟悉的景觀頓時變得詭異而陌生，所有景物都籠罩在閃電的光芒中，看來極不自然。閃電之後雷聲大作，小客廳跟著搖晃，邦妮喃喃地請聖母和聖徒們保佑，葛瑞司迪姑媽也相當害怕，若非自己隸屬英國教會，否則她也會跟著邦妮祈禱，此時她只能說：「老天爺啊！」「哎呀！」「老天保佑！」說再多也不會心安。

「芙蘿拉，親愛的，」她帶點顫抖地高聲喊叫，「你不害怕吧？這場風雨真嚇人。」

芙蘿拉走到窗邊，拉起姑媽的手，安慰姑媽說風雨很快就會過去。又有一道閃電照亮了全城，芙蘿拉放開姑媽的手，鬆開窗緣的掛勾，焦急地走到陽臺上。

「芙蘿拉！」葛瑞司迪姑媽大叫。

芙蘿拉兩隻手抓著欄杆，側身到陰暗的強風豪雨中，大雨打濕了她的衣裳，大風吹散了她的頭髮，但她卻一點也不在乎。

「親愛的！芙蘿拉！芙蘿拉！別在外面淋雨！」

芙蘿拉轉身跟姑媽說了幾句話，但大夥都聽不清她說什麼。

米尼基羅跟著走到陽臺上，口中雖然仍像往常一樣用方言嘀咕，但處理得非常得宜，他伸出一雙大手，好像牧羊人指引羔羊似地將芙蘿拉帶回屋內，動作嫻熟得令人大吃一驚。

「你沒看見嗎？」芙蘿拉大喊，「有人在那裡！那裡，就是那個角落！你看得出那是誰嗎？我以為……」她忽然默不作聲，不管她以為那人是誰，她都沒有說出來。

「親愛的，我希望你看錯了，這種時候不管誰在街上都很可憐，我希望他們儘快找到地方躲避風雨。喔，芙蘿拉，看你淋成這樣！」

邦妮取來毛巾，隨即和葛瑞司迪姑媽連手擦乾芙蘿拉的外衣，兩人把芙蘿拉推得團團轉，芙蘿拉被推得有點頭昏眼花。兩人還不停指使米尼基羅，葛瑞司迪姑媽用破碎的義大利文不停念叨，邦妮則操著威內托方言，連珠砲似地發號施令，兩人的命令卻不時互相牴觸，米尼基羅索性站在一旁，面無表情地瞪著兩人。

芙蘿拉不顧身旁忙碌的兩位女士，眼光直視外面的街道。天空閃起另一道閃電，她霎時全身僵硬，彷彿遭到雷擊，隨後掙脫姑媽和邦妮的臂彎，逕自跑出門外。

大家沒時間猜想她跑到哪裡去了，接下來的半小時，家裡混亂到了極點，米尼基羅在暴風雨中跑進跑出，試圖關上所有的百葉窗，邦妮跌跌撞撞，摸黑找蠟燭，葛瑞司迪姑媽則發現她一直以為是「百葉窗」的那個義大利單字，意思卻是「羊皮紙」。三個人輪流發脾氣，情況一團混亂。不一會，城裡鐘聲齊鳴，居民們相信銅鐘是受到天主護佑的聖物，這場暴風雨顯然是惡魔的傑作，於是居民們敲鐘來驅走風雨，葛瑞司迪姑媽聽了卻依然擔憂。

家裡總算恢復平靜，最起碼看起來幾乎如常。葛瑞司迪姑媽交代邦妮和米尼基羅處理善後，她忘了芙蘿拉先前跑了出去，端了蠟燭到小客廳找姪女。芙蘿拉不在小客廳裡，但葛瑞司迪姑媽注意到米尼基羅忘了關上這裡的百葉窗。

她上樓到芙蘿拉的房間，芙蘿拉也不在那裡。她到小飯廳、自己的房間、另一個小客廳看看，但依然不見芙蘿拉的蹤影；她又到廚房、玄關和園丁的房間探尋，還是沒看到芙蘿拉。

葛瑞司迪姑媽這下大為緊張，耳旁不禁響起一個小小的聲音：不管史傳傑的太太碰到什麼奇怪的遭遇，剛開始她不就是在天氣不好的時候突然失蹤嗎？

「但那時下雪，而不是下雨。」她安慰自己。她慌張地在家裡搜尋，一面還不斷提醒自己：「下雪不是下雨，下雪不是下雨。」後來她忽然想到：「說不定她一直坐在小客廳裡，那裡很暗，她又那麼安靜，我八成沒看到她。」

她走回小客廳，天空又閃起一道閃電，小客廳看來相當詭異，牆面蒼白得幾乎恐怖，家具和其他擺飾一片灰白，好像有人把它們變成了石頭。葛瑞司迪姑媽在驚恐中發現，屋裡確實還有另一個人。這人是位女子，但卻不是芙蘿拉，她身穿一襲式樣古老的黑禮服，手執蠟燭站在一旁，她靜靜地看著葛瑞司迪姑媽，整張臉隱藏在黑影之中，五官難以辨識。

葛瑞司迪姑媽全身發冷。

雷聲大作，然後四下一片漆黑，只見兩朵微弱的燭光。但不知道為什麼，那位不明女子的蠟燭似乎沒有照明效果，更奇怪的是，小客廳似乎越變越大，不明女子和她的蠟燭離葛瑞司迪姑媽遠得出奇。

葛瑞司迪姑媽大喊：「誰在那裡？」

沒有人回答。

「嗯，」她想，「她肯定是義大利人，我得用義大利話再問一次。她說不定在暴風雨中走錯了方向，不注意闖進別人家裡。」但不管再怎麼努力，此時她卻想不出半個義大利單字。

閃電再度照亮天空，不明女子面向著葛瑞司迪姑媽，動也不動地站在原處。「啊！這是史傳傑太太的鬼魂！」她心想。她向前走一步，不明女子也跟著向前，這個舉動讓她恍然大悟，大大地鬆了一口氣，「鏡子！啊！原來是面鏡子！我真笨！居然被自己的倒影嚇成這樣！」心情一放鬆，她幾乎想大笑幾聲，但她忽然又想到，難怪她嚇成這樣！她也一點都不笨！那個角落忽然多了一面鏡子！

在下一道閃電中，她看到了鏡子。鏡子很醜，而且對小客廳而言太大，她確定這輩子從沒看過這面鏡子。

她趕緊衝出小客廳，她覺得避開這面邪惡的鏡子之後，腦筋說不定會清楚一點。爬樓梯爬到一半，她忽然聽到芙蘿拉的房裡傳來聲音，於是她趕緊過去瞧瞧。

芙蘿拉在房裡，她點燃了床邊的蠟燭，正準備脫下外衣，外衣濕透了，內衣和襪子也好不到哪裡，她的鞋子晾在床邊，看來已被雨水浸壞了。

芙蘿拉帶點愧疚地看著姑媽，神情中還夾雜著叛逆、羞愧及其他無法解讀的情緒。「沒事！沒事！」她大喊。

芙蘿拉顯然以為姑媽會問她一堆問題，所以先行回答，但葛瑞司迪姑媽只說：「噢，親愛的！你到哪裡去了？這種天氣你怎麼跑到外面？」

「我……我出去買刺繡的絲線。」

葛瑞司迪姑媽看來一定非常吃驚，因為芙蘿拉又補了一句：「我以為雨不會下這麼久。」

「嗯，親愛的，老實說，你這種舉動真是愚蠢，但你一定嚇壞了吧！是不是因為這樣，所以你才哭了？」

「哭了？不、不！姑媽，你搞錯了，我沒哭，這只是雨水。」

「但是，你……」葛瑞司迪姑媽隨即打住，她本來想說：**但是你明明在哭**，芙蘿拉搖搖頭，轉身背對她。不知道為什麼，芙蘿拉把披肩捲成一團，葛瑞司迪姑媽不禁心想，如果芙蘿拉把披肩攤開來遮雨，說不定不會淋成這樣。芙蘿拉從捲成一團的披肩中掏出一個小瓶子，瓶內裝了一半琥珀色的液體，她打開抽屜，把瓶子放進去。

「芙蘿拉！有件事不太對勁，我不知道該怎麼說，但那裡有面鏡子……」

「是的，我曉得，」芙蘿拉很快接口，「鏡子是我的。」

「鏡子是你的！」葛瑞司迪姑媽更加困惑，沉默了好一會。「你在哪裡買的？」她問，她想了半天，卻只想到這個問題。

「我不太記得，大概這會才送到家裡吧。」

「誰會冒著暴風雨送鏡子！就算真的有人笨到這種地步，他們一定會敲門，而不是偷偷摸摸、鬼鬼祟祟地送來。」

這話合情合理，芙蘿拉沒有回應。

葛瑞司迪姑媽不想再追問，這場暴風雨和突如其來的鏡子讓她備感驚嚇，也相當疲倦。現在她曉得**為什麼**多出一面鏡子，至於鏡子**打哪裡**冒出來，她決定暫不追問，而全心應付一些比較簡單的問題，比方說如何處理芙蘿拉的外衣和鞋子、芙蘿拉會不會感冒等等，她催促芙蘿拉擦乾身子、披上晚袍、到小客廳的爐火旁坐坐、吃點熱的東西。

兩人在小客廳坐定之後，葛瑞司迪姑媽說：「你瞧！暴風雨似乎已經回到海上，真奇怪啊，我以為它來自海上呢！我想你的絲線一定被雨水浸壞囉。」

「絲線？」芙蘿拉說，接著想起：「噢，我沒走那麼遠，你說的沒錯，我的舉動確實太愚蠢。」

「好吧，我們等下再出去買你需要的東西。市場的攤販真可憐，攤子上的東西一定全壞了，邦

妮正幫你熬個熱麥片粥，嗯，我不知道有沒有告訴她用剛買的牛奶？」

「姑媽，我也不曉得。」

「我最好過去提醒她。」

「姑媽，我去吧。」芙蘿拉邊說邊準備起身。

但她姑媽聽都不聽，堅持她繼續坐在爐火邊，雙腿擱在腳墊上休息。

天色逐漸明亮，葛瑞司迪姑媽去廚房之前再看鏡子一眼，大大的鏡面四周裝飾得相當華麗，看來很像威尼斯附近特製的藝術品，「老實說，我很驚訝你會喜歡這面鏡子，你瞧瞧，鏡邊有這麼多花邊和玻璃花，你向來不是比較偏好簡單的式樣嗎？」

芙蘿拉嘆了一口氣說，周遊義大利之後，她就喜歡上華麗繁複的東西。

「它很貴嗎？」葛瑞司迪姑媽說。「看起來不便宜。」

「不，一點都不貴。」

「嗯，這倒是很特別，不是嗎？」

葛瑞司迪姑媽下樓走向廚房，她精神好多了，也相信先前這些亂七八糟的事情已經告一段落，一切似乎恢復正常，但她可就大錯特錯了。

廚房裡除了邦妮和米尼基羅之外，還有兩位她從未見過的男子，邦妮顯然還沒幫芙蘿拉熬麥片粥，她甚至還沒從儲藏室中取出麥片和牛奶。

邦妮一看到葛瑞司迪姑媽，馬上過去捉住她的臂膀，急切地說了一大堆話，葛瑞司迪姑媽勉強聽懂邦妮說暴風雨是惡魔的傑作，除此之外了解有限。最令她驚訝的是，她居然聽得懂米尼基羅說些什麼，他口操不純熟的英文說：「這是英國魔法師幹的，英國魔法師召喚了暴風雨。」

「請再說一遍。」

在眾人的七嘴八舌中，米尼基羅告訴葛瑞司迪姑媽，暴風雨來襲時，好幾個居民抬頭一看，忽然看到黑雲間有道縫隙，大夥朝縫隙裡一瞧，莫不嚇得不知所措。他們以為縫隙之間是蔚藍的天空，但其間卻是繁星點點的午夜。這場暴風雨不是自然現象，而是用來掩飾與史傳傑寸步不離的黑暗之柱。

這個消息很快傳遍全城，大家都非常不安。直至目前為止，可怕的黑暗之柱只出現在威尼斯，而威尼斯本來就充滿神祕，多出一根黑暗之柱也沒什麼好奇怪，最起碼帕多瓦的居民認為如此。但現在看來，史傳傑顯然不是被咒語困在威尼斯，而是自己決定待在水都，換言之，黑暗之柱可能進犯義大利，甚至世界上任何一個城市。對葛瑞司迪姑媽而言，這還不是最糟的呢！除了擔心史傳傑找上門之外，她還不得不承認芙蘿拉撒了謊，她不知道姪女是受了咒語的影響才說謊，還是喜歡史傳傑喜歡到放棄了原則，更不曉得哪種情況比較糟。

隔天下午一點，葛瑞司迪醫生和法蘭克抵達帕多瓦（這表示葛瑞司迪醫生還未接獲葛瑞司迪姑媽的信），醫生告訴姑媽，威尼斯人人皆知史傳傑已經離開索伯尼哥廣場，轉朝陸地前進。威尼斯各處都看得到黑暗之柱在海面上移動，螺旋狀的黑影忽隱忽現，海水隨之起起伏伏，海面上似乎升起縷縷黑色的火焰。沒有人知道史傳傑是乘船或是施展魔法橫跨海洋，行至距離帕多瓦八哩的史沼，他才召喚風雨掩藏自己的行蹤。

「露易莎，我跟你說，」葛瑞司迪醫生說，「在目前的情況下，我真慶幸自己不是史傳傑。每個人一看到他就跑，從馬斯垂到史沼，他碰不到半個人，放眼望去都是靜悄悄的街道和田野，從今以後，整個世界對他而言只是一片空蕩。」

葛瑞司迪姑媽先前對史傳傑頗為不滿，但一聽到兄長的描述，她不禁感傷得熱淚盈眶，「他現在人在哪裡？」她問，語氣比先前緩和多了。

「他已經回到索伯尼哥廣場的住所，」葛瑞司迪醫生說。「一切都跟以前一樣。我一聽到帕多瓦發生了什麼事，馬上猜到他的用意，所以儘快趕過來，芙蘿拉還好嗎？」

芙蘿拉坐在小客廳裡等父親，看來似乎慶幸終於有人問起此事。事實上，葛瑞司迪醫生還來不及開口，她就迫不及待地說出始末，她承擔了太多心事，恨不得趕緊一吐為快，她邊說邊哭，淚水不停滑下臉頰，她承認見到了史傳傑，她看到史傳傑站在外面的街角，也知道他在等她，於是她跑出去跟他會面。

「我保證一定把所有事情告訴你們，」她說，「但不是現在。我沒有做錯事，我是說……」她忽然臉紅，「……我是說除了跟姑媽撒謊之外，姑媽，真的很抱歉，但我不能透露這些祕密。」

「但為什麼要隱瞞？」葛瑞司迪醫生問。「你聽了之後是否覺得不太對勁？心胸坦蕩行事正直的人沒有祕密，紳士們向來有話直說。」

「沒錯，我想也是……噢，但魔法師跟一般人不同！史傳傑先生有好幾個敵人，除了那位在倫敦的老先生之外，還有好幾個呢！請別責怪我做錯事，我只想盡力幫他，他也聽進了一、兩句。比方說，他最近嘗試的一種魔法對他造成極大傷害，昨天我勸他不要再試，他也聽從我的勸告！他答應我從此不再嘗試。」

「但是，芙蘿拉！」她父親悲傷地說，「這點最讓我擔心。你為什麼認定他應該聽你的話？他憑什麼非得聽從你的勸告？你難道看不出有什麼不對嗎？親愛的，老實告訴我，你跟他有了婚約嗎？」

「不，爸爸！」她再度淚流滿面，姑媽好聲好氣地勸了半天，她才恢復鎮定，好不容易繼續說：「我們沒有婚約。沒錯，我以前確實欣賞他，但那已經過去了。請你一定要相信我！我完全是出於友誼，所以才請他許下承諾，這也是為他太太好。他認為他的一切作為都是為了她，但我知道她不願看到他嘗試這種傷害身心健康的魔法，不管為了什麼，不管情況多麼危急，他都應該馬上停止。但她已無法約束他的行動，只有靠我替她說話。」

葛瑞司迪醫生沉默不語。「芙蘿拉，」沉默了一、兩分鐘之後，他終於開口，「你忘了嗎？我常在威尼斯看到他，他現在怎麼可能遵守承諾？他說不定根本不記得許下了什麼承諾。」

「哦，他會的！我已經做了一些安排，他非遵守不可！」

她再度熱淚盈眶，雖然她宣稱不再受到感情牽絆，但看來顯然不是這麼一回事。她父親和姑媽聽了這番話之後，倒是安心了一些，他們認為她對強納森．史傳傑的依戀遲早會消逝，葛瑞司迪姑媽稍後說的沒錯，芙蘿拉不是那種為了感情虛擲歲月的女孩，她太理智，不會空等一段沒有結果的感情。

全家再度團聚之後，葛瑞司迪醫生和姑媽很想繼續尋幽探勝，葛瑞司迪姑媽耳聞羅馬的建築物與藝術品年代久遠，雄偉壯觀，於是建議到羅馬看看，但芙蘿拉對古蹟或藝術品已不再感興趣，只想待在帕多瓦，大部分時候甚至足不出戶，除非眾人再三催促，否則她只是靜靜地待在家裡。每次父親和姑媽建議出去散步或是參觀教堂中文藝復興時代的祭壇，她總是拒絕同行，她不是抱怨外面下雨，就是嘟囔說街上濕淋淋。這話沒錯，那年冬天帕多瓦確實經常下雨，但她以前下雨天也照常出門。

她父親和姑媽耐心地等候，但葛瑞司迪醫生越等越煩，他大老遠跑來義大利，可不是為了枯坐在客廳裡，更別說這棟房子遠不及他在威爾特郡的家舒適。如今芙蘿拉只喜歡刺繡和閱讀，葛瑞司迪醫生私下嘀咕說，在威爾特郡也可以縫紉看書，不必花錢來到義大利，但葛瑞司迪姑媽低聲斥責，叫他閉嘴。如果芙蘿拉選擇用這種方式來忘掉強納森．史傳傑，他們就該全力配合。

芙蘿拉只有一次主動建議出去走走，但這個建議卻非常奇怪。葛瑞司迪醫生抵達帕多瓦一星期之後，有天她忽然說她想出海看看。

他們問說，你想乘船出海嗎？大夥當然可以搭船到羅馬或那不勒斯。

但她不想乘船出海，也不想離開帕多瓦，她只想搭乘遊艇之類的小船，在沿海航行一、兩小時就好，但她想儘快出發，於是隔天他們就前往一個小漁村。

小漁村沒有任何歷史古蹟或是觀光景點，除了離帕多瓦很近之外，其實毫無可取之處。葛瑞司迪醫生到小酒館打聽，還請教了當地的牧師，最後找到兩名可靠的傢伙帶他們出海。兩名男子欣然接下葛瑞司迪醫生的酬金，但他們說海面上真的沒什麼好看，就算是萬里晴空，也沒有值得觀賞的風景，更別說今天天候不佳，飄著細雨，雨下得不夠大，不足以趕走沉重的霧氣，但卻足以使海面晃蕩，坐在船上會非常不舒服。

「親愛的，你確定要上船嗎？」葛瑞司迪姑媽說，「這裡沒什麼好看的，船上又充滿了魚腥味。」

「姑媽，我非常確定。」芙蘿拉邊說邊爬上船，在船邊找個位子坐定。她姑媽和父親跟著上船，兩名大惑不解的漁夫把船駛向外海，不久之後，放眼望去只見一片遼闊的汪洋，海面四周環繞著灰濛濛的霧氣，漁夫疑惑地看著葛瑞司迪醫生，醫生則一臉疑惑地看著芙蘿拉。

芙蘿拉看都不看他們，她若有所思地坐在船邊，神情帶著一絲焦慮，不時伸出右手碰觸水面。

「又來了！」葛瑞司迪醫生大喊。

「什麼又來了？」葛瑞司迪姑媽不耐煩地問道。

「貓味和霉味！聞起來像那位老婦人的房間！你知道的，我們到坎納吉爾拜訪的那個老太太。船上有貓嗎？」

這個問題真荒謬，漁船這麼小，大家都看得到每個角落，船上哪有貓？

「親愛的，怎麼回事？」葛瑞司迪姑媽問，芙蘿拉的姿態讓她覺得不對勁，「你不舒服嗎？」

「不，姑媽，」芙蘿拉一面坐直，一面調整雨傘，「我很好，如果你想回去，我們就離開。」

葛瑞司迪姑媽好像看到有個沒有瓶塞的小瓶子在海中漂浮，瓶子沉沉浮浮，一下子就沉到海面下。

此次奇怪的出遊之後，芙蘿拉就再也不想出門。葛瑞司迪姑媽有時勸她到窗邊坐坐，觀賞一下窗外的街景。義大利的街上很熱鬧，時常發生有趣的事情，但芙蘿拉只喜歡坐在陰暗的角落，頭頂上就是那面怪異的鏡子。她經常比較房裡的物品和它們在鏡中的倒影，比方說，有時她忽然對披在椅子上的圍巾大感興趣，對著鏡子看了半天之後說：「那條圍巾在鏡子裡看起來不太一樣。」

「是嗎？」葛瑞司迪姑媽困惑地說。

「沒錯，鏡子裡看起來是褐色，其實圍巾是藍色，你看不出來嗎？」

「嗯，親愛的，我相信你說的沒錯，但我覺得都一樣。」

「唉，」芙蘿拉嘆口氣說，「你說的沒錯。」

61 樹木跟岩石說話；岩石跟流水說話

一八一七年一月至二月

諾瑞爾先生銷毀史傳傑的著作之後，英國民眾對諾瑞爾相當不滿，史傳傑的聲譽則水漲船高。大家在公眾場合和私底下比較這兩位魔法師：史傳傑坦率、勇敢、活力無窮，諾瑞爾卻自始至終偷偷摸摸、行事鬼祟；大家也沒忘記史傳傑在西班牙半島立下戰功，為國效命，諾瑞爾則買下羅克斯堡公爵圖書館中的所有魔法之書，讓其他人無法研讀。但到了一月中旬，報上成天刊載史傳傑發瘋和黑暗高塔的消息，報章雜誌還不斷猜測哪種魔法牽制了史傳傑。史傳傑離開威尼斯、前往帕多瓦的那天，有個叫做立斯特的英國人剛好在馬垂斯港的岸邊，親眼目睹黑暗之柱在海面上行進，他把這件事情回報英國，三個禮拜之後，倫敦數家報紙不約而同地描述黑暗之柱一聲不響地掠過海面，在短短幾個月內，史傳傑在眾人眼中成了一個受到詛咒的可怕人物，幾乎稱不上是個普通凡人。

史傳傑的聲譽雖然突然下滑，但諾瑞爾先生的業務依然不見起色，不但政府久未交付新任務，其他單位也紛紛取消委託。一月初時，聖保羅大教堂曾商請諾瑞爾先生找出某位年輕女子的下葬之地，女子的哥哥想立碑紀念她，因此，家人必須移動女子的棺木，但教區人士卻發現當年的紀錄有誤，現在居然找不到她葬在何處。不消說，教區人士非常羞愧，所以商請諾瑞爾先生幫忙，諾瑞爾先生保證這是小事一樁，只要首席牧師把女子的姓名和其他一、兩項細節告訴他，他就能找到她的下落。首席牧師不但沒有提供女子的姓名，反而寫了一封措辭非常奇怪的信給諾瑞爾先生，信中表示他忽然想到神職人員不該聘用魔法師，同時一再向諾瑞爾先生致歉。

拉塞爾和諾瑞爾咸認這種情況令人擔憂。

「如果沒有人願意採用魔法，我們怎能持續振興英國魔法的大業？」拉塞爾說，「嗯，情況著實危急，我們千萬不能讓大眾忘了你的大名和成就。」

於是拉塞爾先生致函各大報紙，同時在所有魔法刊物上抨擊史傳傑，他還乘機評論諾瑞爾過去十年來所施展的魔法，而且提出值得改進之處。他認為諾瑞爾先生應該到布萊頓巡視，諾瑞爾和史傳傑曾經沿著英國海岸施展法術，試圖興建一道防禦牆，過去兩年間，這事占用了諾瑞爾先生很多時間，也花了政府非常多錢。

因此，在一個嚴寒颳著大風的二月天，諾瑞爾先生和拉塞爾一起來到布萊頓，兩人望著灰色的汪洋沉思。

「我看不到防禦牆。」拉塞爾說。

「沒錯，你當然看不到。」諾瑞爾先生急切地附和。「但這道牆卻極具功效！在它的保護下，山壁不會受到海水侵蝕，房屋不會受到暴風雨侵襲，牲畜不會被海浪捲走，敵艦也無法登陸英國。」

「你不能每隔一段距離就設個烽火臺，提醒民眾這裡有道魔法牆嗎？比方說，海面上冒出神祕的火光、海面下升起高高的柱子，或是諸如此類的標示？」

「啊！」諾瑞爾先生說，「沒問題！我當然營造得出你提到的幻象，這一點都不難。但我必須提醒你，幻象純屬裝飾，它們加強不了魔法的效果，毫無實際功能。」

「先生，」拉塞爾嚴肅地說，「民眾一看到幻象，隨即想到諾瑞爾先生的貢獻，這就是幻象的功能。幻象能夠提醒英國大眾，諾瑞爾先生無時無刻孜孜不倦地守護國家，在你的保護下，大家才能平安過日子，這跟我在期刊上刊登十篇、二十篇文章一樣有效。」

「真的嗎？」諾瑞爾先生說，於是他答應未來施展法術時，多多顧慮民眾的反應。

當晚他們下榻「老船旅店」，隔天早晨便返回倫敦。諾瑞爾先生向來厭惡長途旅行，雖然他的馬車是上品中的上品，底座結實牢固，坐墊厚實溫暖，但他還是感覺得到路上的每個顛簸，過了半個多小時，他就腰痠背痛，頭昏眼花，胃部不住翻騰。但今早非常特殊，他一點也沒注意到背痛和胃痛，從離開旅店的那一刻起，他就感到無名的焦慮，各種奇怪的念頭激起一陣陣恐懼。

從馬車的玻璃窗望出去，他看到成群的大黑鳥，雖然不知道牠們是大烏鴉或其他黑鴉，但憑著魔法師的直覺，他確信這象徵著某種意義。鳥群在冬日蒼白的天中盤旋飛舞，張揚的翅膀有如一雙雙漆黑的大手；一隻隻翱翔在空中的黑鳥宛若大烏鴉飛軍，象徵著約翰·厄司葛雷即將到來。諾瑞爾先生問拉塞爾，天上是否多了許多大黑鳥？但拉塞爾說他不曉得。除了黑鳥之外，路上一灘灘寒冷的大水坑也讓諾瑞爾先生大為不安，馬車行進之間，水坑似乎變成澄淨的銀鏡，靜靜地散布在荒蕪的大地。對魔法師而言，鏡子就是魔法門道，兩者都是某種通道，諾瑞爾先生覺得英國似乎慢慢從眼前消逝，他好像隨時會穿過鏡門，置身曾與英國為鄰的其他國度。更糟的是，他想到以前的人也有同樣遭遇，眼前的景觀讓他聯想到一首著名的歌謠，越想越心慌：

這片土地非常微薄

圖繪在天空之中
每當烏鴉王走過
土地便像風雨般搖動❶

這輩子，諾瑞爾先生第一次覺得英國說不定存有太多魔法。

回到漢諾瓦廣場的家中之後，諾瑞爾先生和拉塞爾馬上走進圖書室，查德邁坐在桌旁，面前堆了一疊信件，他正閱讀其中一封，諾瑞爾先生一進來，他就抬頭說：「太好了！您回來了！先生，請讀讀這封信。」

「為什麼？信裡寫了什麼？」

「寫信的人叫做崔桂爾，他說諾丁罕郡有個年輕人用魔法救了小孩一命，他也親眼目睹了過程。」

「拜託喔，查德邁先生，」拉塞爾嘆氣說，「我以為你很清楚，不要讓主人為這種無聊的小事煩心。」他隨意看看桌上已經拆封的信件，其中一封的印信是隻手臂，他瞪了幾分鐘，最後才想起寄信者可能是誰，馬上一把搶過信件，「諾瑞爾先生，」他高喊，「利物浦勛爵來信囉！」

「終於等到了！」諾瑞爾先生興奮地說。「他說什麼？」

拉塞爾仔細讀信，「他只說有急事相商，請我們到『菲飛宮』開會。」他很快地想一想，「大概跟那群約翰使徒有關。利物浦早就應該請你出面處理這件事，我很高興他終於想通了。至於你嘛，」他轉身看看查德邁，「你瘋了嗎？還是心裡另有盤算？你只會浪費時間，講些某某人謊稱施展魔法之類的廢話，卻把英國首相的來信擺在一旁！」

「讓利物浦勛爵等一等沒關係，」查德邁跟諾瑞爾先生說，「請相信我，您一定得聽聽這封信說些什麼。」

拉塞爾不屑地哼了一聲。

諾瑞爾先生看看兩人，完全不知如何是好。這幾年來，他已習於仰賴這兩個人，但最近兩人越來越常爭吵，令他非常沮喪。若非查德邁一把將他拉出圖書室，他說不定會一直呆站在原地，無法決定該聽誰的話。查德邁強行把主人拉到旁邊一個小房間，猛然把門帶上，整個人倚在門上。

「先生，請聽我說，這事發生在諾丁罕郡的一座大莊園，當時大人們在小客廳裡聊天，僕人們各忙各的，有個小女孩遊蕩到花園，她爬到廚房和花園之間的高牆上，在牆上走來走去，牆上都是冰，小女孩一不小心跌了下來，從暖房的屋頂摔到地上，身上插了很多片碎玻璃。有個僕人聽到她尖叫，但方圓十哩之內都沒有醫生，幸好家中有個叫做喬瑟夫．阿比尼的年輕人用魔法救了小女孩，他用馬汀．帕爾博士的『重整與修復』咒語，❷取出小女孩身上的玻璃片，接好跌斷的骨頭，然後用另一個咒語幫小女孩止血，他宣稱這個咒語是『泰伊羅之手』。」❸

「太荒謬了！」諾瑞爾先生斷言。「『泰伊羅之手』已經失傳數百年，帕爾的『重整與修復』則非常繁複，這個年輕人非得研習多年……」

「是的，我知道，但他坦承從未研習過魔法，甚至連咒語的名稱都說不清楚，更別說實際操作。但崔桂爾說這位年輕人操作得極為順暢，絲毫不猶豫。崔桂爾和其他在場的人問他在做什麼，小女孩的父親看到年輕人對著自己的女兒施展魔法，更是加倍警戒，但眾人只看得出阿比尼完全沒聽見他們說話。事後阿比尼有如大夢初醒，口中不停地說：『樹木跟岩石說話，岩石跟流水說話。』他似乎認為受到樹木和天空指點。」

「簡直是故弄玄虛的無稽之談！」

「或許吧，但我不認為如此。自從我們來到倫敦之後，已有數百人寫信表示能夠施展魔法，其實卻一竅不通。但這封信不同，崔桂爾所描述的是真的，我甚至願意下注擔保。除了這封信之外，還有許多人來函表示試用了某個咒語，而且全都發揮功效，但我不了解的是……」

這時門後傳來重擊，有人拿東西猛力敲門，倚在門上的查德邁被撞了一下，猛然向前衝，幾乎撞到諾瑞爾先生，門被推開之後，男僕路卡斯走了進來，身後跟著車夫戴維。

「啊！」路卡斯有點訝異地說，「查德邁先生，對不起，我不知道你站在這裡，拉塞爾先生說門卡住，戴維和我才把門撞開。諾瑞爾先生，馬車已經備妥，我們送您去利物浦勛爵的府上。」

「快來，諾瑞爾先生！」拉塞爾從圖書室裡大喊，「利物浦勛爵在等我們呢！」

諾瑞爾先生憂慮地看了查德邁一眼，然後轉身離去。

前往菲飛宮途中，拉塞爾不停抱怨查德邁，怒氣沖沖地說了又說，諾瑞爾先生聽了相當難受。

「諾瑞爾先生，請恕我直言，」拉塞爾說，「但這事只能怪你，你或許認為放手讓一個聰明的僕人行事，不失為明智之舉，但先生，到後來你絕對會後悔。那個惡棍簡直無法無天，竟然膽敢違抗你的命令，侮辱你的朋友。我父親曾鞭打過一個忤逆的僕人，而他犯的錯可比查德邁輕多了，我真想……啊，我真想……」拉塞爾講得義憤填膺，不停在座位上扭動，冷靜下來之後，他改用平緩的語調說：「先生，我建議你仔細考慮是否真的需要他，你能想像他多麼同情史傳傑嗎？沒錯，這正是問題所在，不是嗎？」他透過車窗望著外面一排灰色的建築物，「啊，我們到了。諾瑞爾先生，請記住我先前說過的話：無論勛爵大人請你施展的魔法多麼困難，請不要一直念叨，解釋得再多也不會讓魔法變容易。」

諾瑞爾先生和拉塞爾來到書房，利物浦勛爵站在書桌旁邊，他通常在此處理公事。內務大臣西德蒙勛爵也在書房裡，兩位勛爵一臉嚴肅瞪著諾瑞爾先生。

利物浦勛爵說：「這些是各郡郡長寫給我的信，林肯郡、約克郡、桑瑪賽郡、康威爾郡、華威郡和坎布里亞郡……」（拉塞爾聽到這麼多地方需要諾瑞爾先生，一想到即將入袋的酬金，幾乎忍不住快樂地嘆息）「……郡長們紛紛抱怨地方上出現了魔法！」

諾瑞爾先生快速地眨眨小眼睛，「對不起，你說什麼？」

拉塞爾很快加了一句：「這些魔法和諾瑞爾先生完全無關。」

利物浦勛爵冷冷地瞪他一眼，彷彿不相信他所言。書桌上堆了一大疊信件，勛爵隨手拿起一封，「四天之前在史坦福市，」他說，「有個小女孩和朋友躲在房裡講悄悄話，講到一半忽然聽到聲音，原來她們的兄弟在門口偷聽，她們氣沖沖地把男孩們追趕到花園，然後兩人手牽手念了一個咒語，結果小男孩們的耳朵從頭上掉下來，一下子就飛走了，一對對耳朵棲息在光禿禿的玫瑰花叢中，直到男孩們發誓從今之後絕不再偷聽，眾人才把耳朵從花叢中騙出來，好聲好氣地勸它們回到男孩頭上。」

諾瑞爾先生更加困惑，「這些研習魔法的年輕小姐如此不守規矩，我聽了當然過意不去，我向來反對女士研習魔法，可見我的想法沒錯。但我不明白……」

「諾瑞爾先生，」利物浦勛爵說，「小女孩才十三歲，小孩的父母堅稱她們連什麼叫做魔法書刊都不知道，史坦福市沒有魔法師，也沒有任何關於魔法的書籍。」

諾瑞爾先生想解釋兩句，但卻不知道該說什麼，只好保持沉默。

拉塞爾說：「這實在太奇怪了，那兩個小女孩怎麼說？」

「小女孩們告訴爸媽，她們一低下頭就看到灰色小圓石上寫著咒語，於是她們照著石頭的指示去做。事後大夥到花園裡查看，沒錯，花園的小徑上確實鋪著灰色的小圓石，但他們沒看到記號或是神祕的文字，地面上只是普通的石頭。」

「你說除了史坦福市之外，其他地方也發生類似事件？」

「很多地方都出現類似事件，大部分在北方，而且大多發生在過去兩個星期之內。除此之外，約克郡出現了十七條精靈通道，大家都知道烏鴉王在位時就有這些通道，但數世紀以來，居民們早已捨棄精靈通道，任憑道上雜草叢生。現在不曉得為什麼，雜草全都不見了，道路再度暢通，居民們還說道路的盡頭傳來奇怪的聲音，但大家不曉得道路通往何處。」

「有沒有人……」諾瑞爾先生停下來舔舔嘴唇，「有沒有人踏上精靈通道？」

「還沒有，」利物浦勛爵說，「但這只是遲早的問題。」

西德蒙勛爵早就急著想說話，「再也沒比這個更糟了！」他急切地大喊，「諾瑞爾先生，用魔法改造西班牙是一回事，但這裡是英國！我們忽然多了一些不曉得是什麼的鄰國，也沒人聽過這些地方！我簡直無法表達目前的感受，說你叛國也不為過，我想不出任何字眼來形容你做的好事！」

「但我什麼也沒做！」諾瑞爾先生說，聲調幾近絕望。「我何必大費周章？我向來鄙視精靈通道！我已經說過好多次了。」他轉向利物浦勛爵，「勛爵大人，拜託你想想，我可曾讓你覺得我讚許精靈或是他們的法術？我不是有機會就譴責他們嗎？」

諾瑞爾先生此語一出，首相大臣總算似乎稍微安心，輕輕點頭稱許，「但若非你所為，那麼可能是誰？」

這個問題似乎擊中諾瑞爾先生心中的痛處，他站起來、雙眼直視前方、嘴巴張了又閉，不知道如何回答。

拉塞爾倒是冷靜得很，他根本不知道也不在乎誰施展了這些魔法，但他很清楚怎麼回答最合乎他和諾瑞爾先生的利益。「老實說，我很驚訝勛爵大人居然問這個問題，」他冷冷地說，「一看到這些邪惡的法術，我們當然曉得是史傳傑在搞鬼。」

「史傳傑！」利物浦勛爵眨眨眼，「但史傳傑不是在威尼斯嗎？」

「諾瑞爾先生相信史傳傑已經失去自主能力，」拉塞爾說。「他施展了這些怪異的法術，召喚了各種怪物與大英帝國、基督徒和人類作對！他可能一時失控，無意間造成這種災禍，或者故意這麼做。我必須提醒勛爵大人，諾瑞爾先生已屢次警告政府，史傳傑所研習的法術可能對國家造成重大傷害，我們數次緊急上書，但勛爵大人卻沒有回覆，幸好諾瑞爾先生向來堅定、果斷、警覺，實在是民眾之幸。」拉塞爾邊說邊看諾瑞爾先生，但此時此刻，諾瑞爾看來卻顯得困惑、無能、垂頭喪氣。

利物浦勛爵轉向諾瑞爾先生，「先生，你也認為如此嗎？」

諾瑞爾先生不知所措，不停地嘟囔說：「這都是我造成的，這都是我造成的。」雖是喃喃自語，但聲音卻大到每個人都聽得到。

拉塞爾大為訝異，但隨即恢復鎮定。「先生，你自然會這麼想，」他很快又加了一句，「但再過不久，等你想清楚了，你就會明白錯不在你，當初指導史傳傑時，你怎麼曉得結果竟是如此？誰能料想得到呢？」

拉塞爾顯然認為諾瑞爾先生是犧牲者，利物浦勛爵聽了有點不高興。多年以來，諾瑞爾先生始終擺出英國首席魔法師之姿，如今英國各地出現怪異的魔法，利物浦勛爵認為諾瑞爾最起碼必須承擔部分責任。「諾瑞爾先生，請恕我再問一次。拜託你簡明扼要地回答我，你認為這一切都是史傳傑的作為嗎？」

諾瑞爾先生看了看諸位紳士，「是的。」他終於承認，口氣中帶著一絲驚恐。

利物浦勛爵嚴厲地瞪了他好一會，最後終於說：「這事不會就此告一段落，但諾瑞爾先生，不管史傳傑該不該為此事負責，目前不容質疑的是：大英帝國已經有個心神紊亂的君王，不能再多個瘋狂魔法師。你一直要求我們派遣任務，好，你的任務就是防止史傳傑返回英國。」

「但是……」諾瑞爾先生一開口就看到拉塞爾警告的眼光，只好馬上閉嘴。

兩人返回漢諾瓦廣場之後，諾瑞爾先生馬上走進圖書室，查德邁和先前一樣坐在桌前工作。

「趕快！」諾瑞爾先生大叫，「我需要一個早已失傳或失效的咒語！」

查德邁聳聳肩說：「這種咒語有好幾千個！『月娘頌』[4]、『戴度拉的玫瑰』[5]、『脫衣女郎』[6]、斯托克塞的『玻璃咒語』[7]……」

「斯托克塞的『玻璃咒語』！是、是！我讀過這個咒語！」

諾瑞爾先生趕緊跑到書櫃前取下一本書，急切地翻到其中一頁，找到之後慌張地四下張望，壁爐附近的桌子上擺著一盆槲寄生、長春藤、忍冬青，以及其他冬天的花朵，他目不轉睛地瞪著花盆，開始喃喃自語。

室內所有的黑影霎時變得很奇怪，而且怪得難以形容，黑影好像全都朝著相反方向旋轉，即使一下子就靜止不動，查德邁和拉塞爾也說不出是否有何改變。

有個東西從花盆中掉到桌上，發出清脆的聲響。

拉塞爾走到桌旁看看，忍冬木的枝幹變成了玻璃，花盆承受不了重量，有些枝幹掉了下來，桌上可見兩、三塊破碎的玻璃葉片。

「將近四百年來，這個咒語始終失效，」諾瑞爾先生說。「瓦特西在《凋零中的精靈森林》特別提到，他小時候見過這種咒語，但到了二十歲左右，咒語已幾乎失效。」

「憑你高超的技藝……」拉塞爾剛開口。

「我的技藝與此無關！」諾瑞爾先生氣憤地說。「我沒辦法施展根本不存在的法術，魔法已經重現英國，史傳傑找到法子將魔法引回英國了！」

「這麼說來，我先前說的沒錯，不是嗎？」拉塞爾說。「當今首要之務是阻止他回到英國，你若辦成了，利物浦勛爵就不會計較其他事情。」

諾瑞爾先生思索了一會兒，「我能阻止他從海上而來。」他說。

「太好了！」拉塞爾說，但諾瑞爾先生說話的神情，卻讓他感到不太對勁，「嗯，他不可能取道其他地方吧？他又不會飛！」他笑笑稱許自己的機智與幽默，但馬上又想到一件事，「不可能吧？」

查德邁聳聳肩。

「我不知道史傳傑的法力到了什麼程度，」諾瑞爾先生說。「但我不管這些，我擔心的是『烏鴉王之路』。」

「我以為『烏鴉王之路』通往精靈國度。」拉塞爾說。

「沒錯，但不只是精靈國度，『烏鴉王之路』通往四方：天堂、地獄、議會諸廳等等。『烏鴉王之路』由魔法所建，英國的每面鏡子、水坑、黑影都是道口，我沒辦法一一上鎖，沒有人辦得到，這項工程太龐大了！如果史傳傑取道『烏鴉王之路』，那我就阻止不了。」

「但是……」拉塞爾剛開口。

「我阻止不了他！」諾瑞爾先生絞扭雙手大喊，「請別問我！但是……」他拼命想安撫自己，「……我可以趕緊準備跟他見面。哼！究竟誰是當代最偉大的魔法師？很快就可一見真章，不是嗎？」

「如果他回到英國，」拉塞爾說，「他最先會去哪裡？」

「賀菲尤莊園，」查德邁說，「不然還會去哪裡？」

諾瑞爾先生和拉塞爾正要回答，路卡斯就端著銀盤走進來，盤上擺著一封信，他把信拿給拉塞爾，拉塞爾把信拆開，很快地讀了一遍。

「卓萊回來了。」他說。「在這裡等我，我一天之內就回來。」

---

❶ 參見第三章注❶。

❷ 這個咒語能扭轉先前發生的災禍，讓一切恢復原狀。

❸「泰伊羅之手」是個古老的精靈咒語，咒語一出，雨、火、風、流水，或是血液等便暫時中止，當初把這個咒語傳授給英國魔法師的精靈，據說就叫做泰伊羅。

❹「月娘頌」是個古老而神祕的咒語，目的是鼓勵月亮開口唱歌，月娘的歌聲據說非常優美，瘋瘋病患或是瘋子聽了便不藥而癒。

❺「戴度拉的玫瑰」為馬汀．帕爾所創，程序非常繁複，據說能把感情、美德和邪惡保存在琥珀、蜂蜜或是蜂蠟之

中。保存的容器加熱之後，隨即釋放出裡面的情緒。這個咒語用處極廣（或說以前曾廣為運用），它能增加一個人的勇氣，讓敵人變得膽怯，或是激起愛情、欲望、使命感、憤怒、嫉妒、野心、自我犧牲等情緒。

❻「脫衣女郎」跟其他名稱怪異的咒語一樣，實際的功用遠不及聽起來那麼有趣。名稱中所謂的「女郎」其實是種森林中的野花，咒語的功用在於約束精靈的法力，念咒者必須把花瓣和葉子全數摘下，「脫衣」一辭遂由此而來。

❼顧名思義，斯托克塞的「玻璃咒語」能把人或東西變成玻璃。

62 我從一陣打破冬日林木寂靜的呼喊中，來到他們面前

一八一七年二月初

二月初的一個早晨，旭日灑下第一道光芒，林中有條交叉路，樹木之間瀰漫著霧氣，朦朧中可見樹木的陰影，在此交會的兩條路毫不顯眼，路面凹凸不平，年久失修，其中一條簡直像馬車通道。此處前不著村，後不著店，在地圖上也找不到，甚至連地名都沒有。

卓萊在交叉路口等待，附近沒有馬匹，也沒有佩戴繩的車夫，不曉得他怎麼來到這裡，但他顯然已在路口等待多時，兩隻袖口已蒙上一層白霜。後方傳來輕微的聲響，他嚇得轉身，但後方什麼都沒有，只有一片靜悄悄的樹林。

「不、不，」他喃喃自語，「那裡沒什麼，不過是乾枯的樹葉掉了下來。」碎冰砸在木頭或岩石上，後方傳來尖銳的劈啪聲，他再次轉身，眼神中充滿驚恐，「不過是乾枯的樹葉。」他繼續喃喃自語。

後方又有聲響，他聽不出是什麼聲音，頓時驚慌失措，過了一會，他終於認出那是馬蹄聲，他瞇起眼睛看看前方的路，霧中出現一個灰暗朦朧的人影，有人騎著馬朝此前進。

「他到了！他總算到了！」卓萊一面嘀咕，一面趕緊向前，「你到哪裡去了？」他大喊，「我在

這裡等了好久。」

「等了好久又如何？」前方傳來拉塞爾的聲音，「你也沒有其他地方可去。」

「噢，這下你就大錯特錯了！你得儘快帶我回倫敦！」

「時候到了，我們自然會回去。」拉塞爾從薄霧中現身，拉好他的馬匹，昂貴的衣服和帽子上沾滿了銀亮的露珠。

卓萊盯著拉塞爾看了好一會，他畢竟本性難改，見不得別人比他好，於是他酸溜溜地說：「你穿得還真體面！說真的，你這樣炫耀財富實在不太好，你不怕被搶嗎？這裡相當荒涼，我敢說附近一定有各種亡命之徒。」

「你說的或許沒錯，但你瞧，我隨身帶著手槍，跟他們一樣兇惡。」

卓萊忽然想到另一件事，頓時大感驚慌，「另一匹馬呢？」他問。

「什麼？」

「另一匹馬！我不也需要一匹馬回倫敦嗎？唉，拉塞爾，你真糊塗！沒有馬匹，我怎麼回倫敦？」

拉塞爾笑笑，「我還以為你不想回倫敦呢！多虧了我，你所積欠的債務都已付清，但你在倫敦仍有很多敵人，他們都等著修理你。」

卓萊瞪著拉塞爾，彷彿完全聽不懂對方說什麼，過了一會，他扯著嗓門大喊：「魔法師給了我指示！他命令我傳達口信給一些人！我必須馬上進行，連耽擱一小時都不行！」

拉塞爾皺皺眉頭，「你喝醉了？還是在作夢？諾瑞爾沒有下達任何指示，如果他有任務給你，他會叫我傳達，再說……」

「不，不是諾瑞爾，是史傳傑！」

拉塞爾挺直了身子，馬兒慌張地左右搖擺，但拉塞爾卻動也不動，過了一會，他口氣轉緩，隱約帶著一絲威脅，「你到底說些什麼？」他說，「史傳傑？你還敢在我面前提到史傳傑？我勸你想清楚之後再開口，我已經非常不高興了，你最好不要再惹我生氣。我想我交代得很清楚：你必須留在威尼斯，直到史傳傑離開為止，但如今你人在英國，他卻還在威尼斯。」

「我不得不回來！我一定得離開！你不了解，我跟他見了面，而且他告訴我……」

拉塞爾舉手表示制止，「別說了，我不想在公眾場合討論這些，我們到旁邊的樹林裡吧。」

「到樹林裡？」卓萊一聽臉上僅存的血色盡失。「不、不！絕對不可！怎麼說我都不去！你別逼我！」

「你這話什麼意思？」拉塞爾左顧右盼，看起來有點緊張，「史傳傑派遣樹木來監視我們嗎？」

「不、不、不是，我沒辦法解釋，他們在等我，他們知道我是誰！我不能進去！」卓萊形容不出他所經歷的事情，他只能伸出雙手在空中飛舞，似乎認為這樣一來，拉塞爾就能理解河川蜷伏在他腳邊、大樹刺穿他的身體、岩石變成了他的心肺。

拉塞爾舉起馬鞭。「我不知道你想說什麼。」他一面策馬逼近卓萊，一面揮舞馬鞭，可憐的卓萊嚇得發抖，啜泣地被逼進林中，荊棘劃過他的衣袖，他嚇得高聲尖叫。

「拜託你安靜一點！」拉塞爾說，「人家聽了還以為這裡發生凶殺案。」

他們走到一個小空地才停下來，拉塞爾縱身下馬，把馬拴在一棵樹上。他從鞍袋裡取出兩把手槍，把手槍塞進外套口袋裡，然後轉身對卓萊說：「你真的見到史傳傑？好極了！我還以為你太怯懦，不敢面對他。」

「我以為他會把我變成某種怪物。」

拉塞爾嫌惡地看看卓萊骯髒的衣物和驚恐的表情，「你確定他沒下手嗎？」

「什麼意思？」卓萊說。

「他為什麼不乾脆殺了你？為什麼沒有在黑暗中下手？我想你單獨一人吧？沒有人會曉得的。」

「嗯，極有可能，不是嗎？他高大、聰穎、敏捷又殘酷，我絕不是他的對手。」

「我就會下手。」拉塞爾說。

「是嗎？嗯，那你自己到威尼斯試試看吧。」

「他現在人在哪裡？」

「在威尼斯的永恆黑暗中，但他會回來英國。」

「他這麼說？」

「沒錯，正如我先前所言，我必須傳達幾個口信，一個給查德邁，一個給諾瑞爾，一個給全英國的魔法師。」

「哪些口信？」

「我必須告訴查德邁，諾瑞爾謊稱他讓波爾夫人死而復生，其實他求助於精靈，但這位精靈做了某些錯事，導致今天這種局面，我還得把一個小盒子交給查德邁，這是第一個口信。我還得告訴諾瑞爾，史傳傑將回返英國，這是第三個口信。」

拉塞爾想了想。「小盒子裡面裝了什麼？」

「我不知道。」

「為什麼？盒子被密封了嗎？他用法術把盒子封起來嗎？」

卓萊閉上眼睛搖搖頭。「我也不曉得。」

拉塞爾大笑。「你該不是說盒子擺在你身邊好幾個禮拜，你卻沒有試圖開啟吧？你怎麼可能不動手？以前你到我家時，我從來不敢讓你離開我的視線，不然的話，我的信件肯定被拆閱，隔天我的私事也被公諸於世。」

卓萊目不轉睛地瞪著地面，整個人似乎越縮越小，神情已經沮喪到極點的他，似乎又添增了幾分憂慮，看來好像對過去的作為感到羞愧，但事實卻非如此。「我好怕。」他悄悄地說。

拉塞爾不屑地哼了一聲，「盒子在哪裡？」他大喊，「把它交給我！」

卓萊從外套口袋裡掏出一樣東西，他用一條骯髒的手帕把它包住，手帕打了很多結，防止東西掉出來。卓萊把它交給拉塞爾。

拉塞爾皺著眉頭，一臉嫌惡地解開手帕上的結，解開所有結之後，他逕自打開小盒子。

兩人頓時默不作聲。

「你這個大笨蛋！」拉塞爾邊說邊猛然關上盒子，把它放進自己的口袋。

「噢，我必須……」卓萊一邊抗議一邊徒然地伸出雙手。

「你說有三個口信，還有一個是什麼？」

「我想你不會了解。」

「什麼？連你都聽得懂，而我卻無法理解？難不成你在義大利忽然變聰明了？」

「我不是這個意思。」

「那你是什麼意思？趕快告訴我，我不想再跟你多談。」

「史傳傑說樹木跟岩石說話，岩石跟流水說話，他還說魔法師能向樹木、岩石等等研習法術，他說約翰．厄司葛雷的古老盟約依然有效。」

「約翰．厄司葛雷！約翰．厄司葛雷！我聽都聽煩了！但現在每個人都大談此人，連諾瑞爾也不例外。我實在想不通，他四百年前就失勢了。」

卓萊再度伸出雙手，「把盒子還我，我必須……」

「你到底是怎麼回事？你還不了解嗎？除了給諾瑞爾的口信之外，你不可能傳達任何消息囉！你放心，我會親自告訴諾瑞爾。」

卓萊憤怒地哀號，「拜託、拜託！別讓我違抗他的命令！你不了解，他會殺了我！我說不定比死了還糟！」

拉塞爾張開雙臂，四下張望，彷彿請林木聽聽這番話是多麼荒謬。「你真的以為我會讓你毀了諾瑞爾嗎？更別說毀了我？」

「這不是我的錯！這不是我的錯！我不敢違抗他！」

「你這個沒用的傢伙！夾在史傳傑和我之間，你還能怎麼辦？你只會被擠得粉碎。」

卓萊低哼一聲，彷彿恐懼的哀鳴，一雙呆滯、紅腫的眼睛緊盯著拉塞爾，看來似乎想說些什麼，但他忽然抽腿就跑，轉身飛速衝入樹林間。

拉塞爾根本懶得追他，他只是舉起手槍、對著卓萊的方向開槍。

子彈直入卓萊的大腿，灰白的林木間頓時蒙上一片濕潤的鮮血，卓萊尖叫一聲，跌入荊棘叢中，他試圖爬起來，但中了槍的大腿不管用，荊棘也纏繞著他的衣衫，他無法脫身。他轉頭一看，拉塞爾正逐漸逼近，他滿心驚慌，臉上的表情已無法辨識。

拉塞爾取出第二把手槍，再開一槍。

卓萊左邊的頭部應聲迸裂，宛若一顆破碎的雞蛋或橘子，他抽搐了幾下，然後靜止不動。

卓萊血濺雙耳，鮮血一直流到胸前，整個人倒臥在鮮血中，雖然周圍沒有半個人，但拉塞爾依然不允許自己露出懼色，反而力保鎮定，似乎這樣才不失紳士之風。

家中有個男僕非常喜歡閱讀《新門紀事》、《罪犯日誌》等小報所刊登的謀殺案件，拉塞爾有時也讀讀這些報紙自娛，根據這些報導，殺人犯動手時都勇敢得很，但事後很快就感情用事，表現出各種奇怪、反常的舉動，結果因而落網。拉塞爾雖然不相信這些話，但為了保險起見，他還是看看自己有沒有露出懊惱或害怕的模樣。但他完全沒有這種感覺，事實上，他反而認為自己幫社會除去了一個惡人，「說真的，」他告訴自己，「如果卓萊三、四年前就曉得自己將淪落到這種下場，說不定當年就求我動手。」

附近傳來颯颯的聲響，拉塞爾驚訝地看著卓萊的右眼冒出一個小芽（他的左眼已經被手槍打爛），成串長春藤纏繞在他的脖子和胸前，一株忍冬青的細芽刺穿他的手掌，小小的白樺樹從他腳上抽長，腹部還冒出一棵山楂樹，整個人似乎被釘死在樹木上。但樹木卻未就此停歇，反而繼續生長，一叢叢枝葉遮蓋了他殘破的臉頰，樹木和其他活生生的植物在他的四肢和軀體上生根，不到一會兒，克里斯多福．卓萊的遺骸已蕩然無存，樹木、岩石和大地已將他納入其間，但地面上依然隱約可見一個人形。

「那叢荊棘大概是他的手臂吧，」拉塞爾默想，「那塊石頭……說不定是他的心臟？形狀差不多，也一樣冷硬。」他笑笑，「史傳傑的魔法真是荒謬，」他自顧自地說話，「遲早只會害到他自己。」他縱身上馬，轉身騎回小路。

63 第一位將把他的心理在雪地裡的黑木下，但依然感受到痛楚

一八一七年二月中旬

拉塞爾離開漢諾瓦廣場已經二十八小時，諾瑞爾先生急得幾乎發狂。他答應等拉塞爾回來，但這會兒他卻擔心史傳傑搶先一步，進占賀菲尤莊園的圖書館。

當天晚上，漢諾瓦廣場宅邸中的僕人們都不准上床休息，到了隔天早晨，眾人莫不精神萎靡，筋疲力盡。

「我們為什麼要等他？」查德邁問。「史傳傑現身時，你認為他派得上用場嗎？」

「你知道我相當倚重拉塞爾先生，現在他是我唯一的顧問。」

「先生，你還有我。」查德邁說。

諾瑞爾先生快速地眨眨小眼睛，「**你不過是個僕人**。」幾乎已脫口而出，但他還是沒講出來。

查德邁似乎看得出主人想說什麼，他輕蔑地低哼一聲，然後掉頭走開。

傍晚六點左右，圖書室的門忽然被推開，拉塞爾揚長而入，他的頭髮亂七八糟，領巾上布滿灰塵和汗水，外套和靴子上沾著污泥，大家從沒見過他這麼狼狽。

「諾瑞爾先生，我們猜得沒錯！」他大喊，「史傳傑快來了！」

「什麼時候？」諾瑞爾先生臉色頓時發白。

「我不知道，他可沒有好心到告訴我細節，但我們應該趕快前往賀菲尤莊園！」

「我們可以立刻動身，一切都已準備就緒。你果真見到卓萊嗎？他跟你回來了嗎？」諾瑞爾先生側身看看卓萊是否躲在拉塞爾身後。

「不，我沒見到他，我等了半天，但他一直沒有出現，先生，請別擔心！」（諾瑞爾先生已經快要插嘴。）「他寄了一封信給我，我們手邊已有必要的情報。」

「一封信！我可以看看嗎？」

「當然！旅途上有很多時間可以讀信，現在我們必須馬上啟程，請不要因為我耽擱行程，我需要的東西不多，就算少了什麼，我也可以勉強將就。」（這話令人驚訝，拉塞爾向來挑剔，而且每項要求都很繁瑣。）「來，諾瑞爾先生，你得振作起來，史傳傑快來了！」說完就大步走出去，諾瑞爾先生後來聽路卡斯說，拉塞爾甚至沒有叫僕人端水讓他梳洗或飲用，直接走到馬車旁，坐進車內的角落等待。

大夥八點之前就上路前往約克郡，諾瑞爾先生和拉塞爾坐在車內，路卡斯和戴維坐在車廂上，查德邁騎著馬跟在旁邊，到了伊斯林頓收費口，路卡斯付了過路費，空氣中飄揚著風雪的氣味。

諾瑞爾先生呆呆地望著車窗外的一家商店，櫥窗內的油燈大放光明，店內井然有序，還擺了好幾把雅緻的座椅供顧客休息，感覺相當高級，卻看不出賣些什麼東西。一把椅子上擺著一疊色澤鮮豔的物品，但諾瑞爾先生不曉得那些是披肩還是禮服的布料。店裡有三位女士，顧客是位身材嬌小、衣著時髦的女子，她穿著一件類似輕騎兵制服的緊身、皮邊短夾克，夾克上還有一排盤花鈕釦，頭上戴著一頂小巧的貂皮帽，她不時伸手摸摸帽簷，好像怕帽子掉下來。店主穿著一襲簡單的黑袍，衣著較為樸素，年輕的助手一臉恭敬地站在旁邊，有人一注意到她，她就緊張地講兩句客套話。顧客和店主似乎不談生意，兩人聊得很開心，笑聲不斷。諾瑞爾先生向來不管這些女人家的瑣事，但此刻看到這幅景象，心頭卻無緣無故地感到一股刺痛。他想到史傳傑太太和波爾夫人，想著想著，有樣東西忽然從他眼前掠過，遮住了店中愉悅的景象，東西黑漆漆的，有如一塊黑影，他想可能是隻大烏鴉吧。

過路費付清了，戴維抖抖馬，馬車朝向道口前進。

天空開始飄雪，大風夾帶著雨雪，馬車在風中猛烈地左右晃動，大風從每個縫隙鑽進馬車內，大家的肩膀、鼻子和雙腳都凍僵了。拉塞爾神情相當怪異，諾瑞爾先生看了更是擔心。拉塞爾顯然很興奮，甚至得意洋洋，但諾瑞爾先生卻不曉得為什麼，窗外一傳來淒厲的風聲，拉塞爾就仰頭大笑，彷彿認定有人試圖恫嚇，他則以笑聲表示毫不害怕。

他終於注意到諾瑞爾先生在旁偷偷端詳，「先生，我一直有個想法，」他說，「這根本是小事一樁！你我馬上就能制伏史傳傑，那些大臣們簡直跟一群老太太一樣懦弱，真令人厭惡！一個瘋子就讓大家緊張成這樣，我一想就忍不住大笑！利物浦和西德蒙尤其可笑，這些年來，拿破崙把他們嚇得不敢出門，現在史傳傑不過發了瘋，他們就急成這樣德行。」

「噢，你這麼想就錯了！」諾瑞爾先生斷言。「你真的錯了！史傳傑將造成重大威脅，相形之下，拿破崙根本不算什麼。你還沒告訴我卓萊說了什麼，我想讀讀他寫的信，我可以叫戴維在漢德雷停一下，然後……」

「啊，我手邊沒有信，我把它留在我家裡。」

「但是……」

拉塞爾笑笑，「諾瑞爾先生！請別焦急，我不是跟你說沒什麼好擔心的嗎？信的內容我記得一清二楚。」

「信裡說什麼？」

「史傳傑瘋了、被監禁在永恆的黑暗中等等，這些我們早就知道了。除此之外……」

「他發起瘋來是什麼樣子？」諾瑞爾先生問。

拉塞爾暫不作聲。

「大部分是胡言亂語，但他以前也曾如此，不是嗎？」拉塞爾笑著說。一看到諾瑞爾先生的表情，拉塞爾馬上正經地說：「他喋喋不休地說樹木、岩石、約翰．厄司葛雷，」（他左顧右盼，似乎尋求靈感。）「隱形的導師等等，對了，有件事你聽了一定會大笑！他偷了幾位威尼斯女士的小指頭，還把偷來的指頭放在小盒子裡！」

「指頭！」諾瑞爾先生警覺地說。他隱約感到不妥，卻想不出自己跟此有何關聯。「卓萊怎麼描述永恆的黑暗？他的描述說不定能幫助我們了解這是怎麼回事。」

「卓萊沒說什麼，他只說他看到史傳傑，史傳傑叫他傳個口信給你。卓萊說史傳傑快來了，信裡只說了這些。」

兩人隨即恢復沉默，諾瑞爾先生不知不覺地睡著了，夢中屢次聽見拉塞爾在黑暗中喃喃自語。

午夜時分，他們在汪斯弗的一家旅店換馬，拉塞爾和諾瑞爾先生在大廳等候，大廳面積寬闊、裝潢樸實，牆上鑲嵌著木板，廳內還有兩個大壁爐。

大門開啟，查德邁從外面走進來，他直接走向拉塞爾，開口說道：「路卡斯說卓萊來信報告他在威尼斯的境遇。」

拉塞爾微微轉身，但看也不看查德邁。

「我能看看這封信嗎？」查德邁問。

「我把信留在布魯頓街的家裡。」拉塞爾說。

查德邁看來有點訝異，「好吧，」他說，「讓路卡斯跑一趟吧，我們可以幫他雇匹馬，抵達賀菲尤之前，他應該可以趕上我們。」

拉塞爾笑笑。「我說布魯頓街嗎？待我想想，嗯，信不在家裡，我想我把它留在查德姆的一家旅店裡，我在那裡等卓萊等了好一會，他們八成把信給扔了。」說完就轉身看著爐火。

查德邁低聲詛咒了兩句，然後昂首跨出大廳。

一位男僕向前報告，房間中已備好熱水和其他必需品，拉塞爾和諾瑞爾先生可以上去休息。

「先生們，走道暗得伸手不見五指，」男僕神情愉悅地說，「我幫兩位各點了一枝蠟燭。」

諾瑞爾先生拿起蠟燭向前走（走道確實很暗），查德邁忽然冒出來，捉住他的手臂說：「您究竟怎麼了？」他低聲斥喝，「離開倫敦之前，為什麼不先看看那封信？」

「但是他說他記得內容。」諾瑞爾先生辯解。

「噢，你真的相信他，是不是？」

諾瑞爾先生沒有回答，他走進收拾整齊的房間。梳洗之時，他忽然從鏡子裡瞄到身後有張床，床的式樣老舊，看起來相當笨重，擺在房裡顯然過大。四根雕花的床柱高高豎立，床頂是塊漆黑的桃花心木，床的四周還垂掛著黑色的駝鳥毛，整張床感覺非常陰森。諾瑞爾先生覺得好像有人將他引到此處，讓他看看自己的墳墓，他心裡再度浮現一股奇怪的感覺，先前在收費口看到商店裡

的三位女士時，他也有同樣感覺。他彷彿即將遭逢巨變，而卻只能袖手旁觀；他好像走上年輕時曾行經的小路，但小路盡頭卻不是他想要去的地方：他好像正在回家的路上，但家卻變成一個恐怖的地方。在黯淡的燭光中，他站在烏黑的床邊，突然記起自己小時候為什麼總是怕黑：黑暗隸屬於約翰．厄司葛雷。

長長久久，久久長長
我祈禱你會記得我
沼地之上，群星之下
烏鴉王狂野相隨

他趕快離開房間，走回溫暖光明的大廳。

六點一過，朝陽緩緩升起，但光線細微薄弱，幾乎看不到晨光。灰暗的天空飄著大雪，雪花落在灰白的大地。戴維身上覆蓋了一層厚厚的白雪，遠遠看去好像是一尊等著上模的白蠟像。

當天他們兼程趕路，屢次在旅店停下來換馬，好讓馬車能在風雪中繼續前進，大夥也可以乘機喝點熱飲休息一下，暫時躲過風雪的侵襲。馬夫戴維和騎馬跟在旁邊的查德邁尤其辛苦，大家停下來休息時，他們依然不得閒，經常在馬廄裡跟店主討價還價，試圖爭取到最好的馬匹。行至格蘭姆時，店主有意租給他們一匹全盲的馬，查德邁聞言大怒，發誓絕對不租，店主保證這是店裡最好的馬匹，在沒有其他選擇的情況下，他們也只好租下，日後戴維說這匹馬很勤奮，而且正因牠看不見，所以非常聽話，車夫要牠往哪走，牠就乖乖聽從指示。戴維到了塔克福就撐不下去，眾人不得不讓他在此休息，他已經駕車趕了一百三十哩路，查德邁說他累得幾乎說不出話。查德邁雇了一個車夫，眾人繼續趕路。

天黑一個多小時之前，大雪稍止，天空總算撥雲見日，光禿禿的田野上四處可見藍灰色的斜長光影。行經唐卡斯特五哩之後，眾人經過一家名為「紅屋」的旅店（旅店牆面漆成大紅，因而得名），在低垂的冬陽下，旅店發出如同火焰般的光芒。馬車走了一小段路之後，忽然停頓。

「我們為什麼停車？」諾瑞爾先生從車內大喊。

路卡斯從車廂上低下身子回答，但風勢過於強勁，諾瑞爾先生沒聽見他說什麼。

查德邁已策馬騎過田野，田野中四處都是大烏鴉，他一經過，成群烏鴉就聒噪地飛起，田野遠方有個古老的樹叢，樹叢後方有個入口，入口兩方各有一株高大的忍冬青。入口直通一條小徑，小徑兩旁皆是低矮的樹叢，查德邁停在入口，他左顧右盼，似乎有些猶豫，然後他甩動馬，馬兒隨即快步越過忍冬青，踏上小徑，不一會就失去蹤影。

「他踏上了精靈通道！」諾瑞爾先生一臉警覺地大喊。

「啊！」拉塞爾說，「那就是精靈通道嗎？」

「沒錯！」諾瑞爾先生說。「那條比其他通道更出名，據說連接唐卡斯特和新門，路上還有兩個精靈要塞。」

他們停下來等候。

過了大約二十分鐘之後，路卡斯從車廂頂上爬下來，「先生，我們還得等多久？」他問。

諾瑞爾先生搖搖頭，「自從馬汀．帕爾三百年前造訪精靈國度之後，全英國再也沒有人踏上精靈通道，查德邁很可能再也回不來，說不定……」

查德邁卻在此刻重新現身，越過田野飛馳而來。

「果真沒錯，」他告訴諾瑞爾先生，「通往精靈國度的道路再度暢行無阻。」

「你看到什麼？」諾瑞爾先生問。

「我沿著小徑騎了一會，小徑通往一處多刺的森林，森林入口有一尊石女雕像，她展開雙臂，一隻手握著一顆石眼，另一隻握著一顆石心，至於那座森林……」查德邁比了一個手勢，或許他無法形容森林的模樣，或許森林令他不知如何言語，「每棵樹上都掛著屍體，有些像是昨天才喪生，有些則好像死了上百年，骸骨上還穿著生鏽的盔甲。我來到一座石砌的高塔之前，高塔外觀粗陋，牆上只有幾扇小窗戶，其中一扇窗戶透出亮光，有人似乎往窗外看。塔旁有個空地，空地上有條小溪，有個年輕人站在空地上，他身穿英國軍服、雙眼無神、膚色蒼白、滿臉病容，他說他是『剖眼挖心城堡』的守護者，他發誓保護城堡的女主人，誰想進去侮蔑或傷害女主人，都得過他這一關。我問那些掛在樹上的屍體，是否全都喪身在他手下？他說其中一些確實死在他手下，他也像前任守護者一樣，把敵人的屍體掛在樹上。我問女主人怎麼報答他，他說他不知道，他從未見過她，也沒跟她說過話，她身居『剖眼挖心城堡』，他則在小溪和森林間守護。他問我是否想與他一戰，我先說我無意侮蔑或是傷害女主人，然後告訴他我是個僕人，主人正在等我回去，說完就掉頭回來了。」

「什麼？」拉塞爾高喊，「那人邀你決鬥，你卻掉頭就跑，你究竟有沒有榮譽感？知不知羞恥？雙眼無神、滿臉病容、窗口站了一個不知名的人！」他嘲弄地哼了一聲，「這些不過是為了掩飾你的膽怯！」

查德邁好像被人敲了一記似地顫抖了一下，似乎打算破口大罵，但諾瑞爾先生馬上開口：「正好相反！查德邁表現得恰如其分，他趕快離開是對的。那種地方處處隱藏著魔法，乍看之下絕對感覺不出來。有些精靈很喜歡找人決鬥，致人於死地，我實在不明白原因何在，他們會盡其所能地挑釁，讓自己開心地大戰一場。」

「拉塞爾先生，」查德邁說，「如果你對那個地方這麼有興趣，請你自己走一趟吧！別讓我們耽擱了你。」

拉塞爾謹慎地看看田野和樹叢中的入口，但卻動也不動。

「你大概不喜歡大烏鴉吧？」查德邁低聲嘲弄。

「沒有人喜歡大烏鴉！」諾瑞爾先生斷言。「牠們為什麼在這裡現身？牠們代表什麼？」

查德邁聳聳肩，「有些人主動加入永恆黑暗之中，無時無刻追隨史傳傑，有人說史傳傑化身為大烏鴉飛返英國，還有人說大烏鴉是約翰．厄司葛雷即將重回英國的前兆。」

「又是約翰．厄司葛雷！」拉塞爾說。「只有心術不正的人才拿他當擋箭牌，不管發生了什麼事，都是肇因於約翰．厄司葛雷！諾瑞爾先生，我們應該在《英國魔法之友》中再度斥責這位仁兄。我們該怎麼說呢？說他反基督教？反英國？信仰惡魔？我手邊有份樞機主教的名單，他們都曾公開斥責厄司葛雷，我很快就寫出一篇文章。」

諾瑞爾先生看來很不自在，一臉緊張地瞪著那位在塔克福雇來的車夫。

「拉塞爾先生，如果換作是我，」查德邁輕聲說，「我講話會謹慎一點。你現在已經到了北方，這裡是約翰．厄司葛雷的地盤，鄉鎮、城市和修道院都是由他所建，法律也是由他所制定，我們北方人時常講起他，也將他謹記在心。如果現在是夏天，你會看到樹叢下長滿了藍白相間的小花，我們說這是『約翰的小錢幣』；如果天氣反常，比方說冬天特別暖和，夏天特別多雨，鄉間的老百姓就說約翰．厄司葛雷又談戀愛、忽略職責了；❶如果對哪件事非常有把握，我們就說這事像放在約翰．厄司葛雷口袋裡的小石頭一樣牢靠。」

拉塞爾笑笑。「查德邁先生，我沒有資格評論你們這些古怪的鄉野傳奇，但把過去掛在嘴邊是一回事，重新扶持你們那個邪惡的君王又是另一回事，更別說他將路西法惡魔視為盟友和君主。除了少數『約翰使徒』和瘋子之外，你們不可能真的希望他回來吧？」

「拉塞爾先生，我是北方人，」查德邁說，「我的君王若回返英國，那我真是再高興也不過！我已經期盼了一輩子。」

大夥將近半夜才抵達賀菲尤莊園，莊園中不見史傳傑的蹤影。拉塞爾回房休息，但諾瑞爾先生卻在家中走來走去，逐一檢視以前施放的咒語。

隔天早餐時，拉塞爾說：「不知道過去可曾發生魔法決鬥？我的意思是說，兩個魔法師發生爭執，以魔法一決生死等等？」

諾瑞爾先生嘆口氣，「這點難以知曉。羅夫．斯托克塞似乎曾與兩、三位魔法師鬥法，其中一位是安索戴爾的魔法師，法力相當高強。❷溫徹斯特的凱薩琳有次不得不用法術把一位年輕魔法師送到格拉納達，凱薩琳一心只想研習魔法，這個年輕人卻不停向她求婚，當時格拉納達是她所知道最遙遠的地方，所以她把他送到那裡。還有一個關於坎布里亞郡燒炭人的傳說，這也相當奇怪……」❸

「有沒有魔法師在決鬥中喪命？」

「什麼？」諾瑞爾先生驚恐地瞪著他，「不！我不曉得！我想沒有吧。」

拉塞爾微微一笑。「但還是比得出高下吧？諾瑞爾先生，你若仔細想想，一定能想出五、六個厲害的咒語，這就跟拿著刀槍匕首決鬥一樣，勝者事後不但不會遭到懲治，朋友和僕人們也會守口如瓶，盡可能為你辯護。」

諾瑞爾先生沉默了一會之後說：「事情不會演變到這種局面。」

拉塞爾笑笑說：「親愛的諾瑞爾先生啊！不然還演變到哪種局面？」

很奇怪地，拉塞爾從沒到過賀菲尤莊園，以前卓萊常到這裡住幾天，但拉塞爾總是找藉口推辭。在他看來，造訪約克郡這種鄉下地方簡直跟下地獄一樣，他想像中的賀菲尤莊園頂多不過跟諾瑞爾先生一樣：老舊、無趣、暮氣沉沉，說不定是棟位居沼地、逢雨必漏的農舍，但他很驚訝地發現，賀菲尤莊園跟他想像的完全不同，莊園的房屋摩登而典雅，一點都不陰森，僕人們也不像他以為的粗俗，事實上，賀菲尤莊園和漢諾瓦廣場是同一批僕人，他們都訓練有素，也深知拉塞爾的喜好。

但每個魔法師的家中皆有些特異之處，賀菲尤莊園乍看之下雖然典雅，但格局似乎極為繁複，幾乎很難不迷路。當天早晨，路卡斯客氣地提醒拉塞爾，除非有諾瑞爾先生或查德邁相伴，否則絕對不可獨自前往圖書館，路卡斯說這是最重要的家規。

拉塞爾自然無意遵守家規，更別說聽從僕人的話。他檢視了房子的東邊，發現東邊有餐廳、小客廳等普通的房間，但沒看到圖書館，於是推論圖書館一定在他還沒去過的西邊。他即刻起身，走了半天卻回到了原點，他想自己八成轉錯了彎，於是再試一次，這次卻走到廚房的一角，有個髒兮兮、流鼻水的小女僕在這裡清洗碗盤，她先用一隻手擦鼻涕，再用同一隻手洗鍋子。不管怎麼走，他不是走回原地，就是來到廚房的一角，他越看小女僕越不順眼，她似乎也不怎麼高興見到他。他徒勞無功地繞了一早上，最後只能歸咎約克郡的房屋設計得太古怪。

接下來的三天，諾瑞爾先生大多待在圖書館裡，每次一見到拉塞爾，拉塞爾馬上跟他抱怨查德邁，查德邁則不停催促他用魔法找尋卓萊的信，到後來他乾脆躲著不見他們二人。

他也沒有告訴他們，他發現了一件令人非常擔心的事。自從他和史傳傑分道揚鑣之後，他經常在銀盆召喚影像，試圖看看史傳傑在做什麼，卻始終沒有成功。四個多禮拜前的一個晚上，他睡不著，於是起來再試一次，銀盆水面上的影像雖然不是很清楚，但看得出有個魔法師在黑暗中施展法術，他正慶幸自己終於突破史傳傑的防線，忽然注意到他看到的是自己，他用其他咒語再試一次，也用不同方式默念史傳傑的姓名，結果還是一樣。最後他不得不承認，他與史傳傑已融為一體，現今存在於英國的魔法，再也辨識不出他倆有何不同。

利物浦勛爵和其他大臣紛紛來函，信中說英國各地出現更多無人能夠解釋的魔法，口氣相當激憤。諾瑞爾先生回覆說，等到擊敗史傳傑，他一定馬上處理這些事情。

抵達賀菲尤莊園之後的第三晚，諾瑞爾先生、拉塞爾和查德邁齊聚在小客廳裡，拉塞爾正在吃橘子，手上拿著一把頂端鑲著珍珠、刀口呈鋸齒狀的小刀，他通常用這把小刀削水果。查德邁在小桌子上攤開塔羅牌，他已經研究了兩小時，諾瑞爾先生卻沒有出言制止，可見確實心不在焉。拉塞爾看了卻非常受不了，他眼見查德邁不停洗牌、翻牌，心中確信查德邁一定在算計他，這點倒是沒錯。

「我真討厭坐在這裡發呆。」他忽然說。「你們認為史傳傑還在等什麼？我們甚至不確定他會不會來。」

「他會來。」查德邁說。

「你怎麼知道？」拉塞爾問。「是不是他告訴過你？」

查德邁沒有回答，他忙著看牌，雙眼閃爍著光芒。看著看著，他忽然從桌旁起身，「拉塞爾先生，你有個口信給我！」

「我？」拉塞爾驚訝地說。

「沒錯。」

「這話什麼意思？」

「有人請你傳個口信給我，紙牌上就是這麼說。請你據實相告吧。」

拉塞爾輕蔑地哼一聲，「我不是任何人的信差，更別說傳口信給你！」

查德邁毫不理會對方的輕蔑，「誰請你傳口信給我？」他問。

拉塞爾不置一辭，繼續拿起小刀剝橘子。

「好吧。」查德邁邊說，邊坐下來將紙牌一字排開。

諾瑞爾非常焦慮地看著兩人，幾乎快要伸手拉鈴，但想了一會之後，他改變心意，逕自出去叫喚僕人。路卡斯正在餐廳擺餐具，諾瑞爾先生解釋目前的狀況，「能不能想辦法把他們分開？」他問。「說不定過一會兩人就會冷靜下來。拉塞爾先生有沒有訪客？查德邁需要處理事情嗎？你能不能找個理由把他支開嗎？拿晚餐當藉口如何？晚餐準備好了嗎？」

路卡斯搖搖頭。「沒有人找拉塞爾先生，查德邁先生向來想做什麼就做什麼，至於晚餐嘛，先生，您已經交代說九點半才開飯。」

「我真希望史傳傑先生在這裡。」諾瑞爾先生哀傷地說。「他會知道該跟他們說什麼，他會知道怎麼處理。」

路卡斯碰碰主人的臂膀，似乎想請他振作。「諾瑞爾先生，請容我提醒您，我們不是試圖阻止史傳傑先生回來嗎？」

諾瑞爾先生有點不高興地看著他，「沒錯、沒錯！我記得很清楚，但我還是希望他在這裡。」

諾瑞爾先生和路卡斯一起回到小客廳，查德邁正好翻開最後一張牌，拉塞爾目不轉睛地盯著眼前的報紙。

「紙牌怎麼說？」諾瑞爾先生對查德邁說。

提出問題的雖是諾瑞爾先生，但查德邁卻對著拉塞爾回答：「紙牌說你是個騙子、小偷，紙牌說你不但帶著口信，而且手邊還有一件貴重物品，這個東西是我的，但你私自保留。」

接下來眾人皆默不作聲。

一會之後，拉塞爾冷冷地說：「諾瑞爾先生，你打算讓我再次承受這種侮辱嗎？」

「拉塞爾先生，我最後再問你一次，」查德邁說，「你究竟要不要把東西交給我？」

「你怎敢用這種口氣跟紳士說話？」拉塞爾先生怒責。

「竊取屬於我的東西難道是紳士行徑嗎？」查德邁回了一句。

拉塞爾氣得臉色慘白，「道歉！」他氣呼呼地說，「你這個狗娘養的、下流社會的人渣，你馬上跟我道歉，不然的話，我一定好好教訓你。」

查德邁聳聳肩，「狗娘養的也比小偷強。」

拉塞爾憤怒地抓起查德邁，一把將他推到牆邊，力道強得讓查德邁雙腳離地。拉塞爾不停地猛搖查德邁，牆上的油畫也跟著晃動。

很奇怪地，查德邁似乎無法抵抗，他的雙臂被拉塞爾按住，雖然猛力掙扎，卻依然無法脫身。兩人僵持了一會，查德邁對著拉塞爾點點頭，彷彿已經認輸。

拉塞爾不但沒有鬆手，反而逼得更近，他逐步把查德邁困在牆邊，然後掏出那把鑲著珍珠、刀口呈鋸齒狀的小刀，將刀尖緩緩劃過查德邁的臉頰，查德邁的眼際和嘴巴之間頓時出現一道血痕。

路卡斯見狀驚呼，但查德邁什麼都沒說。不一會，他的左手終於掙脫，隨即握緊拳頭，高高舉起，兩人繼續僵持，幾乎像是一幅靜物畫，最終還是查德邁先鬆手。

拉塞爾得意地笑笑，他放開查德邁，轉身以冷靜鎮定的語調對諾瑞爾先生說：「我拒絕再聽這人的胡言亂語，我承受了這種屈辱，如果這人的身分和我相當，我絕對會跟他決鬥，但這人身分低微，反而得以苟活，免得死在我的槍下，這點他自己也很清楚。諾瑞爾先生，如果你還當我是個朋友，這人就得馬上離開，不然我絕對不在此處逗留！今晚之後，我不想再聽到你或是你的僕人們提到這人的名字，我這麼講夠清楚了吧？」

路卡斯乘機偷偷地遞給查德邁一條手帕。

「先生，」查德邁一邊擦拭臉上的血跡，一邊對諾瑞爾先生說，「您希望我們哪一個留下來？」

接下來一陣漫長的沉默，諾瑞爾先生終於開口，語調異常地粗嘎：「你走吧。」

「再見，諾瑞爾先生。」查德邁彎腰鞠躬，「您一如往常，作出了錯誤的選擇！」說完就收拾紙牌，轉身離開。

他走回閣樓上簡陋的小房間，點燃桌上的蠟燭，牆上有面破舊龜裂的小鏡子，他對著鏡子看看自己的臉，刀痕相當醜陋，他的領巾和襯衫的右肩也沾滿了鮮血，他盡可能地清洗傷口，然後洗洗手、擦乾雙手。

他小心翼翼地從外套口袋裡掏出一樣東西，那是個狀似鼻煙壺、但比鼻煙壺長一點的小盒子，盒子閃爍著心碎的色澤。他低聲地喃喃自語：「一個人永遠擺脫不了過去所受的訓練。」❹他掀開小盒仔細觀察，一不注意差點把血滴到盒子裡，不禁低聲咒罵自己。過了一會，他猛然將小盒蓋上，放回口袋裡。

他很快收拾好東西，其中包括一個裝了兩隻手槍的木盒、一小袋錢幣、一把刮鬍刀、一把梳子、一支牙刷、一小塊肥皂、一些衣服（每件都像他身上的衣物一樣陳舊）、一部《聖經》、波提斯黑勛爵所著的《為孩童寫的烏鴉王歷史》，以及帕里．歐姆斯格所著的《揭開其他三十六個世界之謎》。諾瑞爾先生這些年來對查德邁相當大方，但沒有人知道查德邁如何運用這筆錢，戴維和路卡斯經常私下猜測，查德邁八成存了不少錢。

查德邁把家當裝進一個破舊的手提箱，桌上有一盤蘋果，他把蘋果包在衣物中，一併擺進手提箱，然後拿手巾遮住臉，轉身下樓，走到馬廄才想起他的筆、墨水盒和筆記本還在小客廳裡，先前看牌的時候，他把這些東西擺在一張小桌子上。「嗯，現在去拿也太遲了，」他心想，「我日後再買一套吧。」

馬廄中聚集了一小群人，戴維、路卡斯、幾個馬夫和從家中溜出來的男僕站在一旁，「你們在這裡幹嘛？」他驚訝地問道，「聚在一起禱告嗎？」

眾人看看彼此。

「查德邁先生，我們幫你替布爾上鞍了。」戴維說。布爾是查德邁的馬，身形高大，但不怎麼好看。

「謝謝你，戴維。」

「先生，你為什麼任憑他動手？」路卡斯問，「你為什麼讓他刺傷你？」

「別多說了，這點傷不打緊的。」

「我幫你拿了一些紗布，讓我幫你裹住傷口吧。」

「路卡斯，我今晚得保持警戒，臉上若裹了紗布，只怕看不清楚。」

「但是，傷口若不癒合，八成會留下一道可怕的傷疤。」

「有道傷疤也無妨，反正我再醜也沒人在乎。請再給我一塊『克勞』吧，❺我這塊已經浸濕了，止不住血。夥伴們，請聽好，史傳傑到來之時……」他嘆了一口氣，「我不知道該說什麼，也不知道該提出什麼警告，但你們若能幫得上忙，就盡量幫他們吧。」

「什麼？」其中一位男僕說，「你要我們幫助諾瑞爾先生和拉塞爾先生？」

「不，你這個大笨蛋！我要你們幫助諾瑞爾先生和史傳傑先生。路卡斯，請幫我跟露西、漢娜和迪朵說再見，也祝福她們想結婚時找得到一個聽話的好丈夫。」（查德邁特別欣賞這三位女僕。）

戴維露齒一笑說：「先生，你願意親自幫她們找對象嗎？」

查德邁不禁一笑，臉上的傷口卻讓他痛得皺眉頭，「說不定我會幫漢娜吧！」他說，「夥伴們，再見了。」

查德邁一一跟眾人握手，戴維雖然身強力壯，卻像個女學生一樣多愁善感，他堅持擁抱查德邁，眼中甚至閃爍了淚光，查德邁看了有點訝異。路卡斯獻上一瓶諾瑞爾先生最好的紅葡萄酒，作為臨別的禮物。

查德邁牽著布爾走出馬廄，月亮已高掛在天際，他輕而易舉地騎過庭園，穿越小橋之際，他赫然感覺到魔法的存在，耳際彷彿響起千支小喇叭的樂聲，黑暗中也彷彿出現一道耀眼的白光，周遭萬物似乎與先前完全不同，但一時之間卻說不出哪裡不一樣，他抬頭看看左右。

庭園和莊園上方有一處先前不存在的黑色夜空，打散了天上的繁星。夜空中懸掛著查德邁從未見過的星星，查德邁心想，這八成是包圍著史傳傑的永恆黑暗。

他最後再看看賀菲尤莊園一眼，然後飛速奔馳離去。

賀菲尤莊園中所有的鐘同時響起，著實極不尋常。過去十五年來，戴維想盡辦法讓莊園中的鐘一起報時，卻始終不得其法，現在鐘聲同時響起，但卻聽不出是幾點，鐘聲一鳴再鳴，早已超過十二下，彷彿昭示著一個奇異新世代的到來。

「這些是哪門子的噪音？」拉塞爾問。

諾瑞爾先生站起來，緊張地搓揉雙手，他只要這麼做，就表示心裡非常焦躁不安。「史傳傑來了。」他很快地說，話一出口，鐘聲戛然而止。

有人猛然推門而入，諾瑞爾先生和拉塞爾馬上滿臉緊張，以為強納森即將現身，但門口只是路卡斯和其他兩名僕人。

「諾瑞爾先生，」路卡斯先開口，「我想……」

「沒錯，沒錯，我知道了！趕快到廚房樓梯的儲藏室，窗戶下方的櫃子裡有鉛鏈、鉛鎖和鉛鑰匙，快把這些東西拿過來！」

「我去拿手槍。」拉塞爾斷然地說。

「手槍沒什麼用。」諾瑞爾先生說。

「噢，手槍能解決很多問題，你等著瞧吧！」

兩人不到五分鐘就回來，路卡斯一臉猶豫，不高興地抱著鏈條和鉛鎖，拉塞爾拿著手槍，身邊還跟著四、五個男僕。

「你想他會在哪裡？」拉塞爾問。

「當然在圖書館，不然還會在哪裡？」諾瑞爾先生說，「跟我來。」

眾人走出小客廳，從餐室中走進一個通道，通道不長，兩旁有個鑲著象牙的小桌、一座半人馬的大理石雕像和一幅油畫，畫中沙樂美手持銀盤，銀盤上則是聖約翰使徒的頭顱。通道盡頭有兩扇門，右邊那一扇看來非常陌生，拉塞爾覺得似乎從未見過。諾瑞爾先生引領眾人走進去，大夥卻發現他們又回到了小客廳。

「等等，」諾瑞爾先生有點困惑，轉身看看後方，「我一定是……不、等等，我知道了！跟我來！」

眾人再度經過餐室進入通道，這次他們從左邊的門進去，但依然回到了小客廳。

諾瑞爾先生絕望地大喊，「他破解了我的迷陣，而且新造了一個來阻擋我！」

「先生，從某方面而言，」拉塞爾評論，「我真希望你沒把他教得這麼好！」

「噢，我可沒教他這一套，我也確定從來沒有人教過他這些！他不是向魔鬼請益，就是今晚才在我家中學會。這正是他聰明之處！你把門給鎖了，但他第一個舉動就是學會開鎖，然後造個更有威力的門鎖來對付你！」

路卡斯和其他僕人點更多蠟燭，彷彿這樣就能看清史傳傑的咒語，分辨出魔法與現實。不久之後，小客廳、餐室和通道間燭火通明，三處都擺滿了蠟燭，但結果只是更加困惑，大家從餐室走到小客廳，小客廳走到通道，誠如拉塞爾所言，「像群狐狸一樣在洞裡鑽來鑽去，」但無論多麼努力，大夥依然走不出這三個地方。

時間一分分地流逝，沒人知道到底過了多久，每個時鐘都指向午夜，每扇窗外都是永恆的黑夜，漆黑的夜空中布滿了不知名的繁星。

諾瑞爾先生停步，他閉上雙眼，臉色異常陰沉凝重。他站得筆直，只有雙唇輕輕地顫動，不久之後，他暫且張開眼睛、面對眾人說：「跟我來。」說完再度閉上雙眼。他逕自往前走，好像遵循著腦海中某個截然不同的平面圖，他不停地左轉、右轉，走出了一條以前從未駐足的路徑。

三、四分鐘之後，他睜開雙眼，眼前正是他所搜尋的通道，通道的石板地上刻著旗幟，盡頭便是圖書館高聳的大門。

「好，這下我知道他耍什麼把戲了！」他大喊，「路卡斯，把鏈條和鉛鎖準備好，用鉛塊預防魔法最有效，我們可以綁住他的雙手，暫時制住他。拉塞爾先生，你想我們多快能寫信通報大臣？」他說了半天卻無人回應，他有點驚訝地轉身瞧瞧。

四下只有他一人。

他聽到拉塞爾在不遠處說話，那種充滿嘲諷、陰沉的語氣絕對是拉塞爾的聲音；他還聽到有位僕人回覆，路卡斯也接著說話，但話語逐漸消散，僕人們在家裡跑來跑去的聲音也慢慢消逝，最後只剩一片沉寂。

❶ 根據一般觀察，北方的民眾雖然效忠於約翰．厄司葛雷，但卻不像南方人那麼敬重他。事實上，北方人特別喜歡那些厄司葛雷吃了虧的故事和傳說，比方說厄司葛雷和烏斯瓦的燒炭人或是女巫與法師等等，後者描述厄司葛雷為了一個普通的女巫，幾乎魂不守舍，差一點喪失王國和法力，這個故事有多種版本，其中幾個甚至相當粗俗。

❷ 安索戴爾的魔法師跟約翰．厄司葛雷一樣，統轄著一個王國或島國。據說安索戴爾是蘇格蘭西方的一個小島，但小島不是已經沉沒，就是隱形，有些蘇格蘭歷史學家以安索戴爾為例，宣稱蘇格蘭的魔法強過英國的魔法，他們辯稱約翰．厄司葛雷終究臣服於南英王，但安索戴爾始終維持獨立，但既然安索戴爾不是隱形、就是根本到不了，所以這個觀點既難證實，也難駁斥。

❸ 根據這個傳說，厄司葛雷和一個貧窮的燒炭人比賽，結果厄斯葛雷竟然輸了。但在古老傳說中，偉大的君王經常成為某個卑微臣子的手下敗將，因此，許多學者辯稱燒炭人的傳說純粹是子虛烏有。

❹ 一八一六年初，在史比塔菲雕版畫匠們的家中，史傳傑曾對查德邁說：「你知道的，一個人永遠擺脫不了過去所受的訓練……」

成為諾瑞爾先生的僕人兼管家之前，查德邁曾經從事好幾個行業。他從小就是訓練有素的扒手，他的母親布萊克．瓊恩旗下有一群骯髒、衣衫襤褸的小扒手，一七七〇年代末期，這群小扒手曾經橫行於約克郡的東瑞丁一帶。

❺「clout」是約克郡用語，意思是碎布。

64 波爾夫人的雙重影像

一八一七年二月中旬

「嗯，」拉塞爾說，「這倒是出乎意外！」

他和僕人們站在餐室北面的牆邊，諾瑞爾先生方才穿牆而入，神情顯得相當自若。拉塞爾伸手摸摸牆壁，牆面極為堅實，他猛力一推，牆壁卻動也不動。

「你們認為主人是不是特意這麼做？」一位僕人問道。

「主人作何打算並不重要，」路卡斯說。「他已經去找史傳傑先生了。」

「這麼說來，他已與魔鬼為伍！」拉塞爾加了一句。

沒人做出回應，在場每個人的腦海中都浮現魔法大戰的景象：諾瑞爾先生對著史傳傑丟擲魔法砲彈，史傳傑召喚魔鬼相助，強行把諾瑞爾先生拖走。大家豎起耳朵仔細聽，但卻沒有聽到任何打鬥的聲音。

隔壁房間傳來一聲驚叫，有個僕人打開小客廳的門，發現門的另一頭竟然是早餐室，早餐室再過去是諾瑞爾先生的起居室，再過去則是他的更衣室。莊園的房間又恢復了原本的次序，迷陣咒語已經遭到破解。

大夥看了頓時鬆了一口氣，僕人們馬上拋下拉塞爾，躲到廚房和其他下人一起避難。拉塞爾單獨坐在諾瑞爾先生的起居室裡，他打算一直等到諾瑞爾先生歸來，諾瑞爾先生若一去不返，他就等著史傳傑現身，拔槍將之射殺。「畢竟，」他心想，「魔法師哪能抵擋得了子彈？我一開槍，他心臟馬上迸裂，哪有時間施展法術？」

但這麼想只能讓他暫且心安，莊園太大，漆黑的夜空也太神祕，他很清楚僕人們聚集在某處閒聊，兩位魔法師則在另一處進行不知名的把戲，只有他孤獨待在這裡。起居室的角落有座古老的落地鐘，落地鐘是諾瑞爾先生童年故居留下來的唯一物品，鐘面雖然和莊園內其他時鐘一樣，在史傳傑到來之時便指向十二點，但它卻頑固地抗拒，非常不情願受到指使。落地鐘發出奇怪的滴答聲，彷彿喝醉了或是發高燒時的囈語，有時聽起來像在吸氣，拉塞爾屢次以為史傳傑已經走了進來，幾乎就要開口說話。

他起身跟著僕人們到廚房。

賀菲尤莊園的廚房很像大教堂的圓頂地下室，廚房有許多角落，也如同教堂般陰暗。廚房中央點了一大排油脂蠟燭，旁邊圍了一群僕人，拉塞爾在賀菲尤莊園中打過照面的僕人全在那裡，另外還有許多他從未見過的僕役。他站在廚房的樓梯口，倚身靠著其中一根柱子。

路卡斯抬頭看一眼，然後對他說：「先生，我們一直討論接下來該怎麼辦，大家決定再過半小時就離開，反正我們留下來也幫不了諾瑞爾先生，說不定自己還會受害。先生，這是大夥的決議，但您若有其他意見，我們也願意聽聽。」

「我的意見！」拉塞爾驚呼，他一臉驚訝，而且不像是裝出來的，「嗯，僕人居然膽敢詢問我的意見，這倒是頭一遭！謝了，但我想我還是婉拒這種……」他想了一會，試圖找出一個他認為最具侮辱性的字眼，「……民主。」

「先生，那就隨您的意吧。」路卡斯溫和地說。

「英國到現在應該已經天亮了。」一位女僕渴慕地望著高處的窗外說。

「你真笨！這裡就是英國。」拉塞爾聲明。

「不，先生，」路卡斯說，「英國正常得很，但這裡不是。戴維，馬匹還有多久才會備妥？」

「啊！」拉塞爾大喊，「你們當著我的面討論這些有如竊盜的計畫，真是膽大妄為！你們以為日後我不會舉發嗎？正好相反！我要看著你們被送上絞架！」

一些僕人緊張地盯著拉塞爾手中的槍，路卡斯卻看都不看他。

僕人們很快就達成共識：附近若有親戚朋友，不妨暫時先去投靠，其他人則騎馬躲到諾瑞爾先生領地內的各處農莊。

「先生，您瞧，」路卡斯說，「我們沒有竊取任何東西，諾瑞爾先生的產物都在原處，我們只是將馬匹帶到他處，也會善加照顧，把牲口留在永恆黑暗中實在太殘忍了。」

一會之後，僕人們全都離開賀菲尤莊園，大家的懷錶和時鐘一樣全都停在午夜，所以沒有人知道到底過了多久。眾人手裡挽著提包和竹籃，肩上掛著背包，拉著馬匹踟躕而行，同行的還有兩頭驢子和一隻山羊，山羊深受馬兒喜愛，一直跟著馬匹住在馬廄裡。拉塞爾遠遠地追隨眾人，他不想置身這群衣衫襤褸、拉著牲畜的僕役之列，但也不想一個人留在賀菲尤莊園。

離河岸十碼處，眾人總算走出永恆黑暗，投入光明，空氣中突然飄來霜雪、冬日的泥土地，以及鄰近河流等各種氣息，庭園中的色澤和景物格外鮮明，好像經過黑夜的洗禮之後，呈現出嶄新的風貌。這群可憐的僕人原本以為除了黑暗與星空之外，再也看不到其他景象，此時環顧明亮的四周，心中更加喜不自勝。

眾人的懷錶恢復走動，大家討論了一會，最後同意現在應該是七點四十五分。

但眾人依然驚魂未定，河上本來只有一座橋，現在卻有兩座。

拉塞爾匆匆而至，「那是什麼？」他指著新冒出來的橋大聲質問。

有位老僕人說這是精靈橋，老僕人的下巴上有簇形似袖珍雲朵的白鬍鬚，他說他年輕時看過這種精靈橋，橋齡年代久遠，據說是約翰．厄司葛雷統馭約克郡時所建，但是後來年久失修，在諾瑞爾先生叔伯的時代就被拆毀。

「但是橋又出現了。」路卡斯不可置信地說。

「橋的另一頭是什麼？」拉塞爾問。

老僕人說這座橋以前通往北方的諾薩勒頓，途經各種古怪的地方。

「這條路跟我們在『紅屋』附近看到的精靈通道相連嗎？」拉塞爾問。

老僕人搖頭說不知道。

路卡斯越來越沒耐性，不想繼續待在這裡。

「精靈通道跟普通的路不一樣，」他說，「根本沒有所謂的目的地，但通往哪裡又有什麼關係？反正我們絕對不會涉足這種奇怪的通道。」

「謝了，」拉塞爾說，「至於精靈通道究竟奇不奇怪，我想我還是自行判斷吧。」他猶豫了一會，然後策馬騎向精靈橋。

幾位僕人高聲請他回來。

「噢，別管他，」路卡斯一邊說一邊抓緊手上裝著貓咪的竹籃，「他想遭到天譴，就讓他去吧，沒有人比他更該落得這種下場。」他最後狠狠地瞪拉塞爾一眼，然後加入眾人的行列。

黑暗之柱矗立於眾人身後，黑柱直入灰濛濛的天際，誰也看不到柱頂。

二十哩之外，查德邁騎過小橋，來到史黛夸司。他直奔史黛夸司莊園，抵達之後縱身下馬。「喂！喂！」他拿著馬鞭用力敲門，他扯著嗓門叫了好幾聲，還狠狠地踢門。

兩位僕人出來應門，喊叫和敲門聲已令他們心生警戒，兩人舉起蠟燭一看，發現來人雙眼怒張、惡行惡狀，臉上帶著一道傷疤，身上的衣物沾滿血跡，這下更是戒慎。

「別光站在那裡！」他跟僕人們大喊，「趕快去找你們的主人！他認識我！」

十幾分鐘之後，賽剛督先生穿著睡袍出現，查德邁不耐煩地在門邊等候，最後終於看到僕人們牽著賽剛督走過來，賽剛督雙眼緊閉，看起來好像個盲人，僕人們將他領到查德邁面前，他這才睜開雙眼。

「老天爺啊！查德邁先生，」他大喊，「你的臉怎麼了？」

「有人錯把我的臉當成橘子，你呢？你怎麼了？是不是病了？」

「不，我沒生病，」賽剛督先生看來有點尷尬，「而是受到魔法的影響，這裡有股很強的魔法，我以前不知道魔法的威力，也不曉得對能感受到魔法的人而言，強大的魔法相當耗費心神，但僕人們絲毫沒有受到影響，真是萬幸。」

他看來極為縹緲，整個人似乎被圖繪在空中，感覺非常奇怪；窗扉縫隙間的微風都能把他的頭髮吹得捲起來，全身似乎毫無重量。

「我想你是因為此事才到這裡，」他繼續說，「但請你轉告諾瑞爾先生，此事與我完全無關，我只研習出現在此地的魔法，沒錯，我確實做了一些筆記，但他不能因此而責罰我吧？」

「魔法？」查德邁問，「你究竟在說些什麼？你不必顧忌諾瑞爾先生了，他自身難保，根本不曉得我來這裡。賽剛督先生，你做了些什麼？」

「我只是跟一般魔法師一樣觀察記錄，」賽剛督先生急切地前傾，「但關於波爾夫人的病，我有些驚人的發現。」

「哦？」

「我認為夫人根本沒瘋，而是受到魔法影響！」賽剛督先生等著查德邁發出讚嘆，但查德邁只是點點頭，令他有點失望。

「我有件屬於夫人的物品，」查德邁說，「一樣她許久以前失去的東西。拜託你帶我去見她。」

「但是……」

「賽剛督先生，我絕對不會傷害夫人，非但如此，我相信我能幫得上忙，我願意以鳥與書本發誓。」❶

「我不能帶你去見夫人，」賽剛督先生說，查德邁正想抗議，賽剛督就舉起手來示意他不必多言，「不是我不願意，而是我不能。讓查爾斯帶我們去吧。」他指指身旁的一位僕人。

這話聽來奇怪，但查德邁無心爭辯，於是賽剛督先生緊抓著查爾斯的手臂，同時閉上了雙眼。史黛夸司莊園赫然冒出另一棟房子，查德邁看到高聳的長廊，長廊不斷地延展，似乎毫無止盡。這種感覺彷彿看到兩張重疊的影片，兩種影像在眼前不斷交疊，查德邁覺得自己似乎同時走在兩棟房子裡，很快就興起一股有如暈船的感覺。他頭暈目眩，若是單獨在此，他早就迷路了，他不知道自己正在走路還是已經昏厥，也搞不清楚他登上一階階梯還是爬了一大段樓梯，有時他似乎穿越了布滿石旗的田野，但在此同時，他卻感到自己動也沒動。他感到頭昏眼花，非常不舒服。

「停！停！」他一邊大叫一邊蹲下來閉上眼睛。

「你也受到影響，」賽剛督先生說，「反應甚至比我激烈。請閉上眼睛，抓住我的手臂，查爾斯會帶我們去。」

兩人閉著眼睛往前走，查爾斯帶著他們右轉，爬上樓梯，上樓之後，賽剛督先生和某人小聲地講了幾句話，查爾斯領著查德邁走向前，查德邁覺得自己踏入一個房間，空氣中瀰漫著乾燥玫瑰和清潔衣物的味道。

「這就是你要我見的人？」一位女子說，聲音似乎同時由兩個地方傳來，感覺很奇怪，甚至有點像是回音。「喔，我認識這個人！他是那個魔法師的僕人！他是……」

「我是那個挨了夫人一槍的人。」查德邁邊說邊睜開雙眼。

眼前不止一位女子，而是兩位；正確地說，他看到的是同一位女子的雙重影像，兩者皆擺出相同姿態，抬頭看著他；查德邁看著眼前的雙重影像，再度感到頭昏眼花。

其中一位波爾夫人坐在史黛夸司莊園內，她身穿象牙白的晨袍，冷靜自若地瞪著他；另一位波爾夫人比較蒼白，感覺較為陰森，她坐在一棟像迷宮般的豪宅裡，身穿一襲大紅色的晚禮服，珠寶或星星落在她烏黑的秀髮上，但她滿懷恨意地瞪著他。

賽剛督先生把查德邁拉到右邊，「好，你站在這裡！」他興奮地說，「請閉上一隻眼睛！你看見了嗎？仔細瞧瞧！夫人嘴裡冒出一枝紅白相間的玫瑰花。」

「魔法對我們產生不同影響。」查德邁說。「我確實看到一個怪異的景象，但不是玫瑰花。」

「想想你是何等人，更別說你代表了何人。」兩位波爾夫人同時對查德邁說，「你居然敢來見我，真是膽大包天！」

「我不是代表諾瑞爾先生而來。老實說，我不清楚自己代表誰而來，我想大概是強納森．史傳傑吧。他帶給我一個口信，而口信攸關夫人，但傳信者遭到阻礙，未能把口信交給我，夫人，您可知史傳傑先生想說什麼？」

「我知道。」兩位波爾夫人同時說。

「您能告訴我嗎？」

「如果我說了，」兩位波爾夫人說，「你聽來只覺得是胡言亂語。」

查德邁聳聳肩，「我跟魔法師們相處了二十年，早就聽習慣了，請說。」

因此，波爾夫人（或波爾夫人們）開始說話。賽剛督先生馬上從睡袍裡掏出筆記本做紀錄。但在查德邁眼中，兩位波爾夫人不再異口同聲，坐在史黛夸司莊園內的那位講述坎布里亞郡卡萊斯爾附近一位孩童的故事，❷身穿大紅晚禮服的那位講的卻是另外一件事，她滿臉急切，激烈地揮舞著雙手強調每個字句，但查德邁卻聽不見她說些什麼，再怎樣都只聽得到坎布里亞郡孩童的奇遇。

「你瞧！」賽剛督先生放下筆記本，口氣急切地說，「就是因為這些奇怪的故事，所以大家才認為夫人瘋了。但我已經把夫人告訴我的故事列成一個單子，也已看出它們和某些精靈傳說之間的關聯。我們若多方打探，一定能找出幾位和鳴禽關聯密切的精靈，他們不見得是守護者，你也曉得精靈的習性，他們太善變，不太可能承擔這種責任，但他們說不定專善某種跟鳴禽有關的魔法，能夠憑藉魔法欺騙無知的孩童，謊稱自己是鳴禽的守護者。」

「或許吧，」查德邁對此興趣缺缺，「但夫人想告訴我們的不是這件事。噢，我想起玫瑰花在魔法中的意義了！玫瑰花代表沉默，這就是你為什麼看到一朵紅白相間的玫瑰花：夫人中了令人啞口無言的咒語！」

「令人啞口無言的咒語！」賽剛督先生大表訝異，「沒錯！沒錯！我看出來了！我讀過這類描述，但我們如何破解呢？」

查德邁從外套口袋裡掏出一個帶著心碎色澤的小盒，「夫人，」他說，「請伸出您的左手。」

波爾夫人將潔白的小手伸入查德邁骨節分明的大手之中，查德邁打開小盒，拿出斷指，放置在玉手的殘缺之處。

什麼動靜也沒有。

「我們一定得找到史傳傑先生，」賽剛督先生說，「或是諾瑞爾先生，他們或許能夠補救！」

「不，」查德邁說，「沒必要這麼做，最起碼目前不須如此。賽剛督先生，你我都是魔法師，英國也充滿了魔法，我們兩人加起來一共研讀了多少年魔法？我們總該略知一二！你覺得帕爾的『重整與修復』如何？」

「我曉得這個咒語，」賽剛督先生說。「但我向來不是實務派的魔法師。」

「如果你不試，永遠也無法加入實務派的行列。賽剛督先生，放手一試吧！」

於是賽剛督先生施展了法術。❸

斷指隨即融入手指之中，兩者逐漸完整如一。在此同時，環繞在周圍，令他們頭昏眼花的長廊影像消失無蹤，查德邁眼前的兩位波爾夫人也融合為一。

波爾夫人慢慢從椅子上站起來，雙眼急切地左顧右盼，似乎重新打量這個世界。房裡的每個人都看得出她變了，她全身上下充滿了活力，一對大眼睛閃閃發光；她舉起雙手，握緊雙拳，好像打算重重地朝某人頭上一擊。

「我中了魔法！」她忽然大喊，「我被一個只顧自己前途的壞蛋給出賣了！」

「老天爺啊！」賽剛督先生驚呼，「親愛的波爾夫人……」

「賽剛督先生，請保持鎮定！」查德邁說。「我們沒空寒暄，讓夫人說話吧！」

「我心已死，人雖活著，但跟死了也沒兩樣。」說著說著，她熱淚滾滾而出，兀自握緊著拳頭捶打胸膛。「不止是我！此刻還有其他人在受苦！史傳傑太太和我先生的僕人史提芬・布萊克都是受害者！」

她描述每晚那些陰氣沉沉的舞會、不得不參與的無聊晚宴以及有口難言的痛苦，她和史提芬・布萊克境遇相當，兩人都有苦難言。

賽剛督先生和僕人們越聽越害怕，查德邁則坐在一旁，饒富興味地傾聽。

「我們必須寫信各大報！」波爾夫人高聲喊叫，「我一定要向大眾揭發！」

「揭發誰？」賽剛督先生問。

「還有誰？當然是諾瑞爾和史傳傑這兩個魔法師！」

「史傳傑先生？」賽剛督先生結巴地說，「不、不，親愛的波爾夫人，您弄錯了！請您再仔細想想，我無意為諾瑞爾先生辯解，他確實犯下大罪！但史傳傑先生是無辜的，他根本完全不知情，說不定也深受其害，您不該怪罪他吧？」

「啊！」波爾夫人大喊，「正好相反！在我看來，他比諾瑞爾更邪惡，他輕忽怠慢，只顧著利用魔法逞英雄，結果背棄了全世界最善良、最出眾的妻子！」

查德邁起身。

「你要去哪裡？」賽剛督先生問。

「我要去找史傳傑和諾瑞爾。」查德邁說。

「為什麼？」波爾夫人逼近他，高聲質問，「你想警告他們，好讓他們準備面對一個女人的報復？哼，男人們全都一鼻孔出氣！」

「不，我想去幫他們解救史傳傑太太和史提芬．布萊克。」

拉塞爾繼續前進，來到一片森林，森林入口有一尊女人的雕像，雕像手中握著挖出的眼睛和心臟，正如查德邁先前的描述。多刺的樹上吊掛著屍體，屍體腐敗的程度不一；林地裡鋪著一層雪花，四下寂靜無聲。

一會之後，他騎到一座高塔之前，在他的想像中，高塔應該雄偉壯觀，不似一般人間的建築物，「但說真的，」他心想，「這座塔樓相當普通，跟蘇格蘭鄉間的城堡沒什麼不同。」

塔樓高處有一扇窗戶，窗中透出燭光，隱約有個人影在窗邊觀看。拉塞爾還注意到一件事，查德邁先前不是沒看到，就是忘了提起，森林中的樹上棲息著許多類似蟒蛇的怪物，怪物體形沉重、傾斜下垂，其中一隻正在吞食一具新鮮、多肉的屍身。

林木和小溪之間有個蒼白的年輕人，他雙眼空洞無神，眉毛上有一小顆晶瑩的露珠，拉塞爾覺得年輕人身上的制服形似「第十一輕龍騎兵」的軍服。

拉塞爾對他說：「我們一位同胞幾天前碰到你，他跟你說過話，你邀他決鬥，他卻掉頭就跑。他皮膚黝黑，長相不太討喜，不但出身卑微，而且品行不良。」

蒼白的年輕人就算知道拉塞爾說的是查德邁，臉上也毫無表示，他只是操著平板、暮氣沉沉的聲音說：「我是『剖眼挖心城堡』的守護者，我發誓……」

「好了、好了，」拉塞爾不耐煩地高喊，「我不在乎你是誰，我只是到此跟你一戰；那個膽怯卑微的傢伙令英國蒙羞，我特地來此一掃前恥，捍衛英國的聲譽。」

窗邊的人影急切地探身向前。

蒼白的年輕人一語不發。

拉塞爾輕蔑地哼一聲，「好吧！你若在乎，我就說我打算加害塔中的女人吧！反正怎麼說都一樣！我們選用手槍嗎？」

蒼白的年輕人聳聳肩。

周圍沒有人權充裁判，拉塞爾跟年輕人建議說兩人分開二十步，然後逕自踏步丈量。

兩人各自站定、正準備開槍之際，拉塞爾忽然想起一件事，「等等，」他大喊，「你叫什麼？」

年輕人目光呆滯地瞪著他，「我不記得了。」年輕人說。

兩人同時按下扳機。拉塞爾覺得年輕人到了最後一刻似乎故意四處亂射，拉塞爾倒是不在乎，如果年輕人如此懦弱，那麼下場也是咎由自取。拉塞爾瞄準目標，子彈精準地直入年輕人的胸膛，他看著年輕人死在自己槍下，心中再度浮現先前射殺卓萊那種刺激的快感。

他把屍體掛在離他最近的樹上，然後朝著腐敗的屍體和蟒蛇怪物開槍，藉此自娛。他縱情玩樂還不到一小時，忽然聽到林間傳來馬蹄聲，有個漆黑的人影騎著一匹黑馬，從精靈國度的方向緩緩而來。

拉塞爾跳起來轉身，「我是『剖眼挖心城堡』的守護者。」他開口說道……。

❶ 這是英國北方的古老誓約。約翰・厄司葛雷的紋章是銀白田野上的烏鴉王大軍（銀白盾牌、一群展翅高飛的大烏鴉），厄司葛雷的宰相威廉・蘭徹斯特的紋章也是同樣圖形，但多了一本攤開的書（銀白盾牌，攤開的書本上有群展翅高飛的大烏鴉）。

十三世紀時，約翰・厄司葛雷大多時間花在研習魔法，而將國事委託給蘭徹斯特，蘭徹斯特的紋章遂出現在許多法庭、以及重要的法律文獻上，紋章上既是烏鴉和攤開的書，因此，英國北部的民眾養成了對著鳥和書本發誓的習慣。

❷ 秋天的一個早晨，有位坎布里亞郡的孩童來到外婆的花園，在一個不起眼的角落中，孩童發現一個跟蜂巢一般高、面積也差不多的小屋，小屋是風乾的蜘蛛網所建，外面還塗上一層粗厚的白霜，蕾絲般的小屋內坐著一個非常袖珍的小人，小人有時看來很老，有時似乎跟小孩差不多大。小人對坎布里亞郡的孩童說，她是鳴禽的守護者，多年以來始終守候這一帶的畫眉、紅翼雀和鶇鳥。該年冬天，鳴禽守護者和坎布里亞郡的孩童一起玩耍，兩人身材雖然不同，但卻成了好朋友，鳴禽守護者有時把自己變得跟孩童一樣大，或是把兩人變成跟小鳥、金龜子或雪花一樣袖珍。鳴禽守護者帶著坎布里亞郡的孩童認識了很多奇怪、有趣的人物，其中有些人的房屋甚至比鳴禽守護者的小屋更奇特、更好玩。

❸ 誠如大多數馬汀・帕爾的咒語，「重整與修復」需要某件工具或是物品達成特定功效。以目前的情況而言，賽剛督需要一個類似小十字架的物品，十字架由兩個小金屬條交叉而成，四個支架分別代表過去與未來、完整（或健康）與欠缺（或疾病）。根據賽剛督日後在《現代魔法師》中的描述，他借用了一支湯匙和波爾夫人梳妝盒裡的一支長髮夾，波爾夫人的女僕用緞帶把這兩樣東西綁在一起。

65 灰燼、珍珠、床單與親吻

一八一七年二月中旬

路卡斯一行人離開賀菲尤莊園之際，史提芬正在哈雷街寓所頂樓、自己的房間裡穿衣。倫敦市內不乏離奇之處，但在所有怪誕的地方當中，此時史提芬的房間無疑是其中之最。房間裡擺滿了各種稀奇、珍貴、精美的物品，內閣大臣或是掌管英國國庫的先生們若曉得史提芬房裡有這些寶貝，勢必詳加盤查，房裡的寶物足以償還英國所有債務，甚至能夠重整倫敦市容，使之煥然一新。多虧一頭薊冠毛銀髮紳士的抬愛，史提芬擁有某個不知名國王的皇冠珠寶，以及歷屆科普東正教教宗的刺繡禮袍，窗沿的花盆裡擺的不是花朵，而是鑲滿珍珠和紅寶石的十字架、雕工精美的珠寶，以及古戰場英雄的徽章，小小的衣櫃裡有一片西斯汀禮拜堂的天花板、和某位巴斯克聖徒的大腿骨，門後的釘子上掛著聖克里斯多弗的帽子，一尊羅倫佐．麥迪奇的大理石雕像則占據了房內大部分空間（雕像不久前還好端端地矗立於這位偉人在佛羅倫斯的墓地前）。

史提芬正對著擺在雕像膝蓋上的小鏡子刮鬍子，一頭薊冠毛銀髮的紳士忽然出現在他身後。

「那個魔法師回到英國了！」紳士大喊。「我昨晚在烏鴉王之路看到他，黑暗環繞在他身旁，好像一襲魔法長袍！他要什麼？他究竟有何打算？啊！史提芬，我的末日將至！我感覺得到他對我是個重大威脅！」

史提芬感到一陣寒意，他知道紳士生氣或是提高警戒時格外危險。

「我們應該殺了他！」紳士說。

「殺他？噢、不！」

「為什麼不？我們可以一舉剷除他，從此再無後患。我用法術綁住他的雙手、雙眼和舌頭，你乘機刺穿他的心臟！」

史提芬趕緊動腦。「先生，說不定他返回英國跟您完全無關，」他試探地說。「您想想，他在英國有多少敵人，嗯，我說的是跟他有過節的凡人，說不定他回來跟其中之一討公道。」

紳士看來不太相信，任何話語中只要沒有提到他，他通常聽不進去，「我認為不太可能。」他說。

「噢，可能性極高！」史提芬越講越有自信。「報紙和魔法雜誌刊出很多不利於他的傳言，甚至謠傳他謀殺妻子，很多人也都相信這種說法。若不是礙於他的法力，他可能早就遭到逮捕。大家都曉得另一位魔法師散布了這些謊言，說不定史傳傑回來找他的老師復仇。」

紳士緊盯著史提芬，不久之後放聲大笑，心情似乎忽然大為好轉。「史提芬，我們不必害怕！」他高興地大喊，「這兩個魔法師起了爭執，他們憎惡對方，卻又少不了彼此，我看了真開心！我真高興有你相勸！今天我正好要給你一份珍貴的禮物，這份大禮你已經等了好久囉！」

「先生，真的嗎？」史提芬嘆了一口氣。「真是太好了。」

「但我得殺個人消消氣，」紳士忽然又轉回先前的話題，「我今天早上氣成這樣，有人必須為此付出性命！我們不妨殺了那個老魔法師吧？不，等等，我若殺了他，豈不剛好稱了那個年輕魔法師之意？我才不願意呢！波爾夫人的先生如何？這人傲慢得很，而且把你當僕人看待！」

「先生，但我正是他的僕人！」

「嗯，英國國王吧！這個想法好極了！我們去找英國國王，你殺了他，然後登上英王寶座！我給你的寶珠、皇冠和權杖呢？」

「但是英國法律不允許……」史提芬開口說道。

「英國法律！哼！去他的！不過是胡言亂語！我以為你已了解英國法律不過是凡人虛幻的癡心妄想，根據我輩所制定的古老法典，殺死君王之人即可馬上繼位！」

「但是，先生，您可記得您相當欣賞那位年邁的紳士？」

「嗯，這倒是真的，但此事非同小可，我願意把個人好惡擺在一旁。史提芬，問題是我們有太多敵人！英國有太多邪惡的歹徒！我知道了！我可以請教一些盟友，請他們告訴我誰是我們的頭號敵人。我們必須非常小心，也得仔細布局，更須精準地提出問題。[1]我會請北風和朝陽，馬上把我們帶到全英國對我最具威脅的人之前！不管他是何方人物，我們都得立刻殺了他。史提芬，你或許注意到我說此人對『我』最具威脅，其實你我命運緊密相連，幾乎難分難捨，對我造成威脅的人，也將危害到你！現在請你拿起寶珠、皇冠和權杖，跟這個奴役你的國家最後說聲再見吧！你可能再也回不來了！」

「但是……」史提芬剛開口。

但卻為時已晚。紳士舉起修長白皙的雙手，誇張地大力揮舞。

史提芬以為會被帶到兩位魔法師的面前，但紳士和他卻來到一處空曠、覆滿白雪的荒原，天上飄下更多雪花，荒原的一邊高高揚起，彷彿與凝重的天際融為一體；另一邊則煙霧裊裊，朦朧中可見遠方潔白的山丘。在此荒涼的景致中，只見一棵孤零零的山楂樹，樹身扭曲歪斜，矗立在他們身旁，史提芬覺得此處像極了史黛夸司莊園附近的鄉野。

「嗯，真奇怪！」紳士說。「我沒看到半個人，你呢？」

「不，先生，我也沒有，」史提芬鬆了一口氣，「我們回去倫敦吧。」

「我不懂……啊！等等！那邊有人！」

將近半哩之外，似乎有條小路或是小徑，一匹馬拉著一部手推車慢慢走過來。手推車行進到山楂樹下時，有人從車裡跳出來，腳步沉重地踏在荒原上，步步朝他們逼近。

「太好了！」紳士大喊。「這下我們就知道誰是最邪惡、最厲害的敵人！史提芬，趕緊戴上皇冠！讓他屈膝於我們的權勢與威嚴之下！太好了！把權仗舉起來！沒錯、沒錯！把寶珠擺在面前！啊，你看起來真英挺，充滿了王者之尊！好，史提芬，既然現在還有點時間……」紳士望著那個在雪地上賣力前進的小小身影說，「……我有件事跟你說。今天是幾月幾號？」

「先生，今天是二月十五號，也就是聖安東尼日。」

「啊！又是一個呆板無趣的聖徒！今後每年的二月十五日，英國民眾就多了一件值得慶祝的事，而不會只想到一個讓人不會淋到雨、幫人尋找頂針的修士！」[2]

「哦，果真如此嗎？大家多了什麼值得慶祝之事呢？」

「今天將是史提芬．布萊克命名之日！」

「對不起。您說什麼？」

「史提芬，我跟你說過，我會找出你的真實姓名！」

「先生，我母親真的幫我取了名字嗎？」

「沒錯！正如我的預期！不過這也沒什麼好奇怪的，我的判斷本來就很少出錯。她親口幫你取了名字，她小時候跟自己的族人們在一起時，經常聽到這個姓名，她幫你取了這個名字，但卻沒有告訴任何人，甚至沒有告訴襁褓中的你。死神悄悄降臨趁她不注意時奪走了她的性命，所以她來不及跟你說。」

史提芬腦海中浮現一幅景象：在一個漆黑骯髒的船艙中，他的母親因分娩而筋疲力竭，她身旁圍滿了陌生人，而他只是個剛出世的小嬰孩。船上其他人是她的同胞嗎？別人聽得懂她說的話嗎？他根本無從得知。她是多麼寂寞啊！他願意不計代價，只求上前安慰她，但時光荏苒，他已經是個成年人，而母親早已辭世。他覺得對英國人的恨意更深，幾分鐘前他還力勸紳士不要殺害史傳傑，但他何必管這個英國紳士的下場如何？他幹嘛在乎這麼一個冷酷無情的種族？

他嘆了一口氣，趕緊擺脫這些念頭，回過神來之後發現紳士還在說話。

「……整個過程非常精采，也顯示了我最出名的特質，比方說自我犧牲、重視朋友、具有崇高的使命感、眼光遠大、真誠、勇氣過人等等。」

「對不起，您說什麼？」

「史提芬，找出你叫什麼可不容易，我這就告訴你！我知道你母親在潘羅號的船艙中過世，[3]潘羅號當時正由牙買加航向利物浦。她嚥下最後一口氣之後，」他口氣冷淡地補充，「英國水手們就脫光她的衣服，把屍體丟到海中。」

「唉！」史提芬聞之一窒。

「你可以想像得到，這麼一來，若想找出你的真實姓名，真是難上加難！三、四十年之後，你母親只遺留下四樣東西，第一樣是分娩時的慘叫聲，聲音已嵌進船艙的木板中；第二樣是她的骨頭，屍身上的血肉和比較柔軟的部分早就被魚吃光了……」

「唉！」史提芬再度哀嘆。

「……第三樣是玫瑰色的純棉外衣，外衣後來落入一個水手手中；最後是一個吻，她過世兩天之前，船長偷吻了她。好，」紳士神情愉悅地說，顯然講得非常開心，「接下來你將發現我是多麼聰明、細心，我上山下海、走遍了全世界，直到追蹤出這些東西的下落為止，而這都是為了找出你尊貴的姓名！潘羅號抵達利物浦之後，波爾夫人那個大壞蛋先生的祖父帶著僕人下船，僕人手中抱的小嬰孩就是你。潘羅號接下來航向蘇格蘭，途中遭逢暴風雨而沉沒，船上的圓木柱和船殼漂流到岸邊，其中包括嵌著你母親慘叫聲的木板。一個窮人把這些木板撿回去蓋房子，我不費吹灰之力就找到這棟破屋。房子蓋在岬角上，俯瞰波濤洶湧的大海，窮人的幾代家人全擠在房子裡，簡直是家徒四壁。史提芬啊，你得知道木頭極為驕傲頑固，你很難讓它們開口說話，即使對朋友也不例外。把木頭燒成灰之後就容易多了，灰燼比木頭好應付，所以我放火把窮人的房子燒成灰，把灰燼裝進瓶子裡，繼續上路。」

「放火燒房子！先生，沒有人受傷吧？」

「嗯，傷亡在所難免。身強力壯的年輕人及時跑了出來，但身體虛弱的老人以及婦女嬰孩全都燒死了。」

「哦！」

「接下來我追蹤骨頭的下落。我想我先前提到你母親的屍體被投入海中之後，經過魚群的咬噬和海水的侵蝕，屍體只剩下骨頭，骨頭則變成砂塵，砂塵漂入牡蠣殼中，變成了一些非常漂亮的珍珠。珍珠後來被採集、賣給巴黎的一個珠寶商，珠寶商用其中五顆珍珠做了一串完美的項鍊，然後賣給一位美麗的法國女伯爵。七年之後，女伯爵被送上斷頭臺，她的珠寶、禮服和私人物品則歸一名革命軍官所有，軍官後來當上了羅亞爾河谷附近的一個小城的市長。每天深夜，僕人們都上床睡覺之後，他就躲到自己房間裡，穿戴上女伯爵的珠寶、禮服和其他精品，對著一面大鏡子搔首弄姿。有天深夜我找到了他，老實說，他看起來可笑極了，我當場就用珍珠項鍊把他絞死。」

「哦！」史提芬說。

「我拾起珍珠，丟下那具可鄙的屍體，繼續執行任務。接下來的目標是那件漂亮的玫瑰色外衣，得手的水手把外衣跟其他私人物品放在一起，過了一、兩年之後，水手來到美國東海岸一個叫做『風笛手墳地』的地方，他在這個寒冷無聊的小地方碰到一位高瘦的女子，為了贏得芳心，水手把外衣當作禮物送給她。但史提芬啊，你母親圓潤嬌小、頗有女人味，女子穿不下你母親的外衣，但她很喜歡外衣的顏色，所以把它裁剪開來，和其他便宜的布料縫製成一條床單。女子一生的遭遇不怎麼有趣：她結了好幾次婚，丈夫們都比她先過世，我找到她時，她已經是個風燭殘年的老婦人，我趁她睡覺時把床單拉走。」

「先生，您沒有殺了她吧？」史提芬焦急地問。

「沒有。我幹嘛殺她？但那天晚上很冷，屋外積雪達四呎，北風也呼嘯而過，她說不定凍死了，我哪曉得？好，現在只剩下那個船長偷得的親吻。」

「先生，您殺了他嗎？」

「不，史提芬，我沒有。但他侮辱了你的母親，我大可出手替你報復，不，他二十九年前在瓦雷塔受到絞刑身亡。很幸運地，他生前吻了不少年輕女子，蘊藏在你母親親吻中的操守和美德，因而轉注到她們身上，我只要找到她們，從她們身上抽取出來就行了。」

「先生，您如何抽取呢？」史提芬問，其實只怕早就知道答案。

「噢！她們一死就容易多了。」

「這麼多人斷送性命，就為了找出我的姓名。」史提芬嘆氣說。

「為了你，再多殺兩倍的人也行！不，百倍，喔，甚至千百倍都可以！史提芬啊，我就是這麼喜歡你！灰燼是她的慘叫，珍珠是她的骨頭，床單中縫有她的外衣，再加上她親吻中所蘊藏的高貴特質，我終於找出你的姓名！好，我最忠誠、最高尚的朋友，我馬上告訴你……啊！我們的敵人到了！我們一解決他，我馬上揭曉你的真實名字。史提芬，請提高警覺！接下來將發生魔法大戰，我說不定會化身為怪蛇、皮開肉綻的頭顱、血淋淋的白骨、熊熊大火等等，你最好站遠一點！」

那位不知名人士逐漸逼近，他跟班伯里起司條一樣細瘦，尖削的臉龐看來相當猥瑣，外套和上衣都破舊不堪，腳上的靴子也破了好多洞。

「哎喲！」紳士過了一會說，「這實在令人訝異！史提芬，你見過這個人嗎？」

「是的，先生，我見過他，也跟你提過，這人名叫溫古魯，身上有些奇怪的疤痕，他就是那個告訴我預言的奇怪傢伙。」

「國王殿下，您好！」溫古魯對史提芬說。「我不是跟您說，您將登上王座嗎？您瞧，這個時刻果真降臨！雨水將為您造門，您也將穿門而過！石頭將為您締造王座，您也將坐上寶座！」他一臉神祕、略帶欣慰地看著史提芬，彷彿史提芬身上的寶珠、皇冠和權杖都是自己的傑作。

「所言甚是！」紳士欣然同意。「嗯，這個宵小之徒威脅不了任何人，更別說是我！但北風和朝陽特別把他帶到我們面前，若不殺了他，豈不是對它們不敬？」

很奇怪地，溫古魯聽了不但不害怕，反而大笑。「精靈！你儘管放手一試吧！你會發現要殺我不是那麼簡單！」

「真的嗎？」紳士說。「老實說，在我看來，要殺你實在再簡單也不過！我最擅長屠殺，我殺過巨龍、淹死大軍、造出地震和大風雪摧毀城市！你是個凡人，而且孤單一人，你們凡人都是孤零零！我身邊則有一群古老的盟友，你能拿什麼來抵抗我？」

溫古魯對著紳士抬高骯髒的下巴，表達出極度不屑，「一本書！」他說。

這話說得真奇怪，史提芬不禁心想，就算溫古魯真的有本書，他倒不如把書賣了，拿錢買件好一點的外套。

紳士轉身瞪著遠方潔白的山丘，彷彿忽然對遠山大感興趣。「啊！」他放聲大叫，好像被人猛敲了一記，「啊！他們把她從我身邊偷走了！這些竊賊！英國盜匪！」

「先生，您在說誰？」

「波爾夫人！有人破解了我的咒語！」

「精靈，這正是英國人的魔法！」溫古魯大喊，「英國人的魔法已經重現於世！」

「史提芬，這下你就看出他們多麼傲慢！」紳士一邊大喊，一邊轉身惡狠狠地盯著溫古魯。「你就知道我們的敵人多麼邪惡！史提芬，拿些繩子給我！」

「繩子？先生，我確信方圓數哩之內沒有半條繩子。我們何不……」

「精靈，沒繩子喔！」溫古魯冷笑道。

但空中忽然出現動靜，不曉得為什麼，冰霜和雪花糾結成一條條繩索，朝著史提芬緩緩從天而降，忽然間，一條厚重的繩索掉落在他手上。

「這不就是繩子嗎？」紳士得意洋洋地高喊，「史提芬，你瞧！這裡有棵樹！荒野中唯一的一株大樹，嗯，這正是我們所需！英國畢竟是我的朋友，也一直對我很好。把繩子扔到樹枝上，我們吊死這個惡徒吧！」

史提芬有點猶豫，一時之間不知道該如何解決這個新冒出的問題。他手中的繩索似乎越來越不耐煩，它彈跳出去，俐落地一分為二，其中一條悄悄溜到溫古魯身邊，將他緊緊纏住，另一條則很快地打個吊環、躍上枝頭、好端端地倒吊在樹枝上。

紳士興高采烈，一想到要把人吊死，心情立刻好轉，「惡徒，你會跳舞嗎？」他問溫古魯。「我教你幾個新舞步吧！」

整件事情都像個噩夢，一切發生得太快、太突然，史提芬根本找不出適當時機插手或是開口干預。至於溫古魯，他從頭到尾表現得都很奇怪，似乎不明白厄運即將臨頭，他沒說話，只是不高興地哼了幾聲，彷彿感到不耐煩，或是因為某些不便而生氣。

紳士不費吹灰之力就抓住溫古魯，把他放在吊環之下，吊環自動勾住他的脖子，突然將他拉到半空中，在此同時，纏繞在他身上的繩子緩緩放開，整齊地掉落在地上。

半空中的溫古魯徒勞無功地踢動雙腳，全身不停抽搐扭動。雖然先前自誇要殺他不是那麼容易，但他的脖子倒是很快就折成兩段，空曠的荒原中清楚地傳來劈啪聲，他又扭動了一、兩下，然後就命喪黃泉。

史提芬忘了先前對英國人的恨意，雙手遮住臉，不住地啜泣。

紳士又唱又跳，好像一個高興得不得了的孩童；手舞足蹈了一會之後，他一臉無所謂地說：「嗯，我還有點失望呢！他根本沒有掙扎，不曉得他究竟是誰？」

「先生，我已經跟您說了，」史提芬伸手擦擦眼淚，「他是那個告訴我預言的人。他身上有些奇怪的疤痕，好像是某種文字。」

紳士拉開溫古魯的外套、上衣和領巾，「沒錯，就是這些！」他有點訝異地說，隨後用指甲刮一下溫古魯的右肩，看看能否刮下疤痕，一發現刮不下來，他馬上失去興趣。

「來！」他說，「我們去對波爾夫人下咒吧。」

「先生，下咒！」史提芬說，「我們為什麼要這麼做？」

「這樣她再過一、兩個月就會死。說來沒什麼大不了，從咒語中獲釋的人通常活不久，更何況下咒的是我！波爾夫人離這裡不遠，我們必須教訓那兩個魔法師，任何違抗我們的人，都會受到懲戒！史提芬，我們走吧！」

---

❶ 童話故事裡經常聽到：「眾人之中誰最美麗？」但其實不管是精靈或凡人，沒有人能回答這種不精確的問題。

❷ 紳士說的是帕都斯的聖安東尼，據說聖安東尼能讓聽他講道的民眾或是他特別喜歡的僕役們不會淋到雨，他還能幫民眾找到失散的物品。

❸ 潘羅是諾桑比亞的一個地名，約翰．厄司葛雷和他的精靈大軍在此首度現身英國。

66 強納森・史傳傑與諾瑞爾先生

一八一七年二月中旬

諾瑞爾先生轉頭看看長廊，長廊曾由圖書館通向家中各處，倘若長廊能將他帶回拉塞爾和僕人們身旁，他絕對轉身就走，但他非常確定在史傳傑的魔法下，長廊只會將他引回這裡。

圖書館裡傳來聲響，他驚恐地朝裡面一看，等了半天卻沒人出現，又過了一會，他終於認出那個聲音：史傳傑一讀到書中精采之處，馬上發出這種驚嘆聲，他已經聽過好幾千次；他非常熟悉這種驚嘆聲，腦海中頓時浮現出那段他畢生最快樂的時光，於是他鼓起勇氣推門而入。

首先映入眼簾的是難以計數的蠟燭，室內一片光明，史傳傑根本懶得找燭臺，他隨手把蠟燭放在書桌或書櫃上，甚至把蠟燭插在一疊書上，圖書館眼看著就要著火。室內到處都是書，亂七八糟地堆在桌上或地上，其中好多本書頁朝下，這樣一來，史傳傑才不會忘記讀到哪裡。

史傳傑站在圖書館的另一頭，整個人比諾瑞爾先生記憶中的瘦多了，鬍子隨便刮刮，頭髮也亂七八糟，諾瑞爾先生逐漸走近，他卻連頭也不抬。

「一一二四年，諾里奇有七個，」他朗讀手中的書，「一一五一年，約克郡的耶斯迦有四個，一二〇一年，艾賽斯特有二十九個，一二四三年，德比郡有一個，這些人都中了魔法，被偷帶到精靈國度，他卻始終沒有解決這個問題。」

史傳傑語調是如此鎮定，諾瑞爾先生本來以為會受到重責，這下不禁左顧右盼，看看室內有沒有其他人。「你說什麼？」他問。

「約翰·厄司葛雷，」強納森說，依然懶得轉身抬頭。「他無法防止精靈竊走凡間男女，如果連他都沒辦法，我又怎能辦得到？」他繼續閱讀。「你所布下的迷陣還不錯。」他閒聊似地說，「你用了希克曼的咒語嗎？」

「什麼？噢，不，我參考了齊皮。」

「齊皮！真的嗎？」史傳傑首度抬頭看看他的老師。「我一直以為他是二流學者，沒什麼獨特的創見。」

「偏好比較花稍魔法的人通常不欣賞他，」諾瑞爾先生緊張地說，心裡不太確定史傳傑的好心情能持續多久。「他對迷陣和祕道極有研究，只要遵循特定的程序和步驟，他的咒語通常相當有效，貝拉西斯的《指令》花了很多篇幅描述……」他忽然停頓了一會，「……噢，你肯定沒讀過，世上僅存的一本在我這裡：窗邊第三排的書架上，」他指指書架，這才發現架上已經空空如也，「嗯、說不定在地上，」他補了一句，「你在那堆書裡找找看。」

「我待會再找。」史傳傑向他保證。

「你布下的迷陣相當不錯，」諾瑞爾先生說，「我花了半個晚上才脫身。」

「哦，我碰到類似狀況通常這麼做。」史傳傑漫不經心地說。「我先模仿你的法術，然後略微修改補充。我這樣已經多久了？」

「你說什麼？」

「我在黑暗中已經多久了？」

「從十二月就這樣了。」

「現在是幾月？」

「二月。」

「三個月！」史傳傑驚呼。「三個月！我以為好幾年了呢！」

諾瑞爾已經多次想像兩人碰面時的對話，在他的想像中，史傳傑怒氣沖天，存心報復，他則理直氣壯地為自己辯護，如今他們終於面對面，史傳傑卻隻字不提，令他非常困惑。積存在他乾涸心靈中的痛苦逐漸甦醒，張牙舞爪地攪亂了他的心情，他的雙手不禁微微發抖。

「近來我視你為敵！」他終於爆發，「我毀了你的書，除了我手邊留下一本，其他全都消失無蹤！我詆毀你的聲譽，設計陷害你！拉塞爾和卓萊告訴大家你謀殺妻子，我也讓眾人相信這是真的！」

「沒錯。」史傳傑說。

「這些都是可怕的罪行！你為什麼不生氣？」

史傳傑似乎承認此話不無道理，他思索了一會之後說：「我想這是因為自從我們上次見面之後，我經歷了許多事情吧！我已化身為樹木、河川、山丘和石頭，我已和星星、大地、微風對話，一個人若成了英國魔法的媒介，怎麼可能保有原本的自我呢？你認為我應該生氣？」

諾瑞爾先生點點頭。

史傳傑露出昔日嘲諷的微笑，「請放心！時候一到，我絕對會跟你發火。」

「你這些舉動只是為了跟我唱反調？」諾瑞爾先生問。

「跟你唱反調？」史傳傑大感訝異。「不！這一切都是為了解救我太太！」

兩人暫不作聲，諾瑞爾先生發現自己幾乎承受不了史傳傑的注視。「你對我有何要求？」他低聲問道。

「我只想請你幫忙，我向來只有這個要求。」

「幫你破解咒語？」

「沒錯。」

諾瑞爾先生想了一會，「咒語逢百週年的時候功效最佳，有些儀式和步驟……」

「謝啦，」史傳傑說，口氣比往常更加嘲弄，「但我只怕等不了這麼久，有沒有短期內就產生功效的咒語？」

「下咒之人一死，咒語就失去效力，但是……」

「沒錯！你說的對極了！」史傳傑急切地說。「讓他死吧！我在威尼斯常想到這一點，既然英國的所有魔法皆任我掌控，我可以從許多方面下手，比方說讓他從高山上墜落、用雷電將他擊斃，或是搬移高山把他壓死。我若只須擔心自己的安危，我早就動手了，但我不擔心自己，亞蕊貝拉的自由才最重要，如果我出手，卻被他擊敗，或是被他殺了，那麼她將永遠無法得救，因此，我不得不另外設法。所有世界與國度之中，只有一個人知道如何擊敗我的敵人，只有他能告訴我該怎麼辦，現在是找他談談的時候了。」

諾瑞爾先生看來更加緊張戒慎。「噢！老實跟你說，我已不再自認是你的師長。我讀過的書確實比你多，也願意盡力相助，但我不敢保證功力比你強。」

史傳傑眉頭一皺。「什麼？你在說些什麼？我說的不是你，而是約翰．厄司葛雷！我需要你幫我召喚約翰．厄司葛雷。」

諾瑞爾先生拼命喘氣，鼻息之間彷彿是一個個沉重的音符。他察覺到四周一片漆黑，天上布滿不知名的繁星，所有時鐘全都停擺，心中充滿難言的驚恐。漆黑的時刻似乎延續到永恆，逼得他喘不過氣來，黑暗之中，他幾乎感覺到約翰．厄司葛雷就在附近，只要一念咒語，烏鴉王隨即現身；室內最遙遠的角落黑影幢幢，宛如他的黑袍；蠟燭的煙霧緩緩上升，宛如盤旋在他頭盔上方的大烏鴉。

史傳傑似乎一點都不害怕，他稍微向前傾，急切地微微一笑，「來吧！諾瑞爾先生，」他耳語道，「幫利物浦勛爵做事真是無趣，你一定也有同感吧？何不讓其他魔法師施展咒語保護海岸與山岩，我相信再過不久，英國將出現許多能夠擔負這種責任的魔法師！你我這就施展一些特別的法術吧！」

對方卻默不作聲。

「你害怕？」史傳傑強忍著不高興。

「害怕！」諾瑞爾先生突然大喊，「我當然害怕！再也沒有比這更瘋狂的想法！但我不是因為這樣而反對，而是你說的根本行不通，不管你希望達到什麼目的，最後只怕還是一場空。我相信你我若聯手，極有可能召喚得了他，但就算他真的現身，他也不可能如你所願地出手相助。君王們通常對無謂的好奇不屑一顧，這位君王尤其是如此。」

「你說我的使命是『無謂的好奇』？」史傳傑更不高興。

「不、不，」諾瑞爾先生趕緊解釋，「我不是這個意思，我只是跟你說，在他眼中，這些全是無謂的好奇。他何必在乎兩名失蹤的女子？你把約翰．厄司葛雷想成凡人，你認為他跟我們一樣，但他被精靈帶大，受教於精靈，『布魯』就跟他自己家一樣，而大部分的『布魯』都有被精靈擄獲的凡間男女，他自己就是其中之一。他早已見怪不怪，他不會了解你的情況。」

「那我就解釋給他聽。諾瑞爾先生，我改變了英國，扭轉了世界，目的就在於解救我的妻子，我不怕召喚他，他再怎麼可怕都無所謂。來吧，先生，再吵下去也沒意思，先試著召喚他吧！我們從哪裡開始呢？」

諾瑞爾先生嘆了一口氣。「這跟召喚一般人完全不同。凡是牽扯上約翰．厄司葛雷的魔法都特別棘手。」

「例如？」

「比方說吧，我們不曉得如何稱呼他。魔法師念咒召喚某人時，必須說出確切姓名，但所有約翰．厄司葛雷的名號都不是他的真實姓名。誠如史學家所言，他尚未受洗之前就被偷抱到精靈國度，因此，他成了『布魯』中的無名嬰孩，日後他稱自己為『無名的奴隸』，精靈則憑自己喜好幫他命名，但他返回英國之後就捨棄了這些稱呼。至於烏鴉王、黑君王、北方之王等頭銜，這些都是別人對他的稱謂，而不是他的姓名。」

「對、對，」史傳傑不耐煩地說，「這些我都曉得！但約翰．厄司葛雷是他的真實姓名吧？」

「哦，才不是呢！如果我沒記錯的話，一〇九七年，有個名叫約翰．厄司葛雷的年輕諾曼地貴族辭世，我們想召喚的這位君王宣稱此人是他父親，於是沿用『約翰．厄司葛雷』之名，但很多人辯稱兩人根本沒有血緣關係。我認為這些混淆眾人的名字和頭銜絕非偶然，他知道自己一定會成為魔法師們的目標，所以他特意混淆，以免自己受到無謂的召喚。」

「這麼說來，我該怎麼辦？」史傳傑彈指說道，「給我一些建議吧！」

諾瑞爾先生眨眨小眼睛，他不習慣腦筋動得這麼快。「依我之見，英國傳統的『召喚咒語』最具功效，我們若採用這個普通的『召喚咒語』，咒語中的三要件便能幫我們辨識出他，我們需要一位使徒、一條通道、一個賀禮，❶倘若它們本來就認識他，而且跟他很熟，那麼我們不曉得他的姓名也沒關係，它們自然能找到他，將他帶到我們面前，我們根本不必出手！你了解嗎？」

雖然心中相當害怕，但一想到即將與史傳傑聯手，而且是從未施展過的法術，諾瑞爾先生不禁越來越興奮。

「不，」史傳傑說，「我一點都不了解。」

「賀菲尤莊園坐落在他的領土上，用的是他修道院的石塊；莊園旁邊離這裡不到兩百碼有條小河，他曾親率皇家軍團乘船而過；他以前在修道院的花園吐出的果核，日後長成了廚房花園裡的蘋果和梨樹。我們不妨派修遣道院的石頭權充使徒，以小河為通道，把蘋果和梨樹的果實當作賀禮，然後只要簡單地稱呼他為『君王』，石頭、小河和果實自然曉得我們說的是誰！」

「太好了！」史傳傑說，「你建議用哪個咒語？貝拉西斯的書裡有沒有提到？」

「有，他的書裡提到三個。」

「值得一試嗎？」

「不，這些都不怎麼樣。」諾瑞爾先生打開抽屜，取出一張紙。「我認為這個最有效。我沒有使用『召喚咒語』的習慣，如果我有，絕對會用這個。」他將紙張遞給史傳傑。

紙上寫滿了諾瑞爾先生細小、工整的筆跡，紙張最上方寫道「史傳傑先生的召喚咒語」。

「你曾用這個咒語召喚瑪莉亞．艾柏沙龍，」❷諾瑞爾先生解釋，「我做了一些修改，刪去『群花錄』的部分，也就是你從歐姆斯格書上逐字抄錄那段。你知道我向來認為『群花錄』沒什麼用，這一段似乎更沒意義。我另加了一段『濃縮咒語』以及『懇求咒語』，但就目前的情況而言，只怕兩者都派不上用場。」[3]

「你我對這個咒語都下了工夫。」史傳傑淡淡地說，口氣中絲毫不帶敵意或憎惡。

「不、不，」諾瑞爾先生說，「這些都出自你的構想，我不過加以潤飾罷了。」

「好，我們準備就緒了，不是嗎？」

「還得注意一件事。」

「什麼事？」

「我們得設法保障史傳傑太太的安全。」諾瑞爾先生說。

史傳傑譏諷地看了諾瑞爾先生一眼，好像認為諾瑞爾先生這下才顧慮到亞蕊貝拉的安危，豈不有點嫌晚？但諾瑞爾先生只是匆匆跑到書架旁，忙著翻閱一本厚厚的書籍，根本沒有注意到史傳傑的注視。

「理查．錢斯頓寫過一個咒語……啊，我找到了！就是這個！我們必須架設一條魔法通道和一道門，讓史傳傑太太平安從精靈國度逃脫，不然的話，她可能永遠被困在那裡，我們說不定得花好幾百年才找得到她。」

「噢，你說的是這回事啊！」史傳傑說，「我已經安排好了，也指派了一位守門人等候她，一切都已準備妥當。」

他拿起一個最短的蠟燭頭，把它放在燭臺上，將之點燃，[4]然後開始念咒。他派遣修道院的石塊為使徒前去尋找「君王」，小河權充「君王」的通道，賀菲尤莊園新近採收的蘋果和梨則成了餽贈「君王」的賀禮，最後他指示「君王」將在燭火熄滅之時現身。

蠟燭淌下臘脂，燭光緩緩消逝……

……在那一刻……

……在那一刻屋裡都是大烏鴉，放眼望去都是烏黑的翅膀，好像一雙雙舞動的黑手。史傳傑眼前一片漆黑，什麼都看不見。大烏鴉的羽翼和鳥爪不斷地打在他身上，粗嘎的叫聲震耳欲聾。大烏鴉拍打牆壁、窗戶，以及史傳傑，他伸出雙手護住頭部，搖搖晃晃地倒在地上，成群的大烏鴉持續在空中盤旋了好一會。

轉眼之間，大烏鴉赫然消失，屋裡寂靜無聲。

屋裡的蠟燭全都熄滅，史傳傑在地上翻轉，但卻無法起身，只是瞪著周遭的黑暗發呆。「諾瑞爾先生？」他終於開口。

無人回應。

他在伸手不見五指的黑暗中起身，摸索了半天終於找到一張桌子，桌上有一支沒被翻倒的蠟燭，他從口袋裡摸出火柴盒，點燃蠟燭。

他高舉蠟燭，屋裡一片零亂，書架上的書全都掉落在地，書桌和圖書館的梯子也全都四腳朝天，昂貴的座椅被摔得四分五裂，所有東西都蓋上一層厚厚的烏鴉羽毛，彷彿從天降下了黑色的大雪。

諾瑞爾半坐半躺地倚著一張桌子，他雙眼大張，但表情呆滯。史傳傑把蠟燭拿到他面前，「諾瑞爾先生？」他再度開口。

諾瑞爾茫茫然地低聲說：「我想我們已經引起他的注意了。」

「先生，你說的沒錯。你曉得怎麼回事嗎？」

諾瑞爾繼續有氣無力地說：「書本全都變成了大烏鴉，我一直盯著龐提斐克的《心的基礎》，親眼目睹了變化。你知道的，他常用黑鳥製造混亂，我從小到大讀過不下數百次，史傳傑先生，今日總算親眼目睹！唉，想不到啊！精靈曾經描繪這種現象，你也知道他通曉精靈語，但今日卻早已失傳。」❺說著說著，他忽然捉住史傳傑的手，「書本還完好吧？」

史傳傑從地上撿起一本書，隨手撢去烏鴉羽毛、看看書名：《七道門與四十二把鑰匙》，作者是皮爾斯．魯西諾，他隨便翻開一頁念道：「……你將看到一個奇怪的國家，境內成棋盤狀，荒無的石地與豐碩的果園，荊棘叢生的廢地和結實纍纍的玉米田，沙漠與清翠的草地交錯其間。魔法師之神赫爾默斯在各個路口和橋梁派駐了守護者，一處是隻山羊，另一處是隻大蟒蛇……這些聽起來沒錯吧？」他問，口氣有點懷疑。

諾瑞爾先生點點頭，他從懷裡掏出手帕，輕輕拭去臉上的血跡。

兩位魔法師沉默地在凌亂的書堆和烏毛中坐了好一會，周遭的世界縮小到燭光照耀的範圍之內。

史傳傑終於開口：「他必須離我們多近，才施展得出這種法術？」

「你說約翰．厄司葛雷？據我所知，距離不成問題，他可能置身在數百個世界之外，或是地獄的中心。」

「但依然值得一查，不是嗎？」

「是嗎？」

「比方說，如果他在附近，那麼我們就可以……」史傳傑思索了一會，「我們就可以去找他。」

「好吧。」諾瑞爾先生嘆了一口氣，似乎不抱太大希望。

「尋人咒語」需要一個裝水的銀盆（事實上，這類咒語也只有這個要求）。諾瑞爾先生本來把銀盆擺在圖書館角落的小桌上，但桌子被烏鴉群撞壞了，銀盆也不見蹤影，兩人找了半天，終於在壁爐找到銀盆，銀盆面朝下、埋藏在一堆烏鴉毛和潮濕散亂的書頁中。

「我們需要一些水，」諾瑞爾先生說。「我通常叫路卡斯從小河裡打水，水流得越快，咒語越有效，賀菲尤莊園的這條小河連在夏天都相當湍急，我出去打點水。」

但諾瑞爾先生平日很自己動手，弄了半天才出門。他站在屋外的草地上，仰望天上從未見過的群星，他不覺得置身於永恆的黑暗之中，相反地，他覺得其他人似乎離他而去，只剩下他和史傳傑被遺留在孤島或海岬。大家或許認為這種感覺很可怕，但諾瑞爾先生卻不太害怕，他原本就不在乎其他人，現在也只是象徵性地感嘆一番。

他蹲在河邊結冰的草地上，拿起銀盆舀水，平日很少運動的他，覺得有點頭昏眼花，他再度仰頭觀望，馬上感覺到一股強大的魔法，他從未體驗過這麼龐大的法力，忽然不知如何是好。有人若請他描述此刻的感受，他大概會說整個約克郡天翻地覆，東倒西歪。他呆呆地佇立在原處，完全不知道屋子在哪裡，過了好一陣子才轉身，一往前卻撞上史傳傑，不曉得為什麼，史傳傑居然站在他身後。「我以為你留在圖書館裡！」他驚訝地說。

史傳傑也一臉訝異地瞪著他，「我確實留在圖書館裡！我剛剛還在閱讀古柏特的《阿波羅的守門人》，現在卻來到這裡！」

「你沒有跟蹤我？」諾瑞爾問。

「當然沒有！發生了什麼事？你怎麼去了這麼久？」

「我找不到外套，」諾瑞爾怯怯地說，「我不曉得路卡斯把它放在哪裡。」

史傳傑眉頭一揚，嘆了口氣說：「我想你也感覺到了吧？先前大風、河水和火焰似乎全都混淆在一起，你也有同樣感覺嗎？」

「沒錯。」諾瑞爾說。

「還聞到一股好像草藥和山丘的味道？」

「沒錯。」諾瑞爾說。

「精靈的魔法？」

「啊！」諾瑞爾說，「絕對沒錯！就是因為這種法術，所以你才無法脫離永恆的黑暗。」他左顧右盼，「範圍多廣？」

「什麼？」

「黑暗的範圍有多廣？」

「嗯，它一直環繞在我身旁，所以很難判定，但其他人告訴我，它所涵蓋的範圍差不多等於我在威尼斯住的那一區，大約半英畝吧？」

「半英畝！好，你待在這裡別動！」諾瑞爾把裝了水的銀盆擺在結冰的草地上，逕自走向小橋，不久之後，遠方只見他頭上的灰色假髮，假髮在星光下很像隻緩緩向前移動的石龜。

周遭再度天旋地轉，兩位魔法師忽然一同站在莊園的小橋上。

「這究竟是怎麼……」史傳傑開口。

「你看吧？」諾瑞爾露齒一笑，「有人用咒語把我們綁在一起，我也被困住了。這個精靈的魔法不太精準，我敢說他只說你是英國魔法師，或是諸如此類的籠統名詞，結果咒語不但困住你，也困住所有不注意走近黑暗之柱的魔法師！」

「哦！」史傳傑只輕呼一聲，除此之外，似乎也不知道該說什麼。

諾瑞爾回頭面朝屋子，「史傳傑先生，這下你就了解，」他說，「咒語中的姓名必須百分之百的精確吧！」

站在他身後的史傳傑朝著天空眨了眨眼睛。

回到圖書館之後，兩人把裝了水的銀盆擺在中間的桌上。

諾瑞爾先生雖然跟史傳傑一同被困在永恆的黑暗中，但他不但不驚慌，反而備感振奮。他神情愉悅地提醒史傳傑，他們還是不曉得約翰·厄司葛雷的確切姓名，因此，不管是使用魔法還是其他方式，想找到這位君王依然相當困難。

史傳傑用雙手撐著頭，一臉不高興地瞪著他說：「就說是約翰·厄司葛雷吧。」

於是諾瑞爾先生開始施展法術，他輕念約翰·厄司葛雷之名，手指輕點水面，一道道閃亮的光芒將水面分為四等分，他隨即將之命名為天堂、地獄、凡間、精靈，代表「凡間」的部分馬上泛出藍光。

「你瞧！」史傳傑得意洋洋地跳起來。「先生！事情不像你想像中困難！」

諾瑞爾輕點「凡間」的水面，四等分隨即消失。他再試一次，這次將四等分命名為英格蘭、蘇格蘭、愛爾蘭及其他，藍光馬上出現在「英格蘭」；他再度輕點水面，重新畫分，然後仔細端詳，如此一再重複，不斷縮小範圍，水面也持續冒出藍光。

最後他輕輕一嘆。

「怎麼了？」史傳傑問。

諾瑞爾的口氣中充滿驚喜，「我想我們終究還是辦到了！銀盆說他在這裡，約翰·厄司葛雷在約克郡！」

❶英國傳統的「召喚咒語」包括三大要件：使徒能找到被召喚的人，通道將此人引到魔法師面前，賀禮則讓他非來不可。

❷一八〇九年七月，史傳傑在「黑影之屋」施展這個咒語，賽剛督先生、哈尼富先生和亨利．伍惑卜都在場。（詳見第二十三章）

❸「群花錄」、「濃縮咒語」和「懇求咒語」都是咒語的一部分。

十三、四世紀時，英國的精靈喜歡把聖徒的告誡加入咒語中，精靈雖然不了解基督教教義，但卻非常欣賞聖徒，他們認為聖徒具有神奇的力量，也很想與之結盟，這些告誡通稱「florilegia」，字面的意思是「挑選或採集花朵」，精靈將之當成魔法的一部分，傳授給凡間的魔法師主人。清教徒當道之後，民眾對聖徒逐漸失去興趣，「群花錄」也退化成一些無意義的魔法字句、或魔法師胡亂拼湊成的咒語，假以時日，後人誤認為這些字句能加強咒語的功效。

「濃縮咒語」是將一個咒語濃縮到另一個咒語中，目的在於強化或是擴大咒語功效，在目前的情況下，加進一段「濃縮咒語」之後，受到召喚而來的人就傷害不了魔法師。「skimmer」語出英國北方的方言，意思是增色或點綴，這裡則指在咒語中添加耀眼的字句，「懇求咒語」能促使受到召喚而來的人出手相助。

❹「召喚咒語」若想奏效，最後還得注意時間，魔法師必須指示受到召喚的人何時現身，不然的話，誠如史傳傑的觀察，受到召喚的一方隨時都可能現身，而且認為自己責任已了。蠟燭頭是個相當方便的工具：魔法師可以藉此指示受到召喚的人，請他在燭火熄滅時現身。

❺新堡那位手套師父的小孩，也曾描述大烏鴉造成的混亂（參見三十九章注❶）。

67 山楂樹

一八一七年二月

查德邁獨自穿越淒涼的荒原，荒原中央有株形狀怪異的山楂樹，樹上還吊著一個人。此人身上的外套和上衣被剝得精光，生前緊守的祕密，此時坦露無遺；他全身布滿奇怪的符號，胸膛、頸背和兩臂上幾乎全是精細的藍色記號，密密麻麻地布滿皮膚，膚色看來藍多於白。

查德邁緩緩騎向山楂樹，心想凶手是否把殺人當作笑話，特意在屍體上寫字。他以前當水手時曾經聽說，有些國家處決犯人之前，把犯人們的懺悔用各種可怕的方式刻印在他們身上，從遠處看來，這些記號很像文字，但走近一看，他才看出記號全在肌膚之下。

他縱身下馬，將屍體轉向面對自己，屍身的臉龐已經泛紫浮腫，暴凸的雙眼中充滿鮮血，他端詳了一會，最後終於從殘缺的臉龐中認出此人，「溫古魯！」他說。

他掏出懷中的小刀割斷繩索，放下屍體，接著脫下溫古魯的短褲和靴子，仔細研究荒原上這具交叉而臥的屍體。除了臉龐、雙手、生殖器和腳底板之外，奇怪的符號覆滿了溫古魯的每一寸肌膚，看來彷彿是個戴了白手套和白面具的藍人，查德邁越看越覺得這些符號代表某種意義，「啊，烏鴉王的書信，」他終於說，「這就是羅勃．芬漢的書。」

此時天上飄下冰冷的雪花，風勢更加猛烈。

查德邁想到二十哩之外的史傳傑和諾瑞爾，不禁放聲大笑。研讀賀菲尤莊園的藏書又有何意義？全世界最珍貴的一本書現已赤裸裸地葬身冰雪之中。

「哦，」他說，「看來輪到我了，不是嗎？當代最榮耀、最沉重的負擔落到我手上囉，」書變成這種棘手的樣子。看來確實是個負擔。他不曉得溫古魯斷氣多久，也不清楚屍體何時開始腐化。接下來該怎麼辦？他可以冒險帶著屍體上路，但他怎麼跟路人解釋身旁為什麼有具血淋淋的屍體？他可以把屍體藏起來，趕緊找匹馬和推車，但這得花多久時間？更別說在此同時，有人可能發現屍體，乘機下手奪取，約克郡有不少醫生願意付錢買死屍，而且根本不顧屍體的來歷。

「我不妨下個『隱藏咒語』。」他想。

下了「隱藏咒語」之後，凡人肯定看不到屍體，但卻阻擋不了野狗、豺狼和禿鷹，查德邁不曉得用何種咒語來騙過這些野獸。這本書已經被人生吞了一次，他不想再冒第二次險。

唯一的可行之道是把書抄下來，但他的筆記本、筆和墨盒都留在被黑暗籠罩的賀菲尤莊園，這下如何是好？他可以用樹枝把書抄在結冰的地上，但此舉比目前的狀況好不到哪裡。唉，附近若有其他樹木就好囉，他說不定可以剝下樹皮，焚燒樹枝，用灰燼把書抄在樹皮上，但放眼望去，四周只有這麼一棵歪七扭八的山楂樹。

他看看手上的小刀，說不定他該把書抄在自己身上？此舉有幾個優點，第一，搞不好記號的分布也別具深意，越靠近頭部的記號，是否也越重要？誰曉得呢？凡事都有可能。第二，把書抄在自己身上不但隱祕，而且一定安全，他再也不必擔心書被偷走。至於日後是否把書與史傳傑或諾瑞爾分享，他倒還沒決定。

但溫古魯身上的記號密麻而繁複，他不確定能否精準地描繪出精密的點線和勾邊，就算可以，刀痕也必須劃得很深，才能讓記號永遠留在自己身上。

他脫下外套和裡衣，解開袖扣，捲起衣袖，他先以溫古魯手臂內的記號做試驗，拿起小刀、對照同樣位置、在自己手臂上依樣畫葫蘆，但卻成效不彰，刀子一劃下去，手臂馬上湧出鮮血，他不但看不清自己劃出了什麼，更痛得幾乎昏厥。

「為了這本書，流點血也無所謂，但他身上有這麼多記號，我肯定會因失血過多而死。更何況我哪有辦法抄寫他背上的記號？唉，我還是把屍體放在馬上帶著走吧，如果有人逼問，我就開槍殺了他，就這麼辦吧！這雖非上策，但最起碼行得通。」於是他重新穿上外套和裡衣。

坐騎布爾在不遠之處徘徊，低頭猛踢被大風吹得暴露在地面上的乾草，查德邁過去牽馬，同時從手提箱裡拿出一條堅固的繩子和一個裝著手槍的盒子，然後在手槍裡裝上子彈。

他走回去扛屍體，一轉頭卻發現有名男子正彎腰看著屍體，他趕緊把手槍塞進外套口袋裡，一面大叫一面往前跑。

男子穿著一雙黑靴和一件黑外套，半蹲半跪在溫古魯身旁的雪地上，查德邁一看以為是史傳傑，但男子沒有史傳傑高，體型也比較瘦削，一襲黑衣看來相當昂貴，式樣也頗時髦，但一頭黑髮直直地垂到肩頭，紳士們通常不會留這種長髮，長髮也讓他看起來頗似一個浪漫派詩人。「我認得他，」查德邁心想，「他是個魔法師，我跟他還算熟，但我為什麼想不起他叫什麼呢？」

他大聲喊道：「先生，這具屍體是我的，請別碰！」

男子抬頭看看，「你的？約翰．查德邁？」他略帶譏諷地說，「我以為屍體歸我呢。」

男子的衣著雖然昂貴，姿態也頗高傲，但很奇怪地，口音卻很粗俗，連查德邁聽了都覺得不高尚。男子顯然帶著北方口音，但查德邁聽不出究竟是哪個地方，說不定是諾桑比亞，甚至是某個北海地區的國家，更令人費解的是，男子的某些發音帶著法國腔，聽來相當不搭調。

「你錯了。」查德邁舉起手槍，「先生，若有必要，我不惜對你開槍，但我不想這麼做，請你把屍體交給我，繼續上路吧。」

男子什麼都沒說，只是目不轉睛地瞪著查德邁，過了好一會，他彷彿瞪煩了，轉身繼續檢視屍體。

查德邁四下觀望，看看哪裡有馬匹和推車，不然男子打哪裡來？但四周什麼都沒有，遼闊的荒原中只有他、那名男子、一匹馬、一具屍體和一棵山楂樹。

「推車一定藏在某處，」他心想，「他外套和靴子上毫無泥濘，好像剛穿上男僕準備好的衣物，他的僕人們在哪裡？」

思及至此，他忽然感到不安，單是對付這個蒼白、瘦削、看起來像是詩人的傢伙或許綽綽有餘，若再加上一個車夫和幾個強壯的馬夫，那就難說了。

「先生，這附近是你的領地嗎？」他問。

「沒錯。」

「你的馬在哪裡？你的推車和僕人們呢？」

「約翰．查德邁，我沒有馬，也沒有推車，我身旁只有一個僕人。」

「他在哪裡？」

男子連頭都懶得抬，逕自舉起手臂，伸出細長蒼白的手指朝查德邁身後一指。

查德邁困惑地回頭看看，他身後沒有半個人，只有大風在冰天雪地的荒原上呼嘯。男子是什麼意思？所謂的僕人是大風，還是冰雪？他曾聽說中古時代的魔法師宣稱能夠使喚大自然，但他忽然又想到一點，「什麼？不，你弄錯了，我不是你的僕人。」他慌張地說。

「你不到三天前才信誓旦旦地說是。」男子說。

世上只有一人能夠自稱是查德邁的主人，難道這名神祕男子是諾瑞爾？或是諾瑞爾的某個化身？古代的魔法師據稱能依照自己不同的心性，以不同的形象現身，查德邁想了半天，卻想不出吉伯特·諾瑞爾哪一點像個蒼白、英俊、帶點奇怪口音、頗具權威的年輕人。他回想最近發生的種種奇遇，但沒有一件比眼前的更怪異。「先生！」他大喊，「我已經警告過你了！把屍體留在原處！」

男子更靠近溫古魯的屍體，然後從口中掏出一小顆泛著銀白、玫瑰光澤的珍珠，男子把珍珠放到溫古魯口中，屍體隨即開始顫動，看起來非但不像病人顫動，反而像是個年輕人在發抖；屍體有如一株光禿禿的樺樹，在春風的輕吻中綻放出生機。

「先生，請離屍體遠一點！」查德邁大叫。「我已經警告過你了！」

男子連頭都不抬，逕自伸出指尖輕點屍體，好像在上面寫字。

查德邁將右手的手槍對準男子的左肩，他沒有瞄得很準，而只是想開槍嚇嚇對方。他扣下扳機，槍身隨即飄出煙霧，空氣中也充滿彈藥味；火花四濺，槍身冒出更多煙霧。但子彈卻拒絕向前，僅僅飄浮在空中，彷彿置身夢境；子彈彎曲腫脹，忽然長出一對翅膀，變成了一隻田鳧，田鳧揚長而去，查德邁腦中頓時一片空白，跟石頭一樣僵硬。

男子的手指在屍體上移動，溫古魯身上所有的記號隨即左右飄搖，彷彿是些寫在水面上的字。男子持續了好一會，直到滿意了才停手，從溫古魯身邊站起來。

「你錯了，」男子對查德邁說，「他沒死。」男子來到查德邁面前，他舔舔手指，像父母幫小孩擦臉一樣在查德邁的眼睫毛、雙唇以及胸口上畫下某種符號，然後輕碰一下查德邁的左手，查德邁的手槍隨即掉落在地。男子在查德邁的手掌心畫下另一個符號，轉身似乎打算離去，但臨走之前回頭看看，顯然忽然想到什麼，最後在查德邁臉上的傷疤上比個手勢。

雪花在風中飄揚飛舞，布爾低哼了一聲，彷彿受到了干擾；霎時之間，雪花和黑影似乎凝聚成一名身穿黑衣黑靴的瘦削男子，但幻象很快便消逝。

*

查德邁眨眨眼睛，「我究竟晃蕩到何方？」他不耐地自問，「我又為何自言自語？現在可沒時間胡思亂想！」空氣中飄來一絲彈藥味，他的一隻手槍平躺在雪地上，他拾起手槍，手槍存有餘溫，彷彿剛剛才開槍，嗯，這真奇怪！但不遠之處傳來聲音，於是他也沒時間多想。

溫古魯從地上站起來，他動作相當笨拙，四肢不斷抽動，好像剛出生，還不知道如何運用四肢的嬰孩。他在原地站了一會，擺動一下身子，搖晃一下頭部，然後張嘴對著查德邁大喊大叫，但他卻沒有發出任何聲響，話語好像只剩下一層皮，真正的血肉骨幹全都不見了。

這無疑是查德邁生平所見最怪異的景象：一個全身赤裸的藍人站在白雪皚皚的荒原中，雙眼充滿血跡，張大嘴巴卻發不出聲音。這幅景象是如此不尋常，令他不知如何是好。他呆呆地站了好一會，心想是否該用蓋爾．馬爾斯頓的「重歸平靜」咒語，仔細思量之後，他想出一個更好的點子，他拿出路卡斯贈送的紅酒，把酒遞給溫古魯，溫古魯見狀鎮定了不少，目不轉睛地盯著酒瓶。

十五分鐘之後，他們同坐在山楂樹下的草地上，啃著蘋果、喝著紅酒當早餐。溫古魯已穿上襯衫和長褲，身上披著原本覆在馬上的毛毯。他復元的速度驚人，雙眼雖然還是通紅，但已經不像先前那麼可怕；他聲音相當沙啞，而且不時劇烈咳嗽，但查德邁已經聽得懂他說的話。

「有人試圖吊死你，」查德邁告訴他，「我不知道是誰，也不曉得為什麼，很幸運地，我及時發現，把你放了下來。」說話的同時，他覺得有點暈眩，心中略有疑問，他似乎依稀看到溫古魯全身僵硬地躺臥在地，旁邊有一隻蒼白、瘦削的大手指指點點，那人可能是誰？他一點也記不起來。

「好吧，請告訴我，」他繼續說，「一個人怎麼變成了一本書？我知道羅勃．芬漢把這本書交給你父親，你父親應該把書送交給德比郡山間的一名男子。」

「全英國只剩下他看得懂烏鴉王的書信。」溫古魯沙啞地說。

「但你父親卻沒有將書送達，反而在雪菲爾跟人拚酒時，把書吃了下去。」

溫古魯又灌了一口酒，用手背抹乾嘴巴，「四年之後我出世，一出生全身就覆滿烏鴉王的書信。十七歲時，我到德比郡的山間去找那名男子，幸好他活得夠久，我還找得到他。啊！那個夜晚真令人難忘！在那個滿天星光的夏夜，最後一位看得懂烏鴉王書信的人和信使一同飲酒！我們坐在布列頓山邊的峭壁旁，遠眺整個英國，從我身上，他讀到了英國的命運。」

「也就是你告訴史傳傑和諾瑞爾的預言？」

溫古魯又猛烈地咳嗽，但仍不住點頭，等到終於能夠說話時，他補了一句：「我必須知會那位無名的奴隸。」

「誰？」查德邁皺著眉頭說。「那人是誰？」

「他是名男子。」溫古魯回答。「我身上也背負著他的故事。他起先是個奴隸，但即將登上王座。他一出生就失去了真實姓名。」

查德邁想了想，「你說的是不是約翰．厄司葛雷？」他說。

溫古魯輕蔑地哼一聲，「如果我說的是約翰・厄司葛雷，我自然會明說！不、不，這人根本不是魔法師，他跟你我一樣是個凡人。」他想了一會之後說：「但他是個黑人。」

「我從來沒有聽說過他。」查德邁說。

溫古魯饒富興趣地瞪著他。「你當然沒聽過，你這輩子都活在賀菲尤莊園那個魔法師的屋簷下，只聽過他知道的事。」

「那又如何？」查德邁心頭一痛。「這沒什麼大不了的，不是嗎？諾瑞爾畢竟是個聰明人，史傳傑也不笨，他們跟其他人一樣都有缺點，但兩人依然成就非凡。請記住：我是約翰・厄司葛雷的子民，今日倘若他現身，我必定馬上投效在他旗下。但你必須承認，現今魔法重現英國，首當歸功諾瑞爾與史傳傑，而非約翰・厄司葛雷。」

「歸功於他們兩位？」溫古魯不屑地說，「你依然不了解嗎？他們的作為不過是約翰・厄司葛雷操弄的咒語，從頭到尾都是如此。而此刻他正在展現法力呢！」

68
「是的。」
一八一七年二月

銀盆水面上的光束閃閃爍爍，隨即消失無蹤。

「什麼！」史傳傑大叫，「怎麼回事？諾瑞爾先生，趕快看看！」

諾瑞爾輕點水面，重新畫出光束，然後低聲念了幾個字，但水面依然漆黑靜止。「他走了。」他說。

史傳傑閉上雙眼。

「真奇怪，」諾瑞爾繼續說，語氣中充滿驚奇，「你想他在約克郡做什麼？」

「啊！」史傳傑大喊，「我敢說他特意來找碴！」他又生氣又自憐地說，「他為什麼不理我？我費盡心力，他為什麼依然毫不理會？為什麼不願跟我說話？」

「他是個老魔法師，也是位老君王，」諾瑞爾簡短地回答，「兩者皆極難取悅。」

「所有魔法師都希望得到師長讚賞，我已令你折服，他應該也有同感吧？」

「但你真正的目的是解除施加在史傳傑太太身上的咒語，不是嗎？」諾瑞爾提醒他。

「是、是，沒錯，」史傳傑不高興地說，「當然、當然，只不過……」他終究還是沒說出心裡的想法。

兩人沉默了一會，然後諾瑞爾一臉沉思地說：「你說魔法師總希望得到師長的讚賞，這讓我想起一一五六年曾發生的一件事……」

史傳傑嘆了一口氣。

「……那年約翰．厄司葛雷忽然生了怪病，以前也發生過類似情況，他不時會大病一場。病癒之後，眾人在新堡的宮殿舉辦慶典，來自各方的國王和皇后獻上黃金、紅寶石、象牙、稀有香料等貴重物品，魔法師帶來會說祕密的雲朵、會唱歌的樹，以及開啟密門的鑰匙等神奇賀禮，每個人都想把別人比下去，厄司葛雷一一致上同樣的謝辭，最後上前的是魔法師湯瑪斯．岡德布列斯，他兩手空空，沒有禮物，只是舉起雙手說：『君王，我為你帶來樹木和山丘，我為你帶來風和雨。』國王、皇后、爵爺、夫人以及其他魔法師看到他如此輕率，莫不感到訝異，在大家眼中，他似乎什麼也沒做，但烏鴉王卻露出病癒之後的第一個微笑。」

史傳傑想了想，「嗯，」他說，「我想我跟其他賓客的看法一致，我不懂這個故事的含義，你從哪裡聽來的？」

「貝拉西斯的《指令》提到這個故事，我年輕時非常喜歡這本書，也曾仔細鑽研，我覺得這段故事特別有趣，在我看來，岡德布列斯說服了樹木、山丘等等，讓它們以某種神祕的方式向約翰．厄司葛雷致意，厄司葛雷看到盟友們跟以前一樣對他鞠躬致敬，自然心情大好。我很高興自己解讀出貝拉西斯不解之處，卻沒有繼續多想，反正我也不打算使用這類魔法。多年之後，我在蘭徹斯特的《鳥語》中讀到一個咒語，蘭徹斯特從一本已經失傳的古書裡抄錄到這個咒語，他坦承不曉得它的用途，但我相信這正是當年岡德布列斯使用的咒語，至少非常相似。你若真的想和約翰．厄司葛雷談談，我們何不試試這個咒語，讓英國對他致意呢？」

「這樣做有什麼用？」史傳傑問。

「有什麼用？說不定一點用都沒有，起碼不能立即見效。但或許約翰・厄司葛雷會想起他與英國的情誼，我們也可藉此表達對他的敬意，我們畢竟是他的臣民，他當然期望我們有所表示。」

史傳傑聳聳肩，「好吧，」他說，「反正我也想不出更好的點子。你那本蘭徹斯特的《鳥語》呢？」

他看看四周，先前書本全變成烏鴉，魔法消失、烏鴉又變回書本時，圖書館裡的藏書都掉到地上。「你有多少本書？」他問諾瑞爾。

「四、五千本吧。」諾瑞爾說。

兩位魔法師各執一枝蠟燭，開始搜尋。

一頭薊冠毛銀髮的紳士快速朝向史黛夸司莊園前進，史提芬跌跌撞撞地緊隨其後，趕赴另一場死亡決戰。

在他眼中，此時的英國充滿悲悽與驚恐。樹木張牙舞爪，彷彿對著半空中尖叫；樹枝上懸掛著片片枯葉，懸吊在山楂樹的溫古魯在風中擺動；小徑上有隻白兔的屍體，白兔被狐狸咬得皮開肉綻，正如即將喪身在紳士手中的波爾夫人。

死亡接踵而至，驚恐相繼而來，史提芬卻一點都插不上手。

在史黛夸司莊園中，波爾夫人坐在起居室的書桌前振筆疾書，桌上到處都是紙張，每張紙都寫得滿滿的。

有人敲門，原來是賽剛督先生，「夫人，對不起，」他說，「我能請問一下嗎？您有沒有寫信給華特爵士？」

她搖搖頭。「這些信是給利物浦勛爵和《泰晤士報》的編輯！」

「是嗎？」賽剛督先生說。「嗯，我剛寫信華特爵士，但我相信夫人若親筆寫封短函，讓爵士知道您已清醒過來，身體也已復元，爵士一定會非常高興。」

「賽剛督先生，你信裡不就已經告訴他了嗎？很抱歉，可憐的史提芬和史傳傑太太依然受到那個壞人的掌握，我根本顧不得其他事情！請你馬上把這些信寄出去！信寄出去之後，我馬上寫信給攝政王和坎特伯里大主教。」

「您不覺得由華特爵士知會這些高官們，或許比較恰當嗎？無疑……」

「不！」她激動地大喊。「我自己辦得到的事，絕對不假手他人！我才不要從一個中了魔法、無能為力的可憐人，變成另一個事事仰仗別人幫忙的弱者！除此之外，我比華特爵士更能解釋諾瑞爾先生的罪行！」

此時又有一個人走進來，賽剛督先生的男僕查爾斯前來通報，村裡發生了非常奇怪的事情：先前護送夫人到這裡的高大黑人男子，頭上戴著一頂銀色的皇冠出現在村子裡，身旁跟著一位一頭薊冠毛似的銀髮、穿著亮綠色大衣的紳士。

「史提芬！史提芬和那個下咒的壞人！」波爾夫人大叫。「賽剛督先生，趕快使出渾身解數！我們全靠你擊敗他！你一定要像解救我一樣，讓史提芬重獲自由！」

「擊敗精靈？」賽剛先生慌張地大叫，「噢，不，不，我辦不到。法力遠比我高強的魔法師才有辦法……」

「別胡說了！」她大喊，雙眼炯炯有神。「記得查德邁說的話嗎？你鑽研魔法多年，早已奠定了基礎，你只須出手一試！」

「但我不知道……」他試圖辯駁，口氣中充滿無助。

但他知道什麼都無所謂，她一說完就衝出房間，既然他擔負著保護夫人的職責，只好跟著跑出去。

在賀菲尤莊園中，兩位魔法師已經找到《鳥語》，也翻到提到咒語的那一頁，攤開來放在桌上。但他們依然不曉得約翰．厄司葛雷的真實姓名，諾瑞爾坐下來，低頭看著盛了水的銀盆，口中喃喃念著「尋人咒語」。他們已經試了所知的姓名和頭銜，但咒語依然產生不奏效，銀盆水面依然毫無動靜。

「他的精靈名字是什麼？」史傳傑問。

「已經失傳了。」諾瑞爾回答。

「我們試過『北方之王』嗎？」

「試過了。」

「哦，」史傳傑想了一會之後說，「你剛才提過一個奇怪的名稱，嗯，他怎麼稱呼自己來著？無名的什麼？」

「無名的奴隸？」

「沒錯，我們試試這個。」

諾瑞爾先生一臉懷疑，但還是對著「無名的奴隸」下咒，水面上馬上泛出藍光，他繼續施法，結果發現無名的奴隸也在約克郡，而且就在先前約翰．厄司葛雷現身之處。

「你瞧！」史傳傑得意洋洋地大叫，「我們不是白緊張了嗎？！他還在約克郡。」

「但我不知道這是不是同一個人，」諾瑞爾插嘴，「看起來有點不一樣。」

「諾瑞爾先生，拜託你不要亂想！還有可能是誰？約克郡能有幾個無名的奴隸？」

這個問題相當合理，因此諾瑞爾不再提出異議。

「好，我們動手吧。」史傳傑說。他撿起《鳥語》，念出書中的咒語；他呼喚英國的樹林、山丘、陽光、雨水、群鳥、大地和岩石，他相繼對著自然萬物提出請願，懇請它們聽命於無名的奴隸。

史提芬和紳士來到通往史黛夸司的小橋。

村裡安靜無聲，幾乎看不到什麼人；一個穿著印花洋裝、披著羊毛披肩的小女孩站在門口，把牛奶從木桶倒進製作起司的大桶子裡；一個腳上纏著綁腿、頭戴寬邊帽的男人從門邊的巷子走過來，身旁跟著一隻狗，男人和狗一走到屋角，小女孩和男人便微笑向對方致意，狗兒也高興地大叫。史提芬通常樂見這種尋常、安樂的家居即景，但此時他只覺得心寒，就算男人忽然伸手摑了小女孩一巴掌，甚至把她勒死，他也不會感到訝異。

紳士已經走上小橋，史提芬緊隨其後……

……一切都變了。太陽從雲後露面，陽光流洩在冬日的樹頭，呈現出數以百計的小光點，世界似乎成了迷宮或拼圖，讓人想起一個流傳在民間的迷信，警告眾人切勿踏在石板路的縫隙之上；有人說不定聯想到一個名叫「唐卡斯特方陣」的法術，法術必須在類似棋盤的板子上施展，過程相當怪異。忽然間，世間萬物別有含義，史提芬幾乎不敢再跨一步，他生怕自己若踏入哪個陰影或是光影之下，世界說不定會隨之改觀。

「等等！」他思緒一片混亂。「我還沒準備好！也尚未考慮周詳，我不知道該怎麼辦！」

但已經太遲了。他抬頭一看。

天際光禿禿的樹枝寫著字，雖然他不想看懂，但卻明瞭字義，他知道那是樹木對他提出的問題。

「是的。」他回答。

樹木的年歲與知識歸他所有。

樹木之後是一列白雪皚皚的高山，山峰連成一線，像條白線似地畫過天際。深藍色的黑影投射在潔白的雪地上，感覺陰冷而淒涼。高山敬稱史提芬為失散多時的的君王，只要史提芬一開口，高山便跌落下來壓死他的敵人。它問了史提芬一個問題。

「是的。」他回答。

高山的訓誡與力量任他運用。

小橋下漆黑的小河唱出了問題。

「是的。」他說。

大地說……

「是的。」他說。

禿鼻烏鴉、鶺鳥、紅翼鶇和蒼頭燕雀說……

「是的。」他說。

岩石說……

「是的。」史提芬說，「是的。是的。是的。」

如今全英國皆在他漆黑的手掌中，全英國的子民都由他擺布，欺侮過他的人即將遭到報應，傷害過他母親的人將承受千倍折磨。只要他願意，全英國頃刻之間即成荒地，他可以讓房屋塌陷在屋主頭上，他可以移山倒海，命令河谷閉合，他可以召喚怪獸、湮滅群星、從空中竊走明月。正是此刻！正是此刻！正是此刻！

正是此刻，波爾夫人和賽剛督先生在冬日微弱的陽光中，從史黛夸司莊園直奔而至，波爾夫人狠狠地瞪著紳士，眼中充滿恨意，可憐的賽剛督先生則一臉困惑，神情緊張。

紳士轉身對史提芬說了幾句話，史提芬卻沒聽見；山丘和樹木的聲音太大，但史提芬依然說：「是的。」

紳士興高采烈地笑笑，舉起雙手準備對波爾夫人下咒。

史提芬閉上雙眼，對小橋上的石塊說了一個字。

好，石塊說。小橋像隻狂怒的馬一樣高高彈起，一把將紳士甩到河裡。

史提芬對小河說了一個字。

好，小河說。它如鋼鐵般緊緊抓住紳士並急速將他沖走。

史提芬曉得波爾夫人在跟他說話，試圖捉住他的手臂；他看到賽剛督先生蒼白、驚恐的臉龐，好像說了些什麼；但他沒時間回應，誰曉得世界還能由他指使多久？他急忙跑下小橋，沿著河岸往前衝。

沿途的樹木似乎紛紛向他致意，紛紛述說著古老的盟約，提醒他不要忘了過去的好時光；陽光稱他為君王，還說很高興見到他；他沒時間對大家解釋，他不是它們以為的那位人士。

他來到荒地中的一個溪谷，小河兩岸岩壁高聳，民眾常到這裡挖鑿磨石。圓滾粗重的大石頭散布在溪谷兩旁的岸邊，每塊圓石都與半個人齊高。

紳士被困在河水中，河面劇烈翻騰；史提芬跪在一塊平坦的岩石上，朝著水面微微地彎下腰，「對不起，」他說，「我知道你全是出於善意。」

紳士的頭髮像銀白的小蛇一樣流竄於漆黑的河面上，臉孔看了讓人害怕，盛怒之下的他越來越不像凡人，雙眼越分越開，臉上長出獸毛，雙唇糾結地縮進齒內。

史提芬腦中響起一個聲音：「你若殺了他，你將永遠不知道自己的真實姓名！」

「我是無名的奴隸，」史提芬說，「向來都是如此；此時此刻，我便心滿意足。」

他對磨石說出一個字，磨石隨即飛到空中，重重朝紳士落下。他對圓石和石塊說話，它們也朝著紳士落下。紳士高壽，沒有人知道他的年歲，而且非常頑強，儘管骨肉已被砸成碎片，但過了一陣子之後，史提芬依然感覺得到紳士拚命想用魔法拼湊全身。於是史提芬向溪谷兩岸的岩壁求助，大地和岩壁頓時塌陷，大小石塊不斷滾落到磨石與圓石之上，直到將溪谷填平為止。

長久以來，史提芬始終覺得自己和周遭之間有塊骯髒、灰黑的玻璃窗，紳士嚥下最後一口氣之際，玻璃窗也隨之破裂。他在原地站了一會，不住地喘氣。

但他的盟友和僕人們卻開始起疑，山丘和樹木察覺出異狀，也慢慢看出他不是它們想像中的那位人士，他不過是暫時沾光。

他感到它們一一退去，直到再也感覺不到它們的存在，他頹然倒下，心中空虛而麻木。

在義大利的帕多瓦，葛瑞司迪一家已經吃過早餐，正坐在一樓小小的起居室裡，方才大家起了一點爭執，心情都不太好。葛瑞司迪醫生想在家裡抽菸斗，芙蘿拉和葛瑞司迪姑媽卻堅決反對，葛瑞司迪姑媽試圖勸他改變心意，但醫生卻非常頑固，他說他非常喜歡抽菸斗，為什麼不能讓他享受一下？更何況他們最近幾乎足不出戶，他更有權抽兩口，以作補償。葛瑞司迪姑媽請他站到門外，醫生說外面下雨，雨水會把菸草弄濕，下雨天他沒辦法到外面抽菸斗。

因此他點起菸斗，葛瑞司迪姑媽大聲咳嗽，芙蘿拉只是靜靜地坐在一旁，不時面露不悅之色。這種情況持續了將近一小時，直到葛瑞司迪醫生抬頭驚呼：「我的頭變黑了！整個頭都黑了！」

「你在室內抽菸斗，還指望如何？」他妹妹說。

「爸，」芙蘿拉放下手邊的工作，一臉警戒地問道，「你這話是什麼意思？」

葛瑞司迪醫生瞪著鏡子（也就是史傳傑來到帕多瓦，在暴風雨中突然冒出來的那面鏡子），芙蘿拉走過去站在他座椅旁邊，這下她才曉得他看到了什麼。她驚呼一聲，葛瑞司迪姑媽也趕緊跑過來。

鏡中葛瑞司迪醫生的頭變成了一個黑點，黑點不停地移動，而且越變越大，看來像個人影，漆黑的人影在一條漫長的走道上奔跑，逐漸向他們逼近，他們也漸漸看出那是一名女子，女子數度回頭張望，好像害怕有人從後追趕。

「什麼東西讓她怕成這樣？」葛瑞司迪姑媽嘀咕，「大哥，你看到什麼了嗎？有人在後面追她嗎？。噢，可憐的女士，大哥，你幫得上忙嗎？」

葛瑞司迪醫生走到鏡旁，把手放在鏡面上，他推一推鏡面，但鏡面和普通鏡子一樣堅硬光滑。他猶豫了一會，好像正在考慮是否採取更激烈的手段。

「爸，小心點！」芙蘿拉說，「千萬別把鏡子打破。」

鏡中女子越跑越近，一度幾乎貼在鏡面後方，大家都看得到她身穿精美的禮服和珠寶；不一會，她像爬樓梯一樣沿著鏡緣往上走，鏡面變得更加柔和，好像一層雲霧或輕煙，芙蘿拉趕快把椅子推到牆邊，好讓女子平安走出鏡面；三人不約而同地伸手想接住她，或是把她拉離險境，遠離那個令她驚惶失措的壞人。

女子大約三十或三十二歲，身穿一襲顏色有如秋日的禮服，跑得上氣不接下氣，看來有點不知所措。她驚慌地打量這個不知名的房間以及眼前幾位陌生人，周遭一切看來非常陌生。「這裡是精靈國度嗎？」她問。

「不，夫人。」芙蘿拉回答。

「是英國嗎？」

「不，夫人，」芙蘿拉頓時熱淚盈眶，一隻手撫著胸口，試圖讓自己鎮定下來。「這裡是帕多瓦，我們在義大利。夫人，我叫芙蘿拉．葛瑞司迪，雖然你一定沒聽過我是誰，但我受到你先生之託，已經等候多時，我答應他在這裡跟你會面。」

「強納森在這裡嗎？」

「不，夫人。」

「你是亞蕊貝拉．史傳傑？」葛瑞司迪醫生驚訝地問道。

「是的。」她說。

「老天爺啊！」葛瑞司迪姑媽一隻手蓋住胸口，另一隻手遮住嘴巴，「噢、親愛的夫人！」她再度驚呼，然後伸出雙手攬住亞蕊貝拉的肩頭，「噢、親愛的夫人！」她三度驚呼，隨即哭著擁抱亞蕊貝拉。

史提芬醒了過來，發現自己躺在結冰的地上。陽光已經消逝，四下漆黑而寒冷。溪谷中堆滿了磨石、圓石和泥土，彷彿是個怪異的墳墓。土石掩蓋了小河，但仍有一絲河水滲過土石，地流到地面上。史提芬的寶珠、皇冠和權杖已陷入不遠之處的泥地裡，他疲憊地站起來。

他聽到有人在附近大叫「史提芬！史提芬！」，他以為是波爾夫人。

「我解決了監禁我的人！」他說。「他完了！」他拾起寶珠、皇冠和權杖，邁步向前。

他不知道自己走向何方，他殺了紳士，也讓紳士殺了溫古魯。他永遠回不了家，更別說他根本從來不曾有個家．英國的法官和陪審團將如何處決一個兩度犯下謀殺的黑人？英國已無史提芬容身之處，史提芬也對英國恩斷情絕，他繼續往前走。

過了一會之後，眼前的景觀看來已不像他所熟悉的英國，圍繞在身旁的大樹濃密而古老，樹枝比凡人粗重兩倍，而且糾結成奇怪、神祕的形狀，儘管時值冬日，野薔薇樹叢一片荒蕪，但仍有幾朵盛開的花朵，鮮紅似血，潔白如雪。

他將英國拋在身後，心中無怨無悔；他頭也不回，繼續往前走。

他來到一處綿長、低矮的山丘，山丘中央有個入口，入口不像個門，而像個大嘴巴，但看來似乎不危險。有人站在入口處等著他。「我來過這裡，」他想，「這裡是『無望古堡』！但怎麼可能呢？」

不僅房子變成了山丘，周遭似乎有了一百八十度的轉變；森林忽然換上嶄新、天真的面貌，樹木也不再威脅旅者，枝葉之間透進一縷冬陽，天際一片冷冽的澄藍，偶爾瞥見閃耀的星光，但他卻不記得這是晨星、還是夜星。他環顧四周，尋找古老的屍骨以及生鏽的盔甲，結果發現腳下、樹根間，以及樹叢裡全都是屍骨和盔甲，足見紳士殘酷的天性。他看了相當驚訝，但隨即發現屍骨比他記憶中腐敗得多，覆滿了青苔，盔甲上鐵鏽斑斑，幾乎成了土灰，再過一會，屍骨和盔甲便消失無蹤。

站在入口處的人看來眼熟，此人也常參加「無望古堡」的晚宴和舞會，但他也變了：五官更像精靈，雙眼更加閃亮，眉毛更加張揚。他的頭髮緊密地鬈曲，好像是羊寶寶身上的白毛，或是春天的野蕨，臉上有層薄薄的毛髮。他看起來老了點，但卻更天真。「歡迎！」他大喊。

「這裡真的是『無望古堡』嗎？」這位曾經名叫史提芬．布萊克的男子問。

「是的，祖父。」

「但我不明白，『無望』是座豪宅，這裡卻……」這位曾經名叫史提芬．布萊克的男子停頓了一會，「我找不出字眼來形容。」

「祖父，這是『布魯』，山丘下的世界！『無望古堡』正在改變！老王死了，新王即將到來！他一到來，世界就擺脫悲苦，老王的罪惡也像晨霧一樣消失！世界有了新面貌，新王的慈悲將充滿森林與原野！」

「新王？」這位曾經名叫史提芬．布萊克的男子低頭看看雙手，他一隻手握著寶珠，另一隻手拿著權杖。

精靈對他笑笑，好像不知道他為什麼感到驚訝。「您所帶來的改變，遠超過您在英國所做的一切。」

他們穿過入口，走進一座大廳，新王坐上古老的王座，一群人上前圍到他身旁，其中一些人很面熟，另一些人則從未見過，但他心想，或許因為先前從未見過他們的真面目吧？他沉默了好一會。「這棟房子，」他終於告訴大家，「凌亂而骯髒。居民們把時間浪費在無謂的娛樂，成天只曉

得慶功，但那些殘酷的往事根本不值得記取，更別說慶祝。我已經留意到這一點，也時常感到懊惱，我遲早將全數加以更正。」❶

咒語生效的同時，一陣大風吹過賀菲尤莊園，門戶在黑暗中震動，黑色的窗簾在漆黑的房間裡搖擺，墨黑的紙張掃過黑色的書桌，隨著大風起舞。馬廄上方有座小小的塔樓，塔樓裡有個從修道院時代存留到今日的銅鈴，此時鈴聲大作，聲聲狂亂。

圖書館中所有的鏡子和鐘面都出現影像，大風吹開窗簾，隱約可見影像也在窗面上晃動，影像接踵出現，速度快到幾乎難以辨識。諾瑞爾先生看到一些熟悉的影像，比方說冬青樹的殘枝散落在漢諾瓦廣場家中的圖書室裡，一隻大烏鴉飛過聖保羅大教堂，烏鴉王大軍彷彿霎時重返人間。他還看到那張旅店中漆黑的大床，但其他影像顯得非常陌生，例如一棵山楂樹、一名被釘在木架上的男子、溪谷中一堆粗重的巨石，以及波濤間一個不停向前漂浮的瓶子。

過了一會，影像全都消失，只剩下某個圖像，圖書館的一面大窗子上全是這個圖像，但諾瑞爾先生卻看不出那是什麼。它看起來像是一塊圓滾的黑石，石頭嵌在一個粗糙的小環裡，石面光滑耀眼得令人難以相信。圓石與小環被安放在一座黑色的山坡上，四下頗似一片荒原，所以諾瑞爾先生猜想這個漆黑之處是座山坡。但荒原中通常布滿乾枯、焦黑的石楠樹叢，眼前的山坡卻漆黑得有如絲緞、或是光滑的皮革。忽然間，圓石有了動靜：它迅速地移動旋轉，肉眼幾乎無法察覺，但諾瑞爾先生卻覺得圓石好像眨眨眼，令他相當不自在。

大風逐漸消逝，馬廄上方的銅鈴也停止搖動。

諾瑞爾先生如釋重負地嘆了一口氣，史傳傑雙臂交叉，若有所思地瞪著地面。

「你覺得那是怎麼回事？」諾瑞爾先生問。「最後那個圖像最可怕，我一度以為它是隻眼睛。」

「它確實是隻眼睛。」史傳傑說。

「但那是誰的眼睛？我想是某種怪物或怪獸吧！真可怕！」

「它確實可怕，」史傳傑表示同意，「但跟你想像的不一樣，它是烏鴉的眼睛。」

「烏鴉的眼睛？但它布滿了整個窗面！」

「沒錯，這隻烏鴉的體型必然相當龐大，不然就是……」

「不然就是什麼？」諾瑞爾先生顫抖地問道。

史傳傑粗嘎地苦笑一聲。「不然就是我們變得非常小！若有機會從別人眼中看看自己，不也是件樂事嗎？我曾說我希望約翰．厄司葛雷看看我，在那短暫的一刻，我相信他確實看了我一眼。在那一刻，你我比烏鴉的眼睛還小，而且同樣微不足道。對了，我想我們不曉得約翰．厄司葛雷的下落吧？」

諾瑞爾先生低頭看看銀盆，開始低聲念咒，耐心地試了五分鐘之後，他忽然大叫：「史傳傑先生！我看不出約翰．厄司葛雷在哪裡，銀盆裡毫無跡象。但我找到了波爾夫人和史傳傑太太：波爾夫人在約克郡，史傳傑太太在義大利。精靈國度裡沒有她們的身影，她們已經擺脫咒語的蠱惑！」

史傳傑默不作聲，過了一會忽然轉頭。

「這真是太奇怪了，」諾瑞爾先生依然備感訝異，「我們完成了每一件想做的事，但究竟如何辦到，我卻一點都不清楚。我只能猜測約翰．厄司葛雷看出不對，所以決定出手相助！很不幸地，他沒有幫我們脫離永恆的黑暗，黑暗之柱還在這裡。」

諾瑞爾先生稍作停頓，這麼說來，這就是他的命運囉！他注定將活在恐懼、驚慌與寂寥之中！他耐著性子坐了幾分鐘，等著心中浮現這些可怕的感覺，但他不得不承認自己一點也不難過。事實上，他反而想到這些年來，遷居倫敦、遠離賀非尤莊園的圖書館、成天忙著應付大臣和將軍們，他真想不通自己怎麼忍受得了。

「幸好我沒看出烏鴉眼所代表的意義，」他愉悅地說，「不然一定會非常害怕！」

「沒錯，」史傳傑粗嘎地說，「你確實很幸運！我再也不想受到約翰・厄司葛雷的注視！就讓他繼續忽視我吧！我一點都不在乎。」

「說得好！」諾瑞爾先生同意。「史傳傑先生，你心存太多要求，這個習慣實在不太好，特別是對魔法師而言！」接著他開始講一個冗長、但不是十分有趣的故事：十四世紀蘭開郡有個魔法師，他經常做出無謂的請願，一不小心就把牛馬變成雲朵、把鍋盤變成船隻，或是讓村民們一開口就冒出顏色，把大家弄得不勝其擾。

史傳傑剛開始幾乎沒反應，偶爾回答得也不合邏輯，但慢慢地，他似乎比較專心傾聽，講話也恢復正常。

諾瑞爾先生雖有多項專長，但體恤人意卻不是其中之一。既然史傳傑沒有再提到營救妻子，因此，諾瑞爾先生猜想這事已不再深深困擾史傳傑。

---

❶ 精靈國度不乏凡人君主，而且數目多得驚人。約翰・厄司葛雷、史提芬・布萊克，以及亞列山卓・西蒙奈立只是其中三位，一般而言，精靈非常懶散，他們雖然喜歡權勢、頭銜和財富，卻厭惡政務之類的苦差事。

69 史傳傑學派與諾瑞爾學派

一八一七年二月至春天

查德邁騎馬，溫古魯徒步跟在旁邊，放眼望去是無邊無際的荒原及各種形狀的山丘，白雪覆蓋在荒原和山丘之上，看起來彷彿是一床輕柔的羽毛床墊。溫古魯八成也有同感，因為他開始描述今晚想睡在哪種柔軟舒適的大床，以及上床之前想吃哪些豐盛的大餐。不消說，他當然指望查德邁出錢招待，查德邁若反駁兩句，溫古魯也不會覺得奇怪，但查德邁卻什麼都沒說，他滿腦子只想著應不應該把溫古魯送到史傳傑和諾瑞爾面前。全英國沒有人比他們更有資格檢視溫古魯，但查德邁不確定兩位魔法師將如何處置這名亦人亦書的男子。查德邁搔搔臉頰，先前的傷口早已癒合，臉頰上只剩下一道細微的傷疤，彷彿一道小銀線般畫過褐色的臉頰。

溫古魯住口，停在路中央，他身上的毛毯滑落了下來，他急切地拉上衣袖。

「怎麼了？」查德邁問。「怎麼回事？」

「我變了！」溫古魯說。「你看！」他脫下外套，解開襯衫。「這些字都變了！手臂上、胸膛上的字都不一樣了！這些跟我以前看到的全都不同！」天氣雖然寒冷，但他開始寬衣解帶，脫到幾乎赤裸，他像個藍皮膚的魔鬼一樣手舞足蹈，高興地慶祝自己的改變。

查德邁驚慌地跳下馬，他花了好大工夫，總算成功地保存了約翰．厄司葛雷的手書，正當一切看來沒問題之際，書本卻變了樣子，他終究還是輸了。

「我們得儘快趕到旅店！」他大聲說，「趕快取來紙筆！我們必須把以前那些字原封不動地抄錄下來，快點！你一定得仔細想想！」

溫古魯瞪著他，似乎覺得他喪失了心神。「為什麼？」他問。

「因為那些是約翰．厄司葛雷的魔法和思想！這是世上唯一的紀錄，我們一定要盡力保存！」

溫古魯依然無動於衷。「為什麼？」他再問一次。「約翰．厄司葛雷顯然認為沒有保存的價值。」

「但你為什麼突然起了變化？這實在毫無道理！」

「這才有道理呢！」溫古魯說。「我以前全身上下是個預言，但預言已經實現，所以我也起了變化，或許我已成了枯燥乏味的歷史！」

「這麼說來，你現在究竟是什麼？」

溫古魯聳聳肩。「說不定我是一份食譜、一部小說，或是一本傳道寶訓！」思及至此，他高興的不得了，他笑得咯咯響，還不住地手舞足蹈。

「我希望你跟以前一樣是本魔法之書，溫古魯，你老實跟我說，你是否從未學習這些符號？」

「我是一本書，」溫古魯跳到一半停下來，「也只是一本書。書只負責刊載文字符碼，我也達成了任務。至於書的內容為何，則是閱書人的責任。」

「但最後一位通曉這些文字的閱書人已經死了！」

溫古魯聳聳肩，似乎表示一點也不在乎。

「你總該認得幾個字吧！」查德邁幾乎瘋狂似地大喊，他緊抓住溫古魯的臂膀，「這個字是什麼意思？你看看這個形似兩個牛角、中間有條線的符號，它出現了好多次，你想它代表什麼？」

溫古魯奮力掙脫，「它代表上星期二，」他說。「它代表三隻豬，其中一隻戴頂草帽！它代表莎莉在月光下跳舞，丟了一個玫瑰色的小錢包！」他狡詐地一笑，對著查德邁搖晃指頭。「我知道你的用意了！你希望成為下一個閱書人！」

「或許吧。」查德邁說。「只怕窮盡畢生之力，也不曉得從哪裡著手。但誰比我有資格成為下一個閱書人？不管如何，我不會再讓你離開我的視線，溫古魯啊，從今之後我倆就如影隨形囉！」

溫古魯的心情忽然變壞，滿臉陰沉地重新套上衣服。

春天回返英格蘭，鳥兒在田犁間高歌，陽光把石頭曬得暖洋洋，雨勢與風勢逐日和緩，風雨中帶著大地與萬物生長的清香。森林中的色彩是如此柔和細緻，簡直讓人看不出是否真有顏色，倒不如說是感覺到色彩吧，仿若林木作了綠色的夢，或是充滿了綠色的思緒。

春天回返英格蘭，但史傳傑和諾瑞爾卻沒回來。黑暗之柱依然籠罩在賀菲尤莊園上空，諾瑞爾也沒有現身。大家紛紛猜測史傳傑殺了諾瑞爾，或是諾瑞爾殺了史傳傑，至於誰比較應該受到懲罰，或是該不該派人過去看看，眾人更是意見分歧。

但還未達成結論之前，黑暗之柱就消失無蹤，賀菲尤莊園也被一併帶走，房屋、庭院、小橋和部分河流都不見了，原本通往賀菲尤莊園的道路不是繞回原點，就是通往景致單調沒人想去的田野和草叢。漢諾瓦廣場的宅邸，以及史傳傑在蘇活廣場和庫倫的家也遭逢同樣命運，❶整個倫敦只有傑瑞米·瓊斯的小貓布爾芬找得到蘇活廣場的宅邸。事實上，布爾芬顯然沒有察覺房子有何異狀，想去就去，輕快地遊移於蘇活廣場三十號與三十二號之間，看到的人都說這是全世界最怪異的景象。[2]

利物浦勛爵和其他大臣經常公開表示，史傳傑和諾瑞爾消失無蹤，著實令人遺憾，但私底下卻慶幸不必再面對這個棘手的問題。史傳傑和諾瑞爾看來似乎值得敬重，但最終卻不是如此，兩人就算不是迷上了邪門法術，施展出魔法也稱不上光明正大。大臣們反倒忙著監督一批新近竄起的魔法師，這些人為數眾多，很少施展魔法，而且絕大部分沒有受過教育，但他們卻跟史傳傑與諾瑞爾一樣好辯，政府必須儘快想出辦法管束，諾瑞爾先生曾提議重新設立「五龍法庭」，當時看來似乎無關緊要，現在大臣們卻將之視為首要之務。[3]

三月的第二星期，《約克紀事報》刊出一篇文章，文中邀請前「約克魔法師學會」的全體會員，以及所有希望加入該學會的人士，下星期三到古星旅店聚會，當日正是學會以前固定的聚會日。

這篇奇怪的聲明令許多前會員大喜，但也惹惱了許多前會員，文章刊登在報紙上，只要花一便士就讀得到，更何況這位沒有具名的作者主動邀請眾人加入學會，不管這人是誰，他都無權這麼做。

有趣的夜晚終於到來，前會員們抵達古星旅店時，廳堂裡已擠滿了五十幾位魔法師（或是準魔法師），最舒服的位置都被占光，包括賽剛督先生、哈尼富先生及狐堡博士在內的前會員們只好站在壁爐旁邊的小臺子上，但這樣也好，他們正好乘機觀察新魔法師們。

眼前所見令前會員們相當不悅，這群人含括三教九流（狐堡博士評論道：「但沒有一位稱得上是紳士。」），其中包括兩個農夫和幾個商店老闆，一位臉色蒼白髮色清淡的年輕人興奮地對鄰座眾人表示，他非常確定這篇文章出自強納森．史傳傑之手，而他本人也將現身親自指導！在場還有一位牧師，讓人看了稍微放心，這人一臉嚴肅，鬍子刮得乾乾淨淨，從頭到腳一身黑衣，看來大約五、六十歲，牧師身旁有隻灰毛、神態與他一樣莊重的大狗，但身後跟著一位身穿紅天鵝絨外套的年輕女子，女子一頭黑髮，一臉熱切，這下牧師就顯得不太莊重了。

「泰勒先生，」狐堡博士跟一位年輕助手說，「麻煩你過去悄悄跟那位先生說，我們這裡不准帶著家人出席聚會。」

泰勒先生趕緊跑過去。

根據一位前會員的觀察，牧師的臉拉了下來，神情極為冷峻，而且狠狠地回了泰勒先生一句。泰勒先生回報：「瑞茹斯先生向各位致歉，但他不是魔法師，他對魔法雖有興趣，但卻不懂任何實務技巧，他的女兒才是魔法師。他說他有一個女兒和三個兒子，四人全都是魔法師，但兒子們不想參加今天的聚會，他說他們不想與其他魔法師為伍，情願在家專心研讀。」

眾人一片沉默，大家都試圖理解，卻想不通這究竟是怎麼回事。

「說不定他的狗也是魔法師。」狐堡博士說，眾人聞言大笑。

新來的魔法師們很快就分成兩個截然不同的陣營。瑞茹斯小姐，也就是那位身穿紅天鵝絨外套的年輕女士率先發言，她講話很急促，也很小聲，她顯然不太習慣在公眾場合發言，在場部分魔法師們聽不清楚她說些什麼，但她講得非常激動，大意似乎是強納森・史傳傑最偉大，吉伯特・諾瑞爾則毫不足取！史傳傑過不久便能雪冤，諾瑞爾則將遭到眾人唾棄，吉伯特・諾瑞爾對魔法的諸多限制也將被眾人揚棄！她的這番話，再加上幾段引用自史傳傑巨著《英國魔法之歷史與應用》的話語，激怒了在場另外幾位魔法師，他們認為這本失散的著作中充滿邪惡的魔法，史傳傑更是個凶手，他的妻子肯定死在他手上，[4]說不定諾瑞爾先生也成了受害者。

眾人越講越激動，討論更形激烈，這時又有兩位男士到來，眾人才暫時停止激辯。兩人一頭散亂的長髮，身穿老舊的外套，看起來都不太正派，其中一人很像流氓，另外一人的裝扮卻整齊得多，而且帶著生意人的派頭，幾乎有點權威感。

那個狀似流氓的傢伙甚至懶得看諸位前會員，他只是坐到地上，叫人端上琴酒和熱水。另一人走到房間中央，帶著神祕的微笑端詳眾人，他朝瑞茹斯小姐微微鞠躬，然後對在場的魔法師們說：

「女士先生們，你們當中有些人說不定還記得我，諾瑞爾先生十年前在約克大教堂施展法術時，在下也在場。我叫約翰．查德邁，直到上個月還是吉伯特．諾瑞爾的僕人。這個人嘛，」他指指坐在地上的傢伙，「他叫溫古魯，曾在倫敦街頭耍魔法。」

眾人頓時議論紛紛，查德邁不得不暫時打住。魔法師學會的前會員們發現自己離開溫暖的家，到此聆聽一個僕人的教訓，莫不大感失望，紛紛大聲抱怨，但大部分新成員的反應卻非常不同，他們不是史傳傑的信徒，就是諾瑞爾的信徒，但卻從來沒見過心目中的大師，此時他們跟認識大師、甚至跟大師說過話的人坐得這麼近，每個人都興奮得不得了。

眾人的喧擾完全沒有影響查德邁，他耐心地等到大家安靜一點，然後繼續發言：「我專程到此宣布，諸位與吉伯特．諾瑞爾簽署的約定自此失效，先生們，如果諸位願意，你們可以重登魔法師之座！」

有位新成員高聲請問史傳傑會不會大駕光臨，另一位則想知道諾瑞爾先生是否即將出現。

「不，」查德邁說，「他們不會來，你們只能跟我打交道。我想史傳傑先生和諾瑞爾先生不會再在英國現身，最起碼這個世代不會出現。」

「為什麼？」賽剛督先生問，「他們到哪裡去了？」

查德邁笑笑說：「魔法師們想去哪裡，就去哪裡，說不定天空之上，或是雲雨的另一端。」

一位諾瑞爾的信徒說，強納森．史傳傑不回來最好，不然一定會被絞死。

髮色清淡神情熱烈的年輕人則不屑地回應道，這下諾瑞爾的信徒們就糟了。諾瑞爾學派不是認為凡事都得以書本為準嗎？現在所有書籍全隨著賀菲尤莊園消失無蹤，這下該怎麼辦？❺

「諸位先生，你們不需要賀菲尤莊園的典籍，」查德邁說，「也不需要漢諾瓦廣場的藏書，我幫諸位帶來更寶貴的東西：這是一本諾瑞爾一直想要卻始終未能得手的書，也是一本連史傳傑都沒聽過的著作，諸位先生，我為大家帶來了約翰．厄司葛雷的手書。」

更多人高聲喊叫，也引發更多喧嘩，一團混亂之中，瑞茹斯小姐似乎大聲為約翰．厄司葛雷辯護，她堅持稱他為殿下，好像他即將回返新堡，重新統馭英國北方。

「等等！」狐堡博士大喊，莊嚴肅穆的聲音首先鎮住了最靠近他的人，最後終於壓過眾人。「我沒看見那個壞蛋拿著書！書在哪裡？諸位先生，這一定是個詭計！我敢說他想騙錢！是嗎？」他轉頭對查德邁說，「你作何解釋？如果真有此書，你把書拿出來啊！」

「噢，先生，你錯了，」查德邁嘴角微張，揚起半邊臉冷冷地一笑，「我對諸位毫無所求。溫古魯，站起來！」

在帕多瓦的家中，葛瑞司迪一家和僕人全力奉待史傳傑太太，而且每個人皆採用不同方式。葛瑞司迪醫生從哲學層面著手，竭盡全力地從歷史中舉證過去有哪些人、尤其是哪些女士，在朋友的協助下轉危為安，化險為夷；米尼基羅和法蘭克兩位男僕急著幫她開門，甚至不管她想不想出去；女僕邦妮認為被困在精靈國度跟患了重感冒沒什麼兩樣，不時幫她端來一杯強身的甘露酒；葛瑞司迪姑媽派人到全市購買最好的美酒和最稀有的山珍海味，還買了最柔軟、填滿鵝絨的墊子和枕頭，好像希望亞蕊貝拉一躺上去，馬上就忘記過去發生的事情。但在眾人的努力中，芙蘿拉的陪伴似乎最讓亞蕊貝拉開心。

有天早晨，兩人一起做針線活，亞蕊貝拉不耐煩地放下手邊的工作，緩緩走到窗邊，「我心神不定。」她說。

「這也難怪。」芙蘿拉溫和地說，「請耐心一點，你很快就會跟從前一樣。」

「是嗎？」亞蕊貝拉嘆口氣。「說真的，我已經不記得以前是什麼模樣。」

「讓我告訴你吧。你雖然必須自己找樂子，但始終非常愉快；雖然有人極力挑釁，但你幾乎很少動氣；雖然不常受到讚賞，甚至經常被忽視，但你依然真誠而怡然自得。」

亞蕊貝拉笑笑。「天啊！我以前還真是品行優良！但是，」她有點憂慮地說，「你以前沒見過我，我可不太相信你的描述。」

「史傳傑先生告訴過我，這些都是他說的。」

「哦！」亞蕊貝拉邊說邊把臉轉向另一邊。

芙蘿拉低下頭輕聲說：「等他回來，他一定能讓你回復昔日的模樣，你也將重拾快樂。」說完就抬起頭來，一臉若有所思。

亞蕊貝拉沉默了一會之後說：「我不確定能否再見到他。」

芙蘿拉再度放下手邊的針線活，想了一會之後說：「他終究還是回去找以前的老師，想來真是奇怪。」

「是嗎？我倒不覺得奇怪，我反而未想到他們的冷戰會持續那麼久，我還以為他倆過了一個月就會重修舊好。」

「這話真令我驚訝！」芙蘿拉說。「史傳傑先生跟我們在一起時沒講過諾瑞爾先生半句好話，諾瑞爾先生也在魔法期刊上發表了許多詆毀史傳傑先生的文章。」

「哦，或許吧。」亞蕊貝拉看來毫不驚訝。「但這不過是他們的胡言亂語！他們兩人都像老頭子一樣頑固，我沒有理由欣賞諾瑞爾先生，甚至可說厭惡他，但他一心只想著魔法，其他都是次要，強納森也一樣，他們只在乎魔法和書本，其他人都無法理解他們的心境，正因如此，所以他們喜歡跟彼此作伴。」

日子一星期、一星期地過去，亞蕊貝拉逐漸綻放出笑容，也對新朋友們所關切的事情產生興趣。她成天忙著應酬吃飯、料理雜務、陪朋友聊天，這些日常生活小事撫慰了她受創的心靈，也令她精神大振。她很少想起她那不在身邊的丈夫，但她很感激他細心地找到葛瑞司迪一家與她作伴。

帕多瓦有位年輕的愛爾蘭軍官，好些人都知道他頗欣賞芙蘿拉，但芙蘿拉卻不領情。他曾在滑鐵盧戰役中率兵深入最危險的前線，但一碰到芙蘿拉卻變得一點勇氣都沒有，他一跟她說話就臉紅，一看到她走進屋裡就緊張兮兮，因此，他屢次向史傳傑太太打聽消息，比方說，芙蘿拉什麼時候會到市中心的花園散步？或是她下次打算何時拜訪貝克司特家（貝克司特是他們的好友）？亞蕊貝拉總是欣然相助。

但過去一年的囚禁留下某些後遺症，她已經習慣整晚跳舞，現在晚上經常失眠，有時候還依稀聽到小提琴與風笛演奏悲傷的精靈歌曲，雖然她堅稱不想再跳舞，但在樂聲的鼓動下，她卻忍不住想再跳一曲。

「跟我聊聊吧，」於是她求助於芙蘿拉和葛瑞司迪姑媽，「跟我說說話，我想我應付得來。」

她們其中之一隨即起身，天南地北地跟她閒聊，但有時她實在克制不了衝動，非得起來走一走不可，於是芙蘿拉只好跟她在房裡踱步，有時葛瑞司迪醫生和法蘭克還得犧牲睡眠，陪她到帕多瓦的街頭散步。

四月的一個夜晚，她又睡不著，一行人散步到大教堂附近。他們已計劃下個月返回英國，亞蕊貝拉和葛瑞司迪醫生聊到此事，亞蕊貝拉有點擔心見到的英國朋友們，醫生則勸她放心，說著說著，法蘭克忽然驚叫一聲，伸手指著天空。

繁星移位變動，天上的夜空忽然出現新星群，不遠之處有座看起來很古老的石頭拱門，帕多瓦四處都是拱門、長廊和拱廊，沒什麼好奇怪的，但這座拱門卻大不相同。帕多瓦是個中古時代的古城，城內的街道和建築物大多由粉金色的石頭所砌成，看來賞心悅目，眼前這座拱門卻是單調的黑色巨石，拱門兩邊各有一尊約翰．厄司葛雷的雕像，大烏鴉的翅膀遮住他的半邊臉。拱門之間有個高大的身影。

亞蕊貝拉猶豫了一會，「你不會走得太遠吧？」她問葛瑞司迪醫生。

「法蘭克和我就在附近，」葛瑞司迪醫生跟她說，「我們不會離開，你一喊叫，我們馬上過來。」

她獨自走過去，拱門之間的那個人正埋首閱讀，她一走近，他就抬頭張望，臉上那種不記得自己置身何處或是不知道這個世界與他何干的表情，看來既熟悉、又令人心動。

「你這次沒有帶著暴風雨一起來。」她說。

「哦，你也聽說了，是不是？」史傳傑有點不自在地笑笑。「那次或許做得太過分，有失格調，我在威尼斯的時候太常跟拜倫勛爵為伍，染上了一些他的習性。」

他們一起走了一會，兩人頭上的繁星不停呈現出新花樣。

「亞蕊貝拉，你氣色不錯，」他說，「我好怕……我害怕什麼呢？唉，我擔心上千件不同的事情，我怕你不願跟我說話，但你來了，我好高興見到你。」

「這下你不必擔心上千件事情了吧。」她說，「最起碼不用再掛念我。你找出法子破解永恆的黑暗嗎？」

「不，還沒有。老實說，我們最近忙著召喚水精，幾乎沒時間認真研究這個問題，但古柏特的《阿波羅的守門人》有一、兩處似乎值得一試，我們滿樂觀的。」

「這樣就好，一想到你受苦，我也很難過。」

「請別難過，雖然發生了這麼多事情，但我沒有受苦，剛開始或許有一點，但現在都好了。我和諾瑞爾並非首批受到咒語箝制的魔法師，十二世紀有個叫做羅勃．狄莫克的魔法師，精靈對他下咒，結果他只能唱歌，不能說話，我相信這傢伙絕對不好受。十四世紀還有個魔法師的腳變成白銀，肯定也很難過。除此之外，誰敢說永恆的黑暗必定帶來不便？我們打算離開英國，隨時可能碰上各種千奇百怪的人物，一位英國魔法師令人懾服，兩位英國魔法師則威力加倍，若再加上無法穿透的黑暗，啊！功效更是宏大！我相信除了半神半人之外，誰看了都會害怕。」

「你們打算去哪裡？」

「哦，好多地方等著我們探訪，除了凡間之外，還有好多個世界，魔法師不該……嗯，我該怎麼說呢？……不該畫地自限。」

「但諾瑞爾先生喜歡這樣嗎？」她帶點懷疑。「他向來討厭旅行，甚至連普茲茅斯都不想去。」

「啊！我們目前的狀況最適合旅行，他若不想出門，大可留在家中，只要雙手一揮，凡間各地以及各種國度便瞬間來到我們面前。」他停頓下來，四下張望。「我最好不要走太遠，諾瑞爾就在附近，在這個咒語的牽制下，我們離不了彼此太遠。亞蕊貝拉，」他說，臉上帶著向來少見的嚴肅，「一想到你被囚禁在地面下，我心痛得無法承受，你知道我會想盡一切辦法，不擇手段地令你安全脫身。」

她拉起他的雙手，兩眼閃閃發亮。「而你也辦到了。」她輕聲說。他們久久地凝視對方，在那一刻，他們好像回到了從前，兩人似乎從未分離；但她沒有表示願意跟隨他到永恆的黑暗中，他也沒有要求她。

「總有一天，」他說，「我會找出法子，驅走黑暗。到了那一天，我就會回到你身邊。」

「好，我會等到那一天。」

他點點頭，似乎準備離去，但又猶豫了一下。「貝兒，」他說，「別穿黑衣，別當個寡婦，快樂起來，我希望我腦海中的你，正是那副模樣。」

「好，我答應你。但在我的腦海中，你又是什麼模樣呢？」

他想了想，然後笑笑說：「你就想想我埋頭看書的樣子吧！」

他們親了對方一下，然後他轉身離去，消失於黑暗之中。

❶ 多年之後，庫倫的居民盛傳，冬天滿月時站在某棵形狀特別的樹旁邊，稍微踮起腳尖、伸長脖子、從另一棵樹的枝葉間看出去，說不定隱約可見史傳傑和亞蕊貝拉的艾司費爾莊園，莊園在月光和白雪中顯得格外怪異、孤寂。但假以時日，樹木的形狀有所改變，人們再也看不到艾司費爾莊園。

❷ 其實沒什麼好奇怪的，誠如《現代魔法師》一八一二年秋季號中的一篇文章所言：「帕爾的住所在哪裡？斯托克塞的家又在何方？為什麼從來沒有人見過他們的家呢？帕爾住在沃威克，大家都曉得是哪一條街；斯托克塞的家則在艾克瑟特大教堂的對面。烏鴉王在新堡的宮殿到底在哪裡？所有瞻仰過的人都說那是全天下最宏偉、最美麗的宮殿，但當代誰曾見過這座宮殿嗎？沒有！曾有紀錄顯示宮殿遭到摧毀嗎？沒有！宮殿就這麼消失了。這些房屋都存在於某處，但當魔法師屋主離去或過世，房屋也跟著消失無蹤，魔法師屋主大可任意進出，但其他人都找不到房屋的下落。」

❸ 很多新竄起的魔法師懇請利物浦勛爵和其他大臣准許他們尋找史傳傑和諾瑞爾。其中有些人呈上清單，詳細列出一大堆有用和沒用的工具，還希望由政府出資贊助，普利茅斯有位名叫畢持的先生，甚至請政府把龍騎兵團借給他使用。

❹ 直到亞蕊貝拉．史傳傑於一八一七年六月回返英國，這個謠言才不攻自破。

❺ 當代絕大部分的魔法師皆自稱是史傳傑或是諾瑞爾的信徒，查德邁是少數的例外。眾人問及這點時，他總說自己兩者皆是，但這就像宣稱自己既是保皇黨，又是革命人士，沒有人知道這話是什麼意思。

導讀

奇幻敍事與紳士品格的道地古早味

趙恬儀（臺灣大學外文系教授）

從亞瑟王傳奇、《魔戒》到《哈利波特》，文學史上的英國儼然就是奇幻文學的故鄉，更是魔法師和精靈怪獸的產地。然而奇幻文學在早期現代的英國出現了一段空窗期，魔法主題的作品在十七世紀科學興起與十八世紀工業革命之後逐漸式微，取而代之的是哥德式的驚悚誌異傳說、浪漫主義的（超）自然幻想文學，以及《科學怪人》一類的科幻小說文本，直到十九世紀後半，魔法才在少兒幻想文學及奇幻類型小說的浪潮中重磅回歸。

時間來到二〇〇四年，英國作家蘇珊娜・克拉克（Susanna Clarke）的出道作《英倫魔法師》（*Jonathan Strange & Mr Norrell*），不僅廣受好評，成為紐約時報暢銷書，更入圍二〇〇四年的布克獎，並於二〇〇五年榮獲雨果獎最佳小說獎。本部作品的時空背景剛好就在十九世紀前半的過渡階段，當時英國尚未締造帝國興起的歷史，後世文創影視大量致敬的維多利亞時期也還沒到來。然而作者在上下兩卷的故事中，結合奇幻玄學、當代風土民情、歷史及文學文化等元素，聚焦於兩位魔法師諾瑞爾及史傳傑如何復興魔法這門瀕臨失傳的技藝，令人不覺想起十六世紀文藝復興時代文人學者追求希羅古典文明及人本精神的榮光。

此一概念不僅反映於本書的情節人設，在敘事風格和文體結構也可見一斑。基於上述的背景，本文將就人物特質、文體文風和架構互文性等面向，探討《英倫魔法師》作為一部復刻「英國古早味」的奇幻小說，於文學文化呈現之特色及意涵。

人物刻劃：紳士的多元面向

現代主流的奇幻作品，大多採用英雄敘事和大眾商業小說的人設模式，主角即使不是高富帥，也通常會是天選之人的勝利組。然而《英倫魔法師》的人物多半不具備戲劇化的討喜特質，反而類似寫實主義小說的「圓形人物」；根據佛斯特於《小說面面觀》的定義，此類人物具有多樣複雜性，隨著情節發展不斷改變轉型。以書中三部曲代表的三位男主角為例，頭號人物史傳傑長相不錯、人緣不壞，但並無男神級的主角光環，已婚身分也沒有太大的加分作用；其次師父諾瑞爾的形象負能量滿滿，基本上是個陰沉固執又嚴肅小心眼的孤獨老人；就連傳說中的「烏鴉王」約翰・厄司格雷，也沒有君臨天下的氣場，行蹤成謎，故事的注釋甚至稱之為精靈王國的凡人君主，成為國王只因精靈大多懶散、不喜管理政務。即使故事有不少場景可以啟動主角威能，然而諾瑞爾與史傳傑既無華麗變身，亦無浮誇炫技，甚至連本書最大「魔王」也不是他們打敗的。

本書簡中版的譯者韓慕照，將此歸因為作品的重點不在於劇情張力，而是復刻十九世紀英國小說充滿家常舒適感的敘事風格，以及漫畫式舉重若輕的詼諧筆調：「無論學者大家、戰爭英雄，到了這個故事裡，華服美衣下像是總能露出早上還沒來得及剪乾淨的線頭；完成的即便是宏圖偉業，這個故事也總給我們機會窺見他們指點江山間歇拿熱水泡腳。」個人則在文風及敘事場景發現珍·奧斯汀小說的強烈既視感，尤其是書中被視為和自認為紳士的男性角色，包括身為主角的諾瑞爾和史傳傑，對應其人設的多重面向，令人聯想到十九世紀英國中上流社會的重要文化議題，也就是紳士的品格。

文史研究者盧省言於《有毒的男子氣概》一書中提到，研究顯示十八十九世紀英國的紳士文化，知識、財富和身分，成為男性美德的首要條件，相較之下，「堅毅、勇敢、勇夫等形象在十八世紀對女性的吸引力低落。與其在馬上揮舞著劍，還不如多跟女士跳幾支社交舞」。《英倫魔法師》上卷也有一幕反映類似狀況：史傳傑為解決船隻擱淺的問題，想要施展魔法用強風把船吹離淺灘，然而船上的人群起反對阻止，認為起大風反而會讓船撞上沙灘，並且嘲諷史傳傑：「這傢伙也許不算是優秀的魔法師，但他至少很會跳舞」。

也難怪《英倫魔法師》的情節雖有涉及戰爭與決鬥，卻極少出現比武廝殺的場面，魔法的戰術運用不是殲滅敵軍，而是偏向兵推鬥智和後勤支援，如史傳傑施法改變天氣地貌、跨空間搬移軍隊。比起奇幻文本慣常的主角ＰＫ大魔王套路，更常見的是魔法師和社會菁英如紳士般於社交聚會談笑風生，意見不合頂多唇槍舌戰，不見血流成河，但見人際運作的心結城府之深。如此「外表氣質紳士，內心腹黑小人」的樣貌，內外反差巨大。如同珍·奧斯汀的《傲慢與偏見》、《曼斯菲爾莊園》和薩克雷（W. M. Thackeray）的《浮華世界》（又名《名利場》）等小說中諷刺性的舞會情節，《英倫魔法師》模擬類似的筆法，暗諷紳士文化虛有其表的弊病，隱含對於當代價值觀的反響。

這也令人聯想到史傳傑在書中提過至少三次的臺詞：「我想魔法師也許可以辦到（殺人）……但紳士絕不會這麼做。」這句話本身就像是一句法力強大的咒語，約束魔法師不得放棄紳士的品格，立意雖美，但在現實中綁手綁腳，一如吃人的禮教。例如英國處於戰爭危難，諾瑞爾卻不願用魔法幫助英軍，認為「人們只要一看到英國魔法師出現在戰場上，就必然會聯想到烏鴉王和所有野蠻惡劣的魔法！……我深深希望，英國魔法能被世人視為一種低調樸素且受人敬重的職業」，史傳傑則想要以魔法救國，期望魔法師「應該冒險犯難來替英國魔法爭光」。顯然師徒兩人對於紳士原則的認知有所歧異：舊世代的諾瑞爾堅持理論派低調保守的自律節制，新世代的史傳傑則崇尚務實派冒險果敢的積極主動，有著浪漫主義及哥德文學「拜倫式英雄」的影子（Birns, 3），兩人的分分合合也影響情節的走向。諷刺的是，身為書中最大反派的銀髮妖精，稱號卻是「一頭薊冠毛銀髮的紳士」，其他角色也常以「紳士」稱之，然其逸樂作風與敗德行徑和紳士的美德恰成對比。而精明幹練的總管史提芬，原為白人貴族和黑人女僕的混血後代，憑藉實力與努力獲得上流社會的青睞，連銀髮妖精都欽點他為英王候選人，陰錯陽差得到烏鴉王的法力，最後更成為精靈國的國王，並能與國境內的自然力量接軌，具有多元融合的國族象徵意涵，儼然比其他白人紳士更符合當代紳士的條件（Birns, 8-10）。

魔法與紳士特質的崩壞和重建，正巧呼應十九世紀英國社會對於紳士文化的省思，亦即是否應該回歸式微已久的亞瑟王騎士精神。尤其在英法戰爭的篇章中，英軍將領威靈頓勛爵多次稱呼史傳傑為梅林，明顯可見亞瑟王傳奇的跨文本連結。而就故事的結局看來，未來能夠繼承英倫魔法血脈的王者候選人，猜想不會是「有禮無體」的（偽）紳士，而是更加具有復古特質的（真）勇者？

敘事風格與篇章架構：互文復古的致敬、實驗與顛覆

除了人物刻劃，《英倫魔法師》對於復古的致敬、實驗與顛覆，也呈現於敘事風格及篇章架

構。首先本作品雖是長篇小說，但主體結構並非《魔戒》式的史詩性奇幻，也不是現今影視作品或類型小說慣常的三幕式編劇，而是在時間軸的編年紀事主架構底下，融合多種文體文類及敘事技巧，人物和時空背景虛實交錯，包含拜倫及威靈頓公爵等二十六個歷史人物（Lehtiö, 3, 28, 44），「於十九世紀真實歷史世界的場域中，置入精靈與魔法的奇幻虛構元素」（Baker, 18）。根據文獻指出，本書模仿的文類素材至少包括：奇幻小說、架空歷史、歷史小說、浪漫主義時期的寫實諷刺小說（Baker, 5-6）、珍・奧斯汀的莊園式寫實小說和哥德式小說（Borowska-Szerszun, 11）、司各特（Walter Scott）的長篇歷史傳奇、十六世紀以來的諷世／世態喜劇（comedy of manners）、個人書信，以及十九世紀的報刊雜誌，特別是以上層中產階級及上流社會男性讀者為對象的《紳士雜誌》及學刊。

值得一提的是，本書作者的注釋數破百，功能不僅限於考據式的補充說明，更多時候是在正文之外衍生外傳性質的平行文本，甚至是以當代人的口吻戲謔評論，形成錯綜龐大的互文連結。例如上卷第三四二頁作者特別注釋「魔法迷」一詞，宣稱引自十八世紀英國知名文人約翰生（Samuel Johnson）編纂的《英語辭典》（*A Dictionary of the English Language*，一七五五），而非現代英語字典或學界慣用的《牛津英語詞典》（*Oxford English Dictionary*，OED；一八九五），猜想是配合十九世紀初的背景時間軸，刻意打造仿古的細節。相信熟知或是喜愛十九世紀英國歷史文學文化的讀者，在閱讀上述文本時會進入沉浸式的跨時空擬真體驗，處處可見驚喜的彩蛋，為作者和角色的機鋒拍案叫絕。

結語

本書的魔法不複雜也不可怕，真正複雜可怕的是魔法師的明爭暗鬥和人與精靈之心的幽微難測。正如同一九九二年手機製造商 Nokia 著名的廣告詞：「科技始終來自於人性」（林榮泰，頁十三），《英倫魔法師》讓讀者看見魔法始終來自於人性，且道法自然，透過復刻致敬十九世紀初的文史敘事、文學風格和修辭手法，論述魔法師的紳士品格與亞瑟王傳奇的精神傳承，成就奇幻文學和現實世界相互交織的跨界書寫，賦予小說豐富的文化底蘊，俾使讀者身歷其境，和故事中的角色一起活在當時的社會生活及文學文化之中。

綜而觀之，《英倫魔法師》是一部獨具特色的復古風魔法寫實主義小說，不僅為奇幻文學開創新局，更讓二十一世紀的讀者在賞文的同時，體驗十九世紀初英國文學文化的懷舊古早味，值得特別空出假日午後的空檔，配上司康和伯爵茶，細細閱讀，感受魔法與紳士俱在的美好年代。

參考及引用文獻

Baker, Daniel. 'History as fantasy: estranging the past in *Jonathan Strange and Mr. Norrell*'. *Otherness: essays and studies*, 2011, 2 (1), 1-16.

Birns, Nicholas. '*Jonathan Strange & Mr Norrell*, The Magic of Sociality, and Radical Fantasy'. *Humanities*, 2020, 9 (4), 125; doi:10.3390/h9040125

Borowska-Szerszun, Sylwia. 'The Interplay of the Domestic and the Uncanny in Susanna Clarke's *Jonathan Strange and Mr Norrell*'. *CROSSROADS: A Journal of English Studies*, January 2015. doi:10.15290/cr.2015.09.2.01

Flat and round characters.Britannica.com (Encyclopædia Britannica),https://www.britannica.com/art/flat-character

Lehtiö, Liisa. 'Function of Footnotes - A Study on Susanna Clarke's *Jonathan Strange & Mr Norrell*.' Postgraduate thesis. Trepo (powered by University of Tampere), 2008.

司徒芝萍，從「表演工具」看《溫夫人的扇子》，《PAR表演藝術》第2期，1992年12月號。

林榮泰，〈人與機器的對話：科技始終來自於人性？〉，《科學發展》2003年8月，368期，頁12-17。

佛斯特，《小說面面觀》，蘇薇亞譯，臺北：商周出版，2009年。

韓慕照，〈《英倫魔法師》譯後記〉。https://ppfocus.com/0/end210640.html

藍小說 347

英倫魔法師：強納森・史傳傑和諾瑞爾先生　下卷

作　者—蘇珊娜・克拉克
繪　者—波提亞・羅森伯格
譯　者—施清真、彭倩文
編　輯—張瑋庭
設　計—許晉維
內頁排版—芯澤有限公司

總編輯—嘉世強
董事長—趙政岷
出版者—時報文化出版企業股份有限公司
108019臺北市和平西路三段二四〇號三樓
發行專線—（〇二）二三〇六—六八四二
讀者服務專線—〇八〇〇—二三一—七〇五
（〇二）二三〇四—七一〇三
讀者服務傳真—（〇二）二三〇四—六八五八
郵撥—一九三四四七二四時報文化出版公司
信箱—（一〇八九九）臺北華江橋郵局第九九信箱
時報悅讀網—http://www.readingtimes.com.tw
電子郵件信箱—liter@readingtimes.com.tw
法律顧問—理律法律事務所　陳長文律師、李念祖律師
印　刷—勁達印刷有限公司
二版一刷—二〇二三年九月八日
定　價—新臺幣一〇四〇元（上下卷不分售）
（缺頁或破損的書，請寄回更換）

時報文化出版公司成立於一九七五年，並於一九九九年股票上櫃公開發行，
於二〇〇八年脫離中時集團非屬旺中，
以「尊重智慧與創意的文化事業」為信念。

英倫魔法師：強納森・史傳傑和諾瑞爾先生/蘇珊娜・克拉克(Susanna Clarke) 著；施清真、彭倩文譯 . – 二版 . – 臺北市：時報文化, 2023.9
面；　公分 . –（藍小說；347）
譯自：Jonathan strange & Mr Norrell
ISBN 978-626-374-282-6(上卷：平裝). --
ISBN 978-626-374-283-3(下卷：平裝). --
ISBN 978-626-374-284-0(全套：平裝)

873.57　　112014005

JONATHAN STRANGE AND MR NORRELL
by SUSANNA CLARKE & PORTIA ROSENBERG (ILLUSTRATOR)

ISBN 978-626-374-282-6(上卷)
ISBN 978-626-374-283-3(下卷)
ISBN 978-626-374-284-0(全套)
Printed in Taiwan